Ein
Song
für

Julia

Bücher von Charles Sheehan-Miles

Fiktion

Republic
Insurgent

Die Thompson Sisters
Ein Song für Julia
Sternschnuppen
Vergiss nicht zu atmen
Die letzte Stunde

Rachel's Peril
Girl of Lies
Girl of Rage
Girl of Vengeance

Nocturne (mit Andrea Randall)

Prayer at Rumayla
A Novel of the Gulf War

Saving the World on $30 a Day:
An Activist's Guide to Starting,
Organizing and Running
A Non-Profit Organization

Leserstimmen
Vergiss nicht zu atmen

„Bestes Buch in 2013 - Wundervoll, atemraubend, emotionsgeladen und einfach nur perfekt"
– Booksaweek.blogspot.de

„Eine wunder... wunder... wunderschöne und gefühlvolle Liebesgeschichte die wirklich unter die Haut geht"
– Rezension auf Amazon.de

„Ich hatte beim Lesen das Gefühl, als säße oder stehe ich neben Alex und Dylan und sie erzählten mir ihre geheimsten Gedanken und öffneten mir ihre Seele."
– Leserempfehlung auf Ebookmeter.info

„Das ist die berührendste und schönste Liebesgeschichte die ich seit langen gelesen habe. Einfach atemberaubend."
– Rezension auf Amazon.de

„Ich habe sehr, sehr viele Bücher bereits gelesen, nur selten aber ein solches Meisterwerk in den Händen halten dürfen."
– Rezension auf Amazon.de

„Es ist ein Buch, bei dem man die Zeit vergisst. Es macht nachdenklich, traurig, glücklich, lässt einen lächeln und weinen. Und viel zu schnell ist es vorbei."
– Buchzeiten.blogspot.de

„Ein wunderschöner und eingängiger Roman, der noch lange nachwirkt. Romantisch, dramatisch und uneingeschränkt authentisch. Unbedingt lesen."
– Buecherwuermchenswelt.blogspot.de

Die letzte Stunde

„Für mich war es ein ganz besonderes Leseerlebnis, das mich tief ergriffen hat. Ein Buch, das für mich zu einem absoluten Herzensbuch geworden ist."
– mybookexperiences.blogspot.de

„Das Beste, das ich seit Jahren gelesen habe."
– Rezension auf Amazon.de

„Ich war vollkommen gefesselt von der Geschichte und den tiefen Gefühlen. Ich hätte ewig weiter lesen können."
– Rezension auf Amazon.de

„Ein Buch, das überzeugt, wie tief Gefühle gehen können." –
Buchzeiten.blogspot.de

„Ich kann von mir behaupten, dass ich ein recht emotionaler Mensch bin, habe aber oft Rezensionen belächelt, in denen von ‚haltet die Taschentücher bereit' oder ‚habe gelacht und geweint' geschrieben wurde. Nicht mehr nach diesem Buch. Ich habe geweint und brauchte etwa eine Stunde, um wieder runter zu kommen."
– Rezension auf Amazon.de

„Die letzte Stunde war bis jetzt das emotionalste Buch des Jahres. Und ich glaube, das wird es auch bleiben."
– Real-booklover.blogspot.de

„Ein sehr ‚intensives' Leseerlebnis das mich viele Tage und Nächte beschäftigt hat, obwohl ich schon lange mit dem Buch fertig war."
– Rezension auf Amazon.de

Ein Song für Julia

Charles Sheehan-Miles

aus dem Amerikanischen von
Dimitra Fleissner

Cincinnatus Press

Cincinnatus Press
South Hadley, Massachusetts

www.sheehanmiles.com

Published by Cincinnatus Press
PO Box 814
South Hadley, Massachusetts
United States of America

ISBN: 9781632020895

Cincinnatus Press
www.cincinnatuspress.com

v08252014

WIDMUNG

Für Dimitra Fleissner:
Ich bin tief berührt und beeindruckt von deinem En-
gagement und deiner Liebe zum Wort. Für alles, was du
getan hast, bin ich dir unaussprechlich dankbar.

Danksagung

Ich möchte die Gelegenheit nutzen, Sarah Hansen für die Gestaltung dieses wundervollen Covers für *Ein Song für Julia* zu danken. Außerdem danke ich meiner Lektorin Lori Sabin für ihre Geduld mit mir, während wir uns durch etliche Probleme in dem Manuskript kämpften.

Herzlichen Dank an meine wunderbaren Beta-Leser, die mir geholfen haben. Eure Anregungen, Fragen und Euer Feedback haben mich dabei unterstützt, dieses Buch wesentlich besser zu machen. Jackie Trippier Holt, Jennifer Mirabelli, Stephenie Thomas, David Leibensperger, Darcie Sherrick, Wendy Wilken, Kerri Williams, Carol Davis Luce, Shaina Salisbury-Abbs, Rich Perez, Bryan James, Amy Burt, Elle Chardou: Vielen Dank.

Khalil und Amirah: Danke, dass Ihr mir die Gelegenheit und die Zeit zum Schreiben gegeben habt. Dieses Jahr hat mein Leben wirklich verändert und das wäre ohne Euch zwei nicht möglich gewesen.

KAPITEL 1

Vorstadtprinzessin (Crank)
26. Oktober 2002

Vielleicht liegt es an mir. Aber ich hätte nicht erwartet, dass ein Mädchen, das sich mitten in der größten Antikriegsdemonstration seit dem Vietnamkrieg befand, einen so herrlich auffälligen Hintern haben würde.

Aber nein... da war sie, ihr Mund bewegte sich und ich verstand kein Wort. Um ehrlich zu sein, war sie extrem geil, obwohl sie sich kleidete wie eine Bibliothekarin. Sie trug einen blumigen knielangen Rock, der ihre Beine umspielte, einen pastellfarbenen Pulli und an ihrem rechten Arm hatte sie etwa tausend Armreifen und –bänder. Ihre Augen waren auffallend blassblau, dunkelblondes Haar umrahmte ihr Gesicht. Sie hatte einen Schulmädchenblick, der dazu führte, dass ich ihr am liebsten den Nacken abgeknutscht hätte. Aus ihrem kleinen sexy Mund kam ein Schwall feindseliger Worte, der mich veranlasste, irritiert und abwehrend einen Schritt zurückzutreten.

„Wie war das?", fragte ich und hoffte, damit den Wortschwall zu stoppen.

Sie holte tief Luft und schloss ihre Augen. Ich grinste.

„Ich habe gesagt, dass ihr Leute jetzt noch nicht aufbauen könnt. Mark Tashburn wird gleich auf die Bühne treten... Danach gibt es eine fünfzehnminütige Pause. In dieser Zeit könnt ihr aufbauen."

Ich verdrehte meine Augen. „Und nach den fünfzehn Minuten sollen wir spielen?"

Sie lächelte, ihr Gesicht entspannte sich ein wenig. Ich denke nicht, dass sie mich mochte. Ihr Lächeln wirkte falsch. Diese kalten Augen? Ihr Lächeln erreichte sie nicht. Ich begann mich zu fragen, wie wohl ein echtes Lächeln von ihr aussehen würde.

„Genau", antwortete sie.

„Das wird nicht funktionieren", sagte ich. „Zum Aufbauen brauchen wir länger als fünfzehn Minuten."

Sie seufzte. „Und warum bitte erfahren wir das erst jetzt?"

„Hey, das ist nicht meine Schuld. Ich weiß nicht, wer die Zeitplanung für diese Veranstaltung gemacht hat, aber sie ist total daneben. Wenn ihr möchtet, dass wir in dreißig Minuten spielen, hätten wir schon vor Stunden mit dem Aufbau anfangen müssen. Es dauert seine Zeit, das ganze Equipment aufzubauen und die Instrumente zu stimmen."

Sie war ein wenig aufgebracht und sagte: „Na schön. Versucht… versucht nur, das Publikum nicht zu sehr zu stören."

Ach Gott, egal. Sie kam in dem Moment angerannt, in dem wir begannen, unser Equipment auf die Bühne zu tragen. Nicht, dass es das Publikum gekümmert hätte, es waren bestimmt hunderttausend Menschen da draußen. Horden von Hippies und Friedensfreaks und irgendwelchen „Übermüttern", die nichts anderes im Kopf hatten, als ihre Kinder zu beschützen. Ich fragte mich zum hundertsten Mal, wie zur Hölle wir dazu gekommen waren, bei einer Antikriegsdemo zu spielen.

Natürlich war das die größte Veranstaltung, bei der wir je gespielt hatten. Aber mal ehrlich, bisher waren die Redner eine Reihe von generalüberholten Typen aus den 1960ern. Wenn das nicht zeigt, wie fernab von jeder Realität diese ganze Sache war, was dann?

Egal. Das war Serenas Angelegenheit. Ihr war die Antikriegspolitik wichtig. Und was Serena wichtig war, das tat die Band. Wir hatten keinen Manager, sie kümmerte sich um solche Sachen. Sie sang mit mir und spielte Rhythmusgitarre, und sie hatte einen magischen Sinn dafür, was in der Musikwelt funktionierte und was nicht.

Wir beeilten uns, unsere Ausrüstung aufzubauen, ohne die Eingeborenen oder die Hippies aufzuscheuchen. Wir beendeten den Aufbau in Rekordzeit, und das hatten wir nicht der Prinzessin zu verdanken, die am Rande der Bühne mit einem Clipboard herumstand und Leute hin und her dirigierte.

Zwischen dem Aufbau, dem Stimmen der Instrumente und dem Beginn unserer Show hatte ich also etwa fünfzehn Sekunden Zeit um Luft zu holen, und dann ging es auch schon los. Die College-Kids im Publikum begannen sofort mitzugrooven, aber die älteren Herrschaften und die „Übermütter"… und, heilige Scheiße, davon gab es echt viele… starrten uns an, als ob die Bühne auf einmal radioaktiv verseucht wäre. Extra für sie entlockte ich der Gitarre ganz besonders scharfe Töne und sang anstatt des abgemilderten Studiotextes, den wir veröffentlicht hatten, die dreckige Originalversion unseres Songs „Fuck the War".

Ich möchte Sie nicht in die Irre führen. Morbid Obesity ist keine Punk-Band, wir machen eher Alternative-Rock mit punkigen Elementen. Ich bin der Hang zum Punk. Bisher war unser populärster Song „Fuck the War", welchen wir vor ein paar Monaten als Single veröffentlicht hatten. Es ist ein Liebeslied über meine Mutter und meinen Vater, aber man muss sich den Text genau anhören, um das zu bemerken. Ich habe beim Schreiben des Liedes eine Menge Gefühle hineinfließen lassen, und das tat ich auch, wenn ich es live spielte.

Es war ein perfekter Tag, um auf einer Open-Air-Bühne zu stehen: kühl, aber nicht zu kalt. Der Himmel war klar und wolkenlos, hin und wieder wehte eine leichte Brise, und vor der Bühne standen hunderttausend Menschen jeglicher Größe, Farbe und Herkunft über die verdammte National Mall verteilt. Ich hatte noch niemals etwas Vergleichbares gesehen.

Ich war gerade, dabei den Refrain zum zweiten Mal zu singen, als ich zur rechten Seite der Bühne blickte und Miss Prinzessin sah. Sie groovte zur Musik. Bewegte sich sanft und ihre Lippen waren auf eine Art und Weise geöffnet, die mir den Atem raubte. Lippen, die sich zu einem Schmollmund formten. Lippen, die zum Küssen einluden. Ich musste über mich selbst ein bisschen lachen. Sie war so gar nicht mein Typ. Na ja, außer dass sie eine Frau und irgendwie heiß war. Aber trotzdem nicht mein Typ.

Als ich noch an der High School war, hatte jemand von der Verwaltung der öffentlichen Schulen in Boston aus Versehen eine Gruppe reicher Kinder aus Back Bay an die South Boston High geschickt. Es war zum Kaputtlachen gewesen. Das Ganze dauerte nur ein Jahr, und ich weiß nicht, ob es daran lag, dass jemand die Gebietszuordnung geändert hatte, oder ob die Eltern ihre Kinder von der öffentlichen Schule nahmen. Dieses Mädchen erinnerte mich an diese Kinder. Befehlshaberisch. Überlegen. Einige von ihnen hatten auf Leute wie mich heruntergeschaut, als wären wir zukünftige Kriminelle.

Ich fragte mich, ob das der Grund war, warum sie mich so antörnte.

Es führte dazu, dass ich sie gerne etwas necken wollte. Als ich also zum zweiten Refrain ansetzte, sang ich in ihre Richtung und nur für sie. Ich war beim zweiten Vers, als sie mir in die Augen sah. Ich hielt ihrem Blick stand. Ihre Augen, so abwesend und blau, waren fesselnd. Sie bemerkte, dass ich ihr zusang, und erstarrte auf der Stelle, wie ein Reh im Scheinwerferlicht. Ich liebe es, wenn die Frauen so reagieren. Es zeigte, dass sie menschlich war. Wenn wir zu Hause in Boston gewesen wären, hätte ich nach ihr gegriffen und sie auf die Bühne gezerrt, aber das konnte ich hier bei diesem Publikum nicht machen.

Aber nach einer Sekunde sah sie mir in die Augen und grinste mich hinterlistig an, so als ob sie sagen wollte „*Ich weiß, was du vorhast*". Ich grinste zurück und schmetterte meinen Text. Der Bass und das Schlagzeug sind bei diesem Song kraftvoll und verlangen förmlich, dass man tanzt. Ich beendete den Augenkontakt und bewegte mich quer über die Bühne, gab alles in meinem Solo und schrie die Worte beim Crescendo nur so heraus. Und dann beendete ich den Song abrupt.

Trotz des Schocks der Übermütter und der Lobbyisten im Publikum schrien die College-Kids nach mehr. Die Vorstadtprinzessin applaudierte und hatte dabei ein mysteriöses Grinsen im Gesicht. Ich wollte sie näher kennenlernen.

Aber das würde nicht passieren. Dies war eine Antikriegsdemonstration und keine Kennenlernparty. Sobald wir mit dem Song fertig waren, begannen wir mit dem Abbau, und das Golden Girl sprang auf die Bühne zum Mikrofon und rief: „Applaus für Morbid Obesity und ihren Hit ‚Fuck the War'!" Ich hielt bei dem, was ich tat, inne, um sie mir genauer anzusehen, während sie am Mikrofon stand.

Die Menge rastete erneut aus, was toll war. Den Namen meines Songs von ihren Lippen zu hören, war noch toller. Aber fünf Sekunden später sagte sie schon die nächste Runde Sprecher an, ein Haufen fertiger Vietnam- und Golfkriegsveteranen, den die Organisatoren dieser Parade ausgegraben hatten, um ihr etwas Glaubwürdigkeit zu geben.

Mark und ich schleppten den Großteil des Equipments von der Bühne, während Pathin das Schlagzeug abbaute und Serena die Extra-Monitore und Verkabelung auseinander stöpselte. Als ich zum letzten Mal von der Bühne ging, traf mich die Vorstadtprinzessin am unteren Ende der Treppen. Ich stolperte die letzte Stufe herunter, fand mich weniger als fünfzehn Zentimeter von ihr entfernt wieder und sah hinunter in diese fantastischen Augen.

„Ihr Typen seid ganz gut", sagte sie, ihr Kopf lag in ihrem Nacken und sie sah mich an. „Danke, dass ihr das getan habt."

Ich zuckte mit den Schultern und grinste. „Es hat Spaß gemacht." Ganz gut? Das war's? Gott, war sie mir nahe. Ich konnte ihr Parfüm riechen, den Hauch eines bezaubernden Duftes.

„Also...", sagte sie und sah mir dabei in die Augen.

Peinlich.

„Wie lange geht das Ganze?", fragte ich.

„Noch ein halbes Dutzend Sprecher, dann werden sie alle zusammen ums Weiße Haus marschieren. Vielleicht noch eine Stunde."

Gerade als sie die Frage beantwortete, kam Mark hinzu. Unser Bassist, Mark, ist ein großer Typ, der ein Football-Spieler hätte sein können. Zumindest in einem alternativen Universum, in dem Football-Spieler zuviel kiffen und mit den heruntergekommenen Typen im „The Pit" im Harvard Square herumhängen. Seine Augen wurden ganz groß, als ich meinen dummen Mund wieder öffnete.

„Also, wenn das hier vorbei ist, hättest du dann Lust, mit mir Mittagessen zu gehen?"

Ihr Lächeln verschwand für eine Sekunde und sie sah... fast verärgert aus. Ich weiß, ich trug nicht gerade einen verdammten Tweed-Anzug, aber ich bin kein Bösewicht, sie brauchte also nicht beleidigt zu sein.

„Komm schon", sagte ich, „es ist doch nur ein Mittagessen. Ich werde nichts allzu Anstößiges machen."

Mark sagte in einem sarkastischen Ton: „Ich denke nicht, dass sie dein Typ ist, Crank."

Sie schloss ihren Mund, dabei wanderten ihre Augen zu Mark. Dann verengte sie sie, und ihre Lippen wurden zu einer schmalen Linie. Es sah so aus, als ob sie ihn schlagen wollte. Dieses Mädchen war echt sprunghaft. Ich mochte das. „Sicher", sagte sie. „Wo?"

Ich zuckte mit den Schultern. „Ähm... ich kenne mich hier nicht aus."

Für eine Sekunde sah sie nachdenklich aus. „Georgia Brown's an der 15. und K-Street. Dort kann man draußen sitzen. Sehen wir uns dort... um vier Uhr?"

Ja! War ich das, oder hatte sie sich näher zu mir hinbewegt?

Mark stieß ein Kichern aus und ging davon.

„In Ordnung, wir sehen uns um vier", sagte ich und sah ihr nochmals in die Augen.

Ich weiß nicht, was zur Hölle ich mir dabei gedacht hatte.

Nette Typen sind immer die Verlierer (Julia)

Ich weiß nicht, was ich mir dabei gedacht hatte.

Außer, dass der Kommentar des Bassisten, als er hinzukam und meinte, ich wäre nicht Cranks Typ, mir unter die Haut ging. Aber mal ehrlich, er war auch so gar nicht mein Typ, obwohl die Musik unglaublich war. Ich bin ein echter Musik-Snob. Ich habe einen breit gefächerten Geschmack, aber ich liebe Punk und trotz der strikten Einwände meiner Eltern hatte ich in Harvard jedes Seminar belegt, das mit der Musikindustrie zu tun hatte. Diese Musik war gut, aber anders, originell. Irgendwas an dem Bass und Cranks Stimme, die darüber lag... rau, tief... melodisch. Das war nicht normal für mich. Ich gehe nicht einfach so mit jemandem aus. Ich gehe gar nicht aus.

Ich hatte geplant, mich nach dem Marsch um das Weiße Haus mit ein paar der Organisatoren zu treffen und die nächste Demo zu planen. Und mich für Pressetermine zur Verfügung zu stellen. Aber als er von der Bühne stolperte und nur ein paar Zentimeter von mir entfernt landete, konnte ich nicht nein sagen. Ich konnte es einfach nicht. Ich konnte nicht nein sagen, weil ich während der ersten paar Sekunden nicht atmen konnte.

Das war so falsch. Ich war nicht in Washington um Männer zu treffen. Schon gar nicht Männer, die sich selbst Crank nannten, Gitarre spielten und vermutlich Drogen nahmen. Ich war hier, weil ich an etwas glaubte.

Aber als er zurück zum Van der Band lief, seine Gitarre und einen schweren Verstärker trug, sah ich ihm dabei zu, wie er davonging. Und irgendwie verlor ich meinen Enthusiasmus für mehr Proteste. Es war wichtig, den Krieg zu verhindern, aber glaubte ich wirklich, dass das hier etwas nützen würde? Nicht wirklich. International ANSWER, eine Gruppe, die zu einem bekannten Flügel der People's Workers'-Partei gehörte, hatte den Marsch organisiert. Mein Vater würde einen Herzinfarkt bekommen, wenn er wüsste, dass ich mich hieran beteiligt hatte, vor allem, wenn er wüsste, wer die Organisatoren waren. Aber ich hatte meinen Vater nicht nach seiner Meinung gefragt. Ironischerweise befand sich mein Vater in einer Position, in der er etwas hätte tun können. Aber die Chance, dass er das machen würde, war gleich Null.

Also fand ich mich dabei wieder, wie ich an einem schönen Oktobernachmittag in Washington um vier Uhr am McPherson Square aus einem Taxi stieg. Es gab nicht viel Verkehr, aber eine Menge Fußgänger bevölkerten die Straßen, viele von ihnen waren gerade dabei, die Demonstration zu verlassen. Ich sah ihn sofort, er saß an einem der Außentische, die an der Front des Restaurants aufgestellt waren. Er saß entspannt da, in seinen zerrissenen Jeans, die Beine locker ausgestreckt, vor ihm stand ein Drink. Auf seinem schwarzen ärmellosen T-Shirt war ein in Flammen aufgehender Schädel abgebildet und man konnte aufwändige Tattoos auf seinen Armen erkennen. Sein Haar war fast weiß gefärbt und zu Stacheln geformt. Es war irgendwie unpassend, ihn so an einem Tisch mit einem weißen Leinentischtuch an seinem Drink nippen zu sehen.

Als ich näher kam, stand er auf.

„Hey", sagte er. „Ich hatte schon Sorge, dass du nicht kommen würdest."

Ich sah ihn neugierig an. „Warum?"

Er zuckte mit den Schultern. „Ein merkwürdiger Typ lädt dich in einer fremden Stadt zum Mittagessen ein…"

Ich lehnte meinen Kopf ein wenig nach rechts. „Tja, du bist merkwürdig, das gebe ich zu."

Er grinste und zog einen Stuhl für mich hervor – es war eine unerwartete Geste für jemandem, der sprunghaft und gefährlich aussah.

„Lass uns einfach von vorne anfangen", sagte er. „Wir sind uns niemals vorgestellt worden. Ich bin Crank Wilson."

„Julia Thompson", antwortete ich. „Wie heißt du wirklich?"

Er kicherte. „Ich heiße wirklich Crank. So steht es in meinem Führerschein. Mehr musst du nicht wissen."

„Wäre es in Ordnung, wenn ich frage, was sich deine Eltern dabei gedacht haben?"

„Julia ist ein ziemlich altmodischer Name, oder etwa nicht?"

„Ich habe altmodische Eltern."

„Ich ehrlich gesagt auch. Sie waren so altmodisch, dass ich vor Gericht ziehen musste, um meinen Namen ändern zu lassen."

„Warum Crank?", fragte ich.

„Er passt doch, oder?"

Ich lehnte mich zurück und sah ihn an. Sah ihn mir ganz genau an. Crank war etwa 1,80 m groß, mit knochigen Zügen. Mehrere Tattoos waren entlang seiner muskulösen Arme zu sehen, aber sie sahen ganz anders aus als alle Tattoos, die ich bisher gesehen hatte. Auf der rechten Seite war etwas, das aussah wie eine Schriftrolle, die sich auf seinen Muskeln bis zu seinem Ellbogen entlang zog und auf der Noten eingraviert waren. Auf seinem linken Arm war im Gegensatz dazu ein Stacheldrahtzaun tätowiert, und außerdem hatte er eine hässliche, etwa 7,5 Zentimeter lange Narbe auf seinem Bizeps.

Ich konnte das Verlangen, seinen Namen zu ändern, verstehen. Zu ändern, wer man war. Zu verschwinden.

„Ja, ich denke, er passt", sagte ich. „Zumindest auf den ersten Eindruck."

Die Kellnerin kam zu uns und ich bestellte einen Eistee.

Er grinste, als sie wegging. „Also, was macht ein nettes Mädchen wie du in dieser Anti-Kriegs-Verrücktheit?"

„Anti-Kriegs-Verrücktheit?", fragte ich. „Es ist überhaupt nicht verrückt. Nach dem 11. September nach Afghanistan zu gehen, war eine Sache. Im Irak einzumarschieren... das ist etwas völlig anderes und es gibt keinen guten Grund dafür. Es werden viele Menschen sterben. Also, ja, ich habe mich dort engagiert."

Er zuckte mit den Schultern. „Grundsätzlich stimme ich dir zu. Aber um ehrlich zu sein, kann ich nicht erkennen, was die ganze Herummarschiererei in Washington bringen soll."

Ich seufzte. „Ich habe da auch meine Zweifel. Aber ich hatte das Gefühl, etwas tun zu müssen."

Er hörte mir zu, antwortete aber nicht.

Ich lehnte mich nach vorne. „Was ist mit dir? Ihr Typen habt euch bereit erklärt, ohne Gage bei der Demo zu spielen."

„Tja", sagte er. „Das war Serena. Sie ist die Sängerin und Gitarristin. Sie ist außerdem politisch engagiert."

„Und du nicht?"

„Ich bin kein großer Fan von Politik. Obwohl ich zugeben muss, dass es geil ist, vor einem so großen Publikum zu spielen. Normalerweise spielen wir in Clubs."

„In und um DC?"

„Nein, meistens in Boston und Providence."

Ich holte Luft. „Boston?", fragte ich leise.

„Ja", sagte er. „Dort leben wir. Was ist mit dir?"

Okay, das war überhaupt keine gute Idee. Ich sollte ihn anlügen und ihm sagen, dass ich in Sibirien oder Alaska oder Alabama lebte. „Ich lebe auch in Boston, in Harvard?" Am Ende des Satzes hob sich meine Stimme ein wenig, so wie bei einem Fragezeichen, so als wäre ich mir nicht sicher, wo ich lebte. Ich war wegen meiner Unsicherheit über mich selbst verärgert.

Er grinste. „Das hätte mir klar sein müssen. Harvard."

„Was soll das jetzt bedeuten?"

„Na ja, du gehörst nicht zu der Sorte Frau, mit denen ich sonst ausgehe."

Ich mochte die Richtung nicht, in die die Unterhaltung ging, aber ich konnte anscheinend meinen Mund nicht halten. „Und was für eine Sorte Frau ist das?"

Er sah mich lange an. „Groupies. Tussis. Frauen, die in den Bars in Southie herumhängen. Nicht wie du."

Ich biss mir auf die Unterlippe. Ich hielt nicht viel von Leuten, die so über Frauen sprachen. „Also, warum hast du mich dann zum Mittagessen eingeladen?"

Er zuckte mit den Schultern. „Manchmal muss man etwas verändern. Ist das nicht auch das, was du tust?"

„Vermutlich schon. Du bist auch nicht der Typ Mann, mit dem ich sonst ausgehe."

„Mit was für einer Sorte Mann gehst du aus, Julia?"

Er stellte die Frage auf eine halb neckende und halb formale Art. Ich sah ihn an und antwortete ehrlich. „Ich gehe gar nicht mit Männern aus. Aber wenn ich es doch mal tue, sind es Männer mit Ambitionen. Juristen oder Betriebswirte. Typen, die Anzüge tragen. Männer, die mal im Senat sitzen oder Chef einer Firma werden. Ähm... Typen, mit denen mein Vater einverstanden wäre."

Crank schielte mich an und lehnte sich plötzlich vor. „Willst du damit sagen, dass dein Vater mit mir nicht einverstanden wäre?"

Ich sah ihm in die Augen und holte tief Luft. Sie waren blau und klar, sehr klar, und sein weiß gefärbtes Haar betonte sie auf eine Art und Weise, die dazu führte, dass ich am liebsten den ganzen Tag in sie geschaut hätte. Er starrte mich an, als ob er versuchte, in mich hineinzuschauen. Ich schluckte. „Mein Vater wäre definitiv nicht mit dir einverstanden."

Er lächelte, ein schiefes, jungenhaftes Grinsen, das mein Herz ein bisschen schneller schlagen ließ. Und zum ersten Mal bemerkte ich, dass einer seiner unteren Zähne etwas schräg stand. Es war süß.

„Wann wirst du nach Boston zurückfahren, Julia?"

Ich schluckte und holte tief Luft. „Ich werde den Zug morgen früh nehmen."

Er zwinkerte. „Kennst du dich in der Stadt aus? Ich war noch niemals hier. Zeigst du mir Washington? Wir werden bestimmt eine tolle Zeit zusammen haben."

„Ich weiß nicht, ob das eine gute Idee ist." Ich wusste, dass das keine gute Idee war. Ich hatte eine sehr harte und einfache Regel. Ich hielt mich, zur Hölle nochmal, von Typen fern, zu denen ich mich hingezogen fühlte.

Sein Grinsen, das langsam unerträglich wurde, wurde immer breiter. „Ich weiß, dass das keine gute Idee ist. Genau deshalb sollten wir es tun."

Ich kniff meine Augen zusammen. „Und was genau werden wir in dieser Zeit machen?"

„Wir beginnen mit Margaritas und sehen dann, wo wir landen."

Ich konnte nicht anders, ich lachte. Und als er mit seiner Faust auf den Tisch schlug und „Treffer!" sagte, lachte ich noch mehr.

„Du bist nicht sehr feinsinnig, oder?"

Er zuckte mit den Achseln, eine Bewegung, bei der irgendwie sein ganzer Oberkörper beteiligt war. „Sehe ich feinsinnig aus?"

„Aussehen ist nicht alles."

Er sah mich durch halbgeschlossene Augenlider an. „Okay. Dann lass uns herausfinden, wie viel Aussehen bedeutet. Wir wissen gar nichts voneinander. Lass uns also Vermutungen… über uns anstellen."

Ich unterdrückte ein Lachen. In diesem Moment kam die Kellnerin zurück, er bestellte uns zwei Margaritas und ich bestellte einen Salat.

„In Ordnung. Aber du bist zuerst dran."

Er grinste. „Okay. Mal sehen – Ich weiß, dass du in Harvard bist. Ich denke, du gönnst dir nicht viel Entspannung… du gehst nicht aus und amüsierst dich. Du bist ein Einzelkind. Du kommst aus… Kalifornien oder vielleicht Oregon, deinem Akzent nach zu urteilen. Dein Vater ist… Manager? Vielleicht bei einer Bank? Du hast noch niemals Hasch geraucht. Und der Stift in deiner Nase war ein großer Protestakt."

Ich kicherte. Oh Gott. Mal ehrlich, ich kicherte? Er war einfach nur albern. „War's das?"

„Hmm… Ich vermute, du hast in deinem ganzen Leben noch nicht einen Tag in der Schule gefehlt, es sei denn, etwas Lebensbedrohendes kam dazwischen. Aber ein Teil von dir möchte gerne ausbrechen… etwas Verrücktes tun."

Er grinste und sagte: „Okay, wie war ich?"

„Na ja, ich komme nicht aus Kalifornien oder überhaupt irgendwo her. Aber ich denke, es zählt trotzdem, denn meine Familie lebt inzwischen dort. Ich bin eindeutig kein Einzelkind. Ich habe fünf Schwestern. Carrie ist in ihrem letzten Jahr an der High School, Alexandra ist zwölf, die Zwillinge sind sechs und Andrea ist fünf Jahre alt. Und... nein, ich habe niemals Hasch geraucht. Mein Vater ist ein pensionierter Botschafter, deshalb habe ich die meiste Zeit meines Lebens überall auf der Welt gelebt. Und... Rebellion war noch niemals mein Ding. Ich habe ein ziemlich gutes Leben, es gibt nichts, gegen das ich rebellieren müsste."

Es ist faszinierend, dass man eine Menge Worte sagen kann, die alle wahr sind, und dabei die Wahrheit trotzdem total verschleiert. Ich hatte mein Leben damit verbracht, ein Netz aus Halbwahrheiten zu spinnen; ein aus Worten gewebter Panzer, der nur dazu da war, mein wahres Ich zu verbergen.

Er grinste und schüttelte ganz leicht seinen Kopf. „Nichts, gegen das du rebellieren müsstest? Gar nichts?"

„Nein", antwortete ich. Außer vielleicht gegen meine Mutter, die jeden Moment in meinem Leben kontrollierte. Aber das war mehr, als ich bereit war, zu sagen.

„Das ist traurig", sagte Crank. „Jeder sollte etwas haben, gegen das er rebellieren kann."

Ich runzelte die Stirn und verzog meine Augenbrauen. „Ich habe in meinem ganzen Leben noch niemals so etwas Verrücktes gehört. Wie kannst du so was sagen?"

Er zuckte mit den Schultern, lehnte sich ganz auf seinem Stuhl zurück, hatte die Hände in seinen Hosentaschen vergraben. „Die Dinge, gegen die man rebelliert, sind die Dinge, die einen ausmachen."

„Das ist eine ziemlich jugendliche Einstellung, findest du nicht? Ich definiere mich lieber selbst."

Er sah mich an und grinste kräftig. „Du bist das erste Mädchen, das mich jugendlich nennt."

„Warum überrascht mich das nicht?"

Er runzelte die Stirn und sagte dann: „Hör auf, mich zu beleidigen."

„Das tue ich nicht."

„Das tust du ganz sicher. Glaub mir, Baby… Harvard ist nicht der einzige Weg zu einem glücklichen Leben."

„Nenn mich nochmal Baby und mein Drink landet auf deinem Schoß. Und ich habe niemals gesagt, dass es der einzige Weg ist", antwortete ich abwehrend. War ich herablassend? Ich denke nicht. Ja, ich bin stolz auf das, was ich erreicht habe. Aber es ist nicht so, als ob ich nicht wüsste, dass es da draußen eine große Welt gab und viele verschiedene Wege zu leben. Im Gegenteil, in letzter Zeit dachte ich immer mehr darüber nach, dass ich auch einen anderen Weg finden musste. Je näher ich dem Abschluss kam, desto mehr hatte ich das Gefühl, als ob sich mein Leben einengte und mich wie eine Falle umschloss.

„Ich kann es sehen", sagte er. „Du vergleichst mich in Gedanken mit einem dieser Affen im Anzug, nicht wahr? Einem zukünftigen Firmenchef oder Senator."

Ich antwortete scharf: „Es ist besser, als mit einem Groupie oder einer Tussi verglichen zu werden."

„Autsch", sagte er, dann nahm er einen großen Schluck von seiner Margarita.

„Also, jetzt bin ich dran, denke ich."

Er grinste. Er war echt ein Arsch. Aber ein höllisch attraktiver Arsch. Verdammt. Auf eine verrückte Art und Weise machte das hier echt Spaß. In Boston musste ich immer so vorsichtig sein, denn die Menschen, mit denen ich sprach, waren am nächsten Tag auch noch da und das bedeutete, dass ich mich verstecken musste.

„Okay", sagte ich. „Du hast dir ja eine ziemlich gute Fassade zugelegt. Schwarzes Leder und verrückte T-Shirts und zornige Liedtexte. Aber ich vermute, du kommst aus einer netten Familie aus einem Vorort von Boston. Du warst ganz gut in der Schule, hattest aber keine Lust, auf ein College zu gehen, und du hast die Band gegründet, um dich an Mädchen heranzumachen. Dein Aussehen – das Haar und die Tattoos – das gehört alles dazu. Ich wette, du bist wesentlich netter, als du zugibst."

Er grinste heftig. „Falsch, falsch und falsch. Ich komme aus Southie, habe ein kaputtes Elternhaus und alles, was dazugehört. Ich bin von der Schule geflogen, weil ich mich zu viel geprügelt habe, und ich bin kein netter Typ."

„Warum nicht?", fragte ich.

„Warum nicht *was?*"

„Warum bist du kein netter Typ?"

Er setzte sich auf seinem Stuhl zurück und sah mich genau an, ohne zu antworten. Während seine Augen mein Gesicht besahen, spürte ich, wie meine Wangen heiß wurden und ich errötete. Es fühlte sich an, als ob er da sitzen würde und sich vorstellte, wie ich nackt aussah, und ich begann schneller zu atmen, denn ein solcher Blick verursacht bei mir immer eine Gänsehaut. Aber in dem Moment war es anders. Im Gegenteil, mein Körper betrog mich: Meine Brüste waren empfindlich und ich hatte ein komisches Gefühl im Bauch. Mir ging ein Gedanke durch den Kopf, den ich ganz schnell wieder verbannte, ich fragte mich, wie er wohl im Bett war. Nicht so wie Willard, da war ich mir sicher.

Schließlich sagte er: „Weil die netten Typen immer die Verlierer sind."

Ich verspreche nichts (Crank)

„Weil die netten Typen immer die Verlierer sind."

Nachdem ich die Worte gesagt hatte, bedauerte ich sie fast, denn ihre sexy Augen wurden plötzlich groß. Sehr groß. Sie setzte sich in ihrem Stuhl auf und rollte mit den Schultern, so als ob sie sich für einen Boxkampf lockern würde und dann erschien ein falsches Lächeln auf ihrem Gesicht. Es war dasselbe Lächeln, mit dem sie mich Sekunden, nachdem wir uns zum ersten Mal getroffen hatten, bedacht hatte, das Lächeln, das niemals ihre Augen erreicht hatte. In dem Moment bemerkte ich, dass es hier gar nicht um mich ging. Jemand anderes näherte sich unserem Tisch.

Es war eine ältere Dame, die ein männliches Aussehen hatte, ein eckiges Kinn, breite Schultern und kurze, blondierte Haare. Wenn sie eine Lederjacke getragen hätte, wäre sie in einigen der Clubs, in denen ich spielte, nicht aufgefallen. Sie lächelte uns falsch an und sagte dann: „Julia Thompson… dachte ich mir doch, dass Sie es sind."

Julia legte ihre beiden Hände flach auf den Tisch, und ihr Gesicht erstarrte. Es war so, als ob alles Leben sie gerade verlassen hätte und sie nur noch eine Marionette war. Ich wusste nicht, wer die Dame war, aber es war klar, dass Julia es wusste, und sie war nicht glücklich darüber. Sie sagte: „Hallo."

Die Frau schaute mit ihren Augen an mir herunter, es kam mir vor, als wäre sie eine Maschine, dann sagte sie, und ihre Stimme triefte dabei vor Falschheit: „Sie sollten mir Ihren Freund vorstellen, Julia."

In Julias Gesicht zeigte sich Abneigung. „Er ist nicht mein Freund. Er ist ein Bekannter. Maria Clawson, darf ich Sie mit Crank Wilson bekannt machen? Sie sollten uns nun entschuldigen, wir essen gerade, und Sie haben uns unterbrochen."

Maria blinzelte. Ich weiß nicht, ob sie wegen Julias offensichtlicher schlechter Manieren beleidigt war, ich war es auf jeden Fall. Das hatte ich nicht von ihr erwartet… Sie war unhöflich, zu uns beiden.

Ich lehnte mich nach vorne. „Freut mich, Sie kennenzulernen, Maria. Hören Sie nicht auf Julia… Sie ist immer noch ein wenig schüchtern, wenn es um uns geht." Ich streckte meinen Arm aus und legte meine Hand auf Julias. Sie zog ihre sofort zurück.

Maria strahlte. „Ich verstehe! Wie lange kennen Sie zwei sich schon?"

„Miss Clawson", begann Julia zu intervenieren. Ich sprach lauter und warf ihr einen schiefen Blick zu. „Etwa vier Stunden. Aber sie waren sehr intensiv, wenn Sie verstehen, was ich meine."

„Du Arschloch", platzte Julia heraus und zog damit die Aufmerksamkeit sämtlicher Fußgänger auf dem Bürgersteig auf uns.

Ich zwinkerte ihr anzüglich zu.

„Auweia", sagte Maria. „Ich denke, ich lasse Sie zwei jetzt besser allein."

„Schön wär's", sagte Julia, ihr Ton war voller Sarkasmus. „Warum gehen Sie nicht und versprühen Ihr Gift anderswo?"

Maria lächelte steif und ging zufrieden aussehend davon.

„Was sollte das alles?", fragte ich.

Ihre Augen wanderten zu mir, und es war echter Ärger in ihnen zu erkennen. „Warum hast du das gemacht?"

„Was gemacht? Ich hatte nur ein bisschen Spaß."

„Maria Clawson ist eine Klatschkolumnistin, Crank."

Eine Klatschkolumnistin? „Meinst du das ernst? Ich wusste gar nicht, dass es immer noch Klatschkolumnisten gibt. Ist doch auch egal, ich bin nicht so berühmt."

Sie runzelte die Stirn in meine Richtung. „Um dich mache ich mir keine Sorgen, du arroganter Idiot, es geht um mich."

„Ist es dir peinlich, mit mir gesehen zu werden?", fragte ich halb verärgert.

„Sie hat Jahre damit verbracht, meine Familie bei jeder möglichen Gelegenheit durch den Dreck zu ziehen."

„Tja, scheiß auf sie", antwortete ich. Und dann tat ich etwas, das ich vielleicht nicht hätte tun sollen. Ich stand auf, bemerkte, dass Maria am letzten Tisch auf dem Bürgersteig stand und sich mit einer blauhaarigen alten Schachtel unterhielt. „Hey Sie! Maria!", rief ich und zog damit alle Aufmerksamkeit auf mich, sogar die des Obdachlosen auf der anderen Straßenseite. „Ja… verpissen Sie sich, Sie Klatschtante!"

Julia verbarg ihr Gesicht. „Oh Gott", murmelte sie hinter ihren Händen. „Bist du total verrückt?"

„Ja, Darlin'", antwortete ich, „das bin ich. Komm, verschwinden wir von hier." Ich holte meinen Geldbeutel heraus und legte zwei Zwanziger auf den Tisch, gerade als der Manager auf uns zukam.

Ich drehte mich zu ihm um. „Ja, ja, wir gehen. Fangen Sie gar nicht erst an."

Julia stöhnte. „Ich kenne ihn nicht", murmelte sie.

Ich kicherte und sagte: „Was hältst du davon, wenn wir in Richtung Weißes Haus gehen?"

„Wirst du dort auch dafür sorgen, dass wir rausgeschmissen werden?"

„Ich verspreche nichts." Ich grinste sie kurz an, winkte Maria Clawson übermütig zu, die aussah, als ob sie gerade einen großen Bissen verdorbenes Fleisch geschluckt hatte, und führte Julia hinaus auf den Bürgersteig.

KAPITEL 2

Schlecht für dich (Julia)

etzt war es offiziell. Crank war verrückt. Unwiderstehlich, interessant und verdammt gut aussehend. Aber verrückt.

Einfach zu schade, wirklich. Es machte Spaß, in seiner Nähe zu sein. Aber ich wusste jetzt schon, dass ich ihn, sobald der Tag vorüber war, nie mehr wieder sehen würde. Am Montag würde ich zurück an der Uni sein, zurück in meinem Leben. Es würde schon schlimm genug werden, wenn Maria Clawson ihren Artikel veröffentlichte, was auch immer darin stand. Und es gab für mich keinen Zweifel, dass sie hierüber schreiben würde. Es war eine weitere Chance, meinen Dad durch den Dreck zu ziehen. Meine Schuld. Mal wieder. Ich war wegen Cranks Ausbruchs nicht sauer auf ihn. Wie hätte ich das sein können? Maria Clawson hatte mich dazu benutzt, die Karriere meines Vaters zu ruinieren, ohne mich überhaupt zu kennen, und dabei auch mein Leben fast zerstört. Er hätte sich noch viel schlechter verhalten können, es hätte mich nicht gestört.

Wir gingen die 15. Straße nach Süden und bogen dann nach rechts ab auf die Vermont Avenue, in Richtung des Weißen Hauses. Viele Menschen bevölkerten die Straßen, die meisten waren zwanglos gekleidet. Montags würden sie alle Anzüge tragen und zur Arbeit in einem der Regierungsämter, Wirtschaftsverbände oder einer der Interessenvertretungen pendeln. Heute war dies die Domäne der Touristen und der Obdachlosen, die diesen Teil der Stadt bevölkerten. Der Himmel hatte sich in ein brillantes Orange gefärbt, als die Sonne im Westen unterging. Bald würde es dunkel sein.

Wir hielten an der Pennsylvania Avenue an, direkt am Rande der Menschenmenge, die immer noch Schilder umher trug und Parolen in Richtung des Weißen Hauses rief.

Irgendwie hatte ich das Gefühl, dass sie innerhalb der Mauern überhaupt nicht beachtet wurden.

„Mein Vater ist in der National Guard", sagte Crank auf einmal, ohne jeden Zusammenhang.

Ich sah ihn verblüfft an. „Du denkst doch nicht, dass er hierfür eingezogen werden wird, oder?"

Er zuckte mit den Schultern. „Ich weiß es nicht. Nach dem 11. September hat er für eine Weile Dienst tun müssen. Mein Bruder musste in dieser Zeit zu unserem Opa ziehen. Das… war nicht gut. Ich weiß, ich habe diese *Scheißegal-Einstellung*, aber ich war dafür, bei der Demo zu spielen. Zu tun, was immer ich kann."

Er hatte einen ernsten Gesichtsausdruck, als er das Weiße Haus anstarrte. Seine plötzliche Ernsthaftigkeit war nervenaufreibend. Bis jetzt hatte es den Anschein gehabt, als ob ihm gar nichts ernst war. Er starrte das Weiße Haus mit angespanntem Kinn und verärgertem Gesicht an.

„Das muss schwer gewesen sein."

„Ja, na ja, die Menschen verstehen nicht, dass solche Dinge das wahre Leben der normalen Leute beeinflussen. Ihnen geht es nur ums Schilderschwenken und Protestieren und um Politik, aber wenn es wirklich zur Sache geht, dann sind es Menschen wie mein Dad, die sich der Gefahr stellen. Das kotzt mich an."

„Hast du ein enges Verhältnis zu deinem Vater?"

Er schüttelte seinen Kopf und ein amüsiertes Lächeln huschte über sein Gesicht. „Wir können uns nicht ausstehen."

Ich wusste nicht, was ich darauf antworten sollte. Ich wusste alles über Konflikte mit den Eltern, aber darüber sprach ich mit niemandem. Niemals.

„Das ist alles viel zu ernst", sagte er. „Und ich hab noch nicht genug Alkohol intus."

„Nach dem zu urteilen, was im Georgia Brown's passiert ist, hab ich schon zuviel Alkohol intus."

Er kicherte. „Bitte verzeih mir, Julia."

Ich zuckte mit den Schultern. „Die Kunst wird darin bestehen, meine Eltern dazu zu bewegen, mir zu verzeihen." Ich drehte mich um und begann in Richtung der 14. Straße zu laufen. Er folgte mir.

„Ernsthaft? Von wie viel Ärger reden wir?"

Ich seufzte. „Die Ernennung meines Vaters zum amerikanischen Botschafter in Russland wurde um zwei Jahre verzögert… teilweise wegen der Dinge, die diese Frau geschrieben hat."

Er räusperte sich. „Dein Vater ist unser Botschafter in Russland?"

Ich schüttelte meinen Kopf. „Er war es… Er ist dieses Jahr pensioniert worden, und die ganze Familie ist nach Hause nach San Francisco gezogen."

„Also, dann bist du… ein Mädchen aus der besseren Gesellschaft. Eine Erbin."

„So was in der Art."

„Das ist verdammt heiß."

Ich stolperte, versuchte, nicht rot zu werden, schaffte es aber nicht. „Was?"

Er lachte aus vollem Hals. „Nur Spaß."

Vor ein paar Jahren hätte mich das völlig aus dem Konzept gebracht. Aber ich war nicht mehr achtzehn und dafür war mehr als ein hübscher Typ, der mit mir flirtete, nötig. „Echt? Das ist heiß? Welcher Teil davon? Die Erbin oder das Mädchen aus der besseren Gesellschaft?"

Er grinste und schaute mich ziemlich genussvoll an, sein Blick wanderte von meinen Füßen meinen ganzen Körper entlang nach oben. Dabei bekam ich eine Gänsehaut. Dann sagte er: „Ich würde sagen, alles an dir."

Nett. „Wenn das so ist, muss ich dir wohl verzeihen."

„Mann", sagte er. „Du bist aber einfach zu überzeugen."

„Einfach zu überzeugen? Nein. Ich verzeihe nur leicht."

„Sicher, wie auch immer. Das heißt also, du bist in Moskau zur High School gegangen?"

„Nein, ich war drei Jahre in Peking an der High School und habe sie dann hier beendet."

„In Washington?"

„Na ja, Bethesda-Chevy Chase. Das liegt gleich außerhalb von DC, in Maryland."

Er schüttelte seinen Kopf. „Das ist zu viel. Viel zu viel. Also, was willst du jetzt machen?"

„Ich weiß nicht. Was ist mit dir?"

Er trat näher und sah mir in die Augen. „Ich möchte dich mit zurück in mein Hotel nehmen und dich verführen."

Ich holte schnell Luft. Damit hatte ich nicht gerechnet. Ich schluckte, sah ihm in die Augen und schaute dann auf seine Lippen. Schlechte Idee, denn seine Lippen sahen einfach zum Küssen aus und ich ertappte mich dabei, dass ich herausfinden wollte, wie sich das anfühlte. Dann versuchte ich etwas zu sagen, aber meine Stimme brach ein wenig. Ich räusperte mich und sagte: „Ich schlafe nicht beim ersten Date mit Männern. Und ein zweites Date wird es zwischen uns nicht geben."

Er fuhr sich so schnell mit der Zunge über die Lippen, dass ich es nicht bemerkt hätte, hätte ich nicht sowieso schon auf seine Lippen geschaut. Dann kam er noch näher. Zu nah. Viel zu nah. Ich konnte den Schweiß von seinem Auftritt riechen. Er sagte: „Dann muss ich wohl mit einem Kuss zufrieden geben."

Ich öffnete meinen Mund und war sprachlos. Niemand war so direkt. Er war verrückt. Ich holte Luft und sagte: „Ich…", und dann trat er noch näher, schloss die Lücke zwischen uns, und berührte meine Lippen mit seinen. Und dann küsste er mich und, was noch beunruhigender war, ich küsste zurück. Ein Schauer lief mir über den Rücken, als er seine Hände fest auf meine Hüfte legte. Seine Zunge schoss nach vorne, zwischen meine Lippen, und meine eigene Zunge berührte seine, und ich denke, dass ich etwas stöhnte, als er mich näher an sich heranzog. Mir war schwindlig und das, obwohl ich kaum etwas von meinem Margarita getrunken hatte.

Ich keuchte und trat ein wenig zurück. „Wir sollten… aufhören."

Er seufzte und sah mir in die Augen. „Warum?"

„Weil ich das mit Männern, mit denen es mir nicht ernst ist, nicht mache."

Er antwortete: „Mir ist es mit niemandem ernst."

„Mir auch nicht", sagte ich und versuchte dabei schnippisch zu klingen, aber ich wusste, dass ich kläglich versagte. Es ist schwer, schnippisch zu sein, wenn man kaum atmen kann. Crank löste sämtliche Alarmglocken in mir aus. Verrückt, bestimmend, ein wenig arrogant. Ich war schon einmal in dieser Position gewesen und es hatte mein Leben ruiniert. Ich holte tief Luft und versuchte klar zu denken.

Er kicherte und legte seinen Arm um meine Schultern. Er drückte mich ein wenig und ließ mich dann los. „Ja... schlecht für mich."

„Ich bin sowieso nicht dein Typ."

„Stimmt", sagte er. „Du hast zum Beispiel zuviel an."

Ich lachte. „Warum gehen wir nicht irgendwas zu Abend essen. Immerhin konnte ich vorhin nicht mal meinen Salat essen."

„Irgendwas... in Ordnung. Wo sollen wir hingehen?"

„Ist mir egal."

„Dann lass uns einfach weitergehen und sehen, wo wir rauskommen."

Das würde mir gefallen (Crank)

Also spazierten wir weiter und unterhielten uns. Ich sehnte mich danach, sie nochmal zu küssen, und ich fühlte, dass es ihr genauso ging. Vielleicht hatte ich ja nochmal Glück, vielleicht auch nicht. Egal, ich hatte Spaß. Während wir dahinspazierten, schickte mir Mark eine SMS und fragte, ob ich zurück zum Hotel kommen würde. Ich schrieb ihm zurück, dass er mich mal kreuzweise konnte.

Direkt danach klingelte ihr Telefon. „Tschuldigung." Sie klappte es auf und ging ran.

„Hallo? Oh, hey, Brittany... Nein, ich bin mit... einem Freund.... ausgegangen. Ja, ich werde heute Abend nicht kommen können, tut mir leid... Was? Nein, ich habe geplant, in der Wohnung meiner Eltern in Bethesda zu übernachten. Bis bald. Tschüss."

Sie klappte das Telefon wieder zu.

„Freunde, die nach dir gefragt haben?", fragte ich.

„So was in der Art", sagte sie, sie sah abgelenkt aus. „Lass uns hier essen."

‚Hier' war ein Loch in einer Wand – eine Tür zu einem Sockelgeschoss, die direkt vor dem Tor, das nach Chinatown führte, gelegen war. Ein kleines, altes und dreckiges Schild mit chinesischen Buchstaben hing darüber. Es sah nicht wie ein Restaurant aus.

„Was ist das hier?", fragte ich.

„Komm schon", sagte sie, ging die vier Stufen herunter und öffnete die Tür.

Sobald sie sie geöffnet hatte, stieg mir Essensgeruch in die Nase. Drinnen gab es sechs Tische, vier davon waren belegt. Die Gäste waren alle Chinesen und alle älter. Die Wände waren in einem verblassten Gelb gestrichen, die Beleuchtung schwach und in dem Raum gab es nichts von dem Kitsch, den man sonst in chinesischen Restaurants findet.

Eine Frau kam aus einem Hinterzimmer und sagte mit einem ziemlichen Akzent: „Es tut mir leid, wir schließen gerade."

Julia antwortete mit einem Schwall aus chinesischen Worten. Zumindest denke ich, dass es Chinesisch war. Sie hätte auch griechisch sprechen können, ich hätte es nicht unterscheiden können. Außer Englisch konnte ich lediglich ein paar Flüche auf Spanisch.

Egal. Die Frau antwortete Julia und dann sprach Julia wieder. Die Frau strahlte und führte uns zu einem Tisch.

„Du hast verborgene Talente", murmelte ich.

Julia grinste. „Hier kommen nur Einheimische her. Das Essen wird anders sein, als du es gewohnt bist."

Ich sah mich um, setzte mich dann gegenüber von ihr hin und schaute mir die ungewohnte Umgebung genauer an. Nicht, dass ich nicht schon zuvor in Löchern in der Erde gegessen hatte... im Gegenteil, Essen aus kleinen Lokalen in den Vororten war so ziemlich alles, was mich ernährte. Aber das hier war anders, auch wenn es vermutlich nur daran lag, dass ich ein bestimmtes Aussehen bei China-Restaurants aus Boston gewöhnt war. Plastikschilder, die über der Theke hingen und auf denen die Gerichte abgebildet waren, billige Fotos mit irgendwelchen orientalischen Motiven in schlecht passenden Rahmen. Dieser Ort hier hätte ein ganz normales Fast-Food-Restaurant sein können, bis auf die Tatsache, dass, außer Julia und mir, keiner Englisch sprach.

Die Kellnerin kam mit Tee in einer kleinen Stahlkaraffe und Wasser zu uns, aber sie hatte keine Speisekarten dabei. Julia sprach mit ihr auf Chinesisch und die Kellnerin antwortete. Nachdem die zwei etwa eine Minute oder so miteinander geredet hatten, nickte die Kellnerin und ging davon.

„Worüber habt ihr zwei euch genau unterhalten?"

„Das Abendessen", antwortete sie. „Vertrau mir. Das wird lecker sein."

„Gibt es noch mehr Überraschungen? Welche Sprachen sprichst du noch?"

„Ähm…", Sie biss sich auf die Unterlippe. Das und eine Haarsträhne, die auf einer Seite ihres Gesichts herunterhing, führten dazu, dass ich mich am liebsten nach vorne gelehnt und sie berührt hätte. „Ich spreche Französisch, Kantonesisch, Mandarin und ein bisschen Japanisch. Etwas Spanisch. Wenn man so aufwächst wie ich, ist das irgendwie normal. Und Sprachen lernen ist mir immer leicht gefallen. Es ist gut zu wissen, was die Einheimischen sagen."

Ich schluckte. „Liest du Physikbücher in deiner Freizeit?"

Sie rümpfte die Nase in meine Richtung und versuchte, das Thema zu wechseln. „Nein. Eindeutig nicht. Was ist mit dir? Was machst du in deiner Freizeit?"

Ich zuckte mit den Schultern. „Ich habe keine Freizeit, wirklich nicht. Wenn ich nicht mit der Band zusammen bin, dann arbeite ich oder verbringe Zeit mit meinem kleinen Bruder."

„Du bist nicht am College?"

„Nein, ich habe die High School nicht abgeschlossen. Mein Vater hat mich nie als gleichwertige Person angesehen, also bin ich mit sechzehn ausgezogen."

Ihr blieb der Mund offen stehen. „Was hast du dann gemacht?"

„Ich habe als Koch gearbeitet. Und Gitarre gespielt und gesungen. Die Band läuft gut, dort liegen meine Prioritäten."

„Das ist riskant", antwortete sie. „Nicht zur Schule zu gehen. Was passiert, wenn das mit der Band nicht klappt?"

Ich zuckte mit den Schultern. „Das Risiko beunruhigt mich nicht. Wir werden es schaffen."

„Das hoffe ich", antwortete sie, die Zweifel standen ihr ins Gesicht geschrieben.

„Hey", sagte ich gereizt. „Verurteile mich nicht. Das macht mein Vater schon zur Genüge."

Sie schüttelte ihren Kopf. „Ich verurteile dich nicht."

Ich hob eine Augenbraue. „Doch, das tust du. Du gehst zusammen mit den arroganten Schnöseln von der anderen Seite des Flusses aufs College, die planen, irgendwann die Welt zu regieren. Du sitzt im Moment hier und fragst dich, warum du mit einem Typen zu Abend isst, der niemals kapiert hat, wie Algebra funktioniert."

Ihre Antwort war scharf. „Sag mir nicht, was ich denke."

Ich blinzelte. Damit hatte ich nicht gerechnet. Als sie wieder sprach, war ihr Gesichtsausdruck grimmig.

„Ich gehöre nicht zu den Masters-of-the-Universe-Leuten, wie du vielleicht denkst. Einige der Leute, mit denen ich zur Schule gehe, sind eine Horde überprivilegierter Kinder, ja. Aber ich gehe auch mit Leuten aufs College, die sich den Arsch aufgerissen haben, um das zu erreichen. Die Mutter meiner WG-Mitbewohnerin kellnert in zwei verschiedenen Jobs für vielleicht zwei Dollar die Stunde und hat ihr Auto verkauft, um die noch fehlenden Studiengebühren für dieses Jahr zahlen zu können."

„Hey... tut mir leid", sagte ich. „Du hast recht. Ich habe vieles einfach angenommen."

„Ist schon gut", antwortete sie. „Und du hast auch recht... Vielleicht habe ich dich doch ein wenig verurteilt. Ich kenne es einfach nicht anders, alles drehte sich immer um Bildung, einen guten Collegeabschluss und danach noch einen Master zu machen, alles das."

Ich nickte. „Ja, das verstehe ich. Aber manchmal sind solche Dinge nicht mal eine Möglichkeit. Wenn ich zu Hause geblieben wäre, bei meinem Dad gewohnt hätte... Wir haben uns bekriegt. Jetzt kann ich zumindest dort hinfahren und Sean besuchen, ohne dass jemand verletzt wird. Es kommt nur darauf an, dass ich mich um ihn kümmere."

„Du liebst deinen Bruder. Das kann ich hören."

Ich grinste. „Er ist ein gutes Kind. Er wird fast immer missverstanden. Aber er ist ein guter Junge."

Dann kam die Kellnerin mit einem Tablett voller Essen zurück. Sie platzierte Teller vor uns und ich kannte nichts von dem Essen. Ich sagte nichts, während sie den Tisch vollstellte. Sie hinterließ uns keine Gabeln, nur Stäbchen. Das würde interessant werden.

Als die Kellnerin weg war, sagte ich leise: „Ich kenne nicht ein einziges dieser Gerichte."

„Es ist richtiges chinesisches Essen, nicht das Zeug, das man im Schnellrestaurant bekommt. Kantonesisch. Versuch es."

Sie zeigte mir, was scharf war, und lachte ein wenig, als ich mit den Stäbchen herumhantierte. Als Nächstes zeigte sie mir, wie man sie benutzte, und wir lachten erneut. Die Unterhaltung wanderte weiter: die Schule, das Leben und Politik. Es war verrückt. Außer mit Serena hatte ich niemals viel Zeit mit Frauen verbracht, nicht zum Reden. Verstehen Sie mich nicht falsch. Ich verbringe viel Zeit mit Frauen. Aber nicht mit Unterhaltungen. In der Regel bin ich an dem Unterhaltungspart nicht sehr interessiert.

Als sie um den Tisch herum an meine Seite kam, um mir zu zeigen, wie ich die Stäbchen halten musste, bemerkte ich inmitten der ganzen Armreifen und –bänder ein altes, verwaschenes Freundschaftsband. Es sah fehl am Platz aus. Ich sah ihr für eine Sekunde in die Augen. Dann musste ich wegschauen. Es war schrecklich intensiv, es lag vielleicht einfach nur am Licht, aber es kam mir so vor, als ob ihre Augen sich grün gefärbt hatten und sie geweitete Pupillen hatte. Ihre Augen waren von langen Wimpern umrahmt, aber ich konnte kein Mascara oder anderes Make-up erkennen. Ich hielt für eine Sekunde die Luft an. Ich verliebe mich nicht in Frauen. Ich habe keine Zeit für die Gedankenspiele, das Händchenhalten und den anderen verrückten Kram, der dazugehört. Aber vielleicht lag es daran, dass ich nicht zu Hause war und ausnahmsweise keine Verpflichtungen hatte, ich konnte es tatsächlich genießen. Meine Augen wanderten nach unten zu ihren Beinen, die von einem geblümten Rock umgeben waren, der meine zerrissenen Jeans leicht berührte. Ihre Beine machten ganz schön Eindruck auf mich, und ich musste zurück zu meinen Händen schauen, bevor ich alles fallen ließ.

Sie lachte, als mein Reis durch die Stäbchen fiel.

„Mal ernsthaft", sagte ich. „Wo hast du das gelernt?"

„In China. Es ist eine Notwendigkeit", antwortete sie.

„Kochst du auch chinesisch?"

Sie verzog ihr Gesicht und grinste. „Ich koche überhaupt nicht."

Gerade als die Kellnerin zurückkam, kehrte sie auf ihre Seite des Tisches zurück, und wir begannen zu essen. Ich mochte es, dass sie neben mir saß. Und die Sache ist die: Ich liebe Frauen. Ich liebe es, wenn sie auf meinem Schoss sitzen, ich liebe es, sie überall zu berühren. Ich liebe es, sie auszuziehen und sie in den Nacken zu knutschen, und auch sonst überall hin. Aber wenn sie dann aufstehen und gehen? Das hat mir nie etwas ausgemacht. Was zur Hölle war jetzt mit mir los? Warum fühlte ich mich anders, nur weil sie aufgestanden und auf die andere Seite des Tisches gegangen war?

„Wann geht dein Zug morgen früh?", fragte ich.

„Um zehn Uhr."

„Was hältst du davon, wenn wir noch in einen Club gehen?"

Für eine kurze Sekunde verkrampfte sich ihr Gesicht, sah fast verärgert aus. Dann entspannten sich ihre Züge wieder. Es war eine bewusste, eingeübte Bewegung. Sie zwang sich dazu, nicht zu reagieren. Ich verstand dieses Mädchen überhaupt nicht.

Mit leiser Stimme sagte sie: „Okay, das würde mir gefallen."

Nicht das, was ich erwartet hatte (Julia)

Es war komisch, dachte ich, als wir die Rechnung bezahlten und das Restaurant verließen. Crank war... anders. Ich fühlte mich wohl in seiner Gegenwart, und er brachte mich zum Lachen. Aber nach heute Nacht würde ich ihn niemals wiedersehen, und das machte mich irgendwie traurig. Für einen kurzen Moment dachte ich daran, ihn zu treffen, wenn wir zurück in Boston waren, aber mal ehrlich? Das war eine schlechte Idee. In meinem Leben war einfach kein Platz für jemanden wie Crank. Und nach dem zu urteilen, was er mir von sich erzählt hatte, war in seinem Leben auch kein Platz für mich. Das war alles ein wenig falsch, fehl am Platz, fast so, als ob jemand anderes mit ihm zu Abend gegessen hatte und ich nur eine Schauspielerin war. Ich gehe fast nie mit Männern aus. Und ich überlasse niemals meinen Gefühlen die Kontrolle über mein Gehirn.

Aber heute Abend, als wir versuchten, ein Taxi heranzuwinken, das uns in Richtung Georgetown bringen sollte, fühlte ich, dass ich ein wenig die Kontrolle verlor. Wie sich sein Shirt um seine Arme schmiegte, die Kraft in ihnen, sein lockeres Grinsen… Ich fühlte mich auf eine Weise zu ihm hingezogen, wie ich es schon lange nicht mehr gefühlt hatte.

Ich hatte das Gefühl, nicht alles unter Kontrolle zu haben, niemals gemocht. Nicht so. Das hatte ich einmal zugelassen, mich Hals über Kopf verliebt, und es hatte in meinem Leben soviel Schaden angerichtet, dass ich nicht glaubte, dass ich mich jemals davon erholen würde. Auf gar keinen Fall würde ich das nochmals zulassen. Was auch immer passierte, ich würde die Kontrolle über mein Leben behalten. Niemand sonst. Ganz sicher nicht so ein formloses Gefühl wie Liebe oder Lust, das dazu führen kann, dass man sich selbst verliert. Ich war vierzehn gewesen, als es passierte, es war fast acht Jahre her und die Konsequenzen und der Schaden waren größer als alles, was ich mir hätte vorstellen können. Was ich gelernt hatte, war das: Zulassen, dass ich von Hormonen, Hirnströmen und Emotionen geleitet wurde, konnte tödlich sein.

Ein Taxi hielt an und wir stiegen ein. Ich dachte daran, alle Vorsicht über Bord zu werfen und ihm zu sagen, dass ich mit ihm nach Hause gehen wollte. Eine Nacht würde nicht so gefährlich sein. Eine Nacht konnte okay sein. Eine Nacht konnte einfach nur frei und lustig sein und zu nichts führen.

Der Taxifahrer bog rechts ab, beschleunigte, um noch bei Grün über die Kreuzung zu kommen, und dabei wurde ich auf dem Rücksitz in Cranks Richtung gedrückt. Er legte seinen Arm um mich, ich bin mir sicher, es war eine ganz automatische Reaktion, aber ich blieb dort.

„Geht es dir gut?", fragte er.

„Ja!", sagte ich. „Wo fahren wir überhaupt hin?"

„Ich habe keine Ahnung. Sind in Georgetown nicht eine Menge Clubs?"

„Ich denke schon. Als ich hier gewohnt habe, bin ich nicht oft ausgegangen."

Er hob seine Augenbrauen. „Warum nicht? Versteh mich nicht falsch, aber du scheinst eines der Mädchen zu sein, die beliebt waren."

„Damit könntest du nicht weiter von der Wahrheit entfernt liegen. Warum denkst du das?", fragte ich und starrte ihn dabei herausfordernd an.

„Der erste Eindruck, denke ich. Du siehst in diesem Outfit immer noch sehr professionell aus, und auch ziemlich hübsch. Verdammt sexy."

Ich gehöre nicht zu den Frauen, die schnell rot werden, aber dabei errötete ich. „Es ist nicht unbedingt passend für einen Club, oder? Aber ich möchte nicht erst noch zurückfahren und mich umziehen."

„Mach dir keine Sorgen, Julia. Es geht sowieso nur um uns."

Ich schluckte und lehnte mich dann an ihn. Was war nur in mich gefahren?

Lust. Das war die einzige Erklärung. Ich konnte die harten Muskeln seiner Schultern und seiner Beine spüren, die sich an mich pressten, und mein Körper reagierte darauf – egal, was mein Verstand sagte.

Das Taxi hielt an und der Fahrer murmelte etwas. Ich lehnte mich nach vorne. Es war eine endlose Schlange aus Rücklichtern vor uns zu sehen.

„Was ist los?", fragte Crank.

„Bauarbeiten", sagte der Fahrer. „Schrecklich. Soll ich Sie hier rauslassen?" Er sah aus, als ob er uns unbedingt so schnell wie möglich loswerden wollte, damit er nicht noch länger im Stau in Richtung Westen stehen musste.

Ich holte Luft. Mein Brustkorb fühlte sich beengt an, mein ganzer Körper war angespannt. Ich rieb meine Hände an meinem Rock trocken, schloss meine Augen und dachte ‚Scheiß drauf'. Ich konnte das tun. Es war sowieso nur für eine Nacht.

„Möchtest du…", sagte er, genau in dem Moment, in dem ich sagte: „Lass uns…"

Wir stoppten beide und er lachte.

„Du zuerst", sagte er.

Ich biss mir auf die Lippe und konnte fühlen, wie meine Wangen schon wieder heiß wurden. „Ich wollte sagen..." Meine Stimme verstummte.

„Was wolltest du sagen?"

Er grinste. Es war ein schiefes Grinsen, die linke Seite seines Mundes war etwas höher als die rechte und es führte dazu, dass ich mich am liebsten in meinen Sitz gekuschelt und ihn ganz nah an mich herangezogen hätte.

Ich holte Luft und schloss meine Augen. „Ich wollte dich fragen, wo du übernachtest."

Ich hielt meine Augen für weitere fünfzehn Sekunden oder länger geschlossen. Und ich kann Ihnen sagen, fünfzehn Sekunden ist eine sehr, sehr lange Zeit. Schließlich öffnete ich sie und er sah mich mit einem Gesichtsausdruck an, den ich nicht interpretieren konnte. Für jemand, der immer scherzte, immer schnippische Bemerkungen machte, sah er ziemlich ernst aus. Zu ernst. Ernster als mir lieb war. Ernsthaftigkeit konnte ich in meinem Leben nicht brauchen.

Ich konnte sehen, wie sich sein Adamsapfel bewegte, als er schluckte, dann sagte er: „In einer Absteige in Arlington. Ich teile mir mit Mark ein Zimmer."

„Oh", sagte ich mit unnatürlich angespannter Stimme.

„Was ist mit dir?", fragte er. Er sprach sehr leise und vorsichtig.

„Ähm... meine Eltern haben eine Wohnung in Bethesda. Ich hatte geplant, heute dort zu übernachten."

„Ich möchte noch nicht Auf Wiedersehen sagen", sagte er.

Ich konnte meine Atmung nicht mehr kontrollieren. Mir war schwindelig. Außer Kontrolle. „Komm mit zu mir."

Er legte seinen Kopf zur Seite, lehnte sich nah an mich und flüsterte: „Bist du sicher?"

Ich ertappte mich dabei, wie ich schon wieder auf meiner Unterlippe herumkaute. „Ja."

Ich schaute nach unten und lehnte mich vor, legte dann meine Hand auf den Sitz des Taxifahrers. „Können Sie uns stattdessen nach Bethesda fahren? Wisconsin Avenue Ecke Montgomery?"

Plötzlich war es ganz ruhig im Taxi. Angespannt, merkwürdig. Ich konnte nicht glauben, dass ich das gemacht hatte. One-Night-

Stands waren nicht mein Ding. Aber da saß ich nun zusammen mit diesem Typ, den ich erst seit acht Stunden kannte, in einem Taxi und hyperventilierte halb. Falls das nur für eine Nacht war, wäre das okay, vermutete ich. Aber was, wenn er mich wiedersehen wollte? Was, wenn er eine Beziehung wollte? Was dann?

Ich dachte nicht, dass ich damit klarkommen würde.

Das war alles so dumm. Die Dinge waren mit Willard viel einfacher gewesen, bevor ich mit ihm Schluss gemacht hatte. Ich hatte immer die Kontrolle behalten. Es hatte keine Leidenschaft gegeben. Es hatte gar nichts gegeben. Aber es war angenehm gewesen. Einfach. Ich hatte keine Angst gehabt.

Aber Crank: Er machte mir Angst.

Das Taxi drehte um und fuhr auf die Massachusetts Avenue, über die wir schnell raus aus Washington DC fuhren.

„Du bist gerade schrecklich ruhig", sagte Crank.

Ich sah ihn an und seine Augen bohrten sich in meine, sie waren intensiv, erforschend.

„Hast du es dir anders überlegt?", fragte er. „Das ist okay."

Ich lehnte mich näher an ihn heran. „Nein. Es ist… es ist ja nur für heute Nacht. Wir werden uns danach nicht wieder sehen. Wir werden uns in Boston nicht anrufen. Wir werden… gar nichts tun. Okay? Wir werden das heute Nacht genießen und das war's dann."

Er starrte mich an, war überrascht. Und… sein Gesicht sah enttäuscht aus. Er schluckte, sein Adamsapfel hüpfte einmal auf und ab. „Ich weiß nicht warum, aber das ist… nicht das, was ich erwartet habe."

„Erwarte nichts. Nicht mit mir."

Er schüttelte seinen Kopf. „Normalerweise bin ich derjenige, der so was sagt."

Das Taxi hielt an, er bezahlte und dann standen wir auch schon auf der Straße. Ein kühler Wind wehte durch die Straßen der Innenstadt von Bethesda und der Verkehr schoss an uns vorbei. Ich nahm seine Hand und wir gingen zu dem Hochhaus, ich zog meine Codekarte durch den Schlitz und öffnete die Haustür, dann gingen wir in die Lobby.

Die Nachtpförtnerin saß an ihrem Tisch und schaute auf einen kleinen Fernseher. Sie sah kurz hoch, winkte uns beiläufig zu und schaute sich dann weiter ihre Sendung an. Gut. Die Tagpförtnerin hätte mein Auftauchen mit Crank am nächsten Morgen meinen Eltern gemeldet.

Wir warteten auf den Aufzug, ohne etwas zu sagen. Als er ankam, war das Klingeln der Glocke sehr laut.

„Netter Ort", sagte er. „Schick."

„Meine Eltern haben die Wohnung vor einigen Jahren gekauft, als sie hier in der Gegend wohnten." Ich wollte nicht über das Jahr reden, in dem ich zusammen mit meinen Eltern hier gewohnt hatte. Ich wollte nicht daran denken. Wenn ich ihn irgendwo anders hätte hinbringen können, ich hätte es getan. Ich wollte diesen verrückten, freien Moment nicht mit meiner Vergangenheit vermischen.

Wir betraten den Aufzug, der ziemlich schnell in das oberste Stockwerk fuhr. Er folgte mir den Flur entlang und wir hielten vor der Tür, wo ich nach meinem Schlüssel suchte. Ich zitterte vor Angst und Nervosität. Das Gewicht dieses Ortes lastete auf mir und führte dazu, dass ich am liebsten geschrien hätte. Aber es war nicht genug, um ihn wegzuschicken.

Ich schloss die Tür auf und öffnete sie. Mein Herz klopfte wie verrückt in meiner Brust und meine Kehle war wie zugeschnürt. Nicht wegen ihm. Sondern wegen dieses Ortes. Ich hatte keine guten Erinnerungen daran. In diese Wohnung zu schauen, die ich, seitdem ich die High School abgeschlossen hatte, kaum betreten hatte, führte sogar bei ausgeschaltetem Licht dazu, dass ich bis ins Mark erschüttert war und eine Gänsehaut bekam.

Ich schauderte und drehte mich dann zu ihm um, als er nicht hinter mir eintrat. Er sah mich skeptisch und fragend an. So, als ob er neugierig war, zu erfahren, wer ich war.

Aber das ging ihn überhaupt nichts an.

„Was?", fragte ich.

„Du willst mich nicht wiedersehen", sagte er.

Ich wollte es. Aber ich schüttelte meinen Kopf und sagte damit nein.

„Du schläfst nicht mit Männern, außer es ist dir ernst mit ihnen", sagte er.

„Es gibt keinen Platz für Ernsthaftigkeit in meinem Leben."

Er trat näher zu mir heran und berührte meine Lippen mit seinen, dann sagte er mit tiefer Stimme: „Ich möchte, dass es dir mit mir ernst ist. Ich kann jederzeit ein Mädchen fürs Bett haben. Aber du bist anders."

Ich starrte in seine Augen. Er meinte, was er sagte. Wir kannten uns nur ein paar Stunden, aber ich fühlte die Verbindung ebenfalls, auch wenn es nur Lust war. Ich wollte ihn. Jetzt. Ich fühlte, wie ich schneller atmete, als ich zu sprechen begann: „Ich..."

„Julia", unterbrach er mich. „Ich würde dich so gerne näher kennenlernen", sagte er. „Aber ich werde nicht mit dir schlafen. Gute Nacht."

Dann, es war einfach unglaublich, lehnte er sich vor und küsste mich erneut. Langsam. Unsere Zungen berührten sich gerade eben. Nass und warm. Hungrig. Ich wollte wimmern, ihn in die Wohnung ziehen, aber er drehte sich um und ging langsam den Flur entlang, bis er außer Sicht war.

Ich stand da und sah zu, wie er fortging, und ein Teil von mir, ein großer Teil von mir, wollte ihm hinterherrennen. Aber ich konnte mich immer noch erinnern.

Ich erinnerte mich daran, wie es gewesen war, als ein heißer, sexy und charismatischer Typ mich wollte. Ich erinnerte mich daran, wie es gewesen war, die Kontrolle zu verlieren, an den Rausch der Gefühle. Überwältigt zu sein.

Ich erinnerte mich daran, wie es gewesen war, als mir das Herz aus dem Leib gerissen wurde, wie meine Träume zerstört wurden, wie ich blutend und verloren in den Nebenstraßen von Peking stand. Wie der Skandal fast meine Familie zerstört hatte.

Egal wie sehr ich diesen Mann auch wollte: Ich konnte das nicht noch einmal zulassen. Nicht jetzt. Niemals. Wenn dies hier nicht nur für eine Nacht war, dann würde es gar nicht geschehen.

Also ging ich in die Wohnung und schloss und verriegelte die Tür. Ich schaltete das Licht nicht an. Ich wollte gar nicht sehen, wie es drinnen aussah. Stattdessen ging ich zur Couch und legte mich hin, allein.

Ich weinte nicht. Nicht hier. Niemals wieder.

KAPITEL 3

Unter der Oberfläche (Crank)

Mal ernsthaft. Ich bin ein verdammter Idiot.

Am Ende winkte ich mir außerhalb des Apartmenthauses ein Taxi heran und hätte mich dabei die ganze Zeit am liebsten selbst in den Arsch getreten. Ich war nicht gegangen, weil ich sie nicht wollte. Denn, oh Mann, ich wollte sie so sehr.

Ich war gegangen, weil ich sie wollte. Ich war gegangen, weil ich schon so viele One-Night-Stands gehabt hatte, aber jetzt sagte mir etwas, dass ich mehr wollte. Oder... wie auch immer. Ich wusste nicht mal genau, warum ich gegangen war.

Es war bereits ein Uhr nachts, als ich zurück zum Hotel kam, was immer noch ziemlich früh für meine Verhältnisse war, aber ich wollte nur noch schlafen. Mark war nicht da, Gott sei Dank, also legte ich mich einfach hin. Am nächsten Morgen nach dem Aufstehen beluden wir den Van und fuhren zurück nach Boston. Ich verbrachte die Fahrt im hinteren Teil des Vans, hatte meine Kopfhörer an die Gitarre angeschlossen und schrieb einen Song. Ich war einfach nicht in der Stimmung für Sticheleien und das gelegentliche Gestreite zwischen Mark und Pathin. Man könnte meinen, sie wären Geschwister, so oft, wie sie rumjammerten. Serena sprach während der ganzen Fahrt über kein Wort mit uns, sie war damit beschäftigt zu lernen. Das war mir gerade recht.

Wir erreichten Boston um 3 Uhr nachmittags und ich nahm die T, die Bostoner U-Bahn, und fuhr zum Haus meines Dads. Ich war träge: Ich hatte nicht gut geschlafen, mein Kopf tat weh und ich konnte nicht aufhören, an Julia zu denken. Ich konnte nicht aufhören, daran zu denken, wie sich ihre Kleidung um ihren Körper geschmiegt hatte, wie ihr Haar manchmal nach vorne in ihr Gesicht fiel und wie sie es dann ganz nebenbei wieder hinter ihr Ohr schob. Ich konnte nicht aufhören daran zu denken, wie wir in dem China-Restaurant miteinander gelacht hatten, wie einfach und angenehm es in ihrer Gesellschaft gewesen war.

Gott. Was zur Hölle war nur los mit mir?

Es war schon fast 4 Uhr, als ich an der Broadway Station ausstieg und die acht Blocks zu dem Haus, in dem ich aufgewachsen war, entlangging. Es war ein schmales, altes Haus, drei Stockwerke hoch, das Holz wurde schon grau, es lag an der Gold Street. Mein Dad kümmerte sich darum, so gut er konnte, aber er verdiente nicht sehr viel, und es gab immer etwas zu tun. Die Gold Street ist eine schmale Straße, nicht mehr als 3,5 m breit, mit schmalen Bürgersteigen auf jeder Seite. Ich klopfte einmal an die Haustür, schloss dann auf und trat ein.

„Der verlorene Sohn kehrt zurück!", rief mein Vater, als ich hineinging. Er stand in der Küche und schnitt eine Grimasse, während er kochte. Mein Dad sagt alles in einem lauten Ton. Er hatte ein klassisches irisches Gesicht, einen Knopf als Nase und Wangen, die rot waren, von dem einen oder anderen Drink zu viel, im Laufe der Jahre. Er bewegte sich nicht von seiner Position vor dem Ofen weg, als ich die Küche betrat.

„Hey, Dad", sagte ich, als ich hereinkam. „Hey, Sean."

Mein jüngerer Brüder Sean antwortete nicht. Er saß am Küchentisch und ein dickes medizinisches Lehrbuch lag aufgeschlagen vor ihm. Seine Arme waren vor seiner Brust verschränkt und er bewegte sich auf seinem Stuhl vor und zurück. Seine Augen sahen niemals von dem Buch auf. Er war sechzehn Jahre alt, aber in solchen Momenten sah er aus wie zwölf. Außer, dass er die gleichen Gene von unserem Dad geerbt hatte wie ich... Er war jetzt schon größer als 1,80 m und würde vermutlich noch weitere zehn Zentimeter zulegen, bevor sein Wachstum abgeschlossen war.

Ich sah meinen Dad fragend an. Er zuckte mit den Schultern. „Ich weiß, dass du gestern deine große Show in Washington hattest, wir haben es ihm gesagt. Aber... du weißt schon."

Ja, ich wusste Bescheid. Sean kam nicht gut mit Veränderungen zurecht und Samstagabend trafen wir uns immer zum gemeinsamen Abendessen. Ich seufzte. Ich verpasste es nicht oft, aber wenn, dann brachte es Sean aus dem Gleichgewicht. Ich öffnete den Kühlschrank und suchte solange, bis ich ein Bier fand, öffnete es, trank einen großen Schluck und setzte mich dann Sean gegenüber.

„Fühl dich ganz wie zu Hause, Dougal", sagte mein Dad in einem sarkastischen Ton.

„Danke, Dad. Du weißt, dass ich jetzt Crank heiße."

„Ja, ja, ich weiß. Aber ich werde nicht damit anfangen, dich so zu nennen. Deine Mutter und ich haben dir einen guten irischen Namen gegeben."

Ich seufzte. „Sean, wie geht's?"

Sean sagte in einem Wortschwall: „Kann ich dir was sagen? Hast du gewusst, dass unser Arm zwei komplett getrennte Kompartments für unsere Muskeln hat? Sie sind durch eine Faszie getrennt, die wiederum mit dem Oberarmknochen verbunden ist. Aber es ist nur ein Nerv, der beide Muskeln kontrolliert." Er begann die Namen der Muskeln herunterzurattern.

„Nein, Mann, das wusste ich nicht. Das ist echt cool."

Er begann darüber zu sprechen, wie die Muskeln mit den Knochen verbunden sind, und ich sah hoch zu meinem Vater. Dad hatte mit dem, was er tat, aufgehört und stand da, die Arme vor der Brust verschränkt, und beobachtete uns. Seine Augen ruhten auf Sean und sie sahen traurig aus.

In solchen Momenten verstanden mein Dad und ich uns. Wir waren uns sonst in nichts einig, rein gar nichts. Aber wir würden beide alles nur Erdenkliche auf der Welt tun, um Sean zu beschützen.

„Sean", sagte mein Dad. „Ich werde gleich das Abendessen servieren. Kannst du jetzt bitte das Buch weglegen."

Sean nahm das Buch vom Tisch und legte es vorsichtig unter seinen Stuhl.

„Lass mich helfen", sagte ich und begann aufzustehen.

„Es gibt nichts zu helfen", sagte er. „Wie war die Show?" Er begann Teller auf den Tisch zu stellen.

Ich zuckte mit den Schultern. „Sie war gut. Es war eine riesige, verrückte Menschenmenge... mindestens hunderttausend Leute. Aber es waren vor allem die College-Kids, denen die Musik gefallen hat."

Er zog eine Grimasse. „Wo wir gerade vom College reden..."

„Ich weiß, Dad. Können wir die Unterhaltung auf später verschieben? Viel später?" Ich nickte in Richtung Sean. Keiner von uns wollte vor ihm streiten.

„Ja. Aber denke nicht, sie wäre vorbei. Ich weiß, dass du die Band und das alles hast, aber ich möchte, dass du etwas mit deinem Leben anfängst."

Sean unterbrach uns. „Deine Show war nicht in den Nachrichten. Ich habe CNN angeschaut und sie haben nur über den Heckenschützen berichtet. Er erschießt Menschen. Hast du gewusst, dass manche Gewehre weiter als eine Meile schießen können? Das liegt an der hohen Geschwindigkeit der Kugel."

Ich schüttelte meinen Kopf und war mehr als nur ein bisschen beunruhigt über die Richtung, die die Unterhaltung nahm. „Das wusste ich nicht."

„Sie haben seit Tagen über nichts anderes in den Nachrichten berichtet", sagte Dad. „So ein verrückter Bastard, der in Washington herumläuft und Leute erschießt."

„Die meisten Scharfschützengewehre haben ein 7,62 mm Kaliber", sagte Sean. „Aber der längste bestätigte Schuss, der einen Menschen getötet hat, wurde von Hauptfeldwebel Carlos Hathcock während des Vietnamkrieges abgegeben, und zwar nicht mit einem Scharfschützengewehr, sondern mit einem M2 Browning fünfzig Kaliber Maschinengewehr."

Ich seufzte und starrte Sean an. Er hatte sich immer an Fakten gehalten und gelernt... eine Menge undurchsichtiger Fakten. Aber das – das war beunruhigend.

„Ich weiß, was du denkst", flüsterte Dad, „aber es ist im Moment zwangsläufig in den Nachrichten."

Ich zuckte mit den Schultern. „Es wird auch wieder vorbeigehen."

Er grunzte und setzte sich an den Tisch. „Iss!", brüllte er. „Du bist viel zu dünn, verdammt, Dougal. Und du trinkst zuviel. Wie soll eine Frau jemals bei dir bleiben, wenn du dich so verhältst."

Normalerweise wäre ich bei einer solchen Aussage total sauer gewesen. Aber ich schaute einfach nur nach unten, stach mit meiner Gabel in eine Kartoffel und begann zu essen. Auf Seans Teller war das gleiche Essen wie auf meinem, aber Dad hatte wie immer die Kartoffeln geschält und darauf geachtet, dass ja keine braunen Stellen mehr zu sehen waren. Sean nahm einen Bissen und begann zu summen. Es war einer meiner Songs.

Ich schob mir die nächste Gabel in den Mund und mein Dad sagte: „Was?"

„Nichts, Dad."

„Sag nicht ‚nichts' zu mir! Sobald ich die Frauen erwähnt habe, bist du verstummt. Hast du eine dieser Groupies geschwängert?"

„Dad! Nein!"

„Na ja, irgendetwas nagt an dir, seit du durch die Tür marschiert bist."

„Ich will nicht darüber reden."

„Ja, ja, du willst niemals über irgendwas reden, Kind. Das ist echt beleidigend."

Verärgert schüttelte ich meinen Kopf. Sean begann ein bisschen lauter zu summen.

„Dad, vielleicht will ich nicht jedes Mal, wenn ich zu Besuch komme, verhört werden. Vielleicht will ich nicht jedes Mal angeschrien werden, wenn ich dich sehe, okay? Können wir nicht einfach zusammen zu Abend essen und es genießen?"

Mein Dad seufzte, es hatte den Anschein, als ob er ein bisschen in sich zusammensank. Sein Gesicht sah wütend aus, und er begann, sein Essen wegzuschaufeln. Nach ein paar Bissen sah er auf und schaute mir in die Augen. „Sieh mal, ich weiß, dass wir uns nicht immer gut verstanden haben. Aber du bist immer noch mein Sohn. Ich mache mir immer noch Sorgen um dich."

Ich zuckte zusammen. „Es tut mir leid, Dad…"

„Du musst nicht darüber reden, wenn du nicht möchtest."

Ich schüttelte meinen Kopf. „Ich habe dieses Wochenende ein Mädchen kennengelernt, das ist alles."

Mein Dad blinzelte und fragte dann in seiner normalen Ruflautstärke. „Also, was ist daran neu?"

Ich zuckte mit den Schultern. „Ich weiß nicht. Es war anders." Ich wollte nicht davon erzählen. Es war anders. Aber das lag teilweise daran, dass ich anders war. Manchmal war ich die ganze alte Scheiße einfach leid. Es gab niemanden, mit dem ich Zeit verbringen konnte, mit dem ich lachen konnte – niemanden, der wichtig war. Verstehen Sie mich nicht falsch. Es ist toll, wenn einem die Frauen zu Füßen liegen. Aber vielleicht brauchte ich mehr.

„Hmm", meinte er, sagte dann aber nichts weiter. Sean blätterte in seinem Medizinbuch, dabei pausierte er immer etwa fünfzehn Sekunden pro Seite. Pause... Lesen... Umblättern. Pause... Lesen... Umblättern. Er war ein sehr schneller Leser und saugte Informationen nur so in sich auf, aber das war sogar für ihn zu schnell.

„Egal, irgendwas an ihr war anders."

„Wirst du sie mal mitbringen?" Nachdem er das gesagt hatte, trank mein Dad erst mal einen Schluck von seinem Bier.

Ich schüttelte den Kopf. „Nein... Sie will mich nicht wiedersehen."

„Oh, Scheiße. Was hast du angestellt, hast du versucht, sie zu begrapschen?"

Ich lehnte mich auf meinem Stuhl zurück und verdrehte die Augen. „Oh, um Himmels Willen."

„Was?"

„Nein, das ist es nicht. Sie ist... ein Harvard Mädchen. Sie steht weit über mir."

„Es ist nicht schwer für Harvard Mädchen, weit über einem Schulabbrecher zu stehen. Aber du warst schon immer ziemlich schlau, Kleiner. Manchmal zu schlau, als gut für dich war."

Ich zuckte mit den Schultern. „Dagegen kann ich nichts tun."

„Du kannst immer noch die Schule fertig machen."

Ich schloss meine Augen. „Fang nicht damit an, okay? Nicht heute Abend."

„Schon gut, schon gut. Das werde ich nicht. Aber ich werde noch eines dazu sagen… Wenn du jemals zurückkommen willst und hier leben und zurück auf die Schule gehen willst… ich habe genug Platz."

Ich wusste nicht, was ich dazu sagen sollte. „Danke, Dad."

Er sah zu Sean hinüber. „Sean, hast du Lust auf ein Spiel? Uno?"

Sean sagte ja, und Dad ging auf die Suche nach den Karten. Ich räumte den Tisch ab, trug das Geschirr zur Spüle und wusch es ab. Die Sache ist die, ich wusste, dass mein Dad recht hatte. Ich hatte mich der Band verschrieben. Aber ich machte mir auch nichts vor. Wir spielten kleine Shows in kleinen Bars in Neu England, aber wir hatten keine große Fangemeinde und unser Mini-Album hatte noch nicht mal die Ausgaben eingespielt. Ganz zu schweigen davon, dass ich, als ich noch zur Schule ging, es genossen hatte. Aber wann zur Hölle hätte ich bitte in die Schule gehen sollen? Ich hatte einen Vollzeitjob, spielte in der Band, und in der restlichen Zeit kümmerte ich mich um Sean. Und ungeachtet dessen, was mein Dad sagte, zurück nach Hause zu ziehen, war keine Alternative. Wir würden uns sofort wieder in den Haaren liegen, und gegenseitig bekriegen, so wie früher. Und das war nicht gut für Sean. Er rastete beim ersten Anzeichen von Konflikt aus. Man stelle sich also nur mal vor, wir würden wieder zusammen wohnen und uns ständig gegenseitig anschreien.

Die ganze Unterhaltung über Julia hatte mich aus dem Gleichgewicht gebracht. Beziehungen waren für mich nichts Ernsthaftes, aber vielleicht war es an der Zeit, das zu ändern. Und wo zur Hölle war dieser Gedanke jetzt hergekommen?

Egal. Im Moment musste ich mich darauf konzentrieren, die Woche zu überstehen.

Ich beendete den Abwasch und setzte mich wieder an den Tisch. Dad verteilte die Karten und wir spielten Uno, danach schauten wir zusammen etwas im Fernsehen an.

Als wir uns hinsetzten, fragte Dad: „Hast du in letzter Zeit mal deine Mutter angerufen?"

Ich schloss meine Augen. „Dad, bitte, fang nicht damit an."

Er murmelte etwas in seinen Bart, sagte aber nichts mehr. Ich hatte Glück. Er wollte immer, dass ich sie anrief, aber das würde nicht passieren. Aber wir wussten beide, dass es Sean heute Abend nicht sehr gut ging, und jede Art von Streit zwischen mir und Dad würde zur Explosion führen. Da war es das Beste, wenn wir unsere Meinungsverschiedenheit nicht hochkochen lassen würden, sondern glühend unter der Oberfläche ließen, so wie immer.

Ich habe es gesagt, damit sie den Mund hält (Julia)

Ich saß im Zugrestaurant und schrieb an einer Hausarbeit über die großen Veränderungen, die die Musikindustrie in den letzten Jahren aufgrund von File-Sharing und Piraterie zu verkraften hatte. Mein Hauptfach war Internationale Wirtschaft, und obwohl es nicht wirklich mein Wunsch war, hatten meine Eltern für mich geplant, dass ich nach meinem Bachelor-Abschluss einen Master in der Fletcher- oder Georgetown-Uni machen würde. Aber im dritten Monat meines Abschlussjahres in Harvard hatte ich immer noch keines der Bewerbungsformulare für einen Masterstudiengang ausgefüllt. Wenn ich daran dachte, erstarrte ich einfach. War gelähmt und wütend.

Egal. Ich verbannte die ablenkenden Gedanken und wandte mich wieder meiner Hausarbeit zu. In dem Moment klingelte mein Telefon.

Der Mann, der mir gegenüber saß, er war Mitte zwanzig und arbeitete ebenfalls an seinem Laptop, griff nach seinem Telefon und bemerkte dann, dass es nicht seines war, das klingelte. Er grinste und zuckte dann ein bisschen verlegen mit den Schultern.

Nachdem meine Konzentration schon unterbrochen war, ging ich ans Telefon und sah dabei aus dem Fenster auf die vorbeirauschende Landschaft. „Hallo?"

„Julia, hey. Ich bin's, Carrie."

Eine meiner Schwestern. Carrie war in ihrem Abschlussjahr an der Abraham Lincoln High School in San Francisco. Groß, gertenschlank und anmutig, wie sie war, hätte sie Model werden können, wenn sie gewollt hätte. Stattdessen hatte sie eine frühe Zulassung zur Columbia Universität erhalten, wo sie plante, ein Grundstudium in Medizin zu absolvieren.

„Was ist los, Carrie? Wie geht es dir?"

„Hat Mom dich angerufen?"

„Nein…" Mom rief mich niemals auf dem Handy an. Ich weiß nicht warum… Sie weigert sich es zu benutzen, stattdessen blieb sie beim Festnetz. Es war sonderbar.

„Dann hat sie wohl in deiner WG angerufen."

„Okay", sagte ich. Ich sagte nichts weiter, denn ich hatte Angst zu erfahren, worum es ging.

„Ähm… Maria Clawson… sie, ähm…"

„Spuck's aus, Carrie."

„Du bist die Schlagzeile in ihrem Blog."

„Oh nein."

„Ja. Es ist aber ein schönes Foto. Heiß."

Ich setzte mich aufrecht hin und meine Stimme wurde zu einem hohen Quietschen, als ich „Was?" sagte. Hatte sie das Bild erneut veröffentlicht? Mein Herz begann wie verrückt in meiner Brust zu schlagen, und mir wurde schlecht. Dieses Bild hatte mein Leben ruiniert. Der Gedanke, dass es wieder herausgeholt worden war und alle Leute von der Uni es sehen konnten, mit meinem Namen darüber? Ich spürte Schmerz in meinen Schläfen, lehnte mich nach vorne und rieb mir über die Stirn.

„Du und der Punkrocker? Dort steht, sein Name ist… Crank? Wirklich?"

Ich keuchte. „Ja, wirklich. Was ist mit dem Bild?", fragte ich verzweifelt.

„Na ja… es sieht so aus, als ob es vor dem Weißen Haus aufgenommen wurde. Und eure Lippen berühren sich."

„Oh Gott", sagte ich. Ich sank auf meinem Sitz zurück. Das war ein Problem, aber lange kein so großes Problem, wie ich befürchtet hatte.

„Ja."

„Was steht in dem Blog?"

„Das willst du nicht wissen."

Ich war mit meiner Geduld am Ende. „Wenn ich es nicht wissen will, warum hast du mich dann angerufen?", fuhr ich sie an.

Am anderen Ende der Leitung war Stille. Schließlich sagte sie: „Früher hat man auch immer den Überbringer schlechter Nachrichten umgebracht. Bis bald."

„Es tut mir leid", sagte ich, versuchte mich zu beruhigen und in einem versöhnlichen Ton zu sprechen. „Carrie... danke, dass du mich darüber informiert hast. Bitte, kannst du mir sagen, was in dem Blog steht?"

Sie seufzte. „Es war typisch Maria Clawson. Sie schreibt über dich und diesen Crank-Typ und wie du mit ihm in ein Hotel gegangen bist. Hast du das wirklich gemacht?"

„Ich habe nicht mal in einem Hotel übernachtet." Das war natürlich keine Antwort auf ihre Frage.

„Oh. Und... Es tut mir leid, Julia. Aber... da steht etwas über dich während deiner Zeit an der High School. Sie schreibt... es hätte einen Skandal an der High School gegeben und deshalb wäre Dads Ernennung zum Botschafter in Russland verzögert und fast verhindert worden. Das ist nicht wahr, oder?"

Ich verzog das Gesicht und rieb mir über die Stirn. „Nicht ganz."

„Sie schrieb, du wärst damals schwanger gewesen. Ich kann nicht glauben, dass sie das wirklich geschrieben hat. Diese Frau ist schrecklich."

„Ich möchte darüber nicht am Telefon reden, Carrie. Und es ist schon sehr lange her."

„Tut mir leid."

Ich rieb mir erneut über die Stirn. Ich konnte fühlen, wie sich heftige Kopfschmerzen breitmachten. „Wie schlimm ist Mom drauf?"

„Sie ist... total ausgerastet. Sie hat den ganzen Morgen geweint. Und Dad hat sich in seinem Büro eingeschlossen. Ich habe dich angerufen, um dich vorzuwarnen."

„Ich glaube, ich gehe heute einfach nicht nach Hause."

„Dann wird sie vielleicht schwach und ruft dich doch auf dem Handy an."

„Gott, hoffentlich nicht. Ich kann das alles echt nicht brauchen."

Sie war für ein paar Augenblicke ruhig. „Also, wie ist dieser Crank so? Ist es dir ernst mit ihm?"

Ich seufzte. „Ich kenne ihn kaum. Er ist... ein netter Typ. Und ich werde ihn nie wieder sehen."

„Warum nicht?"

Das konnte ich nicht beantworten. Zum Ersten hatte ich keine Kontaktdaten von ihm. Und weil er so… viel mehr war. Es war viel besser, mit jemandem auszugehen, der sicher war, langweilige Typen – Typen, die mich nicht schwindelig machten. Typen, deren Kuss nicht dazu führte, dass ich mich um sie schlingen wollte. Typen, die mich nicht zerstören konnten.

„Julia?"

„Carrie, ich weiß auch nicht… ich weiß es wirklich nicht, okay?"

Mein Telefon piepte. Ein weiterer Anruf. Wahrscheinlich meine Mutter, die ihre irrationale Angst vor Handys überwunden hatte.

„Ich muss auflegen, Carrie, es kommt gerade ein anderer Anruf rein. Wahrscheinlich ist es Mom."

„Ruf mich wieder an, okay?"

„Das werde ich."

Ich nahm das Telefon vom Ohr und sah auf das Display. Es war eine meiner WG-Mitbewohnerinnen, Jemi.

„Hallo?"

„Hey. Also… deine Mutter hat angerufen." Jemi kam aus Sierra Leone und sprach Englisch mit einem abgehackten britischen Akzent.

Ich schloss meine Augen. „Das hatte ich befürchtet."

„Sie will unbedingt, *ganz unbedingt*, mit dir sprechen."

„Wie oft hat sie angerufen?"

„Nach dem achten Mal habe ich aufgehört mitzuzählen. Ich hatte gehofft, du könntest sie zurückrufen… Ich möchte gern ein Nickerchen machen. Aber das klappt so natürlich nicht."

„Oh Gott, das tut mir wirklich leid."

Jemi lachte leise. „Mach dir keine Gedanken. Erzähl mir einfach später davon. Wenn ich wieder wach bin, okay?"

„Das mache ich."

Also hatte ich keine andere Wahl. Meine Mutter würde weiter anrufen, bis ich mit ihr gesprochen hatte. Ich konnte es ihr nicht verdenken. Ich hatte ja schließlich wirklich alles ruiniert, nicht nur mein eigenes Leben, sondern auch das meines Vaters. Daran gab es nichts zu rütteln, aber das machte es natürlich trotzdem nicht besser.

Ich weiß, dass ich meiner Mutter früher nahe gestanden hatte. Sehr nahe sogar. Aber das alles hatte sich geändert, als ich in der

Mittelstufe gewesen war und in China war diese Verbindung total zerstört worden. Und ich bin die Erste, die zugibt, dass es meine Schuld war. Was ich in diesem Jahr getan hatte, hatte nicht nur Anspannung in unser Leben gebracht. Es hatte auch ihr Vertrauen in mich zerstört. Es hatte mein Vertrauen in mich selbst zerstört. Und dann, nachdem wir in die Vereinigten Staaten zurückgekehrt waren, hatte es fast die Karriere meines Vaters zerstört. Und sie würde mich das auf gar keinen Fall vergessen lassen.

Alles nur, weil ich die Kontrolle verloren hatte. Die Kontrolle darüber, wer ich war. Wer ich sein sollte. Ich hatte die Kontrolle über die Person verloren, zu der mich meine Eltern erzogen hatten. Ich… hatte mich verliebt.

Manchmal kam es mir so vor, als ob ich seitdem mein ganzes Leben in Reue gelebt hatte und Buße dafür tat, dass ich die Kontrolle über meine Emotionen verloren hatte. Denn, wenn ich mich nicht verliebt hätte… wenn ich nicht zugelassen hätte, dass Harry… Igitt. Ich mag nicht darüber sprechen. Ich mag nicht mal daran denken.

Ich war damals erst vierzehn gewesen. Aber vierzehn ist nicht zu jung, um sein Leben zu ruinieren. Es ist auch nicht zu jung, um das Leben eines anderen zu zerstören. Und ich war nicht töricht genug, um jemanden – nicht mal mich selbst – um Vergebung zu bitten.

Also rief ich, obwohl ich wusste, dass es eine hässliche Unterhaltung werden würde, meine Mutter an. Es klingelte einmal, dann ging sie ran.

„Julia? Wo bist du?"

„Hallo Mutter. Wie geht es dir?"

„Wo bist du?", fragte sie mit harter Stimme. Ich versteifte meinen Rücken, Wut kam über mich, wie eine Welle. Ja, ich hatte Mist gebaut. Mein ganzes Leben war ein einziger Misthaufen. Aber vielleicht hätte ich hin und wieder eine Mutter gewollt und keine Aufseherin. Meine steife Antwort legte ihre Frage auf die Goldwaage und war gespickt mit Sarkasmus.

„Ich sitze im Acela Express zurück nach Boston. Im Moment sind wir irgendwo in New Jersey. Wenn du möchtest, kann ich den Schaffner nach unserer genauen Position fragen."

„Wag es nicht, in diesem Ton mit mir zu sprechen, junge Dame. Erklär mir lieber, was los ist."

Es ist möglich, dass sie ein wenig zu laut war. Der Mann, der mir gegenüber saß, setzte sich aufrecht auf, seine Augen wanderten zu meinem Gesicht und zu meinen Augen. Er wurde rot und sah weg, wieder runter zu seinem Laptop.

War das gerade wirklich passiert?

„Was genau soll ich dir erklären, Mutter? Ich sitze schon den ganzen Morgen im Zug, ich habe keine Ahnung, wovon du sprichst."

Okay. Wir wissen alle, dass ich genau wusste, wovon sie sprach. Das war nur eine Verzögerungstaktik. Die Chancen standen fünfzig-zu-fünfzig, dass meine Mutter es nicht fertigbringen würde, es auszusprechen. Was schön wäre. Die Kehrseite war – wenn sie wirklich sauer genug war, um fortzufahren, würde ich etwas zu hören bekommen.

Sie war so sauer. Ihre nächsten Worte schrie sie nur so heraus, ich musste das Telefon von meinem Ohr weghalten.

„Julia! Erklär mir, warum ich dich, nachdem ich aufgestanden bin, auf Maria Clawsons Homepage gesehen habe! Auf der Startseite. Auf einem Foto, auf dem du fast Sex mit einem Drogenabhängigen vor dem Weißen Haus hast!"

Ich zuckte zusammen. Der Typ von gegenüber hatte alles mitangehört. Er war jetzt wirklich rot geworden. Auf eine merkwürdige Weise, es war zu komisch. Ich kannte keine Männer, die auf diese Weise erröteten. Es war süß.

Ich seufzte. „Mutter, wir hatten keinen Sex vor dem Weißen Haus, wir haben uns geküsst." Der Typ, der mir gegenüber saß, zuckte auf seinem Sitz zusammen, er gab nicht mal mehr vor, zu tippen. Ich weiß nicht, was in mich gefahren war, aber ich fuhr fort: „Glaub mir, Mutter, ich kenne den Unterschied."

„Da bin ich mir sicher", sagte sie und ihre Stimme war dabei voller Verachtung.

Ich zuckte zusammen. Die spitze Bemerkung tat weh, genau wie frühere ähnliche Kommentare von ihr. Sie wusste genau, wie sie mich treffen und in Rage bringen konnte, nicht wahr? Das konnte sie schon immer. Meine Mutter ließ selten eine Gelegenheit aus, um es mir unter die Nase zu reiben.

Na ja, vielleicht wusste ich auch genau, wie ich sie in Rage bringen konnte.

„Wenn du es genau wissen willst, Mutter, hatten wir keinen Sex, bis wir in eurer Wohnung waren. Dein Bett ist so viel bequemer als die in den billigen Hotels."

Sie keuchte auf und ich klappte das Telefon zusammen und schaltete es aus.

Es war ein Sieg, aber ich würde auf lange Sicht dafür büßen müssen. Aber für eine Sekunde spürte ich ein bisschen Genugtuung.

Der Typ mir gegenüber starrte mich nun offen an.

Ich lächelte ihn an – ein falsches, professionelles Lächeln, das ich seit Jahren eingeübt hatte, weil die Leute es erwarteten. „Es tut mir so leid, dass Sie das alles mitanhören mussten", sagte ich so freundlich wie möglich.

Er schüttelte seinen Kopf und lächelte mich charmant an. „Ist schon in Ordnung", sagte er in einem vollen britischen Akzent, wie ihn die Oberschicht hatte. Es führte dazu, dass sich mir fast der Magen umdrehte. „Ich bin mir sicher, Sie haben das nur gesagt, um sie zu ärgern."

„Ich habe es gesagt, damit sie den Mund hält."

„Ich denke, es hat funktioniert."

Sein Akzent deutete auf das Eton College hin – reich, isoliert und mächtig. Entspannt, affektiert. Am liebsten hätte ich erbrochen. Er brachte zu viele unangenehme Erinnerungen zurück. Ich hatte immer noch Albträume von einem Jungen mit einem identischen Akzent. Ein hübscher, ganz erstaunlicher Junge, dem ich gestattet hatte, mich zu zerstören.

Er lächelte wieder, war immer noch genauso charmant. Er hatte blonde Haare, die etwas länger waren. Blaue Augen. Er trug einen maßgeschneiderten Anzug mit Manschettenknöpfen, nicht mit normalen Knöpfen. Er sah verdammt gut aus. Das war kein Pluspunkt. Er streckte seine Hand aus. „Ich heiße Barret Randall."

Entgegen besseren Wissens schüttelte ich seine Hand. „Julia Thompson. Und bitte entschuldigen Sie diese Show."

„Es gibt nichts zu entschuldigen. Ich habe gelauscht und das ist unverzeihlich."

„Wir sollten jetzt beide aufhören, uns gegenseitig zu entschuldigen."

„Einverstanden. Vielleicht sollten wir das Thema wechseln. Was bringt Sie nach Boston?"

„Ich war über das Wochenende in Washington zu Besuch. Ich lebe in Boston."

„Ah, verstehe... Geschäftsreise?"

Ich lächelte. „Nicht ganz... Ich war dort wegen der Antikriegsdemonstration."

„Ah ja, ich habe davon gehört. Aber anscheinend wurde in den Nachrichten nur von dem Heckenschützen berichtet."

„Ja. Aber das bedeutet nicht, dass sie nicht wichtig war."

„Zweifellos", sagte er, aber sein Gesicht sagte etwas anderes.

„Sie sehen skeptisch aus."

Er zuckte mit den Schultern. „Um ehrlich zu sein, denke ich, dass Ihr Präsident auf jeden Fall in den Krieg ziehen wird, egal was passiert. Und keine noch so große Menge an Demonstranten wird das ändern."

Ich seufzte. „Sie haben vermutlich recht."

„Um ganz ehrlich zu sein, Mr. Blair ist keinen Deut besser", sagte er. „Es sieht so aus, als ob er Ihrem Präsidenten überall hin folgen will."

„Sie sind kein Befürworter?"

„Einen Krieg mit dem Irak anzufangen? Kaum. Aber ich bin in Boston, um Geschäfte zu machen und, wie viele andere Leute auch, bin ich zu sehr mit meinem eigenen Leben beschäftigt, um mich einzumischen. Sind Sie Studentin?"

„In Harvard. Und Sie?"

„Eton, dann Oxford. Und nun arbeite ich für meinen Vater. Ich bin in den Vereinigten Staaten, um einige Geschäftspartner zu treffen."

Ich hätte nicht fragen sollen. Ich hätte es nicht tun sollen. Aber ich tat es. „Wann waren Sie in Eton?"

„Ich habe 1996 meinen Abschluss gemacht."

Ich spürte einen stechenden Zorn. „Dann kennen Sie Harry Easton?"

Er blinzelte und runzelte dann vor Überraschung seine Stirn. „Ja, ich kenne ihn tatsächlich. Wir haben zwei Jahre lang in Eton auf dem gleichen Stockwerk gewohnt, bevor sein Vater in die Botschaft nach Peking versetzt wurde. Woher kennen Sie ihn?"

Jetzt war mir wirklich zum Kotzen zumute. Harry. Warum hatte ich ihn nur erwähnt? War es nur Neugier? Fragte ich mich, was aus ihm geworden war? Hatte ich immer noch Gefühle für ihn? Wohl eher nicht, außer man rechnet Ekel, Hass und Wut dazu.

„Wir waren zusammen auf der ISP…" Als ich seinen verwirrten Gesichtsausdruck sah, sagte ich: „Internationale Schule von Peking."

Er hob die Augenbrauen. „Verstehe. Warum waren Sie dort?"

„Mein Vater war der Botschafter der USA."

Er lächelte. „Die Welt ist wirklich klein. Ihr Vater ist Richard Thompson?"

Ich nickte. „Ja."

„Unsere Väter kennen sich", sagte er. Dann erstarrte sein Gesicht für eine Sekunde. Ich verfluchte mich selbst. Er hatte es sich gerade zusammengereimt: Ich konnte fast hören, wie er den alten Skandal aus seinen Gedanken hervorkramte. Ich war noch minderjährig gewesen, als es passiert war, deshalb hatte die Presse niemals meinen Namen erfahren, aber sie hatten den meines Vaters gehabt. Keine der großen Zeitungen hatte je darüber geschrieben. Aber die diplomatischen Kreise waren klein und jeder hatte von dem Skandal gehört.

Es hatte den Anschein, als ob Barrett Randall zu gut erzogen war, um das Thema anzuschneiden, Gott sei Dank. Er sagte: „Ich habe Harry schon seit ein paar Jahren nicht mehr gesehen. Er ist in der Schweiz zur Uni gegangen und wir haben den Kontakt verloren."

Ich nickte, traute mir selbst nicht über den Weg. Außerdem hatte meine Mutter mir immer gesagt, wenn ich nichts Nettes zu sagen hätte, solle ich lieber gar nichts sagen. Aber, wenn ich jetzt so darüber nachdachte, meine Mutter sagte oft etwas und tat dann genau das Gegenteil. Aber das war ein anderes Thema.

„Ich werde für ein paar Wochen in Boston sein, denke ich. Diese Geschäfte werden wir nicht so schnell abschließen können. Vielleicht haben Sie Lust, sich mal mit mir zum Abendessen oder auf einen Kaffee zu treffen? Es wäre schön, wenn ich jemanden in der Stadt kenne."

In meinem Kopf überschlugen sich die Gedanken im Schnelldurchlauf. Randall erinnerte mich viel zu sehr an eine Zeit in meinem Leben, die ich am liebsten vergessen würde. Auf der anderen Seite schien er ein wirklich netter Kerl zu sein und er war sicher. Ich hatte mich im Frühling von Willard getrennt... eine Trennung, die so emotionslos wie unsere Beziehung gewesen war. Es würde schön sein, mal wieder mit jemandem auszugehen, auch wenn klar war, dass es zu nichts führen würde.

Ganz besonders, wenn es zu nichts führen würde.

„Das würde mir gefallen", sagte ich.

KAPITEL 4

Das konnte sie echt gut (Crank)

Am Montag war es bei der Arbeit echt schrecklich. Zunächst einmal bin ich Koch in dem Schnellrestaurant und kein verdammter Kellner. Aber zwei Kellnerinnen fehlten und wir hatten noch einen Koch, also musste ich bedienen. Statt, so wie ich es bevorzuge, in der Küche in Ruhe gelassen zu werden und mir gute Musik anzuhören, rannte ich hin und her, holte Getränke, wischte Tische sauber und machte mich zum Affen.

In Zeiten wie diesen wünschte ich, ich hätte die Schule nicht geschmissen.

Ich hatte einen Tisch mit vier Personen zu bedienen: zwei Mütter und ihre Gören. Das ging so: Eine Mutter bat mich nachzuschenken. Das tat ich. Dann wollte auch die andere Mutter nachgeschenkt bekommen. Das tat ich auch. Dann wollte eines der Kinder ein Törtchen, konnte sich aber nicht entscheiden, welches. Also wartete ich, und wartete, und das Kind regte sich auf, und ich wartete noch länger und schließlich sagte die Mutter, dass das Kind gar kein Törtchen essen darf. Damit begann ein Trotzanfall, der auch alle anderen Gäste störte, und ich versuchte die Rechnung zu holen, als eines der Kinder seine Arme herumschwingen ließ und vier Tabletts, auf denen die Reste des Essens standen, auf den Boden flogen.

Lassen Sie es mich ganz direkt sagen – ich kann nicht gut mit Menschen umgehen.

Ich schaffte es, zu verschwinden, bevor ich ausrastete, und auch ohne irgendwelche kleinen Kinder oder ihre Mütter zu verletzen. Gerade so. Aber nicht, ohne meinen Chef anzuknurren. Ich weiß, dass ich an der Reihe war, aber mal ehrlich? Bin ich die Person, von der Sie Ihre Kinder bedienen lassen möchten? Ich denke nicht. Vielleicht, wenn Sie ihnen Angst einjagen möchten.

Egal.

Ich nahm die Green Line zurück nach Roxbury. Wir vier hatten dort ein schäbiges altes Lagerhaus gemietet, wir wohnten im ersten Stock und probten unten. Meistens funktionierte das ganz gut, aber manchmal hingen wir für meinen Geschmack zu nah aufeinander. Mark und Pathin hatten sich ständig wegen irgendetwas in der Wolle und manchmal war die Spannung zwischen mir und Serena so greifbar, dass man mit einem Messer hätte hindurch schneiden können. Sie wusste außerdem genau, wie sie mich auf die Palme bringen konnte. Nicht dass das besonders schwer war. Außerdem waren sowieso alle sauer auf mich, weil ich die Probe am Dienstag hatte ausfallen lassen, um mir ein Auto zu kaufen, für das ich seit sechs Monaten gespart hatte. Ich war mir sicher, dass sie sich darüber auslassen würden.

Als ich dort ankam, fand ich genau das vor, was ich erwartet hatte. Pathin saß an seinem Schlagzeug, die Arme vor der Brust verschränkt. Seine Augenbrauen waren zusammengezogen und er hatte die Stirn stark gerunzelt. Mark stand etwas entfernt daneben und hatte ein rotes Gesicht. Er schrie noch nicht, aber seine Stimme war angespannt und schon etwas lauter, als er sprach.

„Du verstehst das nicht!", sagte er. „Was ich möchte ist... Echtheit. Wir sind dabei, unsere eigene Fan-Basis aufzubauen, die unsere Musik mag. Wir müssen keine Cover mehr spielen."

Pathin sagte: „Wir müssen die Miete bezahlen."

„Das weiß ich. Aber das Mini-Album verkauft sich inzwischen besser."

„Nicht gut genug, um die Miete zu bezahlen."

Ich hielt inne und schaute sie beide an. Serena, die auf der anderen Seite des Raumes saß und ihre Gitarre stimmte, legte die Gitarre beiseite, stand auf und kam auf mich zu. Während sie ging, wippte ihre Hüfte hin und her, und sie sah mir in die Augen. Sie war eine attraktive Frau – langes, wallendes, schwarzes Haar, schokoladenfarbene Haut und ein Körper, der kein Ende nahm. Wenn wir auftraten, tuschte sie ihre Wimpern tiefschwarz und trug schwarze Lederstiefel mit spitzen, hohen Absätzen. Und meistens hatte sie ein Mieder oder ein Top an, welches das Tattoo, das sich in ihrem Dekolleté befand, betonte. Sie hatte ein weiteres kleines Tattoo über ihrer Augenbraue, einen kleinen Schmetterling. Wenn wir nicht auftraten, trug sie gerne geblümte, weite Kleider und Flip-Flops.

„Wie lange geht das schon so?", fragte ich.

Sie runzelte die Stirn. „Den ganzen Nachmittag. Ich werde gleich verrückt."

„Manchmal denke ich, es war eine verdammt schlechte Idee, dass wir alle hier zusammen wohnen."

„Das merkst du erst jetzt?"

Ich zuckte mit den Schultern. Ihre Worte waren immer doppeldeutig und ich war mir sicher, dass es jetzt auch so war. Sie deutete schon seit einem Jahr an, dass sie gerne mehr als meine Freundin und Bandkollegin wäre. Ich war nicht interessiert. Es lag nicht daran, dass sie nicht eine wundervolle Frau und eine gute Freundin war. Es lag daran, dass ich keinen meiner wenigen Freunde verlieren wollte. Ganz zu schweigen vom Risiko, die Band zu zerstören, wo wir doch gerade etwas Aufmerksamkeit gewannen.

„Leute!", schrie ich.

Sie sahen für den Bruchteil einer Sekunde auf, dann begann Mark erneut rumzuschimpfen.

„Leute!", schrei ich erneut. „Hört auf. Diesen Streit werden wir heute nicht lösen. Wir haben eine Show, auf die wir uns vorbereiten müssen."

„Was?", sagte Mark. „Wann?"

Pathin schüttelte seinen Kopf vor Empörung. „Wenn du letzte Nacht nicht so betrunken gewesen wärst, wüsstest du es, Arschloch", sagte er.

Serena seufzte. „Freitagnacht", sagte sie. „Metro in Cambridge."

„Scheiße, ich hasse diesen Ort", sagte Mark. „Die Akustik ist echt schlecht."

„Sie zahlen gut", antwortete Pathin.

„Ich weiß, ich weiß…", sagte Mark. Er sah Pathin an und sagte mit spöttischer Stimme: „*Wir müssen die Miete zahlen*. Wie auch immer."

Ich fluchte vor mich hin und ließ mich auf die schäbige Couch fallen, die wir vor einem Jahr vom Sperrmüll eingesammelt hatten.

„Was ist los?", fragte Serena.

Ich schüttelte meinen Kopf und rieb mit meinen Händen über meine Schläfen. „Ich bin nur müde, es war ein langer Tag."

„Tja, es ist Zeit, sich zusammenzureißen. Wir haben einen Auftritt, auf den wir uns vorbereiten müssen. Die zwei haben sich zum Teil auch deshalb gestritten, weil wir auf dich warten mussten."

Manchmal liebe ich diese Typen. Betonung auf manchmal.

Ich stand auf, holte meine Gitarre raus, begann sie zu stimmen und ignorierte dabei Mark und Pathin, die ungewöhnlich ruhig waren. Als ich fertig war, schaltete ich den Verstärker an, spielte ein paar Tonleitern und sagte: „Ich möchte, dass ihr euch was anhört. Es ist ein bisschen anders."

Serena schaute auf und Mark und Pathin sahen in meine Richtung. „Dann mal los", sagte Serena.

Also begann ich zu spielen. Um ehrlich zu sein, war es sogar sehr viel anders. Ich hatte den größten Teil der Rückfahrt von Washington DC damit verbracht, mit ein paar Akkorden herumzuspielen. Am Sonntagabend, nachdem ich vom Haus meines Vaters zurückgekommen war, hatte ich den Text geschrieben. Der Sound war irgendwie dichter als die Sachen, die ich sonst so schrieb. Er war immer noch schmutzig genug, aber er hatte auch einen einprägsamen Rhythmus. Der Text… Na ja, der Song handelte von dem Mädchen, das ich in Washington kennengelernt hatte. Julia.

Ich hatte etwa ein Drittel des Songs gespielt, schmetterte gerade den Refrain „Julia, where did you go? – Julia, wohin bist du verschwunden?" und alle drei starrten mich mit verblüfften Gesichtern an. Ich stoppte mitten im Takt.

„Was?", fragte ich.

„Spiel weiter", sagte Serena, und wedelte ungeduldig mit ihren Händen.

„Ja, mach weiter", sagte Pathin.

Ich sah sie an, war irritiert von ihrer Reaktion, dann ging ich ein paar Takte zurück und begann wieder zu spielen.

Als ich fertig war, war es in dem Lagerhaus totenstill.

Schließlich sagte Pathin: „Das ist einfach nur brillant."

Serena nickte schnell mit dem Kopf, sie hatte ein breites Grinsen im Gesicht und leuchtende Augen.

Mark sagte: „Das ist ein verdammter Verrat. Es klingt wie ein Pop-Song."

Pathin schüttelte seinen Kopf: „Nein... das ist brillant. Das ist vielleicht der beste Song, den Crank je geschrieben hat."

„Wer zur Hölle ist Julia?", fragte Serena.

„Niemand", antwortete ich.

Sie schnaubte und grinste mich an. „Du laberst Scheiße, Crank. Aber wen stört's? Der Song ist klasse. Wir werden ihn am Freitag spielen."

„Er ist noch nicht fertig. Ich habe noch nicht festgelegt, wie..."

„Dann schreib ihn fertig. Wir werden ihn Freitagnacht spielen. Mark wird sich freuen... Wir können einen der Cover-Songs aus dem Programm schmeißen."

Mark sah selbstgefällig aus.

„Ich stimme dir zu", sagte Pathin. „Aber ich bin auch sehr neugierig, wer diese mysteriöse Julia ist."

„Alter, es ist nur ein Song", sagte ich.

Mark murmelte: „Ich hätte niemals gedacht, dass wir mal so Top-40-Scheiße spielen werden. Aber wenn wir dadurch eine der Cover-Versionen rausschmeißen können, soll's mir Recht sein. Aber du bist immer noch ein Verräter, Crank."

Ich zeigte ihm den Stinkefinger.

Er murmelte: „Blöder Affe", und zeigte mir ebenfalls den Finger.

Serena deutete auf ihn und sah ihn mit diesem Blick an. Ja, *diesem* Blick. Der Blick, der dazu führte, dass wir uns wie Zehnjährige fühlten, die von ihren Müttern beim Naschen erwischt worden waren. Das konnte Serena echt gut.

„Kannst du es noch ein paarmal spielen?", bat sie mich. „Ich möchte ein Gefühl für das Stück kriegen. Pathin, hast du das Ende bemerkt? Da muss kräftig Schlagzeug rein." Serena war in ihrem

Element. Chaotisch, verrückt und manchmal inspiriert, oft nahm sie den Part der künstlerischen Leiterin für die Band ein, falls wir so was hatten.

„Ja", sagte er. „Hab's kapiert."

Also spielte ich das Stück erneut. Und dann noch ein drittes Mal. Und ein viertes. Serena setzte mit einem kräftigen Hintergrundrhythmus ein und Pathin und Mark kamen mit Schlagzeug und Bassgitarre hinzu und plötzlich war es ein echter Song. Und ich liebte ihn. So schnell und einfach hatte ich zuvor noch nie einen Song geschrieben. Und vermutlich war es auch der beste, den ich je geschrieben hatte.

Sogar Mark sah begeistert aus, nachdem wir ihn zusammen gespielt hatten. „Ich gebe zu", sagte er, „er *ist* kraftvoll. Auch wenn Crank ein komplettes Arschloch ist."

„Kraftvoll ist das falsche Wort", sagte Serena mit seltsamer Stimme. „Herzzerreißend. Die Mädchen werden sich für Crank die Kleider vom Leib reißen."

Ich schnaubte und Mark sagte: „Und was ist daran neu?"

„Halt die Klappe, Mark", sagte ich.

„Ich werde die Klappe halten, sobald du aufhörst, nach unseren Shows betrunkene Groupies mitzubringen. Ich habe die Nase voll davon, mir ihr Gekicher und Gestöhne durch die Wand meines Schlafzimmers anzuhören."

Dann imitierte er sie, indem er rhythmisch mit seinem Fuß gegen eine der Holzbänke klopfte und stöhnte: „Oh! Oh! Crank! Oh!"

„Halts Maul!", rief der Rest von uns.

Mark grinste. „Lasst uns den Rest des Programms durchspielen."

„Es wurde auch Zeit", murmelte ich.

Der Rest der Probe war unspektakulär, sie verlief sogar besser als üblich. Aber so war das eben: ein Auf und Ab. Unsere Auftritte waren immer gut, aber in den Proben wurden wir alle vom Auf und Ab der Gefühle, Streitereien und einfach vom Alltag beeinflusst.

Nach der Probe bestellte Serena Pizza und ging dann duschen. Ich ließ mich erschöpft auf eine weitere Couch vom Sperrmüll fallen, die in unserem Wohnzimmer über dem Studio stand. Das war früher mal ein Konferenzraum des Lagers oder so was gewesen. Seit wir eingezogen waren, hatte Serena den Raum mit hellen Vorhängen und Überwürfen dekoriert, die sie in Indien gekauft hatte. Mark schaltete den Fernseher an und fand ,Die Osbournes'. Wirklich? Ich konnte nicht glauben, dass diese Sendung es tatsächlich zu einer ganzen Staffel gebracht hatte.

Fünf Minuten später stand Serena in der Tür zum Flur und sagte mit merkwürdiger Stimme: „Ich habe Julia gefunden."

„Was?", sagte Mark.

Ich hob meine Augenbraue. Wovon redete sie?

„Kommt mit", sagte sie. „Das müsst ihr euch ansehen." Sie sah mich bei den Worten noch nicht mal an.

Mark und Pathin folgten ihr den Flur entlang. Was auch immer das war, ich wollte nicht dabei sein. Aber dann rief Mark „Heilige Scheiße!" und auf einmal war ich doch interessiert.

Ich ging durch den Flur zu Serenas Zimmer, wo die drei vor dem Computer standen.

Was zur Hölle?

Auf dem Monitor war ein Bild zu sehen, ein gutes Foto. Julia und ich, wie wir uns vor dem Weißen Haus küssten.

Serena las die Bildunterschrift:

„Die junge Miss Thompson wurde am Samstag in einer leidenschaftlichen Umarmung mit Crank Wilson vor dem Weißen Haus gesichtet. Wilson ist der Leadsänger und Gitarrist einer nicht sehr erfolgreichen Alternative-Punk-Rock Band, die in der Gegend um Boston und Providence auftritt. Sein Vorstrafenregister ist fast genauso lang wie die Gerüchte rund um Miss Thompson."

Mark lachte. „Mann, du hast wirklich mit dem College-Girl vom Samstag geschlafen?"

„Was? Nein."

„In dem Artikel steht das aber anders."

„Was zur Hölle? Warum in Gottes Namen steht da überhaupt was?"

Serena sah mich mit zusammengekniffenen Augen an. „Hier geht es nicht um dich, Crank. Das ist der Blog einer Klatschkolumnistin. Sie ist nicht an irgendeinem Müll aus Südboston interessiert. Sie interessiert sich für dieses Mädchen… Julia. Warum hast du uns nicht einfach von ihr erzählt? Bist du von ihr besessen?"

Ich zuckte mit den Schultern. „Was zur Hölle, Leute? Es ist nur ein Mädchen."

„War sie gut?", fragte Mark. „Sie sah gut aus. Verdammt heiß. Allerdings sah sie auch wie eine Bibliothekarin aus. Hmm..." Er begann völlig falsch „My Sexy Librarian!" zu singen.

„Halt zur Hölle nochmal die Klappe, Mark. Und ich habe keine Ahnung. Ich habe sie an der Wohnung ihrer Eltern abgesetzt und bin dann zurück zum Hotel gefahren. Und außerdem geht euch das gar nichts an. Keinen von euch." Während ich die letzten Worte sagte, schaute ich Serena an. Sie hätte es besser wissen müssen. *Sie hätte es besser wissen müssen.* Ich hatte ihr mehr als einmal klargemacht, dass aus uns nichts werden würde.

Sie stand auf. „Alles, was die Band betrifft, geht mich was an."

„Serena, mach dich nicht lächerlich. Wir haben noch nicht mal unsere verdammten Telefonnummern ausgetauscht. Und ich hänge immer mit irgendwelchen Mädchen rum. Das solltest du inzwischen wissen."

Sie zuckte zusammen. Ich hatte das gesagt, um ihr wehzutun, und sie wusste das. Aber sie ließ sich nicht unterkriegen.

„Du bist mir scheißegal, Crank. Aber erzähl mir nicht, dass es die Band nicht betrifft... Du hast deinen eigenen Song gehört! Erzähl mir nicht, dass du für dieses Mädchen nichts empfindest."

„Und wenn ich es tue?"

„Wenn du es tust, ist das in Ordnung. Aber sei ehrlich zu uns."

Mark und Pathin beobachteten uns, beide waren ausnahmsweise mal still. Und das war auch kein Wunder. Serena sah mich mit einem Blick an, der töten konnte.

Ich ging zu ihr, stellte mich direkt vor sie und sagte: „Ich habe dieses Mädchen getroffen. Wir hatten einen Abend lang Spaß. Wir haben uns unterhalten. Wir haben uns geküsst. Dann haben wir uns verabschiedet. Ende. In Ordnung? Kannst du mich jetzt bitte in Frieden lassen?"

Sie schnaubte leicht, ihre Lippen formten sich zu einem verächtlichen Lachen und sie schüttelte ganz leicht ihren Kopf. „Wie auch immer, Crank."

Party-Girl (Julia)

Okay. Es hätte schlimmer kommen können. Zum Beispiel hätte Maria Clawson *das* Bild posten können. Das Bild, das jemand während meines ersten Jahres an der High School geschossen hatte. Das Bild, das meine frühere beste Freundin in der Woche, in der wir Peking verlassen hatten, an die gesamte Klasse gemailt hatte. Das Bild, das den ganzen bösen Gerüchten über mich Glaubhaftigkeit verliehen hatte.

Nein, diesmal hatte ich Glück. Sie hatte es nicht gepostet, obwohl ich sicher war, dass sie es irgendwo gespeichert hatte. Damals hatte sie das Foto bearbeitet, um mein Gesicht unkenntlich zu machen und auch sonst alles, das sie hätte ins Gefängnis bringen können. Aber es war immer noch deutlich genug gewesen.

Maria hatte für den Gesellschaftsteil der Washington Post geschrieben, bis die Post den Gesellschaftsteil abgeschafft hatte. Seitdem betrieb sie ihren eigenen grässlichen Blog, der, obwohl er nicht die Reichweite einer großen Seite hatte, genügend Abonnenten anzog, die dafür bezahlten, dass sie ihre Nase in den neuesten Klatsch und Tratsch stecken konnten. Die Abonnenten waren fast ausnahmslos reiche, mächtige Mitglieder der sogenannten besseren Gesellschaft. Niemand sonst konnte die unverschämt hohen Preise bezahlen, die Maria für den vollständigen Zugang zu ihrer Homepage verlangte. Und nichts konnte diese Leute mehr erfreuen als zu sehen, wie Ihresgleichen oder die Kinder Ihresgleichen in einen üblen Skandal verwickelt wurden. Maria berichtete über alles: Trunkenheit, Untreue, geheime Abtreibungen, Scheidungen, Selbstmord…

Am Sonntagmorgen hatte sie zentral auf der Startseite ein Bild von Crank und mir, auf dem wir uns umarmten und küssten, gepostet. Vor dem Weißen Haus. Was bedeutete, dass sie uns, auf der Suche nach etwas Dreckigem, aus dem Restaurant gefolgt war, und sie hatte es gefunden. Und dann hatte sie eine Story dazu erfunden, eine Story, die gerade genug von meiner Vorgeschichte preisgab, um mich wie eine totale Schlampe aussehen zu lassen.

Läuten bald die Hochzeitsglocken? Oder scheppern eher die Rockgitarren? Das könnte auf Julia Thompson zutreffen, die älteste Tochter von Botschafter Richard Thompson, der nach nur einem Jahr als Botschafter in Russland pensioniert wurde und nun in San Francisco lebt. Abonnenten, die Marias Blog schon länger lesen, werden sich daran erinnern, dass die Ernennung von Richard Thompson zum Botschafter von Russland um mehr als zwei Jahre verzögert wurde, weil Senator Rainsley aus Texas an seiner Eignung zweifelte.

Die junge Miss Thompson wurde am Samstag in einer leidenschaftlichen Umarmung mit Crank Wilson vor dem Weißen Haus gesichtet. Wilson ist der Leadsänger und Gitarrist einer nicht sehr erfolgreichen Alternativ-Punk-Rock Band, die in der Gegend um Boston und Providence auftritt. Sein Vorstrafenregister ist fast genauso lang wie die Gerüchte rund um Miss Thompson. Nachdem sich Touristen und andere Beobachter darüber beschwert hatten, dass das Verhalten des jungen Paares unschicklich war, haben sie sich in ruhigere Gefilde zurückgezogen. Vielleicht in Wilsons Zimmer im 1-Stern-Hotel Riviera in Arlington? Meine Leser mögen mir verzeihen, wenn sie das Riviera nicht kennen: Es ist das Zuhause von Prostituierten, Drogenabhängigen und anscheinend auch von völlig erledigten Rockstars. Es ist nicht unbedingt der Ort für Familienfeste der besseren Gesellschaft.

Natürlich können wir nicht wissen, wie ernst die Beziehung der beiden wirklich ist, falls es sich überhaupt um eine ernsthafte Beziehung handelt. Immerhin ist das nicht das erste Mal, dass Julia, inzwischen Studentin in Harvard, sich mit fragwürdigen Personen abgibt. Ihre Klassenkameraden an der Internationalen Schule von Peking, die sie während ihrer ersten drei Jahre der High School besuchte, beschrieben sie als „Party-Girl" und es gab Gerüchte über Sex-Partys und eine Abtreibung hinter verschlossenen Türen, als sie erst vierzehn Jahre alt war. Es waren genau diese Gerüchte, die dazu führten, dass Botschafter Thompsons Ernennung hinausgezögert wurde, bis Präsident Bush sein Amt antrat. So berichtet es ein vertrauenswürdiger Informant aus dem Büro von Senator Rainsley.

Danach folgte ein Link zu einer Seite, die man nur als Abonnent sehen konnte. Ich hatte keinen Zugang, aber ich wusste, was dort zu finden war – Geschichten, die meine Familie über Jahre hinweg durch den Dreck gezogen hatten. In keiner war mein Name erwähnt, in den meisten stand noch nicht mal der Name meines Vaters; Clawson bewegte sich am Rande der Legalität und hatte es irgendwie geschafft, jahrelang zu überleben ohne in Grund und Boden geklagt zu werden.

Als ich die Geschichte am Sonntagabend in meinem Zimmer las, spürte ich, wie sich mein Magen zusammenkrampfte und mich Übelkeit überkam. Die Gerüchte, die Maria auf ihrer Seite veröffentlicht hatte, hatten niemals meinen Namen enthalten. Ich vermute, das lag daran, dass ich damals noch minderjährig gewesen war, deshalb war ich sicher gewesen.

Aber jetzt nicht mehr.

Party-Girl. Ja, klar. Dinge etwas auszuschmücken war das Eine. Es war etwas völlig anderes, einfach etwas zu erfinden und es dann als die Wahrheit zu verkaufen. Ich war vieles an der High School gewesen, aber niemals eine Partygängerin. Außer, als Harry es zu weit getrieben hatte. Als er *mich* zu weit getrieben hatte.

Es war kein Wunder, dass meine Mutter so reagiert hatte. Unsere Familie war lange Zeit die Topschlagzeile auf Marias Homepage gewesen und alle wussten, dass es meine Schuld war.

Aber niemand wusste, was wirklich geschehen war. Die Geschichte war viel zu einfach, zu traurig und zu schäbig, als dass sich jemand wirklich dafür interessiert hätte.

Nachdem ich den Blogeintrag gelesen hatte, saß ich für lange Zeit einfach nur da und starrte ins Leere.

Schließlich stand ich auf, verließ mein Zimmer und lief für eine Weile ziellos auf dem Campus-Gelände herum.

Es geschah nicht oft, aber manchmal konnte ich seine Stimme in meinen Albträumen hören.

Du liebst mich doch, oder? Siehst du? Das war doch gar nicht so schlimm.

Es war Jahre her, dass ich diese Stimme auch tagsüber hören konnte, aber da war sie, und hier war ich nun und fühlte mich wieder wie vierzehn, verwundbar, total verängstigt und völlig allein. Mir drehte sich der Magen um und ich wollte erbrechen. Es war schon lange her, dass ich mich so gefühlt hatte. Eine sehr lange Zeit. Sie müssen verstehen… Sie Sache war so, ich hatte niemanden gehabt, an den ich mich hätte wenden können. Keine Schulter zum Ausweinen, niemanden, der mir gesagt hätte, dass alles gut werden würde. Es war nicht so, dass meine Schwestern mir hätten helfen können. Carrie war zu dem Zeitpunkt erst neun Jahre alt gewesen.

Und ich konnte ja wohl kaum zu meinen Eltern gehen. Sie erfuhren es schließlich von anderen und ich hatte die Konsequenzen noch lange nicht verkraftet.

Ich habe meine Tochter nicht zur Schlampe erzogen, hatte meine Mutter mir mit Verachtung in der Stimme gesagt.

Wenn ich an das kleine Mädchen denke... mich... das kaum die Sprache sprechen konnte, verloren und blutend in den kalten Gassen von Peking, das niemanden hatte, der ihr hätte helfen können, es erfüllt mich mit Wut. Ich hätte am liebsten jemanden verletzt oder etwas zerschlagen. Es führte dazu, dass ich am liebsten laut geschrien hätte, mich am liebsten in die Mitte des Campus gestellt und so lange ein so lautes Heulen ausgestoßen hätte, bis meine Stimme versagte.

Stattdessen lebte ich mein Leben weiter, lächelte jeden an, ging auf das College, das meine Eltern ausgesucht hatten, kleidete mich, als ob ich schon dreißig wäre, arbeitete hart und hatte Freunde, fast so, als ob ich eine normale Person war.

Ich hielt am Rand des Harvard Square an. Ein Gitarrist stand in der Nähe der Ecke. Wie er so in seiner Cordhose auf einer leeren Kiste saß, sah er ziemlich entspannt aus. Sein Haar wurde bereits grau und sein Bart hing ihm bis auf die Brust herunter, ohne die Gitarre hätte ich ihn für einen Obdachlosen gehalten. Jetzt stand ich einfach da und hörte ihm zu. Er spielte eine tadellose akustische Gitarre mit 12 Saiten, die sehr schön klang. Ich schloss meine Augen, schwankte ein bisschen, nahm die Musik in mich auf und ließ sie die dunklen Gedanken und Gefühle, die mich quälten, vertreiben. Musik war schon immer meine Zuflucht gewesen, meine Leidenschaft.

Ein paar Meter entfernt stand Mitch Roark und hörte ebenfalls zu. Er nickte mir mit einem freundlichen Lächeln im Gesicht zu. Mitch und ich waren in meinem zweiten Jahr ein paar Mal miteinander ausgegangen, aber ich hatte mich schnell zurückgezogen. Er war ein toller Typ mit einem sehr unkonventionellen Elternhaus und es hatte gleich geklickt. Sein Vater, Allen Roark, war einer der erfolgreichsten Stars des Alternative Rock. Mitch war während der ganzen Touren aufgewachsen, wurde zu Hause unterrichtet und hatte schließlich für die letzten drei Schuljahre eine exklusive Privatschule in Neu England besucht. Wir hatten zuviel gemeinsam: niemand, mit dem man eine Beziehung beginnen konnte.

Der Song endete viel zu schnell. Der Gitarrist sah mich an und sagte dann: „Ich hoffe, es hat Ihnen Gefallen, Miss. Hier habe ich noch einen Song für Sie."

Dann begann er die Saiten anzuschlagen und nach zwei Akkorden erkannte ich die Musik und lächelte – „Ghost Riders in the Sky". Ich hatte immer die Version von The Outlaws bevorzugt, aber dies… den rauen und kantigen Song über die Cowboys und den Westen hier im Harvard Square zu hören. Es war großartig.

Ich schloss meine Augen, wiegte mich zur Musik und drehte mich im Kreis. Für den Bruchteil einer Sekunde konnte ich die Freiheit, die die Cowboys gefühlt haben mussten, spüren. Konnte spüren, wie es gewesen sein muss, den Horizont zu sehen, die Grenzen des eigenen Lebens zu kennen und zu verstehen, in der Lage zu sein, morgens aufzustehen und die klare Luft einzuatmen und keine tausend Verpflichtungen zu haben.

Als die Musik endete, hielt ich inne und öffnete meine Augen. Ich wurde rot vor Wut, denn eine kleine Gruppe von Harvardstudenten hatte zugeschaut. Und sie klatschten. Inklusive Willard, er stand auch dort und auf eine halb herablassende Art klatschte er ganz langsam. Wie immer trug er Dockers, ein Polo-Shirt und ein hübsches Paar brauner Lederschuhe.

Mitch holte ein paar Dollar heraus und legte sie in die Gitarrentasche. Als ich mich herunterbeugte, um mein Geld ebenfalls hineinzuwerfen, flüsterte ich: „Danke."

Als ich mich wieder aufrichtete und umdrehte, kam Willard auf mich zu, seine Augen traten fast aus den Höhlen, als er sah, wie viel Geld ich in die Tasche geworfen hatte. „Julia. Das war ja eine Vorstellung." Als er den Satz beendete, verzog sich eine Seite seines Mundes zu einem schiefen Grinsen.

Willard ließ niemals eine Gelegenheit aus, um zu allen herablassend zu sein. Ich spürte, wie ich mich verkrampfte, strengte mich an, keine schnippische Bemerkung zu machen. „Du weißt, dass ich Musik liebe."

Er zuckte mit den Schultern. Er hatte sich niemals dafür interessiert, was ich mochte. „Ich habe dich dieses Wochenende gar nicht hier gesehen."

„Ich war nicht in der Stadt."

„Oh?"

Ich sagte nichts mehr. Die friedvolle, schöne Stimmung, in die mich der Song versetzt hatte, war bereits am Verschwinden. Willard hatte niemals irgendwelche Emotionen in mir ausgelöst, aber in diesem Moment schaffte er es, mich zu verärgern. Ein Punkt für ihn.

Er versuchte, erneut meine Aufmerksamkeit zu erregen. „Es ist schon eine Weile her, dass wir Zeit miteinander verbracht haben. Hast du schon zu Abend gegessen? Möchtest du mich vielleicht begleiten?"

Nicht wirklich, dachte ich. Damit hatte ich nicht gerechnet. „Willard, ich denke nicht, dass das eine gute Idee ist."

„Hey… entspann dich, Julia. Wir können Freunde sein, okay? Es ist nur ein nettes Abendessen, ich bitte dich nicht um ein Date."

Warum musste er so vernünftig sein? Wenn ich jetzt nein sagte, wäre ich eine Zicke. Ich setzte mein falsches Lachen auf und tat, was ich immer tat… nicht das, was ich wollte, sondern das, was man von mir erwartete. „Na gut. Als Freunde."

Wie immer führte Willard mich zu dem Ort, an dem er essen wollte: in diesem Fall in eine Pizzeria auf der anderen Seite der Mass Avenue. Das Essen hier war gar nicht so schlecht, also war es okay für mich. Das Restaurant war etwa halb voll, als wir eintraten, man konnte, trotz der Musik aus einer Jukebox, die „Where is the Love?" spielte, das leise Gemurmel von diversen Unterhaltungen hören. Meistens spielten sie hier Popmusik aus den Top 40. Auch das war okay für mich. Willard führte mich zu einer Sitzgruppe, die natürlich im hinteren Ende des Restaurants lag, und er setzte sich natürlich mit dem Rücken zur Wand, so dass ich nichts außer ihn sehen konnte. Das war typisch für ihn.

„Also… Wie geht es dir?", fragte er.

Ich lächelte weiter mein künstliches Lächeln. „Mir geht's gut. Ich bin immer noch am Überlegen, an welcher Uni ich meinen Master machen soll, aber ansonsten läuft alles rund."

„Ich denke immer noch, du solltest dir überlegen, nach Stanford zu gehen", sagte er. Willard plante dort weiterzustudieren.

„Ich weiß nicht so recht. Das ist für meinen Geschmack zu nah bei meinen Eltern."

Er schüttelte seinen Kopf. „Sind sie denn so schlimm? Als wir uns kennengelernt haben, machten sie einen netten Eindruck auf mich."

Natürlich hatten sie das getan. Er war ja auch genau wie sie.

„Sie sind nicht so schlimm", sagte ich. „Aber das bedeutet nicht, dass ich direkt neben ihnen wohnen möchte."

„Mal ehrlich. Das ist etwa eine Autostunde entfernt."

Ich blinzelte. Warum war er so hartnäckig? „Ich bleibe lieber an der Ostküste und nehme eine fünftägige Fahrt in Kauf, danke. Und überhaupt, warum bist du so hartnäckig?"

Er sah für einen Moment weg und blickte mir danach in die Augen. „Ich hatte gehofft, dass du mir verziehen hast."

Ihm verzeihen. Da gab es nichts zu verzeihen – ich war diejenige, die mit ihm Schluss gemacht hatte. „Du hast nichts Falsches getan, Willard. Es gibt nichts, was ich dir verzeihen müsste."

„Außer, dass ich dir einen Heiratsantrag gemacht habe."

Ich seufzte. „Das war nicht falsch. Es hat nur… die Dinge klargestellt."

„Die Dinge klargestellt? Ich verstehe das immer noch nicht. An einem Tag ist alles super und wir lieben uns. Am nächsten Tag mache ich dir einen Heiratsantrag. Und dann… machst du mit mir Schluss."

Oh Gott. Er wollte es nicht anders.

„Ich wusste, dass dies eine schlechte Idee war", murmelte ich.

„Warum? Weil du mir sagen musst, was du fühlst?"

Ja. Genau.

Ich musste die Sache an der Wurzel packen. Es gab keine Möglichkeit, es ihm behutsam beizubringen, so dass er sich besser fühlte. Ich würde nicht lügen… Ich fühlte mich schlecht dabei. Aber jetzt, wo wir schon an diesem Punkt angelangt waren? Ich hatte keine Wahl.

„Was ich fühle... ist, dass ich dich nicht liebe. Wir haben uns *niemals* geliebt, Willard. Vielleicht hast du eine Idealvorstellung von mir geliebt... Ich weiß es nicht. Aber es gab nie ein *Wir*. Und das wird es auch nie geben."

Er erstarrte. Seine Augen traten ein wenig aus ihren Höhlen und sofort musste ich an diese sehr unangenehmen Momente denken, in denen wir Sex gehabt hatten. Ich hatte dabei niemals Spaß gehabt. Ehrlich gesagt war es für mich wie eine lästige Pflicht gewesen, eigentlich hätte dabei sofort klar sein müssen, dass dies nicht die richtige Beziehung für mich war. Aber was wusste ich schon von einer richtigen Beziehung? Nichts. Rein gar nichts. Ich wusste nur, dass mich dies auf sehr unangenehme Art daran erinnerte, wie er keuchend und schnaufend über mir gehangen hatte und ich mich gefühlt hatte... wie eine Gummipuppe. So, als ob er gar nicht wollte, dass ich aktiv wurde, sondern nur dazuliegen hatte. Und das führte dazu, dass ich mich krank fühlte, wenn ich nur daran dachte. Ich sah weg, denn auf einmal konnte ich es nicht ertragen, sein Gesicht anzusehen. Letzten Herbst hatte er mir vorgehalten, gefühlskalt zu sein. Ich weiß nicht... vielleicht bin ich das. Vielleicht hat Harry das auch ruiniert, so wie alles andere.

„Es war nicht so schlimm, oder?" fragte er in einem verzweifeltem Ton.

Komm schon, Jules. Du weißt, dass du es auch willst. Harrys Stimme.

Als ich die Stimme in meinen Gedanken hörte, schauderte ich und bemühte mich, in der Gegenwart zu bleiben.

„Natürlich nicht", sagte ich. „Wir hatten viel Spaß zusammen, Will. Bitte... hör auf. Lass mich gehen."

Ich bin noch nicht soweit, hatte ich zu ihm gesagt.

Natürlich bist du soweit. Du liebst mich doch, oder?

Ja.

„Ich muss jetzt gehen", sagte ich und kämpfte darum, einen klaren Kopf zu bekommen. Ich hielt kurz inne und sah Willard an. Sein Gesicht sah niedergeschlagen aus, er schaute überall hin, nur nicht mich an. „Willard... du wirst jemanden finden. Du bist ein guter Typ und du wirst jemanden finden, der besser für dich ist als ich."

Ich rutschte von der Sitzbank, mit seinen nächsten Worten stoppte er mich.

„Was, wenn ich niemand anderen als dich haben möchte?"

Ich holte Luft und sah ihm in die Augen. „Dann wirst du wohl alleine bleiben."

Und dann ging ich fort.

Ich habe keine Beziehungen (Crank)

In Ordnung, ich gebe zu, ich war neugierig.

Julia hatte mir an dem Samstag, als wir uns kennengelernt hatten, klar gesagt, dass sie nichts mit mir zu tun haben wollte. Vielleicht war sie einsam oder sie brauchte… etwas. Ich weiß es nicht. Mich brauchte sie auf jeden Fall nicht.

Trotzdem war ich immer noch fasziniert von ihr und es begann mich zu beunruhigen, dass ich nicht wusste, warum.

Lassen Sie es mich klar ausdrücken. Ich bin normalerweise nicht besessen von Frauen. Sie sind besessen von mir. Ich weiß, dass sich das total sexistisch anhört, aber das ist mir scheißegal. So ist es nun mal. Ich habe schon vor langer Zeit beschlossen, dass die Person, die jemanden verließ, ich war.

Trotzdem.

Es lag nicht daran, dass sie auf dem College war. Ich war auch vorher schon mit Mädchen vom College zusammen gewesen und im Bett waren sie auch nicht anders als die Mädchen aus Southie. Aber sie hatte etwas. Sie war supersexy, aber das war es nicht. Ich hatte sie angesehen und es war, als ob sie kurz davor war, zu explodieren. Ich hatte die letzten sechs Jahre damit verbracht, wütend und ein Adrenalinjunkie zu sein, und wenn ich Julia ansah, hatte ich den Eindruck, dass sie jemand war, der das verstand.

Sie mochte ja wie ein Püppchen zurechtgemacht sein, in ihrem schicken Rock, den hohen Absätzen und einem Pulli, aber es kam mir so vor, als ob darunter sehr viel mehr verborgen lag. Und das… das machte mich neugierig. Aber die Wahrheit war, ich wusste überhaupt nichts über sie.

Also ging ich das nächste Mal, als Serena nicht da war, in ihr Zimmer, fuhr ihren Computer hoch und suchte und fand erneut den Artikel über Julia.

Das war hässlich... Üble Nachrede, und nachdem ich mir die Homepage näher angeschaut hatte, war mir klar, dass das nicht das erste Mal war. Maria Clawson schrieb, soweit ich erkennen konnte, schon seit mindestens 1999 schreckliche Geschichten über Julias Familie. Vielleicht auch schon davor. Es stand alles dort: Clawson schrieb nur leicht verschleierte Gerüchte über „eine von Botschafter Thompsons Töchtern", die auf dem Campus der Internationalen Schule von Peking in wilde Sexpartys verwickelt gewesen war. Eine geheime Abtreibung. Drogen. Nachdem ich mir auf der Seite des Auswärtigen Amtes die Biografie ihres Vaters angeschaut hatte, war klar, dass damit nur Julia gemeint sein konnte, denn ihre nächstjüngere Schwester musste zu diesem Zeitpunkt erst neun oder zehn Jahre alt gewesen sein. Die meisten Artikel konnte ich nicht aufrufen, denn sie waren nur für Abonnenten. Als ich den Preis für den Zugang sah, fielen mir fast die Augen aus dem Kopf. Aber die Vorschauen reichten aus, um eine Idee vom Inhalt zu erhalten.

Dann sah ich das Bild. Es hätte jedes junge Mädchen sein können – ihr Gesicht war unkenntlich gemacht, genau wie ihre Brüste. Es war ein sehr junges Mädchen... vielleicht dreizehn Jahre alt? Vierzehn? Sie war fast nackt, trug nur einen Slip und lag ohnmächtig auf einer Couch. Zwei Jungen, ihre Gesichter waren ebenfalls unkenntlich, berührten sie.

Verdammte Scheiße. Als ich das Bild sah, wollte ich am liebsten vor Wut laut schreien, denn die Jungen waren ganz offensichtlich um einiges älter.

Hinter dieser Geschichte steckte sehr viel mehr, als Clawson geschrieben hatte. Man hätte sie dafür, dass sie das veröffentlich hatte, ins Gefängnis sperren sollen.

Ungeachtet dessen war das Unheil natürlich schon geschehen. Ich fand einen Artikel in der Washington Post aus dem Frühjahr 2001, in dem beschrieben war, wie die Ernennung von Richard Thompson zum Botschafter von Russland aufgrund der Gerüchte um zwei Jahre hinausgezögert worden war. Die Post schrieb natürlich nichts über die Gerüchte, aber es führte dazu, dass die Leute auf Clawsons Homepage nachschauten. Das war übel, allein die Vorstellung, wie es für Julia gewesen sein musste. Ihre Eltern waren bestimmt total ausgerastet.

„Weißt du, wenn du meinen Computer benutzen möchtest, brauchst du nur zu fragen", sagte Serena hinter mir.

Allmächtiger! Mir blieb das Herz stehen. Ich blieb locker und antwortete: „Serena, kann ich deinen Computer benutzen?"

Sie stieß ein lautes Lachen aus, dann ließ sie sich auf das Bett fallen, das ein paar Meter entfernt stand. Sie sah entspannt aus, trug eine Jogginghose und ein weißes Tank-Top, das ihre dunkle Haut betonte und ihren Körper umschmiegte. Serena hatte schon immer einen tollen Körper gehabt. Sie kam aus Indien und ich hatte keine Ahnung, wie sie wirklich hieß. Dafür war sie extrem heiß. Und tabu. Dad sagte immer: Wer im Glashaus sitzt, sollte nicht mit Steinen werfen.

„Du solltest dir demnächst mal einen eigenen Computer anschaffen."

„Ja. Na ja, die Miete hat Vorrang."

Sie nickte. „Was machst du da überhaupt?"

„Ich surfe nur so herum."

Sie sah zum Bildschirm, setzte sich dann auf und lehnte sich nach vorne, dabei hatte ich einen schönen Blick auf ihre Titten, ihr Haar bedeckte ihr Gesicht zur Hälfte. „Harvard-Tussi?"

Ich zog eine Grimasse.

„Ich dachte, sie wollte dich nicht wiedersehen."

„Das will sie auch nicht."

„Oh, Mann", sagte sie und stieß dann ein leises, langsames Kichern aus. „Ich hätte niemals gedacht, dass ich diesen Tag mal erlebe. Crank Wilson ist hinter einem Mädchen her."

„Halt die Klappe, Serena."

„Warum? Das ist urkomisch. Hast du wenigstens ihre Telefonnummer?"

Ich schüttelte meinen Kopf.

„Wirst du versuchen, sie herauszufinden? Es ist ja nicht so, als wäre sie jemand Unbekanntes."

„Ich weiß es nicht."

Sie seufzte, lehnte sich auf ihrem Bett zurück und murmelte: „Ich kann nicht glauben, dass ich das sage. Sieh mal – ruf doch einfach die Uni an. Sag ihnen, du wärst ein Cousin, der nach langer Zeit wieder aufgetaucht ist."

„Es ist nicht so einfach. Und ich kann auch nicht glauben, dass du das gerade gesagt hast."

„Okay, schau, Crank. Ja, ich bin in dich verknallt. Ich und jede andere Frau, die eine unserer Shows anschaut. Aber ich verstehe schon. Es ist nur einseitig. Und auf diese Weise macht es auch Spaß. Wenn du jemals darauf anspringen würdest, würde ich dir in den Hintern treten. Aber wenn du dieses Mädchen magst... solltest du ihr nachlaufen."

„Ich weiß noch nicht mal, wo ich anfangen soll."

Sie sah mich halbamüsiert von der Seite an. „Okay. Wo sind die Außerirdischen, die meinen Freund gekidnappt haben? Du weißt nicht, wie man einem Mädchen nachläuft? Ernsthaft?"

Ich kicherte. „Üblicherweise muss ich nur zugreifen. Bei unseren Shows funktioniert das prima."

Sie sah mich verdutzt an. „Stimmt. Weißt du, normalerweise bist du echt ein Schwein. Ich verstehe das alles nicht."

„Das ist das Netteste, das jemals jemand zu mir gesagt hat."

Sie grinste. „Es stimmt und du weißt das."

Ich zuckte mit den Schultern. „Ich habe niemals vorgegeben, jemand zu sein, der ich nicht bin, Serena. Ich habe keine Beziehungen."

„Also, was ist jetzt anders?"

Ich schüttelte meinen Kopf und lachte. Es war ein leeres Lachen. Denn in Wirklichkeit fühlte ich mich in letzter Zeit einsam, sogar wenn ich ein hübsches Mädchen in meinem Bett hatte. „Vielleicht liegt es daran, dass ich sie nicht haben kann."

„Ooooh", sagte sie. „Das ist übel."

„Ja, egal." Es wurde Zeit, das Thema zu wechseln. „Oh! Hast du meinen neuen fahrbaren Untersatz gesehen?"

Sie sagte: „Wechselst du gerade das Thema?"

„Ja."

„Ist dein neuer fahrbarer Untersatz der schrottreife Toyota, der vor der Tür steht?"

Ich nickte.

„Schick", sagte sie. „Zehn Jahre alt?"

„Fast fünfzehn. Aber er gehört mir. Und ist komplett bezahlt."

Sie stand auf. „Die Sache mit deinem Auto ist also erledigt? Dann lass uns die anderen zusammenrufen und proben. Wir haben am Freitag einen Auftritt. Und ich möchte, dass dein neuer Song perfekt wird."

Ich seufzte. „Dann mal los."

KAPITEL 5

Julia, wohin bist du verschwunden? (Julia)

Wenn man immer wieder umzieht, wird es irgendwann zur Routine, neue Freunde zu finden. Ich denke nicht, dass es der Diplomatenbrut, wie wir manchmal genannt wurden, anders erging als Kindern von Soldaten. Man findet schnell neue Freunde, aber meistens sind es oberflächliche Freundschaften. Ich erinnere mich an mein einziges Jahr an einer öffentlichen Schule außerhalb von Washington und wie ich die Mädchen beneidet hatte, die beste Freundinnen hatten – Menschen, die sie gern hatten und denen sie vertrauen konnten. Ich hatte das für eine kurze Zeit mit Lana, mit der ich mich in Peking angefreundet hatte, zumindest dachte ich das. Aber Lana war sprunghaft, oft irrational, und als wir uns kurz vor meiner Abreise gestritten hatten, missbrauchte sie mein Vertrauen. Danach gab ich es auf, Freunde zu suchen. Das war der Preis dafür, dass mein Vater Diplomat war, und auch der Preis für meine eigenen dummen Fehler.

Die Karriere meines Vaters war ungewöhnlich für einen Botschafter. Manchmal wurden großzügige Spender oder Personen, die dem Präsidenten einen Gefallen getan hatten, aus politischer Gefälligkeit heraus zu Botschaftern ernannt. Aber mein Vater hatte eine echte Laufbahn im Auswärtigen Dienst absolviert. Zuerst Harvard, dann an der Walsh School für den Auswärtigen Dienst an der Georgetown-Universität und dann begann er im Außenministerium. Während ich aufwuchs, hörte ich immer wieder, dass man von mir erwartete, den gleichen Weg zu gehen. Er hat meine Mutter in Spanien kennengelernt, wo er als Jungdiplomat eingesetzt gewesen war, und ich wurde in Brüssel geboren. Ich besuchte zwei verschiedene Grundschulen, zwei Mittelstufen und zwei High Schools. Jedes Mal ließ ich

Freunde zurück und fand schnell neue. Und da die meisten Kinder, mit denen ich zur Schule ging, auch Kinder von Diplomaten waren, war es gar nicht so schlimm. Wir alle kannten das – so war es zumindest bis zu meinem Abschlussjahr an der High School. Nachdem meine Eltern aufgrund der ausgesetzten Ernennung meines Vaters zum Botschafter in Russland in Washington gestrandet waren, verbrachte ich mein Abschlussjahr an der Bethesda Chevy-Chase High School, direkt außerhalb von Washington.

Die BCC gehört zu den besten öffentlichen Schulen im Land. In Wirklichkeit unterscheidet sie sich nicht sehr von den Privatschulen, die ich in allen Teilen der Welt besucht hatte. Meine Klassenkameraden im Ausland waren größtenteils Kinder von Diplomaten gewesen, oder von Reichen und Privilegierten. In Bethesda gab es nur ein paar wenige Diplomatenkinder, dafür sehr viele mit reichen und privilegierten Eltern.

Dass das beliebteste Mädchen in der Abschlussklasse auch gleichzeitig die Jahrgangsbeste war, ich sie aber wegen eines einzigen Punktes auf den zweiten Platz verwies, machte die Sache allerdings nicht besser. Ihre neue Lebensaufgabe war, mir das Leben so schwer wie nur möglich zu machen, und die meisten Mitglieder der Abschlussklasse schlossen sich ihr an. Und als dann dank Lana die Gerüchte aus China hinzukamen? Mehr brauchte es nicht. Ich verbrachte mein Abschlussjahr an der High School als Ausgestoßene. Unsichtbar... Nein, ich betete dafür, unsichtbar zu sein. Niemand erhörte meine Gebete. Ich wurde zur Zielscheibe.

Jeden Tag, wenn ich den Gang entlanglief, hörte ich das Flüstern.

Schlampe.

Hure.

Kindermörderin.

Ich bin mir sicher, es gab auch andere Jugendliche in der Abschlussklasse, die das Ziel von Schikanen waren. Ich weiß es nicht, denn ich war viel zu sehr damit beschäftigt gewesen, zu versuchen zu überleben. Und schlimmer noch, ich hatte nicht einfach nach Hause gehen und darüber reden können, denn meine Mutter beschuldigte mich auf ihre eigene, weniger profane Art der gleichen Dinge. Mein

Vater sprach fast das ganze Jahr kein einziges Wort mit mir und meine damals erst dreizehnjährige jüngere Schwester verstand das Problem einfach nicht.

Um das Ganze abzukürzen: Ich bin zweiundzwanzig Jahre alt. Ich gehe auf eine der besten Unis in Amerika. In der Theorie habe ich ein fantastisches Leben vor mir. Meiner Familie geht es gut, wir müssen uns um finanzielle Dinge keine Sorgen machen.

Aber das Eine, das ich nicht habe? Ich habe niemanden, dem ich vertrauen kann.

Das klingt erbärmlich, oder? Mal ehrlich, ich wohne mit drei weiteren Mädchen in einer WG. Aber ich kenne keine richtig. In meinem ersten Jahr in Harvard habe ich überhaupt keine Freunde gefunden. Linden, Adriana und Jemi hatten zusammen mit einem weiteren Mädchen an der Verlosung der Zimmer teilgenommen und wurden unserer Suite im Cabot Haus zugeordnet. Die Vierte im Bunde brach im Sommer das Studium ab und ich landete per Zufall in der WG. Jetzt wohnten wir schon drei Jahre zusammen und ich war immer noch die Außenseiterin, aber es war nicht ihre Schuld.

Sie gingen alle zusammen zu Partys und hatten Spaß, aber ich war noch niemals eine große Partygängerin gewesen. Manchmal hatten sie mich mitgeschleift, aber ich denke, das lag mehr an ihrem Edelmut als an etwas anderem. Und vielleicht an ihrer Neugier. Ich habe bei anderen gesehen, wie schnell Freundschaften und Beziehungen in dieser Umgebung entstehen. Aber für mich ist das nicht möglich.

Ich öffne mich einfach nicht. Denn dazu muss man jemandem vertrauen. Und wie könnte ich, nach dem, was Harry mir angetan hatte, jemandem vertrauen? Wie kann ich, nach dem was Lana mir angetan hat, jemandem vertrauen?

Lana war in Peking meine beste Freundin gewesen.

Lana war die Person gewesen, an die ich mich gewandt hatte, als ich jemanden zum Ausweinen gebraucht hatte.

Harry war derjenige gewesen, der mir das Herz gebrochen und an den ich meine Unschuld verloren hatte, aber Lana war diejenige, die mein Vertrauen gebrochen hatte.

Und außerdem, wie soll ich jemals wieder jemandem vertrauen, nach dem, was meine Mutter mir angetan hat?

Aber in letzter Zeit – fühlte ich mich rastlos. Zum einen befand ich mich schon seit fünf Jahren im gleichen Land, solange hatte ich mich in meinem ganzen Leben noch nirgendwo aufgehalten. Zum anderen fühlte sich mein Leben nach dem Wochenende in Washington und meinem Tanz bei dem Straßenmusiker total eingeengt an. Vielleicht hatte ich zur Abwechslung mal die Nase voll davon, ein falsches Lächeln aufzusetzen, konservative Kleidung zu tragen und es allen recht zu machen. Vielleicht war ich es langsam auch ein wenig leid, einsam zu sein.

Linden sah am Dienstagabend wirklich überrascht aus, als ich, nachdem sie „Wir gehen morgen Abend alle in den Metro Club, willst du mitkommen?" sagte, antwortete: „Ja, das würde ich sehr gerne!"

Die Stimmung zwischen mir und meinen WG-Mitbewohnerinnen war so entspannt wie noch niemals zuvor und wir lachten und alberten sogar für eine Weile herum.

Linden wollte mich dazu bewegen, mal etwas Freizügigeres anzuziehen, und führte mir stolz ihr Kleid vor, das aus einem kleinen Fetzen Stoff bestand, als Adriana sagte: „Wer spielt heute Abend dort?"

Adriana war ein Mädchen aus den Südstaaten, durch und durch. Sie kam aus einer Kleinstadt in Alabama, wo ihre Mutter als Kellnerin arbeitete. Adriana ging auch nicht oft aus… nicht, weil sie nicht gewollt hätte, sondern weil sie immer knapp bei Kasse war.

Jemi, die vierte im Bunde, kam aus Sierra Leone. Sie war groß, hatte tiefschwarze Haut, war gertenschlank und unheimlich hübsch, sie sprach mit einem frischen, britischen Akzent und sie und Linden machten fast alles gemeinsam. Sie antwortete: „Heute spielt Morbid Obesity, glaube ich."

„Oh Scheiße", murmelte ich. Die anderen drei hielten inne und starrten mich an.

„Ich denke nicht, dass ich dich jemals habe fluchen hören, meine Liebe", sagte Adriana. „Magst du ihre Musik nicht? Wir können auch in einen anderen Club gehen. Das macht uns nichts aus, ich bin froh, dass du überhaupt mal mit uns ausgehst."

Ich zuckte mit den Schultern, war auf einmal zurückhaltend. „Ähm, ist schon okay. Ich habe… au, mir nur den Zeh angestoßen."

Ich log natürlich. Am Sonntagabend hatte ich mir ihre Homepage angeschaut… und seitdem jeden Abend. Die Musik war wirklich gut und ich bin ein echter Snob, wenn es um Musik geht. Es war Punk-Rock mit einem karibischen Einfluss, der dem Ganzen etwas Ruheloses gab. Jedes Bandmitglied hatte eine eigene Seite. Auf Cranks waren ganz viele Fotos von seinen Auftritten und wie er betrunken an hundert verschiedenen Frauen herumgrapschte. Ich war nicht daran interessiert, zu dieser Liste von Eroberungen hinzugefügt zu werden. Wenn man das überhaupt Eroberungen nennen konnte.

Egal. Ich würde heute mit diesen Frauen ausgehen. Diese merkwürdige und für mich völlig untypische Nacht mit Crank Wilson würde das nicht verhindern. Gar nichts würde das verhindern. Am Ende entschied ich mich für ein Outfit, das weit freizügiger war als das, was ich normalerweise trug, und es erntete fast Lindens Zustimmung. Ich war gerade dabei, meine Schuhe anzuziehen, als das Telefon klingelte.

Linden ging ran und legte dann den Hörer auf den Tisch. „Julia, es ist für dich."

Alle sahen mich an, denn jeder wusste, wer es war. Niemand rief mich auf unserem Festnetztelefon an. Außer meiner Mutter.

Ich seufzte und hob den Hörer auf.

„Hallo?"

Die Mädchen standen da und warteten in peinlicher Stille.

„Julia, wir müssen reden."

„Mutter, ich bin gerade dabei zu gehen. Kann ich dich morgen früh zurückrufen?"

„Nein. Du kannst mich nicht morgen früh zurückrufen. Wir müssen jetzt gleich reden."

„Was ist, Mom?"

„Dein Vater hat einen Anruf aus dem Weißen Haus erhalten."

Was hatte das mit mir zu tun? Ich seufzte. Ich konnte diesmal nicht schon wieder einfach auflegen. Ich legte meine Hand über den unteren Teil des Hörers, sah meine drei WG-Mitbewohnerinnen an und fühlte mich hilflos. „Es tut mir leid. Warum geht ihr nicht schon mal vor und ich komme dann nach."

Linden legte ihren Kopf zur Seite, sie hatte einen traurigen Gesichtsausdruck. „Du hast es versprochen! Komm schon."

„Es ist meine Mutter, ich muss mit ihr reden. Ich verspreche, dass ich nachkomme. Ich meine es ernst."

Sie gingen hinaus und ich bin mir sicher, dass sie dachten, ich würde nicht nachkommen.

Ich hatte aber fest vor, mein Versprechen zu halten.

„Okay, Mom, jetzt kann ich reden. Was ist los?"

„Julia, hör mir zu. In zwei Wochen schickt die UNO ein Spezialteam aus Diplomaten in den Irak. Sie sollen die Waffeninspekteure begleiten und eventuell eine Einigung aushandeln. Dein Vater ist vom Präsidenten gefragt worden, ob er ein Teil des Teams sein möchte."

„Oh mein Gott, Mom, das ist toll!"

„Das ist es. Obwohl er ja pensioniert ist – dies könnte der Gipfel seiner Karriere sein, Julia. Und das ist der Grund, warum ich dich jetzt anrufe."

Ich schüttelte verwirrt meinen Kopf. „Das verstehe ich nicht."

Sie hielt inne und sprach dann in einem vorsichtigen, langsamen Ton. „Ich weiß nicht, wie ich das zu meiner eigenen Tochter sagen soll. Aber es ist… absolut notwendig, dass du nichts tust, das…"

Mir drehte sich der Magen um. *Wie. Konnte. Sie. Es. Wagen.* Ich spürte, wie meine Finger begannen, mir wehzutun, weil ich das Telefon so fest umklammerte, und sie redete einfach weiter, sagte diese schrecklichen Worte, von denen ich wusste, dass sie aus ihrem Mund kommen würden.

„… absolut nichts, das deinen Vater in ein schlechtes Licht stellen könnte. Hast du mich verstanden?"

Meine Antwort war kalt. „Ich verstehe vollkommen."

„Ich denke nicht, dass du verstehst, wie sehr die Ereignisse in Peking der Karriere deines Vaters geschadet haben, Julia."

Ich kniff meine Augen zusammen, hielt das Telefon mit einer Hand fest, legte die andere auf meinen Bauch und versuchte damit, den plötzlichen Schmerz und Widerwillen zu unterdrücken.

Nach einer langen Pause sagte sie: „Bist du noch dran?"

Ich flüsterte: „Ich bin hier, Mutter. Ich war immer hier. Aber du…
du warst niemals da. Wenn ich jemanden gebraucht habe, an den ich
mich wenden konnte, warst… du… nicht da. Also erwarte nicht, dass
wir das jetzt ausdiskutieren. Tschüß."

Ich legte den Hörer sachte auf. Dann starrte ich das Telefon fast
dreißig Sekunden an, bevor es wieder klingelte. Während ich meine
Augen schloss, um die Tränen zu unterdrücken, zog ich den Stecker
des Telefons aus der Leitung, schob das Fenster hoch und warf das
Telefon raus in den Hof.

Scheiß drauf. Ich würde heute Abend ausgehen und Spaß haben.
Ich stürmte ins Bad und schaute in den Spiegel.

Typisch. Natürlich war meine Wimperntusche total verlaufen.
Meine Mutter war eine totale Heuchlerin, und zwar von der übelsten
Sorte. Ich hatte genug von ihr. Ich würde immer noch in den Ferien
nach Hause fahren, um meine Schwestern zu besuchen. Aber mit meiner Mutter wollte ich nichts mehr zu tun haben. Nie mehr.

Ich erneuerte die Wimperntusche und packte sie in meine Tasche,
dann schaute ich noch, ob ich meine Autoschlüssel eingepackt hatte.
Ich fuhr nicht sehr oft mit dem Auto, denn alles, was ich brauchte,
gab es hier auf dem Campus oder im Harvard Square, aber es war
praktisch, ein Auto zu haben. Wie immer zahlte mein Vater für den
Parkplatz und das Auto, und natürlich waren daran Bedingungen ge-
knüpft, von denen ich gerade echt genug hatte. Ich würde sofort meinen Parkplatz und das Auto dafür hergeben, um niemals wieder die
Verachtung meiner Mutter hören zu müssen.

Egal. Ich stieg in das Auto, einen nagelneuen Honda Civic Hybrid, und fuhr aus dem Parkplatz und in Richtung Metro. Ich ertappte
mich dabei, wie ich darüber nachdachte, das Auto zurückzugeben.
Es roch immer noch nach neuem Leder und Teppich. Es roch nach
Bedingungen und Missfallen.

Der Metro Club liegt in der Mitte von Somerville, aber durch eine
Mischung aus Glück, Bestechung und Betteln beim Parkplatzwächter
ergatterte ich einen Platz direkt hinter dem Club. Also musste ich nur
kurz laufen, um zum Eingang zu gelangen. Die Schlange davor war
noch nicht sehr lang, etwa zehn Minuten später war ich drinnen und
versuchte, meine WG-Mitbewohnerinnen zu finden.

Hier drinnen herrschte ein einziges Gewimmel aus Körpern. Die Show hatte noch nicht begonnen, also lief im Moment ein Mix aus schmuddeliger Rockmusik aus den frühen Neunzigern. Die Tanzfläche vor der Bühne war gerammelt voll und die Tische, die darum standen, auch. Ich winkte ein paar Leuten, die ich kannte, zu, aber um ehrlich zu sein, war ich mir nicht sicher, ob sie mich in diesem Outfit überhaupt erkannten. Ich trug ein ärmelloses, schwarzes Top, das so eng saß, dass ich kaum atmen konnte, dazu schwarze Jeans und Stiefel. Ich fühlte mich anders. Vielleicht lag das daran, dass ich, als meine Schulkameraden an der High School damit beschäftigt waren, ihre Identität zu finden, vor allem damit beschäftigt gewesen war, so unsichtbar wie möglich zu sein.

„Julia!", hörte ich jemanden rufen. Ich sah mich um und da saß Linden, dicht gedrängt an einem Tisch mit Adriana und Jemi und drei Typen, die ich nicht kannte.

Ich schlängelte mich bis zu dem Tisch durch und setzte mich neben Jemi.

„Ich hätte nicht gedacht, dass du kommst", schrie sie und versuchte damit, die Musik zu übertönen, dabei umarmte sie mich beiläufig mit einem Arm.

„Vielleicht sollte ich öfters ausgehen", antwortete ich. Adriana versuchte, mich den drei Kerlen vorzustellen, aber ich konnte sie nicht hören. Sie kamen von der Tufts Universität, blond, blonder, am blondesten. Alle drei waren süß und vermutlich auch clever, aber ich war nicht interessiert.

Vor allem dann nicht, als die Musik gestoppt wurde.

Ein ergrauender fünfzigjähriger Mann stand auf der Bühne und rief in das Mikrofon: „Es ist Zeit, dass die richtige Musik beginnt. Bitte begrüßt Morbid Obesity!"

Die Menge brüllte und die Lichter gingen aus. Dreißig Sekunden später kamen sie auf die Bühne und die Scheinwerfer waren auf Crank und die hübsche Inderin, Serena, gerichtet. Ich hatte sie, als die Band bei der Demo gespielt hatte, kurz gesehen und natürlich auch die Bilder ihrer Homepage. Sie hatte eine fantastische Stimme – voll und mit schönen, tiefen Untertönen. Als sie und Crank gleichzeitig begannen, Gitarre zu spielen, und dann das Schlagzeug einsetzte, spürte ich, wie ich mich anspannte. Die Musik war intensiv und inspirierend. Ich hatte letzten Sommer ein Praktikum bei Division Records gemacht, meistens hatte meine Arbeit aus Ablage und dem Entgegennehmen von Anrufen bestanden, aber ich hatte mich auch oft genug runter in die Studios geschlichen, um den Bands bei den Aufnahmen zuzuhören. Morbid Obesity waren um einiges besser, als die allermeisten von ihnen. Natürlich waren meine Eltern ausgerastet, als sie erfuhren, wo ich mein Sommerpraktikum absolvierte, aber ich hatte meinen Vater davon überzeugt, dass ich dabei auch etwas über internationalen Handel lernen würde, und schließlich hatte ich es geschafft, sie hatten aufgehört, sich darüber zu beschweren.

Nach dem, was ich über die Band gelesen hatte, schrieb Crank fast alle Songs, hin und wieder steuerte Serena Texte bei. Während er sang, war er verzückt und dynamisch. Er schwitzte und er konzentrierte sich gleichzeitig darauf, sein Instrument zu spielen und die Menge zu begeistern. Ihre Duette waren magisch und harmonisch. Die Dynamik zwischen Crank und Serena war beängstigend. Sie waren beide unglaublich sexy, sangen zusammen in ein Mikrofon, die Schweißtropfen flogen nur so umher. Sie waren personifizierter Sex.

Die Menge rastete aus und ich ging raus auf die Tanzfläche und überließ mich ganz der Musik. Jemi folgte mir und ich ertappte mich dabei, wie ich mit einer Leidenschaft tanzte, die ich schon seit Jahren nicht mehr gespürt hatte. Ich spürte, wie mir der Schweiß von der Stirn an meinen Armen und den Rücken herunterlief. Die Menge um mich herum pulsierte, als wäre sie ein einziges Lebewesen. Die Musik war rau, verfolgte einen und trieb einen an. Die Texte waren klar und verständlich, was für eine Punk-Band unüblich war. Crank war ganz eindeutig genauso talentiert als Texter wie als Komponist. Er sang von Entfremdung, Isolation, Kummer, Verlust und Wut und irgendwann spürte ich, dass ich fast weinte.

Ich war total nassgeschwitzt, als die Band eine fünfzehnminütige Pause einlegte, also ging ich mit Jemi im Schlepptau zu den Toiletten. Davor hatte sich schon eine lange Schlange gebildet, also stellte ich mich hinten an und wartete. Die Mitglieder der Band verschwanden in ein Hinterzimmer. Ich sah zu, wie Crank davonging, dabei hatte er seinen Arm zwanglos um Serenas Schulter gelegt.

Jemi folgte meinem Blick und grinste mich dann verschwörerisch an. „Er ist echt heiß, oder?"

Ich schnaubte. „Klar, aber alle Frauen in dieser Bar wollen davon etwas abhaben."

Sie lachte. „Ich wette, die meisten von ihnen hatten bereits das Vergnügen. Er ist ein ziemlicher Hurensohn."

Ich schluckte und wurde rot. Gott sei Dank war es hier drinnen so dunkel, dass sie es wahrscheinlich nicht bemerkte. „Da bin ich mir sicher", sagte ich.

„Wo wir gerade von Männern sprechen", sagte sie, „was ist eigentlich aus deinem Freund geworden? William?"

„Willard", korrigierte ich sie. Ich zuckte mit den Schultern. „Wir haben uns dieses Frühjahr getrennt."

„War's eine schlimme Trennung?"

Ich schüttelte meinen Kopf. „Nicht wirklich. Es war… nur einfach nichts mit uns."

„Ah", sagte sie. „Gibt es neue Kandidaten?"

Für einen kurzen Moment stand ich wieder vor dem Weißen Haus und küsste Crank leidenschaftlich. „Nein, nicht wirklich", sagte ich.

„Also… was ist anders?", fragte sie. „Ich habe dich noch niemals so wild gesehen! Du bist voll in der Musik aufgegangen."

Was war anders? Ich wusste es nicht. Ich dachte an meine Mutter und wie sie mir gesagt hatte, ich solle ja nichts tun, das ein schlechtes Licht auf meinen Vater werfen könnte. Als ob sie das Recht hätte, so etwas zu mir zu sagen. Ich dachte an den Gitarristen am Harvard Square und wie ich mich für ein paar kurze Augenblicke frei gefühlt hatte. Ich dachte daran, dass Musik das Einzige gewesen war, das mir geholfen hatte, meine Zeit an der High School zu überleben.

„Ich weiß es nicht", sagte ich. „Vielleicht ist es an der Zeit, dass ich einfach mal ein bisschen lebe."

Sie grinste. „Tja, ich bin auf jeden Fall froh, dass du mitgekommen bist. Du kommst nicht oft genug raus."

„Da hast du recht."

Kurze Zeit später standen wir wieder auf der Tanzfläche, lachten und irgendwann begannen wir, bei einigen der Coversongs mitzusingen. Etwa dreißig Minuten nach der Pause keuchte ich auf, als Crank ein Mädchen aus der Menge auf die Bühne zog, sie auf den Hals küsste und sie dabei wie verrückt schrie. Dann begrapschte er ihren Po. Was für ein widerwärtiger Scheiß! Aber sie lachte, als sie zurück in die Menge kam.

Nach etwa zwei Stunden Konzert griff Serena nach dem Mikrofon und sagte: „Wir sind fast am Ende, denn der arme Crank muss los und babysitten gehen! Aber vorher werden wir noch unseren neusten Song spielen, den Crank Wilson erst diese Woche geschrieben hat. Er heißt ‚Julia, Where Did You Go?' – Julia, wohin bist du verschwunden?"

Ich erstarrte, als Crank den Song mit einem langsamen, aufsteigenden Arpeggio begann, es war ein schwermütiges Klagen. Dann begann er zu singen, und ich spürte, wie ich rot wurde. Der erste Vers beschrieb den Moment, in dem wir uns kennengelernt hatten, direkt neben der Bühne in Washington. Ich holte tief Luft und dann nochmal, als er in den Refrain überging.

Ich wusste nicht, wie ich nein sagen sollte.

Oh Julia, wohin bist du verschwunden?

Jemi lehnte sich näher an mich heran und rief so laut, dass sie die Musik übertönte: „Was ist los?"

„Ich muss gehen!", antwortete ich.

„Geht's dir gut?"

Ich nickte, aber es war eine Lüge. Es ging mir nicht gut. Ich begann, mich durch die Menge zu zwängen, aber das war ein Kampf, den ich nur verlieren konnte. Ich bekam den Anblick von Crank, wie er diesen dummen Song sang, nicht aus dem Kopf. Sah Crank, wie er den Po dieses Mädchens auf der Bühne begrapschte, Crank, wie er mich küsste, und dass ich das tatsächlich ernst genommen hatte.

Ich wollte es nicht ernst nehmen und auf gar keinen Fall wollte ich, dass *er* es ernst meinte. Warum hatte er diesen Song geschrieben?

Ich hatte noch nicht einmal den halben Weg bis zum Ausgang zurückgelegt, als der Song endete und Serena rief: „Metro Somerville, gute Nacht!". Die Menge kreischte und applaudierte und rief nach Zugaben, aber es dauerte fast zwei Minuten, bis wieder Musik zu hören war, und sie war nicht live.

Endlich! Ich erreichte die Tür, öffnete sie und schnappte nach Luft. Es war relativ ruhig, trotz des vielen Verkehrs. Ich holte ein paar Mal tief Luft, um mich zu beruhigen, dann drehte ich mich um und ging um das Gebäude herum zu meinem Auto. Ich war noch nicht mal eineinhalb Meter gelaufen, als mein Handy zu klingeln begann.

Ich holte das Telefon aus meiner Handtasche, öffnete es und sagte: „Hallo?" in einem Ton, den ich normalerweise nur meinem ärgsten Feind gegenüber verwende.

Es war meine Mutter. Schon wieder. Meine Mutter, die mich niemals auf dem Handy anrief.

„Julia. Wir müssen reden."

Ich hielt an und verdrehte meine Augen. „Findest du nicht, dass wir heute schon genug geredet haben, Mutter?"

„Julia... Vielleicht lag ich falsch. Und war zu voreilig."

Ich schloss meine Augen und spürte, wie sich mein ganzer Körper verkrampfte. Ich lief schnell weiter. „Mutter, ich habe hiervon sowas von die Nase voll!" Ich spuckte die Worte nur so aus, es war mir egal, dass ich sie niemals würde zurücknehmen können. Ich erreichte mein Auto und hantierte mit dem Schlüssel herum, bis ich die Tür endlich geöffnet hatte. Ich setzte mich gerade hinein, als sie erneut etwas sagte.

„Du hast die Nase erst dann voll zu haben, wenn ich es dir sage, junge Dame", sagte sie. Ich drehte den Zündschlüssel, als sie fortfuhr. „Ich weiß nicht, woher deine Haltung kommt oder warum du mich so sehr hasst."

„Vielleicht solltest du mal in den Spiegel schauen?", sagte ich.

„Julia, ich habe absolut nichts getan, weswegen du mich hassen müsstest!"

Ich hielt das Lenkrad ganz fest und hatte das Telefon mit der Schulter an meinen Kopf geklemmt, als ich schrie: „Oh, dass gerade du das sagst, Mutter! Kannst du mich einfach für eine Weile in Ruhe lassen?"

Verdammt! Warum musste sie mich gerade jetzt anrufen? Ich drehte meinen Kopf, um nach hinten über meine Schulter zu schauen, das Telefon war immer noch an mein Ohr geklemmt, legte den Rückwärtsgang ein und trat auf das Gaspedal.

Ich drehte meinen Kopf abrupt, als das Auto mit einem lauten Krachen auf etwas auffuhr, und das Telefon flog dabei nach hinten.

„Oh, Scheiße!", schrie ich laut.

Man muss ihn nur akzeptieren, wie er ist, das ist alles, was er braucht (Crank)

„Geh und kümmere dich um deinen Bruder", sagte Serena mit einem halben Lächeln im Gesicht. Sie war total durchgeschwitzt und in ihrem Ausschnitt glänzten Schweißperlen. Sie sah unheimlich heiß aus. „Wir kümmern uns um den Rest."

Ich legte meine Hand auf ihren Oberarm. „Danke, ich schulde euch was."

„Geh, bevor wir es uns anders überlegen!", rief Mark.

Ich nickte, und als ich zur Hintertür rannte, rief Serena: „Crank! Das war bisher unser bester Auftritt!"

Ich reckte meine Faust in die Luft, ging zur Hintertür und öffnete sie mit einem dumpfen Schlag.

Das schäbige Auto, das ich diese Woche gekauft hatte, diente nur diesem einen Zweck. Manchmal musste mein Vater trotz der Tatsache, dass er in seinem Alter nicht mehr nachts auf Streife gehen sollte, eine Nachtschicht übernehmen. Es ging nicht anders. Mrs. Doyle kümmerte sich in diesen Nächten um Sean, aber sie konnte nur bis zwei Uhr nachts bleiben. Und es konnte ziemlich schwierig werden, von wo zur Hölle wir gerade spielten mit der T nach Southie zu kommen. Das Auto bedeutete, dass ich fast immer sicherstellen konnte, rechtzeitig da zu sein.

Ich trat dreimal aufs Gaspedal und drehte dann den Zündschlüssel, erst als der alte Motor ansprang, entspannte ich mich. Es war ein fahrbarer Untersatz, aber er war nicht gerade hochwertig. Kümmerte es mich? Nein, es kümmerte mich nicht. Das Auto würde seinen Zweck erfüllen. Ich fuhr aus der Parklücke und in Richtung Ausfahrt. Ich schaute auf meine Uhr. 1.15 Uhr. Ich sollte rechtzeitig ankommen.

Zu spät sah ich die Rücklichter eines Autos zu meiner Rechten aufleuchten. Es fuhr zurück, sehr plötzlich, und ich hatte nur noch Zeit, laut aufzuschreien, als es in die Beifahrerseite meines Autos krachte. Glas flog herum und ich fluchte laut. Mein ganzer Körper wurde von Adrenalin durchflutet und ich öffnete die Fahrertür.

Die ganze Beifahrerseite des Autos war eingedrückt und das rechte Vorderrad stand in einem verrückten Winkel ab. „Gottverdammte Scheiße", schrie ich und bewegte mich auf das andere Auto zu.

Es war ein nagelneuer Honda Hybrid, die Stoßstange hatte eine kleine Delle, aber sonst war fast kein Schaden an dem Auto zu erkennen. Ich zitterte vor Wut, als der Fahrer des anderen Autos die Tür öffnete, und er war noch nicht mal ausgestiegen, als ich schon schrie: „Warum haben Sie nicht geschaut, wo Sie hinfahren? Sie hätten jemanden töten können!"

Die Fahrerin stieg aus und drehte sich zu mir um. Sie zitterte, stand unter Schock und hatte vermutlich auch Angst, weil ich so schrie. Und dann erkannte ich sie.

Heilige Scheiße. Ich starrte sie schockiert an. Das konnte nicht wahr sein. Es war Julia.

Ich schüttelte meinen Kopf, weil ich es nicht glauben konnte. Was tat sie hier, in Gottes Namen?

„Oh mein Gott", platzte sie heraus. „Es tut mir so leid!" Sie sah den Schaden an meinem Auto und bedeckte ihren Mund mit ihren Händen. Dann wanderten ihre Augen wieder zu mir und ich glaube, erst in diesem Moment erkannte sie mich, denn ihre Augen wurden plötzlich ganz groß und sie murmelte erneut: „Oh mein Gott."

Langsam. Beruhige dich. Ich holte erneut zitternd Luft, dann sagte ich: „Du hättest wirklich jemanden umbringen können. Was hast du dir dabei gedacht?"

Sie schüttelte den Kopf. „Ich… ich… Oh Gott."

Dieses Mal bedeckte sie ihr ganzes Gesicht mit ihren Händen. Sie sprach durch ihre Hände hindurch. „Es tut mir so leid. Ich bezahle den Schaden. Es war ein Unfall."

Ich blinzelte, ihre Reaktion verwirrte mich. Natürlich war es ein Unfall. Was sollte es sonst sein?

„Das… habe ich irgendwie vorausgesetzt. Es sei denn, du hast *versucht*, mich umzubringen."

Sie sah von ihren Händen auf und schüttelte heftig den Kopf.

In der Zwischenzeit näherten sich uns zwei oder drei Leute aus dem Club. Ein Typ, der ganz offensichtlich betrunken war, sagte „Fuuuuck", dann beugte er sich nach vorne und kotzte hinter das Auto.

Ich sah auf meine Uhr. Allmächtiger. Es war 1:25 Uhr. „Hör zu… Julia. Ich muss los. Ich schiebe das verdammte Auto zurück in die Parklücke und dann rufe ich ein Taxi, das mich nach Southie bringt, wo ich auf meinen Bruder aufpassen muss. Gib mir deine Telefonnummer und wir klären das… morgen."

Sie nickte. „Ich kann dich fahren. Es tut mir so sehr leid."

Ich öffnete meinen Mund, um etwas zu antworten, und schloss ihn dann wieder. Na gut. „Das wäre toll."

Jetzt war es offiziell. Sie war absolut verrückt. Aber egal. Ich musste nach Southie, und um diese Zeit ein Taxi zu finden, das mich den ganzen Weg von Somerville nach Southie bringen würde, konnte ein Problem werden.

Also kuppelte ich aus und fand ein paar Betrunkene, die mir halfen, das Auto zurück in die Parklücke zu schieben. Es wackelte ziemlich. Ich musste mir auch keine Sorgen darum machen, ob ich es abgeschlossen hatte. Das Fenster auf der Beifahrerseite war sowieso kaputt. Ich griff einfach nur nach den Schlüsseln, nahm meine Gitarre vom Rücksitz und trottete zu ihrem Auto hinüber.

„Okay", sagte ich und versuchte zu Atem zu kommen.

Sie nickte schnell und stieg dann ein. Ich versuchte, die Beifahrertür zu öffnen, aber sie war verschlossen. Sie saß drinnen, starrte das Lenkrad an und zitterte immer noch. Ich seufzte und ging dann um das Auto herum auf die Fahrerseite. „Du bist ein wenig durcheinander. Soll ich fahren?"

„Was?", fragte sie erschrocken. Das Problem war nicht, dass sie durcheinander war. Sie war in einer völlig anderen Welt. Betrunken? Vielleicht, ich wusste es nicht.

„Ähm… Julia? Bist du betrunken?

„Nein, natürlich nicht."

„Okay… soll ich fahren?"

Sie blinzelte mit ihren Augen. „Nein. Es tut mir leid. Steig ein."

„Kannst du die Tür aufschließen?"

Sie nickte und drückte auf einen Knopf. Ich legte die Gitarre vorsichtig auf den Rücksitz und stieg ein, dann fuhr sie aus der Parklücke. Diesmal sah sie in den Rückspiegel.

„Okay, wohin?" fragte sie, als sie an der Ausfahrt anhielt.

„Kannst du zur 93. fahren? Bieg an der Ampel dort drüben links ab."

Sie nickte und fuhr vorsichtig auf die Straße. Einen Moment später, standen wir auch schon an einer roten Ampel. Sie holte tief Luft. Jetzt war sie ruhig und gefasst.

„Das mit deinem Auto tut mir so leid. Ich verspreche, dass ich mich darum kümmern werde. Das ist ganz allein meine Schuld."

Ich räusperte mich ein wenig und fragte dann: „Was ist passiert?"

„Was?"

„Was ist passiert? Du bist aus der Parklücke gerast, als ob du von jemandem verfolgt wurdest."

Sie schluckte. Die Straßenbeleuchtung verfälschte alles, aber ich könnte schwören, dass sie rot wurde. Das war interessant.

„Ich hatte einen Streit mit meiner Mutter." Sie deutete vage auf den Rücksitz.

„Deine Mutter? Sie ist nicht dort hinten… Hast du sie überfahren?"

„Nein!", keuchte sie lachend auf. „Am Telefon!"

Ich zuckte mit den Schultern. „Vermutlich streitet man besser nicht am Telefon und fährt dabei Auto."

„Ja, vermutlich."

Die Ampel wurde grün und die Autos begannen loszufahren, wir fuhren weiter, ohne uns zu unterhalten. Es war keine angenehme Stille, wie man sie mit einem alten Freund empfindet. Dies war die Art von Stille, die entsteht, bevor die Jury ein Urteil verkündet, die Stille vor dem Henkermahl, die verdächtige Stille, die man nachts in einer dunklen und verlassenen Straße wahrnimmt. Ich fühlte mich nicht wohl dabei, also fragte ich: „Hast du Musik?"

Sie nickte und drückte auf den Power-Knopf des CD-Players. Anstatt Coldplay oder Justin Timberlake oder irgendeinen anderen

Popscheiß, der mich zum Kotzen gebracht hätte, tönte aus den Lautsprechern Musik, die meine Augen groß werden ließ. Ich konzentrierte mich einen Moment. „Ist das Killing Joke?

Sie nickte. „Ja. Es ist ein Remaster. Der Song heißt ‚Bloodsport'."

Ich grinste. „Das weiß ich."

Sie sah mich an. „Oh klar, natürlich."

„Ich hätte nicht gedacht, dass du ihn kennst."

Sie zuckte mit den Schultern. „Ich spiele vielleicht nicht in einer Rockband, aber Musik... bedeutet mir sehr viel. Ich mag diese Typen. Niemand kennt sie, aber hunderte von Bands aus den Achtzigern haben sie imitiert."

„Also, was hältst du von ihrem Album?"

„Es ist voller Wut. Primitiv."

Ich lachte laut aus dem Bauch heraus. „Primitiv" war der Titel eines der Songs.

„Jetzt bin ich neugierig. Was hörst du sonst so?"

„Von allem etwas", sagte sie. „Ich habe einen sehr breit gefächerten Geschmack. Das kommt vermutlich daher, dass ich, ähm... schon sehr viele verschiedene Stilrichtungen gehört habe."

„Zum Beispiel?", fragte ich.

Sie lachte leise und grinste mich an. „Gib mir mal das Etui, das bei deinen Füßen liegt."

Ich tat es und an der nächsten roten Ampel blätterte sie das Etui, das voller CDs war, schnell durch. Schließlich zog sie eine CD heraus. Sie hatte eine dünne Papierhülle, auf der ein Chinese abgebildet war, der von Flammen umgeben seine Arme in die Luft streckte. Sie holte die CD aus dem Player und legte die des Chinesen ein.

Sofort erfüllte der Sound einer einzigen elektrischen Gitarre das Auto, im Hintergrund war sie nur durch etwas Schlagzeug und ein Klavier, das nach Ragtime klang, verstärkt. Es war Punk, keine Frage. Aber eigentümlich, so etwas hatte ich noch nie gehört. Niemals. Und es war gut.

„Wer ist das?"

„He Yong... Das heißt Mülldeponie. Ich denke, sie stammt aus 1994 oder vielleicht 1995? Die chinesische Regierung ging damals scharf gegen Rockmusiker vor, also sind alle in den Untergrund gegangen. Ich bin mir nicht sicher, wann die CD erschienen ist. Ich kann dir die CD ausleihen, aber du musst sie mir unbedingt zurückgeben… Ich denke nicht, dass sie ersetzbar ist."

Ich holte tief Luft. „Zur Hölle, ja, die möchte ich mir auf jeden Fall ausleihen. Das ist fantastisch."

Bevor ich es überhaupt bemerkte, war sie in Richtung Süden auf der 93. und nach Boston reingefahren. Die Fenster waren heruntergelassen und sie drehte die Musik lauter. Der Sound in diesem Auto war genial.

„Stört es dich, wenn ich rauche?", schrie ich. Ich musste echt aufpassen, dass ich nicht anfing, voll mit der Musik mitzugehen.

„Mach einfach."

Ich zündete mir eine Zigarette an und blies den Rauch nach draußen. Als der Song vorbei war, waren wir schon fast in der Innenstadt von Boston und ich sagte: „Noch ein paar Ausfahrten. Das war klasse."

Sie lächelte. „Ich war mir echt sicher, dass du schon davon gehört hast."

„Verdammte chinesische Punk Rocker? Ich hätte niemals gedacht, das es überhaupt welche gibt. Das ist abgefahren."

Sie grinste.

„Du siehst nicht so aus, als ob du Punk magst."

Sie zuckte mit den Achseln. „Aussehen ist nicht alles. Und ich mag sehr unterschiedliche Musik – Ich habe darüber nachgedacht, meinen Master in Musik zu machen, aber meine Eltern wären total ausgerastet. Ich habe mir nur gedacht, dass dir das gefallen würde."

Ich nickte. „Das tut es! Es ist schwer, Leute zu finden, die etwas anderes als den neusten Pop mögen."

„Du hast echt Talent. Die Show heute Nacht war fantastisch", sagte sie. Aber dann verdunkelte etwas ihr Gesicht. Sie sah beunruhigt, fast sauer aus.

„Was ist los?", fragte ich.

„Warum musstest du diesen Song schreiben?"

Ich schluckte. Ich wusste genau, welchen Song sie meinte. Vermutlich hätte ich einfach so tun können, als ob ich nicht verstand, was sie meinte. Aber verdammt nochmal. Warum sollte ich das versuchen? Sie hatte den Song gehört. Schließlich antwortete ich: „Du hast einen ziemlichen Eindruck bei mir hinterlassen."

Sie schüttelte ihren Kopf. „So viel Eindruck wie die Blondine, deren Po du in der Mitte der Show anfassen musstest?"

Ich verdrehte die Augen, obwohl sie das beim Fahren natürlich nicht sehen konnte. „Ja, mindestens genauso viel", antwortete ich.

Sie antwortete nicht und schließlich sagte ich: „Das gehört zur Show." Aber das war nicht ehrlich, oder? Die Auftritte, nach denen ich ein Mädchen mit nach Hause brachte, waren eindeutig in der Überzahl.

„Red kein dummes Zeug", sagte sie. „Du kannst deine Hände nicht bei dir behalten."

„Natürlich kann ich das", antwortete ich und wusste, dass meine Stimme dabei abwehrend klang.

Sie war für ein paar Sekunden ruhig. „Du musst wissen, dass ich das noch niemals vorher gemacht habe."

„Was gemacht hast?"

„Einen Mann einfach so mit nach Hause nehmen. Jemanden, den ich gerade erst kennengelernt hatte."

Ich zuckte mit den Schultern, aber es war mir nicht gleichgültig. Aus Gründen, die ich mir nicht erklären konnte, bedeutete es mir wirklich etwas. Aber das würde ich ihr auf gar keinen Fall zeigen. „Das ist mir wirklich egal."

Sie schüttelte den Kopf. „Hast du den Bericht gesehen?"

„Von der verrückten Bloggerhexe?", fragte ich.

„Ja."

„Ja, ich habe ihn gesehen."

„Das was sie geschrieben hat – nichts davon ist wahr."

„Ja, das habe ich mir schon gedacht. Ich war nicht so betrunken, dass ich vergessen hätte, dich mit in mein Hotel genommen zu haben."

Sie kicherte. „Das habe ich nicht gemeint."

„Ja, ich weiß. Aber mal ehrlich, kein Problem. Hast du deswegen mit deiner Mutter gestritten?"

Sie verzog das Gesicht. „Nicht direkt." Sie sagte nichts weiter dazu und ich wollte sie nicht bedrängen. Okay, wenn ich ehrlich bin, wollte ich sie bedrängen. Aber irgendwie spürte ich, dass das unsere…

was zur Hölle dies auch immer war… zu einem plötzlichen Stillstand gebracht hätte.

„Okay", sagte ich. „Nimm die nächste Ausfahrt."

Sie fuhr raus und ich lotste sie durch die engen Straßen südlich des Broadway, bis wir vor das Haus meines Vaters fuhren. Ich wollte ihr gerade sagen, dass sie hier anhalten konnte, aber dann biss ich mir auf die Zunge. Ich weiß nicht, warum. Stattdessen dirigierte ich sie um den Block herum, wo wir scharf nach rechts abbogen und dann die Gasse bis hinter das Haus entlangfuhren. „Hier hinten kann man parken. Dieser Platz, ganz rechts." Ich zeigte auf eine kleine geschotterte Einfahrt.

Sie hielt an. Die Musik lief immer noch, aber leiser.

„Es tut mir so leid wegen deines Autos", sagte sie. „Ich gebe dir meine Nummer und wir rechnen das sofort ab."

„Klar", sagte ich. „Ähm… möchtest du für ein paar Minuten mit reinkommen und eine Tasse Kaffee trinken?"

Sie sah mich verblüfft an, so als ob sie das niemals auch nur in Erwägung gezogen hätte. Das hatte sie vermutlich auch nicht. Ich denke nicht, dass sie mich, trotz des letzten Samstags, sehr mochte.

„Klar", antwortete sie schließlich.

Ich holte tief Luft und sagte: „Mein Bruder ist vermutlich noch wach… Nur eine kleine Vorwarnung – Sean ist ein bisschen anders."

Sie hob eine Augenbraue. „Anders?"

„Ähm… Asperger Syndrom. Manchmal ist es ziemlich schlimm und manchmal ist er ganz normal. Ich weiß nie, was mich erwartet, es wechselt von einem Tag auf den anderen."

Sie nickte. „Ich weiß nicht viel über das Asperger Syndrom."

Ich zuckte mit den Schultern. „Das musst du auch nicht. Es ist ein bisschen wie Autismus. Er kommt dir vermutlich ein bisschen komisch vor… redet über viele unbedeutende Dinge und manchmal erscheint er wirklich unhöflich. Aber er meint es nicht so. Er wird dir nicht in die Augen sehen. Manche Leute kommen damit überhaupt nicht klar und reagieren völlig falsch, wenn man ihnen nicht in die Augen sieht. Es ist eigentlich ganz einfach… Man muss ihn nur akzeptieren, wie er ist, das ist alles, was er braucht. Verstehst du, was ich meine?"

„Okay. Das kriege ich hin."

„Super", sagte ich, öffnete die Tür und stieg aus. Wie immer sah ich mich kurz um. Dann sagte ich: „Schließ auf jeden Fall das Auto ab."

KAPITEL 6

Dieser Schurke (Julia)

Das Haus von Cranks Vater war ein schmales Gebäude mit zwei Stockwerken. Später würde ich bestimmt Probleme haben, aus der Gegend herauszufinden. Wir waren durch etliche schmale Einbahnstraßen gefahren, um hierher zu gelangen. Das Haus war schmal, hatte grau werdende Schindeln und eine durchhängende Dachrinne am Rand des Flachdachs. Es war fast 2 Uhr nachts und es war still. Eine kalte Brise blies vom Hafen herüber und wurde durch die Häuserblocks ein wenig abgebremst. Nach der Musik im Auto war es unheimlich, aber auch beruhigend.

Ich wurde langsam etwas schwerfällig. Ich war seit 6 Uhr morgens wach und nach den tollen Anrufen meiner Mutter, der Show und dem Unfall – ich war erschöpft.

Ich wusste das, deshalb bin ich mir auch nicht, warum ich seine Einladung angenommen hatte. Außer, dass ich vielleicht etwas neugierig war. Ich folgte ihm die Waschbetonstufen hinauf zur Hintertür, die er vorsichtig aufschloss und öffnete. Beim Aufmachen quietschte die Tür in einem ziemlich hohen Ton.

Dahinter war ein kleiner, ziemlich enger und überladener Raum, der in die Küche führte. Die Küche und auch alles andere waren alt, aber tadellos gepflegt. Eine rot-weiß-karierte Tischdecke lag auf dem Esstisch und an einer Wand war eine Vorrichtung, an der Töpfe und Pfannen hingen.

Eine Frau um die fünfzig saß am Tisch und war in ein Buch vertieft. Sie winkte, als wir eintraten, einen Moment später klappte sie ihr Buch zu und schaute auf. Als sie mich sah, stand sie auf und sah verblüfft aus. „Hallo.“

Crank schenkte ihr ein breites Lächeln. „Mrs. Doyle, das ist meine... Freundin Julia. Julia, Mrs. Doyle.“

„Es freut mich, Sie kennenzulernen, Ma'am“, sagte ich.

„Ganz meinerseits, Julia.“ Sie drehte sich zu Crank um und sagte in einem missbilligenden Ton: „Ist es nicht etwas spät für Gäste?“

Er nickte kleinlaut. „Ja, ja, ich weiß. Leider ist mein Auto ein bisschen kaputt und Julia hat angeboten, mich zu fahren.“

Ich versuchte, nicht zu schnauben. Er hatte es kunstvoll vermieden zu sagen, dass ich diejenige war, die sein Auto kaputtgefahren hatte.

„Oh je!“, sagte Mrs. Doyle. „Ich hoffe, es ist niemand verletzt worden.“

„Nein, es ist alles okay.“

„Und du hast auch nichts getrunken, oder?“

„Nein, ich habe nichts getrunken, Mrs. Doyle. Sie sollten mich inzwischen besser kennen.“

Sie sah ihn schief an, aber in ihren Augen war Heiterkeit zu erkennen. „Junger Mann, du hast schon seitdem du ein Kleinkind warst, nichts als Ärger verursacht. So einfach kannst du dich nicht bei mir einschleimen.“

Er grinste und es war ein breites, freundliches Grinsen, das dazu führte, dass mein Herz ein wenig schneller schlug. „Nur weil Sie die liebenswerteste und schlauste Frau in Southie sind.“

Die Frau wurde tiefrot! Keine Frage: Crank konnte echt ein Charmeur sein, wenn er wollte.

„Du Schurke“, sagte sie. „Ich gehe jetzt. Sean ist im Wohnzimmer und spielt eines seiner Spiele.“

„Ganz herzlichen Dank, Mrs. Doyle. Sie wissen gar nicht, was für eine große Hilfe es für uns ist, wenn Sie herkommen und auf ihn Acht geben.“

Sie lächelte und stand auf und Crank... *dieser Schurke*... griff nach ihren Armen und küsste sie auf die Wange. Sie wurde erneut rot, dann jammerte sie ein wenig, als sie ihre Sachen zusammensuchte, und ging dann zur Vordertür hinaus.

Sobald sie gegangen war, folgte ich Crank ins Wohnzimmer.

Sean war ganz anders, als ich erwartet hatte. Dem Ton nach zu urteilen, in dem Crank immer von ihm sprach, und aufgrund der Tatsache, dass sie immer einen Babysitter organisierten, wenn Cranks Vater nicht da war, hatte ich ein viel jüngeres Kind erwartet. In Wirklichkeit sah Sean aus, als wäre er sechzehn oder siebzehn, fast im Alter meiner Schwester Carrie. Als wir den Raum betraten, saß er zusammengekauert auf der Couch, seine Knie hatte er an seine Brust gezogen und seine Augen waren fest auf den Fernseher gerichtet. In seinen Händen hielt er den Controller einer Videospielkonsole und auf dem Bildschirm sah man ein verrücktes Massaker: schießende Soldaten, spritzendes Blut, Körperteile, die überall herumflogen.

„Hey, Kumpel", sagte Crank.

Zuerst antwortete Sean nicht, zunächst tötete er den aktuellen Gegner in dem Spiel. Dann hielt er das Spiel an und antwortete mit lauter, tonloser Stimme und ohne vom Fernseher aufzuschauen: „Bist du die Freundin meines Bruders?"

Ich fühlte, wie meine Wangen rot wurden, und ich stammelte: „Ähm, äh…"

Crank griff ein: „Sean, das ist Julia, eine ‚normale' Freundin. Ich habe keine feste Freundin, das weißt du."

Sean antwortete immer noch mit lauter Stimme und in schneller Wortfolge. Er hatte seinen Kopf zu uns gedreht, aber seine Augen schauten zur Seite, nicht zu mir und Crank. „Was ist mit dem Mädchen, das du in Washington kennengelernt hast? Dad meinte, sie wäre vielleicht deine Freundin, und deshalb sollte ich nicht über sie sprechen. Also habe ich danach gegoogelt und dort stand, dass du sie vielleicht heiraten wirst und dass du sie mit in dein Hotelzimmer genommen hast."

Crank zuckte zusammen und dann murmelte er: „Tja, das ist peinlich, oder?"

Ich sah Crank aus den Augenwinkeln an. Er hatte ein rotes Gesicht. Außerdem grinste er leicht.

„Sean", sagte ich und Crank sah mich alarmiert an. „Crank und ich sind Freunde, aber manchmal schreiben Leute gemeine Dinge über mich, weil sie meiner Familie schaden möchten. Verstehst du, wie ich das meine?"

Sean bewegte seinen Kopf und sagte dann wieder etwas, ohne mir in die Augen zu schauen. Stattdessen sah er auf einen Punkt irgendwo oberhalb meiner Schulter. Ich hatte niemals realisiert, wie wichtig es ist, sich gelegentlich in die Augen zu schauen. Es war befremdlich, sich mit jemandem zu unterhalten, der es immer vermied, einem in die Augen zu schauen. „Ja, ich weiß genau, was du meinst. Manchmal sagen die Leute auch gemeine Dinge über mich."

Während er das sagte, sah er für einen kurzen Moment verloren aus. Ich weiß nicht, warum, aber ich spürte in seinen Worten auf einmal Einsamkeit und echte Traurigkeit. Ich setzte mich auf die Couch neben ihn. „Dann haben wir etwas gemeinsam."

„Ich denke, das haben wir", sagte er, immer noch mit sehr lauter Stimme. „Haben die Leute auch noch andere gemeine Dinge über dich gesagt?"

Crank stand mit offenem Mund da, er schaute zwischen uns beiden hin und her, war schockiert.

„Ja", sagte ich. „Meine Mutter macht das manchmal. Und die Leute in der Schule. Und die schreckliche Frau, die den Artikel geschrieben hat, den du gelesen hast."

„Möchtest du mitspielen? Ich habe noch weitere Controller, es können bis zu vier Spieler mitmachen."

Ich hob eine Augenbraue und scherzte: „Ich kenne mich mit all dem Blut nicht aus."

Er bemerkte nicht, dass ich gescherzt hatte. „Ich kann das Blut abschalten, wenn es dich stört."

„Nein... nicht nötig. Lass uns spielen. Crank? Machst du mit?"

Als ich aufschaute, erstarrte ich. Cranks Gesichtsausdruck war... verärgert? Er hatte die Augen zusammengekniffen und die Nasenlöcher ein wenig aufgebläht. Er brauchte einen Moment, um „klar", zu antworten, und er sagte es nicht in einem warmen Ton, sondern auf eine undeutliche Art. Er setzte sich zu uns auf die Couch und Sean teilte die Controller aus.

Crank saß neben mir, hatte die Stirn gerunzelt und sein ganzer Körper war verkrampft. Ich weiß nicht, was ihn so aus der Form gebracht hatte. Sean schien ein netter Junge zu sein, wenn auch ein bisschen seltsam. Aber wissen Sie was? Mit seltsamen Menschen kann ich umgehen. Also spielten wir. Oder besser gesagt, sie spielten. Ich hatte niemals zuvor so ein Videospiel gespielt. Es begann schon damit, dass ich nicht wusste, wie man den Controller bediente. Er hatte fünfunddreißig verdammte Knöpfe, die willkürlich verteilt waren, und sie waren nicht beschriftet. Das Spiel war schnell und blutig und ich wurde ständig getötet. Und ich lachte. Und dann wurde ich erneut getötet. Nach kurzer Zeit lachten wir alle drei, meistens über mich, und um ehrlich zu sein, war das die schönste Zeit, die ich seit Langem gehabt hatte.

Es war etwa drei Uhr nachts, als ich gähnte und sagte: „Ich sollte wirklich nach Hause fahren."

Sean fiel ein: „Soll ich dir was sagen? Nach der Statistik der National Highway Traffic Safety Administration sterben jährlich mehr als 1.500 Personen, weil Menschen am Steuer einschlafen. 100.000 Unfälle geschehen aus diesem Grund und es werden 40.000 Menschen verletzt. Schon siebzehn Stunden ohne Schlaf können die Reaktionsfähigkeit genauso beeinträchtigen wie ein Promill Alkohol im Blut."

Ich blinzelte: „Das habe ich nicht gewusst."

Es hatte den Anschein, als ob er mir über die Schulter sah, als er sprach. „Aber in den meisten Unfällen sind die Fahrer männlich. Deine Chancen sind besser."

Crank räusperte sich. „Warum schläfst du nicht hier? Wir können dir die Couch herrichten."

„Ich weiß nicht, ob das eine so gute Idee ist", sagte ich.

„Du hast heute schon einen Unfall gehabt."

Oh. Richtig. Das hatte ich total vergessen. Ich spürte, wie mir heiß wurde.

„Mal ernsthaft, Julia. Du bist hier sicher. Du siehst aus, als ob du im Stehen einschlafen könntest, ich möchte nicht, dass du verletzt wirst."

Ich schluckte. Was könnte schon passieren?

„Okay. Danke."

„Sean", sagte Crank. „Kannst du mir einen Gefallen tun? Kannst du ein paar Kissen und Decken von oben holen? Für Julia?"

Es hatte den Anschein, als ob Seans Augen so schnell wie möglich von uns beiden wegsahen.

„Okay", sagte er und drehte sich um. Einen Moment später hörte ich ihn die Treppe hinaufstapfen.

Crank drehte sich zu mir um und sein geänderter Tonfall ließ mich aufkeuchen. Er war kalt und wütend. „Was tust du, zur Hölle nochmal?"

Ich öffnete meinen Mund, war geschockt von seinem plötzlichen Angriff. „Wovon redest du?"

Er verzog das Gesicht. „Sean ist wegen der Kinder in der Schule schon mehr als einmal durch die Hölle und zurück gegangen. Ganz zu schweigen davon, dass unsere Mutter uns verlassen hat."

Was zur Hölle? Was er sagte, ergab überhaupt keinen Sinn. Ich schüttelte meinen Kopf und sagte: „Ich verstehe nicht. Was habe ich getan?"

„Was du getan hast? Kannst du dir überhaupt vorstellen, wie grausam die Kinder in der Schule zu ihm sind?"

Für einen kurzen Moment sah ich gleich eine ganze Reihe von Bildern von Cindy Blanchard vor meinem inneren Auge. Der Tag, an dem ich vergessen hatte mein Schließfach abzuschließen und sie hineingeschlichen war und meinen BH in die Toilette geschmissen hatte, während ich draußen auf dem Feld gewesen war. Wie ich durch die Flure ging und hörte, wie sie mir von beiden Seiten „Schlampe. Schlampe. Schlampe. Schlampe" zuflüsterten, als ich meine Bücher in den Klassenraum trug. Der Tag, an dem ich mein Schließfach geöffnet hatte und mir ein Dutzend gut illustrierter und abscheulicher Anti-Abtreibungsflyer entgegen fielen, die sie dort hineingesteckt hatten. Meine Mutter, die sagte: „Ich habe dich nicht zur Schlampe erzogen."

Wut, von der ich nicht mal wusste, dass ich sie in mir hatte, loderte auf.

„Ich kann mir weit mehr vorstellen, als du denkst."

Sein Mund verzog sich noch mehr und er sagte: „Sieh mal. Es tut mir leid, dass ich dich gebeten habe hereinzukommen. Es ist meine Aufgabe, ihn zu beschützen. Und du wirst in ein oder zwei Tagen oder wann auch immer wieder verschwunden sein. Und ich will nicht, dass er falsche Hoffnung schöpft, weil da mal jemand ist, der ihn wie einen Menschen behandelt, nur um ihn dann auch zu enttäuschen."

Meine Stimme zitterte, als ich sagte: „Willst du mir damit sagen, ich solle nicht *nett* zu ihm sein?"

„Ich sage nur, dass du dich fernhalten sollst."

Ich war beleidigt. Nein. Ich war verletzt. Crank kannte mich überhaupt nicht, er wusste gar nichts über mich. Wie konnte er es wagen, mich so zu beurteilen? „Ich denke nicht, dass das ein Problem sein wird."

Crank starrte mich an. Er zitterte. Ich auch. Wir waren beide ruhig, als wir Schritte hörten, die die Treppe herunterkamen. Sean hatte noch nicht mal den Raum betreten, als er zu sprechen begann.

Ich war so sauer, dass ich gar nicht mitbekam, was er sagte, aber nach einem Moment war klar, dass er über das Spiel redete, er sprach über das Team, das es entwickelt hatte und dass es eine Fortsetzung war. Darauf war ich in dem Moment nicht vorbereitet und Crank anscheinend auch nicht. Ich nickte und hörte mit halbem Ohr zu, weil ich ihn nicht unterbrechen wollte. Während ich die Laken und Decken richtete, sagte ich kein weiteres Wort zu Crank, aber als Sean fertig war, sagte ich: „Danke für die Decken und so."

„Gern geschehen", sagte er. Es würde eine Weile dauern, bis ich mich an seinen förmlichen Tonfall, die fehlende Widersprüchlichkeit und vor allem an die Kälte in seiner Stimme gewöhnen würde. Allerdings würde es dazu vermutlich gar nicht kommen.

„Komm, Sean", sagte Crank. Er und Sean gingen nach oben, also legte ich mich auf die Couch, streckte dann die Hand zu dem Tisch neben mir aus und schaltete das Licht aus. Ich schloss meine Augen. Ich war erschöpft, aber die ungewohnte Couch und meine kreisenden Gedanken hatten sich gegen mich verschworen.

Was genau hatte Crank gemeint, als er sagte, du wirst in ein oder zwei Tagen sowieso wieder verschwunden sein? Was zur Hölle? Ich hatte nichts getan, das ihm das Recht gegeben hätte, so mit mir zu reden. Außer, dass ich mich dafür entschuldigt hatte, sein Auto kaputtgefahren zu haben, hatte ich ihn auch noch nach Hause gebracht und war nett zu seinem Bruder gewesen. Cranks Benehmen nach zu urteilen, brauchte er ganz offensichtlich jemanden, der nett zu ihm war. Ich verstand den Beschützerinstinkt, aber das hier war so was von daneben, dass ich Crank am liebsten ins Gesicht gehauen hätte.

Als ich schließlich langsam einschlief, wanderten meine Gedanken ungewollt zu meiner Mutter. Das passierte manchmal und es hatte den Anschein, als ob ich nichts dagegen tun konnte. Ich erinnerte mich daran, was sie mir so oft gesagt hatte, als ich ein Kind war. *Eine Dame benimmt sich nicht so, Julia. Ich erwarte Besseres von dir.*

Ich habe dich nicht zur Schlampe erzogen.

Mein letzter Gedanke, bevor ich einschlief, war: *Leck mich, Mutter.*

Zieh dir was an (Crank)

Ich kochte innerlich, als ich die Treppe hochging. Was hatte Julia sich nur dabei gedacht? Es war natürlich okay, höflich zu sein. Aber so, wie sie sich benommen hatte, war es fast wie ein Versprechen. Ein Versprechen, seine Freundin zu sein. Sean brauchte nicht noch jemanden, der erst in seinem Leben auftauchte und dann wieder verschwand. Und ich hatte genug Mädchen von ihrer Sorte in der Schule kennengelernt. Höflich bis zum Erbrechen. Adrett. Beliebt. Verräter.

Ich war nicht bereit, ihr zu vertrauen, dass sie meinen Bruder nicht verletzen würde. Morgen früh würde ich dafür sorgen, dass sie von hier verschwand. Wir würden das mit dem Schaden am Auto klären, und das war's dann.

Ich weiß nicht, wie lange ich mich hin und her wälzte, bis ich endlich in einen unruhigen Schlaf fiel.

Ich wurde durch einen dumpfen, lauten Schlag und einen sehr hohen, angsterfüllten Schrei geweckt.

Ich setzte mich sofort auf, meine Gedanken waren noch nicht ganz klar, aber dann hörte ich einen weiteren Schrei und einen dumpfen Schlag und danach hörte ich, wie eine Männerstimme im unteren Stockwerk mehrere Flüche ausstieß.

Ich sprang ohne nachzudenken auf und rannte ohne zu zögern die Treppe hinunter, dabei stolperte ich fast in der Dunkelheit. Unten angekommen drückte ich auf den Lichtschalter und meine Augen wurden groß. Ich musste mich am Türrahmen festhalten, als ich nach

Luft rang. Mein Herz klopfte wie verrückt vor Schock und Adrenalin. Eine Sekunde später stieß Sean mit mir zusammen. Auch er war, nachdem er die Schreie gehört hatte, die Treppe herunter gerannt.

Mein Vater saß auf dem Boden, vielleicht einen Meter von der Couch entfernt, seine Beine waren nach vorne ausgestreckt und er hatte einen schockierten Gesichtsausdruck. Er trug immer noch seine Uniform, ein Stiefel war offen und sein Waffengürtel und Schlagstock lagen neben ihm. Julia saß auf der Couch, sah geschockt und verängstigt aus und sie hatte eine Decke um sich gewickelt. Ihre Wangen waren rot, ihre Haare durcheinander und unter einer Falte in der Decke schaute ein langes, straffes Bein hervor. Ihr Fuß und Knöchel waren schmal, ihre Wade muskulös und gut geformt und meine Augen wanderten immer weiter nach oben.

Hinter mir wiegte sich Sean vor und zurück und seine Hände flatterten. Er tat das nur, wenn er wirklich sehr aufgeregt oder verängstigt war. Ich legte eine Hand auf seine Schulter, um ihn zu beruhigen, aber er trat einen Schritt zurück, als ich ihn berührte.

„Oh, um Himmels Willen", sagte mein Dad mit lauter Stimme. „Es tut mir leid, Mädchen, ich habe nicht erwartet, dass jemand auf der Couch liegt."

Julia öffnete ihren Mund, um etwas zu sagen, aber es kam nichts heraus.

„Geht es dir gut?", fragte mein Dad. „Wirklich, ich wollte dich nicht erschrecken. Ich habe mich im Dunkeln hingesetzt, ohne überhaupt hinzuschauen."

Sie nickte. Ihr Gesicht war rot und sie atmete schwer, hatte große Augen. Sie sah panisch aus. „Es geht mir gut. Sie haben mich nur erschreckt."

Mein Dad kicherte, dann lehnte er sich vor und legte seine Handflächen auf den Boden, um sich beim Aufstehen abzustützen. „Ja, ich nehme an, das stimmt. Du hast geschrien, als ob dich jemand angreifen würde."

Julia schluckte. „Ich denke, genau das habe ich gedacht."

„Na ja, Scheiße", antwortete mein Dad, als er schließlich aufrecht stand. Er griff nach unten und hob seinen Gürtel auf, den er vorsichtig über die Schulter legte. „Es tut mir leid. Manchmal komme ich nach der Nachtschicht her und schaue noch ein wenig fern, bevor ich ins Bett gehe. Ich bin Jack Wilson… Seans und Dougals Dad."

Sie sah ein bisschen verwirrt aus – sie hatte den Vornamen, den ich bei der Geburt erhalten hatte, noch nie gehört.

„Ich bin Julia Thompson." Sie bewegte sich ein wenig und ich konnte meine Augen nicht von ihrem Bein abwenden, es war nackt bis zum Oberschenkel.

„Es freut mich, dich kennenzulernen, Julia", sagte mein Dad und kicherte dann. Julias Augen sahen zu mir und sie wurde tiefrot, dann bedeckte sie ihr nacktes Bein mit der Decke. In dem Moment bemerkte ich, dass ich außer meiner Boxershorts nichts anhatte.

Scheiße.

„Oh, um Himmels Willen, geh und zieh dir was an!", schrie mich mein Dad an.

Ich hustete. „Ich bin gleich zurück." Dann ging ich zurück in den Flur.

„Nicht nötig", rief mein Dad. „Geht alle wieder schlafen. Wir kümmern uns morgen um die Angelegenheit."

Da war ich mir sicher. Dad würde mich ohne Zweifel ausquetschen. Seit fünf Jahren hatte ich keine Frau mehr mit hierher gebracht. Ich sollte mir keine Gedanken mehr darüber machen, was Julia sich dabei gedacht hatte – was zur Hölle hatte ich mir dabei gedacht? Ich brachte keine Frauen mit hierher, weil das bedeuten würde, dass es mir ernst war. Dass sie auch morgen noch da sein würde. Dass es einen Grund gab, warum ich wollte, dass sie meine Familie kennenlernte. Sean brauchte keine Menschen, die nur kurz in seinem Leben auftauchten und dann ohne jede Vorwarnung wieder verschwanden. Und, wie ich schon mal gesagt hatte, ich hatte keine Beziehungen. Ich hatte auch so schon genug Probleme.

Also stand ich nun vor der Frage: Warum hatte ich sie hineingebeten? Warum hatten wir nicht, nachdem sie mich hierher gebracht hatte, einfach unsere Telefonnummern ausgetauscht, um dann am nächsten Morgen die Angelegenheit mit dem Auto zu klären? Und überhaupt, warum zur *Hölle*, hatte ich in Washington nicht mit ihr geschlafen? Als sie sich mir wie ein nettes, hübsches Geburtstagsgeschenk präsentiert hatte. Es hätte bestimmt viel Spaß gemacht, sie aus ihrer grünen und blauen Verpackung zu schälen.

Normalerweise schlug ich jemanden, der leicht zu haben war, nicht aus.

Ich glaube, kurz bevor ich schließlich wieder einschlief, hatte ich die Lösung. Es war klar, dass es, wenn wir weitergemacht hätten, ziemlich sicher nicht bei einer Nacht geblieben wäre. Oder noch schlimmer, dass ich, falls sie es wirklich so gemeint hatte – wirklich nicht mehr als einen One-Night-Stand mit Spaß und Spiel wollte – dass ich dann derjenige wäre, der… verletzt gewesen wäre?

Für eine kurze Sekunde fragte ich mich, wie sich die Mädchen, mit denen ich im Laufe der Jahre zusammengewesen war, gefühlt hatten. Aber ich wollte darüber nicht so genau nachdenken, denn ich hatte Bedenken, dass mir die Antwort nicht gefallen würde. Es war ja nicht so, dass sie nicht gewusst hätten, worauf sie sich einließen. Es war, wie ich Serena gesagt hatte: Ich hatte niemals vorgegeben, jemand zu sein, der ich nicht war. Ich hatte niemals vorgegeben, dass ich mehr als eine Nacht Spaß wollte. Ich hatte niemals vorgegeben, dass man mit mir eine lange Beziehung führen konnte, denn das bedeutete nur Kummer, und wer wollte das schon?

Ich hatte niemals eine Beziehung gewollt. Aber in letzter Zeit waren die One-Night-Stands, das Herumvögeln mit Mädchen, die ich nicht kannte… es war einfach nicht mehr genug. In letzter Zeit begann ich zu bemerken, dass ich mich, trotz der vielen Menschen um mich herum, verdammt einsam fühlte.

KAPITEL 7

Benutze bitte deine Gabel (Julia)

*A*ls ich erwachte, roch es nach Speck und frisch gemahlenem Kaffee, aber ich öffnete meine Augen noch nicht. Denn mein Kopf fühlte sich an, als ob ein schwergewichtiger Gorilla auf ihm sitzen würde, und meine Augen, als ob sie von Schmirgelpapier umhüllt wären. Stattdessen streckte ich meine Nase unter der Decke hervor und holte tief Luft. Oh Gott, roch das gut.

Ich war im Laufe der Jahre auf vielen verschiedenen Schulen gewesen. Ich war in einem Dutzend Botschaften und bei offiziellen Anlässen zweimal sogar im Weißen Haus zum Essen eingeladen gewesen. Das Essen des Harvard Dining Service, inklusive des Speisesaals in der Cabot Hall, konnte da gut mithalten. Es ist üblicherweise sehr lecker, sättigend, gut gekocht, und seelenlos.

Hausgemachtes Essen? Das hatte ich selten bekommen. Nachdem die Zwillinge geboren waren, hatte meine Mutter eine Haushälterin und Köchin angestellt. Natürlich war das Essen immer gut. Aber es war nicht dasselbe, ich vermisste das, was ich aus meiner ganz frühen Jugend kannte: sonntags morgens zusammen mit meiner Mom und meinem Dad und Carrie am Küchentisch zu sitzen. Das gehört zu meinen frühesten glücklichen Erinnerungen. Meine Eltern waren glücklicher, meine Mutter lächelte und lachte oft und Carrie und ich fühlten uns geliebt.

Das alles war schon sehr, sehr lange her – bevor Alexandra geboren wurde, bevor mein Vater die erste seiner vielen Beförderungen erhalten hatte. Als wir in Brüssel wohnten, ich war zu dem Zeitpunkt vielleicht elf Jahre alt, war diese Wärme schon nur noch eine Erinnerung. Meine Eltern waren zu gestresst, mein Vater zu beschäftigt und ich verbrachte den Großteil meiner Freizeit allein oder mit meinem Bodyguard.

Ja, wirklich. Ich hatte einen Bodyguard gehabt. Er war ein echt toller Typ, Corporal Barry Lewis, ein Marine Unteroffizier. Mein Vater war ein ranghoher NATO-Attaché und es war kurz nach dem Golfkrieg. Es hatte Drohungen gegeben, also hatte der Botschafter uns allen Bodyguards zugeteilt. Ich denke mal, dass das an einer normalen Schule ziemlich peinlich gewesen wäre, aber ich ging nicht auf eine öffentliche Schule, und ich war auch nicht das einzige Kind mit einem Bodyguard.

Corporal Lewis war ein toller Typ. Ein reueloser Frauenheld und ein Autofanatiker, er hatte zwei Oldtimer gekauft und irgendwie seine Vorgesetzten davon überzeugt, dass er sie in der Garage der Botschaft abstellen durfte. Ich erinnere mich daran, wie ich mich bei ihm in der Garage auf einem Hocker niedergelassen und ihm dabei zugeschaute hatte, wie er an seinen Autos herumschraubte und ununterbrochen über Autos, Mädchen, seine Jugend in Texas und was ihm sonst so im Kopf rumschwirrte redete. Ich war ein bisschen verliebt in ihn gewesen, wie das bei kleinen Mädchen halt so ist, aber ich bewunderte ihn auch wie einen großen Bruder.

Ich habe mich immer gefragt, was aus Corporal Lewis geworden ist. Wir zogen nach China um und ich vermute, er wurde zurück zur Flotte beordert, ich habe ihn nie wieder gesehen. Genau genommen hatten wir nicht mal die Gelegenheit gehabt, uns zu verabschieden. Kurz bevor meine Familie Brüssel verließ, war er wegen eines Todesfalls in seiner Familie nach Hause geschickt worden. Ich habe nie wieder etwas von ihm gehört.

Wie ich so, bevor ich meine Augen öffnete, den Essensgeruch genoss, war ich für ein paar Minuten wieder neun Jahre alt, glücklich, freute mich auf das kommende Wochenende und machte mich für das gemeinsame Frühstück mit meiner Familie bereit. Ich zog mir unter der Decke meine Jeans an, dann stand ich auf und folgte dem Geruch des Specks.

Als ich in Richtung Küche ging, fielen meine Augen auf den schönen Flügel, der in der Ecke des Raumes stand. Er glänzte und war gut erhalten. Ich hatte keine Ahnung, was ein Polizist in Boston verdiente, aber ich wusste, dass ein solcher Flügel mehr als 20.000 Dollar kostete.

Cranks Dad stand in der Küche. Letzte Nacht hatte er die Uniform der Bostoner Polizei getragen, aber jetzt hatte er eine Jeans, ein T-Shirt und eine Schürze an, auf der „Beste Mutter der Welt" gestickt war. Sie sah aus, als ob es Handarbeit wäre. Er nippte einhändig an einer Kaffeetasse, während er mit der anderen einen Pfannkuchen mit einem Schaber wendete. Im Radio lief WBUR, ein Bostoner Radiosender, es war recht leise gestellt, aber man hörte die Moderatoren des Car Talk mit einem Anrufer Witze machen und lachen. Ich sah Jack für ein paar Sekunden an und konnte nicht anders, als zu lächeln. Es war eine ganz normale häusliche Szene und er sah zufriedener aus als alle Männer, die ich kannte.

„Guten Morgen", sagte ich ruhig.

Er drehte sich zu mir um und hob eine Augenbraue. „Guten Morgen! Kaffee?"

Ich nickte: „Ja bitte."

Ohne hinzuschauen griff er nach oben nach einer Tasse, stellte sie auf die Arbeitsplatte und füllte sie mit duftenden Kaffee.

„Milch ist im Kühlschrank", sagte er. Er schob einen Zuckertopf nah an die Tasse, griff in eine Schublade und gab mir einen Löffel.

„Ich bin Julia Thompson", sagte ich. „Ich, ähm, die Überraschung letzte Nacht tut mir leid."

Er stieß ein tiefes Kichern aus. „Es freut mich, dich kennenzulernen, Julia. Obwohl ich zugeben muss, dass ich mich normalerweise nicht dadurch vorstelle, dass ich mich mitten in der Nacht auf ein Mädchen setze. Ich bin Jack. Setz dich und genieße deinen Kaffee. Die Jungen werden vermutlich nicht aufwachen, bis ich beginne, an ihre Türen zu schlagen."

Ich setzte mich auf einen der Stühle am Küchentisch. Es war ein schöner Tisch, glänzend, gepflegt und alt. Ich wusste nicht wie alt, ich kenne mich mit Möbeln nicht aus, aber ich hatte das Gefühl, dass er schon seit dreißig Jahren dort stand.

„Es tut mir leid, dass ich mich hier einfach einquartiert habe", sagte ich und rutschte dabei auf meinem Stuhl herum. „Wir haben so ein blutiges Spiel mit Sean gespielt, bis es sehr spät war, und sie wollten mich nicht mehr nach Hause fahren lassen."

„Es ist gefährlich, wenn man müde Auto fährt", antwortete Jack. „Es freut mich, dass die beiden zur Abwechslung mal verantwortungsbewusst gehandelt haben."

„Trotzdem, ich weiß das zu schätzen."

Er drehte sich zu mir um und grinste mich so an, dass mein Herz fast stehen blieb. Es war klar, wo Crank seinen Charme her hatte. „Kein Problem, Missy, kein Problem. Wo kommst du her?"

Das war immer eine peinliche Frage. Ich komme eigentlich von nirgendwo her. Die Familie meines Vaters stammt aus San Francisco, aber ich habe niemals dort gelebt, sondern war nur während der Ferien dort zu Besuch gewesen. Jetzt ist er pensioniert und alle meine Schwestern leben dort, also vermute ich mal, dass sie es als ihr Zuhause bezeichnen, zumindest Alexandra und die Zwillinge. Carrie war in ihrem letzten Jahr an der High School, als Dad pensioniert wurde, sie wird also nur ein Jahr in Kalifornien verbringen. Ich sagte schließlich, was ich immer antwortete: „Wir sind ziemlich viel umgezogen."

„Militär?"

„Auswärtiger Dienst."

„Wirklich?", sagte er und grinste mich schon wieder an. „Du musst wissen, mein Cousin Louis hat vor einigen Jahren beim Auswärtigen Amt gearbeitet. Aber er hat irgendwelchen Ärger gehabt. Das geschah seinen Eltern ganz recht, dafür dass sie ihm einen französischen Namen gegeben haben."

Das brachte mich zum Lachen.

„Ich habe immer gesagt, man kann den Franzosen nicht trauen und schau, was im Moment passiert, oder?"

Ich zuckte mit den Schultern und grinste, antwortete aber nicht. Ich wollte keine politischen Diskussionen anfangen. Ich mochte Cranks Vater. Er schien aufrichtig zu sein, und das war heutzutage sehr selten.

„Ich mache Pfannkuchen und Speck", sagte er mit einem ironischen Lächeln im Gesicht. „Aber wenn du zu den Mädchen gehörst, die nur Salat essen, habe ich davon auch was."

„Ich liebe Pfannkuchen und Speck", sagte ich. „Das klingt himmlisch. Aber Sie haben nicht mit Gästen gerechnet, ich möchte mich nicht aufdrängen."

Er gab einen Ton von sich, der eine Mischung aus Stöhnen und Grunzen war. „Du drängst dich nicht auf! Kein Wort mehr darüber, ich wäre echt sauer, wenn du gehst. Und außerdem musst du für Crank etwas ganz Besonderes sein, wenn er dich mit hierher gebracht hat."

„Was?", fragte ich. Seine Aussage überraschte mich total und machte mir auch ein wenig Angst.

„Mein Sohn bringt keine Mädchen mit hierher, niemals. Er erwähnt sie noch nicht mal. Von dir hat er erzählt und dann bringt er dich mit hierher, um Sean kennenzulernen? Du musst etwas ganz Besonderes sein."

„Oh…", sagte ich und lehnte mich auf meinem Stuhl zurück. Ich war mir nicht sicher, ob ich wissen wollte, wohin diese Unterhaltung führte. „Ich denke nicht, dass er mich aus einem besonderen Grund mit hergebracht hat, so wie…" Mir blieben die Worte im Hals stecken. Das war ziemlich untypisch für mich. „Er hat mich erwähnt?"

„Ach… ich hätte meine große Klappe halten sollen. Aber ja, er hat dich erwähnt, als er letzten Sonntag nach dem Wochenende in Washington nach Hause gekommen ist."

Entgegen besseren Wissens sagte ich: „Ich denke, es ist ziemlich neugierig, wenn ich frage, was er gesagt hat."

Jack brach in Lachen aus. „Ja, das denke ich auch. Lass es mich so sagen: Irgendetwas an dir muss ihn beeindruckt haben. Er redet nicht über Frauen, niemals."

Ich lehnte mich auf meinem Stuhl zurück und trank meinen Kaffee, dabei verschränkte ich einen Arm vor der Brust. Mein Kopf tat immer noch weh und über Crank nachzudenken machte es schlimmer. Zum ersten Mal seit sehr langer Zeit ertappte ich mich dabei, dass ich wirklich gemischte Gefühle für einen Mann hatte. Er war lustig, wenn man mit ihm zusammen war, aber er war auch verwirrend wie die Hölle. Und er verhielt sich auch nicht wirklich einladend. Irgendwie dachte ich nicht, dass Jack wusste, dass er mich gestern dazu aufgefordert hatte, mich fernzuhalten.

War ich einfach nur einsam? Es war so lange her, dass ich mir gestattet hatte, jemanden wirklich zu mögen.

Jack sah für eine Sekunde gedankenverloren aus, als er eine Ladung Speck aus der elektrischen Grillpfanne holte und auf ein paar Tücher Küchenpapier legte, um das Fett aufzusaugen. Er drehte sich zu mir um. „Meine alte Lady hat mir immer gesagt, dass ich kein Taktgefühl besitze“, sagte er. „Ich habe was Falsches gesagt, oder?“

Ich sah ihn an und schenkte ihm ein warmes Lächeln. „Ich weiß es nicht“, antwortete ich. „Crank scheint selbst etwas Besonderes zu sein.“

„Ist das zwischen euch was Ernstes?“, fragte er.

„Zwischen uns ist gar nichts“, antwortete ich.

„Oh, das ist jammerschade“, sagte er mit freimütigem Tonfall.

Darauf antwortete ich nicht. Ich weiß, dass es mir eigentlich peinlich sein müsste, mit ihm darüber zu sprechen, aber das war es nicht, warum auch immer. Jack gab mir das Gefühl, hier willkommen zu sein, und zwar mit einer Offenheit, die ich absolut nicht gewohnt war. Es war merkwürdig. Ich konnte mir nicht mal ansatzweise vorstellen, eine solche Unterhaltung mit meinen Eltern zu führen. Ich konnte mir nicht vorstellen, überhaupt irgendetwas mit ihnen zu bereden. „Ich weiß nicht, ob einer von uns überhaupt daran interessiert ist, etwas miteinander anzufangen“, sagte ich.

Er zuckte mit den Schultern. „Manchmal hält man nach etwas Ausschau und findet nichts, und manchmal schlägt es dir auf den Kopf, so wie eine gute katholische Mutter.“

Ich kicherte. „Na ja, um ehrlich zu sein, habe ich nicht erwartet, Crank nach dem letzten Wochenende jemals wiederzusehen. Aber wir hatten gestern einen Autounfall. Ich bin rückwärts auf sein Auto aufgefahren und habe es ziemlich beschädigt. Und ich bin hier gelandet, weil ich ihm angeboten habe, ihn zu fahren.“

„Heilige Mutter Gottes“, sagte er. „Er hat sich endlich ein Auto gekauft? Und schon kaputtgefahren?“

„Oh, nein“, sagte ich, und meine Augen wurden ganz groß dabei. „Er hat das Auto gerade erst gekauft?“

„Es muss so sein“, sagte er. „Er ist sonst immer mit der T gefahren.“

„Oh Gott, ich fühle mich scheiße."

Und natürlich kam Crank genau in diesem Moment in den Raum. Er trug… Nein, das bildete ich mir nur ein. Nein, er trug das tatsächlich. Eine zu kurze Mickey-Mouse-Pyjama-Hose mit einem einfachen weißen T-Shirt, das ihm auch überhaupt nicht passte. Nicht, dass ich mich beschwert hätte.

„Warum fühlst du dich scheiße?", fragte er und stolperte in Richtung Kaffeekanne.

„Dein Auto!", antwortete ich.

Er zuckte mit den Schultern. „Ich weiß, dass du dafür aufkommen wirst. Und ich vermisse auch nicht viel, letzte Nacht war das erste Mal, das ich weiter mit ihm gefahren bin als zum Supermarkt an der nächsten Ecke."

„Oh, wow. Jetzt fühle ich mich wirklich scheiße."

„Mal ehrlich", sagte Crank, „das musst du nicht." Er schüttete gefühlte fünfzehn Löffel Zucker in seinen Kaffee, begoss ihn dann großzügig mit Milch und rührte um.

„Wenn du den ganzen Zucker im Haus aufbrauchst", sagte Jack dröhnend, „dann bereite dich schon mal darauf vor, nachher neuen zu kaufen."

„Klar, Dad", sagte Crank. Auf seinem Gesicht erschien ein verärgerter Ausdruck.

„Wie war euer Auftritt gestern Abend?" Als Jack die Frage stellte, hörte ich Fußstapfen im Wohnzimmer, dann sah ich Sean an der Küchentür vorbeilaufen, dabei las er in einem Lehrbuch.

„Ganz okay", antwortete Crank, im gleichen Augenblick sagte ich: „Der Auftritt war klasse."

Jack lächelte, brachte einen Teller voll Speck und stellte ihn in die Mitte des Tisches. Crank sagte: „Das nehme ich als echtes Kompliment, nachdem ich deinen musikalischen Geschmack kenne."

„Bist du Musikerin?", fragte Jack.

„Nicht wirklich", sagte ich. „Ich habe zwar eine musikalische Ausbildung genossen, aber kein Talent."

„Oh?", sagte Crank. „Das hast du mir gar nicht gesagt. Was spielst du?"

Ich schüttelte meinen Kopf. „Klavier. Es wäre mir peinlich, vor dir zu spielen. Aber meine Mutter hat mich zum Klavierunterricht geschickt, seit ich zwei Jahre alt war."

„Seit du zwei warst?", fragte er mit ungläubiger Stimme. „Suzuki-Methode?"

Ich nickte, trank einen Schluck von meinem Kaffee und versuchte vorzugeben, dass mir das nicht unglaublich peinlich war. Ich konnte Crank nicht einschätzen. Letzte Nacht war er mehr als beleidigend gewesen. Warum war er jetzt so freundlich? Was hatte sich geändert? Nur seine Laune? Wenn er so launisch war, dann hatte er recht – ich sollte mich wirklich fernhalten.

Jack fiel ein: „Deine Mutter wollte, dass du nach der Suzuki-Methode unterrichtet wirst, als du auch so jung warst. Aber es war zu teuer."

Auf Cranks Gesicht zeigte sich Verwirrung, fast Ärger. Das war schon das zweite Mal innerhalb von ein paar Minuten. So als ob sein Vater nichts sagen konnte, das richtig für ihn war. Natürlich war ich die falsche Person, um darüber ein Urteil abzugeben. Es ist ja nicht so, als hätte ich die beste Beziehung zu meiner Mutter. Auf der anderen Seite, Jack war so nett. Crank wechselte das Thema. „Was gibt's zum Frühstück?" Das war ganz offensichtlich eine ziemlich dumme Frage, wenn sein Vater gerade in dem Moment eine große Platte mit Pfannkuchen auf den Tisch stellte.

Jack sah ihn verächtlich an und sagte mit barscher, sarkastischer Stimme: „Geh und hol deinen Bruder. Das Frühstück wird eine Überraschung."

Crank öffnete seinen Mund, überlegte es sich dann anders und verließ die Küche.

„Ich habe niemals behauptet, dass ich eine Horde Genies großgezogen habe", sagte Jack, schüttelte seinen Kopf und lächelte mich hinterhältig an.

Ich versuchte mich zurückzuhalten, konnte es aber nicht. Nach ein paar Sekunden brach ich in lautes Lachen aus und er stimmte mit ein. Es fühlte sich gut an.

Etwa eine Minute später kamen Sean und Crank zurück. Crank setzte sich links von mir, am nächsten zur Wand, und Sean setzte sich rechts von mir hin. Ihr Vater nahm den Stuhl, der mir gegenüber stand. Er verblüffte mich, als er seine Arme ausstreckte und nach den Händen der Jungen griff. Sie griffen wiederum nach meinen Händen und alle neigten ihre Köpfe. Da ich nicht zu den Menschen gehöre, die die Gewohnheiten anderer nicht respektierten, tat ich das Gleiche und starrte Löcher in den Tisch. Es war mir mehr als nur bewusst, dass meine linke Hand in Cranks rechter lag. Seine war fest und viel größer als meine. Warm, aber nicht schwitzig. Ich konnte die Schwielen vom Gitarrespielen auf seinen Fingerkuppen spüren.

„Oh Gott, von dem wir alles haben, wir danken Dir. Du speisest uns, Oh segne, was Du uns gibst. Amen." Es klang so, als ob er es runterratterte. In meiner Familie sprachen wir nur zu den großen Feiertagen ein Tischgebet, wenn überhaupt. Aber ich erinnerte mich ausreichend an die Gebete, um zu bemerken, dass er etwa die Hälfte der Wörter unterschlagen hatte. Jack hielt kurz inne, dann sagte er. „Esst."

Sean ließ meine Hand sofort los und streckte seinen Arm aus, um sich einen Stapel Pfannkuchen zu nehmen. Jack schlug ihm auf die Hand. „Zuerst bedienen wir unsere Gäste, Sean. Und benutze bitte deine Gabel."

Cranks Hand ließ meine etwas später los, vielleicht etwa eine Sekunde nach Sean. Nicht lange genug, als dass es etwas bedeutet hätte, ich vermute, er war einfach nur langsam. Aber es war ziemlich unbehaglich und angenehm zur gleichen Zeit. Verwirrend. So wie alles andere an ihm auch.

Bevor ich wusste, wie mir geschah, hatten Sean und Crank meinen Teller mit soviel Kalorien vollgepackt, wie ich normalerweise im ganzen Jahr nicht esse. Es war mir egal. Die Pfannkuchen hatten eine eigentümliche Konsistenz, locker und süß wegen des Reismehls. Und ich wäre glücklich, wenn ich fünfzig Pfund von dem Speck mit ins Grab nehmen könnte. Während der ersten Minuten konzentrierte ich mich aufs Essen und ignorierte Crank ganz bewusst, denn das Letzte, was ich wollte, war, beachten, dass er nur ein paar Zentimeter von mir entfernt in seinem Pyjama saß. Oder besser gesagt, was so aussah wie sein Pyjama von vor zehn Jahren.

„Das ist unglaublich", sagte ich. „Ganz herzlichen Dank. Ich habe schon seit – ich weiß nicht wie lange – kein hausgemachtes Essen mehr gegessen."

„Ich würde gerne hören, wie du Klavier spielst", sagte Sean ohne jeden Zusammenhang. Was merkwürdig war, denn er war, als wir uns darüber unterhalten hatten, noch nicht mal im gleichen Zimmer gewesen.

Crank sah mich an und ich sah Sean an und Jack sah mich auch an und ich bemerkte, wie ich schrecklich rot wurde, das passiert mir sonst nie. Niemals. „Ich weiß nicht…", sagte ich mit Zurückhaltung in der Stimme.

„Komm schon", sagte Jack. „Wir würden es so gerne hören."

„Bitte?", sagte Sean. „Niemand hat auf dem Klavier gespielt, seit unsere Mutter uns verlassen hat. Dad lässt es alle sechs Monate stimmen, aber niemand spielt mehr darauf."

Ich schluckte, denn Crank und Jack erstarrten beide. Ich schwöre, es fühlte sich an, als ob gleich eine Bombe in der Küche hochgehen würde, so plötzlich war diese Spannung entstanden. Zur gleichen Zeit, als Sean das sagte, griff Crank nach einer Handvoll Speck und erstarrte im wahrsten Sinne des Wortes mit halb ausgestrecktem Arm.

Hier ging es um weit mehr, als ich verstand. Und ich wollte auf keinen Fall etwas Falsches sagen oder tun. Aber ich wusste nicht, was das Richtige war, und Jack und Crank waren keine Hilfe, sie machten eher den Eindruck von verängstigten Hasen. Es war offensichtlich, dass beide wegen Sean so angespannt waren, dass die ganze Situation innerhalb eines Herzschlages explodieren konnte. Also sagte ich mit einer Stimme, die leise und auch in meinen Ohren unsicher klang: „Okay."

Das Ende nicht (Crank)

Ich glaube, als sie mit zurückhaltender Stimme „Okay" sagte, habe ich einen Seufzer der Erleichterung ausgestoßen. Denn Sean begann wieder zu essen. Auf der einen Seite wollte ich auf gar keinen Fall, dass Sean irgendeine Beziehung zu Julia aufbaute. Auf der anderen Seite wollte ich heute Morgen wirklich nicht mit einem seiner

Wutausbrüche umgehen müssen und alles, was mit unserer Mutter zu tun hatte, barg die Gefahr eines solchen Wutausbruchs von Sean.

Also aßen Dad und ich weiter, so als ob nichts passiert wäre, und Sean begann mit einem Monolog. In den letzten sechs Monaten hatte er entweder in einem der vielen medizinischen Fachbücher gelesen, die ich bei einer Haushaltsauflösung gekauft hatte, oder in einem seiner Manga-Comics, von denen er ebenfalls eine große Sammlung hatte. Ich war also nicht überrascht, als er, anscheinend völlig ohne jeden Zusammenhang, über Operationen am offenen Herzen zu sprechen begann, aber ich bemerkte, dass Julia mehr als nur ein bisschen überrascht war.

Wenn er erst mal richtig loslegt, ist es für jemand anderen unmöglich, zu Wort zu kommen, also fiel mein Vater, sobald Sean das erste Mal Luft holte, ein: „Sean, das ist sehr faszinierend, aber ich bin mir sicher, dass Julia gerne mehr über dich erfahren würde."

Nachdem Sean für einen Moment nichts sagte, fragte Julia: „Wo gehst du zur Schule, Sean?"

Er antwortete in seinem üblichen monotonen Tonfall: „Excel High School. Dort werden ständig Studien über die öffentliche Sicherheit durchgeführt."

„Früher hieß sie South Boston High", sagte mein Dad. „Ich war dort auf der Schule und Dougal auch."

Ich zuckte zusammen. Er hatte diesen Namen schon einmal vor ihr verwendet, aber ich denke nicht, dass sie es bemerkt hatte. „Dad", sagte ich.

„Oh, um Gottes Willen, Dougal, wir haben dir einen guten irischen Namen gegeben, als du ein Baby warst."

„Und genau deshalb habe ich ihn geändert!"

Julias Mundwinkel wanderten nach oben. „Dougal?", fragte sie.

„Ist das nicht ein schöner Name?", fragte mein Dad. „Er erinnert mich an die weiten Felder in Irland."

Ich murmelte: „Die einzigen weiten Felder, die du je gesehen hast, sind Basketballfelder."

„Als ich jung war, waren Kinder nicht so respektlos zu ihren Eltern." Dad sah verärgert aus, aber nicht sehr.

„Als du jung warst, rannte Whitey Bulger durch Southie, als wäre es sein persönliches Königreich und vergrub Körper in Hinterhöfen."

Dad stieß nur ein Grunzen aus und trank einen Schluck von seinem Kaffee. „Du weißt gar nichts über das Southie von damals", sagte er.

Ich zuckte mit den Schultern und drehte mich zu Julia. „Was er nicht sagen will, ist, dass die Dinge damals nicht gerade auf dem aufsteigenden Ast waren. Und Dad hatte – Prinzipien. Deshalb fährt er auch immer noch Streife, anstatt irgendwo einen Schreibtischjob zu machen."

Dad schnaubte. „Als ob ich gern einen Schreibtischjob hätte." Aber hinter diesem Schnauben konnte ich den Stolz in seinen Augen erkennen. Dad und ich verstehen uns nicht gut, aber denken Sie niemals, ich hätte keinen Respekt vor ihm. Er ist ein Held – er ist mein Held. Aber ich habe es niemals geschafft, ihm gerecht zu werden, also habe ich irgendwann aufgehört, es zu versuchen, und stattdessen mein eigenes Ding gemacht.

Julias Augen wanderten zwischen meinem Dad und mir hin und her und ich konnte sehen, dass es sie beschäftigte, aber ich konnte nicht erahnen, was sie dachte. Vielleicht bin ich einfach außer Übung. Normalerweise frage ich mich nicht, was Frauen denken – die meiste Zeit über ist es das Letzte, was ich wissen will.

„Dougal, kannst du dich bitte um den Abwasch kümmern", sagte Dad.

„Ich werde dir helfen", sagte Julia sofort.

„Oh nein! Aus der Nummer kommt er nicht raus! Du bleibst einfach sitzen und genießt deinen Kaffee."

Ich nahm ihren Teller und sie sagte mit sarkastischem Gesichtsausdruck: „Danke, Dougal."

Ich sah Dad scharf an. „Dafür wirst du bezahlen, Dad."

Der alte Bastard lachte nur laut.

Also begann ich das Geschirr abzuwaschen, als mein Vater fragte: „Du bist also in Harvard? Was studierst du?"

„Internationale Wirtschaft", sagte sie.

Verdammt.

„Und wann machst du deinen Abschluss? Was hast du danach vor?" Mein Vater ging nicht gerade feinfühlig vor, als er sie ausfragte. Ich ließ Wasser im Spülbecken einlaufen und begann das Geschirr einzuschäumen.

„Na ja", sagte sie, „Ich habe mich für ein Masterstudium beworben... an der Fletcher School und in Georgetown. Es könnte sein, dass ich in den Auswärtigen Dienst gehe. Das ist zumindest das, was mein Vater will."

„Es muss faszinierend gewesen sein, in so vielen verschiedenen Ländern aufzuwachsen", sagte Dad.

Sie antwortete nicht gleich und ich konnte ihren Gesichtsausdruck nicht erkennen. Ich ertappte mich dabei, wie ich gespannt auf ihre nächsten Worte lauschte.

„Ich weiß nicht so recht", sagte sie. Ihre Stimme klang traurig. „Es ist kein normales Leben, wenn man alle drei Jahre in ein neues Land zieht. Manchmal ist es recht einsam. Man verlässt jeden, den man kennt, und fängt von vorne an, neue Schule und neue Lehrer. Ich weiß nicht, ob ich jemals heiraten werde, aber wenn ja... ich bin mir nicht sicher, ob das das richtige Leben für Kinder ist. Was ist mit dir? Bist du hier aufgewachsen?"

Das konnte ich verstehen. Obwohl ich jetzt in Roxbury wohnte und den größten Teil meiner Freizeit in Somerville verbrachte, wo die Musikszene war, fühlte ich mich verwurzelt, wenn ich in Southie war. Ich kannte jeden Block und jeden Park. Ich kannte die Nachbarn und wusste, wo sie herkamen, und in den meisten Fällen kannte ich auch ihre Eltern und Großeltern.

Mein Dad beantwortete ihre Frage, indem er eine Geschichte darüber erzählte, wie er in Southie aufgewachsen war und versucht hatte, sich von den Straßenbanden fernzuhalten. Ich wusste, dass das eine Weile dauern würde. Der alte Mann hatte ein Faible fürs Geschichtenerzählen und neigte dazu, die Wahrheit ein bisschen auszuschmücken, um ein paar Lacher zu erhalten.

Ich drehte mich unauffällig um und beobachtete Julias Reaktionen. Sie sah entspannter aus, als ich sie je gesehen hatte, sie hatte sich auf ihrem Stuhl zusammengerollt, ihr Ellenbogen lag auf dem Tisch, das Kinn ruhte auf ihrer Hand. Sie hatte ein breites Lächeln im Gesicht, das bemerkenswert war, und ihre blau-grünen Augen waren ganz groß, als mein Dad mit den Händen herumwedelte und versuchte, die Eskapaden einer der Banden zu beschreiben, die die Nachbarschaft in den 1970ern terrorisiert hatte. Irgendwann warf sie ihren Kopf nach hinten und lachte laut los, ihr ganzer Körper schüttelte sich dabei.

Wie ich sie so beobachtete, dachte ich, dass sie vermutlich eine der schönsten Frauen war, die ich je gesehen hatte.

Nicht wegen ihres Körpers, obwohl sie auch körperlich sehr schön war. Es war die Art, wie sie sich benahm, und es lag in ihren Augen. Sie war keines der durchgeknallten Cocktail trinkenden College Mädchen, die in ihrem Leben noch nichts erlebt hatten. Irgendwo auf ihrem Weg hatte sie etwas Schlimmes durchmachen müssen. Es war Kummer und Einsamkeit in diesen Augen. Und eine Stärke, von der ich nicht dachte, dass ich sie zuvor schon mal bei jemandem gesehen hatte.

Ich bemerkte nicht, dass ich sie anstarrte. Aber irgendwann machte mein Dad bei seiner Geschichte an der Stelle, an der er darüber berichtete, wie er durch Fenster der South Boston High School hineingeklettert war, eine Pause und schaute mich an. Dann schaute auch sie mich an und sah mir in die Augen und ich holte scharf Luft. Ich bemerkte, dass ich schon mindestens zwei oder drei Minuten mit einem tropfenden Teller in der Hand dastand und sie einfach nur beobachtete.

Ich stolperte über meine eigenen Worte, als ich sagte: „Mach weiter, Dad", und dann mit dem Abwasch fortfuhr, als ob nichts geschehen wäre. Ich gehöre nicht zu den Typen, die rot werden, aber ich konnte etwas Wärme in meinem Nacken spüren, vermutlich weil sich ihre Augen dort hineinbohrten wie Laserstrahlen.

Das alles wurde viel zu gemütlich, also unterbrach ich Dads Geschichte, nachdem ich mit dem Abwasch fertig war, und fragte Julia: „Also, wie willst du die Sache mit dem Auto regeln?"

Dad sah mich ehrlich verärgert an, so als wollte er sagen:'Wo zur Hölle, hast du deine Manieren gelernt?'

Sie zuckte mit den Schultern. „Ähm… Warum lässt du dir nicht einen Kostenvoranschlag machen und sagst mir dann, wie viel es kostet? Ich kann dich nachher dorthin zurückfahren."

Ich nickte. „In Ordnung."

„Wie groß ist der Schaden?", fragte mein Dad.

„Nicht sehr groß", sagte ich, „es ist nur eine Beule." Im gleichen Moment sagte Julia: „Ich denke, es ist ein Totalschaden. Der Rahmen ist verzogen."

Jetzt war sie also auch noch eine Autoexpertin? Was ich über Autos wusste, passte leicht in das Münzfach meines Geldbeutels.

„Das ist schlecht", sagte mein Vater.

„Wir werden sehen", sagte ich.

„Was hast du für das Auto bezahlt?", fragte Dad.

„Einen Tausender."

Eintausend Dollar. Dafür hatte ich, nachdem ich die Kosten für das Studio und die Aufnahmen, die Miete, Essen und öffentliche Verkehrsmittel bezahlt hatte, von meinem Gehalt als Koch sechs Monate sparen müssen. Morbid Obesity stürmten nicht gerade die Charts und im Moment schrieben wir ziemlich rote Zahlen.

Sie verzog das Gesicht. „Wenn ich mich nicht täusche, wird es einiges mehr kosten, das reparieren zu lassen. Es ist wahrscheinlich besser, ein neues Auto zu kaufen."

„Ja, na ja, ich habe gerade kein Geld, um mir ein neues Auto zu kaufen."

„Ich habe dir doch gesagt, dass ich mich darum kümmern werde. Es war meine Schuld."

„Dann sollten wir wahrscheinlich besser aufbrechen", sagte ich.

Sie nickte, auf einmal sah ihr Gesicht wieder traurig aus. Ich verstand sie nicht. Die meiste Zeit, die ich hier war, wollte ich nichts anderes, als einfach nur davonlaufen. Und da war sie und benahm sich auf einmal, als wäre sie hier zu Hause. War ihr ,Ich nehme das nicht ernst' etwa nur eine Art Spiel und sie war eines von den anhänglichen Mädchen, die einen die ganze verdammte Nacht anriefen und mit SMS bombardierten?

„Du hast es versprochen", sagte Sean und sah dabei noch nicht mal von seinem Buch auf.

„Das habe ich", antwortete sie ihm. „Dann lass uns mal das Klavier ausprobieren."

Sie stand auf und meine Augen verfolgten jede ihrer Bewegungen genau, von der Form ihres Pos zu ihren Brüsten und der kleinen Mulde in ihrem Nacken. Ich war schon mit vielen schönen Frauen zusammen gewesen. Aber Julia war etwas ganz Besonderes.

Es endete damit, dass wir drei, mein Dad, mein Bruder und ich, ihr ins Wohnzimmer folgten, so als wären wir die Gäste und nicht sie.

Sie näherte sich dem Flügel mit äußerster Vorsicht, ihr Körper drehte sich ganz leicht von ihm weg. „Das ist ein schöner Flügel", sagte sie.

Mein Vater sagte: „Er gehört meiner Frau… er hat mal ihrer Großmutter gehört."

„Spielt sie oft?"

„Nicht mehr", antwortete Dad, in seiner Stimme lag Traurigkeit. Gott, das brachte mich um. Wie er sich verhielt – so, als ob es seine Schuld gewesen ist, dass sie uns verlassen hat. Das werde ich niemals verstehen. Aber meine Eltern waren auch beide ein Rätsel für mich. Wie sie sich verliebt und dann getrennt hatten, aber vor allem, wie sie es schafften, nach dem, was vorgefallen war, miteinander auszukommen.

Sie setzte sich und hob vorsichtig den Deckel an, berührte dann die Tasten irgendwie ehrfürchtig und fachmännisch zur gleichen Zeit. Sie positionierte ihre Finger genau. „Ich bin total außer Übung. Ich habe in letzter Zeit nicht viel Gelegenheit zu spielen."

Dann begann sie sanft zu spielen, und ich erkannte das Stück sofort. Es war der traurige, fast schon klagende Anfang von Mozarts Klavierkonzert Nr. 20. Kein leichtes Stück, schon gar nicht, wenn man völlig außer Übung ist. Das war völlig falsche Bescheidenheit, denn sie spielte perfekt. Besser als perfekt, es nahm mich völlig gefangen. Nicht zuletzt deshalb, weil meine Mutter es auch schon genau hier, in diesem Raum, gespielt hatte. Ich sah zu Sean hinüber und erwartete halb, dass er ausrasten würde.

Er saß auf der Couch, seine Nase steckte in seinem Fachbuch. Aber das bedeutete nicht, dass er nicht zuhörte. Im Gegenteil, es war ein ganz normales Verhalten für ihn, wenn er mit etwas umgehen musste, das ihn überwältigte. Er überflog die Wörter, eine Spalte, dann die nächste, dann eine weitere und dann blätterte er um.

Mein Dad aber... Er stand an den Türrahmen gelehnt und hatte Tränen in den Augen. Er bemerkte, dass ich ihn beobachtete, und bekam einen fast ärgerlichen Gesichtsausdruck. Er blinzelte mit den Augen, rieb sie dann kräftig und sah von mir weg.

Ich wusste natürlich, warum er mich so anschaute.

Ich spürte, wie ich den Atem anhielt, während sie spielte. Das Klavier war seit sechs Jahren nicht mehr gespielt worden, und es wären sogar noch weitere sechs Jahre gewesen, wenn Sean nicht darauf bestanden hätte. Die Musik war überwältigend. Als ich noch klein war – richtig klein – hatte meine Mutter ständig gespielt. Mit jedem Jahr, das verging, hatte sie älter, trauriger und erschöpfter ausgesehen. Und irgendwann hatte sie einfach aufgehört zu spielen. Und dann verschwand sie. Heute besuchte sie uns nur an ein paar Feiertagen und das war's.

Scheiß drauf. Es wurde Zeit für ein paar neue Erinnerungen.

Ich ging zum Klavier, setzte mich auf die Klavierbank neben Julia und sagte leise: „Kennst du irgendwelche vierhändigen Stücke?"

Sie zögerte nicht. Ohne weiteren Übergang begann sie, die ersten Akkorde der Klaviersonate Für Vier Hände in D-Moll, K381, zu spielen. Es war so, als ob sie meine Frage als persönliche Herausforderung ansah. Es ist ein schönes Stück und eines der Stücke, die meine Mutter mir beigebracht hatte. Ich positionierte meine Hände und setzte beim nächsten Takt mit ein. Das Stück beginnt langsam, verhalten, bedächtig, aber im zweiten Satz ist es für beide Spieler eine Herausforderung. Und ich hatte es seit Jahren nicht mehr gehört und schon gar nicht gespielt. Das ist in Ordnung – es musste nicht perfekt sein. Hier ging es darum, Spaß zu haben. Also spielten wir, unsere Hände bewegten sich zusammen über die Tasten.

Irgendwann blickte ich zu ihr hinüber und sie lächelte, ein kleines, fast geheimes Lächeln. Ihr Haar löste sich aus dem unordentlichen Dutt, den sie sich gemacht hatte, ein paar lose Strähnen bedeckten die rechte Seite ihres Gesichts. Sie umrahmten ihre Augen. Und das Lustige war, ich lächelte auch. Ich lächele nicht oft. Um ehrlich zu sein, kann ich Fröhlichkeit nicht gut zeigen. Dies war gleichzeitig unangenehmes und fremdes Terrain.

Aber bevor Sie jetzt denken, ich hätte mich in einen adretten Klavierspieler mit schickem Anzug und Fliege verwandelt, ich war mir sehr bewusst, dass ihr Bein, das in dieser engen Jeans steckte, mein Bein berührte. Es war echt scharf und lassen Sie mich sagen, dass ich niemals zuvor in meinem Leben beim Klavierspielen so angetörnt war. Das konnte echt ziemlich peinlich werden.

Wir erreichten den 3. Satz, mit seinen sehr schnellen und herausfordernden Fingersätzen, und flogen beide raus. Sie lachte und versuchte wieder reinzukommen und ich versuchte das Gleiche. Aber es klappte nicht gut, denn jetzt waren wir nicht mehr im Takt, patzten und es klang schrecklich.

„Oh mein Gott", murmelte sie und mehr brauchte es nicht. Ich brach in lautes Lachen aus und sie stimmte mit ein. Wir lachten gemeinsam und lehnten uns für einen kurzen Moment lachend aneinander. Sie legte ihren Arm für maximal eine Sekunde um mich, dann zog sie ihn zurück.

„Okay", sagte ich. „Das müssen wir irgendwann noch einmal probieren."

„Abgemacht", antwortete sie mit einem breiten Grinsen im Gesicht.

„Ich sag dir was... Wir haben ein Klavier in unserem Studio. Willst du heute Abend vorbeikommen?"

Sie blinzelte und auf ihrem Gesicht war für einen kurzen Moment ein Ausdruck von Verletzlichkeit und Blöße zu sehen. Ihr Lächeln erstarb, aber sie versuchte, es zurückzubringen, nur, dass es das falsche Lächeln war, das sie manchmal aufsetzte, und dann sagte sie: „Das geht nicht... ähm... Ich habe eine Verabredung."

Oh, Scheiße. Natürlich hatte sie schon ein Date. Sie ist eine schöne und sehr schlaue Frau – vermutlich hat sie jedes Wochenende ein Date.

Wenn ich allerdings weiter darüber nachdachte – irgendwie konnte ich das nicht glauben. Ich war mir sicher, dass sie es gekonnt hätte, wenn sie gewollt hätte. Aber irgendetwas an ihr war unnahbar, einsam, abgegrenzt. Und während wir gespielt hatten, hatte ich für ein paar Minuten das Gefühl gehabt, dass ich zu ihr durchgedrungen war.

„Ich würde es aber gern ein andermal machen", sagte sie und klang dabei, als ob es ihr äußerst unangenehm war. „Wirklich, das möchte ich gerne. Es ist nur… das war…"

„Mach dir darüber keine Gedanken", sagte ich viel zu schnell. „Viel Spaß bei deinem Date."

Ich wollte das gar nicht sagen. Um ehrlich zu sein, wollte ich den Typen finden und sein Gesicht auf den Asphalt von Southie drücken. Oder auf das Kopfsteinpflaster oder was sie sonst in Harvard als Straßenbelag hatten. Aber so was konnte ich natürlich nicht sagen. Sie gehörte nicht zu mir… wir waren noch nicht mal echte Freunde. Was zur Hölle war nur los mit mir?

Mein Dad räusperte sich hinter uns. Wir drehten uns beide schnell um. Allmächtiger. Ich hatte total vergessen, dass wir nicht allein im Raum waren.

„Das war wunderschön", sagte er. Seine Stimme brach dabei. „Danke. Das Klavier, es wurde Zeit, dass mal wieder jemand darauf gespielt hat. Niemand spielt es mehr. Es war wundervoll."

Julia stieß ein unbehagliches Lachen aus. „Das Ende nicht."

Dad grinste. „Man kann nicht alles haben."

Sie sah mich bedrückt an. „Wir sollten gehen."

Ich nickte, war dabei eigentümlich zurückhaltend. „In Ordnung."

Dad sah für einen Moment zur Seite, so als ob er etwas mit sich selbst erörterte. Dann sah er wieder zu ihr. „Hör mal… Nächsten Samstag haben wir eine kleine Geburtstagsparty für Sean. Ich würde mich freuen, wenn du auch kommst, Julia."

„Oh", sagte sie mit großen Augen. „Ich…"

„Ein Nein akzeptiere ich nicht."

Ihre Augen wanderten schnell zwischen mir und Dad hin und her. „Ich möchte mich nicht aufdrängen."

„Ich werde kochen", sagte mein Dad. „Du hast gesagt, du bekommst sonst kein hausgemachtes Essen."

„Na ja…", begann sie zu sagen, ihre Abwehr begann zu bröckeln. In dem Moment fiel Sean ein: „Bitte?"

Sie zögerte nicht. „Okay. Ich würde mich freuen."

Also standen wir auf, und bevor wir aufbrachen, ging sie noch ins Bad. Ich begann, nach oben zu gehen, um mich umzuziehen, aber mein Dad griff nach meinem Arm.

„Hey", sagte er.

„Ja, Dad?"

„Hör mir zu... Sei nett zu ihr. Okay? Sie ist ein guter Mensch und... Ich denke, sie hat schon viel durchgemacht in ihrem Leben."

Ich holte Luft. „Denkst du wirklich so schlecht von mir?"

Er zuckte mit den Schultern. „Ich weiß nicht, was ich von dir erwarten soll, Dougal. Versuche nur... ihr nicht wehzutun."

Ich schluckte. „Das werde ich nicht", sagte ich.

Er nickte mir mit ernstem Gesicht zu und ließ meinen Arm los.

KAPITEL 8

Was hast du nur erlebt? (Julia)

*D*ie Fahrt zurück nach Somerville war angespannt und merkwürdig. Irgendetwas, ich weiß nicht was, - vielleicht die Luftfeuchtigkeit oder die Windrichtung oder Schmetterlinge in China - hatte dazu geführt, dass Crank wieder schlechte Laune hatte. Er war nicht direkt feindselig, aber auch nicht wirklich freundlich. Er saß auf dem Beifahrersitz und starrte mit gerunzelter Stirn aus dem Fenster.

Ich weiß nicht, warum mir das etwas ausmachte. Es war ja nicht so, als hätten wir irgendetwas miteinander. Aber seine Launen wechselten so schnell, heute Morgen war er offen gewesen und hatte gelacht und jetzt war er so kalt. Ich verstand es einfach nicht und es führte dazu, dass ich begann, ihn nicht mehr zu mögen. Ganz und gar nicht.

„Also", sagte ich und versuchte die Stille zu durchbrechen. „Ruf mich an, sobald du Nachricht von der Werkstatt hast. Sofern es nicht sehr teuer wird, möchte ich das ohne die Versicherung regeln, denn sonst würde es bedeuten, dass meine Eltern es mitbekommen."

Er nickte. „In Ordnung."

Ich verließ die 93 in Richtung Somerville und schon steckten wir wieder im Verkehr fest. Er war immer noch still und starrte aus dem Fenster. Langsam begann er echt, mich zu verärgern. Ein paar Blocks vom Metro Club entfernt sagte ich: „Habe ich irgendwas falsch gemacht?"

Er zuckte zusammen, sah überrascht aus. „Was?"

„Ich habe gefragt, ob ich etwas falsch gemacht habe. Habe ich dich irgendwie verärgert? Ich verstehe dich echt nicht."

Crank zuckte mit den Schultern und sah schon wieder zum Fenster raus, dann sagte er: „Ich bin niemand, den man leicht versteht."

„Ich bin auch nicht interessiert genug, um es zu versuchen. Es ist nur, letzte Nacht hast du gesagt, ich solle mich, zur Hölle nochmal, fernhalten, und heute Morgen warst du auf einmal so freundlich und jetzt sitze ich zusammen mit einem Eisblock im Auto. Ich mag keine launischen Menschen."

„Ich habe dich auch nicht darum gebeten", antwortete er.

„Bist du immer so stur?"

Seine Augen wurden groß und er sah zu mir hinüber. Dann grinste er und begann laut zu lachen. Wir standen immer noch an einer roten Ampel, also starrte ich ihn an.

„Du bist echt ziemlich heiß", sagte er. Das Grinsen auf seinem Gesicht wurde noch breiter.

„Du bist echt ein Arschloch", antwortete ich.

Er grinste und verdrehte die Augen, und wenn die Ampel nicht grün geworden wäre, hätte ich ihn geboxt. Aber stattdessen sagte er: „Es tut mir leid, dass ich letzte Nacht so ein Idiot war. Schau… Sean hat schon schwere Zeiten durchmachen müssen. Meine Mutter hat uns vor fast fünf Jahren verlassen. Und er hat sich niemals gut mit den anderen Kindern in der Schule verstanden."

Ich denke nicht, dass er bemerkte, dass sich seine Hände, während er sprach, zu Fäusten geballt hatten. „Sie behandeln ihn wie den letzten Dreck. Und ich möchte niemanden mitbringen, zu dem er eine Beziehung aufbaut, nur damit er, wenn du uns nicht mehr besuchen kommst, erneut verletzt wird."

„Warum sollte er eine Beziehung zu mir aufbauen? Es war doch nur eine Nacht."

„Er hat jetzt schon eine Beziehung zu dir aufgebaut. Sean bittet niemanden um etwas. Niemals."

Ich blinzelte ein paar Mal mit den Augen und versuchte, eine Welle an Mitgefühl für das Kind zurückzudrängen. Er war nett, nur ein bisschen anders. Aber ich wusste, wie die Leute in der High School waren. Mit Nettigkeit brachte man es nicht weit in der High School. Teenager konnten grausam sein und Sean war anders. Sehr anders. Ich konnte mir in etwa vorstellen, was er jeden Tag durchmachen musste.

„Er ist ein guter Junge", sagte ich.

„Du kennst nur eine Seite von ihm. Du hast noch nicht erlebt, wie es ist, wenn er zusammenbricht und ausrastet und Dinge zertrümmert. Du hast ihn noch nicht mit gebrochenem Herzen gesehen. Die Leute denken, dass Aspie-Kinder keine Freunde wollen. Aber das stimmt überhaupt nicht. Er hätte unheimlich gerne Freunde, aber alle weisen ihn zurück."

„Aspie?"

„Asperger Syndrom."

Ich holte tief Luft, meine Augen wurden ein wenig feucht und Crank sprach weiter.

„Ich würde alles, wirklich alles auf der Welt dafür tun, ihm das Leben zu erleichtern. Aber das kann ich nicht. Alles, was ich tun kann, ist, ihn ein wenig zu beschützen."

Wir erreichten den Central Square. Ich bog rechts ab und fuhr langsam auf den Parkplatz des Metro Clubs. Ich holte tief Luft und sagte: „Du möchtest also, dass ich mich fernhalte. Soll ich nicht zu seinem Geburtstag kommen?"

Er schüttelte seinen Kopf. „Ich weiß nicht, was ich will, okay?"

Tja, da waren wir schon zu zweit. Ich hielt das Lenkrad verkrampft fest. „Na ja, dann solltest du dir darüber klarwerden. Aber pass auf, dass du dich dabei nicht wie ein Arschloch verhältst. Denn ich bin nur nett zu dir und deinem Bruder."

„Na ja, du hast auch mein Auto zu Schrott gefahren." Als er das sagte, erschien ein Grinsen auf seinem Gesicht.

Ich konnte nicht anders. Ich lachte. „In Ordnung. Das stimmt. Ich verspreche, dass es nicht wieder vorkommt."

Er öffnete die Autotür und begann auszusteigen, dann hielt er inne und sah zu mir herüber. „Okay. Ich ruf dich an und sage dir, wie hoch der Schaden ist. Und… komm am Samstag. Sean wäre verärgert, wenn du nicht kommst."

„Ich werde da sein", sagte ich.

Er stieg ohne ein weiteres Wort zu sagen aus, schlug die Tür zu und ging davon.

Zwanzig Minuten später hatte ich das Auto am Campus geparkt, lehnte mich für ein paar Sekunden zurück und schloss meine Augen. Ich war total erschöpft. Es war eine lange Nacht nach einem sehr langen Freitag gewesen. Ich hatte kaum geschlafen, und es war ein emotionsgeladener Morgen gewesen. Ich wollte nur noch in mein Zimmer und ein paar Stunden schlafen, bevor ich mit Barret ausgehen würde.

Ich wollte eigentlich gar nicht mit Barret ausgehen. Ich wusste auch nicht, warum ich überhaupt zugesagt hatte. Vor ein paar Tagen war es mir noch wie eine gute Idee vorgekommen. Jetzt war ich mir da nicht mehr so sicher. Aber ich hatte es versprochen, und er würde um 18 Uhr hier auftauchen, und ich wollte auch keine Zicke sein und absagen. Da war ich also. Ich hing fest.

Für eine Sekunde dachte ich darüber nach, mich wie ein Feigling zu verhalten und per SMS abzusagen. Dann fiel mir auf, dass ich mein Telefon schon seit einer Weile nicht mehr gesehen hatte… Seit dem Unfall? Oh, nein. Als ich auf Cranks Auto aufgefahren war, hatte ich das Telefon verloren. Ich begann verzweifelt, danach zu suchen, und da lag es, auf dem Rücksitz. Ich hob es hoch. Zwölf verpasste Anrufe.

Oh, um Gottes Willen. Neun waren von meiner Mutter. Anscheinend hatte sie ihre Abneigung gegen Handys überwunden. Drei weitere waren von Jemi. Das war ungewöhnlich. Ich drückte auf „Zurückrufen".

Sie ging sofort ran, ihr sanfter britischer Akzent klang dringlich. „Hallo? Julia! Geht es dir gut?"

„Hey, Jemi… natürlich geht's mir gut, was ist los?"

Für ein paar Sekunden herrschte Ruhe, dann sagte sie: „Ähm… Du bist letzte Nacht aufgebracht aus dem Metro Club gerannt und dann nicht nach Hause gekommen… und du bist nicht an dein Telefon gegangen. Ich habe mir Sorgen gemacht. Wo bist du?"

„Oh… Ich bin auf dem Parkplatz gegenüber unserer Wohnung. In ein paar Minuten bin ich oben."

„Ich bin da. Deine Mutter hat angerufen. Etliche Male."

„Danke", sagte ich.

Während ich zurück zur Cabot Hall lief, wurde mir klar, dass ich etwas mehr hätte nachdenken sollen. Es sah mir nicht ähnlich, die ganze Nacht wegzubleiben und nicht ans Telefon zu gehen. Und ich wusste, dass meine WG-Mitbewohnerinnen ein System entwickelt hatten, um sich gegenseitig darüber zu informieren, wenn eine von ihnen später nach Hause kam. Es ging dabei darum, sicher zu gehen, dass alles okay war, und es war eine gute Sache, aber ich hatte es niemals nötig gehabt.

Gott, war ich kaputt. Ich trottete die Stufen hinauf in den 3. Stock und dann den Flur entlang zu unserer Wohnung. Als ich dort ankam, saß Jemi auf der Couch, ihre Füße lagen auf dem Couchtisch und ein Fachbuch auf ihrem Schoß. Sie sah auf und lächelte mich unsicher an.

„Hey", sagte ich.

Sie öffnete ihren Mund, um etwas zu sagen, aber zuerst klingelte das Telefon. Sie sah mich traurig an. „Das ist bestimmt wieder deine Mutter."

„Tut mir leid", murmelte ich, ging dann zum Telefon hinüber und hob ab. Es hing ein wenig Gras an der Gabel. Das bedeutete, dass eine meiner WG-Mitbewohnerinnen nach unten in den Hof gegangen war, nach dem Telefon gesucht, es gefunden und wieder hochgebracht haben musste. Oh, Mann, sie hatten bestimmt viele Fragen.

„Hallo?", sagte ich.

„Julia? Julia?", schrie meine Mutter. Ich begann zu antworten, aber bevor ich auch nur die Gelegenheit dazu hatte, sagte sie: „Kannst du mich hören? Antworte!"

„Ja, Mutter."

„Wo warst du?", wollte sie wissen. „Ich versuche schon seit gestern Nacht, dich zu erreichen."

„Ich habe... bei einem Freund übernachtet. Ich hatte mein Telefon im Auto vergessen."

„Zu der Uhrzeit? Nach der Unterhaltung, die wir gestern Nacht hatten?"

„Zu welcher Uhrzeit? Und worauf willst du hinaus?"

Die Stimme meiner Mutter wurde ruhig und bösartig, als sie sagte: „Du weißt genau, wovon ich rede, junge Dame. Ich habe dich zu etwas Besserem erzogen."

Ich war sehr ruhig. Ruhiger, als ich erwartet hatte. Während der letzten vier Jahre, seit dem Tag, als meine frühere beste Freundin sich dazu entschlossen hatte, mein Leben zu ruinieren, hatte ich das immer und immer wieder von meiner Mutter zu hören bekommen. Sie hatte mich niemals gefragt, was wirklich passiert war. Sie hat niemals irgendeine Art von Mitgefühl gezeigt. Sie hatte niemals etwas anderes getan, als mich durch den Dreck zu ziehen.

Ich hatte endlich genug.

„Bitte ruf mich nicht nochmal an", sagte ich.

Ich wartete nicht, bis sie etwas erwiderte. Ich legte einfach ruhig den Hörer auf. Dann holte ich tief Luft und starrte das Telefon an, ich wusste, dass es innerhalb einer Minute wieder klingeln würde. Aber das tat es nicht. Nachdem etwas Zeit vergangen war, sagte Jemi: „Ich habe das Telefon draußen im Hof gefunden."

„Das mit dem Telefon tut mir leid", sagte ich. Ich fühlte mich unerklärlich traurig. Ich wollte weinen und ich verstand nicht, warum.

„Ich mache mir Sorgen um dich", sagte Jemi.

Ich sah auf, war verblüfft.

Sie legte ihr Buch neben sich. „Ich weiß, wir sind niemals eng befreundet gewesen…", sagte sie.

„Ich war noch niemals eng mit jemandem befreundet", antwortete ich.

Sie zog die Augenbrauen zusammen und sagte dann: „Vielleicht wird es Zeit, dass du es versuchst."

Ich streckte meine Hände aus und öffnete meinen Mund, so als ob ich etwas sagen wollte, aber ich konnte es nicht. Ich wusste nicht, was. Und auch nicht, wie ich es hätte sagen sollen.

„Setz dich", sagte sie und klopfte auf die Couch. Ich zögerte für eine Sekunde und ging dann zu ihr rüber und setzte mich zu ihr.

„Wir sind jetzt schon seit drei Jahren WG-Mitbewohnerinnen", sagte sie, „und ich weiß immer noch nichts Genaues über dich."

Es stimmte. Ich wusste auch nicht wirklich viel über sie.

Ich holte tief Luft. „Es fällt mir schwer, anderen Menschen zu vertrauen."

„Mir auch", antwortete Jemi. „Genau deshalb sollten wir uns zusammentun. Adriana und Linden würden ihre Lebensgeschichten jedem dahergelaufenen Fremden erzählen."

Ich schnaubte. „Das stimmt."

„Also... lass mich dir eine Frage stellen". Sie lehnte sich näher zu mir, als sie sprach.

„Okay", erwiderte ich.

„Alle haben den Eintrag in Maria Clawsons Blog gelesen... Dein Ex-Freund, ähm... Er hat den Link per Mail an alle verschickt."

Ich stöhnte.

„Läuft zwischen dir und Crank Wilson was? Warst du deshalb gestern Nacht so aufgebracht?"

„In dem Blog steht nur Mist", sagte ich. „Sie hat das fast alles frei erfunden."

„Der Kuss auf dem Bild sah ziemlich echt aus", sagte Jemi. Ihr Tonfall war dabei so ernst, dass ich kicherte, ich konnte nicht anders.

„Ähm, ja, wir haben uns geküsst."

Sie grinste. „Das hättest du mir wirklich sagen sollen."

Ich zuckte mit den Schultern. „Es... es tut nichts zur Sache. Ich meine - es ist nicht so, dass, ähm..." Ich war verlegen.

Sie hob ihre Augenbrauen. „Das ist okay. Also, was ist letzte Nacht passiert?"

„Ähm, na ja... Ich habe Cranks Auto kaputt gefahren. Und dann habe ich ihn nach Hause gebracht und dort übernachtet, und jetzt bin ich wieder hier."

Sie sah verblüfft aus. „Du hast letzte Nacht bei ihm übernachtet?"

„Na ja, nein, im Haus seines Vaters. Er musste auf seinen Bruder aufpassen."

Sie hob eine Augenbraue und ich sagte: „Ich habe auf der Couch geschlafen."

„Das meinst du nicht ernst."

„Natürlich meine ich das ernst."

Ihr Gesichtsausdruck veränderte sich, und sie begann böse zu grinsen. Dann sagte sie: „Tja, das war eindeutig eine Verschwendung."

„Oh Gott", sagte ich und verbarg mein Gesicht in meinen Händen.

Sie lachte ein wenig. „Also, warum ruft deine Mutter alle fünf Minuten an? Warum hast du das Telefon aus dem Fenster geschmissen?"

Ich öffnete meinen Mund. Und fast hätte ich es ihr erzählt. Fast. Aber ich hatte immer Lana vor Augen. Meine beste Freundin an der High School. Wir hatten uns während der letzten Woche des ersten Jahres gestritten. Es war meine letzte Woche in China gewesen. Letztendlich ging es um nichts Wichtiges. Aber sie war an einem Punkt angelangt, an dem der Abschied für sie unmöglich war. Vielleicht geht es uns allen so, wenn wir uns erst einmal nahe genug stehen. Ich vermeide solche Situationen, indem ich keine engeren Beziehungen zu anderen Menschen zulasse. Ihre Art damit umzugehen, war, Dinge zu zerstören. Also hatte sie eine Mail an die gesamte Klasse geschickt, in der sie allen erzählt hatte, was zwischen mir und Harry gewesen war. Sie hat die schlimmste Erfahrung meines Lebens, das Erlebnis, das mich am meisten verletzt hatte, zum Tratschen verwendet. Und es war die Art von Tratsch, die Leben ruinieren konnte.

Ich sah Jemi an und weiß auch nicht, was ich mir dabei dachte, denn ich sagte: „Ich kann es nicht. Es tut mir leid, aber ich kann nicht darüber reden. Ich kann niemals wieder darüber reden." Und ich schämte mich, denn ich begann zu weinen. Richtig zu weinen, denn was ich in diesem Moment wirklich mehr als alles andere auf der Welt wollte, war meine Mutter. Aber das ging nicht.

„Oh Julia, was hast du nur erlebt?", flüsterte Jemi.

Damit war es um mich geschehen. Ich stieß ein Jammern aus, rollte mich auf der Couch zusammen und weinte so, wie schon seit Jahren nicht mehr. Jemi rutschte zu mir hinüber, legte ihre Hand auf meine Schulter und ließ mich weinen, bis ich dachte, ich würde sterben.

Okay, es war sogar sehr komisch (Crank)

Man sollte nicht meinen, dass ein Zusammenstoß auf einem Parkplatz so viel Schaden anrichten kann. Aber mein Auto war völlig hinüber. Bei Tageslicht gesehen stand das außer Frage. Die komplette Beifahrerseite war eingedellt. Das allein wäre gar nicht so schlimm gewesen, aber das Auto war sowieso schon total durchgerostet gewesen und die Kollision mit Julias nagelneuem Auto hatte ihm den Rest gegeben.

Scheiße. Ich würde einen neuen fahrbaren Untersatz brauchen. Und das bedeutete, ich würde einige Zeit mit Julia verbringen müssen, um etwas Geeignetes zu finden, für das sie dann bezahlen konnte. Ich wusste nicht, ob das gut oder schlecht war. Bei ihr wusste ich einfach nicht, was ich denken sollte.

Sie hatte mich herausgefordert und mir vorgeworfen, ein Arschloch zu sein, und um ehrlich zu sein? Ich mochte das. Niemand außer meinem Vater und manchmal Serena forderte mich heraus. Mit anderen Worten, nur die Menschen, die mir wirklich etwas bedeuteten.

Es war 4 Uhr nachmittags, als ich endlich nach Hause kam. Alle waren ausgeflogen, was mir ganz recht war. Ich setzte mich hin und bastelte ein wenig an einem neuen Liedtext herum. Dabei begann ich zu summen und danach fielen mir ein paar Riffs für den Beginn ein, also ging in nach unten in das Studio. Und dann saß ich auch schon vor unserem E-Piano.

Wir benutzen es nicht oft in unserer Musik. Ich spiele besser Klavier als Gitarre. Es wäre auch komisch, wenn es anders wäre - meine Mutter hatte mich schon unterrichtet, bevor ich groß genug war, um die Tasten zu erreichen. Aber die meisten unserer Stücke waren nicht für Klavier gemacht und ich kann ja auch nicht gleichzeitig Gitarre und Klavier spielen.

Auf jeden Fall war das, womit ich gerade herumspielte, wie für Klavier geschaffen. Also schaltete ich es an und probierte ein paar Töne aus, es gefiel mir, also fuhr ich in dieser Richtung fort, bastelte daran herum, träumte vor mich hin, probierte verschiedene Möglichkeiten aus, bis die Tür aufging und Mark und Pathin hereinkamen.

Mark sagte sofort: „Crank! Was ist, zur Hölle nochmal, mit deinem Auto passiert?"

„Kaputt", sagte ich.

„Ja, das haben wir gesehen. Du warst schon lange weg, als wir damit fertig waren, das Equipment einzupacken, aber wir haben das Auto gesehen. Irgendsoein Betrunkener hat erzählt, du wärst mit einem Mädchen weggefahren?"

Pathin schüttelte seinen Kopf, er hatte einen Gesichtsausdruck, der eine Mischung aus Resignation und fast Geringschätzung widerspiegelte. Er hatte meine Frauengeschichten niemals gutgeheißen.

„Tja, so in etwa", sagte ich.

„Was ist passiert? Wer war es?"

Ich zuckte mit den Schultern. „Die Frau, mit der ich weggefahren bin."

Mark und Pathin starrten mich an, waren schockiert, und dann brach Mark in lautes Lachen aus. „Du bist echt unmöglich, Crank."

„Wie auch immer", murmelte ich. Dann begann ich wieder, den Song zu spielen. Ich hatte inzwischen den ersten Vers und den Refrain geschrieben und es klang gut, aber irgendwie passte es noch nicht richtig zusammen. Das Klavier klang treibend, wütend, wie die meisten unserer Stücke, aber ich versuchte, auch ein Verlangen rüberzubringen, und das passte nicht zusammen. Ich hörte auf zu spielen und versuchte etwas anderes, als Mark herausplatzte: „Alter, was zur Hölle ist das?"

Ich sah auf. Beide standen mit offenem Mund da.

„Was?", fragte ich.

Sie sahen sich an, bevor Pathin sagte: „Ich denke, was Mark versucht zu sagen, ist, Crank, das ist… brillant."

Ich blinzelte. Das war überhaupt nicht brillant. Das war sogar ziemlich mies. „Oh", sagte ich. „Tja, das ist gut."

„Wirklich", sagte Pathin. „Ich weiß nicht, was in dem Wasser war, das du in Washington getrunken hast, aber das sind jetzt zwei neue Songs in einer Woche. Und sie sind gut. Wenn du so weitermachst, müssen wir bald zurück ins Studio und eine neue Platte aufnehmen."

Ich schnaubte. „Wir haben die erste ja noch nicht mal bezahlt."

„Egal, Crank. Ich werde ein paar zusätzliche Pizzas austragen oder so was. Oder vielleicht kann Mark zur Abwechslung auch mal was arbeiten."

„Was zur Hölle, Mann, ich arbeite doch!", protestierte Mark.

„Ja, ja, das wissen wir, etwa vier Stunden pro Woche", antwortete Pathin.

„Ich steuere meinen Teil bei", sagte Mark in einem scharfen Ton und blickte finster drein.

Pathin sah ihn an. „Müssen wir diese Diskussion wirklich erneut führen?"

„Regt euch ab, Leute", sagte ich. „Ich versuche, was zu arbeiten." Um Himmels willen, sie waren echt wie ein Ehepaar.

„Egal", murmelte Mark. „Wir gehen um 22 Uhr in eine Bar. Kommst du mit?"

„Wohin?"

„Bill's."

Bill's lag in der Nähe des Kenmor Square und gehörte zu Lansdowne, wo wir während der letzten Jahre schon ein paarmal aufgetreten waren. Es war nett und außerdem waren dort meistens ein paar Mädchen vom Berklee Musik College zu finden. Und das bedeutete für mich üblicherweise, dass ich dort mit Sicherheit Spaß haben würde. Aber so müde, wie ich im Moment war, war ich mir nicht sicher, ob ich das heute Nacht wollte. Außerdem hatte ich die Nase voll davon, dass Serena mir wegen meiner Frauengeschichten Vorwürfe machte. Sie hatte in Berklee studiert und manchmal war es ein bisschen… komisch… wenn sie sich mit Mädchen traf, mit denen ich geschlafen hatte.

Okay, es war sogar sehr komisch.

„In Ordnung. Gebt mir noch einen Moment, ich hab's gleich."

Eine Stunde später betraten wir zu dritt Bill's Bar & Lounge. Es war voll und in meinem Kopf pochte es, sogar nach den vier Aspirin, die ich genommen hatte, bevor wir gingen. Ich schluckte meinen ersten Drink nur so runter, hoffte, dass er den Schmerz ein bisschen betäuben würde, und entspannte mich beim zweiten ein wenig.

Dann spürte ich, wie sich ein schmaler Arm um meine Taille legte, ich sah nach unten und erkannte Alicia Mosier.

Oh, verdammt.

Alicia war ein Fehler gewesen, und zwar gleich in vielerlei Hinsicht. Sie war in einer Nacht nach einem unserer Auftritte im Lansdowne hinter der Bühne aufgetaucht, wo ich entspannt saß und etwas trank, und sie war einfach auf meinen Schoß geklettert. Normalerweise lehne ich solche Einladungen nicht ab. Sie war rothaarig, nur knapp 1,50 m groß, hatte einen tollen Hintern und perfekte Titten, und sie war der Hammer im Bett. Wir hatten eine Menge Spaß gehabt. Zumindest bis zum nächsten Morgen, denn da meinte sie, wir wären jetzt ein Paar.

Den Rest des Tages hatte ich viele gemeine Blicke von meinen Bandkollegen ertragen müssen, denn sie waren durch das Geschrei und Gekreische aufgeweckt worden. Von dem Kaffeebecher, den sie nach mir geworfen hatte, ganz zu schweigen. Er war in tausend Teile zersprungen, als er gegen die Fliesen in der Küche schlug.

„Crank!", sagte sie. „Wie geht's dir?"

Pathins Augen wurden groß, als er sie sah, und Mark trank einen weiteren Schluck von seinem Bier. „Ich bin gleich zurück, muss mal kurz was erledigen."

Feigling.

„Hey, Alicia… was geht?"

„Ich hab nur etwas Spaß, und du?"

Ich konnte ja schlecht sagen, dass ich kurz davor war, vor ihr davonzulaufen, also sagte ich: „Ich bin nur auf ein paar Drinks hier."

„Willst du tanzen?", fragte sie.

„Ich fühl mich im Moment nicht wohl", antwortete ich.

Sie steckte ihre Hand in meine Gesäßtasche. Oh, um Gottes Willen. Dann stand sie auf, damit war ihr Kopf ungefähr auf Höhe meiner Schulter und flüsterte ziemlich laut: „Ich kann mich darum kümmern, dass es dir besser geht."

Pathin stöhnte und ich knirschte mit den Zähnen. Um ehrlich zu sein, war ich wirklich hin- und hergerissen. Alicia war gut im Bett. Ich meine, so richtig wild. Und trotz meiner Kopfschmerzen begann der verdammte Verräter zwischen meinen Beinen, sich ihr entgegen zu strecken. Ihre Hand in meiner Gesäßtasche begann mich auf eine Weise zu streicheln, die… na ja, scheiße.

Ich würde das am nächsten Morgen bereuen. Ich sagte mir das immer wieder, um es zu unterstreichen und mir wirklich klarzumachen. Wenn ich diese Erkenntnis mit einem Brandpfeil in meine Stirn hätte schießen können, ich hätte es getan. Ich würde es am nächsten Morgen bereuen. Aber, oh Mann, sie war scharf.

Ich schwankte, sehr sogar, als Mark wieder auftauchte.

Und dann hörte ich eine Stimme, mit der ich überhaupt nicht gerechnet hatte.

Wovor hast du Angst? (Julia)

Das Abendessen war nicht unbedingt eine Katastrophe, aber fast. Zunächst einmal war ich immer noch völlig durcheinander. Nach dem langen, herzzerreißenden Weinen hatte ich mich beschämt zurückgezogen. Jemi bedrängte mich nicht, dafür war ich ihr wirklich sehr dankbar. Ich hatte eine Stunde geschlafen und war dann aufgestanden, um zu duschen. Der Schlafmangel war nicht gut. Ich hatte schwere Augenlider und leichte Kopfschmerzen. Ich wollte wirklich nicht ausgehen.

Ich war immer noch im Bad, um mich fertig zu machen, als Barrett zehn Minuten zu früh vor unserer Tür stand. Jemi öffnete und rief dann mit überraschter Stimme: „Julia... du hast Besuch."

„Ich komme gleich!", antwortete ich und widmete mich dann wieder meinem Make-up. Ich trug nicht oft Make-up, aber das war ein Date, auch wenn es eines war, an dem ich kein Interesse mehr hatte. Warum musste er auch früher da sei? Willard, mit dem ich während meines ersten und zweiten Jahres an der Uni zusammen gewesen war, bevor er beschlossen hatte, dass es ihm ernst war, war immer chronisch zu spät gewesen. Ich war mir immer sicher gewesen, weitere fünfzehn oder zwanzig Minuten zum Fertigmachen zu haben. Barrett hatte angedeutet, dass wir in einem schönen Restaurant essen würden, also hatte ich mir ein Kleid angezogen, ein weinrotes Retrokleid im Stil der Fünfzigerjahre, dass ich letzten Sommer als Schnäppchen ergattert hatte. Heute trug ich es zum ersten Mal.

Ich bin mir nicht sicher, was ich lieber mochte, Leute, die zu früh kamen, oder Leute, die zu spät kamen. Ich vermute, Barrett war ungeduldig. Ich konnte ihn in unserem Gemeinschaftsraum hören, mit seinem vollen Eton-Akzent, der im Kontrast zu Jemis abgehacktem, formalerem Akzent stand. Ich konnte nicht verstehen, worüber sie sich unterhielten, aber sie sprachen immer weiter. Ich begann zu überlegen, ob ich nicht besser sie als Ersatz für mich heute Abend mit ihm zum Essen schicken sollte.

Ich seufzte und sah mich im Spiegel an. Ich war blass, hatte dunkelblondes Haar und sah total fertig aus. Jemi hatte dunkle Haut, schwarze Haare und war immer, einfach immer, gelassen. Irgendwie erwartete ich, dass Barrett das bemerken würde.

Ich seufzte. Es brachte nichts, es weiter aufzuschieben. Ich warf die Schminkutensilien zurück in meine Tasche und öffnete die Tür. „Fertig. Es tut mir leid, dass du warten musstest."

Barrett, der neben Jemi auf der Couch saß, stand auf und lächelte. „Julia, es freut mich sehr, dich zu sehen." Er trug einen Anzug, der sehr nach Armani aussah, und eine Krawatte. Ich hatte instinktiv richtig daran getan, mich chic zu machen.

Ich lächelte zurück, aber ich fühlte mich nicht danach. „Ich freue mich auch, dich zu sehen. Wie ich sehe, hast du schon meine WG-Mitbewohnerinnen kennengelernt."

Jemi stand auch auf. Sie sagte: „Wir haben uns gerade über unsere Gemeinsamkeiten unterhalten. Barret hat drei Jahre in Delhi gelebt."

„Oh", sagte ich. „Dann habt ihr bestimmt einiges gemeinsam." *Sehen Sie, wie subtil ich sein kann?*

Barret hustete höflich in seine Hand und sagte dann: „Sollen wir gehen?" Er bot mir seinen Arm an, und ich legte meine Hand darauf.

Hinter ihm tat Jemi so, als ob sie telefonieren würde. Sie wollte mir damit sagen, dass ich anrufen sollte, wenn es später werden würde. Nach meinem Nickerchen hatte sie mir ihr System erklärt, mit dem sie sicherstellten, dass alles in Ordnung war, wenn eine von ihnen mit einem Mann unterwegs war.

So was sollte eigentlich nicht nötig sein, aber während unseres zweiten Jahres war eine der Studentinnen aus dem ersten Jahr, die einen Stock über uns wohnte, während einer Party, die dort stattfand, vergewaltigt worden. Danach sind wir alle ziemlich ausgerastet. Dass so etwas hier, vor unserer Haustür, geschehen konnte, damit hatte niemand gerechnet.

Ich nickte Jemi zu, um ihr zu zeigen, dass ich sie verstanden hatte, dann folgte ich Barrett hinaus.

Okay. Problem Nr. 1. Er war mit dem Auto da... und einem Chauffeur. Oder vielleicht war es auch ein Bodyguard. Ich wusste nicht, was von beidem. Das war zwar praktisch, aber war es auch nötig? Ich weiß es nicht. Es kam mir zuviel vor. Es fühlte sich an wie mein früheres Leben, ein Leben, das ich wirklich hinter mir lassen wollte, als ich Washington nach diesem scheußlichen und traumatischen Jahr verließ. In letzter Zeit dachte ich immer häufiger, dass ich vermutlich am glücklichsten wäre, wenn ich die Idee, einen Master zu machen, vergessen und mir stattdessen einen Job suchen würde, vielleicht als Dozentin, oder irgendwo ein kleines Geschäft eröffnen und mir eine kleine Wohnung in Brookline suchen würde, um dann mit der T zur Arbeit zu fahren. Einfach alles hinter mir lassen, meine Vergangenheit, meine Familie und ihre totale Kontrolle über mein Leben.

Das ausgelassene Gelächter heute Morgen am Frühstückstisch von Cranks Familie hatte dazu geführt, dass ich Heimweh nach einem Leben bekam, das ich niemals gehabt hatte.

Wir fuhren also zu L'espalier. Es ist ein ausgesprochen nobles französisches Restaurant in der Gloucester Street. Ein Ort, an dem Bodyguards und Chauffeure nicht weiter auffielen, wo man Brat Pitt, George Clooney oder Gouverneur Romney treffen und ihnen beim Essen der überaus teuren Platte mit geröstetem Fasan zuschauen konnte. Solche Orte vermied ich wie die Pest. Es war nicht so, dass ich bekannt genug war, um beachtet zu werden, außer man war eine unbedeutende, bösartige Klatschbase wie Maria Clawson. Aber ich fühlte mich schlecht, wenn ich auf der Straße an Obdachlosen vorbeilief, um an einen Ort wie diesen zu gelangen.

Barrett hatte natürlich reserviert. Wir nahmen an einem der kleinen Tische, die mit weißen Tischdecken bedeckt waren, Platz. Es war voll, aber alles war unheimlich gedämpft, die Paare saßen an ihren Tischen und flüsterten fast, während die Kellner herumhuschten.

Wir begannen mit Smalltalk. Seine Schulen, meine Schulen. Er war auf Geschäftsreise in Boston und erzählte endlos lange über die Bank seines Vaters, die hiesige Niederlassung, Zinssätze und die Zukunft des Handels - und ich verlor total das Interesse. Was ziemlich lustig ist, wenn man bedenkt, dass ich darüber nachdachte, einen Master in Internationalem Handel zu machen und mit dem Thema gut vertraut war. Es war vertraut, aber höchst uninteressant.

Irgendwann erkannte er zumindest, dass ich nicht wirklich mit Interesse bei der Sache war, denn er sagte: „Geht es dir gut?"

Ich war überrascht. Wir hatten gerade den zweiten Gang beendet und ich sagte: „Ja, tut mir leid, es geht mir gut. Ich habe nur letzte Nacht nicht genug geschlafen. Ich war wohl für eine Minute nicht ganz da."

Er rutschte verlegen auf seinem Stuhl herum. Ich war nicht sehr freundlich. Barrett hatte ganz offensichtlich keine Mühen für dieses Date gescheut. Ich weiß nicht, was er gehofft hatte. Ich meine, er war ziemlich attraktiv, keine Frage. Aber ich… war wirklich gar nicht interessiert. Als er mich angerufen hatte, dachte ich zuerst, er wolle einen Kaffee mit mir trinken gehen. Nicht mich zu einem Dreihundert-Dollar-Essen einladen. Dies war der Ort, zu dem man jemanden einlud, dem man einen Heiratsantrag machen wollte, nicht zum ersten Date.

Als wir gerade dabei waren, den Nachtisch zu beenden, und er die Rechnung zahlte, sagte er: „Oh, was ich ganz vergessen habe, dir zu sagen, nach unserem Gespräch im Zug bin ich neugierig geworden, also habe ich mich nach Harry Easton erkundigt. Wusstest du, dass er auch in den Vereinigten Staaten ist?"

Ich schluckte und trank etwas von meinem Wasser. Mein Abendessen fühlte sich auf einmal wie Blei in meinem Magen an. „Ach?", fragte ich und versuchte dabei, meine Stimme normal klingen zu lassen.

„Ja, er ist ein Jungdiplomat im Konsulat des Königreichs in New York. Er war ziemlich verblüfft, von mir zu hören."

„Das kann ich mir vorstellen", sagte ich und bemühte mich dabei sehr, zu verhindern, dass mir der Nachtisch wieder hochkam. Ich stellte das Glas ab, denn meine Hand zitterte und ich konnte es nicht verhindern. Ich legte meine Hände in meinen Schoß und ballte sie zu Fäusten.

„Er hat mir gesagt, dass er dich vermisst hat", sagte Barrett.

„Du hast ihm erzählt, dass du mich kennst", sagte ich mit flacher Stimme.

„Ja, natürlich. Ihr wart doch schließlich an der gleichen Schule."

Ich schaute zur Wand, meine Augen verfolgten den feinen Stuck, der an der Wand bis zur Decke reichte. Ich dachte niemals an Harry. Nicht, wenn ich es vermeiden konnte. Ich wollte ganz sicher keinen Kontakt zu ihm, niemals wieder. Ich fragte mich, ob ich mich gerade genauso fühlte wie Sean, wenn er anderen Menschen nicht in die Augen schauen konnte.

„Ich wünschte, du hättest das nicht getan", sagte ich mit leiser und ruhiger Stimme.

„Oh, nein", sagte er. „Gab es da böses Blut? Das wusste ich nicht, er schien erfreut zu hören, dass es dir gut geht."

Ich schluckte, sah ihn an und log dann schamlos. „Wir haben uns nicht gut gekannt, ich bin um einiges jünger als er."

Er sah aus, als ob er das bezweifelte, sich aber entschlossen hatte, nicht weiter darauf einzugehen. Ich wollte wirklich nur noch nach Hause. Der Gedanke, dass ich mich nach all den Jahren nun mit Barrett über Harry unterhielt? Er machte mich krank.

„Bitte entschuldige mich für einen Moment", sagte ich. „Ich muss mich frisch machen."

Ich stand abrupt auf, ging in den hinteren Teil des Restaurants und dann zu den Toiletten. Dort angekommen setzte ich mich, umschlang meinen Oberkörper mit meinen Armen und kniff meine Augen zusammen.

Harry Easton war meine erste Liebe gewesen, aber das war nicht der Grund, warum ich jetzt so reagierte. Es war kein Gefühl der Liebe übrig. Ganz und gar nicht. Nichts außer Abscheu und… Angst? Ich versuchte, das Gefühl zu vermeiden und nicht daran zu denken. Aber es war die Wahrheit. Sogar nach all den Jahren hatte ich immer noch schreckliche Angst vor ihm.

Ich war erst vierzehn gewesen, als ich Harry kennengelernt hatte. Ich war noch ein kleines Mädchen gewesen. Ein sehr behütetes kleines Mädchen. Bis wir nach Peking gezogen waren, hatte ich niemals einen Grund gehabt, jemandem zu misstrauen. Oder Angst vor jemandem zu haben. Oder jemanden zu hassen.

Jetzt hatte ich einen Grund dafür. Und alles wegen Harry.

Ich würde nicht weinen. Ich würde nicht zulassen, dass er nochmals etwas in meinem Leben ruinierte, nie wieder.

Ich holte tief Luft, um mich zu beruhigen, und stand auf. Die Frau im Spiegel war kein verängstigtes, vierzehnjähriges Mädchen. Die Frau im Spiegel war einundzwanzig und die Jahrgangsbeste einer der besten High Schools von Amerika, eine Topstudentin in Harvard, und niemand, nicht Harry Easton und nicht meine Mutter, einfach niemand, würde mich jemals wieder so herumschubsen.

Okay. Ich hatte mich beruhigt. Es war egal, was Barrett zu Harry gesagt hatte oder was er nicht gesagt hatte. Ich würde nicht mehr an das Arschloch denken.

Ich fühlte mich also um einiges besser, als ich wieder nach draußen ging. Ich war mir ziemlich sicher, dass ich nicht nochmal mit Barrett ausgehen würde. Einfach, weil er mich total gelangweilt hatte. Aber ich würde freundlich sein und versuchen, den Rest der Nacht trotzdem zu genießen.

„Bitte entschuldige", sagte ich, als ich mich wieder hinsetzte.

„Geht es dir gut?"

„Ja."

„Hast du Lust auf ein bisschen Musik? Es gibt da eine Band aus der Umgebung, von der ich nur Gutes gehört habe, und es ist nicht weit weg."

„Okay, das klingt gut."

Barrett war ein übertriebener Gentleman und half mir, bevor wir nach draußen gingen, in meine Stola. Als wir die Tür erreichten, fuhr sein Chauffeur gerade vor. Also stiegen wir hinten ein und fuhren die paar Blocks zu The Lansdowne.

„Bist du schon mal hier gewesen?", fragte er.

„Ja, schon öfters", sagte ich. „Manchmal ist die Musik gut, manchmal nicht. Sie haben hin und wieder auch schon sehr schlechte Bands engagiert."

„Ah, du bist Musikkennerin."

„Ich bin ein echter Snob, wenn es um Musik geht", sagte ich.

„Aber bei anderen Dingen hoffentlich nicht." Er lächelte sanft, als er das sagte und in seinen Augen konnte ich erkennen, dass er immer noch hoffte, einen Treffer bei mir zu landen. Ich musste ihn von dieser Idee abbringen. Denn es würde nichts passieren.

Fünf Minuten später waren wir in der Bar, nachdem er uns durch eine größere Summe Bestechungsgeld an der Schlange vorbeigelotst hatte. Und es war sehr schnell klar, dass die Manager von Lansdowne die falsche Band herausgesucht hatten. Der Sänger sang falsch, der Gitarrist spielte unsaubere Akkorde und der Schlagzeuger war nicht im Takt. Ich ertrug es während meines ersten Drinks und drei Liedern, bis sogar Barrett winselte.

„Lass uns nach nebenan gehen!", übertönte ich den Missklang.

Er nickte, und ich führte ihn zu dem Durchgang, der zu Bill's Bar & Lounge führte, die mit Lansdowne verbunden war. Bill's war ein bisschen spezieller, hatte jüngeres und alternativeres Publikum und sie waren unter anderem auch offen für Punk-Bands. Wir bahnten uns gerade einen Weg durch die Menge und suchten nach einem Tisch, als ich, über die Schulter eines Gastes hinweg, ein bekanntes Gesicht sah.

Ich hätte nachdenken sollen, bevor ich handelte. Aber ich tat es nicht. Ich rief seinen Namen, denn ich freute mich, ihn zu sehen. „Crank!"

Der Kerl, der vor Crank stand, bewegte sich ein wenig zur Seite und Barrett verspannte sich neben mir.

Crank stand da und hatte ein dummes Lächeln im Gesicht. Ein Mädchen, das aussah, als wäre es ohne seine nuttenhaft hohen Absätze nur 1,20 m groß, hatte sich an ihn gedrängt, ihre Hand steckte in seiner Gesäßtasche. Sie zeigte mehr Haut als Kleidung. *Oh, lieber Gott, warum hatte ich nur etwas gesagt?*

„Julia", sagte er und seine Augen wurden groß dabei. Die beiden Männer, die bei ihm standen, drehten ihre Köpfe so plötzlich, dass ich mich wunderte, dass sie sich dabei nicht selbst wehtaten. Der dunkelhäutigere, den ich sofort als den Schlagzeuger von Morbid Obesity erkannte, sagte gerade so laut „Julia?", dass ich ihn noch hören konnte.

Barrett legte seinen Arm auf eine Art und Weise um meine Taille, die viel zu besitzergreifend für ein erstes Date war.

Ich stand für eine Sekunde verlegen da, und dann sagte die kleine rothaarige Schlampe: „Crank, willst du mir nicht deine Freundin vorstellen?"

„Oh, tut mir leid", sagte ich und beeilte mich, die peinliche Stille mit Worten zu füllen: „Barrett, das ist Crank Wilson. Crank, das ist Barrett… ähm… Barrett…"

Oh Gott. Hatte ich etwa seinen Nachnamen vergessen? Ich kniff vor Scham schnell meine Augen zusammen.

„Barrett Randall", sagte er und ich konnte hören, dass er die Zähne zusammenbiss, als er das sagte.

„Das sind Mark und Pathin", sagte Crank. „Mark, Pathin, das ist Julia."

Mark hatte ich in Washington ganz kurz kennengelernt.

Pathin streckte seine Hand aus. „Du musst die berüchtigte Julia sein. Es ist mir ein Vergnügen, dich kennenzulernen. Ich mag jeden, der Crank dazu bringt, solche Songs zu schreiben."

Ich ergriff seine Hand, seine Worte machten mich sprachlos. Was hatte Crank ihnen erzählt? „Freut mich, dich kennenzulernen", sagte ich.

Das Mädchen sagte: „Crank, willst du mich nicht vorstellen?"

Crank sah verwirrt aus. „Das hatte ich eigentlich nicht geplant", sagte er.

Ihr blieb der Mund offen stehen. Sie zog schnell die Hand aus seiner Tasche und rief: „Ich hatte recht. Du bist so ein Arsch!"

Sie drehte sich um und torkelte davon. Das war gemein von ihm. Aber trotzdem. Ich war begeistert, dass er sie damit davongejagt hatte. Irgendwas stimmte eindeutig nicht mit mir. Noch vor einem Moment hatte ich sie in meinen Gedanken als Nutte bezeichnet. Was zur Hölle? Ich benutze dieses Wort nicht, niemals. Andere Leute haben es mir zu oft und zu beiläufig hinterhergerufen, um es gegenüber anderen Frauen zu verwenden oder auch nur zu denken.

Aber irgendetwas hatte dazu geführt, dass dieses Wort aus den Tiefen meines Gehirns aufgetaucht war. Ich schämte mich für mich selbst. Woher kam das nur? Es war erst eine Woche her, dass ich ihn in die Wohnung meiner Eltern in Bethesda eingeladen hatte. Wer war ich, dass ich sie verurteilen konnte?

Eine bohrende Stimme in meinem Kopf sagte mir, dass ich mich schon viel zu sehr auf diesen Mann eingelassen hatte. Ich brauchte etwas Raum zum Atmen, und zwar jetzt gleich. Ich begann mit dem Arm, den Barrett um meine Taille gelegt hatte. Ich griff mit meiner rechten Hand nach unten und löste ihn von mir.

„Ist dein Date schön?", fragte Crank. Sein Kinn arbeitete, als er die Frage stellte, und seine Augen sahen mich intensiv an. Wütend. Ich wusste nicht, woher er das Recht nahm, wütend auf mich zu sein. Schließlich hatte er mit diesem Mädchen herumgestanden, das gerade dabei gewesen war, ihm hier in der Bar einen runterzuholen.

„Ja und deins? Ich hatte gar nicht mitbekommen, dass du heute Abend ein Date hast", antwortete ich, und meine Stimme enthielt mehr als nur einen Hang zum Sarkasmus. Er hatte mich für heute Abend eingeladen. Zum Klavierspielen. Aber er hatte keine Zeit verschwendet, stattdessen ein Mädchen zum Rumhängen zu finden. Ich hatte keinerlei Grund, mich so zu fühlen. Er gehörte mir nicht. Wir waren nicht zusammen. Wir waren gar nichts. Ich wollte auch gar nichts von ihm. Aber ich war trotzdem sauer.

Mark versuchte zu helfen. „Sie ist kein Date. Das ist Alicia, eine Katastrophe auf zwei Beinen. Du hast uns gerade davor bewahrt, morgen früh eine weitere schreckliche Szene zu erleben."

Eine weitere schreckliche Szene am Morgen? Ich sah Crank ein bisschen ungläubig an. Allmächtiger, er war so ein Arsch. Ich weiß nicht, was ich in dem Moment fühlte und dachte, aber ich wusste, dass ich unentschuldbar unhöflich zu Barrett war. Also öffnete ich meinen Mund und sagte das Erste, was mir in den Sinn kam - niemals eine sehr schlaue Idee und in diesem Fall eindeutig auch nicht, denn heraus kam: „Oh, ich bin mir sicher, du findest eine andere Frau zum Vögeln. Richtig, Crank?"

Mark und Pathin zuckten beide zusammen und Cranks Augen zogen sich vor Wut zusammen.

„Wir müssen los, Jungs. Es war schön, euch zu treffen", sagte ich. Ich griff nach Barretts Arm. „Gehen wir?"

„Sicher", sagte er. Er nickte Crank und den anderen zu und drehte sich dann um, um weiterzugehen.

Crank streckte seine Hand aus und berührte meinen Arm. „Julia? Kann ich dich für eine Minute sprechen?"

Ich erstarrte. Barrett sah sehr verärgert aus. Frustriert und verärgert. Aber wissen Sie was? Er schuldete mir nichts und ich hatte ihn nicht darum gebeten, so viel Geld für das Abendessen auszugeben. Er würde jetzt Gelegenheit bekommen, sich zu beruhigen.

„Klar. Barrett? Ich bin gleich zurück."

Also folgte ich Crank, der etwa sechs Meter in Richtung Bar ging, wo wir uns zwischen zwei Säulen in der Nähe der Wand quetschten.

„Warum bist du sauer auf mich?", fragte er.

„Ich bin nicht sauer auf dich", sagte ich mit knirschenden Zähnen. „Warum sollte ich sauer sein?"

„Ich weiß nicht. Aber du benimmst dich so", erwiderte er.

„Du hast mich dort drüben auch ziemlich böse angeschaut."

Er sah auf, seine Augen schauten schnell zu Barrett, dann zurück zu mir, erst zu meinen Lippen, dann sah er mir in die Augen. Er hielt meinem Blick eine Weile stand, sein Gesicht war angespannt, dann wanderten seine Augen zurück zu meinen Lippen.

Eine Sekunde lang dachte ich, er würde mich küssen.

„Es tut mir leid", sagte er. „Ich habe keinen Grund… irgendetwas zu sein."

Ich holte tief Luft. „Was machen wir nur?"

„Du siehst total heiß aus in diesem Kleid. Gut genug, um dich zu vernaschen."

Ich keuchte auf und sah ihm in die Augen. Verträumte Augen. Augen, die mich innerhalb einer Sekunde die Kontrolle verlieren lassen konnten. Jetzt sagte ich ruhiger und mit unsicherer Stimme: „Was willst du von mir, Crank?"

Er biss die Zähne zusammen und ich konnte sehen, wie sein Adamsapfel hüpfte, als er schluckte. „Ich möchte wissen, wie du ohne dieses Kleid aussiehst. Ich möchte dich mit zu mir nach Hause nehmen und es dir vom Leib reißen und dich solange lieben, bis du kreischst."

Er grinste ein wenig. So, als ob er mich verspottete. Dann sagte er: „Ich möchte mit dir zusammen Musik machen."

Ich hyperventilierte. Ich bekam keine Luft. Ich konnte nicht denken. Hatte er das wirklich gerade gesagt? Meine Lippen öffneten sich, aber ich sagte nichts - ich konnte nichts sagen.

Seine Augen verfolgten meine Lippen und ich biss mir auf die Unterlippe, denn ich war kurz davor, etwas Verrücktes zu tun.

„Wovor hast du Angst?", fragte er.

„Die Kontrolle zu verlieren", antwortete ich.

„Die Kontrolle zu verlieren kann manchmal richtig Klasse sein", sagte er.

„Und manchmal ist es eine Katastrophe. Manchmal kann es dein ganzes Leben in Stücke reißen. Ich sollte gehen. Mein Date..."

„Er kann dich mal."

„Das stand für heute Nacht nicht auf dem Programm."

Er sah mich mit einem schiefen Grinsen an. „Da bin ich aber froh."

„Ich will keine von deinen Eroberungen sein. Ich will keine deiner Tussis sein, die du vögelst – jemand, von dem deine Bandkollegen sagen, sie wäre am nächsten Morgen eine schreckliche Szene gewesen."

„Ich mag es, wenn du ‚vögeln' sagst."

Ich schloss meine Augen. „Du bist unmöglich."

„Deshalb liebst du mich."

„Ich liebe dich nicht. Ich mag dich noch nicht mal."

„Das wirst du bald", sagte er mit leiser und sinnlicher Stimme. Ich konnte die Vibration dieser Stimme von meinen Ohren bis hinunter zu meinen Füßen spüren.

„Vielleicht", flüsterte ich. „Aber nicht heute Nacht." Also wich ich ein paar Zentimeter zurück, drehte mich dann um und stolperte zurück durch die Menge, bis ich Barrett fand. Ich setzte ein falsches Lächeln auf. „Bitte entschuldige. Wir sollten jetzt gehen."

KAPITEL 9

Ich machte Ärger (Crank)

E s war fast 2 Uhr nachmittags, als ich endlich mit der Arbeit fertig war, nach Hause fuhr, duschte und dann zum Haus meines Dads rausfuhr. Ich saß in meinem neuen Auto, einem Toyota aus dem Jahr 1985, dessen Motor überraschend gut lief.

Das war ein weiteres von Julias verborgenen Talenten. Als ich schließlich den Kostenvoranschlag für die Reparatur des Autos erhielt, bekam ich fast einen Herzinfarkt. Fünftausend Dollar um ein Auto zu reparieren, für das ich nur tausend bezahlt hatte? Das würde ich ganz sicher nicht ausgeben. Sie wollte das ohne die Versicherung klären, und ohne ihre Eltern, vermute ich. Wir hatten uns am Mittwochnachmittag, nachdem ihre Vorlesungen geendet hatten, getroffen und sind dann ein Auto kaufen gegangen. Ich wunderte mich ziemlich. Aus was für einer Welt kam sie, dass sie mal einfach tausend Dollar für ein Auto ausgeben konnte, ohne dass ihre Eltern davon wussten?

Gegen das erste Auto, das mir gefiel, protestierte sie und zeigte auf den Ölmessstab, an dem Kühlwasser zu sehen war. „Das bedeutet, dass die Dichtung nicht in Ordnung ist", sagte sie in einem sachlichen Ton. Dem zweiten Auto erging es nicht anders: rostig und die Karosserie war verzogen. Es hatte irgendwann einen Unfall gehabt und war repariert worden.

Schließlich fanden wir ein Auto, das von einer älteren Witwe in Malden verkauft wurde. Es war in fast perfektem Zustand, obwohl es schon zwanzig Jahre alt war. Während ich mit offenem Mund dastand, handelte sie die Frau von zwölfhundert auf einen glatten

Tausender runter. Ich fuhr als stolzer Autobesitzer eines viel besseren Autos davon, als ich ursprünglich gehabt hatte.

Wir hielten kurz an einem Coffeeshop am Rand von Somerville. „Wo hast du so viel über Autos gelernt?", fragte ich. Ich war total geplättet. Sie war die Tochter eines Diplomaten... also nicht unbedingt jemand, von dem man erwartete, dass er sich mit Motoren auskennt.

„Mein Bodyguard während der Mittelstufe war ein Autofanatiker. Er hatte ein paar Oldtimer in der Garage der Botschaft in Brüssel."

Ihr Bodyguard während der Mittelstufe. Ja, sie hatte das wirklich gerade gesagt.

„Und... er hat dir was über Autos beigebracht?"

Sie zuckte mit den Schultern und hatte ein offenes Lächeln im Gesicht, was bei ihr sehr selten vorkam. „Sein Name war Corporal Lewis... Er war bei den Marines. Und ich war ein sehr einsames Kind, also hat er mir erlaubt ihm zuzusehen, wenn er an den Autos herumschraubte."

„Also weißt du, wie man einen Ölwechsel macht?"

Ihr Mund zog sich auf einer Seite nach oben, es war genau das gleiche Lächeln wie vor ein paar Tagen, als sie mich Dougal genannt hatte. „Ich könnte mit dem richtigen Werkzeug einen kompletten Motor zusammenbauen."

Das war verdammt scharf.

Wir hatten nicht über meine Lustbekundungen oder ihr Date gesprochen. Obwohl ich kurz davor war, vor Neugierde zu platzen. Ich wollte unbedingt wissen, was passiert war, nachdem sie gegangen war. Zur gleichen Zeit wollte ich es auch wieder nicht wissen. Denn falls dieser englische Scheißkerl sie berührt hatte, würde ich ihn umbringen, und das wäre gar nicht gut.

Aber sie beeilte sich, ihren Kaffee zu trinken, sagte, sie müsse zurück und für eine wichtige Klausur lernen, die sie morgen früh hatte. Ich weiß, dass man, wenn man studiert, theoretisch viele Klausuren und anderes Zeug hat, für das man lernen muss, aber wissen Sie was? Ich glaube, sie wollte mich loswerden.

Egal. Ich hatte einen tollen fahrbaren Untersatz und ich zerbarst fast vor Energie, weil ich, seit wann... drei Wochen? keinen Sex mehr gehabt hatte. Als ich am Samstag raus zum Haus meines Vaters fuhr, war ich beides, voller Energie und völlig verrückt. Und ich hatte Julia am Tag vorher angerufen und sichergestellt, dass sie auch wirklich kommen würde, was mich noch verrückter machen würde.

Ich brauchte mentale Unterstützung. Es wurde langsam kalt, unter null Grad, also kurbelte ich das Fenster herunter, um mich abzukühlen, zündete mir eine Zigarette an, ließ „Closer" von den Nine Inch Nails im Radio laufen und sang aus voller Kehle mit.

Okay. Es wurde Zeit, mal ernsthaft nachzudenken und herauszufinden, was in meinem Kopf wirklich vorging.

Fakt: Ich hatte eine Regel, nach der ich lebte und die ich immer wieder bestätigt hatte. Ich lief keinen Frauen nach. Sie liefen mir nach.

Fakt: Ich ließ mich nicht auf Frauen ein. Du willst schnellen Sex, tja, dann bist du bei mir richtig. Aber nur für eine Nacht.

Fakt: Ich habe einen Bruder, um den ich mich kümmern muss, eine Band, die erfolgreich werden soll, einen Job als Burgerwender, und ich habe keine Zeit, mich emotional an eine Frau zu binden.

Fakt: Ich habe sechs Nächte hintereinander von Julia in dem roten Retrokleid, das sie letzten Samstag zu ihrem Date getragen hatte, geträumt.

Ihrem Date mit einem Briten in einem teuren Anzug.

Oh Scheiße.

Als Nächstes würde ich aufhören, Punk zu hören, und mir den verdammten Barry Manilow, The Carpenters und Aaron Neville anhören. Ich würde mir das Herz bei Filmen ausweinen, die auf die Tränendrüse drückten, ihr Schokolade schicken und Rosen und hübsche Perlenohrringe. Ich war echt angeschissen. Denn so sehr ich auch versuchte, mich an Alicia oder Candy oder… wie auch immer das Mädchen mit den Leopardenpumps geheißen hatte, … zu erinnern, ich konnte nur an Julia denken.

Das war nicht gesund, aus vielerlei Gründen.

Nummer 1: Fakten, siehe oben.

Nummer 2: Sie hatte mir deutlich gesagt, dass sie nicht an mir interessiert war. Sie war nur bereit, mich eine Nacht zu benutzen, aber nur, bis die Sonne aufging.

Und aus irgendeinem Grund war mir das bei ihr nicht genug. Ich wollte mehr.

Sie hatte allerdings neulich Abend auch nicht alles ausgeschlossen. Vielleicht, hatte sie gesagt. Aber nicht heute. Was sollte das, zur Hölle nochmal, bedeuten?

Ich freute mich nicht darüber, dass sie bei Seans Geburtstagsfeier sein würde. Aber der nächstjüngere Gast außer mir würde um die fünfzig sein. Also bedeutete es viel für ihn, dass sie kam. Und um ehrlich zu sein: Ich würde einfach alles für Sean tun. Sogar die Anwesenheit der ersten Frau seit der Mittelstufe ertragen, von der ich etwas wollte, die aber nichts von mir wollte.

Ich muss wohl nicht erwähnen, dass ich in ganz toller Stimmung war, als ich beim Haus meines Vaters ankam. Zumindest sah es so aus, als ob ich der Erste war. Später würde natürlich auch meine Mutter kommen. Ich sah sie nicht oft, sprach auch nicht oft mit ihr und das war in Ordnung so, denn meistens verliefen unsere Unterhaltungen nicht gut. Heute würde ich mich für Sean so gut wie möglich benehmen. Der Arbeitskollege meines Vaters, Tony D'Amato, würde da sein, und Mrs. Doyle, die immer total nervös wurde, wenn ich mit ihr flirtete, was ich ständig tat, weil es meinen Dad ärgerte, mich amüsierte und sie glücklich machte. Und Julia.

Das waren nicht viele Leute für eine Party, aber Sean hatte keine Freunde.

Ich stieg aus dem Auto aus, löschte meine Zigarette und ging die Stufen zur Hintertür hinauf, dabei hatte ich einen Rucksack über meine Schulter gehängt.

Als ich eintrat, sah alles normal aus. Sean saß zusammengerollt mit einem Comic auf der Couch. Ich ging zu ihm hin, lehnte mich herunter und küsste ihn auf den Kopf: „Hey, Kumpel. Geht's dir gut? Alles Gute zum Geburtstag."

Er ignorierte mich, was genau das war, womit ich gerechnet hatte. Ich begann, zurück in die Küche zu gehen, und Sean sagte zu meinem Rücken: „Hast du Julia mitgebracht?"

Ich sah über meine Schulter. Sean sah immer noch nach unten auf seinen Comic. „Sie kommt allein. Aber sie hat gesagt, dass sie kommt."

Er antwortete nicht. Es bereitete mir Sorgen, dass er so schnell eine Beziehung zu ihr aufgebaut hatte. Sean brauchte keine solchen Enttäuschungen.

Ich ging in die Küche. Dad war dort, er trug die „Beste Mutter der Welt"-Schürze und holte gerade einen Kuchen aus dem Ofen. Er war ohne Gluten, Mais oder Milchprodukte gebacken, denn Sean musste einen speziellen Ernährungsplan einhalten. Aber, ob Sie es glauben oder nicht, er würde richtig gut schmecken. Wir hatten alle im Laufe der Jahre gelernt, diese Dinge zu vermeiden, und Essen aus Zutaten wie Tapioka und Reismehl zu kochen war ein Teil davon.

„Hey, Dad."

„Es wird aber auch Zeit, dass du auftauchst, Punk."

„Ich freue mich auch, dich zu sehen", antwortete ich und öffnete meinen Rucksack. Darin hatte ich zwei Geschenke für Sean, beides waren gerade erst erschienene Videospiele. „Der Kuchen sieht gut aus."

Er murrte und stellte ihn auf die Ablage zum Auskühlen. „Deine Mutter wird bald hier sein. Ich möchte, dass du dich so gut wie möglich benimmst."

Ich holte tief Luft. „Ich verspreche es, Dad." Ich sagte mit leiser Stimme: „Sean braucht nicht noch mehr Streit."

„Ich auch nicht", sagte er genauso leise. Sean hatte unheimlich gute Ohren und es geschah immer wieder, dass er Unterhaltungen, bei denen er gar nicht dabei gewesen war, ansprach, manchmal erst Tage später. „Mir steht das Ganze bis hier. Ich wünschte, du würdest lernen…"

„Was, Dad? Soll ich meiner Mutter dafür vergeben, dass sie uns einfach verlassen hat? Dich zurückgelassen hat, um allein mit Sean und seinen Problemen fertigzuwerden?"

„Warum nicht? Du bist etwa zur gleichen Zeit gegangen."

„Ich habe es nicht mehr ausgehalten", sagte ich.

Er starrte mich nur an. Es war ziemlich unangenehm, denn damit hatte er recht. Ich hatte damals echt Probleme gehabt. Alkohol, Partys, Sex und Drogen. Ich wurde ständig von Polizisten aufgegabelt, was ziemlich peinlich ist, wenn dein Dad einer von ihnen ist.

Ich sah auf den Tisch hinunter und ballte meine Hand zur Faust.

„Ich bin seitdem viel vernünftiger und erwachsener geworden, Dad."

„Das weiß ich, Dougal."

„Warum sprechen wir nicht über etwas Fröhlicheres."

„Woran denkst du?", sagte er. „Beerdigungen?"

„Krieg?", fragte ich.

„Armut", antwortete er.

„Die Simpsons", sagte ich.

Er lächelte und ich grinste zurück. Mein Dad und ich waren nicht immer einer Meinung. Aber er war trotzdem mein Held.

Ich hörte, dass jemand an der Hintertür klopfte.

„Ich gehe", sagte ich.

Ich stand auf und in dem Moment öffnete sich die Hintertür und ich hörte Tonys dröhnende Stimme. „Wo ist das Geburtstagskind?"

Mein Dad rief: „Oh Allmächtiger, wer hat den Spaghettifresser in mein Haus gelassen, zur Hölle nochmal?"

Während er durch den Flur stapfte, schrie Tony zurück: „Irgendsoein betrunkener Ire hat mich eingeladen."

Einen Moment später betrat Tony die Küche. Er war groß und hatte grauwerdende Haare. Er und mein Dad waren schon seit fast zehn Jahren Kollegen. Während meiner schlimmsten Zeit als Teenager hatte Tony mir mehr als einmal Zuflucht gewährt, er hatte mich auf der Couch seines kleinen Einzimmerapartments in der Nähe des Broadway schlafen lassen. Tony und mein Dad warfen sich immer ethnische und andere Beleidigungen an den Kopf, aber es stand außer Frage, dass sie sich sehr gern mochten.

„Wo ist das Bier?", fragte Tony, als er in die Küche kam.

„Was, hast du etwa keins mitgebracht?", sagte mein Dad. „Gott, Italiener sind echt unmöglich."

Tony kicherte. „Ich komme in einen irischen Haushalt, warum zur Hölle sollte ich da Alkohol mitbringen?"

Ich stöhnte und mein Vater gab auf.

„Was machst du so, Crank? Immer noch nichts als Unsinn im Sinn?"

Ich zuckte mit den Schultern. „Ich bin mit der Band beschäftigt. Und versuche, mich aus Ärger rauszuhalten."

„Jaja, das glaube ich erst, nachdem du eine Gehirntransplantation erhalten hast", antwortete er.

Ich grinste und genau in dem Moment musste mein Vater einfallen: „Dougals Freundin kommt heute auch zur Party."

„Dad", sagte ich, „sie ist nicht meine Freundin."

„Heiliger Moses, du hast eine feste Freundin?", fragte Tony. „Wie ist das denn passiert?"

„Sie ist nicht meine Freundin."

„Warum kommt sie dann zur Geburtstagsfeier deines Bruders?", fragte mein Dad. Er grinste.

„Weil du sie eingeladen hast?"

„Ach, doch nur, weil du es nicht getan hättest."

Ich schüttelte den Kopf. Das würde ein sehr langer Nachmittag werden. Tony ging an den Kühlschrank, um ein Bier rauszuholen, also sagte ich: „Gibst du mir auch eins, Tony?"

Er tat es, und ich setzte mich wieder auf meinen Stuhl am Tisch. „Wann wird Mom hier eintreffen?"

„Bald", sagte Dad.

Ich nickte.

Lassen Sie mich eines klarstellen. Ja, ich stand meiner Mutter zu feindlich gegenüber. Es ist nicht so, dass sie eine schlechte Mutter war. Auf eine bestimmte Art war sogar das Gegenteil der Fall. Sie hatte mir die Liebe zur Musik vermittelt und mir Klavierunterricht erteilt, Jahre bevor ich überhaupt groß genug war, um die Pedale zu erreichen. Ich habe eine Menge guter Erinnerungen – wie ich mit ihr als kleines Kind im Park spazieren gegangen war, wie sie mit mir ins Museum gegangen war, an Picknicks im Park und Ausflüge nach Revere Beach. Ich war etwa zehn Jahre alt, als Mom und Dad bemerkten, dass mit Sean etwas nicht in Ordnung war und die ganzen Arztbesuche begannen. Bis er sechs war, zwei manchmal sogar dreimal die Woche. Sprachtherapie, Physiotherapeuten, Visionstherapie, Allergologen. Als er sechs war, hatten wir einmal die ganze Nacht im Brigham-and-Womans-Krankenhaus verbracht, während er eine Schlafuntersuchung hatte, um festzustellen, ob er an Schlafapne litt.

Meine Mutter hatte begonnen zu schwinden. Das ist die einzige Bezeichnung, die ich dafür habe. Sie war immer unbeherrschter geworden, war bei den kleinsten Dingen ausgerastet. Wenn ich eine Socke auf dem Boden liegen gelassen hatte, hatte das zu einer zehnminütigen Standpauke geführt. Was bist du nur für ein Beispiel für deinen Bruder? Was soll dein Vater denken? Warum kannst du nicht verantwortungsbewusster sein?

Als ich dreizehn war, war ich nur noch damit beschäftigt, ihr aus dem Weg zu gehen. Ihre Stirn war ständig gerunzelt und sie war so gestresst, wie man es nur sein kann. Die Mutter, die mit mir zum Revere Beach gefahren war, die Mutter, die mit mir, als ich ein kleines Kind war, gelacht hatte, während wir Muffins backten – sie war komplett verschwunden. Und es wurde nur noch schlimmer. Ich verwandelte mich vom Störenfried zum Unsichtbaren. Alles drehte sich nur um Sean: Die endlosen Arztbesuche, Therapien und Behandlungen stahlen mir beide Elternteile.

In der achten Klasse hatte ich die Hauptrolle in einem Schulmusical bekommen und meine Eltern waren nicht zur Show gekommen. Sean hatte einen Zusammenbruch und sie waren beide damit beschäftigt gewesen, damit klarzukommen. Ich erinnere mich, wie ich hinter der Bühne gestanden hatte, durch einen Schlitz im Vorhang geschaute hatte und immer und immer wieder nach meinen Eltern Ausschau gehalten hatte. Ich hatte mich gefragt, wo sie blieben, mich gefragt, warum sie nicht kamen, hatte Angst davor gehabt, herauszufinden, dass mein Bruder irgendwie der Grund dafür war, dass sie nicht da waren.

Jaja. Ich bin nicht stolz auf mich. Wenn ich daran denke, wie ich auf all das reagiert hatte… um ehrlich zu sein, schäme ich mich dafür. Aber ich war nur ein verdammtes Kind gewesen und hatte es nicht besser gewusst. Der zweite Akt hatte begonnen, meine Eltern waren immer noch nicht aufgetaucht, und ich hatte mich auf der Bühne in Position gestellt. Ich hatte hinaus in den Zuschauerbereich geschaut und eine zu lange Pause nach dem Stichwort für meinen Einsatz gemacht. Hinter der Bühne hatten sie gedacht, ich hätte meinen Text vergessen und hatten ihn mir dringlich zugeflüstert, so als ob das helfen würde. Ich hatte überhaupt nichts vergessen. Ich hatte an meine Eltern gedacht, alle beide, die gerade das Wichtigste, das ich bisher in meinem Leben getan hatte, verpassten, und ich hatte mit klarer lauter

Stimme, die bis ans Ende des Zuschauerraums trug, den Titel des Gangsta Rap Songs, den ich seit Wochen ständig hörte, gesagt:

„Fuck the Police!"

Aus dem Zuschauerraum war schockiertes Kichern zu hören gewesen. Ich hatte entsetzte Gesichter bei den Eltern und Lachen bei den Kindern gesehen. Ich hatte gegrinst und meinen Mund geöffnet, war gerade dabei gewesen, etwas genauso Provozierendes zu sagen, als sie den Vorhang geschlossen hatten. Damit war meine Schauspielkarriere beendet.

Mit diesem Auftritt hatte ich auf sehr effektive Weise die volle Aufmerksamkeit meiner Eltern erlangt, das kann ich Ihnen sagen. Und ich lernte aus dieser Erfahrung eine weitere wichtige Sache. Mädchen denken, es ist geil, wenn man die Regeln bricht. Ich hatte einen Monat Hausarrest bekommen, aber das war es wert gewesen, denn drei Wochen später hatte ich zum ersten Mal Sex gehabt, und zwar im Lagerraum des Kunstsaals, mit Hannah O'Reily, einer heißen Rothaarigen, die gedacht hatte, mein Auftritt wäre einen Oscar wert.

Na, egal. Danach hatte ich nur Ärger gemacht. Und je mehr Ärger ich verursachte hatte, desto mehr Mädchen wollten etwas von mir. Ich hatte es nicht verstanden, aber ich hatte es auf jeden Fall ausgenutzt. Aber es gab eine Sache, auf die ich mich verlassen hatte, eine Konstante in meinem Leben. Jemand, der immer da gewesen war, sogar als ich mich immer schlimmer verhielt, und das war meine Mutter. Ich hatte mich darauf verlassen, dass sie für mich da war. Ich hatte mich darauf verlassen, dass sie mich liebte. Ich hatte mich darauf verlassen, dass sie einfach da war. Mein Dad und ich hatten immer im Klinsch gelegen – insbesondere zu der Zeit, als ich sechzehn geworden war. Wir hatten uns gestritten und uns angekreischt. Er hatte mich angeschrien, ich solle mich endlich beherrschen. Ich hatte ihn so lange provoziert, bis er mit seiner Geduld am Ende gewesen war. Aber meine Mutter hatte es immer geschafft, uns zu beruhigen, sie hatte es immer geschafft, alles unter Kontrolle zu bekommen, sogar während sie darum kämpfte hatte, Sean zu helfen.

Aber dann, an einem Tag kurz nach meinem sechzehnten Geburtstag, war sie einfach… weg gewesen. Und ich hatte sie, bis ich fast zwanzig war, nicht wiedergesehen.

Ganz tief in mir denke ich manchmal, ich weiß, warum sie uns verlassen hat. Es war meine Schuld. Wie ich meinem Vater vorhin gesagt hatte, war ich seit dem viel vernünftiger und erwachsener geworden.

Und deshalb lächelte und umarmte ich meine Mutter, als sie zur Vordertür hereinkam, obwohl ich mich immer noch weigerte, sie anzurufen.

„Ich habe dich vermisst", sagte sie. „Du siehst jetzt so…riesengroß aus."

Ich sagte ihr, dass ich sie vermisst hatte, was gelogen war. Zu ihrem Aussehen sagte ich nichts. Sie sah viel besser aus als beim letzten Mal, als ich sie gesehen hatte. Aber meine Mutter sah immer noch gut fünfzehn bis zwanzig Jahre älter aus als mein Vater, was keinen Sinn ergibt, denn er ist um einiges älter als sie. Ihr Haar war schon vor Jahren grau geworden und sie hatte tiefe Furchen um ihren Mund und auf ihrer Stirn. Ich glaube, ich kann mich nicht erinnern, wann ich sie das letzte Mal lächeln gesehen hatte.

„Hallo Sean", sagte sie. Er saß immer noch auf der Couch und las in seinem Comic. Er sah nicht auf oder zeigte auch nicht, ob er überhaupt bemerkt hatte, dass sie da war.

Ich hatte mich daran gewöhnt. Sean reagiert einfach anders auf Menschen als der Rest von uns. Aber das Gesicht meiner Mutter wurde lang und ich konnte sehen, dass sie verletzt und enttäuscht war. Ich hoffte, dass er etwas zu ihr sagen würde, bevor der Abend vorüber war.

Ich stand immer noch unbeholfen bei meiner Mutter, als Julia durch die Haustür kam. Sie trug einen knielangen, schwarzen Mantel und einen Schal, dazu glänzende, schwarze Stiefel, die nicht sehr sicher aussahen. Ihre Haare waren zu einer Art schickem, geflochtenem Dutt hochgesteckt und der einzige Farbtupfer an ihr war ihr heller pinkfarbener Schal. Als sie näher kam, holte ich tief Luft. Ihre Wangen waren von der Kälte leicht gerötet und diese Farbe ließ mich unausweichlich darüber nachdenken, wie sie wohl im Bett aussehen würde. Ich wollte das wissen, sehr sogar.

Sie sah mir nicht in die Augen, was eine Schande war, denn ich wollte sie unbedingt genauer anschauen.

„Hey", sagte sie ein wenig atemlos.

„Mom? Das ist meine Freundin Julia."

Julias Augen wurden etwas größer und meine Mom drehte sich zu ihr um und sagte: „Tja, hallo Julia. Ich bin Margot."

Genau wie immer (Julia)

„Also, von wo kommst du?", fragte Margot, als Crank die Tür hinter uns schloss. Die übliche peinliche Frage, für die ich niemals eine Antwort parat habe, obwohl ich das sollte, denn das hat man mich schon tausendmal gefragt. Eine Strategie, die ich auch jetzt nutzte, während ich meinen Mantel auszog, war, sie absichtlich falsch zu verstehen.

„Oh, ich lebe in Cambridge, ich bin Studentin. "

Crank streckte seinen Arm aus, um mir meinen Mantel abzunehmen, und ich sagte: „Warte –", griff in die große Seitentasche und holte mein Geschenk für Sean heraus, dann gab ich ihm den Mantel. „Danke", sagte ich, als er meinen und den Mantel seiner Mutter nahm und aufhängte. Komisch. Wer hätte gedacht, dass Punkrocker so höflich waren.

Margot hielt in der Nähe der Couch an und sah zu Sean, der Ausdruck aus Traurigkeit und Sehnsucht auf ihrem Gesicht war unbeschreiblich. Aber sie sagte nichts.

Mein Herz zersprang fast vor Mitleid, als Sean sagte: „Hey, Julia."

Ich wusste nicht, warum Sean und Crank ihre Mutter hassten, aber was gerade passiert war, war herzzerreißend. Ich wollte anfangen zu weinen, aber stattdessen murmelte ich: „Hey."

Margot und ich folgten Crank in die Küche, und was ich dort zu sehen bekam, war vermutlich die merkwürdigste Szene, die ich je bei einem getrennten Paar erlebt hatte. Denn Jack drehte sich um und seine Augen leuchteten auf, als er Margot sah. Die beiden näherten sich einander ein bisschen zurückhaltend, dann fielen sie sich in die Arme und umarmten sich lange und liebend. Seine Arme umschlangen fest ihre Taille, während ihre sich um seine Schultern legten. Sie schmiegte ihren Kopf in seine Halsbeuge und ich konnte sehen, wie sich ihre Schultern bei einem langen, stillen Seufzer entspannten.

Ein großer Mann mit grauem Haar saß am Küchentisch. Als wir hineinkamen, stand er auf, lächelte zurückhaltend, und als Jack und Margot sich schließlich losließen, sagte er: „Margot, wie schön, dich zu sehen." Dann drehte er sich zu mir. „Und du musst Dougals Freundin sein."

Crank murmelte etwas, vermutlich etwas sehr Anstößiges, und ich sagte so freundlich, wie mir möglich war: „Eigentlich sind wir noch nicht mal normale Freunde. Ich bin Julia." Dann streckte ich ihm meine Hand entgegen.

Jack brach in lautes Lachen aus und der andere Mann kicherte und griff nach meiner Hand. „Ich bin Tony, der Vorzeige-Italiener in diesem Irrenhaus. Und nimm es mir bitte nicht übel, aber ich bin Single und du bist die schönste Frau, die ich je gesehen habe. Wenn zwischen dir und Dougal nichts ist, tja..."

„Tony D'Amato", sagte Margot in einem schimpfenden Tonfall. „Sie ist so jung, dass sie deine Tochter sein könnte!"

Tony grinste und ich versuchte, die heftige Röte zu unterdrücken, von der ich fühlte, dass sie mir ins Gesicht stieg.

„Ein Mann darf immer hoffen, auch wenn er alt und grau ist."

Ich wusste nicht, wie ich darauf reagieren sollte, vor allem, weil der Grund der Party - Sean - allein im Nebenzimmer saß. Bei Tonys Bemerkungen verspürte ich für eine Sekunde heftige Verlegenheit. Dann ließ ich das Gefühl vergehen. Er machte nur Spaß. Genau wie Jack, der mich hier sofort willkommen geheißen hatte. Und dass führte dazu, dass ich plötzlich Tränen in meinen Augen fühlen konnte. Ich blinzelte sie weg.

„Bier?", fragte mich Jack.

„Ja, bitte", antwortete ich.

Jack schüttelte seinen Kopf und sagte zu Margot: „Siehst du, was passiert, wenn man Italiener in sein Haus lässt? Sie bedienen sich an deinen Sachen und verteilen sie auch noch an andere."

Margot kicherte und in dem Moment sah sie fünfzehn Jahre jünger aus. Sie stand nicht mehr ganz so dicht bei Jack, aber eine ihrer

Hände ruhte immer noch auf seiner Schulter. Tony gab ihr, ohne sie zu fragen, ein Bier.

„Noch ein paar Minuten", sagte Jack. „Ich habe Sean gesagt, ich koche heute für ihn, was er sich wünscht. Keinerlei Einschränkungen, was die Nahrungsmittel angeht. Rein gar nichts. Und was macht er? Er will Pizza. Vom Bestellservice."

„Bist du sicher, dass das eine gute Idee ist?", fragte Margot.

Jack zuckte mit den Schultern. „Es ist sein siebzehnter Geburtstag. Lass ihn essen, was er will."

Sie nickte und hatte einen nachdenklichen Gesichtsausdruck. Es war recht voll in der Küche, also ging ich um den Tisch herum und setzte mich neben Tony. „Nachdem du mir so ein ritterliches Angebot gemacht hast, kann ich dir zumindest Gesellschaft leisten", sagte ich. Dann klimperte ich ganz heftig mit den Wimpern in seine Richtung.

Er spukte fast sein Bier aus vor Lachen und rief: „Jack, hilf mir! Sie schlägt mich bei meinem eigenen Spiel."

Ich grinste ihn an. „Also, lasst mich nochmal rekapitulieren. Tony, richtig? Ein Freund der Familie? Verwandter?"

„Gott bewahre, dass ich mit einem dieser betrunkenen Iren verwandt wäre", sagte er. „Ich komme nur her, weil es Freibier gibt."

„Oh, halt die Klappe!", sagte Jack.

Tony ignorierte ihn. „Jack und ich sind Partner bei der Polizei seit, wie lange, zehn Jahren schon?"

„Es ist wie eine lebenslange Freiheitsstrafe", antwortete Jack mit müder Stimme.

Tony lachte. „Ursprünglich habe ich zu unserem Captain gesagt: ‚Mach mich ja nicht zum Partner von dem Kerl, er rennt vermutlich während einer wilden Verfolgungsjagd davon, um sich zu betrinken', aber dann traf ich Margot und sie war so hübsch, dass ich erkannte, dass ich mit Jack leben konnte, wenn ich sie dafür hin und wieder ansehen durfte. Und, falls ihn die Whiteys Mafia jemals umbrächte, würde ich mit ihr durchbrennen können."

Margot lächelte, ihre Augen wanderten zurück zu Jack. „Ihr zwei seid echt unmöglich."

Crank sagte kein Wort, er lehnte sich einfach gegen die Wand und nuckelte an seinem Bier herum. Und irgendetwas... passte einfach nicht zusammen. An der Art, wie sie sich berührten, wie sie sich ansahen, wie sie miteinander sprachen, war es ganz offensichtlich, dass sich Margot und Jack immer noch leidenschaftlich liebten.

Was zur Hölle hatte dazu geführt, dass sie sich getrennt hatten? Es ergab überhaupt keinen Sinn.

Es klingelte an der Tür.

„Ah, das wird unser letzter Gast sein, Mrs. Doyle."

„Ich gehe schon", sagte Crank. Er verschwand aus meinem Blickfeld und kam einen Moment später mit Mrs. Doyle im Schlepptau zurück. Sie sagte uns allen Hallo und dann verkündete Jack, dass es Zeit war, ins Wohnzimmer zu gehen. Wir standen auf und alle gingen ins Wohnzimmer, gerade als die Pizza geliefert wurde.

Ehrlich gesagt, war es eine lustige kleine Feier. Alle lachten und hatten Spaß. Sogar Sean stimmte mit ein und erzählte auf komische Art und Weise eine Geschichte aus dem Manga-Comic, den er gerade las, was mich davon überzeugte, das richtige Geschenk für ihn gekauft zu haben.

Ich schaute immer mal wieder zu Jack und Margot hinüber, sie faszinierten mich. Sie waren etwa Anfang fünfzig, vermutete ich, aber so wie sie sich berührten, hätte man meinen können, sie wären Teenager. Er hatte eine Hand auf ihr Knie gelegt und manchmal hob sie ihre Hand und berührte sein Haar oder seine Schulter. Sie blieben immer nah beieinander, sehr nah sogar. Ich konnte nicht anders, als einen Vergleich zu meinen Eltern zu ziehen, die immer distanziert waren, am jeweils anderen Kopfende des Tisches saßen und sich nur ganz selten berührten oder auch nur anlächelten.

Auf gewisse Weise erinnerte mich diese Feier an meinen eigenen siebzehnten Geburtstag. Die letzte Feier mit meiner Familie, bevor alles auseinanderbrach. Mein Geburtstag ist drei Tage nach Weihnachten, deshalb war der Dezember früher immer der beste Monat im Jahr, jetzt ist es der schlimmste. Aber mein siebzehnter Geburtstag? Der war nicht schlecht.

Zunächst einmal waren Ferien gewesen. Lana, meine beste Freundin, war vorbei gekommen und wir hatten Freitagnacht zusammen verbracht, Raubkopien neuer Filme aus den USA anzuschauen, wir hatten Schokolade gegessen und gelacht. Lanas Eltern waren australische Diplomaten und wir hatten oft Witze über die Unterschiede in unseren Ländern gemacht. Wir waren gar nicht so anders gewesen als Jack und Tony, obwohl ich mir bei den beiden nicht vorstellen konnte, dass einer jemals dem anderen in den Rücken fallen und das Leben des anderen ruinieren würde.

Ich schauderte. Es hatte sehr lange gedauert, bis ich mein Leben nach dem, was Harry mir angetan hatte, heimlich wieder auf die Reihe gebracht hatte. Lana war dabei gewesen. Sie hatte gewusst, wie schwer es gewesen war. Sie hatte gewusst, wie anfällig das Konstrukt gewesen war. Und als die Zeit gekommen war, war es ihr anscheinend ein Leichtes gewesen, mir den Boden unter den Füßen wegzureißen und mein Leben erneut zu zerstören.

Ich kämpfte darum, meine Gedanken zurück in die Gegenwart zu bringen. Ich dachte nicht, dass irgendjemandem meine gedankliche Abwesenheit wirklich auffiel, bis ich bemerkte, dass Crank mich seltsam ansah. Ich breitete meine Arme aus und hob meine Augenbrauen, so als ob ich „Was?" sagen wollte, er blickte daraufhin zur Seite.

Eine Sache, die ganz offensichtlich war, die aber niemand auch nur erwähnte, war Seans Reaktion auf seine Mutter. Oder besser gesagt, die fehlende Reaktion. Bisher hatte er den ganzen Abend lang nicht ein einziges Mal auf eine ihrer Fragen oder einen ihrer Kommentare reagiert. Nicht ein einziges Wort. Und ich konnte sehen, dass es sie innerlich umbrachte. Auch wenn sie lächelte oder lachte, konnte ich die Traurigkeit in ihren Augen erkennen. Tiefe Traurigkeit.

Schließlich kamen wir zur Geschenkübergabe. Crank hatte zwei Videospiele für ihn und sein Dad hatte neue Comics gekauft. Tony und Mrs. Doyle hatten beide Zubehör zu einem Elektronikbaukasten besorgt. So wie er die Teile zur Seite legte, hatte ich das Gefühl, dass die Zeit für dieses Hobby schon abgelaufen war. Seine Augen wurden groß, als er mein Geschenk öffnete: Die Figur eines Charakters aus einem der Manga-Comics, den ich ihn hatte lesen sehen.

„Ist das Rei Ayanami?", fragte er.

Jack und Margot sahen beide verdutzt aus.

„Ja", antwortete ich.

„Warum gerade sie?", fragte er.

„Ähm... na ja... Weil sie anders ist und ein bisschen einsam. Aber auch eine Heldin. Und obwohl sie zu Beginn sehr einsam und isoliert ist, kommt sie schließlich aus ihrem Schutzpanzer hervor. Und das ist etwas, das ich auch gerade versuche zu lernen."

Er steckte die Figur in seine Tasche und sah mich fast an, sein Blick war auf meine Schulter gerichtet, und sagte in einem sehr formellen Ton: „Vielen Dank."

Ich schluckte und holte tief Luft. Irgendwie bedeutete dieser Augenblick sehr viel für mich. Und in dem Moment bemerkte ich, dass mich alle im Raum anstarrten. Besonders Crank sah mich so intensiv an, dass ich schauderte. Ich wusste nicht, ob es Liebe oder Hass war, aber was es auch immer war, es war furchteinflößend.

Jack schob ein kleines Päckchen weiter. „Und das ist von deiner Mutter."

Sean streckte seinen Arm aus, nahm es in seine Hand und wog es langsam. Dann legte er es, ohne ein Wort dazu zu sagen, zur Seite. Ohne es aufzumachen.

„Sean", sagte Jack.

„Ich will es nicht."

Margot sah aus, als ob ihr jemand in die Magengrube getreten hätte. Sie sagte: „Ist schon in Ordnung...", aber ich konnte an ihrem Gesichtsausdruck erkennen, dass es das nicht war. Es war überhaupt nicht in Ordnung und mein Herz brach für sie. Ich wünschte nur, ich hätte verstanden, was hier los war, was geschehen war, um diese tiefe Kluft zwischen ihr und ihren Kindern entstehen zu lassen.

„Es ist nicht in Ordnung", platzte Jack heraus. „Sean, öffne das Geschenk deiner Mutter."

„Nein, wirklich, Jack", sagte Margot und legte ihre Hand auf seine Schulter.

„Sean", sagte Jack mit entschiedener, fast drohender Stimme. Er drehte sich halb zu Sean um und gab Margot damit Deckung vor ihrem Sohn. Beschützend, unerschütterlich und sehr wütend. Mein Magen machte einen Satz.

Sean sah hoch und dann zur Seite. „Sie geht ja doch wieder. Ich will ihr Geschenk nicht."

Eine Träne lief an Margots Gesicht herunter, dann noch eine, und dann begann sie zu zittern.

Der Rest von uns war erstarrt, niemand wusste, wie er reagieren sollte. Jack stand auf und ging auf Sean zu. „Sean, öffne das Geschenk deiner Mutter. Sie ist den ganzen Weg hergekommen, um dir ein Geschenk zu bringen, und du verletzt ihre Gefühle."

Sean stand auf, stellte sich seinem Vater gegenüber und schrie mit geballten Fäusten: „Gut! Ich hoffe, dass ich ihre Gefühle verletze! Ich habe sie nicht darum gebeten, heute herzukommen! Warum musstest du sie herbringen und meinen Geburtstag ruinieren?"

Mrs. Doyle schüttelte ihren Kopf und legte eine Hand auf Margots zitternde Schulter und Jack schrie: „Geh in dein Zimmer, Sean!"

„Gut!", kreischte Sean. „Jetzt ist es genau wie immer!" Und dann griff er nach unten, hob das Geschenk hoch und warf es fest gegen das Fenster. Was auch immer in dem Geschenk war, es war ziemlich hart, aber die Verpackung dämpfte den Aufprall ein bisschen. Es krachte mit einem lauten Schlag gegen das Fenster, aber das Fenster ging nicht in die Brüche.

Jack schoss nach vorne und Crank sprang auch vor und stellte sich zwischen seinen Vater und Sean. „Dad, beruhige dich", rief er.

Auf Seans Gesicht stand Wut geschrieben, er hatte die Augenbrauen zusammengezogen und ging auf seinen Vater zu. „Was, wolltest du mich etwa angreifen?"

„Sean!", schrie Crank und legte seine Hand auf Seans Brust, um ihn zurückzuhalten. „Reg dich ab. Regt euch alle ab!"

Es wurde still im Raum, außer Margots gequälten, unterdrückten Schluchzern war nichts zu hören. Sean stolzierte davon und begann im Flur zu rennen, als er nach oben rannte, war das Stapfen seiner Sneakers auf der Treppe zu hören.

Jack sank in sich zusammen und atmete plötzlich aus. Mit hängenden Schultern sagte er: „Oh Scheiße. Es tut mir leid, Margot. Es tut mir so leid."

Niemand beachtete mich. Also stand ich leise auf, verließ den Raum und ging auf Zehenspitzen nach oben.

Komm uns nicht in die Quere (Crank)

Wie immer nach einem von Seans Ausrastern klopfte mein Herz wie verrückt und mein Magen krampfte sich zusammen. Zum ersten Mal seit sehr langer Zeit spürte ich eine große Welle an Mitgefühl für meine Mutter. Sie jetzt so zu sehen – am Boden zerstört, leise vor sich hin weinend – brachte Erinnerungen ans Licht, an die ich mich lieber nicht erinnert hätte.

Meine Mutter, wie sie auf derselben Couch saß, die Arme meines Vaters waren um sie geschlungen, und sie heulte: „Ich will nur noch sterben! Bitte lass mich sterben!"

Ich kniff schnell meine Augen zusammen, um die Erinnerung zu unterdrücken, aber sie ließ sich nicht vertreiben. Das war fünf oder sechs Jahre her, direkt bevor sie gegangen war. Direkt bevor ich gegangen war.

Jack legte seine Arme um sie. Er sagte sanft: „Lass uns in die Küche gehen, dir einen Kaffee oder so was machen."

Sie nickte und Tony legte mitfühlend eine Hand auf ihre Schulter. Mrs. Doyle stand auf, um zu gehen, und ich ging mit ihr zur Tür und sagte sehr leise: „Der Ausraster tut mir leid, Mrs. Doyle."

Sie sah mich an. Ihre Augen waren traurig. „Kümmere dich einfach um deine Mutter und deinen Bruder, junger Mann. Ihr habt alle viel durchgemacht, aber es wird besser werden."

Ich wünschte, ich hätte ihr Vertrauen. Manchmal machte ich mir ganz große Sorgen um Sean und seine Ausraster. Ich war ein schlimmes Kind gewesen, das steht fest. Aber ich war niemals so wütend geworden, dass ich Dad auf diese Weise herausgefordert hatte. Außer einem Mal und er hatte mir gleich darauf eine Ohrfeige gegeben. Jetzt, mit Sean, passierte es wöchentlich und es wurde immer schlimmer. Das war einer der Gründe, warum ich so oft hier war. Um ihnen Freiraum voneinander zu geben, um ein Puffer zu sein.

Meine Mutter ging mit Vater und Tony in die Küche und in dem Moment bemerkte ich, dass Julia fehlte.

Ich checkte die Hintertür, aber da war sie nicht und die Tür zum Bad im Erdgeschoss war offen. Also ging ich schnell die Treppe hoch.

Seans Tür war angelehnt, Licht fiel auf den Boden des Flurs. Als ich näher kam, konnte ich hören, wie er auf und ab ging. Das tat er immer, wenn sich zuviel Energie in ihm aufgestaut hatte. Er sprach, es war ein kaum zusammenhängender und tonloser Monolog, hin und wieder war Ärger herauszuhören.

„Warum sollte ich ihr Geschenk annehmen? Oder sie hier tolerieren? Sie ist gegangen, als ich zwölf war. Sie ist kein Teil meines Lebens. Sie wollte kein Teil meines Lebens sein. Warum sollte sie jetzt ein Teil meines Lebens sein, wo es für sie angenehm ist?"

Julia war dort drinnen. Sie sagte etwas, aber es war zu leise. Ich konnte sie kaum hören, also ging ich näher. Dabei sah ich sie. Sie saß auf dem Boden neben seinem Bett, hatte ihre Beine angezogen und ihre Arme darum gelegt. Er ging im Kreis umher.

„Ich weiß", antwortete er auf etwas, was auch immer sie gesagt hatte.

Er hörte plötzlich auf herumzulaufen und fragte: „Warum hast du kein gutes Verhältnis zu deiner Mutter?"

Ich hielt die Luft an. Sie musste irgendetwas zu ihm gesagt haben, bevor ich nach oben kam.

Sie holte tief Luft und antwortete: „Es gibt mehrere Gründe, denke ich. Weißt du, dass wir die meiste Zeit, die ich an der High School war, in China gelebt haben? Meine Eltern... Sie hatten schwere Zeiten, vor allem während der ersten zwei Jahre. Und ich... ich habe die schlimmste Erfahrung meines Lebens gemacht und brauchte Hilfe, aber ich habe sie von ihr nicht bekommen. Später dann, als die Dinge, nachdem wir zurück in die Staaten gekommen waren, wirklich schrecklich wurden, weißt du? Sie hat sich nicht die Zeit genommen, meine Seite der Geschichte herauszufinden oder zuzuhören oder eine... Mutter zu sein. Stattdessen ging es ihr nur darum, mich zu kontrollieren und mir manchmal Dinge zu sagen, die dazu führten, dass ich mich schlecht fühlte. Wirklich schlecht. Und während der ganzen Zeit deckte ich sie."

Sean begann wieder herumzulaufen. Das war seine Art, die überschüssige Energie loszuwerden, aber manchmal hatte es auch den gegenteiligen Effekt und regte ihn nur noch mehr auf. Ich war mir nicht sicher, was hier gerade passierte, denn das war so ziemlich die normalste Unterhaltung, die ich je bei ihm erlebt hatte. Er sprach niemals über diese Dinge mit uns, so viel war sicher.

„Meine Mutter hat früher nachts immer geweint", sagte er. „Immer. Ich konnte es durch den Flur hören und manchmal, wenn sie weinte, war es wegen mir. So, als ob ich kaputtes Spielzeug wäre und sie mich in den Laden zurückbringen wollte. Oder mich reparieren lassen wollte. Jeden Tag gingen wir zu einem anderen Arzt und sie erzählte ihnen, was alles mit mir nicht stimmte."

Sie sah zu ihm hoch, dabei fiel ihr Haar zurück. „Das muss ziemlich hart gewesen sein."

„Ich will... Ich – " Er konnte den Satz nicht beenden.

„Du möchtest, dass deine Mutter dich so liebt, wie du bist?"

„Ja!", rief er aus. Und das Schlimmste daran war, ich konnte die Traurigkeit, das Gefühl in seiner Stimme hören. Mein Bruder, der immer, einfach immer, nur in monotonem Ton sprach, außer wenn er wütend war. „Warum kann sie mich nicht so akzeptieren, wie ich bin?"

Er hörte plötzlich auf herumzuwandern und ließ sich neben ihr auf den Boden fallen.

Sie antwortete: „Manchmal... Ich denke, Eltern versuchen so viel, um zu verhindern, dass wir ihre Fehler wiederholen, dass sie uns nicht gestatten, eigene zu machen. Ich meine... Deine Mutter liebt dich und will das Beste für dich. Jeder kann das sehen. Aber sie weiß nicht, wie sie das zeigen soll... Außer dich zu bedrängen."

„Kannst du das wirklich sehen? Ich kann es nicht."

„Schau dir ihren Gesichtsausdruck an."

„Ich kann... Ich kann Gesichtsausdrücke nicht gut deuten. Sie haben versucht, es mir beizubringen. Meine Mutter hat mich zu Lehrern und zu Stunden für soziale Fähigkeiten geschleppt. Sie haben mir Bilder mit kleinen runden Gesichtern aus Strichen gezeigt und ich musste sagen, was die Ausdrücke bedeuteten. Diese Person ist glücklich. Diese Person ist traurig. Aber das waren keine echten Menschen. Ich schaue mir echte Menschen an und ich habe keine Ahnung, was sie denken. Was siehst du?"

Sie drehte sich zu ihm um, ihr Gesichtsausdruck war traurig. „Ich denke, deine Mutter ist die traurigste Person, die ich je gesehen habe."

Er starrte auf den Boden und ich konnte Wut in seiner Haltung erkennen – seine Schultern waren hochgezogen und seine Hände zu Fäusten geballt. „Wegen mir."

„Nein, das denke ich nicht", antwortete Julia. „Da ist noch etwas anderes. Ja, das heute Abend hat sie traurig gemacht... Es hat ihr das Herz gebrochen. Aber da ist noch etwas anderes und ich weiß nicht, was es ist."

„Du verstehst andere Leute", sagte er.

„Ja und nein", sagte sie und seufzte dann. „Ich war... Wir sind ständig umgezogen. Alle drei Jahre ein neues Land, eine andere Schule, ein anderes Leben. Im Laufe der Jahre bin ich immer einsamer geworden, es wurde immer schwerer, Freunde zu finden. Ich musste lernen, die Leute schnell einzuschätzen. Aber als ich an die High School kam, dachte ich, das wäre nun vorbei."

„Was ist passiert?", fragte er.

Sie schloss ihre Augen und lehnte ihren Kopf gegen ihre Knie. Dann sagte sie: „Du musst mir versprechen, dass du niemandem erzählst, was ich dir jetzt sage. Nichts davon. Ganz besonders Crank nicht."

Er blinzelte. Sean gab nicht schnell ein Versprechen, denn er wusste, wie schmerzhaft es war, wenn es gebrochen wurde. Er dachte darüber nach und sagte dann: „Ich verspreche es."

Sie sah hoch und lächelte schwach, aber es war kein echtes Lächeln, denn ihr liefen ein paar Tränen über das Gesicht. „Ich rede hierüber nicht oft. Aber als ich vierzehn war, zogen wir nach China. Ich ging dort auf diese fantastische Schule, die alle Diplomatenkinder aus England, Australien und den USA besuchten. Und dort traf ich diesen Jungen. Er war um einiges älter als ich. Er war in seinem Abschlussjahr, ich in meinem ersten."

Sie schauderte. „Ich dachte, ich würde ihn lieben. Ich war dumm und unerfahren und schrecklich verwundbar. Und er hat das schamlos ausgenutzt."

Auf Seans Stirn erschienen verärgerte Furchen. „Hat er dich vergewaltigt?"

Sie schüttelte ihren Kopf. „Nicht wirklich. Ich habe nicht Nein gesagt. Ich habe... Ich habe gar nichts gemacht. Er sagte immer wieder, wenn ich ihn lieben würde, dann müsste ich ihn glücklich machen wollen. Und so ging das eine ganze Weile, aber ich war noch nicht bereit. Auf gar keine Weise. Es war, als ob... als ob er alles bestimmte. Er wurde sauer, wenn ich mit anderen Jungs aus der Klasse sprach, und kniff mir so fest in den Arm, dass ich einen blauen Fleck bekam. Und ich hatte Angst vor ihm. Und dann... wurde ich schwanger."

Sean blieb der Mund offen stehen. Und ich wusste, ich hätte weggehen sollen, ich hätte die Unterhaltung nicht belauschen sollen, vor allem nicht, nachdem sie ihn hatte versprechen lassen, es mir nicht zu erzählen. Aber ich blieb und ich schämte mich dafür. Ich wollte mehr über sie erfahren. Ich wollte alles über sie erfahren.

„Also brachte er mich kurz vor Weihnachten... zu einem Ort in Peking. Es ist eine große Stadt. Unglaublich groß. Ich hatte keine Ahnung, wo ich war. Dort war ein Arzt und niemand sprach Englisch. Ich verstand noch nicht mal genau, was passierte. Und während ich im Behandlungsraum war und irgendsoein Arzt mich ausschabte, ging er fort."

Sie sah freudlos aus, als sie die Worte aussprach. Ich wusste nicht, was ich denken sollte, außer dass ich den Bastard, der ihr das angetan hatte, umbringen würde, sollte ich ihm je begegnen. Aber sie sprach weiter und es wurde nur noch schlimmer.

„Schließlich konnte ich gehen... Es war schon später Nachmittag und es schneite. Und ich sprach damals noch nicht viel mehr Chinesisch als „Wo sind die Toiletten?". Und in dem Teil der Stadt sprach niemand Englisch. Ich hatte mich verirrt, hatte schreckliche Angst, ich blutete und... es war ein Albtraum."

„Was ist geschehen?", fragte Sean.

Sie zuckte mit den Schultern. „Ich habe schließlich den Rückweg nach Hause gefunden. Es war fast Mitternacht und meine Eltern gaben mir Hausarrest. Und ich habe versucht, mein Leben wieder in Ordnung zu bekommen. Aber in meinem Abschlussjahr, als ich in Bethesda war, kam es raus."

Oh Gott, dachte ich und schloss meine Augen.

„Wie?", fragte Sean.

Ich öffnete meine Augen. Sie lächelte bitter. „Meine beste Freundin und ich hatten uns, kurz bevor ich China verließ, gestritten. Und sie hat die Geschichte an alle in unserer Schule gemailt und dabei noch alles verdreht. Sie hatte ein Bild. Ich weiß nicht, wo sie es herhatte. Aber ich war darauf und ich war betrunken... und... egal. Eines führte zum anderen und die Schüler an meiner neuen Schule erfuhren davon."

„Waren sie gemein zu dir?"

Sie nickte. Ihre Augen waren feucht und gerötet. „Ja. Ich weiß, dass manche Leute schlimmere Probleme haben und das trivial erscheint. Aber wenn ich den Gang entlanglief, konnte ich sie *Schlampe* und *Hure* und noch schlimmere Dinge flüstern hören. Jeden Tag. Niemand hat mit mir geredet. Niemand war auch nur höflich. Und meine Mutter – du musst verstehen, wir hätten eigentlich in Russland sein sollen. Es hätte der Gipfel der Karriere meines Vaters sein sollen, Botschafter in Russland zu sein. Aber wegen der Gerüchte hat einer der Senatoren seine Ernennung um zwei Jahre hinausgezögert. Während des ganzen Jahres habe ich mich jeden Abend in meinem Zimmer eingeschlossen und mich in den Schlaf geweint. Ich habe mir damals versprochen, niemals wieder jemandem zu trauen."

Verdammt, dachte ich, während ich sie anschaute. Ihre Geschichte war so traurig, dass ich fast in Tränen ausbrach, und ein Blick in das Zimmer zeigte, dass Sean weinte. „Manchmal möchte ich Leute umbringen, die so etwas machen", sagte er mit böser Stimme. „So was machen sie mit mir auch manchmal. Rufen mir Schimpfworte hinterher. Schubsen mich herum."

Sie legte ihren rechten Arm um seine Schulter. Normalerweise rückt Sean schnell weg, wenn jemand ihn berührt. Aber diesmal nicht. „Es wird besser werden."

„Wie?", fragte er mit kummervoller Stimme.

„Zeit", sagte sie. „Abstand."

„Aber du hast gesagt, dass du niemandem mehr vertraust. Warum hast du es mir erzählt?"

Sie schenkte ihm ein trauriges Lächeln. „Weil du etwas Besonderes bist. Du bist wie ich. Deshalb weiß ich, dass ich dir vertrauen kann."

Er antwortete nicht gleich. Es war, als ob er erst mal verarbeitete, was sie gesagt hatte, und versuchte, es zu verstehen. Um ehrlich zu sein, ich auch.

Nach ein paar Minuten Stille, in der die beiden einfach nur zusammen dasaßen, sagte er: „Letztes Jahr an meinem Geburtstag hat mir mein Dad die Polizeimütze von meinem Opa gegeben. Und ich habe sie getragen, einfach immer. Die Kinder an der Schule haben sich über mich lustig gemacht. Ich weiß, dass es dumm war. Niemand an der Schule trägt so was. Aber mir hat sie gefallen. Als ich noch klein war, wollte ich immer Polizist sein, so wie mein Dad. Aber an einem Tag haben sie mich festgehalten und in die Toiletten gezogen und dann die Mütze ins Klo gestopft."

Ich konnte seine geballten Fäuste sehen, während er die Geschichte erzählte, und sein Gesicht war verbissen: Verärgert, Augen zusammengekniffen, Augenbrauen nach unten gezogen. Er sah aus, als ob er mit der Faust auf die Wand einschlagen wollte.

„Was ist passiert?", fragte sie.

„Ich wurde für eine Woche von der Schule suspendiert, weil ich mich gewehrt hatte. Das ist das, was immer passiert. Sie können mich herumschubsen oder mich schlagen und kommen davon, aber wenn ich mich wehre, werde ich bestraft. Und es ist noch nicht mal nur an der Schule so. Nachdem die National Guard-Einheit meines Vaters nach dem 11. September in den aktiven Dienst beordert wurde, musste ich für eine Weile bei meinem Opa wohnen. Und er war genauso. Ich hasse sie alle."

Allmächtiger. Ich wusste, dass das schlimm für ihn gewesen war. Aber ich hatte nicht gewusst wie schlimm.

Sie schloss ihre Augen und legte ihre Arme wieder um ihre Beine. „Es tut mir leid, dass dir das passiert ist, Sean."

„Meinst du, ich soll mich bei meiner Mutter entschuldigen?"

Ich hielt die Luft an. Sean hatte nicht mehr mit unserer Mutter gesprochen, seit… na ja, ungefähr genauso lange, wie ich. Und ich begann zu bemerken, dass ich vielleicht doch nicht ganz so unschuldig war, wie ich glaubte. Ich meine, ich weiß, dass sich die Kinder von Eltern, die sich trennen, immer fragen, ob es ihre Schuld war.

Aber ich hatte ziemlich gute Gründe zu vermuten, dass es meine Schuld gewesen war.

Nach ein paar Sekunden antwortete sie ihm. „Ich denke, du solltest darüber nachdenken. Eines, das wir im Leben lernen müssen, ist, anderen zu verzeihen. Und das ist schwer. Aber wenn wir jemandem verzeihen, hilft es uns genauso wie dem anderen. Vielleicht hilft es uns sogar noch mehr."

„Denkst du, dass sie mir verzeihen wird?", fragte er.

„Das, was du zu ihr gesagt hast?"

„Nein. Dass ich das Asperger Syndrom habe."

Sie holte scharf Luft. Allmächtiger, dieses arme, verkorkste Kind. Warum dachte er, man müsse ihm verzeihen, wer er war? Sie antwortete nicht sofort mit einer lapidaren Erwiderung. Sie sagte auch keine leeren Worte, um ihn zu beschwichtigen. Stattdessen dachte sie darüber nach und sagte: „Ich kenne deine Mutter nicht, Sean. Aber jeder kann sehen, dass sie dich liebt. Ich denke, das ist ein Anfang."

„Dann komme ich in ein paar Minuten runter."

„Okay", sagte sie. „Ich lass dir noch ein bisschen Zeit für dich."

Sie lehnte sich nach vorne und stand auf. Dann stoppte sie und drehte sich zu ihm um, kniete sich hin und küsste ihn auf den Kopf.

Ich hätte weggehen sollen, stattdessen stand ich da und lauschte ganz offensichtlich. Als sie die Tür erreichte, hörte ich, wie Sean zu ihr sagte: „Julia, willst du meine Freundin sein? Auch wenn du und Crank nicht..." Er verstummte, konnte nicht sagen, was auch immer er geplant hatte, zu sagen.

Das beantwortete sie sofort. „Sean... Ich kann mich nicht mit deinem Bruder einlassen. Er ist... Das einzige, was ich in diesem Leben noch habe, ist Kontrolle. Und die kann ich nicht aufgeben. Aber deine Freundin sein? Das bin ich schon."

Dann ging sie raus in den Flur und rannte mich fast über den Haufen.

Sofort war auf ihrem Gesicht Angst zu erkennen. Keine Wut, wie ich es erwartet hatte. Ärger, dass ich gelauscht hatte, das hatte ich erwartet. Vor allem Ärger darüber, dass ich ihre Geheimnisse gehört hatte, dass ich gehört hatte, dass sie Angst hatte, die Kontrolle zu verlieren. Aber stattdessen wurden ihre Augen ganz groß, als sie mich sah. Es war eindeutig Angst.

„Wie viel davon hast du gehört", flüsterte sie.

„Zu viel", antwortete ich.

Sie holte tief Luft und sah mir in die Augen. Sie sprach leise, aber fest. Sie gab mir einen Befehl, ihre Lippen waren angespannt, ihre Stimme verlangend. „Über uns beide muss ich nichts sagen. Aber dein Bruder – ich bin seine Freundin. Wage es ja nicht, dich uns in den Weg zu stellen."

Und dann ging sie um mich herum und mit geradem Rücken und zurückgeschobenen Schultern die Treppe herunter.

Ich stand für ein paar weitere Sekunden da und sah zu, wie sie verschwand. Und ich konnte nicht anders, als sie für ihren Mut zu bewundern. Ich wollte sie, ich wollte sie so sehr, dass ich zitterte. Und zum ersten Mal, seit ich ein Teenager gewesen war, würde auf der Bühne zu stehen und Obszönitäten zu rufen nicht dazu führen, zu erhalten, was ich wollte.

Ich hatte keine Ahnung, was ich tun sollte.

KAPITEL 10

Ein bisschen schwindelig (Julia)

Es wurde Zeit für mich zu gehen. Ich hatte heute Abend schon mindestens einen Familienstreit zuviel miterlebt, aber irgendetwas an Sean weckte meinen Beschützerinstinkt ganz besonders. Er war ein guter Junge – ein netter Junge, der schon viel zu viel hatte ertragen müssen, und der noch nicht mal verstand, warum andere Leute dachten, er wäre merkwürdig.

Mir drehte sich der Magen um, bei dem Gedanken, dass Crank meine Unterhaltung mit Sean mit angehört hatte. Dass er wusste, was Harry mir angetan hatte. Darüber redete ich mit niemandem. Niemals. Ich hatte es einmal getan, mit Lana. Sie war die einzige Person, außer Harry und mir, die die ganze Geschichte kannte, und sehen Sie, was sie getan hat. Sie hat die Geschichte dazu verwendet, mir wehzutun.

Ich hatte nicht geplant, mich so einfach jemandem anzuvertrauen. Aber dies war noch schlimmer – ich hatte sicherlich nicht geplant, mich jemandem unwissentlich anzuvertrauen. Und obwohl ich von Crank fasziniert war und mich mehr als nur ein bisschen zu ihm hingezogen fühlte, vertraute ich ihm nicht. Gut aussehende, charmante Männer? Nein. Niemals wieder.

Mrs. Doyle war schon gegangen, als ich wieder nach unten kam. Jack, Tony und Margot saßen am Küchentisch, vor jedem stand ein Bier. Es war bereits sechs Uhr, draußen war es dunkel und vermutlich bitterkalt und ich war mit der T nach South Boston gefahren, anstatt mit dem Auto. Das bedeutete, dass ich mich von Crank zurück zur Broadway Station fahren lassen musste, wenn er wieder nach unten kam. Ich hätte laufen können, aber da es draußen so kalt war, wollte ich das wirklich nicht.

Vielleicht konnte Tony mich stattdessen fahren.

„Setz dich und nimm dir ein Bier", sagte Jack zu mir.

Tony lehnte sich nach vorne zum Kühlschrank und holte, immer noch sitzend, ein Bier für mich heraus. Ich öffnete es und setzte mich. Ich würde bald gehen müssen, aber ich musste zumindest warten, bis Sean und Crank wieder nach unten kamen.

„Ich möchte mich entschuldigen", sagte Jack. „Es tut mir leid, dass du das alles mit ansehen musstest."

Ich schüttelte meinen Kopf. „Das ist okay. Ich habe auch eine Familie – ich verstehe das. Manchmal passieren Dinge, von denen wir wünschten... sie wären nicht geschehen."

Jack und Margot sahen mich beide merkwürdig und neugierig an, nachdem ich das gesagt hatte. Ich ignorierte sie. Ich hatte schon mehr von mir preisgegeben, als ich für die nächsten fünf Jahre geplant hatte. Ich fühlte mich sowieso schon total fertig und entblößt. Normalerweise hüllte ich mich in einen Kokon aus Stille, so als ob meine Gefühle Wunden wären, die in Watte gepackt waren. Jetzt fühlte es sich so an, als ob diese Schutzhülle entfernt worden wäre und sie jeden Moment anfangen würden zu bluten.

„Es ist Zeit, dass ich gehe", sagte Margot.

Jack seufzte, den sehnsüchtigen Ausdruck in seinem Gesicht konnte man nicht übersehen. Ich verstand nicht, was zwischen Jack und Margot geschehen war, aber was auch immer es war, es hatte die Liebe zwischen den beiden nicht gemindert.

„Ich bringe dich nach draußen", sagte er.

Sie standen auf und in dem Moment erschien Sean in der Tür, gefolgt von Crank.

„Mama?", Sean hatte einen offenen und verwundbaren Gesichtsausdruck, aber seine Augen waren nicht auf sie, sondern auf die Wand gerichtet.

Sie sah aus, als ob das Gewicht aller Schuldgefühle der Welt auf ihr lastete und sie nach Luft keuchen musste. „Ja, Sean?", sagte sie.

Als er sprach, war sein Tonfall nur unmerklich anders als sonst. Ich hatte ihn fast immer nur monoton sprechen hören, seine Stimme war nur leicht höher und lauter als bei einer normalen Unterhaltung. Jetzt sprach er leise und man konnte einen deutlich kummervollen Unterton in seinen Worten hören. „Es tut mir leid."

Bei diesen Worten wurden ihre Augen sofort rot und füllten sich mit Tränen. Es war schmerzvoll, mit anzusehen, wie sich auf ihrem Gesicht Erleichterung breitmachte. Sie ging langsam auf ihn zu. Seine Augen waren immer noch abgewandt, aber er breitete seine Arme aus und umarmte sie sehr unbeholfen.

Margot unterdrückte ein Schluchzen. „Ich liebe dich, Baby", flüsterte sie.

Sie trennten sich wieder, sie sah ihn an und er schaute zur Wand.

„Ich komme bald wieder und besuche dich. Ist das okay?"

Er nickte steif mit seinem Kopf, seine Augen waren immer noch auf die Wand gerichtet. „Das würde mir gefallen."

Ich bedeckte meinen Mund mit meiner rechten Hand und schniefte. Es tat fast weh, diese unbeholfene, schmerzvolle Unterhaltung zwischen den beiden mit anzusehen. Das war zu viel. Zu viele Gefühle, zuviel Schmerz, einfach zuviel. Ich musste zurück in mein Apartment, mir ein gutes Buch schnappen und flüchten. Ich musste wieder Boden unter die Füße bekommen, meine Gefühle unter Kontrolle bringen, die durch mich hindurch wirbelten, wie ein Sturm, der Dämme und Gebäude einriss und mich verwirrt und richtungslos zurückließ. Jack und Margot gingen hinaus ins Wohnzimmer und Sean verließ die Küche auch, ohne ein Wort zu uns anderen zu sagen. Ich wusste nicht, wie schwer es ihm gefallen war, sich zu entschuldigen. Aber ich wusste, dass er dadurch sehr viel gewinnen würde.

Ich stand auf, mir war ein bisschen schwindelig. „Crank... kannst du mich zur Broadway Station fahren?"

„Ich fahr dich nach Hause", sagte er.

„Ich denke nicht, dass das eine gute Idee ist."

Er öffnete seinen Mund, um noch etwas zu sagen, und stoppte dann. Danach schüttelte er seinen Kopf und gab nach. „In Ordnung. Wie du willst."

Also gingen wir um den Tisch herum und in den Flur und dann nach draußen in die Kälte.

Jack und Margot standen zusammen vor der Eingangstür. Sie trug ihren Mantel und Schal. Seine Hände hielten ihre Arme fest und sie berührten sich mit der Stirn. Es war eine sehr intime Pose, intimer, als ich sie je bei anderen Menschen gesehen hatte. Sie hatte einen solch intensiven Ausdruck aus Verlangen und Kummer im Gesicht, dass ich fast in Tränen ausbrach. Er flüsterte etwas, ich weiß nicht was, aber ihr liefen Tränen über die Wangen, als er das sagte. Auf sein Flüstern hin nickte sie und legte ihre Hände auf seine Schultern.

Ich trat instinktiv einen Schritt zurück, denn ich wollte einen so intimen Moment nicht stören und Crank tat das gleiche. Also standen wir am Ende beide nebeneinander in der Tür, unsere Arme berührten sich, wir konnten das beide nicht mit ansehen, waren aber auch nicht in der Lage, uns wegzudrehen.

Jack flüsterte noch etwas und sie antwortete, aber sie waren zu leise und zu sehr auf einander konzentriert, als dass ich sie hätte verstehen können. Wie ich sie so beobachtete, wusste ich nicht, was ich denken sollte. Was war nur zwischen ihnen geschehen? Wie konnten zwei Menschen, die so offensichtlich, ja fast schmerzlich ineinander verliebt waren, getrennt leben?

Schließlich nahm Jack ihr Gesicht in seine Hände und küsste sie ganz langsam, zärtlich und liebend auf die Stirn.

„Geh", sagte er immer noch flüsternd, aber laut genug, dass ich ihn gerade so verstehen konnte. „Ich liebe dich, Margot."

Ich schluckte und versuchte, meine Tränen zurückzuhalten. Niemals, zumindest nicht seit ich vierzehn gewesen war, hatte ich gewollt, dass mir jemand diese Worte sagte oder mich so ansah oder mich so küsste. Aber dies mit anzusehen, hatte mich von Neuem aus dem Gleichgewicht gebracht.

Ihre Schultern begannen in stillem Kummer zu zittern, und sie zog sich von ihm zurück. Er öffnete die Vordertür für sie und sie ging hinaus in die Dunkelheit, allein.

Jack stand da und schaute dabei zu, wie sie ging, die eine Hand lag am Türrahmen und die andere hing schlaff neben ihm, unfähig irgendetwas zu tun, um sie vom Gehen abzuhalten. Er sah besiegt aus.

Ich schniefte erneut und rieb mir heftig die tränenden Augen. Dann stellte ich mir vor, wie ich allein zurück auf dem Weg nach

Cambridge in der Red Line sitzen würde, und ich... ich konnte es nicht. In diesem Moment konnte ich es nicht ertragen, alleine zu fahren. Ich flüsterte Crank zu: „Ich habe es mir anders überlegt. Wenn du immer noch bereit bist, mich nach Hause zu fahren, wäre ich dir dankbar, wenn du es tun würdest."

Er drehte sich zu mir um, sah mich mit einem Blick an, den ich nicht deuten konnte. „Kein Problem, Julia. Was immer du willst."

Bring. Mich. Nach. Hause (Crank)

„Warum haben sich deine Eltern getrennt?", fragte mich Julia ein paar Minuten, nachdem wir das Haus meines Vaters verlassen hatten. Es hatte etwas gedauert, bis wir uns gefasst und danach unsere Mäntel und Hüte aufgesetzt hatten, und dann hatte ich die Autoschlüssel nicht finden können. Aber schließlich hatten wir es nach draußen geschafft und die ersten Minuten der Fahrt sagte keiner von uns etwas. Ich wollte gerade das Radio anschalten, als sie die Frage stellte.

Statt es anzumachen, legte ich meine Hand zurück ans Lenkrad.

Ich dachte über ihre Frage nach. Es gab darauf keine Antwort. Es gab darauf hundert Antworten. Und ich kannte nicht alle. Alles, was ich hatte, waren Vermutungen und Annahmen und Vorwürfe. Und es war klar, was die Frage ausgelöst hatte. Die Szene an der Tür. Meine Eltern waren total dramatisch veranlagt und es war sogar dem hartherzigsten Punkrocker klar, dass sie sich liebten, also blieben genau zwei Gründe, warum sie uns verlassen hatte. Ich und Sean.

Schließlich sagte ich: „Ich kenne nur einen Teil der Geschichte. Und sie wirft kein gutes Licht auf mich."

Sie lehnte sich gegen die Tür, kuschelte sich in ihren Mantel und hatte dabei die Arme vor ihrer Brust verschränkt.

„Warum fragst du?", sagte ich.

„Weil es offensichtlich ist, dass sie sich lieben. Diese Trennung macht sie völlig fertig."

Ich seufzte. „Ich verstehe es auch nicht wirklich. Ich sehe sie nicht sehr oft. Manchmal, an Feiertagen."

„Waren sie schon immer so?"

Ich nickte. Ich denke, ich verstand, worauf sie hinauswollte. Waren sie immer so dramatisch? „Ja. Immer. Und es macht Dad total verrückt, dass Sean und ich so böse auf sie sind."

„Ich glaube, meine Eltern vereinbaren Termine, um sich zu sehen", sagte sie. „Obwohl sie im gleichen Haus leben und er inzwischen in Rente ist. Ich weiß nicht, ob sie jemals so etwas füreinander empfunden haben."

Ich zuckte mit den Schultern. „Ich weiß nicht, ob Kinder ihre Eltern überhaupt verstehen können. Ich auf jeden Fall nicht. Ich meine, deine Eltern haben sich zumindest oft genug berührt, um dich und deine Schwestern zu bekommen."

Sie verzog das Gesicht. „Das Bild hätte ich jetzt wirklich nicht vor meinem inneren Auge gebraucht."

„Deine Eltern müssen jahrelang wie die Kaninchen gerammelt haben. Ich wette, es war niemals ruhig bei euch zu Hause."

Sie schüttelte ihren Kopf, hatte einen verärgerten Gesichtsausdruck. Okay, ja, ich trieb es zu weit. So bin ich nun mal. „Da ich die Älteste bin, und mit vielen Jahren Abstand... Als ich klein war, waren da nicht viele Schwestern." Sie hielt einen Moment inne und lenkte die Unterhaltung wieder auf meine Mutter. „Gab es keine Vorwarnung? Dass sie gehen würde?"

Ich schüttelte meinen Kopf. „Eines Tages kam ich nach Hause und sie war weg. Ohne jede Erklärung."

Was ich ihr nicht über den Tag sagte – den Tag, als ich nach Hause kam und meine Mutter weg war: Die Tür zum Badezimmer war aus den Angeln gebrochen und der hölzerne Rahmen zerschmettert. Die Brutalität dieser Tat war ein Schock für mich; so etwas gab es in dem Haus, um das sich meine Eltern penibel kümmerten, nicht. Ich war drei Tage lang nicht nach Hause gekommen, hatte getrunken, Unfug getrieben und mir Ärger eingehandelt. Ich hatte deshalb keine Ahnung, was während meiner Abwesenheit geschehen war, und Sean weigerte sich, irgendetwas zu sagen. Genau genommen sagte er die nächsten drei Monate lang fast kein Wort. Und das bei einem Kind, das einem stundenlang Vorträge über die Funktionsweise einer elektrischen Zahnbürste halten konnte.

„Es war zum Teil meine Schuld", sagte ich.

Sie sah mich verwirrt an. „Wie das?", fragte sie sehr direkt.

„Ich denke, sie ist gegangen, weil sie uns nicht mehr ertragen konnte. Sean rastete ständig völlig aus, er musste immer wieder zum Arzt und ich machte zu der Zeit nichts als großen Ärger. Wenn mein Dad nicht Polizist gewesen wäre, wäre ich vermutlich für lange Zeit im Gefängnis gelandet. So wurde ich nur für etliche Ordnungswidrigkeiten belangt, die bei näherer Betrachtung eigentlich Straftaten waren, und wurde mehr als einmal nach Hause gebracht, obwohl ich die Nacht im Gefängnis hätte verbringen müssen. Ich machte… Ärger."

Julia hörte wie immer aufmerksam zu und antwortete nicht mit einer schnellen Erwiderung. Schließlich sagte sie: „Das ist albern. Dass man sauer auf sein Kind ist, weil es sich wie ein Idiot verhält? Das kann ich verstehen. Aber dass man seinen Mann verlässt wegen seines Kindes? Das glaube ich einfach nicht. Da muss noch viel mehr dahinter stecken."

Ich weiß nicht, warum mich das so verärgerte, aber das tat es. Ich antwortete in einem ärgerlichem Ton. „Du hast zu allem eine Meinung, oder? Du hast meine Familie genau zweimal getroffen und uns schon alle analysiert."

Sie sah mich skeptisch und verärgert an. „Sei nicht so ein Arsch."

„So bin ich nun mal", sagte ich selbstgefällig.

„Das ist vielleicht deine Fassade."

„Wo ist der Unterschied?", fragte ich. „Wenn man eine Fassade lange genug aufrechterhält, erkennt niemand mehr den Unterschied. Nicht mal ich selbst."

„Nicht mal für deine Freunde? Deinen Dad oder deinen Bruder?"

Ich schnaubte. „Ich weiß nicht, wovon du redest. Und was ist mit dir? Was hast du für eine Fassade?"

„Das geht dich verdammt nochmal nichts an", sagte sie.

„Für jemanden, der so viele verschiedene Meinungen über mich hat, bist du ziemlich empfindlich, wenn es um dich geht."

„Ich bin tabu für dich."

Allmächtiger. Als ob ich das nicht wüsste. Sie musste es mir extra unter die Nase reiben. Ich antwortete sarkastisch: „Ich weiß. Das hast du meinem Bruder auch schon gesagt." Sie wich bei der Bitterkeit in meiner Stimme ein wenig zurück.

Ich fuhr so schnell, dass ich an der Ausfahrt nach Cambridge vorbeifuhr.

„Das war meine Ausfahrt", sagte sie.

„Ich weiß."

Sie war für fast dreißig Sekunden still, was ein kleines Wunder war. „Also – fahren wir nicht vom Highway ab?"

„Nicht hier", antwortete ich. Sie war still.

Drei Minuten später nahm ich die nächste Ausfahrt. Wenn ich links abbog, würde ich nach Cambridge kommen. Ich bog nach rechts und fuhr durch Charleston in Richtung Route 1.

Ein paar Augenblicke später sagte sie: „Hier kenne ich mich nicht aus."

„Das ist Charleston", antwortete ich.

„Ähm..."

„Entspann dich einfach zur Abwechslung, verdammt nochmal, okay?"

Sie starrte mich an und sagte leise. „Nur um die Dinge ganz klar zu stellen. Falls du mich in den Wald fährst, um mich umzubringen oder so was, ich habe Selbstverteidigung gelernt und ich habe Pfefferspray und ein sehr scharfes Messer bei mir. Und ich werde nicht zögern, sie zu benutzen."

Heilige Scheiße. „Hast du mir gerade gedroht?", fragte ich. Ich spürte, wie sich ein Grinsen auf meinem Gesicht formte.

„Ich stelle nur sicher, dass alles klar ist."

„Gut", sagte ich. „Du wirst diese ganze Scheiße nicht brauchen. Nicht bei mir."

Ich bog nach links auf die Route 1 ab. Der Verkehr war nicht sehr dicht für Samstagabend und ein paar Minuten später sah ich das Schild für Revere Beach. Im Auto war es ruhig.

„Ist es nicht ein bisschen zu kalt um zu schwimmen?", fragte sie.

Ich schnaubte. „Ich hatte nicht vor zu schwimmen."

„Warum sind wir dann hier?"

„Du warst noch nie am Revere Beach, oder?"

„Nein", antwortete sie.

„Du lebst seit wann in Boston, seit drei Jahren? Und du warst noch nie am Revere Beach?"

„Ich lebe in Cambridge."

„Gott, wie auch immer. War dein Besuch im Haus meines Vaters das erste Mal, dass du den Campus verlassen hast? Am Revere Beach rumzuhängen ist wie ein Ritual hier. Entspann dich, es wird dir gefallen. Und dann bringe ich dich nach Hause."

Sie sah mich an, ihrem Gesichtsausdruck nach zu schließen, dachte sie, ich wäre verrückt. Und ich gebe es offen zu, ich war es. Ich warf einen Blick auf ihre Handtasche, in der sich anscheinend ein scharfes Messer befand. Ich fragte mich, ob sie mir wohl die Wahrheit gesagt hatte.

„Dir ist klar, dass wir draußen etwa sechs Grad minus haben?"

„Ach ja? Gut, dann wird der Ozean nicht gefroren sein."

Sie verdrehte ihre Augen, verschränkte ihre Arme vor ihrer Brust und sah dann zum Fenster hinaus. Aber die Sache ist die, mein Bruder hat Asperger Syndrom. Ich bin es gewohnt, dass Leute mich nicht ansehen.

Also fuhr ich weiter, während sie mich ignorierte, und nach einer Weile bahnte ich mir meinen Weg den Revere Beach Boulevard hinunter. Zu unserer Linken waren Häuser, hin und wieder Geschäfte und Bars und weiter unten dann größere Gebäude. Auf der rechten Seite war eine Mauer, etwa einen Meter hoch, und dahinter lag der Ozean. Sogar in dieser Kälte waren hin und wieder Teenager und Collegestudenten zu sehen, die meisten saßen auf der Mauer. Man konnte nirgendwo Alkohol sehen, aber es war fast sicher, dass irgendwo welcher war.

Ich parkte parallel auf der dem Strand zugewandten Seite und schaltete den Motor aus. Julia sagte immer noch nichts zu mir und sah mich auch nicht an.

„Komm schon. Du wirst mir später danken."

Ohne ein Wort zu sagen, öffnete sie die Autotür und stieg aus.

Ich schnappte nach Luft, als ich aus dem Auto ausstieg. Ein stechender, eisigkalter Wind wehte vom Ozean herüber. Falls Julia mich nicht zuerst umbrachte, würde es der Wind tun. Ich zog den Reißverschluss meiner Jacke bis ganz noch oben, klappte den Kragen hoch und steckte meine Hände tief in die Taschen. Julia legte ihren Schal um ihren Hals und ging auf die Mauer zu, die uns vom Strand trennte. Es war ein beliebter Platz, um darauf zu sitzen und zum Wasser hinauszuschauen.

Julia stand schon auf der Mauer. Sie krümmte sich ein wenig zusammen, hatte die Arme um ihre Brust geschlungen und versuchte, sich warm zu halten.

„Okay", sagte sie, „also… warum sind wir hier?"

Weil ich impulsiv bin? Ich hatte keine klare Antwort auf diese Frage. Ich sah hinaus auf das Wasser. Die Wellen waren hoch, hatten weiße Schaumkronen und brachen sich am Strand. Das Geräusch war ziemlich überwältigend, sogar bei diesem schrecklichen Wind. Am Himmel waren große schwarze Wolken, die von Nordosten heraufzogen. Nordostwinde, die auf das Land trafen. Es war belebend, unheimlich schön, wie etwas, das man in einem Fantasyfilm sehen konnte. Die Teenager, die uns am nächsten waren, standen weit genug entfernt, solange wir uns dem Wasser zuwandten, würden wir vollkommen abgeschottet sein. Schließlich antwortete ich ihr.

„Es war nicht deine Absicht… aber du hast vorhin, ohne es zu wollen, etwas über dich erzählt. Und ich möchte dir etwas über mich erzählen. Hier bin ich früher immer nachts hergekommen… wenn ich mal wieder Ärger hatte oder mich mit meinem Dad gestritten hatte oder wenn ich den Druck und die Eskapaden zu Hause nicht mehr aushielt. Meine Eltern waren nicht schlimm – sie taten ihr Bestes, aber die Situation war nicht zu ändern, und das machte mich verrückt. Also kam ich her. Sah hinaus auf die Wellen. Ich fühle mich hier geerdet."

Sie schauderte und ich sagte: „Ich stell mich vor dich, um den Wind abzuhalten." Ich legte einen Arm um sie. Sie bewegte sich nicht, reagierte nicht… lehnte sich nicht an mich, aber auch nicht von mir weg. Es war, als wäre sie erstarrt. Ein paar Schneeflocken fielen, ich konnte sehen, wie sie über den Strand wehten.

„Irgendetwas hier, das Wasser, die Wellen, der Wind, die ungeheure Größe von allem… es führt dazu, dass ich spüre, dass ich einen Platz auf dieser Welt habe. Einen kleinen Platz, aber er gehört mir."

Sie schüttelte langsam ihren Kopf. „Ich mag das Gefühl nicht. Es ist wild, außer Kontrolle."

Das führte dazu, dass ich innehielt. Ich hatte die Motive, warum ich sie hergebracht hatte, nicht durchdacht. Aber ich wollte sicherlich nicht, dass sie sich unwohl fühlte.

Ich seufzte. „Es tut mir leid. Wenn du gehen möchtest, lass uns gehen."

„Was willst du von mir, Crank?" Ihre Stimme war rau, verzweifelt.

Ich sah sie an. Sie stand so nah bei mir, aber sie hätte genauso gut tausend Kilometer weit weg sein können. „Ich möchte, dass du mich liebst."

„Ich kenne dich doch noch nicht mal."

„Dann möchte ich mit dir ausgehen. Bowling?"

Sie verdrehte ihre Augen. „Hast du das gerade wirklich gesagt?"

„Ich habe jedes Wort ernst gemeint."

„Ich verstehe dich nicht. Bekommst du so die Mädchen ins Bett?"

Ich schüttelte meinen Kopf. „Nein."

„Also, was ist anders?" Sie begann zu zittern.

„Ich versuche nicht, dich ins Bett zu kriegen. Na ja… doch. Aber nicht nur vorübergehend."

Sie schüttelte ihren Kopf und sah dann hinaus auf den Ozean, ihre Augen waren groß, während sie dabei zusah, wie die Wellen hereinbrachen. „Ich mag dich, Crank. Aber ich kann mich nicht mit dir einlassen."

„Nur ein Date. Mehr verlange ich gar nicht. Du bist doch sicherlich schon mit anderen ausgegangen, seit du am College bist. Ich weiß, dass du mit diesem englischen Idioten ausgegangen bist."

Sie nickte. „Ja, ich hatte Dates."

„Irgendwelche längeren Beziehungen?"

Sie holte tief Luft. „Ich war zwei Jahre mit einem Typen zusammen. Wir haben uns letzten Frühling getrennt."

„Warum?", fragte ich.

„Er hat mir einen Heiratsantrag gemacht."

Ich schluckte und sah hinaus in den Schnee. „Das verstehe ich nicht."

„Er hat mich gefragt, ob ich ihn heiraten will. Ich hatte nicht gedacht… dass es zwischen uns so ernst war. Um ehrlich zu sein, mochte ich ihn gar nicht so sehr. Ich fühle mich schrecklich, aber als er mir einen Heiratsantrag gemacht hat, habe ich mit ihm Schluss gemacht."

„Mein Gott, Julia. Warum bist du so lange mit ihm zusammengeblieben, wenn es dir nicht ernst war?"

Sie sah auf den Boden. Es war schwer, ihren Gesichtsausdruck zu erkennen. „Weil er mir keine Angst machte. Da gab es keine chaotischen Gefühle. Wir sind miteinander ausgegangen und hatten Spaß. Ich habe nicht mehr erwartet."

„Was zur Hölle ist nur mit dir geschehen, dass du solche Angst vor Gefühlen hast?"

Sie zog sich von mir zurück. „Ich rede nicht darüber. Niemals."

„In Ordnung."

Sie ging ein paar Schritte von mir weg. „Diese Nacht in Washington – warum bist du gegangen?"

„Ich habe es dir damals gesagt."

„Sag es mir jetzt."

Ich lehnte meinen Kopf zurück und schaute hinauf in den fallenden Schnee. Es hatte begonnen, stärker zu schneien.

„Ich bin gegangen, weil ich mir mehr erhofft hatte. Ich schlafe immer wieder mit Mädchen, aber was hab ich davon? Am nächsten Morgen sind sie verschwunden und wir hatten Spaß, aber ich… vielleicht brauche ich etwas, das etwas bedeutet."

Sie schüttelte ihren Kopf, sah verwirrt aus. „Können wir aus dem Schnee rausgehen? Ich hasse Schnee."

„Ähm… klar. Komm mit."

Wir stiegen wieder ins Auto, und ich betätigte die Zündung, um die Heizung anzuschalten. „Wir haben ein paar Orte zur Auswahl."

„Bring mich nach Hause."

Ich sprach einfach weiter. „Dort sind nur Einheimische aus Revere, es sind keine Touristenorte. Es wird dir dort gefallen."

„Ich habe gesagt, bring mich nach Hause."

„Oder wir können zurück nach Roxbury fahren und ein bisschen zusammen Klavier spielen."

„Letzte Chance: Bring. Mich. Nach. Hause." Ihre Stimme war fest und verärgert.

„Okay, nach Hause", antwortete ich so sanft ich konnte.

Ich hatte gepokert und verloren. Haushoch. Ich legte den Gang ein, machte einen U-Turn und fuhr den Revere Beach Boulevard zurück in Richtung Süden. Es würde fast eine halbe Stunde dauern, um zurück nach Harvard zu gelangen. Und es sah so aus, als würde diese halbe Stunde so unangenehm wie die Hölle werden. Und ich erkannte, dass ich mich traurig fühlte… enttäuscht. Ich bin es nicht gewohnt, zurückgewiesen zu werden. Aber selbst, wenn es geschah, war es in der Regel egal. Das hier war anders. Es war sogar sehr anders. Alles an Julia faszinierte mich. Sie war freundlich und mitfühlend und schrecklich schlau, sie war aber auch eine launische Hexe. Sie mögen mich für verrückt halten, aber das war unheimlich antörnend. Ich wollte die harte Schale um sie herum knacken und herausfinden, wie die Person darunter war. Ich denke, ich hatte einen kurzen Blick darauf geworfen, als wir zusammen Klavier gespielt hatten, als sie dieses verklärte Lächeln im Gesicht gehabt hatte.

Ich wollte sie wieder lächeln sehen.

Ich seufzte. Wir kamen an die Route 1 und dann würde es nicht mehr lange dauern, bis wir in Cambridge sein würden.

„Ich habe dich verärgert", sagte ich und versuchte dabei, sehr vernünftig zu klingen.

„Du machst mich verdammt wütend!", schrie sie mit hoher, angespannter Stimme.

Ich zuckte tatsächlich zusammen. Es schneite nun heftiger und ich musste langsamer fahren, was bedeutete, dass die Fahrt noch länger dauern würde. Ich war so angespannt und unsicher wie noch niemals in meinem Leben. In diesem Moment mit ihr zu sprechen, war wie durch ein Minenfeld zu laufen.

„Warum kannst du mich nicht einfach in Frieden lassen?", fragte sie. Mit spöttischer Stimme sagte sie: „Hi, ich bin Crank und ich bin unwiderstehlich. Lass uns an den Strand gehen und sehen, ob wir danach ins Bett steigen können."

Ich antwortete ohne nachzudenken. Das ist normal für mich. „Vielleicht habe ich dich zu dem Strand gebracht um herauszufinden, warum du so eine Zicke bist."

Ich war froh, dass es dunkel war und ich genau auf die Straße achten musste, denn das bedeutete, dass ich ihren Gesichtsausdruck nicht sehen konnte. Ihre Stimme allein brachte fast mein Blut zum Gefrieren.

„Ich bin eine Zicke, weil Liebe gar nichts bedeutet. Anziehungskraft und Lust bedeuten nichts. Alles, was sie tun, ist, dein Leben zu ruinieren."

„Das glaubst du nicht wirklich", sagte ich.

„Du kennst mich nicht", erwiderte sie. „Und außerdem, schau dir deine eigenen Eltern an. Ich habe noch niemals zuvor in meinem Leben ein so verkorkstes Paar gesehen."

„Halt meine Eltern da raus, Collegemädchen. Du hast keine Ahnung, wovon du, zur Hölle nochmal, sprichst."

„Ich weiß, dass ich mich niemals mit jemandem aufgrund von Lust und Anziehungskraft einlassen werde. Ich werde niemals wieder wegen so etwas die Kontrolle über mich verlieren."

Meine Hände verkrampften sich am Lenkrad. „Wenn du so verdammt sicher bist, warum gehst du dann verdammt nochmal nicht mit mir aus?"

„Weil ich dich will! So sehr, dass ich es schmecken kann! Weil du mich an ihn erinnerst!"

Es wurde still im Auto. Das war nicht, was ich hören wollte. Mal ehrlich, wer würde das wollen? Ich erinnerte sie an den Typen, der sie als Vierzehnjährige belästigt hatte? Was zur Hölle? Das ergab noch nicht mal einen Sinn. Okay, ich gebe es zu, ich kann ein Arschloch sein. Ich hatte die letzten paar Jahre damit verbracht, Beziehungen zu vermeiden und mit jeder, die einen Rock trug, ins Bett zu steigen. Aber etwas hatte ich niemals getan, jemanden bedrängen oder irgendwelche dummen Machtspielchen spielen. Du willst mich nicht? Gut. Es gibt genügend andere Mädchen in der Menge.

Was machte Julia so anders?

Einer der Gründe war ich. Ich hatte es satt. Hatte es satt, mit fremden Mädchen in meinem Bett aufzuwachen. Ich hatte genug von den Anspannungen und den unangenehmen Szenen am Morgen. Ich hatte genug davon, so zu leben, am Pit am Harvard Square zu kiffen und mich nicht darum zu kümmern, was die Zukunft brachte. Ich wollte ein Leben führen, das etwas bedeutete. Sie mögen mich für verrückt halten, aber ich wollte so sein wie mein Dad. Ich wollte etwas bewegen. Nein, ich war kein Polizist. Ich beschützte keine Menschen oder riskierte mein Leben für andere. Aber ich spürte, dass ich auch mit meiner Musik etwas bewegen konnte. So als ob ich damit etwas über die Welt sagen könnte. Und vielleicht verspürte ich in letzter Zeit das Bedürfnis, das mit jemandem zu teilen.

Es kam mir so vor, als ob Julia auch so war. Andere Menschen waren ihr wichtig. Es war ihr wichtig, etwas zu bewegen. Sie war aus sich herausgekommen, um nett zu meinem Bruder zu sein, um seine Freundin zu sein, obwohl sie keinen Grund dazu gehabt hatte. Sie brauchte mich nicht… Sie brauchte niemanden. Sie würde ihre eigenen Entscheidungen im Leben treffen. Und das war so verdammt attraktiv.

Ich schluckte, versuchte Worte zu finden, die Sinn ergaben. Worte, um sie zu beruhigen. Worte, um sie zu überzeugen. Worte, die ihr klarmachen würden, dass ich nicht die Art Mensch bin, der ihr so etwas antat wie dieser Typ. Aber je mehr ich darüber nachdachte, desto mehr wurde mir Folgendes klar: Es ging hier überhaupt nicht um mich. Es ging auch nicht um diesen Typen, wer auch immer er war. Es ging um sie. Es ging darum, dass sie sich fühlte, als ob sie ihre Identität, ihre Familie und ihr Selbstwertgefühl verloren hatte.

Ich versuchte mir vorzustellen, wie sie als Vierzehnjährige gewesen war, aber ich konnte es nicht. Sie war eine Frau. Stolz und verärgert, isoliert und auf eine bestimmte Art und Weise beängstigend wie die Hölle, sie war kein unschuldiges Mädchen. Man hatte sie durch die Mangel gedreht.

„Erzähl mir vom Schnee", sagte ich.

„Was?"

„Du magst keinen Schnee."

„Er ist kalt und nass. Was ist das für eine Frage, zur Hölle nochmal?"

Ich schaute kurz zu ihr hinüber. Sie hatte sich gegen die Tür gelehnt und starrte mich an.

„Erzähl mir davon", sagte ich.

Sie sah mich herablassend an. „Warum machst du nicht ein bisschen Musik an? Laut."

Wir müssen aufhören, uns auf diese Weise zu treffen (Julia)

Crank hatte recht. Ich war eine totale Zicke. Es war Selbstschutz, wirklich. Denn je mehr Zeit ich mit ihm verbrachte, umso mehr spürte ich, wie mein Schutzpanzer bröckelte. Es lag nicht daran, dass er total heiß war. Ich meine – ich war schon mit anderen heißen Typen zusammen gewesen. Sie sind schön anzusehen, aber sie brachten mich nicht dazu, mich so wie jetzt zu fühlen. Es war sein Lächeln, sein Charme, sein Humor. Innerhalb dieser harten Erscheinung verbarg sich ein einfühlsamer Mensch. Er war irrsinnig beschützend, wenn es um seinen Bruder ging. Ich hätte gerne bei seinen besserwisserischen Kommentaren gelacht, ich hätte gerne die kleine Mulde am Rand seines Mundes berührt. Ich wollte ihn umarmen und die Verletzung heilen, die man ihm zugefügt hatte.

Ich wollte, so schnell ich konnte, davonrennen. Denn das war das Einzige, das ich tun konnte, um mich nicht selbst zu verlieren.

Er tat, worum ich ihn gebeten hatte, und machte das Radio an. Auf einmal war „Closer" von den Nine Inch Nails laut zu hören. Gott. Ich bekam fast einen Schweißausbruch. Wie machte er das nur? Der Bass dröhnte durch das Auto, das war einer der sexiesten und wütendsten Songs, die ich je gehört hatte. Ich schloss meine Augen, lehnte mich immer noch gegen die Tür und wippte mit dem Kopf zur Musik. Das war Lust und Wut und Hunger, alles in Einem. Genau das, was ich in diesem Moment überhaupt nicht hören wollte. Aber es passte so sehr zu dem, was ich fühlte.

Ein großer Teil von mir wollte einfach sagen „Scheiß drauf". Scheiß auf meine Zurückhaltung. Scheiß auf meinen Schutzpanzer. Gib auf. Gib dich ihm hin. Nicht nur für ein Date, sondern sag ihm, er soll das verdammte Auto sofort an den rechten Rand fahren und klettere auf ihn und knöpf langsam sein Hemd auf, während du an seinem Ohr knabberst. Diese Musik half überhaupt nicht.

Ich wurde abrupt zurück in die Wirklichkeit geholt, als Crank fluchte und das Radio ausschaltete. Ich öffnete meine Augen und bemerkte, dass das Auto rutschte, und ich hätte fast geschrien. Ich streckte meine Arme aus, griff mit beiden Armen nach dem Armaturenbrett und versuchte mich festzuhalten, während wir auf einen Baum zuschlitterten. Aber eine Sekunde später hatte Crank das Auto wieder unter Kontrolle.

„Tut mir leid", sagte er. „Ich glaube, es gab einen Temperatursturz. Einen großen sogar. Das war eine Eisfläche."

Wir fuhren jetzt die Massachusetts Avenue hinauf, waren schon nahe am Campus. Das sah wirklich nach einem Nordostwind aus, der sehr schnell Eis und Schnee brachte. Beides lag schon zehn Zentimeter hoch und es wurde jede Minute mehr. Crank hantierte mit dem Lenkrad herum, übersteuerte und brachte das Auto damit sehr zum Schlenkern, zu sehr, als dass es angenehm gewesen wäre.

„Ich dachte, die Autofahrer in Boston können hiermit umgehen", sagte ich.

Er sah mit einem bösen Grinsen zu mir hinüber. „Ich bin mein Leben lang mit der T gefahren. Im Grunde habe ich gerade erst meinen Führerschein gemacht."

„Bitte bring mich nicht um."

Er lachte. „Ich werde es versuchen. Wir sind fast auf dem Campus, wo muss ich hin?"

Ich spähte nach vorne. Der Schnee kam inzwischen so dicht herunter, dass man nicht sehr weit sehen konnte. „Du musst am Campus vorbei. Fahr weiter, es sind noch fünf Blöcke, und bieg dann links ab."

Er nickte, konzentrierte sich aufs Fahren, hatte beide Hände am Steuer und lehnte sich nach vorne, um etwas zu sehen.

„Fahr langsamer", sagte ich, als wir näher kamen.

Er schaute mich an, sah gleichzeitig amüsiert und verärgert aus, weil ich so rechthaberisch war. Scheiß auf ihn. Ich wollte weiterleben. Einen Augenblick später bog er von der Massachusetts Avenue ab. Genau in dem Moment fuhr ein Bus ziemlich schnell an uns vorbei und bespritzte Cranks Auto mit Schneematsch. Igitt.

„Das ist einfach falsch", murmelte er, als der Bus an uns vorbei war.

„Siehst du die Parklücke da auf der linken Seite?", fragte ich und zeigte dorthin.

„Ja."

„Park dort."

„Wenn ich parke, komme ich nicht mehr raus."

„Du kannst nicht weiter fahren in diesem... schon gar nicht den ganzen Weg nach Roxbury."

„Ist das ein Privatparkplatz?"

„Ich habe einen Gästeparkausweis in meinem Auto."

Er nickte. „In Ordnung."

Er fuhr sehr langsam in die Parklücke. Ich konnte spüren, wie das Auto wieder zu rutschen begann, als er zur Seite fuhr, aber dann griffen die Reifen wieder und wir wurden nach vorne geschleudert und begannen erneut zu schlittern.

„Scheiße", murmelte er.

„Stopp", sagte ich.

„Ich versuche es!", sagte er mit erhobener Stimme.

„Stopp!", schrie ich.

Das Auto fuhr einfach weiter, rutschte vorwärts, das hintere Ende meines Autos, das vor uns stand, kam immer näher und näher, wie in Zeitlupe.

Er drehte das Lenkrad schnell zur Seite, versuchte auszuweichen, aber es war zu spät. Mit einem abscheulichen Aufprall, der uns beide nach vorne in unsere Gurte drückte, krachten wir auf das hintere Ende meines Autos.

Das stoppte uns.

Ich sackte zurück in meinen Sitz und schloss meine Augen. Das passierte alles gar nicht. Das konnte nicht passieren.

„Ich kann nicht hinschauen", sagte ich.

„Es sieht schlimm aus", antwortete er.

„Wir leben noch", sagte ich hoffnungsvoll.

Ich öffnete ein Auge. Die Rückseite meines Autos und die Front von Cranks Auto waren hoffnungslos verbeult. Rauch stieg in einer großen Wolke aus der Motorhaube seines Autos. Der Kühler musste beschädigt worden sein.

„Oh Gott", sagte ich.

„Weißt du", sagte er, mit nur einem kleinen bisschen Verschmitztheit in der Stimme, „wir müssen aufhören, uns auf diese Weise zu treffen."

Ich brach in Gelächter aus. Hysterisches Gelächter, um ehrlich zu sein. Mit Tränen, die meine Wange entlangliefen. Er grinste und war anscheinend glücklich, dass ich ihn nicht anschrie.

Wir öffneten unsere Türen zur gleichen Zeit und die Kälte traf mich mit voller Wucht, meine Tränen gefroren sofort auf meinen Wangen. Die Temperatur war, seitdem wir den Strand verlassen hatten, sehr gesunken. Mein Lachen verpuffte und mir sank das Herz, als ich mir das Ausmaß des Schadens ansah. Der komplette hintere Teil meines Autos war… zerstört. Das Vorderteil von Cranks Auto sah nicht viel besser aus.

„Das ist nicht gut", sagte er.

„Ich vermute mal, ich habe es verdient, dafür, dass ich dein anderes Auto kaputt gefahren habe."

Er kicherte.

„Hör auf zu lachen, das ist nicht lustig", sagte ich. Aber sein Gesicht sah so verträumt aus, dass ich nicht anders konnte, als auch zu lachen. „Oh Gott", sagte ich und stöhnte. „Meine Eltern werden mich umbringen."

Aus irgendeinem Grund fand er, dass das noch lustiger war, er lehnte sich gegen sein Auto und begann aus vollem Hals laut zu lachen. Nach ein paar Augenblicken fasste er sich wieder. „Soll ich irgendjemanden anrufen?"

Ich schüttelte meinen Kopf. „Lass es so stehen… Du blockierst die andern Parkplätze nicht. Wir kümmern uns morgen darum. Im Moment ist es zu spät, zu nass und zu kalt."

Er nickte. „In Ordnung", sagte er. „Ich denke, ich gehe besser rüber zur T."

Spontan sagte ich: „Komm schon. Nicht bei diesem Schneesturm. Ich wohne in der Cabot Hall, gleich da drüben."

„Bekommst du keinen Ärger, wenn du einen Mann mit aufs Zimmer bringst?"

„Nicht wirklich. Außerdem wird es sowieso keiner merken."

Er zuckte mit den Schultern und wir wateten durch den Schnee in Richtung Cabot. Er hielt für eine Minute an, drehte sich vom Wind weg, formte mit seiner Hand einen Schutz für die Flamme des Feuerzeugs und zündete sich eine Zigarette an. Dann drehte er sein Gesicht in Richtung Schnee und hatte ein Grinsen im Gesicht. „Ich liebe Stürme", sagte er.

„Komm schon", sagte ich. „Mir ist kalt. Und… um das klarzustellen… das ist keine Einladung."

Er grinste und sagte: „Es klang so, als ob du mich in dein Zimmer einlädst."

„Das tue ich auch. Aber dann auch wieder nicht… verdammt."

Er lachte. „Ich werde mich gut benehmen."

„Ich meine das ernst."

Er nickte. „Ich verstehe schon, okay? Keine Berührungen, keine Küsse, keine Fummelei, kein Knutschen, kein Vögeln. Nichts davon."

Er war albern.

Der Hof war schneebedeckt und voll mit Studenten, die eine Schneeballschlacht veranstalteten. Es war schon spät, aber nicht spät genug, um ins Bett zu gehen. Ich entging ganz knapp einem Schneeball.

„Sieht aus, als hätten sie Spaß", sagte Crank und sah mich an.

Ich schüttelte den Kopf. „Ich mag keinen Schnee, das habe ich dir schon gesagt."

Er stieß ein dramatisches Seufzen aus und wir gingen weiter in Richtung der Stufen vor dem Haus, schließlich hielten wir vor der Tür an und klopften den Schnee von unseren Schuhen. Meine Füße fühlten sich in meinen Stiefeln wie Eisblöcke an und ich konnte nicht aufhören zu zittern.

„Ganz schön kalt hier draußen", sagte er.

Ich nickte und versuchte immer noch, das Blut in meinen Füßen wieder zum Zirkulieren zu bringen. Ich durchsuchte mit meinen

Augen den großen Gemeinschaftsraum im Erdgeschoss. Es waren ein paar Studenten darin, Leute, die ich kannte, aber nicht gut. „Komm", sagte ich und führte ihn durch den Flur zur Treppe. Es war nicht so, dass ich nicht wollte, dass die Leute uns zusammen die Treppe hinaufgehen sahen.

Okay, das ist nicht wahr. Ich wollte nicht, dass die Leute uns gemeinsam die Treppe hinaufgehen sahen. Ich wollte nicht das Objekt von Klatsch und Tratsch sein. Mein Leben geht niemanden etwas an. Wenn mir danach war, dann wollte ich mit Crank aufs Dach gehen und ihm mitten im Schnee einen blasen, das war meine Sache, nicht ihre. Aber so war es in meinem Leben nicht... war es noch nie gewesen.

Ich führte ihn zum hinteren Treppenhaus, dann sechs Treppen nach oben, den Flur entlang und in die Suite.

Und natürlich war das der erste Samstag überhaupt, an dem Linden, Adriana und Jemi noch da waren. Und ihrer Kleidung nach zu urteilen, sie trugen legere Klamotten oder Pyjamas, planten sie auch nicht auszugehen. Sie hatten es sich alle drei auf den Sesseln rund um den Couchtisch gemütlich gemacht, tranken heiße Schokolade und spielten Karten.

Natürlich würden sie bemerken, wenn ich mit einem Mann hereinkam. Aber dass ich mit Crank Wilson hereinkam, den sie alle kannten, aufgrund seiner Band und seines Rufs – das war etwas völlig anderes.

Adriana setzte sich schnell aufrecht in ihrem Sessel auf und schob ihre Titten dabei schön nach vorne. Lindens Augen wurden groß und Jemi hob einfach nur leicht eine Augenbraue.

„Ähm...hey", sagte ich und fühlte mich plötzlich sehr unwohl in meiner Haut. „Ähm... Crank... das sind Linden und Adriana und Jemi. Meine Mitbewohnerinnen. Leute, das ist mein Freund Crank."

„Was geht ab?", sagte Crank und nickte ihnen zu. Wie üblich hatte er ein Grinsen im Gesicht, und ich wollte in dem Moment nichts anderes, als ihm eine runterhauen.

Die Mädchen begannen sofort zu sprechen, und ich ließ sie einfach machen. Es war sowieso alles nur Unsinn.

„Also, ähm…", sagte ich und hatte keine Idee, wie es weitergehen sollte. „Wir gehen jetzt ins Bett."

Crank zwinkerte ihnen zu. Ich griff nach seiner Hand und zog ihn in Richtung meines Zimmers, und als ich die Tür schloss, hörte ich aufgeregtes Flüstern. Gott allein weiß, was sie sagten. Ich wollte es ganz sicher nicht wissen.

KAPITEL 11

Niemals wieder jemandem vertrauen (Crank)

Während Julia mich in ihr Zimmer zog, sagte sie kein einziges Wort. Sie ließ meine Hand los, schloss die Tür und wand sich dann aus ihrem Mantel.

Ihr Zimmer war groß für ein Wohnheimzimmer, es hatte eine Seitenlänge von jeweils etwa drei Metern und ein großes Fenster, von dem man in den Hof schauen konnte. Draußen konnte ich sehen, dass die Studenten immer noch mit dem Schnee spielten. Sie hatte einen recht großen Schreibtisch, auf dem ihr Laptop stand, daneben lagen hohe Stapel Papier. Ein langes, flaches Bücherregal stand unter dem Fenster und reichte von einer Wand zur anderen. Außer dem Schreibtisch und dem Bücherregal, war ihr Zimmer kahl. Es hing nichts an den Wänden. Keine Bilder. Es sah so aus, als ob sie morgen ausziehen wollte. Merkwürdig.

Das Regal war allerdings interessant. Fachbücher und dann Bücher, die vorwiegend nach Fantasy und Science Fiction aussahen. Das war noch nie mein Fall gewesen, aber ich erkannte einige von ihnen. Sean besaß auch viele davon. Das führte dazu, dass ich daran dachte, wie sie mit ihm in seinem Zimmer gesessen hatte, und ich dachte an die Unterhaltung, die ich mit angehört hatte. Ich hatte ihn noch niemals auf diese Weise sprechen hören: offen.

„Du hast mir gar nicht erzählt, wo du Seans Geschenk gekauft hast", sagte ich. „Liest du so was?"

„Manga?", fragte sie. „Nein. Aber ich kenne einen Typen aus dem 2. Stock, der ganz verrückt nach dem Zeug ist. Er hat mich zu einem Geschäft in Somerville mitgenommen und mir geholfen, etwas auszusuchen."

„Ich kenne den Laden. Sean bittet mich manchmal, ihn dorthin zu bringen. Es war... es war ein schönes Geschenk. Wirklich gut überlegt."

Sie setzte sich auf einen großen, dick gepolsterten Sessel und begann ihren Stiefel aufzuschnüren. „Danke. Ich war mir nicht sicher, ob es das Richtige war oder nicht."

„Du hättest nichts besseres aussuchen können... aber, kann ich dich was fragen?"

Sie zuckte mit den Schultern und fuhr dann fort, ihren Stiefel aufzuschnüren. „Klar."

„Ich habe noch niemals gesehen, dass sich jemand so schnell so gut mit meinem Bruder versteht. Wie machst du das?"

„Ich habe ihn nur wie einen Mensch behandelt."

Diese Antwort war Quatsch und ich antwortete abwehrend: „Willst du damit sagen, dass ich das nicht tue?"

Sie schüttelte langsam ihren Kopf und stellte ihre Stiefel neben den Sessel. Sie hatte ziemlich kleine Füße. „Nein, das will ich damit nicht sagen. Aber... bitte versteh das nicht falsch, aber du, deine Mom und dein Dad? Es scheint so, als wärt ihr so mit seinem Asperger Syndrom beschäftigt, dass ihr nichts anderes sehen könnt."

Ich atmete abrupt aus und ließ mich auf den Stuhl an ihrem Schreibtisch fallen. Sie hatte recht. Wir waren alle sehr mit seinem Asperger Syndrom beschäftigt, und es hatte wehgetan, ihn sagen zu hören, dass er sich wünschte, Mom könnte ihn als den Mensch lieben, der er war. Denn das gleiche Problem hatten wir alle.

„Denkst du, das ist ein Teil seines Problems?"

„Ich weiß es nicht, Crank. Aber... es kann nicht leicht sein, wenn man immer so unter Druck gesetzt wird. So muss ich auch manchmal leben und es ist nicht angenehm."

Ich seufzte und sah zum Fenster hinaus. Es schneite immer noch heftig. „Ich verstehe nicht, wie es dir so klar sein kann. Und das ist es ganz offensichtlich, denn es hat ja funktioniert."

Sie schüttelte ihren Kopf. „Ich bin gut darin, Menschen zu beobachten. Aber hör mal… es war… ein unheimlich langer Abend. Und… ich sollte schlafen. Okay? Ist das in Ordnung für dich?"

„Das ist okay", sagte ich.

Sie starrte mich für einen Moment an und sagte dann: „Ich weiß, dass das hier ziemlich komisch für uns beide ist. Aber ich werde nicht von dir verlangen, auf dem Boden zu schlafen. Nur… lass deine Hände bei dir, okay?"

„Warum denkst du, dass du das wiederholen musst?"

„Warum begrapschst du die Hälfte der Frauen, die du siehst?"

„Weil es Spaß macht", antwortete ich. Dann zwinkerte ich ihr zu. Denn ich hatte verdammt nochmal überhaupt keine Selbstbeherrschung und ich wusste, dass ich sie damit ärgern konnte.

Sie verdrehte die Augen, öffnete ihre Kommode und holte ein paar Klamotten heraus. „Ich werde mir meinen Pyjama anziehen. Bin gleich zurück."

Sie ging ohne ein weiteres Wort aus dem Zimmer.

Ich hängte meine Jacke auf die Rückenlehne des Schreibtischstuhls und zog mir meine Stiefel aus. Jeans aus oder an? Ich entschied mich für aus. Ich trug Boxershorts. Scheiß drauf. Ich ließ das T-Shirt an. Egal. Ich schlug die Bettdecke zurück, kletterte in ihr Bett und legte mich so hin, dass ich in Richtung Fenster schaute. Das war die peinlichste und unbequemste Nacht, die ich seit Jahren gehabt hatte. Und normalerweise war ich ein Gewinner, wenn es um peinliche und unbequeme Dinge ging. Die Sache war… es war mir wichtig. Es war mir wichtig, hier alles richtig zu machen. Es war mir wichtig, sie nicht vor den Kopf zu stoßen, dass ich das bisschen Vertrauen, das wir gerade zueinander entwickelten, nicht beschädigte. Irgendwie musste ich sie dazu bringen, mir zu vertrauen. Und wenn das bedeutete, dass ich die ganze Nacht hier mit dicken Eiern liegen musste, weil ich sie nicht berühren durfte, dann musste ich da eben durch.

Aber das bedeutete nicht, dass es mir gefallen musste.

Ich hörte ihre Stimme von draußen. Sie sagte etwas zu den anderen Mädchen, ich weiß nicht was. Es war egal. Ich bin mir sicher, dass ihre Mitbewohnerinnen nett waren, aber ich interessierte mich nicht besonders für sie. Gott weiß, was sie sie fragten, oder was sie annahmen. Ich wünschte, ihre Annahmen wären richtig. Ich fühlte mich entmutigt und schaute weiter in Richtung Fenster, sah zu, wie der Schnee fiel. Ich wünschte mir... irgendetwas.

Die Tür ging auf und ich konnte durch die Spiegelung im Fenster sehen, wie sie den Raum betrat und die Tür schloss. Ich sah weiter von meiner Seite aus zum Fenster hinaus. Sie hielt kurz inne und schaltete dann das Licht aus, ich konnte hören, wie leichte Fußstapfen sich dem Bett näherten. Als sie sich unter die Decke neben mich legte, bewegte sich die Matratze. Mein ganzer Körper spannte sich an. Ich konnte sie spüren. Zentimeter entfernt. Ich wollte meine Arme ausstrecken, sie unbedingt berühren, ihre Haut spüren. Ich bewegte mich und legte mich flach auf den Rücken. Der Lichtschein, der vom Hof hineinfiel, reflektierte sich an der Decke, eine Wolke aus Schattenschneeflocken bewegte sich durch den Raum auf das Fenster zu.

Ich schaute zu Julia hinüber und versuchte dabei unbemerkt zu bleiben. Sie lag auch flach auf dem Rücken, hatte die Hände auf ihrem Bauch gefaltet und die Decke komplett hochgezogen. Ihre Augen waren offen und verfolgten die Schneeflocken.

Ich wusste nicht, an was sie der Schnee erinnerte. Aber ihr Gesicht sah mehr als... unglücklich aus. Ihr Körper war steif, ihr Gesicht erstarrt, ihre Augen waren groß und füllten sich mit Tränen. Aber was war in dieser Situation die richtige Handlung? Ich wollte sie in meine Arme nehmen, ihr sagen, dass alles gut werden würde, dass sie nicht zulassen musste, dass, was auch immer in der Vergangenheit geschehen war, jetzt definierte, wer sie war. Dass sie sicher war. Ich streckte meine Hand aus und wischte sehr langsam eine ihrer Tränen mit meinem Daumen weg.

Sie zuckte zusammen.

„Es tut mir leid", sagte ich. „Du hast so traurig ausgesehen."

„Ich bin zwei Wochen, bevor ich ihn kennengelernt habe, vierzehn geworden", sagte sie. Es kam recht plötzlich und ich hielt die Luft an, wollte, dass sie weitersprach. Das tat sie. „Ich hatte immer noch... Barbies und Plüschtiere. Ich war in emotionaler Hinsicht noch ziemlich jung für mein Alter. Ich hatte... mein ganzes Zimmer voller Poster von Sängern und Schauspielern hängen. Meine Eltern veranstalteten eine große Party für mich und alle Botschafterkinder kamen. Ich kannte zu diesem Zeitpunkt noch keines von ihnen… wir waren gerade erst in Peking angekommen. So traf ich Lana. Bei der Party. Am Ende wurde sie meine beste Freundin."

Ich sagte nichts. Besser nichts sagen, als etwas Falsches. Ich wollte, dass sie mir vertraute. Aber ich konnte sie nicht bedrängen. Es musste von ihr ausgehen.

„Also verbrachte ich die Pausen an meinem ersten Schultag mit Lana. Und wir standen in der Schlange im Speisesaal und dieser Typ kam auf uns zu. Sein Name war Harry. Harry Easton. Er war groß und spielte Rugby, und er ging direkt auf mich zu, starrte mich an und sagte: ‚Wer ist deine Freundin, Lana?' Und er wandte die Augen nicht von mir ab. Es war überwältigend. Wer war dieser erstaunliche Typ und warum sah er mich an?"

Sie war weiterhin verkrampft, bewegte sich nicht, aber ich konnte ihren Adamsapfel hüpfen sehen, als sie schluckte und dann weitersprach. „Also… ich verliebte mich in ihn. Ich schlich mich aus unserer Wohnung und traf mich mitten in der Nacht mit ihm, wo auch immer er wollte. Er hat mich zu diesen tollen Abendessen in Restaurants in Peking ausgeführt. Er nahm mich mit zum Seidenmarkt und in die Verbotene Stadt, ins Pandahaus, er hat mir einfach alle tollen Dinge in der Stadt gezeigt. Ich konnte nicht in seiner Nähe sein, ohne dahin zu schmelzen. Aber es war alles so verwirrend. Ich liebte ihn… ich war… besessen von ihm."

Sie hielt inne und eine weitere Träne trat langsam aus ihrem Auge und floss auf der Seite ihres Gesichts entlang in Richtung ihres Ohrs.

„Ich war noch nicht bereit dazu, Sex zu haben. Nicht mal annähernd. Ich war immer noch ein kleines Mädchen. Aber er wollte es und er… nahm sich, was er wollte. Beim ersten Mal war ich so verängstigt, dass ich einfach nur… gelähmt war. Ich bewegte mich nicht und sagte auch kein Wort. Ich hatte solche Angst. Ich hatte Angst, dass er mich hassen würde, wenn ich nein sagte. Ich hatte Angst vor… allem."

„Danach war es, als ob… ich keine Kontrolle mehr über mein Leben hätte. Er wurde wütend, wenn ich mich allein mit Lana traf.

Er wurde wütend, wenn ich auch nur mit einem Jungen in meinem Alter sprach. Es war so, als ob er versuchte, mich von allem zu isolieren. Und meine Eltern: Sie waren so beschäftigt, so mit sich selbst beschäftigt, dass sie nicht bemerkten, was geschah. Meine Schwester Carrie war zu diesem Zeitpunkt neun und Alexandra vier. Meine Mutter war überfordert. Sie hatte keine Zeit, auf die Tochter zu achten, die bereits an die High School ging. Ich war unsichtbar."

Sie wurde still, ihre Augen verfolgten Schattenschneeflocken, die noch stärker fielen, als zuvor. Ich erinnerte mich an dieses Gefühl – unsichtbar zu sein. Verzweifelt zu sein. Ich erinnerte mich nur zu gut daran.

„Als ich schwanger wurde, wusste ich nicht, was ich tun sollte. Ich war mir nicht mal sicher, ob es das war. Erst blieb meine Periode einmal aus, dann ein zweites Mal. Mir war ständig schlecht. Also kaufte er einen Schwangerschaftstest und brachte ihn mir, und er war positiv. Harry fragte mich nicht, was ich wollte. Er hat es einfach… vorausgesetzt. Zwei Tage später erschien er in unserer Wohnung und beorderte mich praktisch hinaus. Wir nahmen ein Taxi und fuhren ziemlich lange – Peking ist eine große Stadt, viel größer als Boston, oder auch als New York. Es gibt viele große Bezirke, in denen niemand Englisch spricht. Ich habe keine Ahnung, woher er die Adresse für diesen Ort hatte. Wahrscheinlich von jemandem in der britischen Botschaft, der alles dafür tun würde, um einen Skandal zu vermeiden. Und… es wäre ein Skandal gewesen. Er wurde in dem Herbst neunzehn und ich war gerade erst vierzehn geworden. In den Vereinigten Staaten kommt man in einigen Staaten für so was ins Gefängnis."

Plötzlich bewegte sie sich, drehte sich in meine Richtung und rollte sich auf der Seite zusammen. Und sie sprach weiter, dabei wurde ihre Stimme so leise, dass sie fast flüsterte. „Der Arzt und die Krankenschwestern, sie alle sprachen kein Englisch. Sie verlangten, dass ich mich hinlegte und gaben mir eine Spritze. Und dann spürte ich es. In mir… Krämpfe und ein bisschen Schmerz. Dann wurden die Schmerzen sehr heftig. Ich verstand nicht mal richtig, was sie taten. Sie… saugten. Sie saugten das Baby aus mir heraus."

Sie schloss ihre Augen und begann zu zittern. Ich streckte meine Hand aus und legte sie auf ihre Schulter, sie flüsterte mit einem boshaften Zischen: „Fass mich nicht an. Du hast es versprochen."

Erschüttert zog ich meine Hand zurück.

„Lass mich zu Ende erzählen", sagte sie.

Ich nickte und sie fuhr fort.

„Als es vorbei war, verpackten sie mich in Gaze und warfen mich praktisch zur Tür hinaus. Und… Harry war weg. Ich weiß nicht warum. Ich habe niemals herausgefunden, warum er gegangen war… warum er sich nicht mal darum kümmerte, mich nach Hause zu bringen. Ich wusste nicht, wo ich war und damals sprach ich die Sprache noch nicht, und niemand aus der Gegend konnte Englisch. Es begann zu schneien, und ich lief und lief. Ich konnte… ich konnte fühlen… wie Blut mein Bein herunter lief. Und die Leute wandten sich von mir ab. Sie sahen ein Kind aus Amerika, dass die Straße entlanglief und sie wollten nichts damit zu tun haben. Ich begann zu weinen, ich hatte solche Angst, aber niemand half mir. Ich ging weiter und weiter. Es war so kalt. Und ich konnte nur daran denken – wie sehr ich mich nach meiner Mutter sehnte. Ich wollte sie finden, sie umarmen und ich wollte, dass sie die Angst, den Schmerz und die Kälte vergessen machte. Ich wollte einfach nur wieder ihr kleines Mädchen sein, ich wollte, dass sie mich beschützte und alles wieder gut machte."

Sie holte tief und schluchzend Luft. „Schließlich fand ich einen Polizisten, der Englisch sprach, wedelte mit meinem Diplomatenpass herum und schrie ihn an. Er setzte mich hinter sich auf sein Motorrad und fuhr zum Botschaftsgelände. Und ließ mich am Tor absteigen. Ich denke, er hatte Angst, in irgendetwas hineingezogen zu werden… dass die Wache am Tor seine Daten aufnehmen und er Ärger bekommen würde. Aber es war fast 22 Uhr, als ich nach Hause kam und Alexandra hatte einen Trotzanfall. Meine Mutter war am Ausrasten, als ich hineinkam griff sie nach meinen Armen und schrie mich an. Wie konnte ich es wagen, wegzugehen und nicht anzurufen, oder zumindest jemandem zu sagen, wo ich war. Ich begann durchzudrehen, schrie sie an, sie schlug mich und ich rannte in mein Zimmer. Ich wollte sterben. Ich… ich wollte wirklich sterben."

Sie holte durch die Nase Luft, schniefte und rieb sich heftig die Augen. Dann starrte sie mich an, ihre Augen waren leblos. „Ich habe niemals jemandem all das erzählt. Niemandem."

Ich nickte einfach nur und flüsterte leise: „Du kannst mir vertrauen, Julia."

„Ich wurde krank. Richtig krank. Ich denke nicht, dass ich viel Blut verloren hatte, aber es dauerte fast eine Woche. Und ich war so lange draußen in der Nässe und Kälte gewesen. Also ging ich wegen einer Grippe die ganze Woche nicht zur Schule. Ich sah meine Mutter kaum. Carrie kam und setzte sich nach der Schule etwas zu mir, aber Mom verlangte, dass sie sich ans andere Ende des Zimmers setzte, für den Fall, dass ich ansteckend war."

Sie stieß ein bitteres Lachen aus. „Später war es nicht viel anders. Denn sie hatte beschlossen, dass ich eine Schlampe bin, und dass das auch ansteckend ist."

Ich zuckte bei ihren Worten vor Wut zusammen.

„Als ich wieder zur Schule ging, sah ich Harry im Flur. Er sah mir in die Augen und drehte sich dann einfach um. Er hat niemals wieder ein Wort mit mir gesprochen. Ich vermute, es war eine Erleichterung für ihn, mich wieder in der Schule zu sehen, dass ich nicht gestorben war oder einen großen Skandal in den diplomatischen Kreisen verursacht hatte, der ihn in Schwierigkeiten gebracht hätte. Aber schließlich brach ich zusammen und erzählte irgendwann im Laufe des Jahres Lana davon. Für eine Weile sprach auch sie nicht mit mir, weil ich mich in der Zeit, die ich mit Harry zusammen gewesen war, ihr gegenüber so abweisend verhalten hatte. Aber als der Frühling kam, waren wir wieder Freundinnen und blieben es für den Rest meiner Zeit in Peking."

„Die Sache ist die", sagte sie, „wenn man Menschen vertraut, dann können sie einen verletzen. Und während meiner letzten Woche dort stritten wir uns. Es war ein schlimmer Streit. Und Lana schickte eine Geschichte darüber, wie ich angeblich Harry Easton verführt und schwanger geworden war, per Mail an alle unsere Klassenkameraden. Sie schrieb in der Mail, dass wir in der Schule miteinander geschlafen hatten. Und sie schrieb, dass ich eine Abtreibung hatte machen lassen, und dass ich deshalb in der Woche vor Weihnachten nicht in der

Schule gewesen war. Und… sie hängte ein Bild an, das jemand gemacht hatte. Ein… *schreckliches* Bild. Und ich kann mich noch nicht mal daran erinnern. Harry hatte mich auf eine Party mitgenommen und ich hatte meinen Eltern erzählt, dass ich bei Lana übernachten würde. Er sagte mir immer wieder, dass ich etwas trinken sollte. Ich hatte einen Blackout… ich kann mich nicht mehr an diese Nacht erinnern. Aber einer hat ein Bild von mir gemacht und es war… schrecklich. Jemand hat die Mail an meine Eltern weitergeleitet."

Heilige Mutter Gottes, dachte ich.

„Es ist so, dass… Ich hatte mein Leben wieder im Griff gehabt. Ich hatte in paar Freunde… und ich hatte mir geschworen, dass ich so was nie wieder zulassen würde. Ich ging nicht aus. Ich… ich traf mich noch nicht mal oft mit den anderen Kindern aus meiner Schule. Ich blieb für mich, ich hatte Lana und das war's auch schon fast. Ich lernte viel. Ich lernte, flüssig Mandarin zu sprechen. Niemals wieder würde ich schwach oder ein verängstigtes kleines Mädchen sein. Aber als Lana mich hinterging… es… ruinierte alles. Und die Geschichte verfolgte mich in die Vereinigten Staaten. Also während meines ganzen Abschlussjahrs an der High School… nannten sie mich Schlampe… Hure. Die Jungen machten mich auf den Gängen an oder begrapschten mich am Busen oder Po und niemand von der Schule unternahm etwas dagegen. An der Bethesda-Chevy Chase High School ist Bullying nur eine theoretische Wissenschaft. Und wenn ich nach Hause kam, wurde es nur schlimmer, denn mein Vater hätte zu diesem Zeitpunkt eigentlich schon auf dem Weg nach Moskau sein sollen. Aber Maria Clawson war irgendwie an die Mail gekommen. Sie entfernte meinen Namen, denn ich war damals noch nicht achtzehn. Aber sie veröffentlichte den Rest und Senator Rainsley veranlasste, dass die Ernennung meines Vaters zunächst auf Eis gelegt wurde. Also wurde meine Mutter mit jedem Tag verrückter. Denn sie dachte, dass die Karriere meines Vaters mit einem Skandal enden würde. Clawson hatte in ihrem Blog angedeutet, dass mein Vater von der Abtreibung gewusst hatte… dass er sie arrangiert hatte. Und meine Mutter… sie verwendete nicht die gleichen Worte, wie die Leute in der Schule. Aber sie meinte genau das Gleiche. Dass ich eine wertlose Hure war."

Heiliger Strohsack, warum in Gottes Namen hatten ihre Eltern ihr nicht geholfen? Ich schluckte. „Aber irgendwie hast du es geschafft, da durch zu kommen."

Sie nickte langsam. „Neujahr 2000."

Sie hob ihr rechtes Handgelenk vor ihr Gesicht, schob die Armreifen, die sie immer trug, nach oben und legte damit ihr Handgelenk frei. „Wenn du genau hinsiehst", flüsterte sie, „kannst du die Narben erkennen."

Ich holte schnell Luft. Ich konnte sie kaum sehen – drei lange vertikale Narben, ein paar Zentimeter unter ihrem Handgelenk. Schlimme Narben. Zögernd berührte ich sie, fuhr mit meinen Fingern darüber. In dem Moment... als ich sie berührte, begannen die Tränen aus ihren Augen zu fließen, es waren zu viele, um sie zurückzuhalten oder zu unterdrücken.

„Ich schnitt mir in der Badewanne die Pulsadern auf. Und das war kein Hilfeschrei. Ich schnitt tief hinein – es ging schnell. Ich konnte fühlen, wie ich starb, wie ich am Schwinden war." Sie schluchzte. „Und dann hörte ich ihn lachen. Da war Harry, dieser Bastard, der mich auslachte. Denn ich hatte zugelassen, dass er mein Leben kontrollierte, sogar noch Jahre, nachdem er verschwunden war. Und ich konnte ihn nicht gewinnen lassen. Ich konnte nicht zulassen, dass er weiterhin mein Leben kontrollierte. Ich konnte nicht zulassen, dass er der Grund für meinen Tod war. Ich denke, es war fast schon zu spät, aber... Ich wickelte ein Handtuch um mein Handgelenk und drückte so fest zu, wie ich nur konnte. Und ich ließ das Wasser ab. Ich war so benebelt – ich dachte ich würde so oder so sterben. Aber... ich wusch die Badewanne aus, damit man das Blut nicht sehen konnte. Und dann ging ich ins Bett. Als ich am nächsten Morgen aufwachte, war mein Laken voller Blut – viel Blut. Aber... es war nicht genug gewesen, um mich umzubringen. Also stand ich auf und warf das Laken in den Müll, und ich verließ die Wohnung, so als ob ich in die Schule gehen würde. Aber stattdessen ging ich in einen Coffee Shop im Stadtzentrum, setzte mich hin und schrieb den ganzen Tag. Und ich schwor mir, dass ich niemals wieder so schwach sein würde. Ich würde die nächsten fünf Monate an der Schule auch noch überstehen und dann würde ich von zu Hause ausziehen und niemals zurückkommen.

Ich würde niemals wieder jemandem vertrauen. Ich würde mich...
niemals wieder selbst schwächen."

Sie wurde still. Ich konnte immer noch die Schatten der Schneeflocken sehen, die durch das Zimmer schwebten. Ich holte tief Luft,
und sie tat das Gleiche. Sie sah... leer aus. Ihre Augen waren halb geöffnet, ihre Pupillen geweitet, ins Nichts gerichtet. Und ich flüsterte
meine nächsten Worte: „Also... warum erzählst du das jetzt?"

Ihr Gesicht sah aus, als ob sie komplett zusammenbrechen würde, ihre Augen füllten sich plötzlich erneut mit großen Tränen und
sie schluchzte: „Weil ich es satt habe, so allein zu sein."

Sie legte ihre Hände vor ihr Gesicht und begann zu zittern, stieß
große, schreckliche Schluchzer aus und ich ignorierte ihre Warnung,
sie nicht zu berühren. Ich zog sie zu mir und hielt sie ganz fest. Sie
brach völlig zusammen, weinte an meiner Schulter, ihre Fäuste krallten sich dabei in meinen Rücken. In dem Moment wollte ich nichts
mehr auf der Welt, als ihr nur eine Minute, eine Stunde, einen Tag
Glück zu bescheren. Wir blieben in dieser Position, bis sie sich in den
Schlaf geweint hatte.

Für jetzt (Julia)

Als ich am Morgen aufwachte, schien die Sonne durch das Fenster, der Schnee im Hof reflektierte sie und die Wände waren durch das viele Licht hell erleuchtet. Ich bemerkte sehr schnell drei Dinge. Erstens, Crank lag dicht hinter mir und seine Lippen berührten meinen Nacken. Das fühlte sich… sehr gut an. Zweitens, er hatte seinen rechten Arm um mich gelegt und seine Hand hielt eine meiner Brüste fest. So hatte ich eigentlich nicht geplant, aufzuwachen. Und drittens hatte er eine Erektion. Es stand außer Frage, was da gegen meinen Rücken drückte.

Er schlief ganz tief und das Letzte, was ich wollte, war, ihn in diesem Zustand aufzuwecken. Das stellte mich vor ein Problem. Wie sollte ich seine Hand von meinem Busen bekommen und unter seinem Arm hervor kriechen, ohne ihn dabei aufzuwecken? Denn, wenn ich ihn aufweckte, würde er etwas gegen das andere Problem tun wollen. Und ehrlich gesagt, seinen Atem zu spüren, und die leichte Berührung seiner Bartstoppeln in meinem Nacken, seine Hand nicht zu vergessen… das alles führte dazu, dass ich auch etwas dagegen tun wollte.

Heute Morgen fühlte ich mich… anders. Emotional ausgelaugt. Gestern… beginnend bei der Konfrontation zwischen Sean und seinem Dad, die unglaublich traurige Szene mit Jack und Margot, von Crank ganz zu schweigen… und dann ich, wie ich auf einmal alles ausplauderte… das alles war einfach zu viel. Ich fühlte mich, als hätte mir jemand mit einer Drahtbürste über die Haut gebürstet. Aber ich spürte auch noch etwas anderes, und es war merkwürdig und verwirrend.

Ich war aufgewacht und war glücklich.

Ein Teil von mir fragte sich, ob ich mich nicht, statt aus Cranks Arm zu fliehen, lieber in ihn hineinkuscheln sollte, ihn aufwecken, das Ding aufwecken und etwas mit ihm tun sollte.

Ein anderer Teil von mir hatte immer noch schreckliche Angst. Er hatte mich letzte Nacht, als ich mich um den Verstand geweint hatte, ganz fest gehalten. Ich konnte mich nicht erinnern, wann das das letzte Mal jemand getan hatte. Oh, richtig. Weil es niemals jemand getan hatte. Ich konnte mich nicht daran erinnern, wann ich mich das letzte Mal sicher und behaglich gefühlt hatte.

Ich schloss meine Augen und lag einfach da. Mir war warm und für den Augenblick wünschte ich mir nur, dass er nicht aufwachte. Es war einfacher, jetzt nichts entscheiden zu müssen, keinerlei Druck jedweder Art zu spüren. Vielleicht war es besser, die Dinge langsam anzugehen. In ein paar Wochen würde ich sowieso über die Ferien nach San Francisco fliegen. Das würde mir etwas Zeit verschaffen, das Ganze zu erkunden und herauszubekommen, in welche Richtung ich mich bewegte.

Ich freute mich überhaupt nicht darauf, nach San Francisco zu fliegen. Ich hatte es geschafft, mich dieses Jahr an Thanksgiving davor zu drücken. Aber Weihnachten war etwas anderes. Sie erwarteten, dass ich kam und es gab keinen Ausweg. Die Uni war von Mitte Dezember bis Ende Januar geschlossen, fünf ganze Wochen. Fünf Wochen, in denen meine Mutter mich tyrannisieren würde, mir sagen würde, was ich für eine Enttäuschung war, und dass sie mich nicht zur Hure erzogen hatte.

Ihre Annahme stimmte nicht. Ich war niemals eine Schlampe gewesen. Aber sie hatte sich nicht die Zeit genommen, es herauszufinden. Sie vertraute der Internetseite einer boshaften Klatschbase mehr als ihrer Tochter. Sie glaubte die Dinge, die Maria Clawson über mich geschrieben hatte. Und ich wusste, warum. Weil es einfacher war, als sich an die eigene Nase zu fassen. Es war einfacher, als zuzugeben, dass sie während der gleichen Zeit, in der ich mit Harry zusammen gewesen war, ihre eigenen Geheimnisse gehabt hatte.

Aber jetzt. Jetzt lag ich mit Crank zusammengekuschelt im Bett. Und ich wusste nicht, wohin das führen würde: Ich wusste nicht, was das bedeutete. Aber in dem Moment fühlte es sich sicher an. Also beschloss ich, meine Augen zu schließen und es dabei zu belassen. Ich hatte schreckliche Angst dabei. Aber manchmal muss man da durch. Also legte ich meine Hand auf seine und ließ zu, dass ich wieder eindöste.

Er bewegte sich, als ich seine Hand berührte. Sein Atem wurde schneller und er streckte sich, was dazu führte, dass er sich an mich presste. Ich fühlte eine Mischung aus Angst und Aufregung. Dann erstarrte er und sagte sehr leise: „Na ja, das ist peinlich."

Ich hätte so tun können, als ob ich schlief, ihm erlauben können, sich zurückzuziehen. Aber das wollte ich nicht, also flüsterte ich: „Nur, wenn du es zulässt."

Ich hörte, wie er für eine Sekunde die Luft anhielt. Dann sagte er: „Du bist wach. Es tut mir leid. Ich wollte nicht..." Und er begann seine Hand zurückzuziehen.

Ich hielt ihn fest, ließ nicht zu, dass er die Hand wegzog.

Sein Atem wurde schneller. Und er flüsterte etwas, das dazu führte, dass sehr plötzlich Tränen in meinen Augen standen. „Ich will das nicht ruinieren, Julia. Ich will niemals die Person sein, die dir weh tut."

Und dann küsste er mich in den Nacken, seine Lippen berührten meine obersten Wirbel und ich fühlte es bis unten in meinen Füßen. Ich kniff meine Augen fester zusammen, spürte seinen Körper, der mich der Länge nach berührte und drückte seine Hand fester an meine Brust. Seine Lippen bewegten sich langsam, berührten dabei nur ganz leicht meine Haut und wanderten meinen Hals entlang und an meinem Gesicht nach oben. Ich drehte meinen Kopf nach rechts, damit berührten sich unsere Lippen. Mein Mund öffnete sich ganz leicht und seiner auch und für ein paar wenige Sekunden berührten sich unsere Zungen. Ich schauderte, mein ganzer Körper war von dem Gefühl durchflutet. Er fuhr mit seiner Zunge an meinen Lippen entlang und ich spürte, dass ich lächelte. Ich drehte mich zu ihm um und legte meine Arme um seinen Körper.

Als ich mich umdrehte, neigte er seinen Kopf und brachte damit seine Lippen an meinen Halsansatz. Seine Bartstoppeln waren rau an meinem Hals und ich holte schnell Luft, mein Körper presste sich an ihn, als ob er ein eigenes Bewusstsein hätte. Seine Lippen bewegten sich an meinem Kinn entlang, hoch bis zu meinem Ohr und ich ertappte mich dabei, wie ich meinen Kopf nach hinten lehnte, um ihm Platz zu schaffen. Vor Vergnügen stieß ich ein sanftes Stöhnen aus, meine ganze Aufmerksamkeit war auf einen Punkt gerichtet, dort wo seine Lippen meinen Körper berührten.

Als er sich plötzlich zurückzog, keuchte ich auf und öffnete meine Augen. Er hatte sich zurückgelehnt und sagte: „Ich möchte dich sehen. Alles an dir."

Das musste er mir nicht zweimal sagen. Ich nickte und er griff schnell nach vorne und hob mein Shirt hoch, dann beugte er sein Gesicht über meinen Bauch. Ich wimmerte ein wenig, als seine Zunge meinen Bauchnabel erkundete, er hörte auch dann nicht auf damit, als er mein Shirt mit den Händen über meinen Kopf zog. Er bewegte seinen Kopf nach oben und berührte mit der Zunge den Rand meiner Brust, ich griff nach seinen Schultern, spürte die harten Muskeln als er mich neckte, immer gerade so vermied, meine Brustwarzen zu berühren. Dann fuhren seine Zähne über meine Brustwarze und ich keuchte auf. Ein Teil von mir konnte nicht anders, als das hier mit Willard zu vergleichen, der jetzt schon fertig gewesen wäre, mich, mit dem leichten Gefühl benutzt worden zu sein, gelangweilt zurückgelassen hätte. Crank war… anders. Ich war noch niemals mit einem Mann zusammengewesen, der so sehr auf meine Gefühle konzentriert war. Und es war sehr, ja geradezu unerträglich klar, dass mein Vergnügen das Wichtigste für ihn war. Für eine Sekunde dachte ich, ich würde schreien, als er mich biss und ich ertappte mich dabei, wie ich mit meiner Hand gegen seinen Hinterkopf drückte, ihn dazu bringen wollte, dass er noch fester zubiss.

„Ist das okay?", fragte er mit tiefer, beruhigender Stimme.

„Nicht aufhören", flüsterte ich.

Er bewegte sich nach oben und flüsterte in mein Ohr. „Bist du sicher? Ist das zu schnell?"

Ich öffnete meine Augen und sah in seine. Dann hob ich die Arme und hielt sein Gesicht mit den Händen fest. „Wag es ja nicht, jetzt aufzuhören."

Er grinste, griff nach unten, zog mir meine Pyjamahose aus und warf sie quer durch den Raum. Ich stieß ein Kreischen aus, als seine Zunge die Unterseite meines Fußes berührte und mich kitzelte, das Gefühl durchfuhr meinen ganzen Körper. Er griff mit beiden Händen nach meinem rechten Bein und hielt es fest, dann begann er, mit seiner Zunge meinen Fuß entlang zu gleiten, dann mein Bein hinauf. Er legte eine Hand auf mein anderes Bein und streichelte meinen Oberschenkel. Meine Beine zitterten, mein ganzer Körper erschauderte, es waren fast schon Zuckungen, als seine Zunge meinen inneren Oberschenkel entlangfuhr. Langsam, schmerzhaft langsam.

Dann war seine Zunge in mir und ich schrie fast auf, meine Hände krallten sich in das Laken und ich warf meinen Kopf nach hinten. Ich wusste nicht, ob das Schmerz oder Vergnügen oder was auch immer war. Das hatte noch kein Mann für mich getan. Es war etwas völlig Neues und ich ließ mich einfach in das Gefühl fallen. Ich stöhnte laut, dann noch lauter, kniff meine Augen zu und wollte aufschreien.

Ich dachte, er würde aufhören und das wollte ich nicht. Aber er machte weiter und ich verlor mich total in jeder weiteren Welle dieses wunderbaren Gefühls. Ich verdrehte meine Augen und ich spürte, wie sich meine Zehen zusammenrollten und dann konnte ich mich nicht mehr zurückhalten. Ich schrie auf.

In dem Moment hielt er inne: „Pass auf, du weckst deine Mitbewohnerinnen."

„Die können mich mal", sagte ich mit leidenschaftlicher Stimme.

„Das wäre nicht mal halb so viel Spaß wie das hier."

„Halt die Klappe. Mach weiter."

„Wie du willst", sagte er neckend, dann fuhr er fort, mein Rücken schmerzte und ich vergrub mein Gesicht in ein Kissen, versuchte verzweifelt, nicht nochmal zu schreien. Mir liefen die Tränen über das Gesicht und mir war auf einmal schwindelig, als mein ganzer Körper erschauderte.

Ich hob mein Gesicht von dem Kissen, mein Atem begann, wieder ruhiger zu werden, und ich flüsterte: „Das ist vorher noch niemals geschehen."

Er kicherte. „Es war mir ein Vergnügen." Und dann küsste er wieder meinen Bauchnabel, und meine Brüste und bewegte sich wieder nach oben zu meinem Mund. Ich spürte seinen Penis, wie er heiß und erregt zwischen meinen Beinen lag. Ich presste mich an ihn. „Ich möchte dich in mir haben."

Er schloss für eine Sekunde die Augen. „Ich habe kein Kondom dabei."

„Was?"

Er seufzte. „Ich habe... ich habe das nicht geplant."

Ich wollte vor Frust schreien. Aber ich hatte ganz sicher keine Kondome in meinem Zimmer und ich nahm die verdammte Pille nicht und... verdammt.

„Leg dich hin", sagte ich.

„Was?"

„Du hast gehört, was ich gesagt habe, Punk. Leg dich hin. Du machst das nicht für mich, ohne, dass ich mich revanchiere."

Er legte sich hin. „Meine Träume sind gerade wahr geworden."

„Sei ruhig."

Und dann war er es.

KAPITEL 12

Warum sollte irgendetwas einen Sinn ergeben? (Crank)

Ich konnte mir nichts Schöneres auf der Welt vorstellen, als einfach mit Julia im Bett liegen zu bleiben. Den ganzen Tag. Die ganze Nacht. Den ganzen Monat. Egal. Unglücklicherweise hatten wir ein paar Probleme, um die wir uns kümmern mussten – sie musste am Montag eine Hausarbeit abgeben und wir hatten zwei kaputte Autos auf der anderen Straßenseite stehen. Ich würde ihr nicht vorschlagen, die Hausarbeit liegen zu lassen: Dafür war Julia zu schlau. Und die Autos, na ja, wir konnten sie ja nicht einfach stehen lassen.

Also gingen wir duschen, wappneten uns gegen die Kälte und verbrachten einen Teil des Morgens am Telefon, um mit unseren Versicherungen zu sprechen. Das würde sich sehr, sehr schlecht auf die Höhe meiner Versicherungsprämie auswirken. Ich wollte nicht mal daran denken.

Schließlich war das alles geregelt und wir versuchten uns beide darüber klar zu werden, was wir nun tun würden. Und das war – merkwürdig – denn die Wahrheit ist, wir hatten nicht wirklich etwas geklärt. War das nur ein One-Night-Stand gewesen und niemand hatte mich darüber informiert? Ich wusste die Antwort wirklich nicht. Waren wir Freunde? Mehr als Freunde? Liebende? Zur Hölle, wenn ich es gewusst hätte. Und so frech, wie ich sonst auch war? Ich hatte Angst zu fragen.

Es wurde Zeit für mich zu gehen, und ich wollte nicht gehen, und so wie sie sich gab, wollte sie das auch nicht. Und dann klingelte mein Telefon.

Ich schaute auf das Display. Dad. Dad rief mich nur selten an, nur, wenn es wirklich wichtig war, also ging ich sofort ran.

„Hallo?"

„Dougal, hör mir zu… Du musst herkommen. Heute Nachmittag."

„Dad… das passt so gar nicht, was ist los?"

„Wenn ich es dir am Telefon sagen wollte, würde ich dich nicht bitten herzukommen, oder, schlauer Junge? Komm einfach her."

Ich seufzte. „Hör zu… Ich habe gestern mein Auto kaputtgefahren. Und Julias auch."

„Du hast was? Wie zur Hölle hast du das geschafft?"

Ich schüttelte meinen Kopf, war frustriert. „Eis, während ich sie nach Hause fuhr."

„Tja, dann nimm die T. Aber du musst unbedingt herkommen, in Ordnung? Es ist wichtig. Wo bist du überhaupt?"

Ich schluckte und sagte dann: „Ich bin in Cambridge."

Seine Stimme wurde leiser. „In Harvard? Bei ihr?"

Ich räusperte mich. „Ja."

„Du tust besser nichts, was ihr am Ende wehtun wird, Dougal. Ich liebe dich, aber ich kenne dich, Kind – du bist nicht gut zu Frauen."

„Nicht mehr. Nicht dieses Mal." Meine Antwort war fest. Nicht abwehrend.

Er antwortete nicht sofort. Julia saß mir im Zimmer gegenüber, sie hatte einen neugierigen Gesichtsausdruck. Es würde schwierig werden, diese Unterhaltung zu erklären. Ich hoffte, dass sie nicht fragen würde.

„In Ordnung, Kind. Komm einfach her. Wann kannst du hier sein? Ich hole dich an der Broadway Station ab."

Ich sah auf ihren Wecker, der auf dem Schreibtisch stand. Es war kurz nach zwölf Uhr mittags.

„Ich bin um eins da."

„In Ordnung. Komm nicht zu spät."

Er legte auf, ohne Tschüss zu sagen. Mein Dad war immer ein Inbegriff guter Manieren gewesen.

Ich klappte das Telefon zu und packte es in meine Tasche. „Hör mir zu, Julia… Ich muss zum Haus meines Dads fahren. Ich weiß nicht, worum es geht, es klingt so, als ob er mit mir über etwas reden will, aber er würde nicht darum bitten, wenn es nicht wichtig wäre."

Sie nickte und fragte: „Möchtest du, dass ich mitkomme?"

„Das möchte ich wirklich. Aber musst du nicht an dieser Hausarbeit weiterschreiben?"

Sie zuckte mit den Schultern. „Ich werde sie mitnehmen. Außer, wenn du lieber allein gehen willst…"

Ich sah sie an und hob meine Augenbraue. „Natürlich möchte ich, dass du mitkommst."

„Dann ist alles klar. Gib mir einen Augenblick, um alles zusammenzupacken."

Also trotteten wir ein paar Minuten später durch den Schnee in Richtung Harvard Square. Händchen haltend. Das war… komisch. Und schön. Und es löste keines meiner Probleme. Ihr Wohnheim oder Haus, oder wie auch immer sie es nannten, lag einige Blocks entfernt vom Rest des Campus' und vom Harvard Square. Und bei gut fünfundzwanzig Zentimetern Schnee kam einem das sehr lang vor. Aber schließlich erreichten wir den Harvard Square, holten uns bei Au Bon Pain jeder einen Kaffee und begaben uns dann zum Eingang der T.

Hinter den Kiosken war ein Areal, das wie ein nach unten gebautes Amphitheater aussah und das jeder The Pit nannte. Sogar bei diesem Wetter waren ein Dutzend oder sogar mehr Personen dort, die meisten hatten sich unter dem Dach für die T zusammengedrängt. Meine Sorte Mensch: Die meisten waren nicht gesellschaftsfähig. Punks, die kein Zuhause hatten.

„Hey, Crank!"

Die Stimme kam von einem Typen, der zusammengekauert in einem Mantel im Pit saß. Es war Lenny. Er war etwa dreiundzwanzig oder vierundzwanzig Jahre alt, ein schlaksiger Typ mit blasser Haut, Rastalocken und vielen Piercings im Gesicht. Ich weiß nicht, ob er wirklich Lenny heißt, aber er hängt schon seit Jahren am Pit herum. Wir hatten früher andere dafür bezahlt, für uns Alkohol kaufen zu gehen, und uns dann auf dem Friedhof betrunken.

Ich vermisste diese Zeit nicht wirklich.

„Lenny... hey, Mann.“

Wir schlugen unsere Fäuste aufeinander. „Was geht, Crank?“

„Ich bin auf dem Weg zum Haus meines Dads“, sagte ich. Ich drehte mich zu Julia. „Julia, das ist Lenny. Wir haben früher zusammen abgehangen.“

Lenny sagte: „Ja, bevor du berühmt wurdest und all die Scheiße.“

Ich schüttelte meinen Kopf. „Ich bin vieles Lenny, aber berühmt gehört nicht dazu.“

„Freut mich, dich kennenzulernen, Lenny“, sagte Julia. Ihre Augen waren groß, und als ich erst sie anschaute und dann Lenny, wurde mir klar, welche Kluft ich hier überbrückte. Die Typen, mit denen ich hier am Pit herumgehangen hatte und auch in der Stadt: vorwiegend Obdachlose und Leute, die von einem Freund zum anderen zogen. Drogenabhängige und Alkoholiker. Ich hatte das meiste davon hinter mir gelassen. Hier gab es keine Zukunft und ich war zwar kein Collegejunge, aber ich hatte etwas vor in meinem Leben.

Lenny sah sie an, und ich denke, er sah das Gleiche wie ich, denn er sagte: „Soso, jetzt gehst du also mit Scheunerinnen aus? Was zur Hölle, Mann?“

Ich spürte eine Welle aus Verärgerung und sagte immer noch in einem freundlichen Ton: „Wenn du deine Zähne behalten willst, Lenny, dann sagst du so was nie wieder.“

Er hob seine Hände in die Luft. „Hey, nichts für ungut. Ich weiß, wie es ist. Du verdienst mit deiner Musik ein bisschen Geld und verkaufst uns andere. Klar, kein Problem.“

„Lass das, Mann. Ich bin immer noch derselbe.“

Er zuckte mit den Schultern. „Wie auch immer, Mann. Nichts ist mehr, wie es war. Nicht seit Ewa.“

Ich fluchte leise. „Ja, ich weiß. Wie läuft es so?“

Julia sah neugierig aus, als Lenny sagte. „Sie wollen, dass einige von uns aussagen. Ich rede nicht mit den Cops, Mann. Aber... verdammt.“

„Du solltest es tun“, sagte ich. „Für sie.“

„Ja. Für Ewa.“

„Hör zu, wir müssen gehen, okay? Mein Vater hat irgendetwas Wichtiges zu sagen."

„Ich dachte, du redest nicht mal mit ihm."

Ich zuckte mit den Schultern. „Die Dinge ändern sich, Mann."

„Ist schon gut, bleib cool." Als wir begannen, uns umzudrehen, sagte er: „Hey Crank. Kannst du mir ein paar Dollar pumpen? Der alten Zeiten wegen?"

„Klar", ich gab ihm ein paar Dollar und wir gingen in die Station.

Julia wartete, bis wir den Bahnsteig erreicht hatten, bevor sie fragte: „Was sollte das alles?"

Ich runzelte die Stirn. Ich wollte nicht gerne darüber sprechen. „Ewa... Sie war eine der sogenannten Ratten hier am Pit. Kam aus Hawaii und hing hier mit den anderen herum. Ein paar Typen, die vorgaben Krüppel zu sein, kamen letzten Herbst her und versuchten die Ratten dazu zu bewegen, Leute auszurauben. Sie weigerte sich, also brachten sie sie um und warfen sie in den Fluss."

Sie zuckte zusammen. „Das tut mir leid", sagte sie mit leiser Stimme. Sie legte ihre Hand um meinen Arm und lehnte sich an mich.

Ich starrte auf den Boden. „Ich kannte sie nicht so gut", sagte ich. „Lenny hat zu einem gewissen Teil recht. Ich hänge nicht mehr hier herum, ich habe mich in vielerlei Hinsicht weiterentwickelt. Ich weiß nicht genau, wann es passiert ist, aber ich habe dieses Leben hinter mir gelassen." Es war die Wahrheit. Jahrelang war ich planlos umhergeirrt. Hatte mich den Typen am Pit angeschlossen, hatte auf Friedhöfen herumgelungert und getrunken und wilden Sex gehabt. Aber etwas hatte sich geändert. Spätestens, seit wir Morbid Obesity gegründet hatten, fühlte ich mich, als ob es eine Richtung in meinem Leben gab. Zumindest genug, um mir einen Job zu suchen. Ich begann, die Miete regelmäßig zu zahlen und mir über mehr als nur die aktuelle Woche Gedanken zu machen. Ich wollte nicht mehr alles vermasseln. Ich wollte, dass Morbid Obesity ein Erfolg wurde. Wir würden nicht nur eine Band sein, die für ein paar Jahre erfolgreich war und sich dann trennte, damit jeder sein eigenes Leben weiterführen konnte. Ich konnte es fühlen. Ich konnte es schmecken.

Der Zug fuhr brausend in die Station ein und wirbelte eiskalte Luft um uns herum, also hörten wir auf zu reden. Die Türen öffneten sich, wir stiegen ein und setzten uns zusammen in den hinteren Teil es Zuges.

„Ist das nicht etwas Gutes?" fragte sie.

„Was?", fragte ich, meine Gedanken drehten sich immer noch um die merkwürdigen Veränderungen in meinem Leben während der letzten Jahre.

„Sich weiterentwickeln. Neue Dinge beginnen."

Ich hob eine Augenbraue. „Was, bin ich jetzt etwa ein Weiterbildungsobjekt für dich geworden?"

„Was soll das jetzt wieder heißen?" Sie hatte ihren Kopf geneigt und einen verwirrten Gesichtsausdruck.

„Macht es dir etwas aus, dass ich ein Schulabbrecher bin, der in einer Rockband spielt?"

Ein leicht amüsierter Ausdruck erschien auf ihrem Gesicht und ihre Lippen bewegten sich an den Ecken kaum merklich nach oben. „Nein", sagte sie. „Das macht mir nichts aus."

Der Zug fuhr leicht an, bewegte sich zuerst langsam und nahm dann schnell Fahrt auf.

„Sollte es das nicht?", fragte ich. „Gibt es Hoffnung auf eine Zukunft zwischen einer Ratte vom Pit und einem Harvard-Mädchen?"

Sie lehnte sich an mich. „Ich bin noch nicht soweit, um über die Zukunft nachzudenken. Bitte frag mich sowas nicht. Lass uns einfach das Jetzt genießen, okay?"

Okay. Es wurde Zeit, das Thema zu wechseln. Ich drehte mich zu ihr und flüsterte in ihr Ohr: „Mir fallen viele Dinge ein, die das Jetzt noch schöner machen würden."

Sie flüsterte zurück: „Wir sind nicht allein in diesem Abteil."

Ich biss leicht in ihr Ohrläppchen und sie schloss ihre Augen und lehnte sich näher an mich, also ließ ich meine linke Hand nach unten wandern, auf dem Stoff ihrer Hose entlang zur Innenseite ihrer Oberschenkel. Sie drehte ihre Lippen zu meinen und ich saugte an ihrer Oberlippe, während ich meine Hand gegen sie presste. Sie stöhnte leise.

„Ruhig", flüsterte ich. „Du willst doch nicht die Pendler stören."

Glücklicherweise waren wir die einzigen Personen in diesem Teil des Zuges, denn sie bewegte sich auf ihrem Sitz, rutschte auf meinen Schoß, setzte sich rittlings auf mich und drückte hart gegen meine Leiste. Ihre Hände lagen auf meinen Schultern und sie erwiderte den langen Kuss. Meine Hände wanderten zu ihrer Hüfte, ich zog sie näher zu mir, so nah es nur geht, wenn man komplett angezogen ist und Winterjacken trägt. Ich ließ meine Hände um sie herum gleiten, liebkoste ihren Hintern und sie bewegte ihren Kopf zu meinem Nacken, küsste ihn zuerst und biss dann zu.

Ich wollte aufschreien. Ich wollte ihr hier und jetzt die Kleider vom Leib reißen.

Sie flüsterte: „Wie hat dein Freund mich genannt? Scheunerin? Was ist das?"

Ich stöhnte. Ich wollte nicht wirklich reden. Aber ich antwortete: „Eine Scheunerin... weißt du... der Hof von Harvard... Scheune..."

„Das ergibt überhaupt keinen Sinn", flüsterte sie.

„Warum sollte irgendetwas einen Sinn ergeben?", fragte ich.

Lass uns das tun (Julia)

Als wir ankamen, sagte Jack: „Ich habe etwas mit euch zu bereden. Und wenn du möchtest, kannst du gerne dabei bleiben, Julia." Er wirkte so ernst, dass ich dabei blieb, weil ich mir Sorgen machte, wie die beiden Brüder auf das reagieren würden, was er zu sagen hatte.

„Sean!", rief Jack. „Kannst du bitte in die Küche kommen?"

Ein paar Augenblicke später hörte ich, wie Sean die Treppe herunterkam, seine Sneakers hallten laut auf jeder Stufe. Er kam in die Küche und sagte: „Ja, Dad?"

„Setz dich, Kind."

Sean setzte sich.

Als Jack die nächsten Worte sagte, fielen sie wie Bomben auf Sean und Crank.

„Meine Einheit bei der National Guard ist für einen Einsatz in Kuwait aktiviert worden."

Crank starrte seinen Vater an und Sean verschränkte seine Arme vor seiner Brust, so als ob er sich beschützen musste, und er begann sofort auf seinem Stuhl vor und zurück zu schaukeln.

„Ich habe nicht erwartet, dass das passieren würde, aber letzte Nacht haben wir die Befehle erhalten. Sie sagen, dass wir vermutlich für mindestens ein Jahr fort sein werden."

Sean sagte nichts. Crank sagte: „Ein Jahr? Können sie das machen?"

„Ja, das können sie, Dougal. Es gibt nichts, was ich tun kann, außer zu salutieren und den Befehlen zu folgen."

Ich starrte Jack fassungslos an. Ich versuchte mir vorzustellen, was das für die Familie, in die ich irgendwie hineingeraten war, bedeutete. Wer würde sich um Sean kümmern? Er war siebzehn, aber auf emotionaler Ebene war er viel jünger. Er war noch nicht bereit, alleine klar zu kommen.

Crank schüttelte seinen Kopf. „Ich glaube es nicht, verdammt nochmal. Wir fangen wirklich einen Krieg dort drüben an."

„Das habe ich dir immer wieder gesagt, Kind."

„Wer wird sich um Sean kümmern?"

Sobald Crank die Worte ausgesprochen hatte, stand Sean auf und platzte heraus: „Ich werde nicht nochmal bei Opa wohnen. Du kannst mich nicht dazu zwingen." Und dann verließ er die Küche.

Jack seufzte. „Genau das hatte ich befürchtet."

„Kannst du es ihm verdenken?", fragte Crank. „Opa hat ihn wie ein Stück Dreck behandelt, als du letztes Jahr in den Einsatz berufen wurdest."

„Was ist letztes Jahr geschehen?", fragte ich und legte eine Hand auf Cranks Schulter. Sean hatte mir ein bisschen davon erzählt. Ich erinnerte mich, dass er gesagt hatte, er würde seine Großeltern hassen.

„Mein Dad versteht Asperger Syndrom einfach nicht", sagte Jack. „Er scheint zu glauben, dass man Sean nur mal richtig ausschimpfen und eine Tracht Prügel verpassen muss, damit er normal wird. Und als ich nach dem 11. September in den aktiven Dienst berufen wurde, wohnte Sean vier Wochen bei ihnen. Das ging nicht gut."

Crank sagte mit leiser, fast gebrochener Stimme: „Es war ein Desaster."

„Ich werde mit deiner Mutt – "

Jack hörte auf zu reden, und sie zuckten beide auf ihren Stühlen zusammen. Ein lautes Krachen war aus dem Wohnzimmer zu hören und wir sprangen alle drei auf und rannten ins Wohnzimmer.

Sean hatte ein fast zwei Meter hohes Bücherregal umgeworfen, Bücher, Bilder und anderer Krimskrams lagen auf dem Boden verstreut. Er stand mit angewinkelten Armen und geballten Fäusten daneben. Sein Gesicht war angespannt und er hatte die Augenbrauen vor Wut nach unten gezogen. „Ich werde nicht zu meinem Opa gehen! Das werde ich nicht! Er hasst mich!"

Ich schrie fast laut auf, als Sean sich selbst mit seiner Faust gegen die Stirn schlug und es dann brutal mit der zweiten Faust wiederholte. Er stieß einen animalischen Schrei aus und Crank rannte zu ihm und legte seine Arme um seinen Bruder. „Das musst du auch nicht!", sagte Crank eindringlich, „ich werde – ich werde zurück nach Hause ziehen. Ich werde hier bei dir bleiben, Sean. Du bist mein Bruder. Ich werde mich um dich kümmern."

Sean sah hoch zu seinem Bruder, sein Gesicht sah verwirrt, wütend und traurig aus und er begann laut zu jammern. „Ich kann nicht zu Opa ziehen, ich kann es einfach nicht!"

Crank schüttelte seinen Kopf. „Ich kümmere mich um dich, Sean, okay? Du musst nirgendwohin gehen. Du bleibst hier bei mir, in Ordnung? Und wir werden warten, bis Dad wieder nach Hause kommt. Dad wird nichts passieren. Hörst du mich? Ihm wird nichts geschehen."

Jack ging langsam zu seinen beiden Söhnen hinüber, legte beide Arme um sie und hielt sie ganz fest. Sean beruhigte sich nun, sein Atem wurde langsamer, hatte einen stotternden Rhythmus. Ich stand da und sah zu, staunte über den Kontrast zu meinen eigenen distanzierten und bevormundenden Eltern, während dieser starke Mann seine Söhne in seinen Armen hielt, sie mit einer Liebe und Stärke umarmte, die ich nicht begreifen konnte.

Ich fühlte mich wie ein Eindringling, der einen unglaublich intimen Moment miterlebte, den niemand hätte sehen sollen. Ich trat leise einen Schritt zurück, um mich in der Küche hinzusetzen, aber irgendwie spürte Jack es und sagte: „Komm her, Missy."

Ich wollte über meine Schulter zurückschauen, auf mich selbst zeigen und fragen: „Ich?" Aber es war niemand anderes da, den er hätte meinen können, also ging ich zu ihnen hinüber und vermied dabei, auf das Regal und den verstreuten Inhalt zu treten. Jack streckte seinen Arm aus und zog mich am Arm in die Familienumarmung, und ich brach fast in Tränen aus. Der Augenblick, in dem er mich in die Umarmung zog, brachte die Erinnerungen an sämtliche Momente hoch, in denen ich die Umarmung meiner Mutter gebraucht hätte. All die Momente, die ich allein gewesen war oder mit Barry zusammen in der Garage in Belgien. All die Momente, in denen ich meine Mutter gebraucht hätte, um mich zu halten und mir zu sagen, dass alles gut werden würde, in denen sie aber nicht da gewesen war.

Und deshalb machte ich flüsternd ein Versprechen, ein Versprechen, das viel zu impulsiv war und mich zu weit mehr verpflichtete, als ich jemals bereit gewesen war zu geben – ein Versprechen, das bedeutete, dass ich mich für eine Weile an diese Menschen band. Ich flüsterte Jack zu: „Den beiden wird nichts geschehen, während du weg bist. Ich werde mich um sie kümmern."

Er antwortete, indem er mich fester an sich heranzog.

Ein paar Augenblicke später löste Jack die Umarmung. „In Ordnung. Lasst uns das Regal wieder aufstellen."

Seans Augen waren zur Seite gerichtet, nicht auf seinen Vater, als er sagte: „Es tut mir leid, dass ich das Regal umgeworfen habe."

Jack grinste. „Wenn ich nochmal mit meinem Dad zusammenwohnen müsste, würde ich vermutlich auch ein paar Dinge umwerfen. Aber mach es nicht noch mal, okay? Ich hoffe nur, dass nichts kaputtgegangen ist."

Also hoben Crank, Sean und Jack das Bücherregal wieder auf und dann sammelten wir alle vier die verstreuten Bücher und anderen Dinge vom Boden auf.

Ein Bilderrahmen war kaputt. Ich hob ihn vorsichtig auf, das Glas war zerbrochen.

Auf dem Foto waren Jack und Margot in viel jüngeren Jahren zu sehen. Crank war darauf vielleicht zehn Jahre alt, er trug ein grünweiß gestreiftes Poloshirt und hatte ein breites Grinsen im Gesicht, während er an einer Zuckerwatte leckte. Er und Sean, der auf dem Foto vielleicht vier war, hielten sich bei der Hand.

Jack holte tief Luft und nahm mir den Bilderrahmen dann sanft aus den Händen. „Dafür muss ich einen neuen Rahmen kaufen", sagte er mit ernster Stimme.

„Also los, Kinder. Ich muss mich in weniger als einer Woche im Fort Devens zum Dienst melden. Das bedeutet, dass wir noch einiges planen müssen. Setzen wir uns und erledigen das."

Crank antwortete: „Ich und Sean werden mit dir reden – Julia hat noch etwas für ihr Studium zu erledigen."

Ich nickte reumütig. Es stimmte, falls ich heute nicht dazu kam, würde ich die Hausarbeit nicht rechtzeitig fertig bekommen. Also griff ich nach meinem Rucksack, ging dann zu ihnen in die Küche und öffnete mein PowerBook. Während sie über Cranks Umzug, Bankvollmachten, Schule und andere Dinge redeten, arbeitete ich an meiner Hausarbeit, in der es um die Zinsbewegungen nach der Bankenkrise in den 1980er Jahren ging. Interessanter Stoff.

Hin und wieder sah ich hoch zu Crank. Ich hatte ihn noch niemals so gesehen. Ernst. Planvoll. Er machte sich genaue Notizen und hatte Vorschläge für seinen Vater, wie sie sich während seiner Abwesenheit am besten um Rechnungen und andere rechtliche Dinge kümmern könnten. Um es kurz zu machen, er benahm sich wie ein Erwachsener. Und das war bei Crank nicht immer der Fall.

„Montagnachmittag ist mein letzter Tag auf der Arbeit. Ich brauche dich dann hier, Dougal."

Crank zuckte zusammen. „Montag ist schlecht. Wir sind im Studio."

„Kannst du das irgendwie verlegen?" Jack sah enttäuscht aus, dass er die Frage überhaupt stellen musste. Ich konnte mir vorstellen, was er dachte – er würde vermutlich in einen Krieg ziehen und Crank machte sich Sorgen wegen der Zeit im Studio?

„Das wird schwer werden, wir haben im Voraus bezahlt, mehrere Hundert Dollar. Wir nehmen eine neue Single auf. Mir wäre mein Geld egal, aber der Rest der Band hat auch eine Menge dazu beigetragen."

Ich lehnte mich vor und sagte: „Ich kann es machen."

„Was?", sagte Crank, als Jack zu mir hinüberschaute.

„Ich kann nach den Vorlesungen herkommen und Sean Gesellschaft leisten. Wir werden einen draufmachen, nicht wahr, Sean? Du kannst mir beibringen, wie man glutenfreie Pizza macht."

Sean grinste, und das war mehr Ausdruck in seinem Gesicht, als ich jemals bei ihm gesehen hatte, wenn man von Wut einmal absah.

Jacks Augen wanderten schnell zwischen uns beiden hin und her. „Wenn du dir sicher bist. Ich möchte nicht, dass du dich verpflichtet fühlst… Das ist eine Familienangelegenheit."

Ich legte meine Hände flach auf den Tisch und sah Jack in die Augen. „Sean ist mein Freund. Und man kümmert sich um seine Freunde, okay?"

Er lächelte mich an – das gleiche charmante, jugendliche Lächeln, das Crank so offensichtlich von ihm geerbt hatte. „Tja, dann ist das geklärt. Dougal, du gehst deinen Song aufnehmen, ich werde arbeiten und Julia wird hier sein."

Ich widmete mich wieder meiner Hausarbeit.

Ein bisschen später, als ich gerade dabei war, einen ziemlich heiklen Vergleich aufzustellen, sagte Crank: „Ich denke, das war alles."

Jack antwortete mit leiser und ruhiger Stimme: „Nein. Das war noch nicht alles."

Irgendwas an seinem Tonfall erregte meine Aufmerksamkeit. Ich sah verwirrt auf. Crank saß seinem Vater gegenüber, er hatte einen erwartungsvollen Gesichtsausdruck. Sean las wieder in seinem medizinischen Fachbuch.

„Wir müssen über eure Mutter sprechen."

Cranks Augen sahen sofort zu Sean und er sagte: „Ich wüsste nicht, warum."

Crank stand auf und ging zum Kühlschrank, holte sich ein Bier heraus und öffnete es. Er war angespannt, seine Bewegungen waren angriffslustig. Schließlich drehte er sich zurück zum Tisch und stellte die Bierflasche viel zu hart darauf ab. Es gab einen lauten Stoß. Ich hörte auf, so zu tun, als ob ich weiter mit meinem Laptop beschäftigt wäre.

„In Ordnung, Dad. Sprich."

Jack schloss seine Augen und seufzte. „Ich denke, sie ist soweit, nach Hause zu kommen. Wir haben letzte Nacht sehr lange darüber geredet."

Sean blätterte viel zu schnell eine Seite in seinem Buch um. Die Seite riss. Cranks Augen wurden schmal und wanderten wieder zu seinem Bruder. „Wir brauchen sie nicht. Sie war jahrelang nicht da. Warum sollte sie jetzt nach Hause kommen?" Als er die Frage stellte, spielte er mit der Bierflasche und trank dann einen Schluck.

Jacks Gesicht veränderte sich, es war eine Mischung aus unausgesprochenem Ärger und Traurigkeit darin zu erkennen. Sehr leise sagte er: „Sie ist eure Mutter."

„Nein", hielt Crank dagegen. „Sie ist die Frau, die uns verlassen hat."

„Sprich nie wieder so über deine Mutter, Dougal!" In Jacks Stimme war ein harter Unterton.

„Warum nicht, zur Hölle nochmal?", antwortete Crank mit erhobener Stimme. „Sie hat dich verlassen, Dad. Sie hat uns alle verlassen!"

Jack schloss seine Augen. Sein Gesicht war gerötet und es war erkennbar, dass er sich sehr zurückhielt, um nicht auszurasten. Schließlich sagte er in einem qualvollen, düsteren Ton: „Wäre es dir lieber, sie wäre tot? Denn das war die Wahl, die wir hatten."

„Wovon redest du, Dad? Warum sollte sie tot sein?" Crank lehnte sich nach vorne, alles an seinem Körper war angespannt. Ich hatte ihn noch niemals so gesehen. Aber das war ein wesentlicher Teil von ihm – der Groll, der seine Musik beeinflusste und zu seinem Lebensstil geführt hatte.

„Sie ist gegangen, denn die Wahl war, entweder zu gehen oder sich umzubringen! Sie hat uns nicht verlassen, ich habe sie dazu überredet!", schrie Jack.

Sean sah plötzlich auf, Schock stand auf seinem Gesicht geschrieben und ich hob meine Hand zu meinem Mund. Crank lehnte sich immer noch über den Tisch, seine Augen waren vor Schock und Wut ganz groß. Er klammerte sich mit beiden Händen an die Tischkante, sein ganzer Körper zitterte.

Jacks Gesichtsausdruck änderte sich. Statt vor Wut war sein Gesicht nun vor Kummer verzerrt. Seine Augen wurden rot und füllten sich mit Tränen, er sprach weiter und ich wollte ihm sagen, dass er aufhören sollte. Bitte hör auf, sag kein weiteres Wort. Nicht über Selbstmord. Bitte nicht. Aber er sprach weiter.

„Der Stress brachte sie um, okay? Ich bin eines Abends nach Hause gekommen und sie lag in der Badewanne und war am Verbluten! Also ließ ich sie gehen. Weil ich sie liebe und weil sie eure Mutter ist, und wenn ich auch nur noch einmal ein Wort gegen sie höre, dann werde ich dich windelweich hauen, ich schwöre es!"

Crank war sprachlos vor Staunen. Er atmete laut aus und flüsterte: „Willst du mich verarschen?"

Jack schüttelte seinen Kopf. Eine Träne lief an seinem Gesicht herunter und er wischte sie verärgert weg.

„Warum?", fragte Sean. Seine Stimme war wie immer: laut, monoton. Aber er sprach schnell und noch lauter als sonst. „War ich so schlimm?"

„Oh Gott, Kind, nein", sagte Jack und hielt die Tränen nicht länger zurück. „Sie hat dich zu sehr geliebt. Euch beide. Seht mal… Eure Mutter war immer… depressiv… traurig. Auch schon, als ich sie kennengelernt habe. Bevor du geboren wurdest. Aber sie war in allem gut. Alles, was sie anfasste, wurde zu Gold. Und sie dachte, sie könnte das Asperger Syndrom heilen. Sie dachte, sie könnte die perfekte Mutter sein. Also… du weißt, wie es war. Ärzte, dann noch mehr Ärzte. Behandlungen. Es lag nicht daran, dass sie dich nicht geliebt hat – es lag daran, dass sie dich zu sehr geliebt hat. Sie wollte dir – alles im Leben geben. Und als das nicht funktionierte… wurde es einfach zuviel. Viel zuviel." Seine Stimme wurde leise. „Sie hörte auf, sich um sich selbst zu kümmern. Deine Mutter… Sie gab alles, was sie hatte, um dich zu heilen. Und man kann Autismus nicht heilen. Aber sie war entschlossen es zu tun, sogar wenn es sie umbringen würde. Und… das tat es. Autismus brachte sie um."

Sein Gesicht verzog sich vor Traurigkeit. „Diese gute, liebenswerte, wundervolle Frau. Sie war mein Leben, sie bedeutete mir alles und ich konnte sehen, wie sie vor meinen Augen starb. Und ich konnte nicht zulassen, dass es so weiterging."

Crank flüsterte. „Sie hat wirklich versucht, sich umzubringen?"

Jack sah zur Seite, sein Gesicht sah... alt aus. Schmerzerfüllt. „Ja",
sagte er. „Das hat sie. Also... musste ich sie ins Krankenhaus bringen.
An dem Tag... Sie hatte Sean zu Mrs. Doyle geschickt. Und dann war
sie nach oben gegangen und hat sich die Pulsadern aufgeschnitten."

Während er die Worte aussprach, starrte ich nach unten auf die
vielen Armreifen, die ich trug, um die Narben an meiner eigenen Pul-
sader zu verbergen. Ich weiß noch nicht mal, was ich in dem Moment
fühlte. Ich hatte niemals darüber nachgedacht, was das für meine Familie bedeutet hätte. Wenn Carrie oder Alexandra oder eine der Zwillinge als erstes das Badezimmer betreten und mich gefunden hätten,
wie ich im Wasser lag und verblutete... Ich hatte niemals auch nur
einen Gedanken an sie verschwendet. Sogar meiner Mutter – so sehr
wir uns auch stritten, so sehr ich mir auch wünschte, sie würde aus
meinem Leben verschwinden – ich würde ihr niemals solchen Kummer wünschen.

„Irgendwas – irgendwas an ihrem Benehmen an diesem Morgen
machte mir Angst. Seit Wochen war sie nur am Weinen gewesen. Die
ganze Zeit. Sie hatte mir gesagt, dass sie sterben wollte. Sie hatte mir
das mehr als einmal gesagt. Und ich hatte ihr zugehört... aber auch
wieder nicht. Ich hatte nicht gedacht, dass sie es wirklich ernst meinte. Und dann an diesem Morgen, da war sie heiter und gut gelaunt. Sie
sagte, dass sie mit dir in den Park gehen würde, Sean."

Cranks Stimme war rau und ich konnte Tränen in seinen Augen
sehen. „Das war direkt, nachdem wir diesen großen Streit hatten. Und
ich davongerannt bin."

Jack sah seinen älteren Sohn an, er hatte traurige Augen. „Ja. Genau zu dem Zeitpunkt war es. Also machte ich mir Sorgen. Und ich
rief zu Hause an... aber es ging niemand ran. Also dachte ich, na
ja, sie ist mit Sean im Park. Aber eine halbe Stunde später rief ich
wieder an. Dann nochmal nach einer Viertelstunde. Dann drehte ich
mit meinem Streifenwagen um und bewegte meinen Arsch hierher.
Und ich konnte Sean nicht finden, aber das Bad im oberen Stock war
verschlossen und ich konnte hören, dass Wasser lief. Ich habe die Tür
eingetreten und sie gefunden."

Er schloss seine Augen und seine Stimme wurde plötzlich zu einem lauten Klagen, als er sagte: „Sie atmete nicht mehr. Ich habe noch

niemals in meinem Leben so viel Blut gesehen. Ich hob sie da raus, verband die Wunden, rief in der Zentrale an, hielt diese Frau in meinen Armen und betete und betete."

Seine Stimme wurde zu einem Flüstern. „Ich dachte, es wäre zu spät. Als der Notarzt hier eintraf, konnten sie mich nicht dazu bringen, sie loszulassen. In dem Moment tauchte Tony auf und zog mich von ihr fort. Ich habe ihm eine in die Fresse gehauen. Er musste mit mir kämpfen, bis ich am Boden lag."

Jack schaute nach unten und bedeckte sein Gesicht mit den Händen. „Sie war sechs Monate lang im Krankenhaus. Und… ihr wart einfach zu jung. Zu jung, um zu erfahren, was geschehen war. Also… haben wir einfach nicht darüber geredet."

Crank schlug mit seiner Faust auf den Tisch. „Wir haben nicht darüber geredet?", schrie er. „Warum nicht, verdammt nochmal? Unsere Mutter ist seit fünf Jahren weg und du konntest uns nicht sagen, warum?"

Jack sackte in sich zusammen. Zum ersten Mal, seit ich ihn kannte, sah er alt aus, die Falten in seinem Gesicht zeigten den jahrelangen Kummer. „Ich wusste nicht, was ich sonst hätte tun können. Ich wusste es einfach nicht. Wie sagt man seinen Kindern, dass man ihre Mutter in die Psychiatrie eingewiesen hat?"

„Also, was ist danach geschehen?", verlangte Crank zu wissen.

„Ihr Therapeut glaubte, sie brauche mehr Zeit. Zeit ohne uns… zum Heilen, um ihre seelische Gesundheit wiederzuerlangen. Und ich stimmte ihm zu. Also verbrachte sie ein Jahr in einer Therapiegruppe, die auch zusammen wohnte. Und danach haben wir ihr eine kleine Wohnung im Osten von Boston gemietet. Und sie wurde immer gesünder. Sie begann, wieder Klavier zu spielen. Lernte wieder zu leben. Aber sie vermisst euch beide so sehr, dass es sie fast umbringt. Deshalb hat sie letztes Jahr begonnen, an Festtagen herzukommen."

Ich saß die ganze Zeit hinter meinem Laptop und weinte leise, aber jetzt konnte ich nicht mehr still bleiben. „Erzähl uns etwas Fröhliches, Jack. Bitte? Erzähl uns, wie du Margot kennengelernt hast."

Crank und Jack sahen mich beide an, als ob ich verrückt wäre. Dann sagte ich: „Du hast ihnen die schlimmen und herzzerreißenden Dinge erzählt. Jetzt erzähl ihnen etwas Gutes. Erzähl ihnen von der Margot, an die du dich erinnerst. Es ist offensichtlich, dass du sie mehr als alles andere auf der Welt liebst. Erzähl uns, warum."

„Gott segne dich, Mädchen. Ich hoffe, du wirst irgendwann ein Teil unserer Familie sein", flüsterte Jack.

Bei seinen Worten erstarrte ich. Ich war noch nicht bereit, über die Zukunft nachzudenken. Ich war noch nicht mal bereit, über die nächste Woche nachzudenken und schon gar nicht über irgendetwas Längerfristiges.

„Erzähl es uns", sagte Sean. „Ich möchte mehr über Mom wissen."

„Ich auch", sagte Crank. Er streckte eine Hand aus und griff nach meiner, so als ob er ‚Danke' sagen wollte.

Jack sprach leise: „Oh Gott, eure Mutter war fantastisch. Sie war eine Pianistin im Boston Pops Orchester. Eines Nachts wurde sie auf dem Weg aus dem Konzertsaal ausgeraubt. Und ich wurde gerufen. Sie war diese zierliche, kleine Person… und so wunderschön. Oh mein Gott, eure Mutter war so etwas Besonderes. Sie hatte diese großen, hellgrünen Augen und fast schwarzes Haar und ich wusste, dass sie niemals mit mir zum Abendessen ausgehen würde. Aber ich fragte sie trotzdem. Und wir verliebten uns. Eure Mutter… Sie glaubte an… das Glück… daran, die Welt zu verändern. Sie glaubte, dass man, wenn man hart genug daran arbeitet und fest genug daran glaubt, alles auf der Welt erreichen kann. Und trotz der Tatsache, dass es ihren Vater zur Weißglut brachte, heiratete sie einen armen, irischen Bostoner Polizisten."

Crank drückte erneut meine Hand und sagte dann mit ernster Stimme. „Es ist meine Schuld. Ich habe damals die Familie zerstört."

„Oh, halt die Klappe, Dougal. Verstehst du denn nicht? Niemanden trifft die Schuld. Nicht Sean, nicht dich – nicht mich. Ja, der Stress zu Hause machte es nicht besser. Aber das war nur die Spitze des Eisbergs. Ihr beiden habt davon nicht viel mitbekommen, aber ihre ganze Familie hat nach unserer Hochzeit den Kontakt mit ihr abgebrochen. Scheiß Oberschicht. Und wenn ich ein besserer Vater gewesen wäre, hätte ich nicht zugelassen, dass du durchdrehst, aber egal. Ich wusste, was los war, schon beim ersten Mal, als du in Schwierigkeiten gerietst. Aber ich machte mir zu große Sorgen, um finanzielle Dinge, meinen Job und deine Mutter, um etwas dagegen zu unternehmen."

Jack drehte sich zu mir, zeigte aber mit dem Finger auf Crank. „Weißt du, was dieser Clown gemacht hat? In der achten Klasse hatte er die Hauptrolle in einem Theaterstück und er stellte sich auf die Bühne, vor Gott und die Welt, und rief ‚Fuck the Police'. Dafür erntete er stürmischen Beifall, das kann ich dir sagen." Er drehte sich zurück zu Crank. „Ich verstehe schon, Kind. Wir waren nicht für dich da, als du uns gebraucht hast. Und du bist ausgerastet. Und ich wette, du hast dich von einer Menge Frauen flachlegen lassen."

Crank lachte und ich auch, und dann lachten wir plötzlich alle, sogar Sean.

Nach einer Weile drehte sich Sean zu Crank um. Er hatte große Augen und er tat etwas, das ich ihn noch nie hatte tun sehen. Er sah Crank direkt in die Augen. „Crank… können wir Mom bitten, nach Hause zu kommen?"

Cranks Augen wurden plötzlich feucht und er flüsterte: „Ja, kleiner Bruder, lass uns das tun."

KAPITEL 13

Der Song gefällt mir (Crank)

Es war schon ziemlich spät, als Julia und ich das Haus meines Dads verließen. Während der Zugfahrt kuschelten wir uns aneinander und küssten uns dann an der Park Street zum Abschied. Dort stieg ich um in die Green Line, die mich zurück nach Roxbury brachte.

In dieser Nacht schlief ich wie ein Toter. Am nächsten Morgen – na ja, Morgen ist relativ, es war fast Mittag – beluden wir den Van und fuhren rüber ins Studio.

Ich machte gerade eine kleine Raucherpause, als sie anrief.

„Was ich dir jetzt sage, wirst du mir nicht glauben", sagte Julia. „Gestern Abend hat mich meine Schwester Carrie angerufen."

Ich schob das Telefon von meinem linken Ohr an mein rechtes und winkte Serena, zeigte ihr mit Gesten, dass ich in fünf Minuten zurück sein würde. „Wie geht es ihr?"

„Ihr geht's gut. Sie ist bereit, von zu Hause auszuziehen, denke ich. Sie hat schon eine Zusage von der Columbia-Universität erhalten. Sie macht im Juni ihren Abschluss. Aber egal... Also, nachdem ich mich geweigert habe, an Thanksgiving nach San Francisco zu fliegen... hat mein Vater Flugtickets für die ganze Familie gekauft. Sie kommen her."

Ich bekam große Augen. „Wirklich?", sagte ich, während ich eine Zigarette aus dem Päckchen schüttelte und anzündete.

„Ja."

„Ich werde also deine Eltern kennenlernen?"

„Bist du dazu bereit?"

„Warum nicht? Dein Dad war ein Botschafter? Das schüchtert mich nicht ein. Mein Dad ist Polizist in Boston."

Sie lachte, ein schönes, volles Lachen, das ich am liebsten tausend Mal am Tag hören würde. Aber ich hatte keine Zeit mehr.

„Crank!", rief Serena. „Es wird Zeit!"

„Ja, ja, ich komme gleich", rief ich zurück. „Ich muss los. Lass uns später nochmal telefonieren."

„Tschüss!", sagte sie.

Ich klappte das Telefon zu und ging zurück ins Studio. Wir machten die Aufnahmen bei Division in Somerville. Wir hatten unser erstes Mini-Album in einem schäbigen Studio drüben in Jamaica Plain aufgenommen. Das hier war viel besser. Weltklasse, wirklich. Und schrecklich teuer. Wir hatten vier Stunden für alles, die Erstaufnahmen, weitere Aufnahmen, zum Bearbeiten und zum Abmischen des neuen Songs. Und ich war entschlossen, das zu schaffen. Das war unsere Chance, einen verdammt guten Eindruck zu hinterlassen.

Jon, der Toningenieur, hatte seinen Kollegen bei Division Records angerufen, nachdem wir heute Morgen unsere ersten Rohaufnahmen gemacht hatten. Das hatte anscheinend zu einem weiteren Anruf geführt und kurz danach erzählte Jon uns die Neuigkeiten. Ron Murray, der Chef von Division Records, wollte vorbeikommen und die Schlussversion des Songs hören.

Ich war total nervös. Aber wir waren heute gut drauf. Wenn es je einen Tag gegeben hatte, an dem er hätte vorbeischauen können, dann war es heute.

Drinnen angekommen schaltete ich mein Telefon aus und trank etwas Wasser. Mark fingerte an seinem Bass rum und sagte dann: „Mann, irgendwas an dir ist anders."

Serena schaute über ihre Hornbrille zu Mark hinüber. „Er ist verliebt", sagte sie. Sie trug die Brille seit ein paar Tagen. Sie brauchte keine Brille. Es gefiel ihr einfach.

Mark verdrehte seine Augen. „Wie auch immer, Mann. Drogen sind verlässlicher als diese Scheiße."

„Tut mir einen Gefallen", sagte ich. „Haltet zur Hölle nochmal die Klappe und lasst uns spielen. Jon, bist du soweit?"

Der Toningenieur, der an einem Kontrollpult auf der anderen Seite der Glasscheibe saß, hob seinen Daumen.

„In Ordnung… dann mal los."

Ich gab Pathin das Einsatzsignal und er schlug leise auf die kleine Trommel, um uns einzuzählen, und dann begannen wir zu spielen. Serena hatte uns nach dem zweiten Mal, dass wir „Julia, Where Did You Go?" live gespielt hatten, bedrängt, eine Aufnahme zu machen. Sie hatte argumentiert, dass wir sofort eine Single davon aufnehmen müssten. Es war nicht so, dass unser Publikum unsere Musik vorher nicht gemocht hätte. Aber es hatte niemals zuvor so auf einen Song reagiert, und mindestens hundert Leute hatten auf unserer Website gepostet und gefragt, wann wir eine Single davon rausbringen würden. Das waren wir vorher noch niemals gefragt worden. Das war gut: ein kraftvoller Song mit einem wütenden, spannungsvollen, aber auch sehr sexuellen Unterton. Ich müsste lügen, wenn ich nicht zugeben würde, dass das der beste Song war, den ich je geschrieben hatte.

Die Frage war nur – würde Ron Murray das auch so sehen? Wir hatten nicht erwartet, dass einer der Chefs der Musikfirma herunter kommen würde. Er hatte die Macht, die Single zu veröffentlichen, falls er dachte, die Musik würde sich verkaufen. Also konzentrierte ich mich auf die Musik und nichts anderes. Aber während ich spielte, dachte ich an sie. Ich dachte an sie in ihrer dunkelsten Zeit; Schattenschneeflocken, die über die Decke tanzten, während sie mir ihre Geschichte erzählte und ihr die Tränen über das Gesicht liefen.

Und als die Töne verklangen, sah ich auf. Jon zeigte uns ein weiteres „Daumen hoch" durch das Fenster und dann bemerkte ich, wer weiter hinten im Studio hinter Jon in der Nähe der Tür stand: Ron Murray. Der Chef des Labels. Ich verkrampfte mich. Was dachte er? War der Song gut? Er hatte das Studio nicht verlassen, das war ein gutes Zeichen. Er würde seine Zeit nicht verschwenden, wenn ihm die Musik nicht gefiel. Ich konnte sehen, dass Jon und Murray miteinander sprachen, aber die Lautsprecher in der Kabine waren ausgeschaltet, also konnte ich nicht hören, was sie sagten.

Keiner von uns sprach ein Wort. Serena sah mir in die Augen und drückte die Daumen.

Murray ging zur Tür der Soundkabine und öffnete sie.

„Sie sind also Morbid Obesity? Ich bin Ron Murray, ich leite Division Records."

Zu Beginn waren wir still, dann versuchten wir, alle zugleich zu antworten. Schließlich hörten die anderen auf zu reden, und ich sagte: „Ja, wir sind Morbid Obesity. Ich bin Crank… das sind Serena… Mark… Pathin."

„Der Song gefällt mir", sagte er. Er hielt mir seine Karte hin. „Ihr Manager soll mich anrufen, am besten heute noch. Wir werden eine Single veröffentlichen und schauen, wie sie läuft."

Ich nickte und sagte Worte, die nur sehr selten, wenn überhaupt, aus meinem Mund kamen. „Ja, Sir. Sobald wie möglich."

Murray drehte sich um und verließ den Raum. Als die zweite Tür hinter ihm geschlossen war, stieß Serena einen Schrei aus und dann kreischten wir alle und lachten und jubelten zusammen.

Nach ein paar Minuten sagte Pathin: „Es gibt nur ein Problem. Von was sollen wir einen Manager bezahlen? Wir können ja noch nicht mal unsere Miete zahlen."

Wir sahen uns alle an und Serena sagte: „Crank, was ist mit deiner Freundin? Hast du nicht gesagt, sie studiert BWL oder so was? Hast du nicht erzählt, dass sie hier ein Praktikum gemacht hat?"

Alle sahen mich an. Ich zuckte mit den Achseln. „Ich werde mit ihr sprechen. Aber ich kann nichts versprechen."

Serena legte ihre Hände an ihre Hüften und sah mich mit diesem Blick an. Ja, mit diesem Blick. Sie war wie meine Mutter. „Ich will sie kennenlernen. Bringst du sie morgen mit?"

Du bist theatralisch (*Julia*)

Am Dienstag lief ich nach den Vorlesungen die sechs Blocks zum The Charles Hotel, wo ein Mietwagen auf mich wartete. Es war praktisch, Eltern mit viel Geld und einer guten Versicherung zu haben. Aber es war andererseits auch wirklich zu doof, dass Crank keinen Mietwagen bekommen würde. Seine Versicherung würde dafür nicht aufkommen. Auf jeden Fall holte ich das Auto ab, legte meine aus dem Internet ausgedruckte Routenplanung auf den Beifahrersitz und fuhr raus nach Roxbury.

Ich brauchte etwa dreißig Minuten, um zu Cranks Wohnung zu gelangen. Als ich dort ankam, war ich mir nicht sicher, ob ich hier auch wirklich richtig war. Das Gebäude sah aus wie ein verlassenes Lagerhaus in einer schlechten Gegend. Ein Großteil des Gebäudes war mit buntem Graffiti beschmiert und etliche Fenster waren zerbrochen und mit Sperrholz zugenagelt worden, das im Laufe der Zeit grau geworden war.

Ich parkte das Auto in einer kleinen Parklücke, schloss ab und ging dann auf die Stahltür zu. Sie hatte mehrere Schlösser. Ich klopfte und öffnete sie dann. Ein dunkler Gang lag vor mir, auf der linken Seite lagen ein paar Büros, die anscheinend verlassen waren.

„Hallo?", rief ich.

„Hier hinten!", rief eine weibliche Stimme mit einem indischen Akzent. Das musste Serena sein. Ich lief den Flur bis zum Ende entlang, wo eine weitere Tür angelehnt war. Dahinter lag die Hauptlagerhalle, etwa fünfunddreißig Meter lang. Das Equipment der Band war an einem Ende aufgebaut und von vier elektrischen Heizlüftern umgeben, die aussahen, als wären sie in den 1970ern auf einem Flohmarkt gekauft worden.

Pathin, den ich nun schon ein paar Mal getroffen hatte, saß am Schlagzeug. Mark lümmelte auf einer Couch herum und stimmte seine Bassgitarre. Serena stand, sie hatte eine Gitarre umgehängt und sie sah mich mit einem Blick an, den ich nicht deuten konnte. Ihre Augen scannten mich: kalkulierend, gedankenvoll. Crank kam schnell auf mich zu und küsste mich auf die Wange, dann zog er mich zu der Gruppe.

„Mark und Pathin, ihr habt Julia schon kennengelernt. Serena... das ist Julia."

„Hallo", sagte ich. Aus dieser Nähe hatte ich Serena noch nie gesehen. Sie war umwerfend mit ihrem schwarzen Haar, das in der Mitte streng gescheitelt und zu einem tiefen Pferdeschwanz zusammengebunden war. Sie sah nicht so aus wie die meisten indischen Mädchen, die ich kannte... oder überhaupt irgendein Mädchen, das ich kannte. Sie trug eine kurze Lederjacke mit Spikes an den Aufschlägen. Darunter hatte sie ein weißes Mieder, auf dem in dicken schwarzen Buchstaben „Alpha Female" stand. Ein grün-blaues Schlangentattoo erhob sich von ihrer Brust und wand sich um ihren Hals. Schwarze Jeans endeten in glänzenden, schwarzen Stiefeln. Ein weiteres Tattoo, ein Schmetterling, zierte ihre Stirn, direkt am Ende ihrer linken Augenbraue. Sie war unglaublich sexy.

„Es ist schön, die Frau kennenzulernen, die es geschafft hat, Crank zu stehlen", sagte sie, ihre Stimme klang gehässig.

Ich versteifte mich.

Crank schnaubte. „Niemand kann dir etwas stehlen, das dir niemals gehört hat, Serena."

Serenas Augen fixierten ihn für ein paar Sekunden und wanderten dann zurück zu mir. Sie bewegte sich wie ein sehr ruhiges, gefährliches Raubtier. Ich mochte dieses Gefühl überhaupt nicht.

Ich wusste nicht mal, warum Crank mich gebeten hatte, heute Nachmittag hierher zu kommen, aber es hatte wichtig geklungen. Wenn es darum ging, mich seiner Band vorzuführen, war ich nicht glücklich darüber. Kein Stück. Ich hatte kein Interesse daran, irgendwelchen Ärger mit Serena zu bekommen, und ich wusste nicht genug über sie, um zu verstehen, was hier los war. Waren Crank und Serena mal zusammen gewesen? Oder noch schlimmer, hatte er mal mit ihr geschlafen und ihr danach einen Korb gegeben? Oder… Wer wusste das schon? Machte es mir überhaupt etwas aus? Ich wusste nicht, was aus uns werden würde, falls überhaupt etwas aus uns werden würde. Die Fragen schwirrten in meinem Kopf herum und ich schob sie zur Seite. Ich würde mich nicht damit beschäftigen. Nicht jetzt. Aber ich würde ganz sicher später mit Crank darüber sprechen. Allein. Und das Gespräch würde nicht angenehm für ihn werden.

Ich drehte mich zu ihm um und hob eine Augenbraue: „Wirst du mir sagen, was das alles soll?"

Serena sagte: „Ich denke, wir sollten ihr erst die Aufnahme vorspielen." Sie schnurrte fast.

Crank sagte: „Du bist theatralisch."

Sie lehnte ihren Kopf nach vorne, ganz leicht nur, und blickte ihn an. „Nein, ich meine es ernst. Ich will, dass sie ganz genau weiß, worum es hier geht."

„Also gut", sagte Crank. Er ging zur Stereoanlage hinüber, drückte ein paar Knöpfe und dann war Musik zu hören.

Ich erkannte den Song. Es war der Song, den ich in der Nacht im Metro Club gehört hatte... „Julia, Where Did You Go?". Aber er klang anders. Damals war es eine Liveshow gewesen und sie hatten den Song zum ersten Mal gespielt. Jetzt... hatten sie die Übergänge verfeinert, das Timing verbessert und am Refrain gearbeitet. Er war... fantastisch. Ich hatte mir inzwischen alle Songs der Band angehört, aber dieser war um eine Größenordnung besser. So ein Song konnte ein Hit im Radio werden.

Als die Töne verklungen waren, sah ich sie alle an. „Ihr habt hier vielleicht einen – einen Hit. Einen großen Hit."

Serena lächelte, aber es war immer noch kein freundliches Lächeln und Pathin und Mark sahen sich an. Crank blieb ruhig.

Schließlich sagte Serena etwas: „Der Präsident von Division Records war gestern im Studio, als wir die Aufnahme gemacht haben. Er möchte mit unserem Manager Kontakt aufnehmen. Um einen Vertrag auszuhandeln."

„Das ist klasse", sagte ich und fühlte, wie ich dabei etwas zögerte. Hatte ich herkommen müssen, damit sie mir das sagten?

„Wir haben keinen Manager", sagte sie. „Und wir können es uns nicht leisten, einen zu engagieren."

Oh. Nein. Sie wollte mich wohl verarschen.

„Und?", sagte ich.

„Du studierst BWL in Harvard. Wann machst du deinen Abschluss?"

„Im Juni."

„Crank hat erzählt, du hättest ein Praktikum bei Division Records gemacht?"

Ich nickte. „Ja, das habe ich. Einen Sommer lang. Und ich habe alle Kurse belegt, die mit der Musikindustrie zu tun haben."

„Planst du, nach dem Abschluss noch einen Master zu machen?"

Ich runzelte die Stirn. Dann antwortete ich: „Das hatte ich ursprünglich vor. Aber ehrlich gesagt, habe ich inzwischen meine Zweifel... Ich weiß nicht, ob ich in die Richtung gehen will, die meine Eltern vorschlagen. Ist das ein Vorstellungsgespräch?"

Crank kicherte und Serena hatte ein ziemliches Grinsen im Gesicht. „Du kannst es als eines ansehen", sagte sie. „Aber verkauf dich nicht zu teuer."

„Ich kenne mich noch lange nicht gut genug in dieser Branche aus."

„Das ist okay", sagte Serena. Sie hatte ihre Arme vor der Brust verschränkt und ihre Stirn gerunzelt. „Wir haben kein Geld, um dich zu bezahlen. Was ich wissen möchte, ist: Hast du den Mut, es zu tun?"

Ich mochte ihr Auftreten nicht. Sie benahm sich, als ob ich sie um einen Gefallen bitten würde, und nicht andersherum. Ich starrte sie an und Crank, der neben mir stand, bewegte sich unbehaglich. Er würde sich noch viel unbehaglicher fühlen, wenn wir nachher miteinander redeten. Ich mochte es gar nicht, dass ich hier so ins kalte Wasser geworfen wurde.

„Wahrscheinlich schon", antwortete ich ihr, „wenn sich der Aufwand lohnt. Was genau habt ihr euch vorgestellt?"

„Zunächst einmal verhandle über die Single. Handel uns den bestmöglichen Deal aus. Bis jetzt haben wir unsere Auftritte selbst geplant. Aber das kannst du nun übernehmen. Falls die Single ein Erfolg wird... möchten wir auf Tour gehen. Ein richtiges Album aufnehmen. Vorgruppe für jemanden sein, so was in der Art. Es wäre dein Job, sich etwas auszudenken. Falls du dir das zutraust."

Ich begann, Serena zu mögen. Sie benahm sich wie eine Zicke, aber das war okay. Sie hatte Selbstvertrauen, war unglaublich unerschrocken. „Okay, lasst mich sicherstellen, dass ich das alles richtig verstanden habe. Ihr wollt, dass ich mit meiner geringen Erfahrung in der Musikindustrie und eurem nichtvorhandenen Geld eine erfolgreiche Band aus euch mache? Oder besser gesagt: Ein erfolgreiches Unternehmen, denn so müsst ihr denken."

Serena nickte. Crank drückte leicht meine Hand. Ich dachte etwa eine Minute darüber nach. Das kam so aus heiterem Himmel. Ich wusste nicht, was ich davon halten sollte. Außer, dass es vermutlich unglaublich viel Spaß machen würde. Und ich könnte mehr Zeit mit Crank verbringen. Ich könnte etwas völlig anderes machen, als mein Vater und meine Mutter für mich geplant hatten, seit ich drei Wochen alt gewesen war.

Ich holte tief Luft und sagte dann: „Wenn ich das mache, möchte ich, dass eines klar ist. Ihr dürft mich nicht als Cranks Freundin ansehen. Wenn ich die Managerin der Band bin, dann bin ich die Managerin. Das bedeutet, dass ich auch Dinge tun werde, die einigen von euch vielleicht nicht gefallen werden. Und ihr müsst mit diesen Entscheidungen leben oder mich hinterher entlassen. Ich werde mich mit euch beraten, euch nach eurer Meinung und euren Ideen fragen und wir werden wichtige Dinge zusammen beschließen. Aber ansonsten treffe ich die Entscheidungen."

Mark setzte sich auf, streckte seinen Rücken und zog seine Augenbrauen hoch. „Wir sind die Band, wir treffen die Entscheidungen."

Pathin runzelte die Stirn. „Mark, halt die Klappe. Sie hat recht. Wenn wir sie zur Managerin machen, schmeißt sie den Laden. Man kann kein Unternehmen basisdemokratisch führen."

„Sie hat überhaupt keine Ahnung vom Musikbusiness. Das hat sie selbst gesagt."

Serena sah Mark herablassend an. „Du auch nicht. Ich bin mit den Konditionen einverstanden. Pathin?"

Pathin nickte. „Wir brauchen mehr Organisation. Sie hat Dinge wie ‚erfolgreiches Unternehmen' gesagt. Wollen wir wie eine Horde Kinder herumalbern oder etwas auf die Beine stellen? Ich bin dabei."

„Crank?"

Crank zuckte mit den Schultern. „Du kennst meine Meinung."

Serena drehte sich um, um Mark anzuschauen, die Augen von allen im Raum waren auf ihn gerichtet.

Mark sah zunächst mich an und dann die anderen. Schließlich sagte er: „In Ordnung. Ich bin dabei."

Serena drehte sich zurück zu mir. Sie lächelte immer noch nicht. „Ich bin mir nicht sicher, ob du das wirklich kannst, Harvardmädchen. Aber wir werden dir eine Chance geben."

Ich holte tief Luft. Sie vertrauten mir, einem ziemlichen Neuling, etwas an, das ihnen allen sehr wichtig war. Aber, so verrückt es auch war, es ergab Sinn. Und zum ersten Mal seit langer Zeit war ich von etwas begeistert. Dies war eine Möglichkeit, die Beschränkungen und

Mauern, die meine Eltern geschaffen hatten, hinter mir zu lassen. Es war eine Möglichkeit, meinen eigenen Weg zu gehen, etwas zu tun, das mir wichtig war.

Ich sah sie an. „Okay. Ich brauche alle eure Handynummern und E-Mailadressen. Euren Probenplan. Alle bevorstehenden Auftritte. Und Serena, ich bräuchte deine Kontaktinformationen zu den Clubs und wo ihr sonst noch spielt. Das erste, das wir tun müssen, ist, einen Vertrag aufzusetzen, der die Dinge zwischen uns fünf regelt. Das und uns um die Angelegenheit mit der Plattenfirma kümmern. Mit wem muss ich reden?"

Und einfach so wurde ich Teil des Teams.

KAPITEL 14

Ich kann im Moment nicht reden (Julia)

8.58 Uhr.

Ich beobachtete den Wecker.

Ich war schon seit vier Uhr morgens wach, weil ich nicht schlafen konnte. Ich hatte die letzten fünf Stunden damit verbracht, online nach Informationen zu suchen, wie die Musikindustrie funktionierte. Ich googelte Dinge wie „Wie handelt man einen Plattenvertrag aus?". Dann Variationen derselben Frage. Las und las. Jeder beschrieb den Prozess anders. Jeder hatte andere Empfehlungen. Aus der Zeit, die ich als Praktikantin bei Division verbracht hatte, und einigen Vorlesungen wusste ich ein bisschen was, aber nicht genug, als dass mir das auch nur ansatzweise Sicherheit gegeben hätte.

Ich hatte einen Pluspunkt. Am Montag würden wieder alle auf dem Campus sein. Auch Mitch Roark, dessen Dad ein großer Rockstar war. Ich hatte Mitch angemailt und um ein Treffen gebeten und den Song der Mail angehängt. Falls es etwas gab, das gut daran war, in Harvard zu studieren, dann waren es die Kontakte.

Ich hatte mir die Details und finanziellen Hintergründe aller großen und kleinen Plattenlabels angeschaut. Division gehörte zu den kleinen bis mittelgroßen. Was mir mehr Sorgen bereitete, war, dass ihre finanzielle Basis auf wackeligen Beinen stand und die Finanzbehörden gegen Ron Murray ermittelten. Das bedeutete, dass ich sehr vorsichtig sein musste, wenn es um die Konditionen des Vertrages ging, oder Morbid Obesity würde der Gnade einer Firma ausgeliefert sein, die möglicherweise nicht zahlen konnte.

8.59 Uhr.

Crank und ich waren nach der Probe der Band zusammen Abendessen gegangen. Nichts besonderes, nur Pizza. Ich hatte mich früh verabschiedet, weil ich gewusst hatte, dass ich heute Morgen diesen Anruf tätigen musste. Und zudem waren meine Eltern und Geschwister gestern Abend in der Stadt angekommen und würden heute Morgen hier auftauchen, um mich abzuholen. Ich wollte meine Schwestern unbedingt sehen, ich vermisste sie wirklich. Meinen Dad auch, obwohl er, um ehrlich zu sein, immer etwas zurückhaltend war. Aber meine Mutter, auf sie freute ich mich nicht so sehr. Außerdem… ich brauchte etwas Abstand, Zeit zum Nachdenken, wohin das mit Crank führte, ob ich überhaupt wollte, dass es irgendwohin führte. Ich hatte schreckliche Angst, dass ich mich schon zu sehr darin verstrickt hatte, zu viele Beziehungen aufgebaut und zu viele Versprechungen gegeben hatte.

Manchmal sah er mich mit diesem Blick an… einem Blick, der mir Angst machte. Einem Blick, der aussagte, dass er kurz davor war, mir zu sagen, dass er mich liebte. Ein Teil von mir wollte das ganz verzweifelt. Aber ich wusste, dass das gefährlich war. Es war nicht mal mehr Crank, der mir Angst machte. Es war ich selbst. Ich verlor mich.

9 Uhr. Ich hob den Hörer und wählte.

Es klingelte einige Male, dann meldete sich eine lebhafte, freundliche Frauenstimme: „Guten Morgen, Division Records."

„Hallo", sagte ich und versuchte, meine Stimme ruhig und professionell klingen zu lassen. „Mein Name ist Julia Thompson. Ich möchte Mr. Murray im Namen von Morbid Obesity sprechen. Er erwartet meinen Anruf."

„Bitte bleiben Sie dran."

Für eine Sekunde war es still, dann erklang die Wartemusik. Keine Musik; stattdessen hörte man die hohe Stimme einer Frau, die ins Mikrofon kreischte. Unzweifelhaft eine der Künstlerinnen des Labels. Murray würde meinen Anruf vermutlich gar nicht entgegennehmen und ich war mir sicher, dass er nicht wusste, wer ich war. Praktikanten sind für Firmenchefs unsichtbar.

Nach etwa fünfundvierzig Sekunden, in denen ich das Telefon ein gutes Stück von meinem Ohr weggehalten hatte, wurde der Anruf durchgestellt.

„Hallo?"

„Hi! Mein Name ist Julia Thompson, ich rufe für Morbid Obesity an."

„Richtig. Ich bin Terry Woolard. Mr. Murray hat mir gesagt, dass ich mit Ihrem Anruf rechnen kann. Sie sind die Managerin der Band?"

„Ja, das bin ich", sagte ich. Es fühlte sich merkwürdig an, das zu sagen. Und wirklich gut.

„Gut. Ich habe die grundlegenden Dinge hier vor mir liegen, falls Sie jetzt darüber reden möchten."

„Ich bin bereit."

„Okay. Im Moment geht es um eine Single. Vier Prozent Tantiemen. Wir können einen Vorschuss von zweitausend Dollar zahlen. Und wir können eine Klausel in den Vertrag aufnehmen, der vorsieht, dass wir, sofern die Single die Kosten wieder einspielt und verdoppelt, der Band einen Vertrag für ein komplettes Album anbieten."

Ich lehnte mich auf meinem Stuhl zurück. Nach dem zu schließen, was ich gelesen hatte, waren vier Prozent die Untergrenze dessen, was üblicherweise angeboten wurde. Und der Vorschuss war fast beleidigend. Ich wusste, dass Crank innerhalb eines Herzschlags zugeschlagen hätte. Aber sie hatten mich engagiert, um sie zu managen, und genau das würde ich tun.

„Wie lange soll der Vertrag laufen?"

„Fünf Jahre."

Ich bekam große Augen. „Wenn man bedenkt, dass Sie zweitausend Dollar Vorschuss und nur sehr niedrige Tantiemen zahlen wollen, ist das ziemlich lang."

„Es ist unser Standardangebot für neue Künstler."

„Mr. Murray hat die Single wirklich gefallen. Und Sie hatten keinerlei Vorkosten... Die Band hat bereits für die Zeit im Studio und die Bearbeitung des Songs bezahlt."

„In Ordnung, Miss Thompson. Teilen Sie mir Ihre Konditionen mit."

Ich schloss meine Augen. „Zehn Prozent Tantiemen. Zehntausend Dollar Vorschuss. Einen Plattenvertrag, wenn die Single die Unkosten wieder einspielt, mit einem vollen Budget für das Album. Und drei Jahre Vertragslaufzeit."

Ich konnte fast durch die Leitung hören, wie Woolard die Augen verdrehte. „Lady, entweder sind Sie wirklich neu in dieser Branche oder Sie denken, Ihre Band kommt gleich nach Gott. Solche Verträge schließen wir nicht."

Ich ging hier ein großes Risiko ein. Aber ich legte noch einen drauf. „Dann machen Sie mir ein Angebot, das meine Leute nicht beleidigt. Sie ernähren sich von Reisnudeln und leben in einem schäbigen, kleinen Lagerhaus, um sich die Zeit im Studio leisten zu können. Diese Band wird ganz nach oben schießen. Ihre Firma ist aus dieser Gegend, ich würde ihr Angebot gerne annehmen, aber wenn es so niedrig ist?"

Ich ließ meine Stimme verstummen. Und dann hörte ich, wie jemand an der Tür zur Suite klopfte. Mehrmals. Laut. Bitte lass das nicht meine Familie sein. Nicht jetzt, während ich telefonierte.

„Wie lautet Ihre E-Mailadresse?", fragte Woolard. „Ich werde das mit Mr. Murray besprechen, er ist am Montag wieder im Büro. Vielleicht sollten Sie nächste Woche mal zum Mittagessen vorbeikommen."

Ich gab ihm meine Mailadresse und wir vereinbarten, uns nächsten Mittwoch zum Mittagessen in der Firma zu treffen. Das bedeutete, dass ich eine Vorlesung ausfallen lassen musste. Aber es war für einen guten Zweck.

Das Klopfen an der Tür wurde lauter. Jemi war vermutlich im Fitness-Studio. Ich beendete das Gespräch mit Woolard so schnell wie möglich, ging dann in den Gemeinschaftsraum und öffnete die Tür.

„Julia!", riefen die Zwillinge, die lebhaft hereinstürmten und nach mir griffen. Jessica und Sarah waren zweieiige Zwillinge und sahen sich überhaupt nicht ähnlich. Jessica war blond und hatte grüne Augen, Sarah hatte braune, fast schwarze Haare und sehr blasse, blaue Augen. Trotzdem bestand meine Mutter darauf, sie gleich anzuziehen. Sie waren vor ein paar Monaten sechs Jahre alt geworden und ich musste zugeben, dass sie bezaubernd aussahen in ihren strahlend blauen Kleidern und Lackschuhen.

Mein Vater trat vor und umarmte mich. „Julia", sagte er, „es ist schön, dich zu sehen."

Dad sah verändert aus. Zum einen hatte er sich, seit sie alle aus Moskau zurück in die Vereinigten Staaten gekommen waren, einen Bart wachsen lassen. Er war nun pensioniert und man sah es ihm an, obwohl er wie immer formell angezogen war. Sein einziges Zugeständnis an die Pensionierung war ein kakifarbener Anzug anstelle eines grauen, schwarzen oder blauen. Aber er sah entspannter aus, als ich ihn je gesehen hatte. Der Bart stand ihm gut.

Meine Mutter nickte mir einfach nur zu. Sie sah gedankenverloren aus, ihr Mund war eine dünne Linie, ihre Augen schauten schnell im Zimmer umher, so als ob sie nach Beweisen für Männer oder Drogen suchte.

„Hallo Mutter", sagte ich. Sie hatte die kleine Andrea an der Hand. Andrea war vier Jahre alt und total süß. Sie trug ein grünes Kleid, das ansonsten dem der Zwillinge entsprach. Ich kniete mich zu ihr runter und sah sie an. „Hallo, Andrea. Magst du mich umarmen?"

Andrea war noch ein Baby gewesen, als ich von zu Hause ausgezogen war, um ans College zu gehen. Sie sah ängstlich aus. Sie kannte mich natürlich von meinen Besuchen zu Hause, aber für sie war ich nur eine weitere Erwachsene, eine, die sie nur sehr selten sah. Sie trat einen Schritt nach vorne, legte ihre Arme um mich und ich umarmte sie auch. „Oh, es tut so gut, dich zu sehen", sagte ich.

Sie ging einen Schritt zurück und griff wieder nach der Hand meiner Mutter. Meine Augen verweilten eine Weile dort. Hatte meine Mutter, als ich so alt gewesen war, auch meine Hand gehalten? Ich denke, das hat sie. Ich habe ein paar Erinnerungen an meine Grundschulzeit und noch früher, aber einige von ihnen... Irgendwann hatten meine Mutter und ich uns nicht gegensätzlich gegenübergestanden.

Ich stand auf und verbannte die Erinnerungen. Carrie und Alexandra standen in der Tür. Carrie war sechzehn Jahre alt und 1,80 m groß, damit war sie größer als alle anderen Familienmitglieder. Sie war einfach nur atemberaubend. Sie hätte Model werden können, sehr leicht sogar, aber sie verbrachte stattdessen ihre Zeit damit, ihre Nase in Fachbücher zu stecken. Sie grinste, trat einen Schritt nach vorne und umarmte mich. „Ich habe dich so sehr vermisst, große Schwester", flüsterte sie. „Wir haben uns viel zu erzählen."

Alexandra trat vor und Carrie und ich griffen nach ihr und zogen sie in die Umarmung. Sie war, seitdem ich fürs Studium ausgezogen war, ziemlich gewachsen, ich erkannte sie kaum wieder. Sie war jetzt zwölf und ihre Pubertät begann gerade. Ich dachte, dass sie mit ihren langen braunen Haaren und fantastischen grünen Augen auch eine Schönheit werden würde, obwohl wir alle gegen Carrie blass aussahen.

Ich spürte, wie ein kleiner Körper gegen meinen Rücken stieß. Es war Jessica. Sie rief: „Wir wollen auch umarmt werden!" Also zog ich auch sie in die Umarmung und begann dann, sie zu kitzeln. Sie begann sich zu winden und zu lachen.

Damit endete die Gruppenumarmung. Carrie sagte: „Das ist eine schöne Suite, die du hier hast. Sie gehört dir nicht allein, oder?"

„Nein, ich teile sie mit drei anderen Mädchen. Adriana und Linden sind gerade nicht in der Stadt, aber ich könnte mir vorstellen, dass Jemi bald zurück sein wird. Sie geht fast jeden Morgen ins Fitnessstudio."

„Welches ist dein Zimmer?", fragte mein Vater.

Ich führte den ganzen Clan in mein Zimmer, das auf einmal wesentlich kleiner schien. Alexandra zettelte einen kleinen Aufstand an, zog die Zwillinge und Andrea auf das Bett, wo die vier begannen, auf und ab zu springen und zu kichern. Sarah und Jessica hielten Andreas Hände, während sie hüpften, und Alexandra stieß ein lautes Lachen aus, als alle vier aufeinander fielen.

Ich hatte mein Bett sowieso noch nicht gemacht.

„Mädchen", sagte meine Mutter, „ihr wisst euch doch besser zu benehmen."

Mein Vater sah sich mit großen Augen um. „Als ich in Harvard studierte", sagte er, „war das hier das Radcliff College und an keiner der Schulen waren Studenten des anderen Geschlechts zugelassen."

„Ich denke, das waren ziemlich dunkle Jahre, Dad", antwortete Carrie.

„Junge Dame", erwiderte meine Mutter.

Dad kicherte nur. „Ich vermute mal, das stimmt. Ich hätte mir niemals vorstellen können, dass meine Tochter mal in Harvard studieren würde. Schon die Vorstellung, dass hier Mädchen studieren... kommt mir ziemlich radikal vor."

Ich grinste meinen Vater an. „Die Zeiten haben sich geändert, nicht wahr?"

Währenddessen spähte meine Mutter auf meinen Schreibtisch und auf den Computerbildschirm. „Was ist das, Julia? Verträge für Musikaufnahmen?"

Mein Vater hob seine Augenbrauen. Sogar die jüngeren Mädchen wurden etwas stiller. Sie bemerkten immer, wenn bei meinen Eltern etwas in der Luft hing.

Ich antwortete ehrlich, ertappte mich aber dabei, dass ich es herunterspielte. „Ich habe einen Job angenommen. Im Moment ist es eher ein Teilzeitjob. Ich manage eine Band... ihren Aufnahmevertrag... solche Dinge."

Mein Vater sah verwirrt aus und sagte dann: „Ich hätte gedacht, dass ein Praktikum in einem der Konsulate oder an der Fletcher School mehr Sinn ergeben würde. Wo wir schon davon sprechen, wie läuft es mit deinen Bewerbungen? Hast du dir schon überlegt, wo du deinen Master machen willst?"

Ich schluckte. „Nein, Dad", sagte ich. Ich sagte nicht, dass ich mir nicht sicher war, ob ich überhaupt einen Master machen wollte. Oder ob ich in den auswärtigen Dienst gehen wollte, so wie er es schon seit langem geplant hatte. Es war schon immer abgemachte Sache gewesen. Ich würde an die Fletcher School gehen und Carrie und Alexandra würden Jura studieren. Die Zwillinge – wer weiß? Mit sechs war ihr Leben noch nicht voll durchgeplant. Aber das würde noch kommen.

Meine Mutter sah mich lange mit einem abschätzenden Blick an, so als ob sie wüsste, was ich dachte.

Um ehrlich zu sein, begann es mit drei Kindern unter sechs, die auf meinem Bett herumhüpften, einer Fast-Teenagerin, einer Teenagerin und meinen Eltern mir hier drin zu eng zu werden. Mein Zimmer war groß, aber nicht groß genug für acht Personen.

Dann klingelte mein Handy. Es lag auf dem Schreibtisch und klingelte und vibrierte gleichzeitig, es summte und rutschte langsam auf der Tischplatte herum.

„Au weia", sagte meine Mutter. „Ich hasse diese Dinger."

„Lass mich rangehen", sagte ich und griff nach dem Telefon. Ich öffnete es und sagte: „Hallo!"

„Bist du allein?", fragte Crank, seine Stimme war tief, fast schon ein Grollen.

„Hey", sagte ich. „Nein, meine Familie ist gerade angekommen."

Ich bemerkte, dass ich nicht nur mit meinen Eltern, den Zwillingen, einer Vierjährigen, einer Zwölfjährigen und meiner siebzehn Jahre alten Schwester in einem Zimmer war, sondern dass sie es schafften, mir den Ausgang zu versperren. Und sie alle beobachteten mich, während ich telefonierte.

„Ich kann im Moment nicht reden, ich habe Gäste, okay?"

„In Ordnung", sagte er. „Ich sitze allein hier. Und stelle mir vor, wie du nackt aussiehst."

Ich spürte, wie mir das Blut in den Kopf stieg. Mein Gesicht und mein Nacken wurden heiß, obwohl ich wusste... oder zumindest hoffte... dass meine Eltern nicht hören konnten, was er sagte. Ich bin mir aber ziemlich sicher, dass auf meinem Gesicht etwas davon zu erkennen war, denn Carrie grinste mich an, mein Vater sah zur Seite und meine Mutter bekam einen grimmigen Gesichtsausdruck. Ich drehte mich zum Fenster um und fühlte mich fast nackt.

Ich ertappte mich dabei, mir zu wünschen, dass eine der Zwillinge wieder zu hüpfen begann oder irgendetwas anderes tat, um die Aufmerksamkeit meiner Eltern auf sich zu ziehen. Vielleicht könnte Sarah etwas kaputt machen?

„Das klingt toll", sagte ich und hielt dabei meine Stimme ruhig. „Sehe ich dich morgen?"

„Nur eine Frage: Hast du mit Murray gesprochen?"

„Das habe ich... oder besser gesagt mit seinem Assistenten, Terry Woolard. Wir werden nächste Woche zusammen Mittag essen, um die Details auszuhandeln."

„Also gibt es noch keinen Deal?"

„Nein, noch nicht. Wir müssen noch etwas verhandeln."

„Aber sie haben ein Angebot gemacht?"

„Ja. Aber ein ziemlich schlechtes. Ich werde dir die Details später berichten, aber jetzt muss ich auflegen."

„In Ordnung. Morgen", sagte er.

„Tschüss", sagte ich.

„Tschüss", antwortete er.

Ich wollte nicht auflegen, aber ich tat es. Langsam. Ich klappte das Telefon zu und drehte mich zu meiner Familie um. „Also... gehen wir?"

Zu gut für dich (Crank)

Was tut man, wenn man absolut nichts zu tun hat? Ich wollte Julia unbedingt zurückrufen. Wollte alle Details von ihrer Unterhaltung mit Murrays Assistenten hören, jede Nuance des Gesprächs. Was genau hatte er angeboten? Was meinte sie mit „Wir müssen noch etwas verhandeln"?

Ich lief in meinem Zimmer hin und her, war total frustriert. Mittagessen nächste Woche? Warum dauerte es so lange, einen Deal auszuhandeln, zur Hölle nochmal? Ich würde verrückt werden bis nächste Woche.

Schließlich ging ich total aufgeregt hinunter ins Studio und setzte mich vor das Keyboard. Ich kämpfte schon seit zwei Wochen mit demselben Song. Irgendwas passte nicht und ich war auch nicht in der Lage, mit etwas anderem anzufangen, während dieser Song immer noch in meinem Kopf rumschwirrte, aber trotzdem nicht ganz da war. Ich probierte zwanzig verschiedene Arrangements aus, aber es endete immer gleich. Ich brauchte vier Hände auf dem Keyboard, damit dieser Song richtig klang.

Es war frustrierend. Ich saß fest.

„Irgendetwas fehlt." Serena sagte die Worte vom unteren Ende der Treppe aus. Ich war so vertieft gewesen, hatte immer und immer wieder mit den Akkorden rumgespielt, dass ich nicht bemerkt hatte, als sie runtergekommen war.

„Ja, ich weiß", sagte ich.

„Du hast es fast", antwortete sie. Sie trug ein enges Tank-Top mit Spaghettiträgern und weiße Caprihosen. Genug Haut, um die Lust in jedem zu wecken, aber bei mir war sie sicher. Die Band war wichtiger, das war sie schon immer gewesen. Und jetzt… Julia. Das hatte alles verändert. Oder auch nicht, denn das Einzige, zu dem Julia bereit war, verwirrte mich total.

Das bedeutete aber nicht, dass ich nicht schauen konnte.

„Was hältst du von Julia?", fragte ich. Okay. Das war vermutlich ein wenig passiv-aggressiv.

Serena sah mich sauer an. „Du bist total in sie vernarrt, oder?"

Ich zuckte mit den Schultern, versuchte, mir nichts anmerken zu lassen.

„Ich wollte sie nicht mögen", sagte Serena. „Das wollte ich wirklich nicht. Aber ich kann nicht anders. Sie ist schlau. Und ich habe so ein Gefühl, dass sie sich von Marks Mist nicht beeinflussen lassen wird. Oder von deinem."

Ich seufzte und drehte mich um, sodass ich falsch herum auf der Klavierbank saß.

„Was für einen Mist von mir?"

Sie kicherte und sah mich direkt an. Es war ein verführerischer Blick. „Du weißt schon, wovon ich rede. Ich denke nicht, dass du zukünftig Mädchen auf die Bühne zerren und ihre Brüste begrapschen wirst, Crank. Oder sie danach mit nach Hause nehmen wirst."

„Diese Nummer wird sowieso langsam alt", sagte ich. „Warum interessierst du dich dafür?"

Sie zuckte mit den Schultern. „Das tue ich nicht. Außer, es hat einen Einfluss auf die Band, dann schon."

Ich sagte: „Es kann die Band nur dann beeinflussen, wenn du es zulässt."

Sie schüttelte ihren Kopf und schenkte mir ein saures Lächeln. „Du bist total von dir selbst eingenommen, nicht wahr?"

Ich schnaubte.

„Mal ernsthaft, Crank. Es war amüsant die letzten Jahre so zu tun, als ob ich in dich verknallt wäre. Aber glaube niemals, dass ich das jemals ernst gemeint habe." Sie kam näher und setzte sich zu mir auf die Klavierbank.

„Woher soll ich wissen, was ich davon halten soll?"

„Das sollst du nicht, Crank. Genau darum geht es."

Sie verdrehte ihre Augen, als sie das sagte.

„Ich verstehe das nicht."

„Das liegt daran, weil du nichts über mich weißt."

„Du redest nie über die Zeit, bevor du nach Boston kamst."

„Warum sollte ich?", fragte sie. „Du hast ja auch niemals danach gefragt."

Ich lehnte mich vor und sagte: „Ich frage dich jetzt."

Sie schüttelte ihren Kopf. „Ich habe keine herzzerreißende Horrorstory für dich, Crank. Meine Eltern sind aus Indien eingewandert und ich wurde hier geboren. Mit achtzehn bin ich davongelaufen, um einer arrangierten Heirat zu entgehen. Und hier bin ich nun."

Ich kniff schnell meine Augen zusammen. „Hast du gerade ‚arrangierte Heirat' gesagt?"

„Ja. Meine Eltern wollten mich mit einem widerwärtigen Schwein aus Lansing verheiraten. Das ist normal in Indien, aber hier nicht."

„Also, was ist genau geschehen?"

Sie zuckte mit den Schultern. „Ich habe ihm die Nase gebrochen. Und dann ein Busticket nach Boston gekauft."

„Du hast seine Nase gebrochen? Das ist urkomisch", sagte ich.

Sie grinste mich an. „Meine Eltern dachten das nicht. Aber seit kurzem reden wir wieder miteinander. Wahrscheinlich werde ich sie sogar bald besuchen."

„Also… Wie bist du dazu gekommen, mit uns herumzuhängen? Am Pit?"

„Bis Ewa ermordet wurde, konnte ich mir kaum einen sichereren Ort für eine achtzehnjährige Obdachlose vorstellen. Die Cops haben uns weitgehend in Frieden gelassen und wir hatten eine sichere Gruppe." Sie schüttelte ihren Kopf, dann sagte sie sanft: „Sicher."

Ich holte scharf Luft. Ewa. Sie und Serena waren oft zusammen gewesen. „Sie war ein guter Mensch", sagte ich.

„Ich vermisse sie", antwortete Serena. Ihre Augen waren trocken und sie schien auf der Stelle erstarrt zu sein, ihr ganzer Körper war völlig still. „Während meiner ersten zwei Jahre in Boston war sie meine beste Freundin. Wir haben uns umeinander gekümmert, weißt du? Aber dann, als ich Mitglied der Band wurde und hier bei euch eingezogen bin, begannen wir, uns voneinander zu entfremden. Ich versuchte sie dazu zu überreden, zu uns zu ziehen, aber das wollte sie nicht. Sie sagte, sie wäre glücklich da unten."

Für eine Sekunde sah es fast so aus, als ob ihre Augen feucht werden würden. Dann sah sie mich an und sagte: „Das war's. Mehr erzähle ich dir nicht. Über die ganze Scheiße zu sprechen, macht es nicht besser."

Ich rutschte auf der Bank herum. Ich wusste nicht, was darauf die richtige Antwort war. Keiner von uns aus der „alten Crew" wusste das. Der Mord an Ewa hatte eine offene, klaffende Wunde hinterlassen. Es hatte unsere Vorstellung völlig zerstört, dass wir, solange wir nur zusammen hielten, einfach in den Tag hinein leben, Musik machen, Unfug reden und trinken konnten, ohne dass etwas Schlimmes geschehen konnte.

„Du weißt, dass ich da bin, wenn du reden möchtest", sagte ich. „Ich mag ja manchmal ein Arschloch sein, aber ich bin immer noch dein Freund."

„Du bist zu egozentrisch, um ein guter Freund zu sein, Crank."

Ich schüttelte meinen Kopf. „Vielleicht", sagte ich. „Aber wir lernen alle dazu."

„Na ja, ich werde dir jetzt einen unaufgeforderten Rat geben. Freund. Vermassel das mit Julia nicht. Treib es nicht auf die Spitze, um es danach zu vergessen. Wenn wir auf Tour sind und ein Groupie krabbelt auf deinen Schoss, wirf sie herunter, und zwar schnell. Denn wenn du auch nur ein bisschen daran interessiert bist, eine Zukunft mit ihr zu haben, dann musst du sie respektieren."

„Diese Unterhaltung widert mich an", sagte ich. Das war eine automatische Reaktion. Aber die Wahrheit war, Serena sagte mir nichts, worüber ich nicht schon selbst nachgedacht hatte. Ich wollte das hier nicht vermasseln, aber ich hatte auch nicht gerade den besten Ruf, wenn es um Frauen ging.

„Es gefällt dir wohl nicht, wenn man dir einen Spiegel vorhält?", fragte sie.

„Bist du betrunken?", fragte ich.

„Natürlich nicht, du Trottel. Bist du so sehr gewohnt zu hören, was du hören willst, dass du es nicht ertragen kannst, wenn dir jemand die Wahrheit sagt?"

„Komm schon", antwortete ich. „Du redest mit mir. Wer, denkst du, bin ich?"

Sie schüttelte ihren Kopf. „Ich denke, du bist ein Chaot. Ich denke, du bist ein hohler Typ, der sich den nächsten Drink und die nächste Frau schnappt, wenn das Leben beginnt, schwierig zu werden. Und ich habe Bedenken, dass du, sobald die Dinge schwierig werden, die Sache mit Julia ruinieren wirst. Und trotz all deiner Fehler glaube ich, dass du jemanden wie sie verdient hast."

Ich ließ ihre Worte wirken und grinste. Es fühlte sich an, als ob mich gerade jemand mit Schrotkugeln aus Wahrheit beworfen hätte, und sie taten weh. Hohler Typ? Warum sagte sie das? Und die Sache war die – ihr Gesichtsausdruck sagte mir, dass sie die Wahrheit sprach. Genau das, was sie dachte.

Ich antwortete angeberisch... auf die einzige Weise, die ich konnte. „Nicht jemanden wie dich?"

Sie hob eine Augenbraue und rollte ihre Lippe auf einer Seite ein. „Ich bin viel zu gut für dich, Crank."

Damit stand sie auf und ging davon.

KAPITEL 15

Fast Zeit (Julia)

Trotz der Anspannung meiner Mutter und der fragenden Blicke meines Vaters, war es ein schöner Tag mit meiner Familie. Wir verbrachten den Tag damit, uns Boston anzuschauen, und fuhren dann zurück zum Charles Hotel, wo mein Vater eine Suite mit 3 Räumen im obersten Stockwerk gemietet hatte. Irgendwann zwischendurch hatten Carrie und ich Alexandra, die Zwillinge und Andrea in ihr Zimmer verfolgt und sie durchgekitzelt. Alexandra regte sich dabei so auf, dass sie erbrach, aber zehn Minuten später, nachdem sie einen neuen Pyjama angezogen hatte, spielte sie schon wieder munter weiter.

Ich konnte immer noch nicht fassen, wie sehr sie sich verändert hatte... Wie sehr sie alle sich verändert hatten. Vor allem Carrie, die im letzten Jahr fast dreißig Zentimeter gewachsen war. Sie war schlaksig und unsicher, aber auch unglaublich schön und gertenschlank, sie erinnerte mich an ein Model auf dem Laufsteg. Die Zwillinge, die, als ich von zu Hause ausgezogen war, noch Kleinkinder gewesen waren, waren gewachsen und hatten sehr unterschiedliche Persönlichkeiten entwickelt. Jessica war ruhig, machte fast schon einen gelehrten Eindruck und hielt sich immer nah bei meiner Mutter. Sarah fiel auf, redete, lachte und rannte ständig umher.

Ich genoss es, ihnen zuzuschauen, und es erfüllte mich mit Genugtuung, zu wissen, dass sie meine Mutter eines Tages zur Weißglut bringen würden.

Nachdem Alexandra und die jüngeren Mädchen im Bett waren, setzten Carrie und ich uns auf den Boden und lehnten uns in dem Zimmer, das sie mit Alexandra teilte, an das Bett.

„Irgendetwas an dir ist anders", sagte sie.

Ich hob eine Augenbraue.

„Was?"

„Ich weiß nicht, wie ich es sagen soll, ohne beleidigend zu sein", sagte sie.

Ich sah sie fragend an. „Was habe ich gemacht?"

„Das ist es nicht. Es ist... du scheinst... na ja... glücklich zu sein. Ich denke nicht, dass mir das früher aufgefallen ist. Aber du lächelst nicht. Niemals. Aber heute hast du viel gelächelt. Das ist schön."

Meine Augen füllten sich mit Tränen.

Sie lehnte sich nach vorne und sagte: „Tut mir leid – ich wollte nicht..."

„Nein, ist schon gut", sagte ich. „Du hast recht. Ich war niemals ein glücklicher Mensch."

„Wegen dir und Mom?"

„Warum sagst du das?", fragte ich ablenkend.

Sie biss sich auf die Lippe, war unsicher, dann schien sie sich zu etwas entschlossen zu haben. „Komm schon, Julia. Ich mag ja jünger sein als du, aber ich bin nicht blöd. Du bist dein ganzes letztes Jahr an der High School nicht aus deinem Zimmer rausgekommen, außer wenn ihr euch angeschrien habt. Ich habe noch niemals jemanden gesehen, der so unglaublich unglücklich war. Es ist, als ob du eine Wolke über dir schweben hättest, immer. Aber irgendetwas ist jetzt anders... Ich habe gesehen, wie Mom dich angeschaut hat, aber du hast sie einfach ignoriert. Was ist zwischen euch geschehen?"

Ich sah meine kleine Schwester zum ersten Mal genau an. Sie war dabei, eine junge Frau zu werden – schlau, selbstbeherrscht und anscheinend bemerkte sie mehr von dem, was um sie herum geschah, als mir klar war. Ich weiß nicht, was in mich gefahren ist oder warum, aber ich ertappte mich dabei, ihr alles erzählen zu wollen. Ich wollte eine Schwester haben, der ich vertrauen konnte, jemanden der mein Freund sein und dem ich mich anvertrauen konnte. Ich tat also etwas, das mich selbst wirklich verblüffte. Ich hielt meine Hand hoch, mit der Handfläche nach oben. Sie nahm sie und ich schob meinen Ärmel und die Armreifen, die ich trug, nach oben.

Mein Freundschaftsarmband, das ich in der Mittelstufe gemacht hatte. Als ich in der siebten Klasse war, war Barry aus den Staaten zurückgekommen und hatte mir das Set dafür mitgebracht. Ich habe den ganzen Winter und Frühling solche Armbänder gebastelt. Eines davon hatte ich behalten, es war pink und weiß und inzwischen sehr ausgefranst, weil ich es niemals ablegte. Die Uhr, die er mir zu Weihnachten geschenkt hatte, als ich in der achten Klasse war. Ich hielt sie in Ehren. Aber jetzt schob ich sie zur Seite, weit genug, um mein Handgelenk zu entblößen und die Narben zu zeigen.

Sie holte schnaubend Luft, als sie sie sah. Die meisten Leute bemerken sie nicht, vor allem wegen der ganzen Dinge, die ich um mein Handgelenk trage.

„Das war mein Abschlussjahr an der Highschool", sagte ich.

Ihre Augen wurden groß, sie sah mich an und sagte: „War es so schlimm?"

Ich nickte. „Ja. Das war es."

„Julia, was ist passiert?"

Also erzählte ich ihr zögernd und in kurzen Wortausbrüchen die Geschichte. Aber zuerst sah ich über meine Schulter, um sicherzugehen, dass Alexandra wirklich tief schlief. Es war eine Sache, sich mich Carrie darüber zu unterhalten, die in ein paar Monaten achtzehn werden würde. Es wäre etwas völlig anderes, sich mit einer Zwölfjährigen darüber zu unterhalten.

Als ich fertig war, sagte sie: „Ich hatte keine Ahnung."

„Natürlich nicht. Ich meine… wie alt warst du, neun? Während meines Abschlussjahres warst du in der Mittelstufe und ich war so… so einsam. Nachdem, was Lana mir angetan hatte, glaubte ich nicht, jemals wieder jemandem vertrauen zu können."

Sie sah mich ernst an und fragte: „Also, warum jetzt?"

Crank hatte mir genau die gleiche Frage gestellt. Warum jetzt? Die Antwort, die ich ihm gegeben hatte, stimmte immer noch. Ich hatte es satt, allein zu sein.

„Na ja", sagte ich, „das wird sich jetzt merkwürdig anhören. Aber ich habe einen Jungen kennengelernt. Er ist erst vor kurzem siebzehn geworden. Er hat Asperger Syndrom. Weißt du, was das ist?"

„Ja, ich kenne ein paar Aspies an unserer Schule."

„Werden sie gehänselt?"

Carrie grinste. „Früher schon. Aber wir haben eine Art... Gruppe. Wir lassen nicht zu, dass jemand sie ärgert."

Ich lächelte sie an. „Gott, Carrie, ich liebe dich."

„Also, was ist passiert? Bist du mit diesem Jungen zusammen? Ist siebzehn nicht ein bisschen zu jung für dich?"

Ich lachte. „Nein – wir sind nicht zusammen. Ich bin... na ja... ich habe begonnen, mit seinem älteren Bruder auszugehen. Aber Sean – der Aspie von dem ich dir erzählt habe – er hat eine schwere Zeit, vor allem in der Schule. Und sie ist dem sehr ähnlich, was ich an der Schule durchmachen musste. Und irgendwie haben wir begonnen, uns zu unterhalten. Und ich habe ihm die ganze Geschichte erzählt. Das hört sich jetzt bestimmt verrückt an, aber ich fühle mich – ich weiß auch nicht. Frei. So, wie ich mich noch nie gefühlt habe."

Sie legte eine Hand auf meine Schulter. Carrie war sehr viel größer als ich, sie musste sich dafür nicht mal strecken.

„Wenn man Menschen hat, denen man vertrauen kann, dann ist das so", sagte sie. „Also, Mom... sie weiß nicht was passiert ist, oder?"

„Ich denke, sie weiß es. Sie weiß von der Abtreibung. Aber sie kennt die Hintergründe nicht." Ich seufzte. „Sie hat mir niemals die Gelegenheit gegeben, es zu erklären oder darüber zu reden. Sie hat einfach das Schlimmste angenommen."

Carrie verzog das Gesicht. „Ja, das kann sie gut, nicht wahr?"

Ich schnaubte und sie stellte eine weitere Frage, die mich schockierte. „Fragst du dich manchmal – wegen des Babys?"

Oh Gott, tat ich das? Ständig. Wie könnte ich das nicht? Ich kämpfte darum, nicht in Tränen auszubrechen, als ich sagte: „Sie wäre etwa genauso alt wie die Zwillinge. Und ich werde niemals erfahren... was für ein Mensch sie gewesen wäre."

Ich begann wieder leise zu weinen, und ich sagte: „Gott, bin ich armselig. Ich kann nicht aufhören, zu weinen! Ich habe das bei Crank letzte Woche auch gemacht."

Meine Schwester zog mich näher an sich heran. „Vielleicht ist es überfällig."

„Ja", flüsterte ich.

„Versprichst du mir etwas, Julia?"

„Was?"

„Lass uns ein Versprechen abgeben. Wenn eine unserer Schwestern uns je braucht… so wie du unsere Mutter gebraucht hättest… dann werden wir für sie da sein. Egal, was passiert. Okay? Sie meint es gut, aber… sie ist nicht gut darin. Aber ich möchte so etwas niemals erleben. Abgemacht?"

Carrie wusste nicht, dass sie gerade genau das Richtige gesagt und getan hatte. Ich umarmte sie ganz fest und flüsterte: „Abgemacht. Wir werden sie beschützen."

Als ich ins Bett ging, fühlte ich mich gut. Richtig gut. Carries Aussage, dass wir unsere Schwestern beschützen müssten, hatte mich daran erinnert, dass es vier kleine Mädchen gab, die mich brauchten. Ich hatte jahrelang alles dafür getan, dass mich niemand brauchte. Ich hatte alles dafür getan, dass ich auch niemanden brauchte. Aber in den letzten Wochen war irgendetwas geschehen, das dazu führte, dass ich erkannte, dass ich nicht mehr allein sein wollte. Ich wollte nicht mehr allein sein, hinter einem Schutzpanzer, immer in der Defensive und unfähig, eine Beziehung zu anderen Menschen aufzubauen. Und zu wissen, dass ich in Carrie eine Freundin und Verbündete darin hatte? Das machte einen sehr großen Unterschied.

Mom und Dad bestanden darauf, am nächsten Morgen ziemlich früh zusammen im Restaurant des Hotels zu frühstücken. Sie waren überhaupt nicht glücklich, als ich ihnen eröffnet hatte, dass ich mit Cranks Familie zu Mittag essen würde. Aber ich habe ihnen keine Wahl gelassen. Sie waren noch unglücklicher, als ich ihnen mitteilte, dass ich zum Abendessen an Thanksgiving einen Gast mitbringen würde. Aber auch hier hatte ich ihnen keine Wahl gelassen. Wenn sie wollten, dass ich dabei war, dann würde Crank auch dabei sein. Während des Frühstücks war die Stimmung also etwas angespannt. Aber das war okay. Danach ging ich zu meinem Auto und fuhr zu Jacks Haus.

Es war fast elf Uhr, als ich mit dem Mietwagen hinter sein Haus fuhr und parkte. Draußen war es kalt, der Himmel war stahlgrau und hier und da fielen ein paar Schneeflocken vom Himmel, aber nicht genug, um aufzufallen, vor allem nicht, bei den Schneemassen, die seit dem letzten Wochenende die Straßen säumten.

Ich stieg aus und bemühte mich, den Saum meines Kleides nicht in dem eine Woche alten, verkrusteten Schnee schleifen zu lassen. Dann griff ich zurück ins Auto und holte den Nachtisch heraus, den ich heute Morgen ans Hotel hatte liefern lassen, ein glutenfreier Cranberrykaffeekuchen. Ich wusste, dass ich schon vom Anschauen zunehmen würde. Und ich wollte ihn anschauen, sehr sogar. Es war schwierig gewesen, so etwas zu bekommen – am Ende sprach ich mit einer Spezialbäckerei in Brookline, die ihn extra für mich buk. Aber ich würde ganz sicher nichts mitbringen, was Sean nicht essen konnte, wenn ich es irgendwie vermeiden konnte.

Ich spürte stechende Angst, als ich die oberste Stufe erreichte. Ich konnte hören, dass drinnen herumgeschrien wurde. Er klang nach Sean und Jack.

Ich seufzte und schloss meine Augen. Wenn Sean einen Zusammenbruch hatte, musste ich mich mental darauf vorbereiten. Ich mochte Sean sehr gerne. Aber er war emotional unbeständig und ich hatte mein ganzes Erwachsenenleben damit verbracht, emotional unbeständige Menschen und Situationen zu vermeiden.

Es war schwer, keine Zweifel zu bekommen. War die Beziehung mit Crank, mit dieser Familie, die richtige Entscheidung gewesen?

Natürlich war es jetzt ein bisschen zu spät, sich diese Frage zu stellen, oder?

Ich klopfte mit meinen Knöcheln an die Tür und wartete, dabei wippte ich leicht auf meinen Füßen vor und zurück, um mich warm zu halten. Meine Mutter hatte heute Morgen missbilligend auf meine Stiefel geschaut. Sie hielt nichts davon, Stiefel zu einem Kleid zu tragen. Sie hielt von den meisten Dingen, die ich tat, nichts.

Ein ziemlich erschöpft aussehender Crank, der eine zerfetzte Jeans und ein lumpiges T-Shirt trug, öffnete die Tür. Seine Augen wurden heller, als er mich sah. Er schob mich hinein, hatte ein Grinsen im Gesicht. „Ich bin so glücklich, dich zu sehen. Lass dich von ihnen nicht stören", sagte er und gestikulierte dabei in Richtung des vorderen Teils des Hauses. Ich konnte hören, dass Jack etwas schrie.

„Was ist los?", fragte ich.

Crank seufzte. „Sean hat gestern in der Schule Ärger gehabt, ziemlichen Ärger."

Ich verzog das Gesicht. „Und sie streiten deshalb immer noch?", fragte ich.

„Mein Dad hat etwas gesagt, dass Sean auf die Palme gebracht hat."

Ich seufzte und folgte Crank ins Wohnzimmer. „Kann ich das in den Kühlschrank stellen?"

„Ich nehme es", sagte er. „Mit ihnen zurechtzukommen könnte schwierig werden."

Ich gab Crank den Kuchen, zog dann meinen Mantel aus und legte ihn auf eine Stuhllehne. Einen Moment später war er auch schon aus der Küche zurück und bekam große Augen.

„Du siehst… geil aus. Fast schon zum Reinbeißen." Seine Augen wanderten wie Suchscheinwerfer an mir von unten nach oben, und ich fühlte mich auf einmal sehr unsicher. Ich trug ein ärmelloses, graues Kleid, oben eng anliegend mit einem knöchellangen Rock. Er kam näher und legte seine Hände an meine Hüfte. „Ich würde dich jetzt wirklich gerne küssen."

„Ähm… das würde mir gefallen", sagte ich mit leiser Stimme.

Er kam nah an mich heran und nuckelte mit einem Grinsen an meiner Unterlippe, dann küsste er mich. Mein Mund öffnete sich und unsere Zungen berührten sich leicht.

Die Vordertür wurde aufgerissen und schabte über die Türschwelle.

„Heilige Mutter Gottes, ist das kalt da draußen!", rief Tony, als er eintrat. Crank und ich trennten uns leicht und Tony sagte laut: „Lasst euch von mir nicht beim Knutschen stören."

Ich lachte ein wenig und Crank und ich lehnten uns nach vorn und berührten uns für eine Sekunde mit der Stirn. Dann trat ich einen Schritt zurück. „Tony, bist du immer so unausstehlich?"

„Nur, wenn schöne Frauen in der Nähe sind", sagte er. „Was glaubst du wohl, warum ich noch Single bin?"

Er ging kichernd in die Küche. Einen Augenblick später hörte ich Jack sagen: „Schau mal, kannst du nicht einfach Ruhe geben? Unsere Gäste treffen ein."

Sean hatte keine Chance zu antworten, denn Tony rief: „Wen nennst du hier Gast?"

Ein paar Sekunden später stürmte Sean ins Wohnzimmer. Er sah mich und stoppte.

Ich lächelte ihn an. „Hi Sean. Ich würde dich gerne umarmen, aber du siehst so sauer aus, dass ich ein bisschen Angst habe."

Sean Gesichtsausdruck wurde sofort schlaff. Seine Augen schauten irgendwo in Richtung Regal, als er sagte: „Es tut mir leid, Julia."

Ich ging vor und umarmte ihn. „Frohes Thanksgiving", sagte ich.

„Dir auch", sagte er. Er griff ungeschickt nach meinen Schultern und trat dann einen Schritt zurück.

„Geht es dir gut?", fragte ich. „Crank sagte, du hast in der Schule Ärger gehabt... wenn du reden willst, ich bin hier."

„Ich will nicht darüber reden", sagte er, seine Augen wanderten zur Seite ab.

„Das ist okay."

Ich kann nicht mal ansatzweise beginnen, die Unterschiede zwischen Thanksgiving bei meiner Familie und bei Cranks Familie zu beschreiben. In den meisten Jahren bestand Thanksgiving in meiner Familie aus offiziellen Empfängen in Botschaften und Konsulaten auf der ganzen Welt. Als ich jünger war, war es weniger formell zugegangen, aber als ich die Mittelstufe besuchte, gehörte es in den Verantwortungsbereich meines Vaters, große offizielle Abendessen für die Botschaftsmitarbeiter, wichtige US-Amerikaner, die in dem Land lebten, in dem wir uns gerade befanden, und andere Würdenträger zu veranstalten.

Mit anderen Worten, wenn ich an Thanksgiving denke, dann denke ich an formelle Essen, formelle Kleidung, hohe Stuhllehnen und auferlegte, absolute Stille für alle unter dreißig. Ich denke auch oft an Corporal Lewis. Drei Jahre lang hatten Carrie und ich in Belgien mit ihm in einiger Entfernung zu meinen Eltern am Tisch gesessen. Er hatte uns Süßigkeiten hereingeschmuggelt und uns verrückte Witze erzählt, uns einfach unterhalten. Ich kann mir nicht mal vorstellen, was er von dem allen gehalten hat. In welcher Welt wurde ein Mitglied der US-Marine als Babysitter für eine Zwölfjährige und ihre Schwester eingesetzt? Aber was er auch immer gedacht hatte, er sagte niemals etwas, sprach einfach weiter über Autos, Mädchen, seine Jugend in Texas, seine Begeisterung für professionelles Wrestling und die Launen, die der Dienst im Marine-Corps mit sich brachte.

Während meines ersten Jahres an der High-School war ich zu krank gewesen, um an einem Thanksgiving-Empfang teilzunehmen. Ich wusste es damals noch nicht, aber zu der Zeit war ich schon schwanger gewesen. Ich wusste nur, dass ich morgens aufgewacht war und sofort Galle erbrochen hatte. Wenn ich rückblickend darüber nachdachte, war es komisch, dass meine Mutter keinen Arzt gerufen hatte. Ich hatte Thanksgiving im Bett in unserer Wohnung auf dem Botschaftsgelände verbracht. Alexandra war zu jung gewesen, um an dem Abendessen teilzunehmen, also hatten wir uns den Abend damit vertrieben, Quartett zu spielen und später dann zusammengerollt im Bett einen Film anzuschauen.

Thanksgiving bei Jack? Das war völlig anders.

Zum einen hatte sich niemand herausgeputzt. Ich stach in meinem formellen Kleid total heraus, aber jeder machte mir Komplimente dafür.

Zum anderen brachte jeder etwas zum Essen mit. Ich war froh, dass ich daran gedacht hatte, auch etwas mitzubringen… Crank hatte natürlich nicht daran gedacht, mich vorzuwarnen. Mrs. Doyle hatte sogar einen kleinen Wagen die Straße entlang gezogen, mit gefährlich rutschenden, abgedeckten Tellern darauf. Margot brachte Kürbispastete und Tony Wein. Italienischer Wein, der mich zum Kichern brachte und Jack gab eine Reihe blumiger Flüche von sich. Auf dem Tisch stand eine bunte Mischung: ein fetter Truthahn, Jack war die halbe Nacht wach gewesen, um ihn zu garen und Kartoffelpüree zu kochen, ein halbes Dutzend Gemüsesorten, die Mrs. Doyle auf ihrem Wagen herangekarrt hatte, frischer Hummer, der sofort meine Aufmerksamkeit auf sich zog, und hausgemachte Pasteten. Hausgemacht.

Ich hatte in meinem ganzen Leben noch keine hausgemachte Pastete gegessen. Ich glaube, Mrs. Doyle war schockiert, als ich sie umarmte und ihr sagte, das wäre die beste Pastete, die ich je gegessen hatte.

Jacks Eltern kamen auch vorbei. Man stelle sich Cranks Charme und Jacks Humor und Umgänglichkeit bei einem fünfundsiebzigjährigen Mann vor. Ryan Wilson war ein pensionierter Bostoner Polizist, der als vierjähriger mit seinen Eltern in die Vereinigten Staaten gekommen war. Nur ein paar Monate vor dem 1929er Börsencrash. Er wuchs während der Wirtschaftskrise auf und lief als sechzehnjähriger davon, um sich für die Army zu melden. Die Army sandte ihn nach Europa, wo er am Ende als Teil der Alliierten am Omaha-Beach landete.

Nach dem Abendessen, bei dem ich mich ungeniert vollstopfte, fand ich mich auf der Couch neben Margot wieder, während Jacks Vater uns Geschichten aus, wie er es nannte, Alt Southie erzählte, als rivalisierende Banden die Gegend dominierten. Tony saß auf dem Boden neben Sean, sie hatten Controller in der Hand und spielten eines der Videospiele, die Crank Sean zum Geburtstag geschenkt hatte. Irgendwann stieß Tony einen lauten Schrei aus und ich sprang fast auf. Er war gestorben, die Körperteile flogen umher. Es war grauenhaft. Sean begann schnell und aufgeregt zu reden.

Margot lehnte sich näher zu mir und sagte mit sanfter Stimme: „Ich bin so froh, dass du kommen konntest."

Ich schenkte ihr ein schüchternes Lächeln. „Danke. Ich habe mich sehr wohl gefühlt. So ein Thanksgiving habe ich mir nicht vorstellen können."

Sie sah mich merkwürdig und neugierig an. „Was für ein Thanksgiving?"

Ich sah mich im Raum um. Dann seufzte ich. „Du hast eine wundervolle Familie. Sie sind so – warmherzig."

Sie sah nach unten. „Ich glaube, ich weiß, was du meinst. Weißt du, Mrs. Doyle... sie ist Witwe. Mr. Doyle, er wurde bei einem Raub in einem Spirituosenladen im... oh, ich glaube es war etwa um 1980, erschossen. Jack hat sie einfach... in die Familie aufgenommen. Und mit Tony ist es genauso. Seit seiner Scheidung verbringt er alle Feiertage hier."

„Jack ist ein wundervoller Mensch."

Sie blinzelte und sah ihren Ehemann an. „Das ist er. Er ist der großherzigste Mann, den ich je getroffen habe."

Sie sah mich abschätzend an. Etwas an diesem Blick führte dazu, dass ich mich nackt fühlte. „Darf ich dir eine Frage stellen?"

„Natürlich", antwortete ich. Was ich in Wirklichkeit sagen wollte, war, ‚Nein, bitte nicht'.

„Ist das zwischen dir und Dougal… ist das was Ernstes?" Jetzt studierte sie mich ganz offen.

Ich holte tief Luft und sah sie an. „Ich weiß es nicht."

Sie schenkte mir ein schwaches Lächeln, aber ich konnte sehen, dass sie mit der Antwort nicht sehr glücklich war. „Naja… das war ehrlich."

„Ich denke, es ist noch zu früh, um etwas zu sagen", sagte ich. Ich mochte diese Fragen nicht. Ich wusste nicht mal selbst, was ich für Crank fühlte. Wie hätte ich ihr das erklären sollen?

Sie nickte. „Ich verstehe. Alles, was ich dazu sagen werde, ist… mein Sohn hat auf gewisse Weise ein schwieriges Leben gehabt. Er ist ein sehr starker junger Mann, aber diese Stärke kommt daher, dass man ihn verletzt hat. Sehr sogar."

Ich nickte und hörte weiter zu.

„Wie auch immer", sagte sie und sah auf ihre Hände herunter. Sie hatte sie gefaltet, bewegte sie rastlos, so als wäre sie sehr unsicher. „Es geht mich nichts an. Aber ich hoffe, dass du ihn nicht… Ich hoffe, dass du meinen Sohn nicht verletzt. Du scheinst ein nettes Mädchen zu sein und er hat vorher noch niemals jemanden mit hierher gebracht. Ich denke, es ist ihm wahrscheinlich ernster als dir. Und deshalb mache ich mir Sorgen."

Ich sah Margot an. Ich wollte mir diese Frau nicht zur Feindin machen oder sie beleidigen. Mir tat das Herz weh wegen dem, was sie durchgemacht hatte. Aber ich musste ein paar Grenzen setzen, und zwar schnell. Ich mochte sie, aber was auch immer zwischen Crank und mir vorging, ging nur uns etwas an.

Ich setzte mich aufrecht hin und legte eine Hand auf die andere. In einem sanften aber festen Ton sagte ich: „Ich verstehe deine Sorge. Aber… ich kann dir hierbei nicht helfen. Das ist für uns beide neu und es wird sich entwickeln, wie es sich entwickelt… und das ist unsere Sache. Ich hoffe, du verstehst das."

Auf ihrem Gesicht erschien ein falsches Lächeln und sie begann etwas zu sagen, aber ich sprach einfach weiter: „Ich werde ihn niemals willentlich verletzen. Aber keiner von uns beiden hat eine besonders gute Vergangenheit, wenn es um Beziehungen geht."

„Vielleicht solltet ihr euch überlegen, es langsamer anzugehen", sagte sie und sah mir dabei in die Augen.

Ich schüttelte meinen Kopf und sagte etwas, dass ich nicht hätte sagen sollen: „Du hast recht. Es geht dich nichts an."

Sie erstarrte auf der Stelle, sofort erschien ein Lächeln, es war wie eine Maske, die sie für eine Party aufgesetzt hatte.

Ich versuchte, die Wirkung dessen, was ich gesagt hatte, abzumildern. „Margot – ich mag ihn sehr gerne. Können wir es dabei belassen? Bitte?"

„Ich denke, das ist fair", antwortete sie.

Ich sah auf meine Uhr, die zusammen mit meinen Armreifen um mein Handgelenk lag. „Es wird langsam Zeit für uns, zu gehen."

Ihre Augen wurden klein und sie streckte ihre Hand aus und berührte meine Uhr. Und ich spürte, wie mir bange wurde. Die Uhr war zierlich, hatte ein Kettenarmband, das ich, als ich sechzehn wurde, hatte verlängern lassen, weil es nicht mehr gepasst hatte.

Ihre Finger berührten die Kette und wanderten dann an den Narben an meinem Handgelenk entlang, die gerade so unter den Armreifen hervorschauten. Ihre Augen schauten sofort in meine und sie sagte: „Es tut mir leid, ich habe zu schnell geurteilt."

Ich wäre fast aufgesprungen und davongerannt. Ich hätte sie fast gefragt, wie sie es wagen konnte. Aber ich tat es nicht. Ich seufzte nur und sagte: „Manchmal sind die Dinge nicht so wie sie scheinen. Wir haben alle Verletzungen, die man nicht sieht."

Sie biss sich auf die Lippe und nickte. Dann sagte sie etwas, dass mich verblüffte. „Ich denke, wir sollten uns besser kennenlernen. Vielleicht können wir uns mal zum Mittagessen treffen?"

Ich wollte das nicht. Ich wollte Margot nicht besser kennenlernen. Es war eines, als Teil von Jacks zusammen gewürfelter Familie hier zu sitzen, wo alle lachten und glücklich waren. Aber es war etwas völlig anderes, mich einer Frau anzuvertrauen, die so viel Schmerz wie Margot mit sich herumtrug. Ich wollte mich ihr nicht anvertrauen oder ihr irgendetwas über mich erzählen. Ich wollte fliehen. Ich wollte ihr sagen, sie solle zur Hölle fahren und sich um ihre eigenen Angelegenheiten kümmern. Aber das tat ich nicht. Stattdessen log ich und sagte: „Das würde mir gefallen."

Also tauschten wir unsere Telefonnummern aus und dann stand ich auf und sagte zu Crank: „Es ist fast Zeit."

Er grinste mich an, dieses jungenhafte seitliche Grinsen, das mein Herz jedes Mal, wenn ich es sah, zum schmelzen brachte. Und das genügte, damit alles okay war.

KAPITEL 16

Blue Ginger (Crank)

Das willst du nicht wirklich anziehen, oder?

Als Julia mich das fragte, sah ich an mir selbst hinunter. Ich vermute, darüber hatte ich überhaupt nicht nachgedacht. Ich trug mein T-Shirt mit dem Aufdruck „dreckiger gemeiner Dummkopf", das ich liebte, obwohl es vom vielen Tragen und Waschen im Laufe der Jahre ganz ausgeblichen war. Und meine ausgewaschenen und zerfetzten Jeans, so wie immer. Aber es machte Klick, als ich bedachte, dass Julia ein formelles Kleid trug.

Ich räusperte mich. „Ähm… ich habe wohl nicht darüber nachgedacht. Wohin gehen wir genau?"

„Blue Ginger… das ist, ähm… ein französisch asiatisches Restaurant. In Wellesley."

Wellesley? Wo zur Hölle war das?

„Ähm… warum?"

Sie verdrehte ihre Augen. „Mein Vater hat einen Tisch reserviert. Anscheinend ist der Koch berühmt oder so was, sie haben eine Reihe Preise gewonnen."

„In Ordnung", sagte ich, „dann müssen wir einkaufen gehen."

„Was?"

„Richtig… Es ist Thanksgiving. Alle Geschäfte haben geschlossen. Warte mal."

Also ging ich zu Sean. Wir hatten ungefähr die gleiche Größe. Er gab mir eine einfache schwarze Hose und ein schwarzes Hemd. Nachdem ich mich umgezogen hatte, sah ich mich im Spiegel an. Ich erkannte mich kaum wieder. Ich entfernte die meisten meiner Ohrringe und ließ nur jeweils einen in jedem Ohr. Den Rest steckte ich in die Brusttasche des Hemdes.

Aber bei meinen Stiefeln war es aus mit der Anpassung. Ich würde Seans Slipper nicht anziehen, weder für ihren Vater noch für den Präsidenten der Vereinigten Staaten. Außerdem waren Seans Füße riesig.

Ich ging wieder nach unten, mit Hemd in der Hose, einem Gürtel und allem, was dazugehört. Natürlich musste mein Vater einen schlauen Kommentar abgeben, aber ich ignorierte ihn. Wir umarmten alle und gingen dann hinaus. Julia fuhr einen Mietwagen und in dem Moment, in dem ich einstieg, zündete ich mir auch schon eine Zigarette an und ließ das Fenster ein wenig herunter, um den Rauch raus zu lassen, dann fragte ich: „Stört es dich, wenn ich rauche?"

Sie sah mich schief an und sagte: „Nein, du kannst weiter rauchen."

Dann waren wir auch schon unterwegs. Sie war kaum aus der Ausfahrt gefahren, als ich sagte: „Also… wir hatten keine Gelegenheit zu reden. Was war mit Ron Murray?"

„Okay", sagte sie. „Also. Sie versuchen, euch einen wirklich schlechten Vertrag unterzujubeln. Sie wollen zweitausend Dollar Vorschuss zahlen, was vermutlich nicht mal so schlecht ist, aber sie wollen einen Fünfjahresvertrag. Und es gibt keine Garantie, dass ihr einen Vertrag für ein ganzes Album bekommt."

„Verdammt", murmelte ich. „Aber sie wollen den Song?"

„Ja, sie wollen eine Single rausbringen. Ich habe ihnen gesagt, dass das Angebot nicht gut genug ist und habe ein Gegenangebot gemacht, welches natürlich viel höher war, als das, was ihr im Endeffekt bekommen werdet. Aber ich wollte unverschämt anfangen, um mich dann herunterhandeln zu lassen."

Was zur Hölle? Wusste sie nicht, dass sie uns einfach fallenlassen konnten? Das war die größte Chance, die wir hatten und sie verlangte Unverschämtes?

„Ich wünschte, du hättest mir das gesagt, bevor du das Gegenangebot gemacht hast."

„Tja, wir haben telefoniert und ich musste etwas sagen. Ich treffe mich am Mittwoch zum Mittagessen mit ihnen. Aber um ehrlich zu dir zu sein… ich habe so meine Zweifel über Division Records."

„Was für Zweifel?"

„Es könnte sein, dass ihr am Ende einen Fünfjahresvertrag mit einer Firma habt, die pleite ist. Das Finanzamt ermittelt gegen Murray."

„Oh Scheiße", sagte ich. „Dann sollten wir so schnell wie möglich reagieren. Die Single rausbringen, solange wir können."

Sie runzelte die Stirn. „Danach werdet ihr festsitzen. Gib mir eine Chance das zu regeln, okay? Es kann ein paar Tage dauern, aber…"

„Kein aber", sagte ich und begann sauer zu werden. „Das ist die beste Chance, die wir je hatten und du rümpfst die Nase?"

Ihre Antwort kam schnell und in ihrer Stimme schwang ein harter Ton mit. „Nein, ich verhandle. Ich tue das, worum du und die Band mich gebeten habt."

„Julia", sagte ich. „Bitte mach nicht – "

„Halt", unterbrach sie mich. „Entweder vertraust du mir dabei, oder nicht. Was ich zu den anderen gesagt habe, gilt auch für dich. Wenn du willst, dass ich das manage, dann lass es mich managen. Du wirst nicht jeden einzelnen Schritt von mir kontrollieren, nur weil wir… was auch immer wir sind."

„Was soll das jetzt wieder bedeuten?"

„Genau das, was ich gesagt habe, Crank. Ich versuche, für euch einen weit besseren Vertrag auszuhandeln, als ihr sonst bekommen würdet. Man kann nicht einfach das erste Angebot annehmen, schon gar nicht, wenn es beleidigend ist. Sie denken, ihr seid so verzweifelt, dass ihr alles annehmt."

„Das sind wir!"

„Nein. Das sind wir nicht. Du hast wirklich Talent, Crank. Du hast hier einen ganz besonderen Song. Verkauf ihn nicht unter Wert."

Ich warf meine Zigarette aus dem Fenster und zündete mir sofort eine neue an. Sie fuhr auf den Massachusetts Turnpike. Es würde noch zwanzig Minuten oder so dauern, bis wir Wellesley erreichten.

„Julia, du musst mir zuhören. Das ist kein Spiel für mich. Das ist mein Leben."

„Das weiß ich", antwortete sie. „Und es dir so wichtig, dass du nicht rational denken kannst."

Als sie das sagte, ging mir alles Mögliche durch den Kopf. Ich konnte nicht rational denken? Warum zur Hölle sagte sie das? Und warum sollte ich bei so etwas Wichtigem rational bleiben?

„Um Himmels Willen, Julia. Ich habe dich gebeten, einen Vertrag mit einer Plattenfirma auszuhandeln, nicht über mein Leben zu bestimmen."

Sie kniff ihre Augen leicht zusammen und sie hielt das Lenkrad sehr fest, ihre Hände wurden dabei zu harten Fäusten und sie sagte: „Nein. Du hast mich gebeten, die Band zu managen. Lässt du mich das jetzt tun, oder nicht?"

Ich zog verärgert an meiner Zigarette und sah zum Fenster hinaus. Dann sagte ich: „Vielleicht ist es eine schlechte Idee, unser Privatleben mit dem der Band zu vermischen."

„Dafür ist es jetzt ein bisschen zu spät" sagte sie. „Obwohl, falls du sie zusammenrufen willst, um zu beschließen, mich zu feuern, tu dir keinen Zwang an."

Ihre Stimme zitterte, als sie das sagte. Ich wusste nicht, ob vor Ärger oder Traurigkeit. Ich antwortete: „Ich möchte, dass du mir zuhörst. Einige Bands spielen Jahre – viele Jahre – lang, und bekommen niemals so eine Chance. Das hier ist alles, was ich mir je erträumt habe."

Sie rief: „Das weiß ich, Crank! Ich weiß es! Und ich tue alles dafür, dass es etwas wird! Bitte halte dich zurück und hab etwas Vertrauen in mich, okay? Außer du planst, das allein zu regeln und mich nur als Augenschmaus zu betrachten, in dem Fall kannst du dir die ganze Sache an den Hut stecken!"

Ihr Telefon klingelte. Gott. Ich warf meine Zigarette hinaus und zündete mir eine weitere an. Ich war stinksauer.

Sie fummelte einen Augenblick an ihrem Telefon herum, öffnete es dann und schnauzte: „Hallo?"

Einen Moment später sagte sie: „Tut mir leid… ich war gerade mitten in einem Gespräch."

Pause. Dann sagte sie mit aufgeregter Stimme: „Oh mein Gott, das hast du? Was meint er dazu?"

Ich warf ihr einen Blick zu. Ihr Gesichtsausdruck war lebhaft, aufgeregt. Er war… so, wie ich ihn immer sehen wollte.

Einen Augenblick später sagte sie. „Ja natürlich. Wann?"

Sie runzelte die Stirn. „Ich weiß nicht, ob ich so schnell Flüge bekomme. Ich werde es versuchen."

Einen Flug? Wo wollte sie hin?

Sie hörte zu, auf ihrer Stirn erschien eine Falte und dann sagte sie: „Okay. Okay. Ja, in Ordnung. Ich ruf dich in ein paar Minuten zurück."

Sie legte auf und sagte: „Du musst fahren". Dann fuhr sie quer über alle drei Spuren auf den Standstreifen.

„Was zur Hölle?", fragte ich.

„Tausch… einfach nur mit mir, okay? Ich muss das jetzt gleich erledigen."

Ohne ein weiteres Wort stellte sie den Motor ab und stieg aus. Bis ich den Gurt gelöst und begonnen hatte auszusteigen, war sie schon um das Auto herum gegangen. Ich war verwirrt. Ich sagte kein Wort, ging nur um das Auto, stieg ein und begann zu fahren.

Sie hatte schon damit begonnen, zu wählen. Das war zumindest besser, als mit ihr zu streiten.

„Hi… ich möchte zwei Tickets kaufen. Von Boston nach Los Angelos und zurück… morgen, den frühesten Flug, den sie haben."

Was zur Hölle? Wir hatten geplant, den Tag morgen zusammen zu verbringen. Es war der erste Freitag seit Wochen, an dem ich nicht arbeiten oder proben musste.

Sie zog ein kleines Notizbuch aus ihrer Handtasche und begann etwas hineinzuschreiben.

„Economy, falls etwas frei ist… ansonsten, egal."

Sie runzelte die Stirn. „Sie haben nur noch Plätze in der ersten Klasse? Was würde das kosten?"

Gott. Ein Erster-Klasse-Flug für morgen? Das würde ein Vermögen kosten. Sie zuckte zusammen. Vermutlich hatte man ihr gerade den Preis genannt.

„In Ordnung, das ist okay." Sie nannte ihren Namen und sagte dann: „Crank… steht auf deinem Führerschein wirklich Crank?"

„Ja", sagte ich immer noch verwirrt.

„Okay… der andere Passagier ist Crank Wilson. C-R-A-N-K. Ja, wirklich."

Okay. Jetzt war ich… total verblüfft. Sie kaufte Tickets für uns beide. Nach LA. Und ich wusste nicht, warum. Was hatte sie vor, zur Hölle nochmal?

„Okay, lassen sie mich das wiederholen. 6.45 Uhr Abflug in Boston. Der Rückflug geht vom LAX Flughafen um 21.35 Uhr und landet in Boston um 9.30 Uhr am Samstagmorgen?"

Sie hielt inne und sagte dann: „Visa", und las danach die Nummer ihrer Kreditkarte vor.

Einen Augenblick später sagte sie: „Danke! Frohes Thanksgiving", und legte auf.

Ich fuhr weiter, ohne dass wir etwas sagten. Eine Sekunde später sagte sie: „Oh mein Gott. Fast viertausend Dollar. Mein Vater wird mich umbringen, wenn er die Rechnung sieht. Und die Band muss mir das zurückerstatten, wenn sie den Vorschuss hat."

Ich hustete und fragte: „Was geht hier vor?"

„Oh, Scheiße", sagte sie. „Warte." Und dann begann sie, erneut zu wählen. Oh, um Gottes Willen. Stand ich heute so weit unten auf ihrer Prioritätenliste?

„Mitch? Hey, ich bin's Julia. Okay.. Wir kommen mit American Airlines. Der Flug landet um 10.05 Uhr. Sollen wir ein Taxi zum Büro nehmen? Oh! Super. Tja, dann sehen wir uns wohl morgen! Und Mitch? Danke. Danke. Danke. Du hast keine Ahnung, wie viel ich dir schulde."

Sie hörte einen Moment lang zu und lachte. „In Ordnung. Dir auch ein frohes Thanksgiving."

Sie legte auf, sank in ihrem Sitz zurück und lächelte.

Inzwischen knirschte ich schon mit den Zähnen. Ich zündete mir schon wieder eine Zigarette an. Normalerweise rauche ich nicht so viel, aber sie machte mich echt sauer.

„Spuck's aus", sagte ich.

Sie lächelte. „Allen Roark hat uns für morgen ein Treffen mit dem Chef von White Dog Records ausgemacht."

Ich hielt den Atem an, versuchte zu verstehen, was sie gerade gesagt hatte. „Allen Roark… *der* Allan Roark?

Sie nickte.

„Mitch hat ihm heute Morgen den Song vorgespielt. Und dann hat Roark den Chef von White Dog angerufen und ihm gesagt, dass er sich unbedingt sofort mit uns treffen muss… und… jetzt fliegen du und ich morgen früh nach LA."

Ich fuhr weiter. Und zog an meiner Zigarette. Und dann fuhr ich immer noch weiter. Sie sah mich an, wartete auf meine Antwort. Ich zog erneut an meiner Zigarette und begann dann zu sprechen.

„Ist das jetzt der Teil, bei dem ich mich entschuldige? Dass ich niemals hätte an dir zweifeln dürfen?"

Sie sah nachdenklich aus, dann sagte sie: „Warum heben wir uns das nicht für eine Gelegenheit auf, in der du mich *wirklich* verärgerst?"

Ich brach in lautes Lachen aus und schüttelte meinen Kopf. „Ich kann nicht glauben, dass ich morgen Allen Roark treffen werde."

„Und den Chef von White Dog Records", sagte sie und rieb es mir wieder unter die Nase.

„Er mochte den Song wirklich?"

„Würde er sonst so auf die Schnelle ein Treffen organisieren? Und dann noch an Thanksgiving?"

„Vermutlich nicht. Kann ich das Serena erzählen?"

Sie sah mich an, hob eine Augenbraue. „Serena zweifelt nicht an mir."

„Oh, Scheiße", sagte ich. „Es tut mir leid. Wirklich."

„Irgendwann werde ich dir vergeben."

„Müssen wir wirklich mit deinen Eltern essen gehen? Lass uns einfach in ein Hotel verschwinden und wilden Versöhnungssex haben."

Sie grinste mich an. „Wir müssen morgen früh aufstehen."

„Du bringst mich noch um."

Also navigierte sie mich mit ihren MapQuest-Ausdrucken und ich fuhr uns in die Wildnis der Bostoner Vororte, in denen ich in meinem Leben noch niemals gewesen war. Ich war eine Pit-Ratte und hatte zu viele Jahre damit verbracht, mit den Punks und Obdachlosen rund um Cambridge und Somerville herumzuhängen, um mich jemals in den makellosen Mittelklassevororten wohlzufühlen. Ich erwartete jeden Moment, von einer Horde Über-Mütter in SUVs überrannt zu werden. Aber da waren wir, fuhren zu einem Fünf-Sterne-Restaurant mit einem preisgekrönten Koch, um ihre Eltern zu treffen. Ich hoffte, wir konnten die Begegnung kurz halten. Sie konnte sich ja mit dem frühen Flug rausreden. Natürlich würde sich ihr Vater fragen, wie sie die Erste-Klasse-Tickets nach LA bezahlt hatte. Wir sollten den Flug vielleicht doch besser nicht erwähnen, dachte ich, wenn er derjenige war, der die Rechnung erhalten würde.

Sogar das war für mich kaum zu begreifen. Wer gibt seinen Kindern schon eine Kreditkarte? Und dann auch noch eine mit einem so hohen Limit, dass man einfach mal so Viertausend-Dollar-Flugtickets aus dem Hut zaubern konnte? Das war verrückt. Und wie hatte sie das Treffen mit Allen Roark arrangiert oder ihn auch nur dazu gebracht, sich den Song anzuhören? Er bekam bestimmt jede Woche Demobänder von tausend Bands zugeschickt. Julia war seit genau zwei Tagen die Managerin der Band. Und sie hatte bereits all dies arrangiert. Auf gewisse Weise schien es nicht mal fair. Ging es wirklich nur darum, wen man kennt?

Nein. Vielleicht hatten ihre Beziehungen uns so schnell einen Termin bei Roark verschafft. Aber dass er den Song mochte? Das war allein der Musik zu verdanken. Und das konnte ich mir zuschreiben.

Schließlich erreichten wir das Ziel. Und ich konnte sehen, wie eine Familie hineinging. Die Männer trugen Anzüge und Krawatten. Die Damen hatten Kleider an.

Ich sah an mir hinunter. „Ich bin hierfür wirklich nicht richtig angezogen, oder?"

„Mach dir deshalb keine Sorgen", sagte sie. „Falls du nicht mit einer Million Dollar im Kofferraum deiner Limousine vorfährst, wirst du sowieso nicht gut genug für meine Eltern sein. Da kann man nichts machen."

Ich sah zu ihr hinüber und grinste. „Wer weiß, Julia? Du hast für uns ein Treffen mit Allen Roark und dem Chef von White Dog Records arrangiert? Vielleicht fahren wir wirklich eines Tages mit unserer eigenen Limousine vor."

Sie lachte. „Mach dir keine zu großen Hoffnungen."

Und dann sagte ich etwas, das ich nicht hätte sagen dürfen, etwas, das ich noch keiner Frau gesagt hatte. Es kam einfach so aus mir heraus, und im gleichen Moment begann mein Herz panisch zu rasen. „Ich denke, ich bin dabei, mich in dich zu verlieben."

Sie erstarrte. Im wahrsten Sinne des Wortes... sie... erstarrte einfach auf der Stelle. Ihre Augen schauten zur Seite und das erinnerte mich so sehr an Sean, dass ich am liebsten laut geschrien hätte. Ich hätte das nicht sagen dürfen. Es war zu früh und ich wusste, dass sie noch nicht bereit war, das zu hören. Aber verdammt. Es war die Wahrheit.

Nach ein paar Sekunden, die ausreichten, damit mir das Herz stehen blieb, sah sie mich an und lächelte schüchtern. „Ich bin dafür noch nicht bereit."

Und dann öffnete sie die Beifahrertür, stieg aus dem Auto und warf die Tür zu.

Verdammt!

Ich stieg aus dem Auto aus. Sie hatte ihren Mantel im Auto gelassen und stand zitternd da, ihre Arme waren vor der Brust verschränkt. Ich konnte immer noch nicht begreifen, wie atemberaubend schön sie war. Und obwohl sie sich mir schon sehr geöffnet hatte, konnte ich immer noch ihre Wunden unter der harten Schale erkennen. Ich ging zu ihr hinüber. „In Ordnung. Lass mich das revidieren. Ich denke, du bist wahnsinnig cool."

Einer ihrer Mundwinkel ging nach oben.

„Außerdem denke ich, dass es verdammt heiß ist, wenn du solch sexy Klamotten trägst. Ich habe dieses unersättliche Verlangen, um dich herum nach diesem Reißverschluss zu greifen..."

„Stopp", sagte sie.

Ich lehnte mich nah an sie heran und flüsterte: „Kann ich einfach ein bisschen an deinem Ohr knabbern? Nur ein bisschen an deinem Ohrläppchen nuckeln?"

„Meine Eltern können uns wahrscheinlich sehen", antwortete sie, ihre Stimme war fast ein Flüstern.

„Dann sollten wir sie schockieren", sagte ich.

„Lass uns rein gehen, wo es warm ist."

Ich lehnte mich zurück und zwinkerte ihr zu. Sie brach in Lachen aus und nahm ihre Arme von der Brust, also griff ich nach ihrer Hand und wir gingen ins Restaurant.

Okay. Ich war definitiv nicht gut genug angezogen. Die fehlende Krawatte wäre noch entschuldbar gewesen, aber meine Lederjacke, die mit Spikes, Bandabzeichen und Ketten an den Ärmeln verziert war? Alle Augen im vorderen Teil des Restaurants waren auf mich gerichtet, als wir hineingingen. Die Hostess, eine Frau Mitte dreißig, sah mich missbilligend an, als wir eintraten. Aber irgendwie lächelte sie auch Julia an, die nur etwa fünf Zentimeter vor mir stand. Das verstehe einer.

„Kann ich Ihnen helfen?"

„Wir möchten zum Tisch der Thompsons, bitte."

„Hier entlang", sagte sie. Sie führte uns in den hinteren Teil des Restaurants, so wie es aussah in ein privates Hinterzimmer. Und dann betraten wir eine andere Welt.

Julias Eltern saßen an den entgegen gesetzten Kopfenden des Tisches gegenüber. Ihr Vater saß am vorderen Ende und trug einen Tweedanzug mit Weste. Und eine Fliege. Nein, ich verarsche Sie nicht. Er hatte einen dichten, aber sorgfältig zurechtgetrimmten Bart, grauwerdende Haare und ein paar dünne Falten, wie Krähenfüße, rund um seine Augen. Er stand auf, als wir eintraten wurden seine Augen groß… das war zweifellos seine Reaktion auf mein Aussehen.

Julias Mutter saß am unteren Ende des Tisches. Sie hatte langes, üppiges, schwarzes Haar und trug ein Kleid, das Julias nicht unähnlich war. Auch sie stand auf und beide Elternteile kamen von den entgegengesetzten Tischenden auf uns zu.

Während sie näherkamen, schaute ich zum Tisch. Zwei Plätze waren frei, direkt neben dem Stuhl ihres Vaters. Dort sollten Julia und ich ganz offensichtlich sitzen.

Neben den freien Plätzen saßen sich zwei von Julias Schwestern gegenüber: Ein atemberaubend schönes Mädchen um die achtzehn, das ebenfalls aufgestanden war, als wir herein kamen. Sie war bestimmt 1,80 m groß, hatte loses, herabfallendes Haar, das ihr fast bis an die Hüfte reichte und trug ein burgunderrotes Kleid, das ihre große, schlanke Figur betonte. Ihr gegenüber saß eine Elf- oder Zwölfjährige, die rückwärts über ihre Stuhllehne zu mir schaute und große, fast erschrockene Augen hatte. Sie war nicht aufgestanden.

Neben den beiden saßen sich die Zwillingsschwestern gegenüber, sie waren etwa sechs Jahre alt. Das jüngste Mädchen saß neben ihrer Mutter. Die jüngeren sahen mich an, als ob man mich in der Gasse hinter dem Stadion aufgelesen hätte und sie Angst hatten, dass ich ihre Handtaschen stehlen könnte.

Der Gesichtsausdruck der Mutter war nicht viel anders. Ich entschied mich dazu, dem ganzen Scheiß mit so viel Charme wie möglich zu begegnen. „Mrs. Thompson", sagte ich, griff nach ihrer Hand und lächelte. „Jetzt weiß ich, woher Julia ihre Schönheit hat. Ich bin Crank Wilson."

Sie lächelte mich an. „Crank", sagte sie. „Was für ein faszinierender Name. Dies ist mein Mann Richard."

Ich schüttelte Julias Vater die Hand. Er hatte einen besorgten Gesichtsausdruck, seine Augen wanderten immer wieder zu Julia.

Julia und ihre Mutter küssten sich auf die Wangen. Es sah nicht aufrichtig aus.

„Kommt, setzt euch", sagte Mr. Thompson. „Das Essen wird bald serviert werden, wir trinken vorher noch ein Glas Wein."

Ich nahm auf dem mir zugewiesenen Stuhl platz, rechts von Mr. Thompson, neben der Zwölfjährigen.

„Hallo", sagte ich. „Ich bin Crank."

Sie grinste mich an. „Ich bin Alexandra. Heißt du wirklich Crank? Oder hast du dir das nur ausgedacht?" Ich war überrascht, neben ihrem Teller ein Glas Wein zu sehen. Ich hatte immer gehört, dass das in Europa üblich war und Julias Familie hatte den größten Teil ihres Lebens auf Reisen verbracht. Das sollte einer verstehen. Die Zwillinge tranken heiße Schokolade.

Julia unterdrückte ein Lachen.

„Wag es ja nicht", sagte ich zu Julia.

Das führte dazu, dass sie noch mehr lachen musste. Also sagte ich: „Meine Eltern haben mir ursprünglich einen anderen Namen gegeben. Aber ich habe ihn ändern lassen. Jetzt heiße ich Crank, und Crank wird es auch immer bleiben. Kann ich dich Alex nennen?", ich zwinkerte Alexandra zu und sie kicherte.

„Erzählen Sie uns von sich, Crank", sagte Mr. Thompson.

Oh je. Das war peinlich. Julia rettete mich.

„Crank ist ein sehr talentierter Musiker."

„Oh, wirklich?", sagte Mrs. Thompson. „Das muss... interessant sein."

Das große, unglaublich schöne Mädchen neben Julia sagte: „Ich bin Carrie." Sie hielt mir ihre Hand hin und ich griff sanft danach. Sie war so dünn, dass man meinen konnte, ein Windstoß könnte sie zum Zerbrechen bringen. „Ich habe deine Musik gehört. Sie ist faszinierend."

Mr. Thompson sagte: „Ich hoffe es ist nicht unhöflich, wenn ich sage, dass mich die... geschäftliche Seite am professionellen Musikerleben interessiert. Spielen Sie in... Bars und Clubs? Wie funktioniert das?"

Wir wurden vorwiegend mit Bier bezahlt. Aber das würde sich jetzt hoffentlich bessern.

„Im Moment handeln wir den Vertrag für eine Single aus", sagte ich. „Es ist ein schwerer Job, keine Frage, aber ich bin guter Dinge."

Julia fiel ein: „Wir treffen uns morgen mit dem Chef von White Dog Records. Allen Roark hat ein Treffen für uns arrangiert."

„Ich kenne ihn nicht", sagte Mr. Thompson. Aber Carrie sah ihre Schwester mit großen Augen an. „Oh. Mein. Gott. Ihr trefft Allen Roark?"

Julia grinste und nickte. „Wir fliegen morgen ganz früh nach LA. Noch ist nichts sicher, aber... wir werden sehen."

„Das ist so aufregend!", rief Carrie.

Mrs. Thompson lehnte sich auf ihrem Stuhl nach vorne. Wie eine Katze, die sprungbereit war. „Wir? Wie bist du an der Sache beteiligt, Julia?"

Julia erstarrte und sah dann abweisend von ihrer Mutter weg. „Ich manage die Band. Das habe ich euch gestern erzählt."

Mr. Thompson sagte: „Tja dann. Das ist ein interessantes... Hobby. Bist du sicher, dass du dafür Zeit hast? Sich auf ein Masterstudium vorzubereiten, nimmt bestimmt viel Zeit in Anspruch."

Ich spürte, wie mir der Mut sank. Die Unterhaltung verlief nicht gut. Überhaupt nicht gut. Ich warf einen Blick auf die Zwillinge und die jüngste Schwester. Sie waren mir nicht vorgestellt worden, und sie hatten während der ganzen Unterhaltung noch kein einziges Wort gesprochen. War das normal? Vermutlich.

Der dunkelhaarige Zwilling, Sarah, sah, dass ich sie anschaute und ihre Augen wurden groß. Dann passierte etwas total Lustiges. Sie entblößte ihre Zähne, so als wollte sie mich anknurren und verzog dann die Augen, eines war größer als das andere. Sie knurrte mich an. Lautlos.

Ich unterdrückte ein Lachen, dann erwiderte ich das erbitterte Grinsen und sie kicherte.

„Sarah, sei ruhig", murmelte ihre Mutter.

Sarahs Knurren verschwand sofort und sie sah wieder auf ihre heiße Schokolade herunter. Einen Augenblick später wanderten ihre Augen wieder zurück zu mir, also zwinkerte ich ihr zu. Sie lächelte mich an und widmete sich wieder ihrem Getränk.

Dieses Kind würde später mal Ärger machen.

Julia sah ihrem Vater in die Augen. „Ich weiß, dass dich das jetzt verärgern wird, aber ich denke darüber nach, mit dem Masterstudium noch zu warten."

Ihre Mutter murmelte etwas, ich weiß nicht was, und ihr Vater sagte: „Ich wünschte, du würdest dir das nochmal überlegen. Wenn du wirklich in den Auswärtigen Dienst willst, brauchst du einen Masterabschluss."

„Ich bin mir nicht sicher mit dem Auswärtigen Dienst, Dad."

Der ganze Tisch war für eine Sekunde völlig still, dann sagte Alexandra: „Ich habe Hunger. Wann kommt endlich das Abendessen?"

„Erinnere dich an deine Manieren, junge Dame", sagte Mrs. Thompson.

Mr. Thompson starrte Julia an, als ob ihr ein zweiter Kopf gewachsen war. „Das verstehe ich nicht", sagte er. „Du wolltest immer in den Auswärtigen Dienst."

Julia sah ihren Vater direkt an. „Ich weiß nicht, wie du darauf kommst. Ich habe noch nie gesagt, dass ich das möchte, niemals."

„Rede keinen Unsinn"; sagte ihre Mutter. „Das war schon immer der Plan."

Julia runzelte die Stirn. „Wessen Plan?"

„Also, was willst du machen?", fragte ihr Vater.

„Um ehrlich zu sein, mache ich mir in letzter Zeit genau darüber viele Gedanken."

„Dann hast du dich also noch nicht entschieden."

Julia schüttelte ihren Kopf.

„Was ist mit Mittwoch?", fragte ihre Mutter.

Mr. Thompson sah ein wenig unbehaglich aus. Er begann zu reden, aber genau in dem Moment betraten die Kellner den Raum, und er hörte wieder auf.

Schnell servierten die Mitarbeiter des Restaurants ein großes Essen. Ein Thanksgiving-Essen, denke ich mal, aber so etwas hatte ich in meinem Leben zuvor noch niemals gesehen. Der Truthahn war aufgeschnitten und mit einer Art Karamell und mir unbekannten Kräutern glasiert. Und die Bratensoße würde ich keinem der Typen im Pit am Harvard Square servieren. Alles war sehr künstlerisch aufgemacht und hatte keinerlei Herz. Ich war froh, dass ich schon so viel gegessen hatte, denn von dem hier würde ich nicht viel runter kriegen. Von der Missbilligung, die von beiden Enden des Tisches kam, ganz zu schweigen. Das machte die Sache nicht besser.

Keiner sagte ein Wort bis die Kellner unsere Gläser aufgefüllt und das Essen serviert hatten. Nachdem das erledigt war, räusperte Mr. Thompson sich. „Wie du weißt, Julia, werde ich nächsten Freitag als Teil des Verhandlungsteams nach Bagdad aufbrechen. Der Präsident hat uns mit ein paar anderen ausgewählten Gästen am kommenden Mittwoch ins Weiße Haus zum Essen eingeladen."

„Am Mittwoch habe ich ein Meeting", sagte Julia.

Ich starrte sie nicht offen an. Aber fast. Sie war ins Weiße Haus eingeladen worden. Das kann man nicht ablehnen, schon gar nicht für ein Treffen mit einer fast bankrotten Aufnahmefirma.

„Ich kann mir nicht vorstellen, welches Meeting wichtiger sein kann, als eine Einladung des Präsidenten zum Essen."

Julia sagte: „Ich denke, ich würde mir lieber selber die Augen ausstechen, als diesen Präsidenten zu treffen."

Mrs. Thompson keuchte auf und sagte dann: „Julia… rede nicht so vor deinen Schwestern."

Die jungen Mädchen starrten uns an. Sie waren ganz sicher nicht daran gewöhnt, dass jemand ihren Eltern widersprach. Carries Augen wanderten zwischen mir, Julia und ihren Eltern hin und her.

Mr. Thompson lächelte einfach. „Sehr einfallsreich, Julia. Aber falls du dich doch für den Auswärtigen Dienst entscheiden solltest... oder irgendetwas anderes, das mit der Verwaltung zu tun hat... wäre es gut, wenn du dabei wärst. Immerhin wird der Präsident mit großer Wahrscheinlichkeit die nächste Wahl gewinnen. Und unabhängig davon, ob du mit seiner Politik übereinstimmst oder nicht, es ist auf jeden Fall eine Ehre."

Julia schüttelte ihren Kopf. „Ehrlich, Dad. Ich bin stolz auf dich. Ich bin stolz, dass du ein Teil des Verhandlungsteams bist. Aber hast du nicht auch das Gefühl, dass das alles vorgeplant ist? Dass du nur zur Schau nach Bagdad gehst? Sie aktivieren schon die Truppen. Cranks Dad ist gerade eingezogen worden, er fliegt nächste Woche nach Kuwait. Ich verstehe nicht, wie du es aushalten kannst, für diesen Mann zu arbeiten."

Mr. Thompson runzelte die Stirn. „Ich bin mir sicher, dass du weißt, dass ein Botschafter unparteiisch sein muss, Julia."

„Also, warum muss ich unbedingt mitkommen?"

„Alexandra und die jüngeren Mädchen sind zu jung, aber du und Carrie werdet uns begleiten. Und ich erwarte, dass du dich diplomatisch verhältst."

Julia sah ihren Vater an. „Ich kann diplomatisch sein, wenn ich muss, Dad. Aber willst du meine ehrliche Meinung hören? Ich denke, das ist ein abgekartetes Spiel. Der Präsident möchte im Irak in den Krieg ziehen und es ist egal, was du oder diese Inspekteure oder die UN tun. Ich... Ich wünschte, du könntest zurücktreten und müsstest kein Teil davon sein."

Mr. Thompson schloss seine Augen. „Ich werde alles tun, um das zu verhindern."

„Okay. Aber das ändert nichts an meinen ursprünglichen Bedenken. Ich habe am Mittwoch um zwölf Uhr mittags ein Meeting."

Ihr Vater zuckte mit den Schultern. „Das sollte kein Problem sein. Das Essen findet nicht vor zwanzig Uhr statt, wir werden um fünfzehn Uhr einen Flug für dich buchen. In Ordnung?"

„Vermutlich."

Ich lehnte mich auf meinem Stuhl zurück, gab vor zu essen und schaute diese Familie an. Ich hatte gedacht, dass meine Familie verrückt ist. Aber einige Dinge hier führten dazu, dass ich eine Gänsehaut bekam. Ganz besonders die absolute Stille, die von den jüngeren Schwestern verlangt wurde. Sogar Carrie hatte nicht viel gesagt und Alexandra und die jüngeren nicht mal einen Piep. Das wäre bei mir zu Hause undenkbar.

Ich versuchte, das alles zu begreifen, gedanklich einen Schritt von der Julia, die ich kannte, zurückzutreten. Dies war Botschafter Thompson, der mit seiner Familie über ein Abendessen im Weißen Haus sprach. Üblicherweise kann man mich nicht einschüchtern. Aber das hier kam mir vor, als wäre ich auf einem anderen Planeten. War es ein Fehler, mich mit Julia einzulassen. Sie war brillant, studierte in Harvard und wenn sie wollte, konnte sie eine Zukunft haben, zu der Abendessen im Weißen Haus, Reisen um die ganze Welt und eine Stelle als Botschafterin gehörten... wer wusste das schon?

Was hatte ich im Gegensatz dazu zu bieten?

Absolut gar nichts.

KAPITEL 17

Sag zu nichts gleich ja (Julia)

„Warum müssen wir so früh dort sein, zur Hölle nochmal?" Crank fragte das nun schon bestimmt schon zum hundertsten Mal, zumindest kam es mir so vor.

„Sicherheitsvorkehrungen, Crank. Seit dem letzten Jahr ist alles verschärft worden", antwortete ich. Hatte er seit dem 11. September auf dem Mond gelebt? Ich hatte ihn nach dem Essen zu Hause abgesetzt und ihm gesagt, dass ich um vier Uhr morgens wieder herkommen würde, um ihn abzuholen.

Als ich dort ankam, *nicht* gerade in der besten Gegend, schlief er noch. Ich pochte gegen die Eingangstür des Lagerhauses, aber sie konnten mich im oberen Stockwerk natürlich nicht hören. Also begann ich, ihn immer wieder anzurufen, und als er nicht abnahm, rief ich Serena an.

Sie ging nach dem ersten Klingeln ran.

„Was ist los?"

„Ich bin's, Julia. Ich soll Crank für unseren Flug nach LA abholen. Wo ist er? Tut mir leid, dass ich dich geweckt habe."

Zehn lange Minuten später erschien Crank an der Tür und trug einen Rucksack mit sich. „Tut mir leid, Babe", sagte er.

„Nenn mich nicht Babe“, antwortete ich. „Wir sind spät dran. Steig ein.“

Er sah mich nicht sehr freundlich an. Dann waren wir auch schon auf dem Weg.

Am Flughafen checkten wir ein und gingen dann zur Sicherheitskontrolle. Keiner von uns hatte Gepäck aufgegeben, denn es war nur ein Tagestrip. Einer, der aber ziemlich lang werden würde. In der Schlange vor der Kontrolle zog ich meine Schuhe aus, holte mein Laptop aus meiner Tasche und legte meinen Mantel in eine weitere Kiste. Dann musste ich aufhören und Crank sagen, was er tun sollte.

„Bist du noch niemals geflogen?“, fragte ich.

„Nein“, sagte er. „Was hat das mit den Schuhen auf sich?“

„Ähm… Schuhbomber? Hat letzten Monat die Schuld eingestanden? Es war in den Nachrichten.“

„Ja, davon habe ich gehört. Was ist verdammt nochmal los? Wie kann jemand seine Schuhe anzünden?“

Wir gingen durch die Sicherheitskontrolle und erreichten schließlich unser Gate, bis zum Einsteigen hatten wir gerade noch zwanzig Minuten. „Passt du auf unsere Taschen auf?“, fragte ich und ging Kaffee holen. Ein paar Minuten später war ich zurück mit zwei großen, dampfenden Bechern mit Kaffee von Dunkin Donuts.

„Oh Gott“, sagte er. „Du hast meine Gebete erhört. Ich saß hier und hab mir die Schuhe der Leute angeschaut und gedanklich auf Bomben gecheckt.“

Er sagte das mit ernstem Gesicht. Ich seufzte, setzte mich neben ihn und sagte: „Tut mir leid, dass ich so… stinkig war.“

Er kicherte über meine Unbeholfenheit und sagte: „Ist okay. Tut mir leid, dass ich nicht aufgewacht bin. Ich habe den Wecker völlig überhört. Normalerweise gehe ich um diese Uhrzeit erst ins Bett.“

Ein paar Minuten später stiegen wir ein. Normalerweise reise ich nicht in der Ersten Klasse, außer wenn ich mit der ganzen Familie unterwegs bin, es war also richtig angenehm. Crank und ich hatten in der zweiten Sitzreihe des Flugzeugs große, bequeme, nebeneinander liegende Sessel. Natürlich würden wir hinterher dafür bezahlen müssen, und falls wir den Vertrag nicht bekamen, würde das ein echtes Problem werden. Ich wollte gar nicht daran denken, was mein

Vater sagen würde, wenn er die Rechnung für die Tickets sah. Aber manchmal muss man einfach eine Chance ergreifen. Und das hier war so eine Situation.

Crank benahm sich wie ein kleines Kind, das zum ersten Mal Süßigkeiten essen darf. Zuerst spielte er mit dem Gurt, dann mit den Lampen und den Steuerungen für die Klimaanlage. Als nächstes schob er die Abdeckung des Fensters nach oben, presste sein Gesicht gegen die Scheibe und sah hinaus in die Dunkelheit und zu den anderen Flugzeugen.

Das Anschnallzeichen leuchtete auf und kurze Zeit später bewegte sich das Flugzeug. Die Stewardess der ersten Klasse stand auf, da wir ganz vorne saßen war sie nur ein paar Zentimeter von uns entfernt, und begann mit den Sicherheitsinstruktionen. Crank schaute pflichtbewusst die Sicherheitskarte des Flugzeugs an und verfolgte aufmerksam die Anweisungen. Ich schloss meine Augen und lehnte mich zurück.

Einen Augenblick später stieß er mir in die Rippen. Ich öffnete ein Auge und sah ihn an. Er hatte einen besorgten Gesichtsausdruck.

„Was?", fragte ich.

„Das ist die Sicherheitsinstruktion. Das ist wichtig."

„Lass mich in Frieden. Ich habe das schon fünfhundertmal gesehen."

Sein Gesichtsausdruck war fast schon drollig. Und auch ein Spiegel des besorgten Gesichtsausdrucks, mit dem sein Vater Sean und Crank hin und wieder ansah. Es war süß und liebenswert und um fünf Uhr morgens auch verdammt lästig. Ich schloss erneut meine Augen, aber ich konnte spüren, wie ich ein bisschen lächelte.

Kurz darauf waren wir auch schon in der Luft. Crank zappelte die ganze Zeit herum und sah aus dem Fenster. Ich gähnte immerzu. Schließlich erreichten wir unsere Flughöhe, sie schalteten die Lichter in der Kabine aus und ich sagte: „Ich werde jetzt schlafen."

Er sah mich an, als ob ich verrückt wäre. Aber wenn man so oft geflogen ist wie ich, dann ist ein Flug wie der andere. Ich schob die Armlehne zwischen uns nach oben, legte mich hin, kuschelte mich an ihn und schlief ein.

Vier Stunden später waren wir in Los Angeles.

Es ist immer ein bisschen verwirrend, wenn man von einer Klimazone in eine andere reist. In Boston war es seit Wochen dunkel und kalt, das Licht war grau und gedämpft. Ich war vorher noch niemals in LA gewesen, aber in dem Moment, in dem ich aus dem Flugzeug stieg, wusste ich, dass ich die Stadt lieben würde. Es war Ende November, die Sonne schien und es war hell draußen. Crank und ich gingen zum nächsten Kaffeestand und verließen dann den Sicherheitsbereich.

Sobald wir draußen waren, sah ich schon unseren Fahrer, ein Mann, der ein Schild mit meinem Namen darauf hochhielt. Wir winkten und gingen zu ihm.

„Müssen Sie noch Gepäck abholen?", fragte er.

„Nein", antwortete ich, „wir haben nur Handgepäck."

Zwanzig Minuten später verließen wir den Flughafen und fuhren in die Stadt. Im Auto griff ich nach meiner Tasche, holte meine hochhackigen Schuhe heraus und tauschte sie gegen die Flip-Flops, die ich während des Fluges getragen hatte.

„Das ist verrückt", sagte Crank. „Ich kann nicht glauben, dass wir das wirklich machen."

Ich lehnte mich zu ihm rüber und küsste ihn auf die Wange. „Es ist deine Musik, die das möglich gemacht hat", sagte ich.

„Also, wie geht es jetzt weiter?"

„Ich möchte, dass du charmant und freundlich bist. Und sag zu nichts gleich ja. Du bist der gute Cop. Du bist nett und zuvorkommend und schließt Freundschaften. Ich werde mich um den Deal kümmern."

Er kicherte. „In Ordnung. Du vertraust meinen Fähigkeiten bei Verhandlungen wohl nicht?"

„Das ist es nicht. Du hast mich hierfür engagiert. Und außerdem kannst du so Freundschaften mit Personen schließen, die du brauchst. Verstehst du, wie ich das meine?"

„Ja", antwortete er. Er sah zum Fenster hinaus, dann wieder zu mir herüber und sagte: „Julia? Danke."

Zehn Minuten später sagte der Fahrer. „Wir sind da. Siebter Stock. Suite 720. Wir sind ein bisschen früh, bitte geben Sie am

Empfang Bescheid, dass Sie da sind und man wird sich um alles kümmern. Und viel Glück."

Ich lächelte den Fahrer an und wir stiegen aus.

Crank blieb außerhalb des Gebäudes stehen. Der Verkehr rollte
auf der Straße an uns vorbei und Fußgänger umringten uns.

„Wir sind früh dran. Ich muss eine rauchen." Er zündete sich eine
Zigarette an und begann nervös auf seinen langen Beinen hin und her
zu laufen. Nach einer Minute drehte er sich um und sagte: „Was, wenn
hieraus nichts wird? Was ist dann mit dem ganzen Geld, das wir schon
ausgegeben haben?"

„Ich weiß es nicht", sagte ich. „Mein Dad wird einen Herzinfarkt
bekommen, so viel ist sicher."

„Du bist für mich ein so großes Risiko eingegangen?", fragte er.

Ich holte tief Luft und schüttelte meinen Kopf. „Nein."

Er zog an seiner Zigarette. „Das verstehe ich nicht."

Ich biss mir auf die Lippe, sah auf den Boden und sagte: „Es ist
so. Wer glaubst du, hat entschieden, dass ich Klavierunterricht bekam, als ich zwei war?"

„Deine Mutter?"

Ich nickte. „Ja… und ich bin nicht undankbar. Sie wollten, dass
ich eine musikalische Ausbildung bekam und ermöglichten mir Suzu-
ki-Unterricht. Und ich bin froh, dass sie es getan haben. Jetzt… Wir
sind alle drei Jahre umgezogen. Nicht in eine neue Gegend… Nicht in
einen neuen Bundesstaat. In ein neues Land. Bevor ich achtzehn wurde, hatte ich schon in China, Belgien, Indonesien, Japan und Frank-
reich gelebt. Weißt du, wie viel Einfluss ich darauf hatte?"

Er zuckte mit den Schultern. „Keinen", antwortete er.

Ich nickte. „Und… Was meinst du wohl, warum ich in Harvard
bin?"

Er verzog das Gesicht. „Deine Eltern."

„Ja. Und du hast sie gestern Abend erlebt." In einem bitteren Ton
imitierte ich die Worte meines Vaters: ,'Julia, du wolltest doch immer
in den Auswärtigen Dienst'. Sie beachten mich gar nicht. Sie wissen
nicht, was ich möchte oder wer ich bin oder wie ich mein Leben ge-
stalten möchte."

Er hörte auf, hin und her zu gehen, sah auf seine Uhr und zündete sich eine weitere Zigarette an. „Was möchtest du?"

„Ich habe keine Ahnung!", sagte ich. „Ich hatte niemals die Gelegenheit, mir darüber Gedanken zu machen. Also… ich bin das Risiko für mich eingegangen. Denn vielleicht muss ich herausfinden, was ich machen möchte. Vielleicht möchte ich etwas völlig anderes machen. Aber wenn ich es nicht versuche, werde ich es niemals herausfinden."

„Das kann ich verstehen", sagte er. „Ich musste auch meinen eigenen Weg gehen. Mein Dad und Opa waren beide Polizisten. Ich bin mir sicher, dass sie das von mir auch erwartet haben."

„Also… deshalb habe ich es getan. Weil ich vielleicht, anstatt in den Auswärtigen Dienst zu gehen und den Rest meines Lebens einsam zu verbringen, alle drei Jahre in ein anderes Land zu ziehen, etwas machen kann, das mir Spaß macht. Etwas, das mir wichtig ist."

„Wie Musik", sagte er.

„Ja. Wie Musik. Ich werde niemals eine Musikerin sein, aber ich wette, ich kann eine verdammt gute Bandmanagerin werden."

Er grinste. „Das hast du jetzt schon bewiesen."

Ich schnaubte. „Man soll den Tag nicht vor dem Abend loben, Crank. Es kann sein, dass wir LA mit gar nichts in der Tasche wieder verlassen."

Er nickte. „Ja. Aber du wirst dein Bestes geben. Lass uns gehen."

Ich möchte Sie (Crank)

Wir gingen also zu den Aufzügen, ich blieb knapp hinter ihr, damit ich ihren Po beim Laufen sehen konnte. Ich habe niemals gesagt, dass ich kein großes Schwein bin… oder vielleicht habe ich es auch ganz oft gesagt. Aber manche Dinge muss man einfach genießen. Und Julia war sogar in einem geschäftsmäßigen Rock und Jacke zu heiß, um sie nicht anzuschauen.

Ich zwinkerte ihr zu, als wir den Aufzug betraten. Sie sah verwirrt aus, aber das war okay. Ein kleines Geheimnis schadet nie. Aber in dem Moment, in dem sich die Aufzugtüren schlossen, trat ich nah an sie heran und sah ihr in die Augen.

„Ich brauche einen Kuss. Von dir. Einen Viel-Glück-Kuss. Jetzt gleich."

Ihre Augen weiteten sich und sie wurde ein bisschen rot. Mehr Erlaubnis brauchte ich nicht. Ich zog sie zu mir heran und lehnte mich an sie. Unsere Lippen berührten sich kaum merklich. Ihre Zunge berührte meine Zähne und dann berührten sich unsere Körper auf ganzer Länge und ich fühlte mich so lebendig, war ganz betrunken von dem Gefühl.

Die Aufzugglocke läutete und ich trat einen Schritt zurück. Ihre Pupillen waren vergrößert und ich wollte sie unbedingt wieder in meine Arme schließen. Aber die Türen öffneten sich, wir stiegen aus und vor uns waren die Glastüren, mit dem Logo von White Dog Records darauf.

Ich musste für eine Sekunde anhalten und wieder zu Atem kommen. Meine Kehle war wie zugeschnürt. Ich war dabei, die Büros eines der besten Aufnahmestudios des Landes zu betreten. Und ich würde Allen Roark treffen, der eines meiner absoluten Idole war. Ganz zu schweigen vom Chef der Studios. Mein Herz klopfte wie verrückt und ich musste ein paar Mal tief Luft holen, um mich zu beruhigen. Die letzten fünf Jahre hatte ich vorwiegend damit verbracht, am Pit rumzuhängen, von einem Freund zum anderen zu ziehen und Burger zu wenden. Und solange Gitarre zu spielen, bis meine Fingerkuppen manchmal blutig waren. Ich hatte in Bars und Clubs gespielt, und in verlassenen Häusern und Lagerhallen. Einmal hatten wir in einer verdammten Scheune gespielt und es war so kalt gewesen, dass die Saiten meiner Gitarre sich ausdehnten und verstimmten, und meine Finger waren so steif gewesen, dass ich kein einziges Solo hatte spielen können.

Ich konnte das.

„Komm", sagte Julia. Ich denke, sie bemerkte, was mir in dem Moment im Kopf herum ging, aber sie nahm trotzdem meinen Arm und zog mich nach vorne. Also gingen wir durch die Tür, sie stellte sich bei der Empfangsdame vor und dann setzten wir uns und warteten. Währenddessen schaute ich mich um.

Das Büro war kleiner, als ich erwartet hatte. Aber die Wände waren mit Bildern von Bands geschmückt, von denen ich einige idealisierte. Albumcover, signierte Fotos, eine ganze Wand war mit Auszeichnungen bedeckt. Ich musste wirklich alles aufbringen, um mich nicht einschüchtern zu lassen. Wir mussten nicht lange warten. Etwa drei Minuten, nachdem wir den Raum betreten hatten, kam ein Mann aus einem Hinterzimmer. Er war korpulent, wog vermutlich hundertfünfzig Kilo, und sein Anzug hing an ihm, als ob er früher sogar noch dicker gewesen war. Sein Haar wurde dünn und er hatte ein rotes Gesicht, so als ob er zuviel trank. Diesen Anblick hatte ich im Laufe der Jahre schon bei vielen Menschen gesehen.

Julia lehnte sich nah an mich heran und sagte mit flüsternder Stimme: „Das ist Boris Dombrovski, der Chef des Labels. Komm."

Sie stand auf und ich tat es ihr nach, meine Knie fühlten sich weich an.

Julia schenkte ihm ein breites, professionell aussehendes Lächeln. „Mr. Dombrovski? Ich bin Julia Thompson und das ist Crank Wilson. Wir gehören zu Morbid Obesity."

Boris lächelte, streckte seine Hand aus und griff nach ihrer. „Miss Thompson, ich freue mich, Sie kennenzulernen. Und… Crank? Wirklich? Nennen Sie mich Boris. Ich freue mich, Sie beide kennenzulernen. Ich war gerade dabei, mit Allen zu brainstormen und wir haben gar nicht bemerkt, dass Sie schon da sind."

Ich schüttelte Boris' Hand und spürte meinen Herzschlag, er war viel zu schnell. Er war im Hinterzimmer dabei gewesen mit Allen zu brainstormen. Mit Allen Roark. Das war ja nur der erfolgreichste Alternative-Rock-Sänger, den ich kannte. Heilige Scheiße. Ich machte das gerade wirklich.

Ich sagte nichts und folgte Boris und Julia ins Hinterzimmer.

Boris hatte ein großes Eckbüro. In der Ferne konnte ich das Hollywood-Zeichen auf den Hügeln erkennen. Das Büro war überfüllt, auf seinem Schreibtisch lagen hohe Stapel Papier. In der Nähe der Tür stand eine Couch mit zwei Sesseln und einem flachen Tisch, auf dem etliche Magazine aus der Branche lagen.

Allen Roark saß in einem der Sessel. Er stand auf und grinste. In echt und nicht auf der Bühne war er kleiner, als ich erwartet hatte, sein langes Haar war zu einem Zopf zusammengebunden. Er trug ein ärmelloses T-Shirt, beide Arme waren vollständig mit Tattoos bedeckt. Er ging um den Tisch herum auf mich zu und streckte seine Hand aus.

„Sie sind Crank Wilson? Mein Sohn Mitch hat mir gestern Ihren Song vorgespielt. Sie sind ein Genie, Mann, es ist mir ein Vergnügen, Sie kennenzulernen."

Ich schluckte und schüttelte seine Hand, und ich sagte mit ein wenig brechender Stimme, weil mein Hals so trocken war: „Es ist mir eine Ehre, Sie kennenzulernen, Mr. Roark."

Er lachte: „Heiliger Gott, es heißt Allen. Nennen Sie mich nicht Mr. Roark. Wirklich. Nicht."

Ich grinste. „Also gut."

Boris sagte: „Setzen Sie sich. Möchten Sie einen Kaffee? Kommen Sie direkt vom Flughafen?"

„Ja, Kaffee wäre toll", sagte Julia. „Milch und Zucker?"

Boris griff nach seinem Telefonhörer und sagte etwas hinein, dann zeigte er auf die Sitzecke. Julia und ich setzten uns nebeneinander auf die Couch und Boris und Allen nahmen uns gegenüber platz.

„In Ordnung", sagte Boris. „Ich werde gleich zur Sache kommen. Allen hat mich gestern angerufen und mir von dem Song vorgeschwärmt, den Sie geschrieben haben, Crank. Er sagte, ich solle Sie sofort unter Vertrag nehmen. Normalerweise nehme ich an Feiertagen noch nicht mal Telefonanrufe entgegen, aber das war Allen, also hörte ich mir den Song an. Und er gefiel mir. Sehr sogar. Damit können wir etwas anfangen."

Allen sagte: „Ich habe mir gestern Abend den Rest von Ihrer Musik angehört, zumindest das, was auf der Homepage ist. Es sind gute Stücke."

Ich spürte, wie ich zu grinsen begann.

„Also, wo stehen wir, Crank?"

Julia legte sanft eine Hand auf mein Knie. Ich wusste, sie wollte mir damit etwas sagen. Halt die Klappe. Sie lehnte sich nach vorne, war total geschäftsmäßig. „Wir haben ein Plattenangebot von Division Records, aber es ist noch nichts unterschrieben."

Boris legte seinen Kopf zur Seite. „Sagen Sie mir, warum."

Sie antwortete: „Um ehrlich zu sein, mache ich mir um die Finanzen von Division Sorgen. Wir wollen nicht nur einen Deal für einen

Song. Die Band möchte mehr als nur eine Single veröffentlichen, also versuchen wir, einen Vertrag auszuhandeln, der das am besten gewährleistet."

Boris nickte. „Was genau möchten Sie?"

Ich spürte wie meine Kehle eng wurde. Ich wollte dazwischenreden. Ich wollte sagen, dass ich nehmen würde, was ich kriegen konnte. Single? Vertrag für eine Aufnahme? Egal was! Als Julia sprach, bluteten mir fast die Ohren und ich wollte ihr sagen, dass sie den Mund halten sollte und einfach annehmen, was sie anboten.

„Idealerweise möchte ich einen Aufnahmevertrag für ein ganzes Album und die umgehende Veröffentlichung der Single. Ein Budget für das Album. Angemessene Tantiemen und einen Vorschuss, der groß genug ist, dass die Band sich in der Zwischenzeit nicht mehr von Instantnudeln ernähren muss. Ein paar Kontakte, um uns zu helfen, irgendwo als Vorgruppe unterzukommen…"

Allen fiel ein: „Sie möchten als Vorgruppe auftreten? Wir haben unsere Vorgruppe gerade gefeuert. Ich möchte Sie."

Sie grinste. „Ausgezeichnet. Das wird ein großer Schritt, denke ich."

Boris sah sie an und machte ein Angebot über mehr Geld, als ich in meinem Leben je gesehen hatte.

Heilige Scheiße.

Sie legte noch einen drauf. Ich hätte fast herausgeplatzt: *Wir nehmen es!* Denn sie verdoppelte ruhig und mit ernstem Gesicht die Summe, die er angeboten hatte.

Boris runzelte die Stirn. „Wenn wir darauf eingehen, möchte ich eine Option auf die Exklusivrechte für die nächsten zwei Alben."

„Was passiert, wenn Sie sie nicht ausüben?"

„Wir vereinbaren einen Dreijahresvertrag. Beiderseitig verlängerbar. Exklusiv. Und wenn wir keine weiteren Alben veröffentlichen wollen, dann lassen wir Sie am Ende der drei Jahre aus dem Vertrag."

„Okay", sagte sie. „Wie hoch ist das Budget für die zukünftigen Alben?"

„Das kommt auf die Verkäufe des ersten an. Wir haben ABGs, die das regeln. Darin steht, wenn Sie mehr, als das ursprüngliche

Budget, benötigen, dann muss das Album weitere zweihundert Prozent einspielen."

Boris sah mich an. „Crank, haben Sie dem etwas hinzuzufügen?"

Ich schüttelte meinen Kopf, versuchte immer noch, mein wild schlagendes Herz zur Ruhe zu bringen. „Ich denke, sie hat alles unter Kontrolle."

„Kluger Junge."

Julia grinste. „Ich denke, wir haben einen Deal?"

Boris streckte seine Hand aus und schüttelte ihre und ich kämpfte darum, nicht völlig auszurasten. Denn genau hier, in diesem Büro, waren alle meine Träume wahr geworden. Ich hatte keine Ahnung, wie sie das gemacht hatte. Ich wusste nur, dass ich in diesem Augenblick vor Freude auf und ab springen und mein Glück herausschreien wollte.

Sie zwei sind süß (Julia)

Als wir Boris' Büro verließen, war ich ganz benebelt.

Nachdem das Treffen vorbei war, setzten sich Allen und Crank zusammen und sprachen über Musik. Währenddessen saß ich bei Boris' Assistentin. Sie ergänzte die Konditionen, auf die wir uns geeinigt hatten, in ihren Standardvertrag. Ich las ihn sorgfältig durch und unterschrieb dann im Namen der Band. Und dann, einfach so, hatte Morbid Obesity einen Vertrag mit einer der führenden Plattenfirmen.

Als ich den Vertrag unterschrieb, traf ich eine Entscheidung. Ich würde nicht zurückgehen. Ich würde kein Masterstudium beginnen, außer ich entschloss mich später selbst dazu. Kein Auswärtiger Dienst, kein Jurastudium, nichts von dem, was meine Eltern wollten. Stattdessen würde ich fortfahren, die Band zu managen, während der Tour und auch danach. Das war jetzt und in Zukunft mein Job.

Jetzt ging es darum, das Ganze erfolgreich zu machen. Nachdem wir uns alle die Hände geschüttelt hatten, verließen Crank und ich das Büro. Ich hatte den Vertrag und einen großen Scheck in der Hand und meine Gedanken drehten sich um eine Menge Fragen. Merchandise, T-Shirts, Internetseiten. Aber das hielt nicht an, denn in dem Moment, in dem wir den Aufzug betraten, stieß Crank einen Schrei aus, griff nach mir und begann mich zu küssen. Ich vergaß den Vertrag und den Scheck und legte meine Arme um ihn.

„Ich kann es nicht glauben", sagte er.

„Ich auch nicht."

Dann küssten wir uns und alle Worte waren vergessen, bis sich die Türen öffneten und ein Mann in einem Anzug einstieg und murmelte: „Suchen Sie sich ein Zimmer."

„Das ist eine ausgezeichnete Idee", sagte Crank.

Ich brach in lautes Lachen aus. Aber ich spürte auch, wie sich mein Magen verkrampfte und Wärme mich durchflutete. Vielleicht war das wirklich eine ausgezeichnete Idee. Aber wir hatten nur drei Stunden bis wir wieder am Flughafen sein mussten. Als der Aufzug wieder losfuhr, trat ich ganz nah an Crank heran und flüsterte: „Bald."

Er grinste und legte seinen Arm um meine Hüfte. Und wir begannen erneut zu lachen. Und dann sagte ich: „Ich habe meine Entscheidung gefällt."

„Worüber?"

„Masterstudium… Berufswahl… all das."

Er hob seine Augenbrauen. „Oh? Wofür hast du dich entschieden?"

„Ich denke, ich werde Morbid Obesity managen. In Vollzeit."

Der Aufzug hielt im Erdgeschoss an und er sagte fast knurrend: „Du weißt, wie man einem Mann sagt, was er hören will."

Ich zwinkerte ihm zu. „Jetzt wird es Zeit für dich, ein paar neue Songs zu schreiben, Kumpel. Wir müssen ein Album aufnehmen."

Er lachte und wir gingen hinaus auf die Straße. Er drehte sich zu mir um, zog mich nah zu sich, und sagte: „Und was ist mit uns?" Er sah mir in die Augen, als er die Worte aussprach, und was ich sagen wollte, war: Ich gehöre zu dir. Ich wollte ihm sagen, dass ich genauso zu ihm gehörte, wie zur Band, dass ich eine Zukunft mit ihm wollte. Ich wollte ihm sagen… dass ich ihn liebte.

Ich war dazu noch nicht bereit. Ich sah ihn an und fühlte mich, als ob seine Augen direkt in meine Seele schauen würden. „Ich bin bereit, ein paar Risiken einzugehen", sagte ich. Weiter konnte ich nicht gehen.

„Wir werden sie zusammen eingehen", antwortete er. „Lass dir Zeit, Julia. Ich weiß, dass du noch nicht bereit bist, mir Versprechungen zu machen. Ich möchte, dass du weißt, ich möchte, dass du ein Teil meines Lebens bist. Nicht nur mit der Band, nicht nur, um meiner Familie Gesellschaft zu leisten. Ich möchte dich."

Ich zitterte. Mein ganzer Körper reagierte – meine Brustwarzen wurden fest in meinem BH, mein Körper wurde warm. Ich wusste nicht, was ich darauf antworten sollte. Ich wusste noch nicht mal, was ich denken sollte. Aber mein Körper schien zu wissen, was er dachte, egal was mein Gehirn auch tat. Denn mein Körper gab seinen Worten nach, schob sich näher an ihn heran, auf eine Art und Weise, der man fast nicht widerstehen konnte.

„Ich weiß nicht, was ich darauf antworten soll", sagte ich, meine Stimme wurde zu einem Flüstern. „Ich kann noch nicht mal über das alles nachdenken."

„Du musst nichts antworten, Julia." Seine Stimme fühlte sich an wie ein Streicheln. „Aber wenn du jetzt nicht zustimmst, dass wir uns ein Zimmer suchen und wilden Sex haben, dann sollten wir besser was essen gehen. Denn ich bin im Moment so hungrig, dass ich schreien könnte."

Ich dachte nicht, dass er hungrig nach Frühstück war. Aber heute, in Los Angeles, würde das alles sein, was er bekommen würde. Das war alles, was er bekommen würde, und gerade in dem Moment wollte ich so viel mehr.

Also gingen wir ein Stück und fanden einen Imbiss, setzten uns und bestellten. Und wir überlegten uns einen Terminplan, wie wir bis Ende Januar das Album schreiben und aufnehmen konnten, damit es rechtzeitig für die Tour im Sommer veröffentlicht wurde. Wir sprachen über Homepages und wie wir eine Fanbasis auch außerhalb der Bostoner Musikszene aufbauen konnten. Es war Zeit, die Dinge anzugehen, jetzt wo wir die entsprechenden Mittel dafür hatten.

Wir träumten vor uns hin und im Moment war es genug.

Als wir dabei waren, das Frühstück zu beenden, sagte er: „Der Rest der Band wird ausrasten. Keiner von uns hat mehr als eine Single erwartet."

„Was glaubst du, werden sie sagen?"

Er kicherte: „Serena hat mir gesagt, ich soll nett zu dir sein."

„Sie hat was?"

„Sie sagte zwischen den Zeilen so etwas wie… ich wäre ein hohler Typ. Und dass ich aufpassen soll, dass ich es nicht vermassle. Denn du würdest was Besseres verdienen, als ich üblicherweise zu bieten hätte."

Ich weiß nicht warum, aber die Vorstellung, dass Serena und Crank über mich redeten, war… verstörend. „Wie nah steht ihr, Serena und du, euch?", fragte ich.

Er sah mich ein wenig von der Seite an. „Wir sind enge Freunde. Aber nicht so."

„Das habe ich nicht gemeint". Doch das hatte ich.

„Was hast du gemeint?"

„Ich bin nur neugierig", log ich. „Ich kenne den Rest der Band nicht so gut."

„Na ja… Mark kommt aus Somerville. Wir haben uns am Pit kennengelernt, vor vier oder vielleicht fünf Jahren. Wir haben uns immer auf dem Friedhof besoffen."

„Wirklich?", fragte ich und versuchte nicht zu lachen.

„Ja. Das ist da, wo ich herkomme, so eine Art Ritual."

„Dann seid ihr also schon lange Freunde."

„So würde ich es nicht nennen… Als wir uns zum ersten Mal begegnet sind, haben wir uns gegenseitig verprügelt. Es ging um eine Frau. Ich habe sie ihm ausgespannt und das gefiel ihm gar nicht."

„Autsch", sagte ich.

„Ja. Na ja, ich war ein echtes Arschloch. Aber er kam darüber hinweg und wir wurden Freunde. Und wir haben die Band zusammen gegründet. Das waren gute Zeiten damals. Wir bauten unser Equipment einfach… irgendwo auf, bis die Cops kamen und uns hinauswarfen. Dad wurde immer total sauer, denn ich machte nur Ärger. Die Cops gabelten mich auf und riefen ihn an. Es ist ziemlich peinlich für einen Cop, ein Kind zu haben, das ständig Ärger verursacht."

„Ich mag deinen Dad."

Crank lächelte. „Das freut mich. Er ist ein toller Vater. Um ehrlich zu sein, bete ich den Boden an, auf dem er steht. Auch wenn wir uns die Hälfte der Zeit streiten. Ich wünschte nur, er müsste nicht nach Kuwait. Das ist absoluter Mist."

Ich seufzte. „Mir fällt da gerade ein – was wird aus Sean? Wenn wir auf Tour gehen?"

Er spielte für eine Sekunde mit seiner Gabel herum. „Wir nehmen ihn mit. Es wird ihm gut gehen. Ich wette, die Reiserei wird ihm gefallen, er hat Boston noch niemals verlassen."

Das würde eine... Herausforderung werden.

„Du glaubst nicht, dass das zu schwer für ihn wird? Er kommt mit Veränderungen nicht gut zurecht."

„Wenn Dad weg ist, wird sich sowieso alles verändern. Und... selbst wenn Mom zurück nach Hause zieht, weiß ich nicht, ob sie bereit ist, den Sommer mit ihm allein zu verbringen."

Vielleicht hatte er recht. Es stand mir nicht zu, etwas zu sagen. Aber ich hatte so das Gefühl, dass Sean und seine Mutter andere Ideen haben würden.

Nach dem Frühstück mussten wir immer noch Zeit totschlagen, aber nicht genug, um das zu tun, was wir beide ganz offensichtlich wollten. Also spazierten wir herum und unterhielten uns, genossen einfach die Gegenwart des anderen, in für uns für diese Jahreszeit ungewöhnlich warmen Sonnenschein.

Ich konnte mir so gut vorstellen, in LA zu leben.

Schließlich winkten wir ein Taxi heran und fuhren zurück zum Flughafen, wo die ganze Routine von vorne losging: Check-in, Sicherheitskontrolle, dann unser Gate suchen und warten. Wir hatten noch ungefähr eine Stunde Zeit und begannen, uns über Musik zu unterhalten. Wer mochte was. Welche Bands waren am besten. Er war sehr auf ausgewählten Pseudo Punk rund um Boston fixiert. Ich bin ein wenig breit gefächerter bei meinem Geschmack, und so zog unsere Unterhaltung weitere Kreise.

Er starrte mich schockiert an und sagte: „Das glaube ich nicht, dass du die magst", als die Ansage aus den Lautsprechern kam. Unser Flug fiel aus.

Wir standen als erste in der Reihe am Infoschalter. Wir argumentierten, baten, bettelten, aber es gab keine weiteren Flüge in Richtung Osten an diesem Abend.

„Alles, was wir tun können, ist, Ihnen ein Hotel für die Nacht zu buchen", sagte die Dame am Schalter. „Wir werden Sie dorthin fahren, und morgen früh wieder abholen. Sie können den ersten Flug morgen früh nehmen."

Wir hatten keine Wahl. Ich hatte noch nicht mal etwas anderes zum Anziehen dabei. Pfui. Ich nickte.

„Reisen Sie zusammen? Ein Zimmer oder zwei?"

„Eins", sagte Crank im gleichen Moment, in dem ich „zwei", sagte.

Der Mund der Mitarbeiterin verzog sich zu einem schwachen Lächeln.

Crank sagte: „Was immer sie wünscht. Zwei Zimmer sind okay."

Verdammt. „Wir nehmen ein Zimmer.", sagte ich mit knirschenden Zähnen.

„Dann also ein Zimmer", sagte sie und tippte etwas in ihren Computer. Jetzt grinste sie.

Ich sah Crank dreckig an. Er zwinkerte mir zu.

„Sie zwei sind süß", sagte die Mitarbeiterin der Fluglinie.

Toll. Sie dachte, wir wären süß.

„Also dann… Okay. Ich habe im Airport Sheraton ein Zimmer für Sie gebucht. Lassen Sie mich das kurz ausdrucken und dann können Sie den Shuttle-Bus, der in der Nähe der Gepäckausgabe abfährt, nehmen. Folgen Sie einfach den Schildern. Morgen geht Ihr Flug um 10 Uhr."

Das bedeutete, dass wir um zehn Uhr abends zurück am Logan Airport in Boston sein würden. Und das würde mich in meinem Lernpensum zurückwerfen, da ich eine Hausarbeit schreiben musste. Verdammt. Ich könnte sie immer noch morgen während des Fluges schreiben.

Einen Augenblick später gab sie Crank die Hotelreservierung und wir gingen davon.

KAPITEL 18

Vielleicht auch nicht (Crank)

*I*ch bin so ein verdammter Idiot. Es war ja nicht so, als ob ich nicht sowieso schon den ganzen Tag anzügliche Anspielungen gemacht hatte. Ich hatte jedoch mit keiner Silbe daran gedacht, dass sie mich beim Wort nehmen würde. Aber da waren wir nun, im Shuttle auf unserem Weg zum Hotel, wir würden ein Zimmer teilen und sie lehnte sich auf eine Weise an mich, die nur eines bedeuten konnte. Und ich hatte keine Kondome dabei.

Ich wiederhole: Ich bin so ein verdammter Idiot.

Es war jetzt etwa sechs Wochen her, seit ich mit jemandem geschlafen hatte, wenn man die Aktion vor ein paar Wochen, bei der es mit Julia fast passiert wäre, nicht mitzählte. Der Moment war fantastisch gewesen, aber mal ehrlich, ich hatte mich wie eine errötende Jungfrau verhalten.

Jetzt wo ich darüber nachdachte, das letzte Mal hatte ich in der Nacht, bevor ich Julia kennengelernt hatte, Sex gehabt.

Ich bin niemand, der lange über Dinge oder so was brütet oder der sich mental aufregt und darüber wundert, wohin mein Leben nun führt. Aber sogar ich musste zugeben – irgendwie war ich in einer monogamen Beziehung gelandet. Mit einer Frau, die keine Versprechen geben konnte oder geben würde. Und die noch nicht mit mir geschlafen hatte. Obwohl ich wusste, dass das total heiß werden würde. Allmächtiger, allein ein Kuss von ihr brachte mich zum Orgasmus, sie zu berühren machte mich verrückt und das eine Mal, bei dem wir im Bett herumgespielt hatten, füllte seitdem meine Träume.

Das Shuttle hielt vor der Tür des Sheraton, wir stiegen aus und trotteten ins Hotel. Wir waren beide erschöpft. Es war 23 Uhr, also 2 Uhr nachts in Boston. Wir waren seit fast vierundzwanzig Stunden wach. Oder sie zumindest... Ich hatte bis 4 Uhr geschlafen, bis Serena mich damit geweckt hatte, dass sie mit Marks Basketball nach mir geworfen hatte. Aber hierfür war ich nicht zu müde. Das wäre gar nicht möglich.

Also sagte ich, nachdem wir mit dem Einchecken fertig waren: „Ich muss noch... ähm eine Packung Zigaretten kaufen. Treffen wir uns im Zimmer?"

Sie lehnte sich für eine kurze Sekunde an mich und küsste mich. „Okay. Ich sehe dich dann oben."

Ich wartete mit ihr bei den Aufzügen und in dem Moment, in dem sie hinein trat und die Türen sich schlossen, rannte ich zurück zur Rezeption. „Ist Ihr Shop noch offen?", fragte ich drängend.

Die Frau hinter dem Tresen, die aussah, als ob ihr klar war, was ich wollte, zeigte nach rechts.

Eine Frau um die Sechzig war gerade dabei, das Licht mit der Aufschrift „Souvenirs" auszuschalten.

„Warten Sie!", rief ich und rannte auf sie zu.

„Es tut mir leid, ich schließe gerade."

„Bitte? Es ist wichtig." Ich versuchte es mit dem Lächeln meines Vaters. Normalerweise bewirkte es Wunder bei den Frauen.

„Na ja... wenn es wichtig ist, denke ich..."

„Ich brauche eine Packung Marlboro und ähm...", ich sah mich verzweifelt nach Kondomen um.

„Und... was?"

„Ähm..." Scheiße. Diese Frau war älter als meine Großmutter. „Haben Sie Kondome?"

„Natürlich", sagte sie. Dann zeigte sie auf ein Regal. Sie standen zwischen Aspirin, Tampons und Hämorridencremes. Kein Wunder, dass ich sie nicht gesehen hatte. Ich griff nach einer Packung, warf sie auf den Tresen und sie tippte alles in die Kasse.

„Gott segne Sie", sagte ich. „Sie haben mein Leben gerettet."

Die Lady sah mich an. Sie zwinkerte mir mit einem anzüglichen Gesichtsausdruck zu. „Viel Spaß. Tun Sie nichts, was ich nicht auch tun würde."

Das war das erste Mal, dass mich eine sechzigjährige Frau zum Erröten brachte. Ich lächelte sie an und sagte: „Ähm... danke", und rannte dann zu den Aufzügen.

Jetzt war ich nicht mehr müde. Ich wippte auf meinen Füßen auf und ab, war bereit so schnell wie möglich nach oben zu gelangen. Die Hintergrundmusik im Atrium war schrecklich beruhigend. Ich konnte einen Springbrunnen plätschern hören. Gegen die Gelassenheit war ich immun. Ich wollte jetzt nur noch nach oben. Und der Aufzug brauchte eine Ewigkeit. Wenn ich die Treppe genommen hätte, wäre ich schneller gewesen.

Schließlich ertönte die Glocke und die Türen öffneten sich, und dann war ich auch schon eingestiegen. Ich drückte auf die Acht, drehte mich dann um und sah durch die Glaswand hinaus.

Das war schön – ich gebe es zu. Ich hatte vorher niemals in einem Hotel übernachtet, obwohl ich in der Gasse hinter dem Charles Hotel herumgehangen und mich dort zusammen mit meinen Freunden bekifft hatte. Die Lobby hier war groß, mit einem großen Springbrunnen in der Mitte und Räumen, die nach innen gingen. Wir waren im achten Stock. Und dort musste ich hin. Genau jetzt.

Schließlich öffneten sich die Türen und ich rannte fast den Flur entlang, zog die Codekarte durch den Schlitz und trat ein.

Dann hielt ich an und holte Luft.

Julia hatte sich ausgezogen, trug nur noch einen sexy schwarzen Spitzen-BH, die Bettdecke war nach unten geschoben. Sie war atemberaubend. Und anscheinend wartete sie auf mich. Und dabei war sie tief eingeschlafen. Ich seufzte. Dann zog ich meine Jacke aus und hängte sie auf die Rücklehne eines Stuhls.

Ich ging hinüber und kniete mich neben das Bett, unsere Gesichter waren nur wenige Zentimeter voneinander entfernt. Sie sah friedlich aus, hatte ein halbes Lächeln im Gesicht. Ich fragte mich, ob sie bereits träumte und falls ja, was. Ich wollte in ihren Kopf hineinschauen und alles über sie wissen. Aber für jetzt küsste ich sie nur sanft auf die Wange, zog dann die Decke hoch und packte sie ein.

Während sie schlief sah sie so unschuldig aus. Außer, dass ich die Narben sehen konnte. Sie hatte alle ihre Armreifen auf dem Nachttisch abgelegt, es war ein ganzer Haufen, und trug nur noch das ausgefranste pink-weiße Freundschaftsband. Ihre Lippen waren leicht gekräuselt und schlafend sah sie sorgenfrei und jung aus.

Meine Augen wanderten wieder zu den Narben. Ich würde jeden umbringen, der ihr wehtat.

Ich sollte sie aufwecken.

Nein. Das sollte ich nicht.

Sie würde es mögen, wenn ich es tat.

Vielleicht auch nicht.

Sie brauchte den Schlaf. Ich seufzte und ging zu den Schiebetüren, dann hinaus auf den Balkon und zündete eine Zigarette an. Es war ruhig hier oben, obwohl ich den Verkehr auf dem Highway unter mir sehen konnte. Ich nahm einen Zug und schaute zurück durch das Fenster. Sie hatte sich auf die Seite gerollt und die Decke über sich gezogen.

Ich wusste nicht, wie ich das machen sollte. Ich wusste nicht, wie es war, wenn man eine Beziehung hatte. Schon gar nicht mit jemandem, der nicht an die Liebe oder Beziehungen glaubte. Es war verrückt. Ich bin der Typ, der sich die Mädchen aus der Menge herausgreift, mit ihnen schläft und sie dann am nächsten morgen in einem Taxi weggeschickt. Wenn ich überhaupt so nett war, ein Taxi zu rufen. Auf eine gewisse Weise hatte ich mein Leben damit zugebracht, ein komplettes Arschloch zu sein.

Ich wollte kein Arschloch mehr sein.

Das bedeutete aber nicht, dass ich Julia nicht wie ein Sexobjekt anschaute. Ich hatte mich nicht plötzlich in einen Heiligen verwandelt, und wenn ich sie anschaute, war es unumgänglich. Aber sie war auch schrecklich schlau und entschlossen und sie war mit den Leuten von der Aufnahmefirma auf eine Weise umgegangen, wie es sonst niemand in meinem Bekanntenkreis gekonnt hätte. Sie mochte Sean und sie liebte Musik, und obwohl sie es nicht zugeben würde, nicht mal gegenüber sich selbst, begann ich zu glauben, dass sie mich vielleicht liebte.

Und außerdem, seit heute war ich offiziell ein Rockstar. Also scheiß drauf.

Ich warf meine Zigarette über die Brüstung, beobachtete, wie die Glut außer Sichtweite flog und öffnete die Tür. Es gab zwei Hotelzahnbürsten, eine davon lag immer noch eingepackt im Bad. Ich spülte meinen Mund mit Wasser aus und legte mich zu ihr ins Bett, anstatt das andere zu nehmen.

Ich rollte mich hinter ihr zusammen, legte meinen Arm um sie und schlief ein.

Meinst du das ernst? (Julia)

Ein unbekannter Wecker tönte laut und weckte mich. Und jemand hatte seinen Arm fest um meine Taille gelegt.

Ich kämpfte gerade darum, meine Augen zu öffnen und zur Hölle nochmal herauszufinden, wo ich war, als es mir wieder einfiel. Los Angeles. Das war Crank, der mich umschlang. Und der Wecker klingelte. Das bedeutete, dass wir in einer Stunde am Flughafen sein mussten. Ich streckte mich und stellte den Wecker ab.

Ich stöhnte, dann rollte ich mich zur Seite und sah Crank an.

Ein Eintagesbart zierte sein Gesicht, bedeckte leicht sein Kinn und führte dazu, dass ich am liebsten den Flug verpasst hätte. Aber ich hatte am Montag eine Vorlesung und er musste arbeiten und wir hatten keine Zeit und… Verdammt. Ich lehnte mich vor und küsste ihn fest auf die Lippen. Seine Augen öffneten sich sofort und ich sagte: „Du enttäuschst mich echt."

Er war überrascht.

„Steh auf", sagte ich. „Wir müssen zum Flughafen."

„Oh Scheiße", sagte er. „Sind wir spät dran? Was habe ich gemacht?"

„Du hast mich hängen lassen", sagte ich. „Damit du Zigaretten kaufen konntest."

Ich drehte mich um und setzte mich auf. In meinem Kopf drehte sich alles, meine innere Uhr war total durcheinander.

„Eigentlich", murmelte er sehr ruhig, „bin ich Kondome kaufen gegangen. Aber als ich hochkam, warst du schon eingeschlafen."

Ich lehnte mich vor und lachte, aber gleichzeitig tat mir das Herz weh. „Meinst du das ernst?", fragte ich.

„Ja", antwortete er kleinlaut.

„Ich gehe duschen", sagte ich.

Ich stand auf und stolperte in Richtung Bad, während er stöhnte und sich aufsetzte. Dann ging ich zu meiner Handtasche, die in der Nähe der Tür stand, und öffnete die Verpackung innerhalb der Tasche. Er saß mit dem Rücken zu mir, also sprang er überrascht auf, als ich ihm das erste verpackte Kondom an den Hinterkopf warf.

„Was zur Hölle?", sagte er und zuckte zusammen. Das zweite traf ihn seitlich im Gesicht.

„Kondome, Punk", sagte ich und warf noch eines. Dieses fing er auf. Er hob es in die Luft, schüttelte seinen Kopf und stöhnte.

Ich ging ins Bad und putzte meine Zähne. Gott. Ich konnte nicht glauben, dass er Kondome kaufen gegangen war. Warum hatte er nicht einfach was gesagt?

Ich stellte das Wasser an, spielte mit dem Temperaturregler herum, bis die Temperatur stimmte, zog dann meinen BH und meinen Slip aus und stieg unter die Dusche.

Ich streckte meinen Kopf in den Wasserstrahl, schloss meine Augen und seufzte und spürte bereits, wie die Kopfschmerzen langsam weniger wurden. Ich brauchte das. Normalerweise versuche ich, mich an übliche Schlafenszeiten zu halten, und obwohl ich nicht sehr anfällig für Jetlag bin, ist vierundzwanzig Stunden am Stück wach zu bleiben nicht normal für mich.

Ich wäre gerne noch ein paar weitere Stunden aufgeblieben, wenn er nach oben gekommen wäre. Ich fühlte mich dumm: Ich hatte mich und den Raum sorgfältig und so provokativ wie möglich hergerichtet. Dann hatte ich die Decke angestarrt und wurde immer frustrierter, während meine Augen immer schwerer wurden. Das Nächste, an das ich mich erinnerte, ist der Wecker.

Ich zog den Kopf aus dem Wasserstrahl heraus und begann gerade nach dem Shampoo zu greifen, als ich seine Stimme hörte.

„Du hast zehn Sekunden um nein zu sagen oder etwas nach mir zu werfen oder zu schreien oder so was. Ansonsten komme ich jetzt rein."

Ich erstarrte. Mein Herz schlug plötzlich wie verrückt, meine Brust wurde eng und mir war schwindelig. Damit hatte ich nicht gerechnet. Unter der Dusche? Ich war fast zwei Jahre mit Willard zusammen gewesen, aber so etwas war nicht ein einziges Mal vorgekommen. Er hatte pünktlich wie ein Uhrwerk einmal pro Woche Missionarsstellung gewollt. Ein paar Mal war es mir schwergefallen, dabei wach zu bleiben.

Jetzt nicht. Ich fühlte ein Kribbeln, als das Wasser auf meine Brüste fiel und dann bewegte sich der Duschvorhang hinter mir.

Ich bewegte mich nicht. Ich konnte es nicht. Ich konnte im wahrsten Sinne des Wortes keinen Muskel bewegen. Dann spürte ich plötzlich seine Hände um mich und seine Lippen an meinem Nacken.

Als seine Lippen meine Ohren berührten und seine rechte Hand meine Brust umfasste, stieß ich ein leichtes Stöhnen aus. Dann griff seine andere Hand nach unten zwischen meine Beine und ich lehnte mich ganz fest zurück. Er zog mich fester zu sich und ich drehte meinen Kopf nach links und berührte seine Lippen. Seine Zunge glitt in meinen Mund und ich schloss meine Augen und wimmerte.

„Halt still", sagte er und war auf einmal fort. Die plötzliche Trennung war fast schmerzhaft. Aber dann war er zurück und flüsterte „Ich muss diese Haare waschen", und begann, Shampoo in meinem Haar zu verteilen, dabei massierte er mit seinen Fingern meinen Kopf.

„Ich liebe deine Haare", sagte er. „Ich könnte das den ganzen Tag machen."

Ich auch. Mein Körper war glitschig von dem Shampoo, rutschte an seinem entlang, während er langsam mein Haar ausspülte und dann begann, die kleine Flasche Spülung des Hotels in mein Haar zu rubbeln. Alles was ich tun konnte, war, daran zu denken zu atmen, als er mit seinen Zähnen an meinem linken Ohr nagte und danach begann mich mit Duschgel einzureiben.

Die Spannung brachte mich um. Mein ganzer Körper kribbelte und ich war kurzatmig. Ich musste etwas tun, um die Kontrolle zu erlangen, und ich flüsterte: „Warum sollte ich dir geben, was du willst, nachdem du mich letzte Nacht hast hängen lassen?"

Er knurrte in mein Ohr: „Weil keiner von uns jetzt aufhören kann."

Oh, lieber Gott, er hatte recht. Er bewegte seine Hände über jeden Zentimeter meines Körpers, meine Brüste, meinen Po… Damit setzte er jeden Nerv in meinem Körper in Flammen. Nachdem er mich abgeduscht hatte, stellte er das Wasser ab. Sofort bekam ich eine Gänsehaut und er griff aus der Dusche nach einem Handtuch und wickelte es um mich. Dann trat er aus der Dusche und trocknete sich selbst ab, während ich dabei zuschaute. Er war schön, sehr massiv gebaut, aber an allen Stellen, die wichtig waren, muskulös genug. Ich hielt den Atem an, während ich ihn beobachtete. Dann sah er hoch und schaute mir in die Augen. „Bett. Jetzt."

Er musste mich nicht zweimal fragen.

Ich muss gehen (Crank)

Während wir durch das Terminal zu unserem Flugzeug rannten, das in weniger als zwanzig Minuten abfliegen würde, wünschte ich mir zum hundertsten Mal, ich hätte das Rauchen schon vor langer Zeit aufgegeben. Immerhin schaffte ich es, mit Julia mitzuhalten, die sich als verdammte Athletin entpuppte. Ich hatte heute tollen Sex gehabt. Aber, wow.

Bevor Sie denken, ich wäre ein totales Schwein… Machen Sie sich nichts draus. Ich bin es. Ich rannte ganz bewusst hinter ihr, als wir durch das Terminal stürmten.

Wir erreichten das Gate dreißig Sekunden bevor es schloss. Gott segne sie für diese Erste-Klasse-Tickets, denn das bedeutete, dass wir in der ersten Reihe des Flugzeuges saßen. Wir setzten uns beide, packten unsere Rucksäcke weg und schnallten uns an. Dann lehnten wir uns nach Luft schnappend aneinander, während die Stewardessen die Türen des Flugzeugs schlossen und alles für den Start vorbereiteten.

Ich lehnte mich nah an sie und flüsterte: „Du wirst eine weitere Dusche brauchen."

Sie schlug mir gegen die Schulter. Ich grinste und war selbstzufrieden.

„Also… was jetzt?"

Sie verzog das Gesicht. „Du kannst schlafen oder egal was machen. Ich muss eine Hausarbeit schreiben."

Verdammt.

Sobald wir unsere Flughöhe erreicht hatten, holte sie ihr Laptop heraus. Ich las das Flugmagazin (langweilig), schaute einen Film (auch langweilig, irgend so eine Liebessschnulze) und las dann über ihre Schulter bei ihr mit (das war am langweiligsten, sie schrieb eine Arbeit über Wirtschaftslehre).

Auf der anderen Seite, wenn ich über ihre Schulter mitlas, konnte ich sie riechen. Und das war schön.

Nachdem sie ein paar Minuten getippt hatte und ich sie aus nächster Nähe betrachtet hatte, fragte sie mit halb amüsierter Stimme: „Was *machst* du?"

„Ich lerne etwas über Wirtschaftslehre", antwortete ich mit so aalglatter Stimme wie möglich.

Sie schnaubte. „Und was hast du bisher gelernt?"

Ich schenkte ihr mein charmantestes Lächeln und sagte dann mit absolut ernstem Gesicht: „Dass manche Dinge unglaublich rar und kostbar sind."

Okay. Ich trieb es auf die Spitze. Aber scheiß drauf. Ich wollte mehr, als nur gelegentliche Gesellschaft und Sex. Ich wollte sie.

Sie rümpfte ihre Nase und begann wieder zu schreiben. Verdammt.

Sie beendete endlich ihre Hausarbeit und das Flugzeug landete. Eine halbe Stunde später saßen wir im Auto und fuhren zurück zu unserem Lagerhaus, um uns mit der Band zu treffen. Ich hatte heute Morgen angerufen und ihnen gesagt, dass sie alle kommen mussten. Ich hatte nicht gesagt, warum. Jetzt, während ich mit Julia im Auto saß, spürte ich, wie sich die Vorfreude aufbaute. Sie würden total ausrasten. Aber so verrückt es auch klingt, das war nicht das, an was ich dachte.

Es war die Tatsache, dass Julia mit zurück zu unserem Lagerhaus fuhr. Jetzt. Nachts.

„Was hast du morgen vor?"

„Lernen", antwortete sie. „Warum?"

„Warum bleibst du nicht über Nacht?"

Ihre Augen schauten schnell zu mir und dann wieder zurück auf die Straße. Und sie war ruhig. Für eine wirklich lange Zeit. Schließ-

lich sagte sie: „Crank... du musst wissen, dass ich... nicht... Scheiße!"

Oh, nein. „Vergiss es", sagte ich. „Es war nur ein Vorschlag."

„Ich möchte nicht, dass ich dir zu wichtig werde."

Dafür war es zu spät. Ich antwortete nicht.

Einen Augenblick später sagte sie. „Verdammt! Ich habe mich
auch schon viel zu sehr darauf eingelassen."

Ich konnte mich nicht zurückhalten. „Mein Dad sagte immer
‚Wer A sagt, muss auch B sagen'."

„Arschloch", sagte sie.

„Beleidige meinen Dad nicht."

Sie verdrehte ihre Augen. „Ich meinte *dich*."

„Also sind wir wieder soweit, ja?"

„Soweit?"

„Dass du eine Zicke bist, weil ich nett zu dir bin."

Sie hielt das Lenkrad fest, warf mir für eine Sekunde einen Blick
zu und schaute dann wieder auf die Straße.

„Du solltest aufhören, nett zu mir zu sein."

„Mach weiter so und genau das wird passieren."

Sie seufzte. „Es tut mir leid. Ich bin nur... Ich kann das nicht so
einfach. Das habe ich dir auch gesagt. Ich möchte nicht, dass ich dir
am Ende wehtue. Und du machst es mir wirklich schwer."

„Ich verstehe nicht, warum. Es ist ja nicht so, als ob ich nicht
toll im Bett wäre."

Für eine Sekunde war sie still, dann kicherte sie. Ich grinste sie
an und das brachte sie zum Lachen. Ich liebte es, wenn sie lachte.
Ihr ganzes Gesicht strahlte, es war eine totale Verwandlung. Wenn
ich sie jeden Tag immerzu zum Lachen bringen könnte, ich würde
es tun.

„Besser?", fragte ich.

„Ich bleibe heute Nacht. Aber es geht darum, Spaß zu haben, in
Ordnung? Es ist nicht... wie auch immer... dass...." Sie seufzte, war
noch nicht mal in der Lage zu sagen, was sie nicht wollte.

Okay. Ich würde sie nicht bedrängen. Nicht jetzt. Das war alles
zu neu. Ich verstand das. Sie brauchte Zeit. Zeit, um Vertrauen zu
lernen. Oder... was auch immer. Ehrlich gesagt, wusste ich nicht

genau, wo das Problem lag. Ich meine, doch, das tat ich. Sie hatte
darüber gesprochen – nur dieses eine Mal – über ihre Erfahrungen an
der High School mit dem Typen, der sie total ausgenutzt hatte. Das
verstand ich. Aber warum war sie so zynisch, wenn es um eine Beziehung ging? Wenn jemand in dieser Sache zynisch sein durfte, dann
ich. Aber da war ich nun, bereit mich darauf einzulassen, aber sie war
es nicht. Nicht mal annähernd. Im Gegenteil, jedes Mal, wenn ich es
erwähnte, wurde sie sauer.

Zumindest war sie bereit zuzugeben, dass wir zusammen waren.
Ich schüttelte meinen Kopf, starrte aus dem Fenster und sagte, bis
wir ein paar Minuten später vor dem Lagerhaus parkten, nichts mehr.
Ich holte tief Luft und stieg aus dem Auto. Okay. Ich war erschöpft.
Es waren ein paar lange Tage gewesen. Sie sah zu mir hinüber und
schenkte mir ein zaghaftes Lächeln. Ich grinste und ging dann um
das Auto herum zu ihr.

Sie begann zu sprechen. „Ich bin nicht absichtlich eine Zicke, ich
bin nur…"

Sie sprach nicht zu Ende, denn ich griff nach ihren Händen, zog
sie zu mir, lehnte meinen Kopf nach vorne und küsste sie. Als sich
unsere Lippen berührten, öffnete sie ihre leicht und dann drückte sie
sich immer fester an mich. Sie legte ihre Arme um mich, ihre Finger
drückten dabei in meine Schultern.

Wir trennten uns für eine Sekunde und ich holte Luft. „Das
könnte ich die ganze Nacht machen. Aber sie warten drinnen auf uns."

Ihre Lippen formten ein gerissenes Lächeln. „In Ordnung, lass
uns gehen." Sie griff nach meiner Hand und wir betraten das Haus.

Mark, Pathin und Serena waren alle in dem Raum, der als Wohnzimmer diente. Mark und Pathin saßen sich auf Sesseln gegenüber
und spielten Karten, Serena hatte sich gelangweilt auf der Couch ausgestreckt. Als wir eintraten, legten Mark und Pathin die Karten zur
Seite.

Ich wusste nicht, wo ich anfangen sollte.

Serena sah uns durch ihre halbgeschlossenen Augenlider an. „Ich
hoffe, dass, was auch immer du gemacht hast, wichtig genug war, um
die heutige Probe zu verpassen, Crank. Ihr zwei seht sehr selbstzufrieden aus. Seid ihr durchgebrannt und habt geheiratet?"

Wohl kaum, dachte ich. Die Chancen dafür standen nicht gut.

Ich erstarrte für einen Moment. War ich gerade wirklich enttäuscht gewesen? War ich so zynisch? Wegen der Idee, dass wir… nein. Nein. Nein. Ich würde nicht mal darüber nachdenken.

Ich entschied mich dazu, es einfach zu sagen. „Also, wir waren mit Allen Roark Mittagessen und – "

Mark brach in lautes Lachen aus.

Ich grinste Mark an und er sah mich an und hörte auf zu lachen. „Mal ehrlich", sagte er. „Was ist los?"

„Sag du es ihnen", sagte ich zu Julia. „Ohne dich wäre das alles nicht geschehen."

Sie sah die drei an, hatte große, begeisterte Augen. „Ihr werdet die Vorgruppe für Allen Roarks US-Tour in diesem Sommer sein."

Verblüffte Stille. Serena setzte sich auf, lag nicht länger entspannt auf der Couch. Mark und Pathin erstarrten auf der Stelle.

„Du meinst das ernst", sagte Serena.

Julia nickte. „Das ist noch nicht alles… seit gestern steht Morbid Obesity bei White Dog unter Vertrag. Ihr habt einen Plattenvertrag und sie werden die Single sofort veröffentlichen."

Serena sah schnell zu mir und ich nickte grinsend. Ihre Lippen formten sich langsam zu einem Lächeln und dann stand sie auf und plötzlich standen auch Mark und Pathin, schrien herum und Serena ging zu Julia und legte ihre Arme um sie. Dann tat Serena etwas, von dem ich nicht erwartet hatte, es jemals in meinem Leben zu erleben. Sie brach in Tränen aus. Mark und Pathin begannen Fragen auf mich abzufeuern und ich versuchte, sie zu beantworten, aber er dauerte eine Weile, bis der Tumult verebbte.

Schließlich sagte Julia: „Seht mal… wir sind beide… ziemlich müde. Es waren ein paar lange Tage. Ich werde euch morgen alles Weitere beantworten. Das Wichtigste ist jetzt, dass ihr eine Menge Arbeit habt. Das Album muss bis 30. Januar fertig sein. Das bedeutet, ihr müsst sofort damit beginnen, Songs zu schreiben und aufzunehmen."

„Haben wir ein Budget für die Aufnahmen?", fragte Pathin.

„Ja. Ein Großes."

„Yeah!", rief Mark.

„Und den Vorschuss. Wir werden uns morgen zusammensetzen und uns um die Buchhaltung kümmern. Wir müssen einen Teil des Geldes für Merchandise zurückhalten, wir werden die ganzen Details ausarbeiten. Und außerdem müsst ihr mir die Kosten für die Tickets nach Kalifornien zurückerstatten, und die waren nicht billig."

Serena sah Julia an. „Es sieht so aus, als hättest du den Job. Du bist jetzt der Boss. Sag uns einfach, was wir tun sollen."

Julia schüttelte ihren Kopf. „Lasst uns schlafen gehen?"

„Eine Sache noch", sagte Mark.

Julia hob ihre Augenbrauen. Mark hatte dem Vorschlag, dass sie die Band managte, von Anfang an feindselig gegenüber gestanden. Ich verspannte mich, war bereit ihm zu sagen, dass er die Klappe halten soll, als er auf sie zuging. „Es tut mir leid. Und... danke."

Julia lächelte. „Danke, Mark."

Ich spürte, wie sich mein Körper entspannte. Mark war unberechenbar und wer wusste schon, was jeden Moment aus seinem Mund kommen konnte. Es war eine Erleichterung zu wissen, dass ich ihn nicht zusammenschlagen musste.

„Lass uns ins Bett gehen", sagte ich ruhig, nahm ihre Hand und führte sie nach hinten zu meinem Zimmer.

In dem Moment, in dem wir eintraten, begann sie zu grinsen. „Ist es sicher, hier zu schlafen?"

Ich sah sie sauer an, aber dann schaute ich mich in meinem Zimmer um und ich glaube, ich verstand, was sie meinte. Es war ein einziges Chaos. Auf der alten Kommode, die ich beim Sperrmüll aufgesammelt hatte, stapelte sich Papier, vor allem Noten, die völlig durcheinander waren. Der Fußboden war mit einem schäbigen Teppich bedeckt, aber davon konnte man nicht viel sehen, denn meine Klamotten lagen überall im Raum verteilt auf dem Boden herum.

Das Bettzeug war sauber. Aber zerknittert.

In der Tat war der einzige wirklich saubere Platz in dem Zimmer die Ecke gegenüber dem Fenster, wo meine Gitarre in ihrem Ständer stand.

Ich grunzte. „Sobald das Licht aus ist, fällt es dir nicht mehr auf."

Sie kicherte und ich legte meine Arme um sie, fühlte ihre Wärme an meiner Brust.

„Ich bin stolz auf dich", sagte ich. „Niemand sonst wäre in der Lage gewesen, zu erreichen, was du dieses Wochenende geschafft hast."

„Nein", sagte sie. „Es war deine Musik, die das bewerkstelligt hat. Ich habe den Song nur einem Freund geschickt und ihn gebeten, ihn an seinen Dad weiterzuleiten."

„Meine Musik, die ich an ein bankrottes Studio verkauft hätte."

Sie zuckte mit den Schultern.

„Wir sind ein gutes Team", sagte sie.

Ich lehnte mich nach vorne, sodass sich unsere Lippen berührten. Sie atmete schwer, drückte sich an mich, als unsere Zungen feucht und leidenschaftlich miteinander spielten. Zum ersten Mal seit ich in der Mittelstufe gewesen war, waren meine Lippen wirklich wund vom Küssen. Ich bewegte meine Hände nach unten, hielt ihren Hintern fest, sie stöhnte und plötzlich krallten sich ihre Finger in meinen Rücken, zogen mich noch näher zu sich heran, es fühlte sich an, als ob sie in mich hineinklettern wollte.

Meine Lippen wanderten zu ihrem Hals, und sie keuchte auf und schob mich in Richtung Bett. Ich zog sie mit, legte mich hin, sie lag dabei auf mir und dann bewegten sich ihre Lippen zu meinem Halsansatz und ich flüsterte: „Gott, ich liebe dich."

Sie erstarrte, plötzlich war ihr ganzer Körper verkrampft.

Scheiße!

Sie war schon von mir herunter gesprungen und auf dem Weg zur Tür.

„Ich muss gehen", sagte sie, ihre Stimme zitterte dabei.

„Julia, warte!"

„Nein!", schrie sie. Ihre Augen waren feucht und sie sagte: „Warum musstest du das sagen, Crank? Zur Hölle nochmal."

Und dann öffnete sie die Tür und rannte hinaus.

Ich folgte ihr, rannte im Flur hinter ihr her und griff nach ihrem Handgelenk. Allmächtiger, ich musste sie aufhalten.

„Julia, halt! Warte einen Moment!"

„Lass mich gehen!", kreischte sie und entwand mir ihren Arm. „Warum musstest du alles ruinieren? Warum? Ich bin hier fertig."

Ich versuchte, wieder nach ihr zu greifen, und sie schlug mir gegen die Brust, schob mich weg, dann schlug sie fester zu und wich vor mir zurück.

„Julia, bitte!"

„Sag das niemals zu mir. Wir sind kein... was immer du denkst, das wir sind. Das werden wir auch niemals sein."

Dann drehte sie sich um und ging hinaus.

Ich lehnte mich gegen die Wand, Wut und Traurigkeit kämpften in mir, mein Magen war verkrampft. Ich ballte eine Faust und schlug damit gegen die Wand und fluchte laut. Was zur Hölle? Ich verstand es nicht.

Ich verstand es nicht. Ich verstand nicht, wie ich mich in dieses Mädchen hatte verlieben können und ich verstand nicht, warum sie davongelaufen war. Nichts ergab einen Sinn und ich wusste nicht, wie ich es wieder gut machen konnte. Ich fühlte mich außer Kontrolle, verzweifelt, und ich wollte hinter ihr her rennen und sie dazu bringen, es mir zu erklären.

Aber ich wusste, dass sie das nicht tun würde.

Neben mir erklang eine sanfte Stimme, die etwas verärgert war. „Was hast du getan, Crank?"

Ich lehnte mich gegen die Wand, war plötzlich erschöpft, die Gefühle flossen nur so aus mir heraus, so als ob jemand den Stöpsel in der Badewanne gezogen hatte. Serena stand neben mir, sie hatte einen Gesichtsausdruck in dem Besorgnis vermischt mit Verachtung zu erkennen war. Sie hatte schon früher Frauen aus meinem Zimmer rennen sehen, aber das hier war anders. Das war Julia.

Sie stellte ihre Frage erneut, mit hartnäckiger Stimme.

„Was hast du mit ihr gemacht? Warum ist sie so davon gelaufen?"

Ich holte tief Luft und antwortete ehrlich.

„Ich habe ihr gesagt, dass ich sie liebe."

KAPITEL 19

Wie Staub (Julia)

Es war Mitternacht, bis ich zurück in meinem Zimmer war. Glücklicherweise war keine meiner Mitbewohnerinnen da. Adriana und Linden waren über die Ferien nach Hause gefahren und Jemi war ausgegangen, ich wusste nicht, wohin. Ihren Fragen über meine überstürzte Reise nach Kalifornien wollte ich mich sowieso nicht stellen, also war mir das gerade recht. Ich fiel in einen tiefen, traumlosen Schlaf.

Als ich am nächsten Morgen aufwachte, weil mein Handy auf dem Nachttisch neben dem Bett vibrierte, stand die Sonne schon hoch am Himmel. Ich griff hinüber, ging ran und sagte ziemlich verschlafen: „Hallo?"

„Julia, ich bin's Serena."

Ich kämpfte darum, meine Augen zu öffnen und schaute langsam zu meinem Wecker. Es war fast Mittag.

„Was ist?"

„Schläfst du?"

„Ja, ich hatte geschlafen."

„Das tut mir sehr leid", sagte sie. „Ich habe angerufen, um zu Fragen, wie es dir geht."

Ich runzelte die Stirn. „Wie es mir geht… warum?"

Dann fiel es mir wieder ein. Sie rief an, weil ich letzte Nacht aus dem Lagerhaus gerannt war. Stechende Angst durchfuhr mich.

„Ähm… du warst ziemlich aufgeregt letzte Nacht."

„Mach dir keine Sorgen darüber, Serena."

Ich wollte nicht sagen, das geht dich nichts an. Obwohl es sie ganz sicher nichts anging.

„Tut mir leid", sagte sie. „Ich will nicht neugierig sein. Ich will nur sicher gehen… dass zwischen uns alles okay ist. Mit der Band."

Ich blinzelte. „Natürlich."

„Du und Crank, ähm…"

„Serena, hör mir zu. Was zwischen Crank und mir vorgefallen ist... ist privat. Okay? Ich möchte nicht darüber reden. Aber es wird keinen Einfluss auf unsere Geschäftsbeziehungen haben."

„Oh. Da bin ich aber froh", sagte sie. Sie klang nicht sehr froh. Oder erleichtert oder etwas in der Art. Schließlich sagte sie: „Nur, dass du es weißt... Crank ist... so durcheinander, wie ich ihn noch niemals gesehen habe. Er ist wirklich total fertig, weil du gegangen bist."

Ich schloss meine Augen und lehnte mich zurück in mein Kissen. Mein Herz klopfte wie verrückt in meiner Brust und eine unfassbare Traurigkeit überkam mich. „Und genau deshalb musste ich gehen. Und ich werde kein weiteres Wort darüber verlieren, in Ordnung? Wenn Crank durcheinander ist, sag ihm, er soll sich ein Mädchen schnappen, ich bin mir sicher, dass er dann schnell darüber hinweg kommt."

Bevor sie etwas antworten konnte, legte ich auf. Ich drehte mich zur Seite, rollte mich zusammen und starrte die Wand an. Jetzt hatte ich, was ich wollte, oder? Ich hatte meine Unabhängigkeit. Ich hatte meine Sicherheit: Keine Verbindungen, die mich zerstören konnten. Kein Risiko, nichts Übermächtiges, keine Gefühle, die außer Kontrolle gerieten, mich überwältigten und dazu führten, dass ich Dinge tat oder zuließ, die ich nicht wollte.

Also, warum zur Hölle fühlte ich mich dann so todunglücklich?

Ich hatte meine Arme vor mir angewinkelt und ich konnte die Narben an meinem Handgelenk aus diesem schrecklichen Jahr, als ich schließlich aufgegeben hatte und sterben wollte, gut sehen. Die Narben anzuschauen gab mir Stärke. Sie erinnerten mich daran, dass es nichts als eine Krücke ist, wenn man sich auf andere Menschen verläßt. Sie erinnerten mich daran, dass das unausweichliche Ergebnis der Liebe ein gebrochenes Herz ist. Sie erinnerten mich daran, dass auf der anderen Seite dieser überwältigenden Gefühle der Tod war.

Und ich war nicht bereit, mich darauf einzulassen. Ich war nicht bereit, mir das jemals wieder anzutun. Niemals wieder würde ich dabei zusehen, wie mein eigenes Blut aus mir heraus in eine Badewanne lief, nur weil ich andere Menschen in meinem Leben brauchte. Ich würde entweder nach meinen eigenen Regeln leben oder gar nicht.

Es war bitter, wie Staub, eine kahle Mondlandschaft in meinem Herzen anstatt der Blumen oder Schmetterlinge oder Herzen oder was auch immer die Leute fühlen wollten. Aber es diente auch dem Überleben; so war das Leben. Und es war mein Leben. Egal, wie sehr sich mein Herz nach Crank sehnte, egal, wie sehr mein Körper ihn wollte, mein Verstand wusste, dass es ein Fehler war.

Zusehen, wie du gehst (Crank)

Ich hatte sehr deutlich gemacht, dass ich nicht in der Stimmung war, mit irgendjemand darüber zu reden, dass Julia gegangen war. Mark und Pathin mieden mich den ganzen Sonntag lang, bis Serena schließlich in mein Zimmer platzte und sagte: „Solltest du heute nicht zurück nach Hause, zu deinem Bruder, ziehen?"

„Ja", murmelte ich. „Ich werde mich bald in die T setzen."

Sie wedelte mit ihren Händen in Richtung meines ganzen Krams. „Was ist mit deinen Sachen?"

Ich zuckte mit den Schultern. „Die sind mir im Moment scheißegal."

Sie schüttelte ungeduldig ihren Kopf. „Wirst du wohl damit aufhören, Crank? Ich habe dich noch nie so erlebt."

„Leck mich am Arsch."

„Nein danke, Arschloch. Pack deine Sachen. Vielleicht kann dein Dad dich aus dieser Stimmung holen, bevor er abreist."

Ich seufzte. Schuldgefühle führten schließlich dazu, dass ich mich in Bewegung setzte. Mein Dad würde morgen ganz früh abreisen. Und mehr als ein Jahr, oder sogar länger, weg sein. Julia oder nicht – ich musste dorthin. Für Sean.

„In Ordnung", sagte ich und setzte mich auf. Ich begann, lose Klamotten in eine Tasche zu werfen.

„Ich habe mit Julia gesprochen", sagte sie ruhig.

„Das ist lustig", sagte ich. „Denn wenn ich anrufe, geht sie nicht ran."

„Ich verstehe nicht, was mit euch los ist."

Ich schüttelte meinen Kopf. „Da sind wir schon zwei."

Sie kam zu mir herüber, deutete mit einem Finger auf mich und stach mir dann damit gegen die Brust. „Na ja, sieh zu, dass es keinen Einfluss auf die Band hat, Crank. Hörst du mich? Sie ist das Beste, was uns seit langer Zeit passiert ist."

Der Gedanke, der mir in diesem Moment durch den Kopf ging, war: *Scheiß auf die Band.* Aber das würde ich auf gar keinen Fall laut aussprechen. Nicht mal innerlich, wenn ich es vermeiden konnte. Die Band war mein Leben. Julia war nur ein Mädchen.

Das versuchte ich mir zumindest einzureden. Aber ich wusste, dass das kompletter Blödsinn war. Sie war alles andere, als nur ein Mädchen. Irgendwie hatte sie es geschafft, innerhalb von ein paar wenigen Wochen mein ganzes Leben auf den Kopf zu stellen. Und ich verstand nicht, warum oder wie sie es schaffte, einfach so wegzugehen.

Ich packte die Tasche zu Ende und Mark fuhr mich zum Haus meines Vaters. Während der Fahrt sagten wir beide kein Wort. Ich brütete vor mich hin und er schien abgelenkt, fast sauer, zu sein. Das war er vermutlich auch. Was die Band betraf, konnte Julia über Wasser gehen, sie war unantastbar. Alles, was sie verärgerte, würde den Rest der Band zum Ausrasten bringen.

Scheiß auf sie. Nicht sie schrieben die Musik, das war ich. Ohne die Musik gab es keine Band, keinen Plattenvertrag, kein nichts.

Ja, ich hatte eine Scheißlaune.

Es war etwa 16 Uhr, als ich das Haus erreichte. Ich schulterte meine Tasche und sagte das erste zivilisierte Wort des Tages: „Danke."

Mark nickte, legte den ersten Gang ein und fuhr davon. Ich drehte mich um und trottete die Stufen nach oben.

Dad war in der Küche, so wie immer, aber ich konnte spüren, dass etwas anders war, denn Sean war nicht wie sonst im Wohnzimmer und spielte ein Videospiel oder las einen Comic. Stattdessen saß er am Küchentisch. Ich rief: „Hey", trug meine Tasche nach oben und warf sie in mein altes Zimmer. Und auch mein neues Zimmer, dachte ich. Dann ging ich wieder nach unten.

Sean war immer noch in der Küche. Er redete ohne Pause über einen seiner Mangas. Dad versuchte üblicherweise ihn zu bremsen oder vom Thema abzulenken, denn ansonsten tendierte die einseitige Unterhaltung dazu, sich in tausend Einzelheiten zu verlieren. Aber heute Abend schien Dad zufrieden damit zu sein zuzuhören.

Ich unterbrach ihn nicht. Stattdessen ging ich hinein, holte mir ein Bier aus dem Kühlschrank und setzte mich Sean gegenüber an den Tisch.

Ein paar Minuten später hielt Sean in seinem Monolog inne und sagte: „Wo ist Julia?"

Scheiße.

Ich seufzte und sah meinen Vater an. Er hob eine Augenbraue.

„Wir haben uns gestritten", sagte ich, meine Stimme klang besiegt.

„Sie kommt nicht?", fragte Sean.

Ich schüttelte meinen Kopf. „Ich denke nicht."

Er stand auf und schrie: „Ich wusste, dass du es vermasselst. Endlich habe ich einen Freund und du versaust es. Tja, du kannst mich mal!"

„Sean!", rief Dad.

Sean war schon weg, stürmte nach oben. Ich senkte meinen Kopf in meine Hände.

Dad grummelte für eine Minute herum, dann setzte er sich an den Tisch mir schräg gegenüber.

„In Ordnung, Kind. Was ist los? Du siehst aus, als ob dir eine Laus über die Leber gelaufen wäre."

Ich kniff meine Augen fest zusammen, öffnete sie dann und sah hoch zu meinem Dad. Er hatte einen besorgten Gesichtsausdruck.

Ich öffnete meinen Mund, um etwas zu sagen, aber ich konnte nicht mal anfangen. Ich murmelte: „Scheiße", und sah hoch zur Decke.

„Ich weiß, dass meine Augen mir einen Streich spielen. Dougal, du siehst aus, als ob du gleich anfängst zu weinen."

Ich grunzte. „Du wirst es nicht glauben... wir haben einen Plattenvertrag, Dad. Einen Dreijahresvertrag und wir werden diesen Sommer als Vorgruppe für die größte Rockband in diesem Business auftreten."

Er öffnete seinen Mund, aber ich sprach zuerst.

„Und... ich möchte mich einfach nur irgendwo zusammenrollen und sterben."

Dad lehnte sich auf seinem Stuhl zurück. Er sagte nichts, wartete nur darauf, dass ich weiter sprach.

Das tat ich aber nicht, also sagte er nach ein paar Minuten: „Warum? Was ist geschehen?"

Ich sah ihn an. „Ich weiß es nicht."

„Quatsch", antwortete er. Mein Dad ist ja so ein einfühlsamer Mensch.

Ich schüttelte meinen Kopf. Dann sagte ich es ihm. „Ich habe ihr gesagt... ich habe ihr gesagt, dass ich sie liebe. Und sie ist davon gerannt, als ob der Teufel hinter ihr her wäre."

Er starrte mich an, war entgeistert. Dann lehnte er sich vor, winkelte seine Arme an, berührte den Tisch mit den Ellenbogen und rieb sich an der Nasenwurzel. Es sah so aus, als ob er versuchte herauszufinden, was er sagen sollte. Schließlich fragte er: „Tust du das?"

„Was?"

„Sie lieben?"

Darüber musste ich nicht nachdenken. Ich antwortete direkt: „Ja. Ja, das tue ich."

„Sag mir, warum."

„Was zum Teufel, Dad?"

„Red nicht so mit mir, du kleiner Scheißkerl. Ich kann dich immer noch übers Knie legen. Sag mir, warum."

Ich lehnte mich zurück und holte tief Luft. „Zum ersten Mal in meinem Leben, möchte ich... mehr sein, Dad. Es ist nicht nur die Band, obwohl sie ein Teil davon ist. Sie... bringt mich dazu, ein besserer Mensch sein zu wollen. Ich liebe es, dass sie so schlau ist. Ihre Rechtschaffenheit. Ihr Mitgefühl. Und der Sex ist nicht von dieser Welt."

„Das will ich nicht hören", unterbrach er mich.

„Tja, na ja. Egal, das ist, was passiert ist. Ich habe ihr gesagt, dass ich sie liebe. Und sie... ist einfach davongerannt."

Er lehnte sich vor, nah an mich heran, und sah mir in die Augen. „Du hast mir alles über dich erzählt. Was ist mit ihr, Dougal? Was willst du für sie?"

Ich schluckte. „Ich möchte, dass sie glücklich ist. Ich möchte, dass sie... Ich möchte, ein Lächeln in ihrem Gesicht sehen. Immer."

„Das wird jetzt ziemlich abgedroschen klingen, Kind. Und es ist übler, als alles andere auf der Welt. Aber wenn du sie liebst... musst du ihr geben, was sie braucht. Auch wenn es bedeutet, sie gehen zu lassen."

Oh, verdammt. Ich dachte an meine Mom und meinen Dad, wie sie an der Tür standen, mit zusammengesteckten Köpfen und ihr die Tränen über das Gesicht liefen. Ich dachte daran, wie sehr es ihm wehgetan haben musste, sie gehen zu lassen. Und dieses Mal wurden meine Augen wirklich feucht.

„Dad, du bist echt schlimm."

„Ja. Manchmal ist die Wahrheit echt schlimm."

„Ich will sie nicht verlieren, Dad. Niemand hat mir jemals so viel bedeutet."

„Dann tu das Richtige. Tu das, was sie braucht. Und vielleicht kommt sie dann von allein zurück. Falls nicht... na ja... dann hat es nicht sein sollen."

Wir erschraken beide, als es an der Tür klingelte.

„So, genug Trübsal geblasen", sagte er. „Morgen fliege ich nach Kuwait, nur für den Fall, dass du das nicht mitbekommen hast. Dies wird für lange Zeit unser letztes Familienessen sein. Geh, öffne die Tür, das ist wahrscheinlich deine Mutter."

„Okay." Mein Dad stand auf, schaltete den Herd wieder an und ich verließ die Küche. In der Tür blieb ich stehen. „Dad?"

„Was?", antwortete er in einem verärgerten Ton. Das war der Dad, den ich kannte und liebte.

„Danke."

„Verschwinde aus der Küche und mach die Tür auf", sagte er mit barscher Stimme.

Ich ging zur Haustür und öffnete sie.

Wenn es Ende November, inmitten dieser Kälte, in Boston Fliegen geben würde, hätte eine bequem in meinen Mund fliegen und es sich gemütlich machen können. Denn es war nicht meine Mutter, die vor der Tür stand. Es war Julia, eingepackt in ihren rotschwarzen Mantel, mit einem Schal um den Hals und einer Mütze auf dem Kopf.

Ich stand einfach nur da und starrte sie an.

Ihre Augenbrauen zogen sich zusammen und formten die Furchen auf ihrer Stirn, die sie manchmal bekam, bevor sie mich beschimpfte. „Wirst du mich hereinbitten, oder nicht?"

Automatisch trat ich einen Schritt zur Seite. „Komm rein."

Sie kam herein und schälte sich aus dem Mantel und dem Schal. „Die Heizung in dem blöden Mietwagen funktioniert nicht."

„Was machst du hier?", fragte ich.

Sie sah mich an, sah mir gerade so lange in die Augen, dass mir das Herz brach. Dann sagte sie: „Dein Bruder und dein Vater haben mich wie ein Familienmitglied behandelt. So… wie es meine Familie nie getan hat. Was zwischen uns geschehen ist, ich… ich konnte nicht anders, als zu kommen."

„Können wir nachher miteinander reden?"

Sie schloss ihre Augen und sagte mit fast monotoner Stimme: „Es gibt nichts zu reden, Crank."

Dann gab sie mir ihren Mantel und ging in die Küche.

Verdammt.

Ich wollte auch hineingehen, nach ihrem Arm greifen und sie fragen, was sie sich zur Hölle nochmal dabei dachte. Ich wollte Antworten fordern. Ich wollte darauf bestehen, dass sie mir sagte, warum es ihr verdammt nochmal soviel ausmachte, dass jemand diese drei kleinen Worte zu ihr gesagt hatte. Worte, die ich niemals zuvor in meinem Leben zu einer Frau gesagt hatte, außer zu meiner Mutter.

Aber dann hörte ich meinen Vater „Hey, Kleines", zu ihr sagen. Ich ging zur Küchentür und schaute hinein. Er umarmte sie, als ob sie seine Tochter wäre. Ich trat einen Schritt zurück, außer Sichtweite, dann ging ich ihren Mantel aufhängen. Mein Dad rief nach oben: „Sean! Julia ist da!", als ob es keinen Aufstand, keinen Streit und keine tief greifenden Bekenntnisse gegeben hätte. Ich ging die Treppe hinauf. Falls Sean seine Kopfhörer aufhatte oder ein Spiel spielte, würde er es nicht hören.

Wie ich vermutet hatte, saß er vor seinem Computer und hatte Kopfhörer in den Ohren. Ich klopfte gegen den Türrahmen und winkte ihm zu. Er zog einen Kopfhörer aus seinem Ohr und ich sagte: „Sie ist da."

Er nickte und steckte den Kopfhörer wieder ins Ohr.

Egal. Ich war nicht in der Stimmung, ihm auch noch hinterherzulaufen.

Es klingelte schon wieder. Das würde entweder Mrs. Doyle oder meine Mutter sein. Seit Jahren schon war es üblich, dass mein Dad

Samstagabends jeden zum Essen einlud, der gerne kommen wollte. Diese Woche fand das Essen sonntags statt, weil er nächste Woche, und auch alle weiteren Wochen in nächster Zukunft, nicht hier sein würde. Tony würde heute sicher auch noch kommen.

Es war meine Mutter. „Hey, Mom", sagte ich. Ich fühlte mich in ihrer Gegenwart immer noch... sehr merkwürdig. Sie würde, nachdem der Mietvertrag ihrer Wohnung im Januar auslaufen würde, wieder hierher ziehen. Und sie hatte versprochen, dass sie auch vorher oft hier sein würde. Aber fünf Jahre voller Wut und Enttäuschung verschwanden nicht einfach so. Wir machten schon dadurch kleine Fortschritte, dass wir zusammen in einem Raum waren.

Sie umarmte mich unbeholfen. Ein paar Minuten später kam Tony und verkündete, dass die Party nun beginnen konnte, und kurz darauf traf auch Mrs. Doyle ein.

Schließlich saß jeder am Tisch und Dad servierte das Essen, es war wie jeden Samstagabend. Außer, dass ich immer wieder das Gefühl hatte, dass ich beobachtet wurde, und wenn ich zu Julia hinüber sah, schaute sie immer irgendwo anders hin. Außer einmal, da ertappte ich sie und wir sahen uns in die Augen. Ich schluckte und versuchte zu verhindern, dass ich von meinem Stuhl aufsprang, denn in ihre Augen zu schauen, brachte das Schlimmste in mir hervor. Vor allem, weil irgendetwas an ihr falsch war, trotz der Tatsache, dass sie lächelte und lachte. Das Lachen erreichte ihre Augen nicht.

Und das wollte ich so sehr. Mehr als alles andere. Ich wollte, dass sie glücklich war.

Dad hatte recht, aber als ich sie so anschaute, wurde mir klar, dass er etwas vergessen hatte. Es war das Eine, sie gehen zu lassen. Okay. Das konnte ich nachvollziehen. Das war richtig. Falls sie dann glücklicher wäre, in Ordnung. Damit würde ich Leben können, auch wenn es mir das Herz aus der Brust riss. Aber ich würde sie nicht gehen lassen, ohne ihr genau zu sagen, was ich fühlte.

Nachdem wir fertig waren, räusperte Dad sich, ein Geräusch, das mich zusammenzucken ließ, und dann stand er auf. „Okay, seid mal alle kurz still."

Tony knüllte seine Serviette zusammen und warf sie in Richtung meines Dads. Dieser machte eine Faust und streckte dann seinen Zeigefinger in Tonys Richtung. „Du auch, Alter."

Wir wurden alle still und ich beobachtete meinen Dad.

„Okay. Ich möchte euch ein paar Dinge sagen. Aber zuerst hat Crank ein paar Neuigkeiten. Willst du es ihnen erzählen?"

Was. Zur. Hölle? Wollte er wirklich, dass ich verkündete, dass Julia und ich uns getrennt hatten? Vor allen? Ich sah mich verzweifelt um, meine Augen schauten schnell zu Julia und sie begann zu erröten. Dann nahm ich Vernunft an. Was zur Hölle? Das war der beste Beweis dafür, wie durcheinander ich wegen Julia war. Sie schaffte es, die wichtigste Neuigkeit in meinem Leben zu überschatten.

Ich holte tief Luft. „Okay, diese Woche hat Julia begonnen, die Band zu managen."

Tony begann anstößig zu jubeln und ich sagte: „Das war noch nicht wirklich die Neuigkeit."

„Oh", sagte Tony und nahm einen großen Schluck von seinem Bier.

„Die Neuigkeit ist, am Freitag hat sie einen Plattenvertrag für uns ausgehandelt. Einen wirklich großen. Wir werden diesen Sommer als Vorgruppe für Allen Roark auftreten."

Das führte dazu, dass Tony, meine Mutter und Mrs. Doyle nun wirklich jubelten. Meine Mom drehte sich zu Julia und umarmte sie, dann sagte sie: „Ich bin so stolz auf dich."

„Ohne sie hätten wir das niemals geschafft", sagte ich. „Ich kann immer noch nicht glauben, wie schnell das alles gegangen ist."

„In Ordnung", sagte Dad. „Was ich eigentlich sagen wollte, war… ihr seid meine Familie. Ihr alle." Während der letzten Worte wanderten seine Augen zu Tony, Mrs. Doyle und schließlich zu Julia. „Julia, ich weiß, wir kennen uns erst seit ein paar Monaten. Aber ich möchte, dass du weißt, dass du wie eine Tochter für mich bist. Du wirst hier immer willkommen sein."

Seine Augen sahen zu mir und ich war mir nicht sicher, wie ich das, was er mir damit sagen wollte, verstehen sollte, verdammt nochmal. War es… *schau, Crank, ich tue dir einen Gefallen, in dem ich sie zu uns einlade?* Oder war es, *vermassle es nicht, Crank, denn sie wird so oder so hier sein, egal, was du denkst?* Ich konnte es wirklich nicht wissen.

„Egal, genug davon. Ihr alle wisst, dass ich morgen abreise. Hoffentlich wird es nicht zu lange dauern und sie finden, wonach sie auch immer suchen und die ganze Sache ist schnell beendet, damit ich wieder nach Hause kommen kann. Und zwar bald. Aber in der Zwischenzeit möchte ich, dass ihr euch umeinander kümmert, okay? Macht keinen Blödsinn."

Tony lehnte sich vor. „Jack, ich fange gleich an, Krokodilstränen zu vergießen. Halt einfach die Klappe und komm heil zurück, okay?"

„Genau das habe ich vor", sagte Dad.

Nach dem Essen spielten wir Monopoly bis Julia um 20 Uhr verkündete: „Ich sollte wirklich gehen. Ich habe morgen früh eine Vorlesung."

Sie sah hoch zu meinem Dad und lächelte, er grinste sie an.

„Ich bringe dich an die Tür", sagte ich.

„Das ist nicht nötig", antwortete sie.

„Ich möchte es aber."

Sie zuckte zusammen und schüttelte ihren Kopf.

„Wirklich", sagte ich. Ich kämpfte darum, mit fester Stimme zu sprechen. „Ich bestehe darauf."

Statt eine Szene zu machen, rollte sie nur mit den Augen. Ich verstand das als Zustimmung. Also holte ich ihren Mantel und Schal und sie packte sich ein. Dad ging zu ihr und umarmte sie ungestüm. „Pass auf dich auf", sagte er.

Sie schniefte. „Sei vorsichtig dort drüben. Und komm heil nach Hause."

„Oh, hör mit der Heulerei auf." Er wischte kichernd eine Träne von ihrem Gesicht. „Mir wird nichts geschehen."

Sie nickte und drehte sich in Richtung Tür. Ich öffnete sie für sie und ging nach draußen. Es war eisig. Ihr Auto stand einen halben Block entfernt in einer der wenigen Parklücken. Wir gingen schweigend nebeneinander her.

Etwa auf halber Strecke sagte ich: „Ich muss dir etwas sagen und du musst mir zuhören."

Sie zuckte zusammen und schüttelte ihren Kopf. „Es gibt nichts zu sagen, Crank."

Ich griff nach ihrem Arm und hielt sie fest, mein Tonfall wurde hart. „Du hast vielleicht nichts zu sagen, ich aber schon. Und du schuldest mir zumindest so viel Höflichkeit, mir zuzuhören."

Sie erstarrte, sie hatte Feuer in den Augen, als sie sprach: „Nimm deine Hand von meinem Arm."

Ich ließ sie los. „Zwei Minuten. Hör einfach nur zu."

„Ich höre." Sie sah nicht so aus, als ob sie es auch meinte. Sie sah im Gegenteil so wütend aus, dass ich dachte, sie würde mich schlagen.

Ich schluckte. „Wenn das, was du wirklich zum Glücklichsein brauchst,… um mit dir selbst leben zu können, mit… deinem Leben zufrieden zu sein,… ist, mich zu verlassen, dann werde ich es akzeptieren."

„Was?"

„Verdammt, Julia. Ich habe keine Ahnung, wie du es geschafft hast, dich so in mein Herz zu stehlen. Aber Tatsache ist, ich liebe dich."

Sie zuckte zusammen, als ich die Worte aussprach.

„Es ist wahr", sagte ich. „Ich liebe dich und ich möchte, dass du glücklich bist, ich möchte, dass du das Leben führen kannst, dass du verdienst. Und wenn das bedeutet… Wenn das bedeutet, dass ich hier stehen und zusehen muss, wie du gehst, dann werde ich das tun. Ich werde nicht glücklich darüber sein. Es wird mir das Herz brechen. Aber… wenn es das ist, was du wirklich brauchst, dann ist es vorbei mit uns."

Sie sah mich an, ihr Gesichtsausdruck änderte sich und ich konnte nicht erkennen, was in ihr vorging.

„Bevor du gehst", sagte ich, „musst du wissen – ich würde einfach alles für dich tun." Ich trat näher, so nah, dass wir uns fast berührten. „Sogar dir einen Abschiedskuss geben und zusehen, wie du gehst."

Und dann lehnte ich mich vor und küsste sie ganz sanft, fast keusch, auf die Lippen. Ich trat zurück. In ihrem Gesicht kämpften Verwirrung und Angst miteinander. Ich hatte gesagt, was ich hatte sagen müssen. Vielleicht hatte ich einen Samen gesät. Vielleicht auch nicht. Das konnte nur die Zeit zeigen und das schmerzte mich sehr. Ich hätte niemals gedacht, dass mich eine Frau mal so verletzen könnte.

Ihre Augen wurden feucht, auf ihrem Gesicht war nichts als Kummer zu erkennen. Schließlich drehte sie sich um und sie stieg, ohne ein weiteres Wort zu sagen, in ihr Auto und fuhr davon, und ließ mich allein dort stehen.

KAPITEL 20

Die Hand meiner Schwester (Julia)

Ich schaffte es, zwei Blocks zwischen mich und Jacks Haus zu bringen, bevor ich rechts ran fahren musste. Ich weinte so sehr, dass ich nichts mehr sehen konnte. Ich wollte nichts mehr, als zurückzufahren und Crank zu sagen, dass es mir leidtat. Dass ich mit ihm zusammen sein wollte, dass ich ihn liebte, und dass das alles ein großer Fehler gewesen war. Ich fühlte mich, als ob ich ein riesiges Loch in meiner Brust hätte, mein Blick war verschwommen und ich konnte nicht aufhören zu zittern.

Aber ich wusste, dass es kein Fehler gewesen war. Zuzulassen, dass er mir so unter die Haut ging, war der eigentliche Fehler gewesen. Ich wusste schon an dem Tag, an dem wir uns in Washington kennengelernt hatten, dass mich irgendetwas zu ihm hinzog. Dieses sofortige Aufflackern von Lust und Faszination, aber inzwischen hatte es sich zu so viel mehr entwickelt. Zuzusehen, wie er Gitarre spielte, mit geschlossenen Augen, verloren in der Musik; zu beobachten, wie er sich um Serena, Mark und Pathin kümmerte, als wären es seine Kinder; zu sehen, wie er seinen Bruder beschützte. All das führte dazu, dass ich mich intensiv danach sehnte, bei ihm zu sein, egal, wie hoch der Preis dafür war. Sogar wenn es mich meine Eigenständigkeit, meine Kontrolle und mein Leben kosten würde.

Ich konnte nicht zulassen, dass das geschah. Ich war so gefährlich nah dran.

Nah dran, mich selbst zu verlieren.

Also nahm ich mich zusammen. Ich hörte auf zu weinen, richtete mich wieder her und fuhr zurück nach Cambridge. Dann wich ich den Fragen meiner Mitbewohnerinnen aus und fiel in einen langen, unruhigen Schlaf.

Am Montagmorgen war ich total durcheinander. Ich wachte spät auf und musste mich beeilen, zur Vorlesung zu kommen. Ich konnte nicht aufhören, an Crank zu denken: Sein verletzter, frustrierter Gesichtsausdruck, als ich am Samstag aus dem Lagerhaus gerannt war. Und die Worte, die er nach dem Essen bei seinem Vater gesagt hatte. *Du musst wissen, ich würde einfach alles für dich tun... sogar dir einen Abschiedskuss geben und zusehen, wie du gehst.*

Was zur Hölle sollte das bedeuten? Irrsinnigerweise fühlte ich mich verloren – obwohl ich wusste, dass ich das nicht tun konnte, obwohl ich wusste, dass ich keine Beziehung mit ihm eingehen konnte, ihn nicht lieben durfte. Und ich war wütend. Es war das Gefühl, das ich von Beginn an hatte vermeiden wollen, dieses chaotische Gefühl, keine Kontrolle zu haben. Und trotzdem war ich nun genau in dieser Situation, unfähig zu denken, obwohl ich genau das getan hatte, was ich tun musste.

Zum ersten Mal während meiner akademischen Laufbahn, wurde ich von einer Professorin dabei erwischt, nicht aufzupassen. Ich saß einfach da, starrte zum Fenster hinaus auf den grauen Winterhimmel und Professorin Simpson rief mich auf.

„Miss Thompson, wenn es Ihnen nicht gut genug geht, um aufzupassen, sollten Sie überlegen, an einem anderen Tag wiederzukommen."

Ich sah sie einen Moment an, nickte dann, nahm meine Tasche und ging. Das war etwas, was ich zuvor noch nie getan hatte.

Am Dienstag ging es mir etwas besser. Unwesentlich besser. Aber um ehrlich zu sein, es war nicht gerade der beste Tag, den ich je hatte. Am Mittwochmorgen ließ ich die Vorlesungen komplett sausen, packte meine Tasche, nahm das beste Kleid in meinem Kleidersack mit und fuhr zum Flughafen.

Um 17 Uhr saß ich in einem Taxi nach Bethesda. Ich holte zitternd und tief Luft, als ich ausstieg und am Haus nach oben sah. Egal was auch passieren würde, ich würde diesen Ort niemals mit einem guten Gefühl betreten. Ich würde niemals in der Lage sein, ihn gedanklich von dem Albtraum meines letzten High School-Jahres zu trennen. Ich war älter und auch weiser geworden und ich hatte auch Distanz zu den Ereignissen in dem Jahr gewonnen. Aber ich musste nur einen kurzen Blick auf die Narben an meinem Handgelenk werfen, damit alles wieder hoch kam.

Also war ich schon angespannt, als ich mit dem Aufzug nach oben zur Wohnung meiner Eltern fuhr. Für mich war sie kein Zuhause, genauso wenig wie das Stadthaus in San Francisco. Kurz gesagt, meine Einstellung ließ sehr zu wünschen übrig.

Als ich die Tür erreichte, kam es mir komisch und unbehaglich vor, so einfach die Tür aufzuschließen, andererseits wäre es aber auch merkwürdig gewesen, wenn ich geklingelt hätte. Was war angemessen? Ich entschied mich dafür, dass es egal war. Wie ich auch eintrat, es würde auf jeden Fall ein nicht sehr angenehmer Abend werden. Stress führte immer dazu, dass meine Mutter sich von ihrer schlimmsten Seite zeigte, und ein Abendessen im Weißen Haus? Das war eindeutig sehr stressig.

Ich stellte also meine Tasche ab, schloss die Tür auf und ging hinein, dabei schleifte ich die Tasche hinter mir her.

Ich fand Chaos vor. Mein Vater war nirgendwo zu sehen… vermutlich hatte er sich in seinem Büro eingeschlossen. Sarah, Jessica und Andrea saßen am Couchtisch und spielten zusammen mit einer Frau, die etwa in meinem Alter oder vielleicht auch etwas jünger war, ein Brettspiel. Sie sah gestresst aus, wahrscheinlich war sie ihr neustes Kindermädchen.

Alexandra weinte und schluchzte herum, während meine Mutter mit ihr schimpfte. Sie trug ein schickes türkisfarbenes Kleid, das vorne ziemlich mit Schokoladeneis bekleckert war. Es tropfte immer noch von ihrer Brust.

„Ich verstehe nicht, wie du glauben kannst, dass du bereit bist, an Erwachsenenessen teilzunehmen, wenn du es noch nicht mal schaffst, dein Kleid nicht zu beschmutzen, Alexandra!" Ihre Worte waren ja vermutlich ganz in Ordnung, aber in ihrer Stimme schwangen Ärger und Verachtung mit. Ich erkannte den Ton und zu hören, dass sie so mit einer meiner Schwestern sprach, brachte sämtlichen Schmerz und Ärger und… und Wut hervor, den ich gegenüber meiner Mutter verspürte.

Ohne sie zu begrüßen sagte ich schnippisch: „Es wäre wahrscheinlich nicht passiert, wenn die Erwachsenen dem kleinen Mädchen nicht schon Stunden vor der Veranstaltung ein schickes Kleid angezogen hätten."

Meine Mutter drehte sich zu mir um, ihre Augen leuchteten auf. Hinter ihr konnte ich sehen, wie Carrie den Raum betrat, gerade als Sarah sagte: „Mom, warum darf ich nicht mit ins Weiße Haus? Alexandra darf mit! Das ist nicht fair!"

Meine Mutter ignorierte Sarah und kam mit einem Blick voller Zorn und Abscheu auf mich zu. „Wie ich sehe trägst du Jeans und T-Shirt. Hast du zumindest etwas Passendes zum Anziehen mitgebracht? Oder erwartest du, dass ich mich um alles kümmere?"

Mit ruhiger und kalter Stimme sagte ich: „Mutter, ich habe als ich vierzehn Jahre alt war aufgehört, irgendetwas von dir zu erwarten."

Sie sah mich an, als ob ich sie geschlagen hätte. Ich drehte mich schnell zu Alexandra um. „Komm mit, Alexandra, lass uns schauen, ob wir für dich etwas anderes zum Anziehen finden." Ich streckte meine Hand aus und sie griff danach. Während wir durch den Flur liefen, versuchte ich mit meinen Augen Carrie zu bedeuten, dass sie uns folgen sollte. Sie verstand.

„Welches ist Alexandras Zimmer?", fragte ich drängend.

Alexandra, die zittrig aussah, zeigte auf eine Tür.

Ich zog sie in ihr Zimmer, Carrie folgte uns und schloss die Tür hinter sich.

„Mom ist schon den ganzen Tag ein Nervenbündel", sagte Carrie. „Ich bin so froh, dass du da bist."

Alexandra liefen Tränen über die Wangen. „Ich wollte das Eis nicht auf mein Kleid kleckern. Wirklich nicht." Sie begann zu weinen.

„Oh, Liebes", sagte ich. „Ist schon okay, das war ein Versehen." Ich setzte mich auf das Bett und zog sie auf meinen Schoß.

„Ich habe dich vermisst, Julia", sagte sie.

Carrie ließ sich neben mir auf das Bett fallen. „Ich auch. Es war niemand da, mit dem ich mich unterhalten konnte. Und Mom und Dad sind ausgerastet, weil du mit Crank nach LA geflogen bist. Wie ist es gelaufen?"

Ich atmete tief durch und konnte nicht verhindern, dass meine Stimme zitterte. „Es ist super gelaufen. Wir haben einen Plattenvertrag, einen richtig guten. Und ich habe mich von Crank getrennt."

Zu meinem eigenen Entsetzen schluchzte ich, als ich das letzte Wort sagte.

„Du hast was? Warum?"

Ich japste nach Luft. „Ich… ich möchte nicht darüber reden."

„Ich mag Crank", sagte Alexandra. „Er war nett zu mir."

„Julia", sagte Carrie. „Red keinen Blödsinn. Du kannst das nicht sagen, ohne es mir zu erklären. Was ist passiert?"

Ich schüttelte meinen Kopf. Carrie legte einen Arm um mich, lehnte sich nah an mich heran und flüsterte: „Wir haben versprochen, dass wir uns um unsere Schwestern kümmern, Julia. Das schließt dich mit ein."

„Er hat mir gesagt, dass er mich liebt", sagte ich. „Also… habe ich ihn verlassen."

Carrie blinzelte. „Das ergibt überhaupt keinen Sinn, Julia. Natürlich liebt er dich. Sogar die Kellner konnten das sehen. Du hast es auch gesehen, nicht wahr, Alexandra?"

Alexandra nickte, dann fügte sie hinzu: „Und er ist wirklich süß."

Carrie sagte: „Wovor hast du Angst?"

Ich flüsterte: „Vor allem. Und wir haben im Moment keine Zeit, uns hierüber zu unterhalten."

Sie runzelte ihre Stirn in meine Richtung. „Ja, ich weiß. Aber wir sind hiermit noch nicht fertig, Julia."

Ich nickte, war nicht glücklich und sah mich um. „Ich kann mich nicht mal an dieses Zimmer erinnern. Glaubst du, wir finden etwas anderes zum Anziehen in dem Schrank?"

Carrie hob eine Augenbraue. „Wie kann es sein, dass du dich nicht an diesen Raum erinnerst, Julia? Das war dein Zimmer."

Ich versteifte mich. Alexandra wand sich von meinem Schoß, also stand ich auf und schaute mich in dem Zimmer um. Als ich vor zwei Monaten hier gewesen war, hatte ich auf der Couch geschlafen. Und wenn ich mich in diesem Zimmer so umsah… Es war steril. Und ich hatte praktisch keinerlei Erinnerung daran. Vermutlich war es mein Zimmer gewesen. Aber als ich hier gelebt hatte, hatte ich es niemals richtig eingerichtet. Ich hatte keine Bilder aufgehängt. Ich hatte mich hier niemals zu Hause gefühlt. Es war einfach nur... ein Zimmer. Ich konnte keinerlei Gefühle damit in Verbindung bringen. Der einzige Raum, an den ich mich klar und deutlich erinnern konnte, war das Bad. An jede Fliese. An jede kleine Welle in den Fugen. An jeden Tropfen meines Blutes. Ich schüttelte meinen Kopf. „Bist du sicher?"

Carrie nickte unglücklich. „Du kannst dich wirklich... nicht erinnern?"

Ich schüttelte den Kopf. „Vermutlich sollte ich das können. Aber ich habe mich... hier niemals wirklich zu Hause gefühlt."

Sie flüsterte: „Julia, vielleicht solltest du mal danach schauen lassen."

Ich verzog das Gesicht. „Was, etwa von einem Arzt? Einem Seelenklempner?"

Carrie kam auf mich zu und flüsterte: „Vielleicht. Manchmal brauchen wir Hilfe nach traumatischen Erlebnissen, Julia. Das alles ist nur vier Jahre her. Ich kann nicht verstehen, wie du dein eigenes Zimmer vergessen konntest."

Ich schloss meine Augen. Ich dachte daran, in welcher Verfassung ich während meines Abschlussjahres an der High School gewesen war. Der ständige Nebel, der meine Gefühle verschleiert hatte. Die ständige Selbstbeschuldigung. Die Misshandlungen in der Schule, und die Misshandlungen zu Hause. Mein Zimmer war eine Zuflucht gewesen. Aber je mehr ich darüber nachdachte... Es war nicht das Zimmer, an das ich mich erinnerte. Die meiste Zeit, die ich in diesem Zimmer verbracht hatte, hatte ich mich in ein Buch vergraben oder eine Decke über meinen Kopf gezogen.

Während meines ersten Jahres in Harvard hatte ich Psychologie belegt. Und wir hatten Depressionen behandelt, wie auch viele andere Dinge. Aber bis zu dem Augenblick, in dem ich in diesem Zimmer stand und mich nicht erinnern konnte, hätte ich niemals gedacht, dass das auch mich betreffen könnte. Ich war niemals auch nur auf die Idee gekommen, mit einem Arzt darüber zu reden. Ich war einfach so. Innerlich tot.

„Vielleicht hast du recht", sagte ich.

Sie sah mich an, es war mehr, als nur ein bisschen Sorge in ihren Augen zu erkennen. „Wir machen uns besser fertig. Oder Mutter explodiert noch. Ich bin gleich zurück… Ich habe vermutlich ein paar Kleider in Alexandras Größe in meinem Zimmer."

Natürlich würde sie dort fündig werden. Als wir hier vor vier Jahren gewohnt hatten, war sie nicht viel älter als Alexandra gewesen. Ich versuchte, mich an gemeinsame Zeiten mit ihr während dieses Jahres zu erinnern. Waren wir zusammen in den Zoo gegangen? Schulaufführungen? Ein Museum?

Ich hatte keine Ahnung und das machte mir schreckliche Angst.

Mit ein paar kleinen Anpassungen konnten wir Alexandra ein hübsches grünes Kleid anziehen, das früher mal Carrie gehört hatte, und damit waren wir alle fertig. Ich war gerade dabei, mein Make-up zu richten, als unsere Mutter an der Tür klopfte.

Mutter tat ihr Bestes, um mich innerhalb der nächsten neunzig Minuten mit Blicken zur Unterwerfung zu bringen, während wir uns alle fertig machten und dann in den Van einstiegen, den unser Vater gemietet hatte. Alexandra saß in der hintersten Reihe und las ein Buch, Carrie und ich nahmen in der Mitte Platz und unterhielten uns leise. Sie freute sich darauf, nach den Ferien zurück zur Schule zu gehen. Anscheinend hatte sie, trotz des Umstands, dass sie an drei verschiedene High Schools gegangen war (in Bethesda, Moskau und nun in San Francisco), einen Platz für sich gefunden. Ich ertappte mich dabei, sie dafür zu beneiden. Meine eigenen High School-Erfahrungen waren eine Aneinanderreihung von Albträumen gewesen und es fiel mir schwer, mir vorzustellen, wie unterschiedlich unser Leben in dieser Hinsicht war.

Aber mal ernsthaft, was soll's? Ich hatte auch einen Platz für mich gefunden. Auch wenn es erst kürzlich geschehen war. Ich baute langsam eine engere Bindung zu Jemi auf, obwohl es oft merkwürdig und peinlich war. Und Jack, Margot und Sean schafften es wirklich, dass es sich anfühlte, als hätte ich eine Familie in Boston. Es war mehr als seltsam, dass ich in einem Reihenhaus in Boston Menschen gefunden hatte, die mich so gern mochten, wie ich sie. Ich fragte mich kurz, wie es Jack ging. Am Montag war er zusammen mit seiner

Einheit aufgebrochen und sie hatten den Einsatz in Kuwait vorzubereiten. Ich hatte keine Ahnung, wie lange so etwas dauerte. Waren
sie schon dort? In irgendeinem Camp in der Wüste? Ich hatte keine
Ahnung.

Diese Überlegungen über Jack führten dazu, dass ich an Barry
Lewis dachte, der während meiner Zeit in der Mittelstufe mein Bodyguard und wie ein großer Bruder zu mir gewesen war. Jack hatte
vorgeschlagen, ich solle versuchen, ihn über die Personensuche des
Pentagon zu finden. Falls er immer noch bei den Marines war, würden
sie ihn finden. Ich dachte oft darüber nach. Würde er sich überhaupt
an mich erinnern? Ich war nur ein Kind gewesen, auf das er hatte
aufpassen müssen – irgendwie war ich sicher, dass die Beziehung für
ihn nicht so wichtig gewesen war wie für mich. Er hatte für… Stabilität und eine Wärme gesorgt, die ich niemals zuvor und auch danach
niemals wieder gespürt hatte, bis ich Cranks Familie kennengelernt
hatte. Irgendwann wollte ich ihm dafür danken.

Carrie war dem Ganzen anscheinend entkommen. Sie sah in der
Tat sogar ausgeglichen und glücklich aus. Es war sonderbar. Unsere
Leben waren separat voneinander verlaufen, wegen unseres Altersun-
terschieds und verschiedenen anderen Dingen. Ich konnte nicht anders, ich fragte mich, wie wohl Alexandras Leben verlaufen würde.
Oder das der Zwillinge und ganz besonders Andreas, die zu jung war,
um sich überhaupt an den Auswärtigen Dienst und die ganzen Umzüge alle drei Jahre zu erinnern.

Als wir die Tore zum Weißen Haus erreichten, wurden wir ruhig.
Ein Militärjeep stand an der Kreuzung, ein weiteres Relikt des 11.
September. Ich fragte mich, ob sie von nun an wohl immer dort stehen würden. Am Tor reichte mein Vater dem Wachmann des Secret
Service seine Einladung, und dieser leuchtete mit einer Taschenlampe
in den Van, danach zeigte er meinem Vater wo er parken sollte. Zwei
weitere Wachleute folgten uns zu dem Parkplatz und stellten sich in
sicherer Entfernung auf, während wir aus dem Van ausstiegen.

Draußen war es eisig kalt, schon der kleinste Nieselregen wurde
zu Schnee. Das Weiße Haus war in der Dunkelheit hell erleuchtet
und wir folgten unserer Eskorte zu einer Tür im Ostflügel. Sobald wir
drinnen waren, mussten wir durch Metalldetektoren gehen und dann
führte uns die Wache weiter.

Eine junge Frau traf uns an einem Treppenabsatz. „Botschafter Thompson und Familie? Hier entlang bitte."

Sie drehte sich um und führte uns an dem Secret-Service-Agenten vorbei zu einer geschlossenen Tür und dann eine Treppe hinauf. Einen Augenblick später waren wir im Amtssitz des Präsidenten. Wir folgten ihr einen Flur entlang, der mit einem dicken Teppich belegt war, an den Wänden hingen Porträts der früheren Präsidenten und der First Ladys. Dann betraten wir einen kleinen Raum, in dem ich plötzlich meinem Albtraum gegenüber stand.

„Botschafter Thompson, darf ich Ihnen Botschafter Easton vorstellen, er wird Großbritannien repräsentieren."

Ich bemerkte kaum, wie mein Vater und Botschafter Easton sich die Hände schüttelten und begannen ihre Familien vorzustellen. Eastons Frau war eine irgendwie altbackene Frau, die ein schwarzes Samtkleid trug. Neben ihnen stand, mit bleichem Gesicht, Harry Easton.

Ich erstarrte.

Mein Dad und Easton kicherten, als sie sich die Hand gaben. „Wir kennen uns", sagte mein Vater. „Ronald war in seinem letzten Jahr in Peking, als wir dort ankamen."

Easton sagte: „Richard, ich weiß nicht, ob Sie sich an ihn erinnern, es ist schon so lange her, aber das ist mein Sohn Harry. Er ist derzeit Nachwuchsbeamter im Konsulat in New York."

Meine Mutter lächelte und reichte den Eastons die Hand, dann sagte sie: „Julia, bist du nicht mit Harry zur Schule gegangen?"

Ich konnte nicht antworten. Ich war vor Schock gelähmt, eine Welle verworrener Gefühle durchfuhr mich und sie prallten aufeinander. Ich konnte fast spüren, wie das Blut in meinen Ohren rauschte und ich wollte zurückweichen, wegrennen – alles tun, um den Raum sofort zu verlassen.

Harry sagte einfach in seinem charakteristischen Eton-Akzent, den er mit seinem Vater gemein hatte: „Julia und ich… kennen uns."

Carrie trat neben mich und schüttelte Harrys Hand. Er streckte mir seine Hand entgegen, aber ich konnte mich nicht bewegen und nicht mal in einer Million Jahre oder unter gar keinen Umständen, würde ich ihn erneut berühren. Mir drehte sich der Magen um. Der

Mann, der mein Leben zerstört hatte, stand direkt vor mir. Und die Ironie an der Sache? Als ich vierzehn war, hatte ich ihn geliebt, ich war total besessen von ihm gewesen, sogar als er mich wie ein Stück Dreck behandelt hatte. Und ihn jetzt anzusehen? Ich hatte keine Ahnung, was ich an ihm anziehend gefunden hatte. Er war kleiner, als ich ihn in Erinnerung hatte, aber er war immer noch gut aussehend. Zumindest, wenn man kaltblütige Arschlöcher mag.

Nachdem er einen Augenblick mit ausgestreckter Hand dagestanden hatte, trat Harry einen Schritt zurück, er sah aus, als ob er sich nicht wohl in seiner Haut fühlte. Unsere beiden Elternpaare sagten kein Wort. Ich vermute, mein Verhalten war unhöflich genug, um ihre Aufmerksamkeit zu erregen. Es war mir egal. Ich wollte nur kotzen. Oder davon rennen. Oder ihn schlagen. Ich zitterte und als Carrie wieder an meine Seite kam, lehnte sie ihren Kopf nah an mein Ohr und flüsterte: „Geht's dir gut?"

Ich schüttelte meinen Kopf nur ganz leicht. Ein Teil von mir fragte sich, ob es mir jemals wieder gut gehen würde.

In dem Moment trat Alexandra nach vorne, um vorgestellt zu werden. Botschafter Easton und seine Frau hätschelten sie und dann schüttelte sie Harrys Hand. Er versuchte, charmant zu sein, lächelte sie an und beugte sich über ihre Hand. „Es ist mir eine Ehre, dich kennenzulernen, Miss Alexandra."

Ich konnte mich gerade so zurückhalten, ihm nicht in den Hintern zu treten. Blanke Wut durchfuhr mich, weil er überhaupt wagte, mit meiner kleinen Schwester zu sprechen, die kaum jünger war als ich, als ich ihn kennengelernt hatte.

Die Frau, die uns hergeführt hatte, sagte: „Der Präsident und die First Lady werden in ein paar Minuten hier sein. Bitte trinken Sie derweil etwas." Sie zeigte auf eine Bar, die an einer der Wände stand. Ein Barkeeper mit einer weißen Jacke stand dahinter.

Ich ging sofort an die Bar und Carrie war dicht hinter mir. „Gin Tonic, bitte", sagte ich.

Meine Eltern drehten sich beide in meine Richtung, meine Mutter sah beunruhigt aus, mein Vater verdutzt. Und in diesem Augenblick entschied sich Harry, zu mir und Carrie an die Bar zu kommen.

„Hallo, Julia", sagte er mit leiser Stimme.

Ich flüsterte, meine Stimme zitterte dabei, genau wie der Rest von mir auch. „Komm mir nicht zu Nahe, Harry. Rede nicht mit mir. Rede auch nicht mit meinen Schwestern."

Er erstarrte auf der Stelle. Ich trank die Hälfte meines Drinks in einem Zug. Carrie sah zwischen mir und Harry hin und her und flüsterte mir dann zu: „Ich denke nicht, dass ich fragen muss, ob das der Harry ist, von dem du mir erzählt hast."

Ich schüttelte meinen Kopf.

Meine Reaktion verblüffte mich. Ich spürte keinen Kummer oder Traurigkeit. Nur Ärger, Wut und Abscheu. Inzwischen starrten uns alle im Raum an und Harry begann sich zurückzuziehen, er nickte uns mit übertriebener Höflichkeit zu. Ich erinnerte mich an diesen Blick. Es war sein „Was habe ich getan?"-Blick und ich hatte ihn, als wir Teenager gewesen waren, hunderte Male gesehen. Sein Blick, der mich ohne Umschweife immer für alles verantwortlich gemacht hatte Sein Blick, der besagte, dass er an nichts Schuld war, sich um nichts kümmerte; dass ich nichts wert war.

Ich drehte mich von ihm weg, trank meinen Drink aus und bestellte einen weiteren. Carries Augen wurden groß, als ich den zweiten Drink entgegennahm. „Bist du sicher, dass das eine gute Idee ist?", flüsterte sie.

„Nichts an der Tatsache, dass ich hier bin, ist eine gute Idee", murmelte ich.

Einen Moment später, spürte ich eine bekannte und unangenehme Ausstrahlung neben mir. Meine Mutter.

„Ich weiß nicht, was du dir dabei denkst, Julia, aber dein Benehmen ist unentschuldbar." Ihre Stimme war ruhig aber drängend.

Ich sah sie von der Seite an und antwortete genauso ruhig: „Und was ist neu daran, Mutter? Alles an mir war immer unentschuldbar."

Sie erblasste und ich drehte mich um und entfernte mich von der Bar, stellte mich mit dem Rücken zur Wand, so dass ich alle im Raum sehen konnte, und trank meinen Drink. Mein Vater unterhielt sich mit Botschafter Easton, er bemerkte die unterschwelligen Stimmungen im Raum gar nicht. Harry war an die Seite seines Vaters zurückgekehrt, er versuchte unzweifelhaft, seinen guten Stand in den Augen seiner Eltern zu bewahren. Meine Mutter hielt Alexandras Hand in ihrer, sie stand neben Carrie, während Mrs. Easton mit ihr in einem angeregten Ton sprach und mit den Armen wedelte. Die Augen meiner Mutter schauten schnell zu mir. Ich hatte zweiundzwanzig Jahre damit verbracht, mich zu unterwerfen, wenn sie etwas sagte. Ich hatte mein Leben lang von ihr gehört, dass mein Benehmen, meine Kleidung, meine Entscheidungen, ja mein ganzes Leben inakzeptabel waren. Ich hatte genug. Ich würde mich nicht mehr darum kümmern.

Ich schaute mich im Raum um, wurde im Moment von den anderen nicht beachtet, außer von dem Agenten des Secret Service, der mich genau beobachtete. Es war schwer zu sagen, ob er dachte, dass ich eine mutmaßliche Attentäterin war, oder ob er mich mit seinen Augen auszog. Der Effekt war derselbe. Ich fühlte mich unbehaglich unter seinem Blick, und mein Nacken begann rot zu werden.

Warum war ich hier? Das war nicht das Leben, das ich führen wollte. Das war auch nicht das Leben, um das ich gebeten hatte. Ich bin mir sicher, dass eine Menge Leute für ein Abendessen in dieser Gesellschaft getötet hätten. Ich gehörte nicht dazu. Was ich wirklich wollte, war zurück nach Boston zu fahren, zurück zur Band. Ich wollte für mich ein schönes, sicheres Plätzchen finden. Einen Ort, der ganz mir gehörte, wo ich leben konnte, ohne die nächsten dreißig Jahre umziehen zu müssen. Ich wollte Stabilität in meinem Leben. Trotz der Probleme, die Jack und Margot in ihrem Leben gehabt hatten, wollte ich das, was sie versucht hatten ihren Kinder zu geben: ein stabiles, gutes Leben.

Zwei weitere Agenten des Secret Service betraten den Raum und nahmen ihre Position neben der Tür ein. Einen Augenblick später kamen der Präsident und die First Lady herein.

Der Präsident hatte einen etwas federnden Schritt. Als er auf meinen Vater und Botschafter Easton zuging, hatte er ein schiefes Grinsen im Gesicht. Wie beide Botschafter trug auch der Präsident die Washingtoner Uniform, einen dunklen Anzug mit einem weißen Hemd und einer gestreiften Krawatte. Mein Vater und Präsident Bush hatten den obligatorischen Pin mit der amerikanischen Flagge am Revers, etwas das mir seit dem 11. September in den Nachrichten aufgefallen war, das aber vorher nicht üblich gewesen war.

Die Männer schüttelten sich die Hände und dann stellten Botschafter Easton und mein Vater ihre Familien vor. Ich wurde zu ihnen herüber gewunken und schüttelte die Hand des Präsidenten und von Mrs. Bush.

„Meine älteste Tochter, Julia", sagte mein Vater. „Sie ist in ihrem Abschlussjahr in Harvard."

Der Präsident grinste und sagte in seinem sanften texanischen Akzent. „Tja, Sie hätten darüber nachdenken sollen, nach New Haven zu gehen, aber ich denke, man kann nicht alles haben."

„Es ist mir eine Ehre, Sie kennenzulernen, Sir", sagte ich. Ich wollte meiner Mutter sagen: *Schau, ich kann höflich sein*, aber das wäre… unhöflich gewesen. Stattdessen grinste ich den Präsidenten an und warf den Ball mit seiner Anspielung auf Yale zurück. „Sie hätten vielleicht darüber nachdenken sollen, in Cambridge zu studieren, Mr. President. Es ist niemals zu spät."

Er kicherte und ich spürte, wie er mir ein wenig sympathisch wurde, obwohl wir in politischer Hinsicht nicht einer Meinung waren.

Mein Dad sah gestresst aus. Ich fühlte mich angeheitert. Präsident Bush sah amüsiert aus.

Mein Dad sagte: „Julia plant nächstes Jahr ihren Abschluss zu machen und mir dann in den Auswärtigen Dienst zu folgen."

„Oh, ist das nicht schön?", sagte Mrs. Bush.

„Eigentlich werde ich in die Musikindustrie gehen", sagte ich. „Ich manage eine Punk-Rock Band."

Der Präsident hob seine Augenbrauen, und mein Vater sagte mit einem Unterton in der Stimme: „Das ist jetzt nicht der richtige Zeitpunkt, um das zu diskutieren, Julia."

„Natürlich, in Ordnung, Dad. Du hast mit dem Thema angefangen."

Jetzt lachte der Präsident wirklich und lehnte sich nah an mich heran. „Ich weiß, wie man sich fühlt, wenn man in eine berufliche Laufbahn gedrängt wird. Mein Dad wollte immer, dass ich Präsident werde."

Alle lachten höflich. Meine Mutter sah aus, als ob sie gleich in Ohnmacht fallen würde.

„Ich weiß nicht, wie es Ihnen geht", sagte der Präsident, „aber ich könnte ein ganzes Pferd verdrücken. Lassen Sie uns zu Abend essen."

Also gingen wir alle ins Esszimmer, das gleich nebenan lag.

Bei offiziellen Anlässen verlangte das Protokoll, dass die Sitzordnung dem Rang folgte. Also saßen mein Vater und Botschafter Easton sich neben dem Präsidenten gegenüber. Meine Mutter und Mrs. Easton saßen am Fußende des Tisches bei Mrs. Bush und dazwischen saßen sich Alexandra und Carrie gegenüber, während ich gegenüber von Harry sitzen musste.

Nachdem wir alle saßen, brachten die Kellner den Wein. Ich trank einen guten Schluck davon, als Harry sich nach vorne lehnte. „Barrett Randall hat mich vor ein paar Wochen angerufen und erwähnt, dass er dich im Zug getroffen hat und ihr geplant habt, zusammen Abendessen zu gehen. Du bist jetzt also in Harvard? Seit wir uns kennengelernt haben, hat sich viel verändert, nicht wahr?"

Ich ignorierte ihn. Ich hatte keinerlei Ambitionen, mit Harry zu reden. Meine Mutter warf mir einen Blick zu, sie hatte die Stirn gerunzelt.

Harry lehnte sich näher zu mir herüber, seine Stimme wurde ganz leise. „Ich verstehe nicht, warum du nicht mit mir reden willst."

Ich wollte wirklich keine Szene machen oder einen diplomatischen Vorfall verursachen. Aber ich hatte genug. Ich lehnte mich auch vor und sah ihm in die Augen. Ich lächelte, es war kein ehrliches Lächeln, und sagte in einem unterhaltsamen Ton: „Ich würde lieber lebende Würmer essen, als mich mit dir zu unterhalten. Warum tun wir nicht einfach so, als ob der andere gar nicht da wäre, dann kann das Essen für alle anderen normal verlaufen?"

Mrs. Bush bedeckte ihren Mund und kicherte, fast hätte sie laut losgelacht. Meine Mutter sah aus, als ob sie gleich unter den Tisch kriechen und sterben würde. Ein Punkt für Laura Bush. Jetzt mochte ich sie auch.

Mein Vater, der zwischen Harry und dem Präsidenten saß, hörte mitten im Satz auf zu sprechen. Seine Augen wurden vor Schock ganz groß, sein Gesicht erbleichte ein wenig. Der Präsident grinste, lehnte sich nah an meinen Dad heran und flüsterte etwas. Ich denke nicht, dass mein Dad es lustig fand, aber Präsident Bushs Schultern zuckten.

Dann drehte er sich in meine Richtung. „Miss Thompson… Julia, richtig?"

Ich lächelte ihn an. „Ja. Mr. President."

„Sagen Sie mir, was Ihre Mitstudenten über die Situation im Irak denken."

Ich dachte über die Frage nach. „Ich denke, den meisten in Harvard ist es egal, Mr. President. Sie sind zu sehr damit beschäftigt, privilegiert zu sein und miteinander zu konkurrieren. Aber ein guter Freund von mir in Boston? Die National Guard Einheit seines Vaters wurde bereits aktiviert und sie werden nach Kuwait gehen."

Der Präsident nickte. „Ich verstehe. Und was ist mit Ihnen?"

„Ich, Sir?"

„Ja. Ich bin immer neugierig, was die Leute denken."

Mein Vater hatte zu diesem Zeitpunkt bereits die Augen geschlossen. Er war sich darüber klar, dass ich bei dem riesigen Protest in Washington im letzten Oktober einen Anteil gehabt hatte, wenn auch nur einen kleinen.

„Um ehrlich zu sein, Mr. President, aufgrund dessen, was in den Nachrichten berichtet wird, habe ich den Eindruck, dass wir auf jeden Fall im Irak einen Krieg führen werden, egal was auch passieren wird. Ich denke, das ist eine Schande."

Der Präsident nickte. „Tja dann. Ich hoffe, Sie haben unrecht. Ich setze große Hoffnung in die dortige Mission Ihres Vaters. Alles, was Saddam tun muss, ist, die Massenvernichtungswaffen auszuhändigen, dann wird es keinen Krieg geben. Sehen Sie? Ganz einfach." Dann lehnte er sich über den Tisch, legte einen Ellbogen auf ihm ab, während er mit mir sprach. „Es ist gut, eine ehrliche Meinung zu hören. Es gibt nicht viele Menschen um mich herum, die mir wirklich sagen, was sie denken. Sind Sie sicher, dass Sie nicht in die Verwaltung gehen wollen?"

„Danke, Sir, aber nein. Ich habe die meiste Zeit meines Lebens damit verbracht von einem Land in das andere zu ziehen, weil mein Vater im Auswärtigen Dienst war. Nun möchte ich etwas anderes machen."

Mrs. Bush fiel ein: „Wissen Sie, ich finde es schade, dass aufgrund des ganzen Geredes über Krieg, Georges Innenpolitik kaum beachtet wird. Er hat eine Menge guter Ideen, um nationale Missstände zu lösen."

Meine Augen wanderten zu Harry und ich platzte heraus: „Zum Beispiel Verführung Minderjähriger zu verhindern?"

Meine Mutter keuchte auf und Harry wurde total still. Mrs. Bush sah einfach nur verblüfft aus. „Na ja, das auch, denke ich, aber ich habe eher die Wirtschaft gemeint."

„Oh, ich verstehe." Carrie hatte recht. Ich hätte keine zwei Gin Tonics trinken sollen. Ich drehte mich leicht auf meinem Stuhl und winkte einem der Kellner in den weißen Jacken, die um den Tisch herum standen. Er sah mich an und ich zeigte auf mein leeres Glas. Es würde eine sehr, sehr lange Nacht werden und ich hatte nicht genügend Treibstoff.

Alexandra sagte: „Was ist Verführung Minderjähriger?"

Meine Mutter antwortete mit zusammengebissenen Zähnen: „Ich denke nicht, dass das ein angemessenes Thema für ein Abendessen ist, Julia."

Wie auch immer. Ich hatte genug davon, was meine Mutter für angemessen hielt. Ich würde mich für den Rest des Essens hier im Weißen Haus zivilisiert verhalten, zumindest so gut ich konnte. Aber sie sagte besser hinterher nichts zu mir, denn dann würde ich wirklich ausrasten. Ich war auch wichtig. Es wurde Zeit, dass sie das kapierte.

Glücklicherweise verlief der Rest des Essens relativ friedlich. Nach einem ziemlich warnenden Blick von seinem Vater, sagte Harry nichts mehr zu mir und kurze Zeit später wurde das Essen serviert. Ich konzentrierte mich auf das Essen und hielt meinen Mund, um zu verhindern, dass ich noch etwas wirklich Peinliches sagte. Mein Kopf war vom Alkohol benebelt und ich wollte zumindest kein schlechtes Beispiel für Alexandra abgeben. Sie war ein gutes Kind und sie hatte keine Ahnung, was mit mir los war.

Carrie ignorierte Harry aus Solidarität mit mir völlig. Also blieben ihm nur mein und sein Vater zum Unterhalten, und Präsident Bush. Die vier schienen sich zu verstehen. Mein Vater und Botschafter Easton lachten über die Witze des Präsidenten, auch wenn sie nicht lustig waren, und die meisten waren es nicht. Am anderen Ende des Tisches unterhielten sich meine Mom, Mrs. Easton und Mrs. Bush über die Unterschiede zwischen den öffentlichen Schulsystemen der Vereinigten Staaten und dem Vereinigten Königreich. Ich war an keiner der beiden Unterhaltungen interessiert. Also drehte ich mich zu Alexandra und fragte sie nach der Schule und wie sie mit dem Leben in den Vereinigten Staaten zurechtkam, nachdem sie aus Moskau zurückgekommen waren. Sie berichtete mir sofort, dass es in San Francisco wesentlich wärmer war, und dass die Jungen in ihrer Schule viel süßer waren.

Ich fühlte einen Schmerz in meiner Brust. Sie war erst zwölf. Viel zu jung, um an Jungen zu denken. Ich wollte sie in meine Arme nehmen und sie beschützen. Ich wollte ihr sagen, dass sie sich von Jungen und Männern und ihren dummen und vernichtenden Spielen fernhalten sollte. Aber ich wusste, dass es nicht mehr lange dauern würde, bis sie ihr nachlaufen würden. Sie hatte diese großen grünen Augen und langes glänzendes Haar, für das ich getötet hätte, und die Pubertät hatte bereits begonnen, die Form ihres Körpers zu verändern.

Nein, es würde nicht mehr lange dauern, bis ihr die Jungen nachlaufen würden. Für einen kurzen Moment bedauerte ich es, tausende von Kilometern entfernt in Boston zu leben. Wie würde ich sie aus dieser Entfernung beschützen können? Ich war zehn Jahre älter als Alexandra. Und der Altersunterschied zu den Zwillingen und Andrea war noch größer, ehrlich gesagt kannte ich sie kaum. Aber ich wusste eines, meine Mutter war nicht gut darin, sie vor Kummer zu beschützen, egal, was ihre Motive auch waren. Das Einzige, was sie konnte, war, Beschuldigungen auszusprechen und zu verletzen.

Schließlich war dieses entsetzliche Abendessen vorbei. Der Präsident stand auf, sagte ein paar Worte und wünschte den beiden Botschaftern viel Erfolg bei ihrer Mission. Wir standen alle auf und schüttelten uns die Hände, verabschiedeten uns und gingen, eskortiert von einem uniformierten Agenten des Secret Service, zu unserem Van. Auf dem Weg nach draußen wurde mir plötzlich klar, dass Crank und Harry, außer den verrückten Gefühlen, die sie in mir hervorriefen, absolut gar nichts gemeinsam hatten. Nichts. Wochenlang hatte ich Crank mit Harry in Verbindung gebracht… Der Rausch der miteinander kollidierenden Gefühle, der Verlust der Kontrolle.

Aber Harry war oft kalt gewesen, bevormundend – er war fast schon herablassend zu meinem jüngeren Ich gewesen. Er war poliert, hatte ausgezeichnete Manieren, das Auftreten der gehobenen Klasse und ein überwältigendes Bedürfnis nach Macht. In dem Alter war ich ihm nicht ebenbürtig gewesen. Er hatte sich einen Weg in mein Leben gebahnt und versucht, alles zu kontrollieren, was ich tat. Und ich hatte ihn gelassen.

Crank war nichts anderes als rücksichtsvoll gewesen. Freundlich. Sehr beschützend. Sogar als ich ihn auf Armeslänge gehalten und ihn ständig weggestoßen hatte, hatte er mir klargemacht, dass ich seine erste Priorität war oder sein Bruder oder sein Vater... niemals er selbst.

Und ich hatte mich ihm gegenüber schrecklich verhalten. Immer und immer wieder.

Meine Gedanken wurden in dem Moment, in dem wir aus dem Weißen Haus hinaus in die Dunkelheit traten, jäh unterbrochen. Meine Mutter ignorierte den Secret-Service-Agenten, der uns eskortierte, und drehte sich zu mir um.

„Wie kannst du es wagen, dich so zu benehmen, Julia? Ist es dein Ziel, das Leben deines Vaters zu zerstören? Ich wusste, dass es besser gewesen wäre, wenn du heute Abend nicht dabei gewesen wärst. Ich habe es ihm gesagt, aber er wollte nicht auf mich hören."

Ich hielt an. Ich sah zwischen meinem Vater, der einen schmerzvollen, traurigen Gesichtsausdruck hatte, und meiner Mutter, die mich wütend ansah, hin und her.

Ich richtete mich gerade auf und sagte: „Mutter – "

Sie unterbrach mich. „Sag mir nur eines, junge Dame, was haben dir die Eastons je getan? Welches Recht hattest du, dich dort so aufzuführen?"

Ich fühlte mich so müde. Ich war es leid, die Geheimnisse meiner Mutter zu bewahren, obwohl sie nicht mal höflich zu mir war. War es leid, wie eine Ausgestoßene beschimpft zu werden. Ich hatte genug von dieser Familie. Ruhig sagte ich: „Mutter, inzwischen ist es viele Jahre zu spät, um mich zu fragen, was Harry mir getan hat. Wenn du mich vor Jahren gefragt hättest, wäre unser gemeinsames Leben vielleicht anders verlaufen."

Abrupt drehte ich mich zu dem Agenten des Secret Service um. „Können Sie mich bitte zum Tor begleiten? Ich werde ein Taxi direkt zum Flughafen nehmen."

„Ja, Ma'am", sagte er.

Carrie sagte: „Ich werde mitkommen. Ich kann nachher ein Taxi zurück zur Wohnung nehmen."

„Das wirst du nicht!", rief meine Mutter. „Carrie, du wirst nirgendwo hingehen."

Mein Vater, der einen unglaublich traurigen Gesichtsausdruck hatte, sagte: „Adelina, ich denke…"

Meine Mutter drehte sich wütend zu ihm um, und er begann zu zögern. Aber dann fuhr er fort. „Adelina, es ist Zeit aufzuhören. Ich weiß nicht, worum es heute Abend ging, aber wir werden Julia gehen lassen und Carrie mit ihr. Carrie, ich erwarte, dass du bis Mitternacht zu Hause bist. Und Julia… bitte ruf mich an. Ich verstehe nicht, was hier los ist."

Sie begann auf ihn einzureden, sie sagte in einem scharfen Ton: „Ich denke nicht, dass du das Recht hast – "

Sanft sagte er: „Adelina. Sei ruhig. Lass sie gehen. Steig ein."

Ich hatte es nicht erwartet, aber ich spürte einen Kloß in meinem Hals. In den ganzen Jahren hatte mein Vater nicht ein einziges Mal eingegriffen. Er war nicht ein einziges Mal dazwischen gegangen. Und ich hätte das gebraucht. Denn irgendwann, ich weiß nicht genau wann, hatte meine Mutter begonnen, fast gehässig zu werden, und sie hatte das jahrelang hauptsächlich an mir, weniger an meinen Schwestern, ausgelassen. Ich hätte jemanden gebraucht, um mich davor zu beschützen, ganz besonders, während meines Abschlussjahres an der High School. Aber er war immer zu sehr mit seiner Arbeit und mit seinen wissenschaftlichen Ambitionen beschäftigt gewesen, um meine Existenz überhaupt zu bemerken.

Meine Mutter griff nach Alexandras Hand und ging beleidigt davon. Alexandra aber drehte ihren Kopf und Körper, um mir zum Abschied zuzuwinken. Ich lächelte sie an und warf ihr einen Handkuss zu, bevor meine Mutter sie fast ins Auto warf.

Ich drehte mich um, um den Secret-Service-Agenten zu folgen, aber mein Dad sagte: „Julia… warte."

Ich hielt an, drehte mich aber nicht um. Ich sah ihn nicht an. Ich konnte es nicht.

Er sagte: „Ich weiß, ich war nicht der beste Vater. Aber du musst wissen, dass ich dich liebe. Ich möchte, dass du glücklich bist."

Ich stieß ein hässliches, halbunterdrücktes Schluchzen aus. Carrie nahm meine Hand und hielt sie ganz fest. „Dad, ich denke du solltest es jetzt dabei bewenden lassen. Ich werde mit ihr reden, und wir können uns während der Feiertage darum kümmern."

Ich schüttelte meinen Kopf. „Ich denke nicht, dass ich dieses Jahr über Weihnachten nach Hause komme, Carrie. Ich kann nicht mehr im gleichen Haus mit ihr wohnen."

Sie flüsterte: „Aber… Julia…"

Die schmerzvolle Stimme meines Vaters sagte hinter uns: „Julia… bitte? Gib uns eine Chance. Ich meine es ernst. Komm nach Hause. Du bist unsere Tochter."

Ich zitterte und in diesem Moment wollte ich nichts anderes tun, als so schnell wie möglich nach Hause zu kommen. Nicht nach Kalifornien, das war niemals mein Zuhause gewesen. Nach Boston zu dem kleinen Reihenhaus in Southie, wo ich Crank und Sean und Margot und vielleicht auch noch einen vereinzelten Nachbarn finden würde. Das war nun mein Zuhause. Aber… das konnte ich meiner Schwester nicht antun. Nicht jetzt. Nicht zu dem Zeitpunkt, an dem wir gerade begonnen hatten, uns näher zu kommen.

Ich nickte. „Ich werde an Weihnachten nach Hause kommen", flüsterte ich. „Aber mehr kann ich nicht versprechen."

Ich begann zum Tor zu laufen und hielt die Hand meiner Schwester auf dem ganzen Weg fest.

KAPITEL 21

Dann gingen die Scheinwerfer an (Crank)

"Fünf Minuten", sagte Julia, hob ihre Hand hoch und streckte ihre Finger auseinander, um die verbleibende Zeit anzuzeigen. Es war nötig: In dem Club war es schrecklich laut. Dann drehte sie sich um und verschwand wieder durch die Tür. Ich hatte sie heute Abend nur für ein paar Minuten gesehen. Kurz nachdem wir angekommen waren, hatte sie uns in den Aufenthaltsraum im hinteren Teil des Clubs geführt. Sie sah ein wenig anders aus. Sie hatte Strähnen im Haar und machte einen entspannten Eindruck, sie trug abgetragene Jeans und eines unserer neuen Morbid Obesity T-Shirts mit einem schwarzen Blazer.

Die T-Shirts waren neu. Bei unserer Show vor zwei Wochen war sie mit einer ganzen Wagenladung davon angekommen, und wenn ich so in die Menge sah, dann hatte sie bereits in der ersten Nacht um die zweihundert Stück davon verkauft. So was hatten wir früher nicht mal probiert.

Julia hatte mich die letzten drei Wochen gemieden. Sie war zweimal bei unseren Proben aufgetaucht, um mit uns den Aufnahmezeitplan durchzugehen, und um die neuen Songs zu hören. Und sie war an den Samstagabenden zum Haus meines Dads – jetzt war es meines – zum Essen gekommen. Diese Abende waren für mich schmerzhaft peinlich gewesen, aber die Anwesenheit von Sean und Mom, Tony und Mrs. Doyle hatte geholfen, die Spannung etwas zu lösen.

Sie hatte der Band eine knallharte Deadline bis 15. Januar ge-
setzt, um die Songs für das Album fertig zu schreiben. In der dritten
Januarwoche würden wir mit den Aufnahmen beginnen. Alle, auch
Mark, hatten dem Terminplan ohne Widerworte zugestimmt.

Dann hatte sie sich umgedreht und uns einen Terminplan für
Auftritte jeden Freitag und Samstag in den nächsten drei Monaten
gegeben. Sie nahm das alles sehr ernst und führte es wie ein Unternehmen. Ich hatte keinerlei Einwände. Die Single würde morgen früh
veröffentlicht werden und wir hatten während unserer Auftritte in
den letzten zwei Wochen mehr verdient, als in den letzten drei Monaten zusammen.

Für die Band war Julia ein Geschenk des Himmels. Aber sie hatte
sich ganz klar ausgedrückt. Sie wollte nichts mit mir zu tun haben.
Ich beobachtete sie während unserer Auftritte, hoffte, dass ich sie dabei ertappen würde, wie sie mich ansah. Das geschah aber nie. Ich sah
sie, wie sie mit den Clubbesitzern feilschte, T-Shirts verkaufte oder
mit Verkäufern oder Fans verhandelte, die in den Backstagebereich
wollten. Aber ich sah sie niemals stillstehen und sie schaute auch nicht
ein einziges Mal zu mir.

Es war zum aus der Haut fahren. Und außer ihr hinterherzulaufen, gab es nichts, was ich hätte tun können. Meine Entschlossenheit,
ihr Zeit und Raum zu geben, schwand zusehends. Ich hatte gehofft,
dass ein paar Wochen ihr genug Zeit geben würde, die Dinge zu über-
denken. Aber es lief immer wieder auf die Worte hinaus, die mein Vater gesagt hatte. *Wenn du sie liebst, musst du sie vielleicht gehen lassen.*

Das war verdammt schwer, wenn ich sie wegen der Band immerzu
sehen musste. Und zusätzlich hatten sie und meine Mutter sich auch
noch unterhalten. Sie waren zusammen Mittagessen gegangen — etwas, dass ich niemals bemerkt hätte, wenn meine Mutter es nicht an
einem Samstagabend beim Essen versehentlich ausgeplaudert hätte.
Warum zur Hölle verbrachte Julia Zeit mit meiner Mutter? Es ergab
keinen Sinn, außer in einem Zusammenhang. Auf gewisse Weise hatte
Julia eine Brücke zwischen meiner Mom und Sean geschlagen. Ich
hatte noch nicht mal damit begonnen, das alles zu verstehen.

Sie würde morgen früh nach San Francisco fliegen, und bevor
wir im Januar mit den Studioaufnahmen begannen, zurückkommen.

Vielleicht war das gut. Ich brauchte wirklich Abstand, denn die Anspannung, sie dauernd zu sehen aber nicht mit ihr sprechen zu können, machte mich total verrückt.

Julia tauchte wieder in der Tür auf. „Es ist Zeit!", rief sie, und
zeigte auf die Tür zur Bühne. Ich sah sie an, aber sie vermied es
sorgfältig, mir in die Augen zu schauen. Ich stand auf und ging in
Richtung Bühne, war durcheinander und sauer.

Als wir auf die Bühne traten, verkündete ein Ansager unseren
Auftritt und die Menge begann zu kreischen. Julia hatte in der lokalen Presse Gerüchte gestreut, dass unsere Single diese Woche erschei-
nen würde und unsere Fans hatten es gleich bemerkt. Ich erkannte
viele Menschen im Publikum, auch Typen, mit denen ich am Pit
herumgehangen hatte, aber es waren noch viel mehr Menschen dort
unten. Das war das größte Publikum, vor dem wir bisher gespielt
hatten, es waren locker vierhundert Menschen in diesem Club.

Wir waren bereit. Die Scheinwerfer waren noch nicht einge-
schaltet und ich konnte Julia sehen, wie sie neben der Bar in der Nähe
des Ausgangs stand. Sie hatte ihre Arme vor der Brust verschränkt
und beobachtete uns. Dann gingen die Scheinwerfer an und es war
unmöglich, sie weiter anzuschauen. Die Menge begann zu kreischen.
Pathin fing an zu trommeln und wir legten los.

Sag das nochmal (Julia)

Die ersten Töne des Songs, den Crank über mich geschrieben
hatte, erklangen und das Publikum wurde verrückt und kreischte,
als die Scheinwerfer auf Serena und Crank fielen. Ich schluckte und
hielt meine Arme weiter vor der Brust verschränkt. Für den Augenblick war meine Arbeit erledigt und die nächsten zwei Stunden
konnte ich zuschauen.

Jedes Mal, wenn ich diesen Song hörte, lief es mir kalt den Rücken herunter. Und ich hatte ihn in letzter Zeit oft gehört, denn
White Dog Records hatte ihn an sämtliche Radiosender im Land
verteilt. Ich hatte die Info an Blogs und die lokale Presse weiterge-
geben und mit Boris' Presseabteilung zusammengearbeitet, um die
Info soweit wie möglich zu streuen. Die Veröffentlichung war morgen früh und die Begeisterung begann zu steigen. Dieser Song – die-

ser sehr persönliche Song – ging mir durch Mark und Bein. Und alle Personen aus dem Musikbusiness, mit denen ich gesprochen hatte, sagten das Gleiche: Es würde ein Hit werden.

Ich dachte zum tausendsten Mal, dass ich zu ihm gehen sollte. Direkt nach der Show. Dass ich sagen sollte, dass es mir leidtat. Dass ich ihn liebte.

Denn ich hatte es mir schließlich eingestanden. Ich liebte ihn. Ich liebte Crank Wilson von ganzem Herzen.

Aber ich hatte solch schreckliche Angst.

Ein betrunkener dicker Junge kam auf mich zu und verschüttete sein Bier. Bevor er mich erreichte, trat George ihm in den Weg und blockierte sein Weiterkommen nicht gerade sanft. George war der Türsteher und sehr beschützend. Ich wusste es sehr zu schätzen, dass er in der Nähe blieb. In manchen Clubs war es ein wahrer Kampf gewesen, die Betrunkenen fernzuhalten. Sendete ich irgendwelche Signale aus, die Arschlöcher anzogen? Ich weiß es nicht, aber ich hatte schnell gelernt, mich mit den Türstehern der Clubs anzufreunden, in denen die Band spielte. Denn ich war jetzt bei allen Auftritten dabei.

Diese Show würde gut werden, das konnte man jetzt schon erkennen. Ich hatte T-Shirts im Wert von fast dreitausend Dollar verkauft und Flyer über die neue Single verteilt. Wir verbreiteten die Info.

Ich passte nicht auf, als ich Crank ansah. Denn er ertappte mich dabei, genau in dem Moment, in dem der Refrain begann. Er sang diese Worte: „Julia, where did you go? – Julia, wohin bist du verschwunden?"

Ich konnte nicht wegsehen und ich spürte, wie meine Augen feucht wurden. Verdammt, warum musste er so einen Einfluss auf mich haben? Warum konnten wir nicht einfach Freunde sein? Er sang den Refrain und starrte mich dabei direkt an, ignorierte in diesem Moment den Rest des Publikums total. Ich biss mir auf die Lippe und fluchte leise, denn ich spürte, wie mir eine Träne über die Wange lief. Ich wischte sie verärgert weg und hoffte, dass er das von dort oben nicht so genau erkennen konnte.

Mein Telefon vibrierte in meiner Tasche. *Oh, um Gottes Willen.* Es war Barrett. Ich hatte ihm sehr deutlich gesagt, dass aus uns nichts werden würde. Aber er hatte mich gestern Abend angerufen und gefragt, ob wir uns heute Abend treffen könnten. Verärgert ging ich ans Telefon und lief dabei in Richtung des Ausgangs des Clubs. „Hallo?", schrie ich.

„Julia? Ich bin's Barrett."

„Hey, Barrett, was ist los?"

„Ich dachte du arbeitest heute Abend. Es klingt, als wärst du in einem Club."

Ich schüttelte meinen Kopf. „Barrett, ich manage eine Rockband. Sie spielen heute Abend in The Cave, also bin ich auch hier. Was willst du?"

„Ich habe mich nur gefragt, ob du es dir anders überlegt hast."

Ich seufzte, aber ich würde nett sein. „Das ist nett, Barrett, aber nein. Mir ist im Moment nicht nach einem Date."

„Du bist im The Cave? In Somerville?"

„Barrett, ich arbeite."

„Ich will nur kurz vorbeikommen."

Was zur Hölle? „Ich werde keinerlei Zeit für dich haben, tut mir leid."

„Mach dir keine Sorgen", antwortete er. „Ich möchte mir diese Band anschauen."

Ich verzog das Gesicht. Er wollte sich die Band anschauen? Wie auch immer.

„Ich muss Schluss machen, Barrett."

„Warte…"

Ich klappte das Telefon zu und packte es zurück in meine Tasche. Bis ich wieder drinnen war, war der erste Song vorbei und Crank sang „Fuck the War" – bessere Wahl. Sie hatten den Song als Vorbereitung für das Album überarbeitet. Er war jetzt um einiges besser… treibende Gitarrenklänge, lauter Text. Sie hatten ein Duett daraus gemacht und Serenas klare, tragische Stimme machte den Song zu etwas völlig Neuem. Ich hatte mit Boris darüber geredet, den Song als Single rauszubringen, aber er wollte warten, bis das Album komplett war, bevor er eine Entscheidung traf. Damit konnte ich leben. Es war viel einfacher, über die Band und die geschäftlichen Dinge nachzudenken, als darüber, was zwischen mir und Crank geschah oder nicht geschah.

Ich sah Craig Owens, den Besitzer des Clubs, in der Nähe der Tür zur Bühne auf der linken Seite der Bar stehen. Ich arbeitete mich zu ihm durch. Er war ein großer Typ, 1,98 m groß, mit einem vollen Bart, der früher mal Biker gewesen war.

„Hey, Craig", sagte ich.

„Sie schmeißen den Laden heute Nacht, Julia. Die Fans sind glücklich."

Ich grinste. „Ich möchte mit dir über ein paar Termine gegen Ende des Frühlings sprechen, bevor wir auf Tour gehen."

„Zur Hölle, ja! Ich habe an ein paar Wochenenden im Mai noch freie Termine. Passt euch das?"

Ich nickte. „Ich werde dir eine Mail schicken."

„Klingt gut. Ist die Band zufrieden? Sind die Drinks und alles andere gut?"

„Ja, alles wunderbar", sagte ich.

Jetzt waren wir freundlich zueinander, aber vor zwei Wochen war das ganz anders gewesen. Ich war an einem Abend vorbeigekommen, um die Gage der Band für Auftritte neu zu verhandeln. Sie hatten bisher nur ein paar hundert Dollar und Freigetränke bekommen, obwohl sie jedes Mal, wenn sie hier spielten, locker drei- bis vierhundert Menschen anlockten. Das Ergebnis unseres Gesprächs war, dass die Gage um einiges angehoben wurde, und dass wir Merchandise verkaufen durften. Heute Abend würde die Band vermutlich, nachdem alle Unkosten gedeckt waren, mit dreitausend Dollar nach Hause gehen. Das war schon besser. Nachdem Craig kapierte, dass es unausweichlich war, hatte er nachgegeben.

Ein weiterer Song. Es war fast schon Zeit für die Pause. Dieses Lied war ein weiteres Duett und Serena und Crank legten auf ihren Gitarren voll los, sangen ins gleiche Mikrofon, es war energiegeladen. Ein paar Betrunkene versuchten, auf die Bühne zu klettern und George, der Türsteher, bewegte sich zügig in ihre Richtung und überzeugte sie schnell und leicht davon, dass das keine gute Idee war.

„Julia!"

Ich drehte mich nach rechts. Es war Barrett Randall. Ich war verärgert, aber damit hätte ich leben können. Aber direkt hinter ihm war… Harry Easton. Die Muskeln in meinen Schultern und in meinem Rücken wurden plötzlich steif.

Barrett bahnte sich einen Weg. „Hallo, Julia. Ich weiß, du hast gesagt, dass du arbeitest. Aber Harry ist in der Stadt und wollte dich wirklich gerne sehen. Er bestand darauf."

Meine Augen wanderten zu Harry und ich sagte: „Ich dachte, ich hätte deutlich gemacht, dass ich dich nicht sehen will. Nirgendwo. Niemals."

Barrett trat zurück, hob die Hände in die Luft. „Ich lasse euch zwei allein… um es auszudiskutieren." Er grinste. „Ich werde mir die Band anschauen." Er zeigte auf Harry. „Finde mich, wenn du fertig bist."

Harry kam langsam näher. Er sah hier fehl am Platz aus, in seinem schwarzen Rollkragenpullover und mit Anzugjacke, perfekt geputzten Schuhen, goldenen Manschettenknöpfen und übertrieben frisiertem Haar. Wie hatte ich jemals denken können, dass ich diesen Typen liebte? Ich war damals natürlich erst vierzehn gewesen. Er war charmant, beliebt und sah gut aus.

„Was willst du?"

„Ich möchte mit dir reden, Julia. Ich bin nur deshalb in Boston, weil ich dich sehen wollte."

„Das war eine überflüssige Reise", antwortete ich und begann mich umzudrehen.

Er streckte seine Hand aus und berührte meinen Arm, ich schreckte ein wenig zurück und hasste mich dafür, dass ich auch nur einen Zentimeter nachgab. Irgendwo im Hinterkopf nahm ich einen lauten und total falschen Akkord wahr, den entweder Serena oder Crank danebengehauen hatten. Ich zuckte zusammen, während ich meine Augen fest auf Harry gerichtet hielt.

„Komm schon, Julia. Das ist alles schon so lange her. Ich verstehe nicht, warum du so wütend bist und ich konnte die Dinge, die du gesagt hast, nicht glauben. Vor meinem Vater. Vor dem *Präsidenten*. Wir waren damals noch Kinder."

Bei seinen Worten drehte sich mir der Magen um. „Technisch gesehen, war ich ein Kind, Harry. Du warst achtzehn."

„Wir waren Kinder."

Harry jetzt zu sehen brachte alles wieder hoch.

Daran erinnerte ich mich: Harry, der nach meinem Arm griff, so fest, dass ich blaue Flecken bekam, nur weil ich in der Cafeteria mit Clint Lawson gesprochen hatte.

Harry, der mir gesagt hatte, er würde mich nicht mehr lieben, wenn ich nicht alles tat, was er von mir wollte.

Wie ich meine Jungfräulichkeit im Backstagebereich des Theaters verloren, mein Gesicht und meine Brust gegen eine Wand gepresst, sein heißer Atem in meinem Ohr, Scham und Kummer hatten mich durchflutet, während er es wie ein Tier mit mir getrieben hatte.

Ich erinnerte mich, wie Harry darauf bestanden hatte, dass ich einen Drink trank, dann noch einen und noch einen, bis ich nicht mehr hatte geradeaus sehen oder klar denken können, bis ich nicht mehr hatte laufen konnte. Dann sein nackter Körper auf mir in der Dunkelheit, und die ganze Zeit hatte ich versucht, den vielen Alkohol nicht in hohem Bogen zu erbrechen.

Ich erinnerte mich an Blut. Blut, dass mir die Beine heruntergelaufen war, als ich in der Nacht in dem Theater darum kämpfte, nicht zu schluchzen. Er hatte gesagt: „Siehst du, das war doch jetzt gar nicht so schlecht, oder?", und ich hatte „Nein" geflüstert und gleichzeitig darum gekämpft, nicht zu weinen. Er hatte gesagt: „Sag mir, dass es dir gefallen hat, ich weiß, dass es das hat", und ich hatte ihm ein falsches Lächeln geschenkt, obwohl ich gedacht hatte, ich würde innerlich sterben. Ich erinnerte mich daran, wie ich mich geschämt hatte, weil ich nicht Nein gesagt hatte, weil ich ihm nicht gesagt hatte, dass ich noch nicht bereit war, weil ich gedacht hatte, dass es meine Schuld war, dass es mir nicht gefallen hatte.

Ich erinnerte mich an die Scham und den Horror, als meine beste Freundin auf der Welt ein Foto von mir, auf dem ich betrunken und nackt war, an die ganze Klasse geschickt hatte, zusammen mit einer Lügengeschichte über Trunkenheit, Drogen, Sex und eine Abtreibung.

Ich erinnerte mich, wie das Blut aus meinen Venen in das Wasser der Badewanne geflossen war. Es hatte kleine Muster gebildet, jeder dicke Tropfen hatte sich ausgebreitet, als er auf dem Wasser aufgekommen war. Ich erinnerte mich an den scharfen, ganz besonderen

Schmerz, als die Klinge in meinen Arm schnitt und Erlösung versprochen hatte, das Versprechen, endlich keinen Schmerz mehr in mir spüren zu müssen.

„Halt dich von mir fern, Harry. Oder ich schwöre bei Gott, ich werde – "

Er streckte seine Hand aus und griff fest nach meinem Arm. Genauso wie er es getan hatte, als ich vierzehn gewesen war. Er drückte zu. „Du wirst was? Mich anzeigen? Ich habe die Geschichten über dich gesehen, Julia. Du bist nichts, als eine kleine Schlampe. Niemand wird dir je glauben."

Blanke Wut durchfuhr mich und ich schrie: „Nenn mich niemals so! Nimm deine Hände von mir!"

Die Musik stoppte abrupt und die Menge begann zu grölen. Ich versuchte meinen Arm wegzuziehen, aber er ließ mich nicht los, also holte ich mit der anderen Hand aus und schlug ihm gegen die Kehle. Dabei ließ er mich los und griff nach seinem Hals.

Dann stand Crank mit dem Rücken vor mir und schaute Harry an.

„Lass deine verdammten Hände von ihr, Arschloch", sagte Crank. Irgendjemand im Publikum rief: „Geh zurück auf die Bühne, Crank!", und dann wurde gelacht.

„Halt dich da raus", antwortete Harry. „Das geht dich nichts an."

Crank bewegte sich plötzlich, schlug mit der Faust zu, dann nochmal und Harry fiel nach hinten. Jemand schrie und Crank schlug erneut zu, diesmal traf er Harrys Auge. Dann stand Harry plötzlich gegen die Wand gedrückt, Crank schlug nochmal auf ihn ein und Harry krümmte sich. Die Menge spielte verrückt, einige schrien, einige lachten und zeigten auf uns.

George erschien aus dem Nichts und zog Crank von Harry fort. Crank kämpfte dagegen an und schrie: „Ich werde den Scheißkerl umbringen."

Crank ist ziemlich groß. Aber George wog locker etwa fünfzig Kilo mehr und zog ihn so einfach, wie ein Vater seinen zwölfjährigen Sohn, von Harry fort. Ich legte meine Arme um Crank. „Hör auf. Bitte."

Er erstarrte. „Wer ist der Typ?"

„Warte einfach", sagte ich. Dann trat ich vor. „Harry, verschwinde. Wenn ich dich jemals wiedersehe... egal wann... werde ich sofort die Polizei anrufen und dann die Medien. Du hast recht. Vielleicht wird mir niemand glauben. Aber ich kann dir garantieren, es wird ausreichen, um deine Karriere und deinen Ruf zu ruinieren. So viel kann ich tun. Ich kann dein Leben ruinieren, so wie du meines ruiniert hast. Und das werde ich, wenn ich dich jemals wiedersehe."

Harry sah mich an und spuckte Blut auf den Boden.

„Verschwinde", sagte ich.

George legte seine großen, fleischigen Hände auf Harrys Arme. „Sie haben die Lady gehört. Verschwinden Sie zur Hölle nochmal aus dieser Bar, sofort! Kommen Sie niemals wieder." Er ergriff Harry hinten an seiner Jacke und schob in vor, in Richtung Tür. Ein Glas flog durch die Luft, geworfen von einem übertrieben begeisterten Fan, und prallte an Harrys Rücken ab. Dann sang die ganze Menge: „VERSCHWINDE, verdammt nochmal."

Ich sah Barrett, wie er sich aus der Menge löste. Er lächelte mich an, grinste fast, dann drehte er sich um und folgte George und Harry hinaus. Arschloch.

Ich drehte mich um und warf meine Arme um Crank, wollte ganz verzweifelt dieses Gefühl von Wärme, Fürsorge und Zuhause spüren, das er mir vermittelte. Er legte seine Arme um mich und ich sagte: „Danke. Das hättest du nicht tun müssen."

Seine Stimme war ein leises, schauriges Grollen. „Von wegen. Niemand fasst dich an."

Dann zog er mich näher an sich heran und es fühlte sich nicht überwältigend oder außer Kontrolle an. Es fühlte sich sicher an.

Serena und Mark standen schockiert da.

Serena sah besorgt aus und sagte: „Ist alles okay?"

„Mir geht's gut", sagte ich. „Das war nur ein kleines Stück meiner Vergangenheit. Es wird nicht wieder vorkommen."

Als ich die Worte aussprach, wurde mir klar, dass es die Wahrheit war. Es ging mir gut. Mir ging es besser als gut. Zum ersten Mal, seit ich denken konnte, fühlte ich mich frei. Frei von meiner Vergangenheit. Frei von Harry und dem was er mir angetan hatte, als ich noch ein Kind gewesen war. Frei von dem Horror der High School. Ich sah hinauf zu Crank und wünschte mir, dass ich ihm nicht so wehgetan hätte, dass ich ihn nicht weggestoßen hätte, als er mir gesagt hatte, dass er mich liebte.

Vielleicht wollte ich, nur ein kleines bisschen, dass er es erneut sagte.

KAPITEL 22

Weil ich Angst habe (Julia)

Fünf Sekunden nachdem ich aus dem Sicherheitsbereich her-austrat, wurde ich fast von einem Wirbelwind mit braunem Haar umgerannt, denn Alexandra lief auf mich zu und warf ihre Arme um mich. Ich lachte und umarmte sie auch. Sie sah mit ihren großen, grünen Augen zu mir hoch. „Ich hatte Angst, dass du zu Weihnachten nicht nach Hause kommen würdest."

Ich ging in die Hocke, damit unsere Augen auf einer Höhe waren. „Natürlich bin ich nach Hause gekommen. Wie könnte ich mir Weihnachten mit dir entgehen lassen?"

Sie grinste. „Ich habe ein neues Lied gelernt, willst du es hören?"

„Wie wäre es, wenn du mir vorsingst, wenn wir zu Hause sind? Ich brauche sowieso einen Vorwand, um Mom von mir fernzuhalten, wir können in dein Zimmer gehen."

Sie nickte und lächelte, ich sah hoch, als Carrie auf uns zukam. Sie trug einen schwarzen Minirock und ein rosafarbenes, ärmelloses Top und sah richtig gut aus. Ein Geschäftsmann, der zwei Reihen vor mir im Flugzeug gesessen hatte, ging an ihr vorbei und drehte den Kopf so lange in ihre Richtung, bis er einen Polizisten umrannte.

Ich kicherte, als ich mich wieder aufrichtete. Carrie hatte keine Ahnung, welche Wirkung sie auf Männer hatte. Sie trat vor und wir umarmten uns.

„Wir sind allein", sagte sie, als sie sich von mir löste. „Mom ist mit den Zwillingen und Andrea zu Hause. Heute Nachmittag veranstaltet sie eine Art Party für die jüngeren Kinder."

Ich hob eine Augenbraue. „Und ich wette, sie will mich nicht sehen."

„Na ja… ihr habt euch gestritten."

Ich zuckte mit den Schultern. „Ist schon okay."

„Musst du Gepäck abholen?"

Ich nickte. „Ja, einiges. Ich habe außerdem auch ein paar Sachen per Post geschickt, ich glaube ich habe ein paar schöne Geschenke für die Kinder gefunden."

Ich nahm Alexandras Hand in meine und wir drei schauten uns nach der Gepäckausgabe um. Während wir liefen, fragte ich: „Habt ihr heute Morgen schon Radio gehört?" Im Flughafen lief Weihnachtsmusik.

Sie schüttelte ihren Kopf. „Nein, nicht wirklich, warum?"

„Heute wird die Single der Band veröffentlicht. Ich warte darauf, sie im Radio zu hören."

Sie grinste. „Mom hatte einen hysterischen Anfall, weil du dem Präsidenten gesagt hast, dass du in die Musikindustrie gehst."

Wir hielten am Gepäckband an. Es bewegte sich, aber noch waren keine Koffer darauf.

„Machst du das wirklich?", fragte Alexandra. „Wirst du in der Band sein?"

Ich sah sie an. „Ich bin nicht in der Band… ich bin die Managerin der Band. Ich organisiere ihre Auftritte, helfe ihnen Platten aufzunehmen und… solche Sachen."

„Ist Crank in der Band?"

Ich nickte. „Das ist er. Er spielt Gitarre und singt."

„Ich mag Crank. Er ist wirklich sonderbar. Kann ich zu einer der Shows kommen? Wie viele Ohrringe hat er?"

„Wir werden in der Tat diesen Sommer auf Tour gehen, Alexandra. Zusammen mit Allen Roark. Und wir werden zwei Auftritte in San Francisco haben. Und ja, natürlich kannst du kommen. Sogar in den Backstagebereich."

Ihre Augen wurden groß. „Backstage?"

Carrie sagte mit einer Stimme, die schon fast hysterisch war: „Das ist so toll. Ich kann es kaum abwarten." Dann begann sie hinterhältig zu grinsen. „Meinst du, du kannst noch ein paar weitere Backstagekarten für meine Freunde besorgen. Sie werden sterben."

Ich legte meinen Arm um ihre Taille und zog sie zu mir. „Für meine Schwester tue ich alles."

„Was denkst du, kann ich, wenn ich erwachsen bin, in einer Rockband spielen?", fragte Alexandra. „Ich könnte Gitarre lernen, das scheint ähnlich wie Cello zu sein."

„Ich denke, du kannst alles werden, was du willst", sagte ich zu ihr.

„Mom würde wirklich sauer werden", erwiderte sie.

Dagegen konnte ich nichts sagen, aber ich meinte: „Ich weiß. Aber manchmal muss man seinen eigenen Weg gehen. Crank hat mir mal gesagt, dass jeder etwas braucht, wogegen er sich auflehnen kann. Ich weiß nicht, was es bei dir sein wird, aber für mich bedeutet es, dass ich selbst über mein Leben entscheiden werde."

Alexandra sah nachdenklich aus. Dann sagte sie: „Mom mag Crank nicht. Aber ich schon. Er hat mich Alex genannt." Sie lächelte.

Ich wünschte, sie würde über etwas anderes, und nicht über Crank, sprechen. „Lass uns von etwas anderem reden, okay?"

Carrie sah mich von der Seite an und ich fragte Alexandra: „Wie läuft es in der Schule?"

Sie runzelte die Stirn. „Ich mag es nicht, die Neue zu sein. Schon wieder. Sie sind gemein hier."

Oh, Alex. Ich seufzte. „Das tut mir leid", sagte ich. „Das habe ich in Bethesda erlebt. Es war sehr schlimm."

Sie sagte: „Eine Freundin habe ich aber gefunden. Ihr Name ist Michelle, sie ist in meiner Klasse. Wir essen zusammen zu Mittag. Und Mom sagt, ich darf zu Michelles Neujahrsparty gehen, wenn ich über Weihnachten brav bin."

„Ich freue mich, dass du eine Freundin gefunden hast", sagte ich.

Zehn Minuten später waren wir in Moms Minivan auf dem Weg nach Hause. Ich musste meinen schweren Mantel und die Handschuhe weglegen, sie waren in Boston angebracht gewesen, aber sicher nicht hier. Carrie schaltete das Radio an und wechselte den Sender.

Ich erstarrte.

Vertraute Klänge kamen aus den Lautsprechern und dann hörte ich Cranks Stimme.

„Oh mein Gott", sagte ich. Es war eine Sache, es live oder auch die Aufnahme zu hören. Aber es war etwas völlig anderes, das Stück am anderen Ende des Landes im Radio zu hören.

„Ist es das?", fragte Carrie.

Ich nickte. Alexandra lehnte sich zwischen den Sitzen nach vorne. „Ist das deine Band?"

„Ja", sagte ich und sie jubelte.

Als wir den Highway erreichten, sah Carrie zu mir hinüber und sagte: „Der Song ist über dich."

Ich nickte, sagte aber nichts.

Ihre Augen waren groß und sie hatte ein breites Grinsen im Gesicht. Mit schneller, aufgeregter Stimme sagte sie: „Oh mein Gott, das ist so cool."

Ich grinste zurück, fühlte mich aber ein bisschen beklommen. Ich wusste, es würde nur noch Sekunden dauern, bis sie mich nach Crank fragen würde.

Es dauerte nicht mal so lange.

„Also, was ist mit dir und Crank los?"

„Nichts", sagte ich.

Sie sah mich an. „Rede mit mir, Julia. Hat er etwas gemacht? Ich… verstehe es einfach nicht. Ich will keine Nervensäge sein, aber ich will… ehrlich sein. Ich habe dich zuvor noch niemals glücklich gesehen. Niemals. Und ich will das wieder sehen."

Ich verzog das Gesicht. „Harry ist nach Boston gekommen."

„Oh, nein", sagte sie mit gedämpfter Stimme.

„Er kam in den Club, in dem wir gestern Abend einen Auftritt hatten. Und Crank hat ihn verprügelt."

Carrie sagte: „Jedes Mal, wenn du mir von ihm erzählst, liebe ich Crank mehr."

„Ich auch", flüsterte ich.

„Warum hast du dich dann von ihm getrennt?"

Ich schüttelte meinen Kopf. „Weil ich Angst habe, okay? Zum ersten Mal in meinem Leben tue ich… was ich will. Ich lebe ein

Leben, das mir gehört, eines, das ich gewählt habe. Ich habe Angst, das zu verlieren."

Sie war für einige Zeit ruhig. „Sieh mal, es geht mich nichts an. Aber... ich denke, du machst einen Fehler. Du bist nicht mehr das Kind, das du in China warst. Du solltest in den Spiegel schauen und dich ansehen. Wenn ich dich anschaue, sehe ich jemanden, der sich um andere kümmert. Du bist schlau, supergut organisiert und du versuchst, andere Menschen gut zu behandeln. Und du bist so viel stärker, als du denkst."

„Ich bin viel", sagte ich, „aber ich denke nicht, dass stark dazu gehört."

Sie verdrehte ihre Augen. „Julia – "

Ich hielt eine Hand hoch. „Hör... einfach auf, okay? Ich weiß, was du versuchst. Aber ich muss damit alleine klarkommen, in Ordnung?"

Und dann spürte ich eine Hand an meinem Arm. Eine kleine Hand. Ich drehte mich auf meinem Sitz um und Alexandra lehnte sich nach vorne und sagte: „Ich möchte auch, dass du glücklich bist."

Ich blinzelte die Tränen aus meinen Augen und hielt ihre Hand fest.

Immer verzeihen (Crank)

Ich drückte auf den Play-Knopf und mein persönlicher Weihnachtsmusikmix begann zu spielen. Dazu gehörten die Klassiker, die jeder mochte, aber auch meine persönlichen Favoriten: Songs wie „Oi to the Word" von den Vandals und „Hang Myself from the Tree".

Man sollte seinen Humor bei diesen Dingen bewahren.

Sobald die Musik lief, setzte ich mich auf die Couch, streckte mich aus und sah hinauf zur Decke.

Sean war gestresst, weil Mom auch da war. Er tat sein Bestes, um es zu kontrollieren, aber ich konnte es an der Art, wie er im Wohnzimmer herumlief, erkennen, und er war auch etwas gereizter als sonst. Mom war auch gestresst, weil sie da war. Und beide stressten mich. Und zusätzlich fragten wir uns alle, ob Dad heute Abend in der Lage sein würde anzurufen, so wie er es gesagt hatte. Es ist eine Sache zu hoffen und zu planen, aber wenn man in einem Militäreinsatz in einem fremden Land ist, gibt es keinerlei Sicherheiten.

Ich hasste es, dass er dort draußen sein musste, in einem Zelt in Kuwait, anstatt hier bei uns. Obwohl er natürlich heute Nacht auch zum Dienst hätte eingeteilt werden können… immerhin war er Polizist. Aber Polizisten kommen am Ende der Schicht nach Hause. Soldaten müssen länger warten.

Natürlich war die diplomatische Mission im Irak gescheitert. Julia hatte mir schon vor Wochen gesagt, dass sie nicht daran glaubte, dass sie erfolgreich sein würde. Augenwischerei. Ich fragte mich, wie sich ihr Vater dabei fühlte. Vermutlich würden wir es nie erfahren.

Ich griff in meine Tasche und fühlte nach meinem Handy, ich wollte es schon zum hundertsten Mal in die Hand nehmen und Julia anrufen. Morgen würde ich sie zu Weihnachten anrufen. Aber ich würde sie nicht nerven. Ich würde nicht mehrmals anrufen. Ich würde gar nichts tun. Und das machte mich verrückt, denn ich wollte ihr nachlaufen und sie dazu bringen, mit mir zu reden. Sie dazu bringen, endlich zuzugeben, dass sie mich liebte.

Letzte Nacht hatte ich kurz gedacht, dass sie nachgeben würde. Als sie aus dem Publikum zu mir hinauf geschaut hatte, hatte ich gesehen, wie sie sich die Augen rieb. Als sie ihre Arme um mich gelegt hatte und „Danke" gesagt hatte. Aber kurz darauf war sie wieder verschlossener und distanziert geworden. Kurz nach der Show hatte sie alles zusammengepackt und war dann sogar, ohne Auf Wiedersehen zu sagen, verschwunden.

Ich begann langsam zu akzeptieren, dass Julia niemals zu mir zurückkommen würde.

Wir würden Freunde sein. Kollegen. Sie würde die Band weiterhin managen. Aber was ich von ihr wollte, war soviel mehr.

Meine Mutter kam von der Küche, wo sie herumgewirtschaftet hatte, ins Wohnzimmer. Ich schaute sie an und schenkte ihr ein reumütiges Grinsen.

Es war so merkwürdig, dass sie hier war. Merkwürdig, dass ich nicht sauer auf sie war. Wenn ich überhaupt etwas fühlte, dann ertappte ich mich eher dabei, sie beschützen zu wollen. Ich wollte sie vor den Ausrastern, die Sean immer wieder mal hatte, schützen, denn die waren immer schwer für sie. Ich verstand es nicht wirklich. Ich war so lange böse auf sie gewesen. Böse, weil sie weg war. Böse, weil sie gegangen war. Aber als mein Dad uns erzählt hatte, was in dieser Nacht geschehen war… Es war, als hätte jemand mit einem Schlag den Druck herausgenommen und ich konnte nicht mehr böse auf sie sein. Es war ein seltsames und sonderbares Gefühl und ich war noch nicht sicher, wie ich darauf reagieren sollte.

Ich bin mir sicher, dass es für Sean genauso war, nur noch schlimmer. Und eigentlich verstand ich auch nicht, warum er mir verziehen hatte. Denn ich war ja auch gegangen.

Ich wünschte mir nur, dass Dad zu Hause wäre, um sie hier mit uns zu sehen, um uns alle zusammen zu sehen.

Sie sah mich für einen Moment an und sagte dann: „Wenn du so lächelst, erinnerst du mich so sehr an deinen Vater. So hat er mich in der Nacht, in der wir uns kennengelernt haben, angelächelt und ich bekam weiche Knie."

Ich kicherte und sagte: „Ich wünschte, ich wäre auch nur halb so gut wie er."

„Du hast ziemlich traurig ausgesehen. Denkst du an Julia?"

Ich seufzte und nickte. „Ja."

Sie kam herüber und setzte sich auf den Sessel neben mich. Ich bewegte mich, stellte meine Füße auf den Boden und sah sie an.

„Wir haben ein paar Mal zusammen zu Mittag gegessen, musst du wissen", sagte sie.

„Ich weiß."

Sie sah mich mit traurigen Augen an. „Gib sie nicht auf, Crank. Wenn du sie liebst, dann gib sie nicht auf."

„Dad hat gesagt, wenn ich sie liebe, dann sollte ich sie gehen lassen."

Die Augen meiner Mutter wurden rot und sie bedeckte ihren Mund, um ein Schluchzen zu unterdrücken. Nach einer Sekunde hatte sie sich wieder im Griff. „Und dein Vater hatte recht. Julia ist ein schlaues Mädchen. Sie ist schlau genug, um zu wissen, was für ein guter Fang du bist. Ich denke, sie wird zurückkommen."

Ich schüttelte meinen Kopf. „Ich weiß nicht. Sie hat ziemlich schlimme Sachen durchgestanden."

Mom nickte. „Das weiß ich. Und sie beginnt erst jetzt damit, sich wirklich damit auseinanderzusetzen. Sie hat mir gesagt, dass du teilweise der Grund dafür bist."

Ich lehnte mich vor, legte meine Ellbögen auf meine Knie und vergrub mein Gesicht in meinen Händen. Ich seufzte lange. Die Sache war die, es war offensichtlich, dass sie immer besser damit klarkam. Jedes Mal, wenn ich sie sah, erschien sie mir selbstsicherer. Sie verlor diesen verfolgten Gesichtsausdruck.

Ich verzog das Gesicht. „Mom? Willst du wissen, was schlimm ist? Ich weiß, dass sie sich weiterentwickelt. Ich weiß, dass sie immer besser mit ihren Problemen aus der Vergangenheit zurechtkommt. Und ich habe Angst. Ich habe Angst, dass sie sich an mir vorbei entwickelt und sich am Ende in irgendein Arschloch verliebt, der alles hat."

Sie sagte nichts. Aber sie legte ihre Hand auf meine Schulter. Und sie zitterte, als sie es tat. Das war das Verrückteste überhaupt. Ich meine – das war meine Mom. Meine Mom, mit der ich jahrelang kaum ein Wort gesprochen hatte. Es war, als ob wir ganz kleine Schritte aufeinander zu taten. Und diese Unterhaltung war weit mehr als kleine Schritte.

Sie zitterte, weil sie Angst hatte, dass ich sie zurückweisen könnte. Wie ich es so viele Male in den vergangenen Jahren getan hatte.

Und das führte dazu, dass ich über die Vergangenheit nachdachte. Frühere Weihnachtsfeste, vor langer Zeit. Meine Mutter, die Konzertpianistin. Die mir Klavierunterricht gegeben hatte, seit ich ein Kleinkind gewesen war.

Ich stand abrupt auf. „Komm mit", sagte ich. Ich ging hinüber zum Flügel und setzte mich auf die eine Seite der Klavierbank.

Sie legte ihren Kopf zur Seite und sah mich an.

„Schau einfach zu", sagte ich. „Sean wird angerannt kommen. Ich meine... Erinnerst du dich, was wir an Heiligabend immer gemacht haben?"

Sie nickte und blinzelte Tränen weg, während sie aufstand und zu mir hinüber kam, um sich neben mich auf die Klavierbank zu setzen.

Als sie sich setzte, legte ich meine Hände auf die Klaviatur und begann die ersten Töne von „Carol of the Bells" zu spielen. Ich konnte das im Schlaf spielen. Als ich vier gewesen war, hatte sie ein spezielles Arrangement für vier Hände erstellt, basierend auf der Version von George Winston. Die ersten Töne waren eindringlich und sie setzte sofort mit ein, die Klangwellen hallten durchs ganze Haus.

Mit jeder Note, jedem Takt, jeder Strophe spürte ich, wie ich immer mehr hineingezogen wurde, mich immer mehr in Erinnerungen verlor. Erinnerungen an dieses Haus, als ich noch jünger gewesen war. Glückliche Erinnerungen. Wie wir vier im Wohnzimmer gesessen, heiße Schokolade getrunken und an Heiligabend bis spät in die Nacht Brettspiele gespielt hatten. Meine lachende und errötende Mutter, als mein Dad ihr etwas ins Ohr geflüstert hatte, während Sean und ich so getan hatten, als ob wir nichts bemerkten. Sean, der sich in mein Zimmer geschlichen hatte und zu mir ins Bett gekrochen war, wir hatten uns gefragt, was wir am Morgen wohl vorfinden würden. Dann Dads Ruf, etwa um 7 Uhr am Weihnachtsmorgen, mit dem er die Treppe hochgeschossen kam: „In Ordnung Kinder, kommt runter!" Wir waren natürlich schon wach, waren die Treppe hinunter gerannt und mit Umarmungen und Lachen begrüßt worden, und dann hatten wir die Geschenke geöffnet. Direkt nach dem Auspacken der Geschenke hatte Dad jedes Jahr ein riesiges Frühstück mit Rührei und Speck und Pfannekuchen gemacht, und danach hatten Sean und ich gespielt, bis nachmittags Familie und Freunde kamen.

Ich spürte, wie mir eine Träne das Gesicht herunterlief. Diese Musik war so verdammt eindringlich. Ich war in der Mittelstufe, als alles begann auseinander zu fallen. Ich erinnerte mich an Weihnachten in der sechsten Klasse. Es war ein bescheidenes Weihnachten für uns gewesen, denn meine Eltern hatten fast alle ihre Ersparnisse für die Arzt- und Krankenhauskosten für Sean ausgegeben. Und ich hatte mich schrecklich benommen. Ich hatte ihn beschuldigt und einen Tobsuchtsanfall bekommen, der eher einem Fünfjährigen entsprach, als einem Schüler der sechsten Klasse. Dad hatte mir gesagt, dass ich den Mund halten soll und Mom war in Tränen ausgebrochen.

Während unsere Hände sich gemeinsam über die Tasten bewegten, ging ich in Gedanken alle diese Erinnerungen durch. Ich hatte niemals realisiert, wie schwer es für sie gewesen sein musste.

Zuzusehen, dass ihr jüngerer Sohn nicht in der Lage war, mit anderen Menschen umzugehen, und dass ihr älterer Sohn es nicht wollte.

Als ich in der achten Klasse war, war es an Weihnachten gerade einen Monat her gewesen, dass ich vor versammelter Schule *Fuck the Police* während der Schulaufführung gerufen hatte. Dad hatte eine Menge Überstunden gemacht, um die ganzen Arztrechnungen zu bezahlen, und Mom war so gestresst gewesen, dass sie in dieser Nacht zuviel trank. Und das war das erste Weihnachten, an das ich mich erinnerte, an dem wir nicht zusammen Klavier gespielt hatten. Es war ruhig und einsam gewesen. Schrecklich einsam. Ich hatte meine Mutter in diesem Jahr so sehr vermisst.

Während ich so spielte, schwankte ich ein bisschen auf meinem Sitz und dann hörte ich, wie Sean in einem traurigen Ton sagte: „Weine nicht, Mommy. Dad wird wieder nach Hause kommen."

Als er die Worte aussprach, schluchzte sie laut.

Ich schaute zu ihm auf und bemerkte, dass ich auch weinte, und Sean auch. Ich strauchelte beim Spielen und sagte dann mit brechender Stimme: „Mom, es tut mir so leid, dass ich so ein Arschloch zu dir war. Ich habe dich niemals vertreiben wollen."

Sie hörte auf zu spielen, ganz plötzlich, und warf ihre Arme um mich.

„Sag das nie", sagte sie mit drängender Stimme. „Du hast mich nicht vertrieben, ich habe es selbst getan. Und ich verzeihe dir alles, was du getan hast. Ich werde dir immer verzeihen."

Sie griff nach Sean und zog ihn zu uns rüber und wir legten die Arme umeinander und weinten um die Jahre, die wir verloren hatten.

Mein großer Bruder (Julia)

An Heiligabend klingelte mittags mein Telefon und ich wäre fast nicht ran gegangen. Die Nummer auf dem Display war unheimlich lang, länger, als dass es einen Sinn ergab. Ein internationaler Anruf. Ich ging ran, sehr zum Ärger meiner Mutter. Sie hatte Carrie, Alexandra und mich erst ein paar Minuten zuvor zusammengerufen, um am Esstisch Karten zu spielen.

„Hallo?"

„Hey, ich versuche Julia Thompson zu erreichen." Die Stimme klang bekannt, aber aus weiter Ferne. Schlechte Verbindung.

„Ich bin am Apparat."

„Julia? Ich bin's, Barry Lewis."

Ich keuchte auf, bekam große Augen und meine Hand flog an meine Brust. „Oh mein Gott, wirklich?" Ich hielt das Telefon von meinem Mund weg. „Es tut mir leid, aber ich muss dieses Gespräch annehmen. Ich komme gleich wieder." Ich verließ das Wohnzimmer, ging durch den Flur und setzte mich auf die Treppe. Ich konnte fühlen, wie mein Herz schlug.

„Barry... Ich kann nicht glauben, dass du's bist. Was... Wo bist du?"

„Bevor du weiterredest... Hinter mir stehen etwa tausend andere Leute, die die Telefone auch benutzen wollen. Also, gib mir bitte deine E-Mailadresse."

Ich gab sie ihm und er sagte: „Ich habe deine Nachricht vor ein paar Tagen erhalten. Aber ich hatte erst heute die Gelegenheit, zu den Telefonen zu gelangen. Ich bin an einem gottverlassenen Ort in Kuwait."

Ich schluckte. „Kuwait, wirklich?"

„Ja, ich gehöre jetzt zur Aufklärung. Keine große Sache. Nur eine Menge verdammter Sand. Was ist mit dir? Ich konnte es kaum glauben, als ich deine Nachricht erhielt. Wie lange ist das jetzt her, fast zehn Jahre?"

„Fast... Ich, ähm... ich lebe jetzt in Boston. Aber im Moment bin ich in San Francisco und besuche meine Familie."

„Oh, echt? Du bist also mit der Schule fertig?"

„Ich bin in meinem Abschlussjahr in Harvard."

Er kicherte. „Das meinte ich. Ich wusste immer, dass du ein kluges Kind bist. Und gehst du in den Auswärtigen Dienst, wie dein Dad?"

„Nein", sagte ich. „Ich habe… Glaub es oder nicht, ich habe begonnen eine Rock Band zu managen. Und ich liebe es. Ich werde also in die Musikindustrie gehen."

Diese Unterhaltung war so merkwürdig. Nach so langer Zeit, wusste ich noch nicht mal, was ich zu ihm sagen sollte. Ich fragte: „Was hast du erlebt? Ich war so sauer, weil wir keine Gelegenheit hatten, uns zu verabschieden. Das wird jetzt blöd klingen, aber für mich warst du immer wie ein… ein großer Bruder. Familie."

Es gab eine Pause und er sagte: „Das klingt überhaupt nicht blöd, Kind. Es wäre für mich eine große Ehre gewesen, dich als Schwester zu haben. Ich habe über dich immer genauso gedacht. Gott weiß, dass meine eigene Schwester mir niemals beim Zusammenbauen eines Motors geholfen hätte." Er lachte. „Erinnerst du dich an den Tag, an dem du die Ablassschraube herausgedreht hast, während du direkt darunter lagst? Ich dachte, deine Mutter würde mich umbringen."

Meine Augen füllten sich mit Tränen und ich verschränkte meine Arme vor der Brust, während ich lachte. „Ja, ich erinnere mich. Das war eine Sauerei."

„Ich denke, ich werde, wenn dieser dumme Krieg vorbei ist, die Marines verlassen und zu Hause in Houston ein eigenes Geschäft für die Wiederherstellung alter Autos eröffnen. Wenn es mit dieser Musikgeschichte nicht klappt bei dir, kannst du jederzeit zu mir kommen und für mich arbeiten."

Ich schniefte und blinzelte. „Ich werde vielleicht darauf zurückkommen."

„Es ist komisch", sagte er. „Ich habe Dea vor nicht allzu langer Zeit von dir erzählt. Du weißt, dass ich geheiratet habe, oder?"

Ich war total verblüfft. Barry war berüchtigt dafür gewesen, dass er hinter jeder Frau in der Botschaft her gewesen war.

„Nein!"

„Doch. Ich habe mich häuslich niedergelassen, ich habe zwei kleine Töchter. Die Älteste erinnert mich irgendwie an dich. Sie ist eine totale Klugscheißerin."

Ich lachte. „Das ist nicht nett."

„Natürlich ist es das. Und das warst du immer. Ich habe mir Sorgen um dich gemacht, musst du wissen. Du warst so ein einsames Kind. Aber total mutig. Ich bin froh, dass du deinen Platz gefunden hast. Wie alt bist du jetzt, Einundzwanzig? Zweiundzwanzig?"

„Zweiundzwanzig."

„Bist du mit jemandem zusammen?"

„Es gibt da jemanden... Ich bin mir nicht sicher, ob zusammen das richtige Wort ist."

„Tja, sag diesem Typen, wenn er jemals etwas tut, das dich verletzt? Dann bekommt er es mit einem sehr verärgerten Artilleriesergeant der Aufklärung zu tun."

Ich sagte zögernd: „Ich denke, ich liebe ihn." Als ich die Worte aussprach, hörte ich wie meine Stimme etwas brach. Es war das erste Mal, dass ich es laut sagte.

Er antwortete mit warmer Stimme: „Ja? Das freut mich. Du verdienst jemand gutes. Ich weiß, dass ich, als wir uns kannten, hinter jedem Rock her war, aber ich sag dir was, Kind, Dea hat mir was anderes beigebracht. Eine Familie ist mehr wert als alles andere. Einen Ort zu haben, den man sein Zuhause nennt? Das ist etwas ganz Besonderes."

Einen Ort zu haben, den man sein Zuhause nennt. Hatte ich das? Vielleicht, gerade so, in Boston. Aber ich hatte schreckliche Angst, dass ich es versaut hatte. Ich hatte so schreckliche Angst, dass ich Crank schon so sehr wehgetan hatte, dass er nichts mehr mit mir zu tun haben wollte. Ich hatte auch schreckliche Angst davor, dass er mich doch noch wollte. Ich fühlte mich wie gelähmt.

„Ich habe mich niemals wirklich irgendwo zu Hause gefühlt."

„Kein Wunder, wenn man wie Vagabunden lebt", sagte er. „Aber ich werde dir sagen, was ich denke. Zu Hause ist dort, wo die Menschen sind, die du liebst. Es geht darum, herauszufinden, was dir wichtig ist und es festzuhalten und zu beschützen. Dort formst du dein eigenes Zuhause. Kind... für mich gehörst du zur Familie. Halte die Ohren steif. Du wirst finden, was du brauchst."

Ich kämpfte um ein Lächeln. Ich wünschte, ich könnte so zuversichtlich sein. Ich wünschte, ich hätte eine Ahnung, was ich brauchte. „Wenn du wieder zu Hause bist, möchte ich dich treffen."

„Abgemacht", sagte er. „Ich versuche mir vorzustellen, wie du erwachsen aussiehst. Schick mir Bilder, okay?"

„Das werde ich. Und du bitte auch."

„Okay, meine Zeit ist um."

Ich schniefte erneut und rieb mir die Augen. Ich wollte ihn nicht gehen lassen. „Barry? Bevor du auflegst… Danke. Du weißt es nicht… Du hast mir dadurch, dass du zugelassen hast, dass ich mich dir in der Zeit in Belgien anschließen konnte, mehr gegeben, als dir klar ist. Ich schulde dir was."

„Du schuldest mir nichts. Du bist meine kleine Schwester, okay? Wir kümmern uns um unsere Familie."

„Okay", sagte ich und begann zu weinen. „Sei vorsichtig da drüben, okay? Ich mache mir wirklich Sorgen."

Er grunzte skeptisch. „Ich gehöre zur Aufklärung, Kind. In ziviler Sprache heißt das unbesiegbar. Ich muss los. Ich schicke dir morgen eine Mail. Frohe Weihnachten, Kind!"

Ich klappte das Telefon zusammen, lehnte mich gegen die Wand und ließ die Tränen kommen. Ich hatte so viel Zeit verloren. Hatte so viel Leben vergeudet. War so sehr in mir selbst verschlossen gewesen, hatte mich so sehr in meinem Kokon verkrochen um mich selbst zu schützen, dass mich nichts mehr hatte berühren können. Alle diese Emotionen fühlten sich an, als wären sie… roh, gefährlich und außer Kontrolle.

Aber diese Emotionen… sie führten auch dazu, dass ich mich lebendig fühlte. Und ich begann das zu wollen. Ich begann leben zu wollen, wirklich zu leben, und ich wollte mir erlauben zu sein, wer ich wirklich war. Ich wollte nicht mehr in einen Schutzpanzer gehüllt sein, und ich wollte mich nicht mehr hassen.

„Geht es dir gut?"

Ich schaute auf. Es war Carrie. Sie stand da, an die Wand gelehnt, hatte die Arme vor der Brust verschränkt und einen besorgten Gesichtsausdruck.

Ich dachte für eine Sekunde über ihre Frage nach. Und dann sagte ich: „Ja, es geht mir gut. Vielleicht sogar besser, als jemals zuvor."

„Wer war das?"

„Erinnerst du dich an Corporal Lewis? Von der Botschaft in Brüssel?"

Sie schüttelte ihren Kopf.

„Ich denke mal, du warst zu jung. Er war... mein großer Bruder."

Sie sah mich merkwürdig und fragend an.

„Es geht mir gut, Carrie. Wirklich."

Sie kam näher und küsste meine Stirn. „Du weißt, dass du immer mit mir reden kannst, ja?"

Ich streckte meinen Arm aus, griff nach ihrer Hand und drückte sie. „Ja. Ja, das weiß ich."

Ich stand auf. „Wie sauer ist Mutter?"

„Ihre Knöchel sind ganz weiß und ihr Gesicht ist zusammengekniffen, als ob sie etwas Saures gegessen hätte."

Ich sagte: „Na ja, ich glaube es ist Zeit, sich dem Drachen zu stellen. Das wird bestimmt spaßig."

„Ich komme mit", sagte sie. Also gingen wir Hand in Hand zurück ins Wohnzimmer.

Alexandra saß auf ihrem Stuhl und rutschte unbehaglich darauf herum. Mutter saß ihr gegenüber, mischte die Karten und sagte: „Die Brewers werden heute zum Abendessen kommen und ich erwarte, dass du dich von deiner besten Seite zeigst, junge Dame."

„Ja, Mutter", sagte Alexandra.

Wir setzten uns wieder und begannen weiterzuspielen.

„Du solltest dich mit dem jungen Randy anfreunden. Er ist ein netter Junge."

„Er ist gemein zu den anderen Kindern in der Schule", sagte sie. „Er ist ein Tyrann."

„Wage es nicht, mir zu widersprechen, junge Dame."

Alexandra sagte nichts mehr. Ich sah zwischen den beiden hin und her und ich wollte schreien. Alexandra saß da und starrte mit gesenktem Kopf auf den Tisch. Allein. Traurig.

Es war Heiligabend, verdammt nochmal. Sie sollte nicht so aussehen. Sie sollte lachen und Spaß haben. Ich sah meine Mutter genau an.

Was war nur geschehen, das sie so gehässig gemacht hatte? Was war geschehen, dass aus ihrem Mund so viel Gift kam? Dass sie mit uns allen, aber vor allem mit mir, sprach, als wären wir etwas, dass sie hasste? Ich verstand es nicht, und obwohl ich es immer gehasst hatte, hatte ich es nicht anders gekannt, bis ich diese Wochenenden in Jacks Haus verbracht hatte.

Ich konnte nicht anders, als mich zu fragen, wie Weihnachten dort wohl wäre, wenn Jack nicht in den Einsatz berufen worden wäre. Irgendwie stellte ich mir vor, dass er in der Küche herumschwirren würde, ein großes Essen zubereitete, mit Tony Witze machte und mit Sean und Crank lachen würde. Hier hatte mein Vater sich in seinem Büro eingeschlossen, so wie immer, und meine Mutter war... kalt. Wütend.

Alexandra war ein wundervolles, nettes, kleines Mädchen. Und sie hatte es nicht verdient, so behandelt zu werden. Sie erinnerte mich so sehr an das kleine Mädchen, dass ich in Belgien gewesen war. Als die einzige Familie, die ich gehabt hatte, mein Bodyguard gewesen war, der mir einen Platz in seinem Leben und in seinem Herzen gegeben hatte. Und der mich erst vor ein paar Minuten vom anderen Ende der Welt angerufen hatte, um mir zu sagen, dass ich für ihn immer noch wie eine Schwester war.

Alexandra so zu sehen – traurig, in ihrem hübschen Kleidchen, die Hände im Schoß, mit gesenktem Gesicht, herumzappelnd, während sie auf den Tisch starrte – irgendetwas in mir zerbrach.

„Mutter. Wir müssen reden. Jetzt gleich."

Sie sah mich an, ihr Gesicht war gebieterisch und abweisend. „Worüber, Liebes?"

„Alexandra", sagte ich. „Du solltest hierfür besser gehen."

Meine Mutter hob eine Augenbraue. „Ich kann mich nicht erinnern, wann du zu einem ihrer Elternteile wurdest. Ich bin mir sicher, was auch immer du zu sagen hast, wird deiner Schwester nicht schaden."

Carrie murmelte etwas, dass sich verdächtig nach „*Oh Scheiße*" anhörte, und lehnte sich auf ihrem Stuhl zurück, so als wollte sie sich so weit wie möglich von unserer Mutter entfernen.

„Also gut", sagte ich. „Aber du musst wissen... ich habe es satt. Ich habe es satt, dass du uns behandelst, als wären wir dein persönlicher Prellbock. Ich habe es satt, dass du mit uns redest, als würde mit uns etwas nicht stimmen."

Sie kniff ihre Augen zusammen und sah mich an. „Wer glaubst du, dass du bist? So sprichst du nicht mit mir, junge Dame. Und jetzt geh, bis du dich wieder ordentlich benehmen kannst."

Ich starrte sie an und sagte: „Erinnerst du dich an mein Abschlussjahr an der High School, Mutter? In Bethesda?"

„Natürlich tue ich das", sagte sie bösartig. „Das Jahr in dem du deinem Vater Schande gebracht und fast seine Karriere zerstört hast, weil du zugelassen hast, dass das Bild verbreitet wurde?"

Mit meiner linken Hand begann ich langsam die ganzen Armreifen und –bänder abzustreifen, die ich immer um mein Handgelenk trug. In einem Plauderton fragte ich: „Mutter, warum hast du mich nie gefragt, wann und wie dieses Bild entstanden ist?"

Sie rümpfte ihre Nase. „Warum sollte ich das wissen wollen. Warum sollte ich nachfragen, warum meine älteste Tochter eine betrunkene Schlampe geworden war?"

Carrie keuchte auf und Alexandra richtete sich in ihrem Stuhl auf, hatte große und schockierte Augen.

Man könnte glauben, dass ich, als sie diese Worte ausspuckte, weinen wollte. Dass ich mich wieder in meine Hülle verkriechen und mich wieder mit meinem Kokon umhüllen wollte, der mich seit meinem Abschlussjahr beschützt hatte.

Ich hatte genug davon, mich zu verstecken. Nachdem mein Handgelenk freigelegt war, fuhr ich mit meinen Fingern an den Narben auf und ab. Ihre Augen wurden groß, als sie die Narben sah. Ich sagte: „Erinnerst du dich, als ich an Sylvester 2000 zu dir kam? Du und Dad wart gerade dabei, euch zum Ausgehen fertig zumachen, und ich kam weinend herein? Weil ich zur Abwechslung mal eine Mutter brauchte? Du hast gesagt, ich zitiere: ‚Vielleicht wäre es in der Schule nicht so

schlimm, wenn du dich nicht wie eine Schlampe benommen hättest.'
Erinnerst du dich daran?"

Sie zuckte zusammen. Gut.

„Ich erinnere mich gut daran, Mutter. Denn ich brauchte dich.
Und nicht lange, nachdem du weggegangen warst, bin ich ins Bad
gegangen und habe mir die Pulsadern aufgeschnitten. Das sind die
Narben."

Sie keuchte und befahl: „Alexandra, Carrie, geht nach oben, sofort."

Alexandra wartete nicht. Sie verschwand wie der Blitz. Aber
Carrie sagte: „Ich bleibe hier bei meiner Schwester." Dann langte sie
über den Tisch und ergriff meine rechte Hand mit ihrer linken.

Meine Mutter drehte sich zu mir. „Ich weiß nicht, warum du
jetzt damit anfängst. Ich kenne dich noch nicht mal richtig."

„Natürlich nicht. Du hast es ja auch nie für nötig gehalten zu
fragen. Du hast mich niemals gefragt, was los war. Mutter, dieses
dumme Bild? Als es aufgenommen wurde, war ich vierzehn und der
Junge war achtzehn. Ich habe deine Hilfe gebraucht. Ich brauchte
dich. Aber du warst in dem Jahr zu beschäftigt, nicht wahr? Mit
George Lansing? Habe ich recht?"

Sie ballte ihre Hände zu Fäusten. „Was auch immer du glaubst,
in dieser Nacht gesehen zu haben, es war falsch."

Carries Augen wurden groß. Ich hatte ihr niemals von Mutters
Geheimnis erzählt.

„Hast du mich deshalb in diesem Jahr in China ausgeschlossen,
Mom? Wegen Mr. Lansing? Weil du zu sehr mit deiner geschmack-
losen kleinen Affäre beschäftigt warst, um zu bemerken, dass deine
Tochter eine Beziehung mit jemand hatte, der Jahre älter war und sie
misshandelte?"

Meine Mutter stand auf, ihre Lippen waren zu einer harten Linie
zusammengepresst. „Ich muss mir das nicht anhören."

„Doch, das musst du! Du hast mich acht Jahre lang wie Dreck
behandelt!", schrie ich. „Als ich von dieser abscheulichen Abtrei-
bungsklinik in Peking nach Hause kam, hast du mich nicht mal gefragt, was los war oder wo ich gewesen war! Hast du das viele Blut auf
den Laken nicht bemerkt, Mom? Hast du nicht bemerkt, wie krank

ich wurde? Ich brauchte eine Mutter und alles, was ich hatte, war…",
ich schüttelte meinen Kopf. „Nichts. Du warst nicht ein einziges Mal
da, als ich dich brauchte. Als Lana das Bild verschickte, hast du mir
keine Hilfe angeboten. Du hast mich nicht in die Arme genommen
und mir gesagt, dass es wieder gut werden würde. Irgendjemand an
der Bethesda Chevy Chase High School hat das Bild vervielfältigt
und in die Schließfächer der anderen gepackt. Sie haben mich gefol-
tert, Mutter. Bis zu dem Punkt, dass ich keinen anderen Ausweg als
Selbstmord sah. Und was ich bis heute nicht verstehe, ist, warum?
Warum hast du mir nicht geholfen? Warum warst du nicht da, als ich
dich brauchte?"

Das Gesicht meiner Mutter verzerrte sich und sie begann zu weinen. „Ich…", flüsterte sie. „Ich wusste nicht, dass es so schlimm für
dich war. Du bist meine Tochter. Ich wollte nur… Ich wollte, dass du
besser bist."

„Du wolltest dich selbst schützen."

Sie schüttelte ihren Kopf. „Nein… ganz und gar nicht. Dein Vater
und ich… wir hatten in Belgien und China eine schlimme Zeit. Wir
dachten… wir würden uns nicht mehr lieben. Und er hatte in Belgien
eine Affäre. Und… Ja. Ich hatte eine in China."

Ich wollte kotzen. „Also warst du einfach zu beschäftigt."

Sie sah mich an, mit unlesbarem Gesicht, und sagte:
„Julia… was ist in China passiert?"

Also erzählte ich es ihr. Die ganze dumme Geschichte, wie ich
mich in einen Jungen verliebt hatte, der viel zu alt für mich gewesen
war, der mich wie Dreck behandelt und es geschafft hatte, dass ich
mich gefühlt hatte, als wäre es meine Schuld. Als ich von der Abtreibung erzählte, und wie ich mich in Peking danach im Schnee verlaufen hatte, begann sie zu weinen.

Nachdem ich fertig war, sagte ich: „Ich habe die meiste Zeit gedacht, du würdest mich hassen. Dass wirklich etwas mit mir nicht
stimmte. Dass das, was Harry mir angetan hatte, meine Schuld war.
Das ist das, was er mir gesagt hat. Dass es meine Schuld war." Ich
seufzte und sah hinauf zur Decke. „Das war es nicht, Mutter. Ich
habe falsche Entscheidungen getroffen, aber ich war ein Kind. Und
niemand hat mir geholfen. Es war niemand da, mit dem ich hätte

darüber reden können, der mich hätte leiten können. Ich dachte die einzige Familie, die ich hätte, wäre ein zwanzigjähriger Marine. Und ich glaubte, dass ich niemals wieder mit ihm würde reden können."

Carrie murmelte: „Du hast jetzt eine Familie. Du hast mich."

Ich sah meine Schwester an und blinzelte, um die Tränen zurückzuhalten.

Meine Mutter sah uns an, in ihrem Gesicht sah man Verlust und Schock. Sie schüttelte ihren Kopf und rannte dann, ohne ein weiteres Wort zu sagen, aus dem Zimmer.

KAPITEL 23

Teil meines Schutzpanzers (Crank)

*J*a, ich verdiene meinen Lebensunterhalt mit Kochen. An einem Ein-Meter-Grill mit genau festgelegten Abläufen. Aber es war Weihnachtsmorgen und es war undenkbar, dass ich ihn verstreichen ließ, ohne ein großes Frühstück mit Rührei, Speck und Pfannkuchen zu kochen. Denn, wenn Dad zu Hause gewesen wäre, hätte er genau das gemacht. Mir war aber nicht klat gewesen, dass kochen in Dads Küche etwas völlig anderes war.

Nachdem ich die Bratpfanne in Brand gesetzt hatte, die ganze Küche voller Rauch war und der Feuermelder losging, schritt meine Mutter endlich ein.

Schließlich beseitigten wir das Chaos, öffneten die Fenster und die Türen, obwohl es draußen mehr als nur kühl war. Aber Mom lachte darüber und Sean zog seinen Wintermantel an. Wir verbrachten den Morgen lachend und genossen es einfach, eine Familie zu sein.

Keiner von uns erwähnte, dass Dad nicht angerufen hatte. Vielleicht schaffte er es heute, eines der Telefone zu benutzen. Ich wusste nicht, wie leicht oder schwer es war, dort an ein Telefon zu gelangen. Er hatte, als er vor ein paar Wochen anrief, große Call-Center erwähnt, zu denen sie mit Bussen gefahren wurden. Er schrieb fast jeden Tag.

Mom hatte eine kleine Blue-Star Flagge gekauft und ins Fenster gehängt. Sie erklärte uns die Tradition, die aus dem 2. Weltkrieg stammte: Familien hängten einen blauen Stern für jedes Familienmitglied, dass in Übersee im Krieg war, in ihr Fenster. Ein goldener Stern bedeutete, dass sie ein Mitglied verloren hatten.

Ich gehöre nicht zu den Leuten, die viel beten, aber ich ertappte mich dabei, dass ich für Dad betete, und dass es hoffentlich gar nicht erst zum Krieg kommen würde.

Nach dem Frühstück räumte ich auf und bot dann an, das Weihnachtsessen zu kochen. Meine Mutter scheuchte mich schnell aus der Küche. „Geh und unterhalte deinen Bruder", sagte sie.

Ich denke, sie genoss das.

Das konnte ich tun. Wir schlossen die neue Xbox an, die ich ihm gekauft hatte, jetzt wo ich mit der Band wirklich Geld verdiente, und wir verbrachten die Zeit damit, Spiele zu spielen.

Wir hatten noch nicht alle Geschenke geöffnet. Als ich an diesem Morgen aufgewacht war, lagen zwei Geschenke von Julia unter dem Baum. Eines für Sean und eines für mich. Ich hatte meine Mom angeschaut und sie hatte gesagt: „Sie hat sie mir gegeben, bevor sie abgereist ist, und mich gebeten, sicherzustellen, dass ihr sie bekommt."

Sie hatte Sean eine neue Ausgabe des medizinischen Fachbuches, in dem er die letzten sieben Monate immer wieder gelesen hatte, aus dem Jahre 2002 gekauft.

Ich hatte mein Geschenk noch nicht geöffnet. Ich wollte mit ihr reden, wenn ich es öffnete, und ich schaute auf die Uhr, ich wartete darauf, dass es zwölf Uhr mittags wurde, also neun Uhr morgens in Kalifornien. Bis dahin würde sie sicherlich aufgestanden sein.

Es war eine Minute nach zwölf, als ich anrief.

Das Telefon klingelte… zweimal, dreimal. Ich hatte Angst, sie würde nicht rangehen, aber beim vierten Klingeln nahm sie ab.

„Hallo?", sagte sie. „Crank?"

„Hey, Julia?"

„Ist alles okay?"

Ich lächelte bitter. Natürlich. Sie erwartete nicht, dass ein Kollege, ein Bandmitglied, am Weihnachtsmorgen anrief. Das war etwas, das enge Freunde taten. Oder Familie. Oder Liebende.

Wir waren nichts davon.

Ich holte tief Luft. „Ich rufe an, um dir frohe Weihnachten zu wünschen."

Sie wurde still und sagte dann mit leiser Stimme: „Ich vermisse dich."

Mein Herz begann schneller zu schlagen. Hatte sie das gerade wirklich gesagt? Meinte sie das ernst oder spielte sie mit mir? Und war wirklich nicht mehr nötig, um mich in Aufruhr zu versetzen? Ich verzog das Gesicht. „Ich vermisse dich, Babe."

„Nenn mich nochmal Babe und ich schlage dich durchs Telefon, Crank."

„Das klingt schon mehr nach dir", sagte ich. „Wie geht es dir? Wie ist... alles?"

Sie sagte: „Die Stimmung hier ist angespannt. Ich befinde mich mit meiner Familie im Moment in einem Minenfeld."

„Familien sind immer Minenfelder", sagte ich.

„Hast du von Jack gehört?"

„Nein... seit etwa einer Woche nicht mehr."

„Wenn er sich meldet, sag ihm – " Sie unterbrach sich und sagte dann: „Sag ihm, dass ich ihn liebe und an ihn denke, okay?"

„Das werde ich."

„Hast du dein Geschenk geöffnet?", fragte sie.

„Noch nicht. Ich wollte erst mit dir sprechen."

„Tja dann, mach es auf, du Armleuchter."

Ich grinste. Es war seltsam. Es kam mir vor, als wäre es Wochen her, seit wir eine normale Unterhaltung geführt hatten, die nicht mit Spannung und Emotionen beschattet gewesen war. „In Ordnung", sagte ich. Ich ging hinüber zum Weihnachtsbaum und hob das winzig kleine Päckchen auf, das nicht mehr als ein paar Gramm wog.

„Ist es leer?", fragte ich.

„Ja, ich habe mich entschlossen, dir fünf Kubikzentimeter Luft zu schenken."

Ich verdrehte meine Augen und riss das Geschenkpapier auf. Dann sah ich, dass meine Mutter von der Küche aus zuschaute. Sie war neugierig. Ich drehte ihr meinen Rücken zu und klemmte das Telefon zwischen meine Schulter und mein Ohr, während ich die kleine Schachtel darin öffnete.

In der Schachtel war ein schmales Freundschaftsarmband… geflochten mit weißen und rosafarbenen Fäden. Es war verschlissen… wirklich sehr verschlissen. Ich zog die Augenbrauen zusammen. Es war das Armband, das ich schon tausend Mal an ihrem Handgelenk gesehen hatte. Ich hatte gedacht, dass sie es niemals auszog.

Sie hatte es an dem Tag getragen, an dem wir uns kennengelernt hatten. Und auch an jedem weiteren Tag seitdem. Das… Ich hatte Angst auch nur zu fragen, was das bedeutete.

„Dein Freundschaftsband", sagte ich.

Sie atmete schwer auf der anderen Seite der Leitung. „Ja", sagte sie. „Okay – du musst mir versprechen, dass du nicht denken wirst, ich wäre sonderbar."

„Dafür ist es ein bisschen spät", antwortete ich.

„Sei ruhig", sagte sie. Dann sprach sie weiter: „Na ja… Ich habe diese Bänder gemacht, als ich in die Mittelstufe ging. Corporal Lewis hatte mir ein Bastelset aus den Staaten mitgebracht, als er auf Heimaturlaub war. Er war sehr aufmerksam."

Ich grinste. Sie sprach in letzter Zeit oft über ihren Marine Corps Bodyguard.

„Egal, ich habe es geflochten. Aber ich trug sie nicht wirklich, bis ich… bis ich mir etwas antat. Und dann… Du hast es ja gesehen. Ich trage tausende von Armbändern, um… um es zu verstecken. Um mich zu verstecken. Und dieses Armband habe ich seit dem Tag, an dem es passierte, jeden Tag getragen. Bis zu dieser Woche. Es war ein Teil meines – meines Schutzpanzers. Aber ich brauche es nicht mehr."

Heiliger Gott. Meine Augen brannten ein bisschen und ich sagte mit rauer Stimme: „Heiliger Strohsack, Julia. Das ist… Das ist ja ein Geschenk."

„Denkst du, ich bin sonderbar?"

„Natürlich denke ich, dass du sonderbar bist", sagte ich. Und dann sprach ich weiter, obwohl ich wusste, dass ich das nicht tun sollte, obwohl ich wusste, dass es ein Fehler war, aber ich tat es trotzdem, denn es war einfach die Wahrheit und sie sollte das wissen. „Das ist einer der Gründe, warum ich dich liebe."

Sie war still, atmete nur am anderen Ende der Leitung.

„Oh Gott, Julia. Bitte leg nicht auf. Es tut mir leid, wenn ich dich mit dieser Aussage verärgert habe."

Sie war immer noch still und ich hätte geschworen, dass sie aufgelegt hatte, wenn ich nicht ihr Atmen gehört hätte. Schließlich flüsterte sie: „Versprichst du mir, dass du mich nicht aufgibst, Crank? Zumindest nicht, bis ich nach den Ferien nach Hause komme? Bitte?"

Ich holte schnell Luft. Dann sagte ich: „Ich werde dich niemals aufgeben. Hörst du mich? Niemals."

„Frohe Weihnachten, Crank."

„Frohe Weihnachten, Julia."

Sie legte mit einem Klicken auf. Ich legte das Telefon zur Seite und starrte das Armband an. Es war ein kleines Ding, die Bänder waren zerfasert und ausgefranst, die weißen Bänder waren ganz grau. Aber es war ein Teil ihres Schutzpanzers. Ich fragte mich, ob das bedeutete, dass sie mich hindurch lassen würde?

Es war viel zu klein, um um mein Handgelenk zu passen. Aber ich konnte es bestimmt irgendwie vergrößern lassen. Ich ging in die Küche und rief: „Mom? Ich brauche deine Hilfe bei etwas."

Die nächsten zwei Minuten meines Lebens werden für immer in mein Gedächtnis gebrannt sein. Als ich in Richtung Küche ging, klopfte jemand an die Tür. Weil ich dachte, es wäre Tony, der früh dran war, machte ich einen Umweg zur Tür, gerade als auch meine Mutter aus der Küche kam. Sie trug Dads „Beste Mutter der Welt"-Schürze… die natürlich einmal ihr gehört hatte. Ich öffnete die Tür und trat vor Schreck einen Schritt zurück.

Meine Mutter keuchte auf und bedeckte ihren Mund.

Zwei Männer, beide in Ausgehuniformen der Army gekleidet, standen auf der Veranda. Einer hatte die Streifen eines Master Sergeants, der andere war ein Geistlicher. *Ein Benachrichtigungsteam?* Wir waren noch nicht im Krieg, was konnte passiert sein? Ging es Dad gut? Ich begann in Panik zu verfallen.

„Oh Gott, bitte nicht", stöhnte meine Mutter. Ich griff nach ihr, denn sie begann umzukippen.

KAPITEL 24

Ich muss dich um einen Gefallen bitten (Julia)

*I*ch werde dich niemals aufgeben. Hörst du mich? Niemals. Ich legte auf und saß einfach nur da, seine Worte hallten in meinem Kopf wider wie ein Lied.

Ich verdiente diese Art von Hingabe nicht. Ich hatte schreckliche Angst vor dem, was das bedeutete. Ich konnte mir nicht vorstellen, wie ich dem gerecht werden sollte: Ich hatte Angst, dass ich zurückschrecken würde, dass ich niemals in der Lage sein würde, ihm zu geben, was er brauchte.

Aber zum ersten Mal begann ich zu glauben, dass ich es vielleicht versuchen konnte.

Als ich nach dem Telefongespräch nach unten ging, ließ ich meine Armreifen und –bänder auf der Kommode liegen. Ich fühlte mich ohne sie nackt. Das einzige, was ich um mein Handgelenk trug, war die zierliche Uhr, die Barry mir in Belgien geschenkt hatte. Aber vielleicht brauchte ich mich nicht mehr verstecken. Ich lehnte mich gegen den Türrahmen und schaute auf meine Familie.

Es war ein einziges Chaos. Die Zwillinge und Andrea spielten mit Puppen, die sie auf dem Fußboden des Wohnzimmers verteilt hatten. Carrie war total ausgeflippt, als sie ihre Geschenke geöffnet hatte. Meine Eltern hatten ihr ein neues Mac PowerBook gekauft und jetzt war sie damit beschäftigt.

Ich hatte zu Weihnachten von meinen Eltern ein Geschenk mit einer Art seltsamen Botschaft bekommen: Zwei Tickets für das Boston Pops Orchester. Natürlich wussten sie, wie sehr ich Musik liebte. Aber sie hassten es auch, dass ich Musik so liebte. Es war merkwürdig und ich wusste noch nicht so recht, was ich davon halten sollte. Aber ich bedankte mich mit einem breiten Lächeln.

Meine Mutter hatte mich den ganzen Morgen argwöhnisch beobachtet, so als wüsste sie nicht, was sie zu mir sagen sollte. Wenn ich mir die jüngeren Mädchen so anschaute, dachte ich, dass es für sie vielleicht noch nicht zu spät war. Dad war pensioniert und seine Reise in den Irak war nutzlos und kurz gewesen. Es würde keine weiteren Umzüge oder Veränderungen geben. Alexandra würde auf nur eine High School gehen und die Zwillinge und Andrea waren so jung, dass sie sich kaum an die ganzen Reisen und das Leben in verschiedenen Ländern erinnern würden.

Mein Dad sah mir in die Augen und lächelte, aber dann wanderte sein Blick hinunter zu meinem ungewöhnlich nackten rechten Handgelenk. Sie musste es ihm erzählt haben. Ich konnte nicht anders, als mich zu fragen, was er dachte. Mein Vater und ich hatten uns nie nahe gestanden. Er stand niemandem nahe. Er war eine distanzierte, autoritäre Person in meinem Leben, er hatte die Erziehung der Kinder seiner Frau, meiner Mutter, überlassen. Als er wieder zu mir hoch sah, schenkte ich ihm ein zaghaftes Lächeln.

Dann klingelte mein Telefon erneut. Meine Mutter runzelte kurz die Stirn, entspannte sie dann aber fast sofort wieder. Das war interessant und ich vermute, es war eine Art Fortschritt. Aber wer rief mich an? Ich holte das Telefon heraus. Es war wieder Crank.

Das war *wirklich* merkwürdig. Ich ging ran.

„Hey", sagte ich.

„Julia! Ich bin's, Sean!" Er schrie und seine Stimme war verzweifelt.

„Sean? Was ist los?"

„Dad... er hatte einen Herzinfarkt. Sie haben ihn nach Deutschland geflogen."

Ich stöhnte und kniff meine Augen zusammen. „Oh mein Gott. Geht es ihm gut?"

„Ich weiß es nicht. Mom weint", sagte er.

„Hol sie ans Telefon."

„Wirst du kommen?"

Ich stieß ein Schluchzen aus. Dann sagte ich: „Ja. Ja, das werde ich. Und jetzt gib mir bitte deine Mutter, jetzt gleich. Und Sean? Ich werde bald da sein und wir werden alles tun, was wir können. Okay? Halte durch."

Einen Augenblick später war Margot am Telefon, ihre Stimme klang rau und brüchig.

„Margot, was ist los? Sean hat gesagt, dass Jack einen Herzinfarkt hatte."

Die Augen meines Vaters wurden groß und er stand auf und ging zu mir.

Sie sagte mir, was geschehen war.

„Okay", sagte ich. „Wann fliegt ihr nach Deutschland?"

Sie brach in Tränen aus. Es dauerte ein paar Minuten, bis ich die Antwort aus ihr heraus bekam. Sie hatten nicht genug Geld, um nach Deutschland zu fliegen, und außerdem hatte keiner von ihnen einen Reisepass.

Ich schloss meine Augen. Und dann sah ich meinen Dad an.

„Margot, ich werde dich bald zurückrufen. In Ordnung? Halte… einfach nur durch, okay? Deine Familie liebt dich. Das ist das Wichtigste überhaupt. Jack liebt dich."

Sie schluchzte und ich verabschiedete mich.

Mein Dad stand unbehaglich vor mir und ich sagte: „Dad. Ich muss dich um einen Gefallen bitten. Mehrere Gefallen und es sind große Gefallen. Wirklich große."

Ich sagte ihm, was ich wollte. Während ich sprach, wurden seine Augen immer größer und dann sagte er: „Julia, du verlangst sehr viel."

Ich schluckte und sah ihm in die Augen, versuchte ihm zu zeigen, wie ernst es mir war. „Dad – sag mir eins. Wenn es um Mom ginge, würdest du es tun?"

Er verzog das Gesicht. „Natürlich."

Ich sah ihm in die Augen und sagte: „Dann verstehst du genau, wie ich mich im Moment fühle."

Er nickte mit seinem Kopf. „In Ordnung. Lass mich ein paar Telefonate führen."

Vier Stunden später packte ich in meinem Zimmer meine letzten Sachen in eine Tasche. Es war merkwürdig. Dieses Haus würde für Alexandra und die jüngeren Mädchen ein Zuhause werden. Aber ich hatte hier überhaupt keine Erinnerungen oder Bezugspunkte, außer den paar Urlauben, die wir hier in den Staaten verbracht hatten. Dies war mein Zimmer, aber es war steril, genau wie es das Zimmer in Bethesda gewesen war. Aber zum ersten Mal war das okay für mich. Ich würde mir mein eigenes Zuhause schaffen.

Als ich den Reißverschluss der Tasche zuzog hörte ich jemanden in der Tür und drehte mich um.

Es war sie.

Ich richtete mich beklommen auf und sah meine Mutter an. Sie schluckte, sagte aber nichts und ich verstand, dass sie genauso nervös war wie ich, wenn es darum ging, mit mir zu sprechen.

„Ich wollte nur...", begann sie. Dann hielt sie inne. Ich wartete. Würde sie etwas Abscheuliches sagen? Versuchen die Dinge zu ver-leugnen? War sie dabei mir zu sagen, dass ich, wenn ich jetzt ging, nie-mals zurückkommen brauchte? Ich wusste es nicht. Meine Mutter... war mir ein absolutes Rätsel. Und das war vielleicht das Traurigste an der ganzen Sache. Ich kannte sie überhaupt nicht.

Schließlich sprach sie erneut. „Ich bin hochgekommen, um dir zu sagen... dass ich gehört habe, was du gesagt hast. Und ich war nicht gerade die beste Mutter der Welt. Ich wünschte, ich wäre es gewesen. Ich wünschte,... ich hätte dir geben können, was du gebraucht hast, Julia. Und ich hoffe, dass du mir eines Tages verzeihen kannst."

Und dann tat meine Mutter etwas, das ich bei ihr noch nie gese-hen hatte. Sie begann zu weinen. Es klang halb künstlich, schwach, aber doch sehr schmerzvoll.

Ich weiß, es wäre das Menschlichste gewesen, zu ihr zu gehen, sie zu umarmen und ihr zu sagen, dass ich ihr verzieh. Ich weiß, dass ich das hätte tun sollen. Ich strecke meinen Arm aus und ergriff eine ihrer Hände. Und ich drückte sie sanft und flüsterte: „Du bist immer noch meine Mutter. Ich liebe dich."

Sie nickte und versuchte ihre Tränen wegzuschniefen. Und dann drehte sie sich um und ging den Flur entlang.

Ich drehte mich zurück zu meiner Tasche. Und ich packte sie fertig, machte den Reißverschluss zu und verließ das Zimmer. Ich ließ die ganzen Armreifen und –bänder auf der Kommode liegen.

Dad traf mich im Erdgeschoss und wir stiegen zusammen in den Van. Die Straßen waren leer. Es war immer noch Weihnachten und vielleicht würden die Straßen später heute Abend voller werden, aber im Moment hatten wir auf dem Weg zum Flughafen die Straße für uns allein.

Zuerst waren wir still. Nach einer Weile sagte er: „Deine Mutter hat mir gesagt… was du ihr erzählt hast."

Ich schluckte und sah zum Fenster hinaus.

„Wozu das jetzt auch gut sein mag, Julia. Du bist meine Tochter. Und ich habe nicht oft genug gesagt… Na ja, ich habe es überhaupt nicht gesagt. Aber ich bin stolz auf dich."

Ich unterdrückte die Tränen. „Danke, Dad."

„Ich hoffe, dass du, wenn du in Deutschland fertig bist und dann das Studium beendet hast, an uns denken wirst. Und uns besuchen kommst."

Ich nickte. „Natürlich. Nur… kannst du mir einen Gefallen tun?", fragte ich.

„Alles", sagte er.

„Es ist nur… versuche, für meine Schwestern da zu sein, okay? Ich verstehe es. Ich war die Älteste und ihr habt eine Menge durchgemacht und… Ich weiß nicht. Aber sie brauchen dich." Ich hielt inne und atmete ein wenig. „Sie brauchen dich. Okay?"

Mit leiser Stimme, die voller Traurigkeit war, sagte er: „Ich verspreche es. Ich werde es versuchen."

Danach waren wir für lange Zeit still. Er fuhr schließlich auf die Interstate und ein paar Minuten später sagte er: „Du musst wissen… es ist nicht nur die Schuld deiner Mutter."

Ich sah zu ihm hinüber und er fuhr fort.

„Ich habe deine Mutter in Spanien kennengelernt. Es war im Jahr 1981 und ich hatte meinen ersten Posten im Ausland. Ich war nicht viel älter als du jetzt und nicht mal annähernd so schlau oder gut organisiert. Adelinas Vater hatte einen Blumenladen in Madrid und ich lernte sie in einem Café am Ende der Straße kennen, in der die Botschaft lag. Ich war dabei mein Spanisch zu üben und sie wollte Englisch sprechen, und… Na ja, wir verliebten uns. Damals war sie so lebensfroh. Wusstest du, dass mein Vater mich enterbt hat, als wir heirateten?"

„Was?", sagte ich. „Nein."

„Das hat er. Er hat es sich anders überlegt, nachdem du geboren wurdest. Aber für eine Weile dachten wir, wir würden einfach vom dem Leben, was ich als Junior Attaché verdiente. Und das war genug. Wir hatten ein kleines Appartement und wir liebten uns. Das war alles, was zählte."

Ich versuchte, mir vorzustellen, wie mein Dad nur von dem Gehalt eines Junior Attaché lebte und verliebt war. Das passte zu überhaupt nichts, es ergab keinen Sinn für mich.

„Was ist geschehen?"

Er zuckte mit den Schultern. „Das Leben. Stress. Direkt nachdem du geboren wurdest, wurde ich in Libyen eingesetzt. Das war ein sehr schwieriger Posten und deine Mutter blieb mit dir in San Francisco. Es dauerte drei Jahre. Mit den Jahren haben wir uns auseinanderentwickelt und viel gestritten. Mehr als dir klar ist, vermute ich. Unser Leben… es war nicht so, wie wir es uns vorgestellt hatten. Und dann hatten wir beide Affären. Das hat deine Mutter… bitter gemacht. Sehr wütend. Es hat lange gedauert, bis wir uns wieder vertraut haben."

Ich starrte meinen Vater schockiert an. Er hatte von ihrer Affäre gewusst.

„Du wusstest Bescheid?"

Er nickte. „Kurz nachdem du ans College gegangen bist und es so aussah, als ob ich nie wieder einen Posten bekommen würde, haben deine Mom und ich eine Partnertherapie begonnen. Wir haben versucht, einiges aufzuarbeiten."

Er sah mich an und seine Augen waren traurig. „Ich vermute, das war zu spät für dich."

Ich sah ihn an, war fassungslos und fühlte mich auf eine seltsame Weise betrogen. Wenn sie die Therapie zehn Jahre früher begonnen hätten, hätte ich vielleicht ein ganz anderes Leben gehabt.

Wir näherten uns dem Flughafen. Er nahm die Ausfahrt für den Lufthansaschalter. „Ich weiß nicht, ob du uns verzeihen kannst, oder ob es zu spät für dich ist."

„Ich weiß es auch nicht, Dad. Aber ich verspreche… ich verspreche, dass ich es versuchen werde."

Zwei Stunden später bestieg ich das Flugzeug, das mich nach Osten bringen würde.

Ein Song für Julia (Crank)

„Irgendwelche Neuigkeiten?", flüsterte ich, als Mom zurückkam. Ich flüsterte, weil Sean sich quer über drei Stühle ausgestreckt hatte und schnarchte.

Sie schüttelte ihren Kopf. „Sein Zustand ist stabil. Aber er liegt immer noch im Koma." Sie setzte sich.

„Du siehst erschöpft aus", sagte ich. „Vielleicht solltest du zurück ins Hotel gehen, ein bisschen schlafen und dann zurückkommen."

Sie holte tief Luft. „Noch nicht", sagte sie.

Ich nahm ihre Hand. „Wir überstehen das."

Sie drückte meine Hand. „Das werden wir. Du musst wissen, dass ich jetzt viel stärker bin als früher."

Sean bewegte sich und setzte sich dann langsam auf.

Ich lehnte mich zurück und schloss meine Augen. Die letzten vierundzwanzig Stunden waren an mir vorüber gezogen wie ein Blitz und einiges davon war irreal gewesen. Ein Mitarbeiter des Auswärtigen Amtes war zu uns gekommen und hatte sich mit dem Benachrichtigungsteam getroffen. Kurz darauf hatte er Fotos von uns gemacht und war gegangen. Am Weihnachtstag um 18 Uhr fuhren wir zum Flughafen, wo uns ein weiterer Mitarbeiter des Auswärtigen Amtes in Empfang nahm und uns unsere neuen Reisepässe übergab. Julia hatte für uns einen Nachtflug nach Deutschland gebucht. Bei unserer Ankunft hatte uns ein Mitarbeiter des Amerikanischen Konsulats erwartet, der uns in etwas mehr als einer Stunde von Frankfurt zur Ramstein-Air-Base gebracht hatte. Hier war das Land schneebedeckt, und während wir an Städten und Dörfern vorbeifuhren, fiel noch mehr Schnee. Ich konnte nicht anders, als daran zu denken, wie unglaublich es war, dass Julia das alles für uns getan hatte.

Wir waren nun schon seit Stunden hier und warteten. Dad war mit seiner Einheit morgens laufen gewesen, als er zusammenbrach. Sie hatte ihn so schnell wie möglich zu den Sanitätern gebracht, die ihn stabilisieren konnten. Dann war er mit einem Hubschrauber ins nächste Krankenhaus geflogen worden und später hierher. Darum hatte er an Heiligabend nicht angerufen. Er war bereits im Flugzeug auf dem Weg hierher gewesen.

Als wir ankamen, hatten die Ärzte uns gesagt, dass jetzt alles eine Frage der Zeit war. Sie konnten keine klare Vorhersage treffen. Sie hatten ihm einen dreifachen Bypass gesetzt, so ziemlich die schwerste OP, der man unterzogen werden konnte. Jetzt war sein Zustand stabil, aber niemand konnte wissen, wann… oder ob… er aufwachen würde.

Ich sah Mom an und konnte nicht anders, als zu denken, was für eine Tragödie es für uns alle, aber ganz besonders für sie, wäre, ihn jetzt zu verlieren, wo wir gerade wieder eine richtige Familie wurden.

Sean fragte so abrupt wie immer: „Wenn Dad stirbt, bleibst du dann bei mir?"

Mom legte ihre Arme um ihn und sagte: „Ich werde nicht weggehen, Sean. Ich verspreche es."

Seine Augen schauten sich überall im Raum um, sahen nur uns nicht an. Ich konnte sehen, dass er darum kämpfte, etwas mit Worten auszudrücken. Er sah mich an, dann sie und sagte: „Es tut mir leid, dass ich nicht besser für dich war. Es tut mir leid, dass mit mir nicht alles in Ordnung ist."

Ihre Augen wurden rot, weil ihr plötzlich die Tränen kamen, und sie sagte: „Sean, mit dir ist alles in Ordnung."

Er schaute weg. „Dad hat gesagt, du hast versucht, dich umzubringen."

Sie nickte ganz langsam und sagte: „Sean… Das ist nicht deine Schuld. Es ist wirklich niemandes Schuld. Ich wusste nur einfach nicht… mit dem Leben umzugehen."

Ich war angespannt, hatte Angst. Sean konnte so unberechenbar sein. Mit so etwas konfrontiert zu werden, konnte bedeuten, dass er sich mit einem Buch in eine Ecke verzog, oder aber einen Ausraster auslösen, der die Krankenhaussecurity auf den Plan bringen würde.

Ich holte scharf Luft und beobachtete sein Gesicht, schaute nach Anzeichen für Wut.

Er stand auf und begann hin und her zu laufen. Kein gutes Zeichen. Dann drehte er sich zu ihr um und sagte: „Vielleicht können wir dir helfen. Ich und Crank."

Ich atmete aus und schloss meine Augen.

„Das könnt ihr", sagte sie. „Und vielleicht kann ich dir auch helfen. Sean... Ich weiß, ich war lange weg. Ich musste wieder lernen zu leben. Ich habe so lange Zeit in therapeutischer Behandlung verbracht, dass ich kaum noch weiß, wie es vorher war. Wir müssen wieder lernen, eine Familie zu sein. Aber ich verspreche dir – euch beiden – ich werde nirgendwo hingehen. Niemals wieder."

Sean nickte mit seinem Kopf. Er zwang sich dazu, ihr ins Gesicht zu schauen, seine Augen wanderten langsam in ihre Richtung. Dann sagte er: „Ich bin froh, dass du nach Hause gekommen bist."

Sie schniefte und sagte: „Wärst du mir böse, wenn ich dich umarme?"

Er schüttelte seinen Kopf und sie stand auf und sie umarmten sich.

Dann wanderten meine Augen weg von meiner Mutter in Richtung Flur. Denn dort lief, mit zerzausten Haaren, in eine alte Jeans und ein T-Shirt gekleidet, Julia.

Mir stockte der Atem. Sie schaute alle Türen an während sie lief, ich vermute, sie suchte das Wartezimmer. Sie suchte uns. Sie sah erschöpft aus, hatte dunkle Ringe unter den Augen.

Ich konnte es nicht glauben. Sie hatte sowieso schon viel zu viel getan... Hatte ihren Vater dazu gebracht, uns Reisepässe zu besorgen und uns dann hierher fliegen lassen.

Sie hatte ihre Familie an Weihnachten verlassen.

Um hierher zu kommen. Zu uns. Zu mir.

Ich schluckte und stand auf. Dann sah sie mich. Und erstarrte. Ihre Augen waren groß und als sie mich ansah, wurden sie feucht. Dann ging sie zu mir, ganz langsam, und legte ihre Arme um mich, ihr Körper verschmolz mit meinem. Und sie flüsterte: „Wie geht es ihm?"

Ich seufzte und schüttelte meinen Kopf. „Er ist immer noch bewusstlos. Er hatte eine Bypassoperation, sie wissen nicht, wann er aufwachen wird." Eine Sekunde später sagte ich: „Sie wissen nicht, ob er aufwachen wird."

Es sah so aus, als ob sie etwas sagen wollte, und dann drückten ihre Arme mich noch fester. Ich verbarg mein Gesicht in ihrem Haar, genoss es, sie in meinen Armen zu halten, obwohl mein Vater ein paar Zimmer entfernt um sein Leben kämpfte.

Aber ich wusste, was er sagen würde. Er würde mir sagen, ich solle aufhören, mir Sorgen zu machen und zusehen, dass ich damit klarkomme. Er würde mir sagen, dass ich, wenn ich sie liebte, diesen kostbaren Moment so lange wie möglich auskosten sollte.

Sie hatte ihr Gesicht an meiner Schulter verborgen und ich konnte sie kaum hören, aber ich schwöre, dass sie in diesem Moment die Worte sagte, von denen ich dachte, ich würde sie niemals hören. Worte, die ich verzweifelt von ihr hören wollte.

Sie flüsterte: „Ich liebe dich, Crank."

Meine Atmung veränderte sich, wurde unregelmäßig und ich konnte sie nicht loslassen oder zurücktreten oder auch nur etwas sagen, denn ich hatte Angst. Angst, dass sie das nicht wirklich gesagt hatte, dass sie es nicht wirklich so gemeint hatte, oder dass sie gemeint hatte: „Ich liebe dich, Crank, so wie ich meine kleine Schwester liebe." Aber sie trat zurück und sie sagte: „Es könnte keinen schlechteren Moment hierfür geben. Aber wir müssen reden."

Mir rutschte das Herz in die Hose. Das war das Ende. Ich wusste es. Sie würde mir sagen, dass es für uns keine Chance gab. Wir trennten uns, ich drehte mich zu meiner Mom um und Julia sagte: „Hey, Margot. Sean."

Mom kam zu uns herüber, sie begann zu weinen und zog Julia in eine Umarmung. Schluchzend sagte sie: „Ganz, ganz herzlichen Dank. Dass du das für uns getan hast. Dass du uns hergebracht hast. Dass du gekommen bist."

Julia umarmte sie auch und sagte: „Es gibt nichts, wofür du mir danken musst, okay? Jack bedeutet mir sehr viel. Das tut ihr alle."

Dann trat sie einen Schritt zurück, behielt dabei die Hände auf den Schultern meiner Mom, und sagte: „Ich muss Crank für eine kleine Weile ausleihen. Es gibt… ein paar Dinge, über die wir reden müssen.“

Meine Mutter nickte und Julia sagte: „Wir sind bald zurück.“

Und dann zog sie mich aus dem Warteraum.

Wir schlüpften in die kleine nichtkonfessionsgebundene Kapelle drei Türen weiter.

Es war dunkel hier drinnen, die einzige Lichtquelle war vorne beim Altar. Ein E-Piano stand in der Nähe der Haupttür und ein paar schmale, zweckmäßige Sitzbänke waren in Reihen aufgestellt.

Sie setzte sich auf die erste Bank. Ich setzte mich neben sie und drehte mich zu ihr, sie griff nach meiner Hand. Und in dem Moment bemerkte ich, dass etwas an ihr anders war. Sie trug keine Armreifen.

Ich griff in meine Tasche, meine Hand berührte das Freundschaftsarmband, das sie mir geschenkt hatte. Ich hielt es mit meiner rechten Hand hoch.

Sofort begannen Tränen in ihrem Gesicht herunter zu laufen und sie sagte: „Ich kann nicht versprechen… dass ich nicht zurückschrecken werde. Dass ich nicht davon rennen werde. Das ist inzwischen zu sehr ein Teil von mir.“

„Was?“, fragte ich dumm.

„Sei ruhig und hör mir zu, in Ordnung?“

Ich hielt meinen Mund. Und nickte. Und hörte zu.

„Ich habe den größten Teil meines Lebens auf die eine oder andere Weise allein verbracht. Aber gestern hat mich ein alter Freund an etwas erinnert. Er sagte… man erschafft sich sein eigenes Zuhause. Ich hatte niemals eines. Für eine Weile hatte ich einen großen Bruder. Und er kümmerte sich um mich, als ich noch ein kleines Mädchen und ganz allein war. Und dann… Du weißt, was passiert ist. Alles, was ich hatte, war mein Schutzpanzer. Alles, was ich hatte, war meine Hülle, die mich zusammenhielt, denn ich konnte niemandem trauen. Ich konnte an niemanden glauben.“

Sie schniefte und sagte: „Aber etwas ist mit mir geschehen. Etwas, von dem ich niemals gedacht hätte, dass es geschehen könnte. Ich möchte dir vertrauen. Ich… Ich möchte etwas fühlen. Ich möchte wissen, wie es ist, wenn man jemanden liebt und ein richtiges

Leben führt. Zum ersten Mal in meinem Leben möchte ich wissen, wie es ist, ein Zuhause zu haben."

Jetzt weinte sie richtig und ich hätte ihre Tränen gerne fortgewischt, aber dafür hätte man einen Aufnehmer benötigt. Stattdessen zog ich sie zu mir und ließ sie in mein T-Shirt weinen.

„Crank... Du bist jetzt mein Zuhause. Du bist die Person, zu der ich nach Hause komme. Du bist... Ich liebe dich, Crank." Sie lachte inmitten ihrer Tränen, ihre Augen leuchteten in einem blaugrün. „Ich kann nicht glauben, dass ich diese Worte gerade gesagt habe. Aber es ist die Wahrheit. Ich liebe dich. Ich möchte mit dir zusammen sein."

Alles, was ich tun konnte, war, meine eigenen Tränen zurückzuhalten. Ich hielt sie ganz fest an mich gedrückt, während es sie schüttelte und sie flüsterte: „Kannst du mir verzeihen? Dafür, dass ich nicht in der Lage war, es früher zu sagen? Dass ich nicht in der Lage war, es zuzugeben? Ich wollte dir nicht wehtun. Das habe ich niemals gewollt."

Ich lehnte mich nah an ihr Ohr. „Es gibt nichts zu verzeihen. Aber wenn es etwas gäbe, dann ja. Ich werde dir heute, morgen und auch an jedem anderen Tag verzeihen."

Sie weinte immer noch, aber sie sagte: „Und du wirst auch keine weiteren dummen Songs über mich schreiben?"

Ich vermute, wenn sie in der Lage war zu scherzen, dann war alles schon viel besser. „Das kann ich versprechen", antwortete ich.

Sie lachte, zitterte und ich sagte: „Um genau zu sein, vielleicht werde ich genau das für den Rest meines Lebens tun."

Sie lehnte sich an mich und flüsterte: „Du bist mein."

Ich lehnte mich noch näher an sie, schaute in ihre wunderschönen blauen Augen, dann auf ihre Lippen und kam näher, bis sich unsere Lippen berührten. Süße, wunderhübsche Lippen. Es war anders, als zuvor. Nicht so gehetzt, nicht so belastet mit Anspannung und Distanz. Ich fühlte mich, als ob sie in meine Seele schauen würde, als ob sie durch die Berührung unserer Lippen alles in mir sehen und fühlen konnte. Und mir ging es genauso mit ihr.

Sie lehnte sich zurück, trennte unsere Lippen. „Kannst du es mit mir aushalten? Die Hälfte der Zeit bin ich verrückt. Du weißt, dass ich zurückschrecke und wütend werde, wenn die Zeiten schwierig werden."

„Ich lasse es darauf ankommen."

„Warum?" Sie sah mir in die Augen, als sie die Frage stellte. „Warum willst du das riskieren? Warum willst du riskieren, dass ich dich verletze?"

Ich legte meine Hände auf beide Seiten ihres Gesichts. „Weil du mich zu einem besseren Mensch machst. Wegen dir – wegen dir fühle ich mich, als ob ich etwas Besonderes bin. Dass mein Leben etwas bedeutet. Mit dir fühle ich mich, als ob ich alles auf der Welt tun kann. Dass *wir* alles auf der Welt tun können. Und das werden wir."

„Das werden wir", sagte sie. „Ich verspreche es."

Und so saßen wir lange Zeit in dieser Kapelle einfach nur da, hielten uns fest, hörten zu, wie der andere atmete.

Und dann hatte ich eine verrückte Idee.

„Komm mal für einen Augenblick her", sagte ich. Ich stand auf und führte sie zu dem E-Piano.

„Setz dich", sagte ich. Wir setzten uns beide auf die Klavierbank und ich sagte: „Erinnerst du dich daran, dass ich gesagt habe, ich möchte zusammen mit dir Musik machen."

Ihre Augen wurden feucht und sie nickte. Ich holte meine dahin gekritzelten Noten aus meiner Brusttasche und entfaltete sie. „Ich arbeite schon seit ein paar Wochen daran, aber egal was ich versucht habe, etwas passte nicht. Wirst du mir helfen?"

Sie lächelte ein verrücktes, glückliches Lächeln und nickte.

Also legte ich die Noten auf den Notenständer. „Dein Part", sagte ich und zeigte auf die Noten.

Dann sah sie den Titel des Songs. *A Song for Julia – Ein Song für Julia.* Und sie fing sie an, leise zu weinen.

Ich begann zu spielen. Sie hörte zu, nickte und setzte dann beim zweiten Takt ein. Sie schaute auf die Noten, die ich auf das Papier gekritzelt hatte, und blieb im Takt mit mir. Es war perfekt, jede Note war genau da, wo sie sein sollte.

Und dann begann ich zu singen. Es war ein Duett und ich sang von meiner Sehnsucht, ihrer Zurückweisung und von meiner so kostbaren Hoffnung, dass sie schließlich zu mir zurückkommen würde, wenn ich sie gehen ließ, sie zum Abschied küsste und zusah, wie sie ging.

Ich konnte fühlen, wie ihre Augen neben mir groß wurden und hell leuchteten, obwohl ihr Tränen über das Gesicht liefen. Wir waren total synchron, und als sie begann mitzusingen, mit brüchiger und müder Stimme, sangen wir es immer noch perfekt und in wundervoller Harmonie.

Schließlich endete der Song. Und sie sagte die Worte erneut. Die Worte, von denen ich so gewünscht hatte, dass sie sie sagte, die Worte, die sie so sehr verängstigt hatten, dass sie davon gelaufen war.

„Ich liebe dich, Crank."

Ich flüsterte zurück: „Ich liebe dich, Julia."

Sie lehnte sich an mich und ich legte meine Arme um sie, sie schloss ihre Augen.

„Ich bin so müde", sagte sie. „Und anscheinend kann ich nicht aufhören zu weinen."

Ich lächelte nur, breitete dann meine Arme aus, hob sie hoch und trug sie zu der Bank hinüber.

Wir saßen einfach nur da und warteten. Ich wusste, ich hatte Julia in meinen Armen, und dass sie mich liebte, und dass mit uns alles gut werden würde. Ich dachte an Dad, der ein paar Zimmer entfernt um sein Leben kämpfte. Julia und ich würden zusammen warten. Das würde genug sein.

Julia schlief ein, lag an mich gelehnt da. Ich bewegte mich, umarmte sie und schaute mir ihr Gesicht an, die kleinen Fältchen hatten sich geglättet und ihr Schlaf war friedlich.

Kurz darauf fand meine Mutter uns. Sie schaute hinein und sah uns dort ruhig in der Kapelle sitzen. Ihre Hände verschränkten sich und wanderten zu ihrer Brust. In ihren Augen standen Tränen der Hoffnung.

„Der Arzt hat uns gerufen. Jack wacht auf."

EPILOG (JULIA)

„Habt ihr alles, was ihr braucht?", fragte Margot. „Zahnbürten. Rasierer? " Wir standen am Eingang zur Sicherheitskontrolle am Logan Flughafen.

„Ja, Mom", sagte er. „Es ist alles bereit. Und falls nicht, hätte Julia sowieso von allem noch dreimal Ersatz eingepackt."

Ich grinste und schlug ihm auf die Schulter. „Hör auf damit, Crank."

Er sah zurück zu mir, hatte die Augenbrauen erhoben. „Du weißt, dass es stimmt, Babe."

„Nenn mich nochmal Babe und du musst nach Las Vegas laufen."

Jack lachte. „Ich weiß schon, warum ich dich liebe." Dann legte er seine Hände auf meine Schultern und sah mir in die Augen. Jack sah gut aus. Es war nicht leicht für ihn gewesen, sich von dem Herzinfarkt zu erholen. Er konnte von Glück sagen, dass er überhaupt überlebt hatte, aber als er während des Laufes zusammengebrochen war, hatten sie ihn schnell versorgen können. Inzwischen sah er fast wieder normal aus, und die Bostoner Polizei hatte ihn frühzeitig pensioniert. Er verbrachte seine Tage damit, im Haus herumzuhantieren, Sean von und zur Schule zu fahren und Margot das Leben schwer zu machen. Und ich konnte sehen, dass er jede Minute davon genoss. Den Herzinfarkt zu überleben und seine Frau zurückzubekommen: Es war, als wäre er neu geboren worden, er grinste immer und hatte leuchtende Augen. Er und Margot hatten darüber gesprochen, während des Sommers nach Europa zu reisen, wenn Sean einen Monat mit uns auf Tour gehen würde.

Ich lächelte ihn an. „Ihr seid meine Familie, das weißt du, oder?"

Wir umarmten uns. „Immer. Egal, was auch im Leben geschieht, du wirst bei uns immer ein Zuhause haben, verstehst du mich?"

In meinen Augen erschienen Tränen. Zuhause war ein gutes Wort. „Ich liebe dich, Jack."

„In Ordnung. Keine Tränen. Wenn du anfängst zu weinen, fange ich als nächstes auch noch damit an. Und niemand darf einen alten Mann weinen sehen, hörst du mich?"

Ich zwinkerte ihm zu. „Ich mag die Tränen vielleicht nicht sehen, aber ich weiß Bescheid."

„Besserwisserin."

Wir trennten uns und ich griff nach Margots Händen. Ich lehnte mich nah an sie heran und flüsterte: „Danke. Für alles."

Schließlich Sean. Er sah ein bisschen merkwürdig aus, so wie immer. Seine Augen schauten von mir weg, als er sagte: „Guten Flug. Benutze deinen Computer nicht, bis ihr die Flughöhe erreicht habt. Elektronische Geräte beeinflussen die Instrumente."

Ich lächelte und zog ihn in eine Umarmung. Er war steif, aber nach einer Sekunde begann er, seine Arme um mich zu legen. „Ich werde dich vermissen", sagte ich. „Du warst ein guter Freund für mich."

„Ich werde dich vermissen", sagte er und trat zurück. Seine Augen wanderten zur Sicherheitskontrolle. „Ich habe euren Tourplan, ich werde euch in der achtzehnten Stadt treffen."

Ich nickte. „Wir werden dich im August wiedersehen. Und Sean?"

„Ja, Julia?"

„Pass auf deine Mom und deinen Dad auf, okay?"

Er nickte, hatte einen leeren Gesichtsausdruck, seine Augen wanderten zu einer Seite. „Das werde ich."

Crank umarmte seine Mom und seinen Dad. „Mach den Frauen nicht zuviel Ärger, Sean."

Sean nahm die Anspielung wie immer wörtlich. „Das werde ich mit ziemlicher Sicherheit nicht."

Ich holte Luft, sah Crank an und dann auf meine Uhr. „Wir müssen gehen, wenn wir uns nicht beeilen, verpassen wir unseren Flug."

„In Ordnung."

Ich streckte meine Hand aus und verschränkte meine Finger mit seinen, und dann entfernten wir uns von unserer Familie, stellten uns in die Schlange zur Sicherheitskontrolle.

Vor uns lag eine dreimonatige Tour, während der wir als Vorgruppe für Allen Roark auftreten würden. Vor drei Wochen hatte ich meinen Abschluss gemacht und mich endgültig von Adriana und Linden verabschiedet. Der Abschied von Jemi war tränenreicher gewesen, sie hatte versprochen, in Kontakt zu bleiben. Sie würde nach Hause nach Sierra Leone gehen, aber sie meinte, sie würde zurückkommen. Am Ende des Sommers planten wir, in San Francisco Station zu machen, um drei Tage mit meinen Schwestern... und meinen Eltern... zu verbringen, bevor wir zusammen mit Sean und Carrie zurück nach Osten fahren würden. Sechsunddreißig Städte in drei Monaten. Ironischerweise bedeutete das, weit mehr zu reisen, als ich es jemals mit meinen Eltern getan hatte.

Aber das war okay für mich. Mein Zuhause würde mit mir reisen.

„Bist du bereit hierfür?", fragte ich.

Er zwinkerte mir zu und schenkte mir dieses schiefe Lächeln, das meine Knie immer weich werden ließ.

„Ja", sagte er. „Lass uns das machen."

Ende

DANKE

D anke, dass Sie sich die Zeit genommen und *Ein Song für Julia* gelesen haben.

Dieses Buch ist Teil einer Buchreihe, die sich um die Thompson-Schwestern dreht, das erste Buch der Reihe, das ich geschrieben habe, war *Vergiss nicht zu atmen.* Alle Bücher können unabhängig voneinander in beliebiger Reihenfolge gelesen werden.

Wenn Sie wissen möchten, wann neue Bücher veröffentlicht werden, besuchen Sie meine Homepage und abonnieren Sie meinen Newsletter. Ich verschicke nicht oft Mails, aber ich würde mich freuen, Sie über neue Bucherscheinungen informieren zu können.

http://www.sheehanmiles.com/

Und schließlich: Mund-zu-Mund-Propaganda und Rezensionen sind absolut unerlässlich für Indie-Autoren. Wenn Ihnen das Buch gefallen hat, erzählen Sie es bitte Ihren Freunden und überlegen Sie sich, eine Rezension auf Amazon oder Goodreads oder anderen Plattformen zu posten, auf denen Sie nach Büchern suchen. Vielen Dank!

PLAYLIST

Down with the Sickness, Disturbed
Beer Goggles, Smash Mouth
Carol of the Bells, George Winston
Closer, Nine Inch Nails
Come as You Are, Nirvana
Concerto No. 20 in D Minor for Piano and Orchestra, Wolfgang Amadeus Mozart
Creep, Radiohead
Fade Away, Automatic Loveletter
垃圾場(二版) *Garbage Dump,* He Yong
Heaven's a Lie, Lacuna Coil
(Ghost) Riders in the Sky, The Outlaws
The Kids Aren't Allright, The Offspring
Living Dead Girl, Rob Zombie
Man in the Box, Alice in Chains
My Girlfriend's Dead, The Vandals
Wicked Game, Chris Isaak

NACHWORT ZUR DEUTSCHEN AUSGABE

*A*llererstes möchte ich mich bei allen Lesern der deutschsprachigen Bücher von Charles Sheehan-Miles bedanken, die Rezensionen auf Online-Plattformen wie Amazon, in ihren Buchblogs oder anderen Online-Portalen gepostet haben. Das ist gerade für Indie-Autoren sehr wichtig, um ein Buch gekannt zu machen. Ganz, ganz lieben Dank!

Auch bei der Übersetzung dieses Buches hatte ich wieder viel Hilfe. Ein riesiges Dankeschön geht an Regina und Rita, die geduldig jedes neue Kapitel direkt nach der Übersetzung gelesen und korrigiert haben. Außerdem danke ich Sandra, die eine hervorragende Lektorin ist.

Mein herzlichster Dank gilt meinem Mann Peter, er ist der geduldigste Mensch, den ich kenne. Vielen Dank für Deine Unterstützung, Dein Verständnis und Deine Liebe.

Und last but not least danke ich Charles Sheehan-Miles für das Vertrauen, das er mir immer wieder dadurch beweist, dass ich seine Bücher übersetzen darf.

Dimitra Fleissner